Knaur.

Knaur.

Über den Autor:

Markus Bennemann, geboren 1971, hat Anglistik und Geschichte studiert. Er war Redakteur bei einer Tageszeitung, hat Krimis fürs Fernsehen geschrieben und arbeitet heute als Autor, Übersetzer und freier Journalist in Wiesbaden. Zuletzt sind von ihm mehrere Sachbücher erschienen, darunter eins über die ausgefeilten Jadgmethoden von Tieren, aus dem die Idee zu seinem Roman PHANTOM stammt.

Markus Bennemann

PHANTOM

GEFAHR AUS DER TIEFE

Thriller

Knaur Taschenbuch Verlag

Besuchen Sie uns im Internet:
www.knaur.de

FSC
www.fsc.org
MIX
Papier aus verantwortungsvollen Quellen
FSC® C083411

Originalausgabe Oktober 2011
Knaur Taschenbuch

Ein Unternehmen der Droemerschen Verlagsanstalt
Th. Knaur Nachf. GmbH & Co. KG, München

Redaktion: Franz Leipold
Umschlaggestaltung: ZERO Werbeagentur, München
Umschlagabbildung: © Photolibrary/Corbis
Satz: Adobe InDesign im Verlag
Druck und Bindung: CPI – Clausen & Bosse, Leck
Printed in Germany
ISBN 978-3-426-50849-7

2 4 5 3 1

TEIL I

Erste Begegnungen

Der Krake ist der einzige Kopffüßer, der an Land geht.
ARISTOTELES, *Historia Animalium*

1

Gleich nach der Schule gingen die anderen beiden ihre Räder holen, und um Punkt Viertel nach zwei trafen sie sich alle vor Petes Haus. Josie brachte sein vergilbtes Schnorchelzeug und seinen krummen alten Fischspeer mit, genau wie Pete erwartet hatte. Der kleine Abe Wyman hingegen hatte nichts dabei außer einer winzigen silbernen Digitalkamera, die vor seiner schmalen Brust baumelte wie bei einem Touristen. Pete bot ihm an, die Schnorchelmaske seiner Schwester zu benutzen. Aber da machte Abe ein Gesicht, als habe man ihm gerade gesagt, er solle vom Empire State Building springen.

»Bist du verrückt?«, rief er empört zu ihnen in die Garage. »Ich werd noch nicht mal in die Nähe des Wassers gehen.«

Pete drehte sich zu Josie um, der mit der Anprobe der neuen Tauchweste beschäftigt war, die Petes Vater sich kürzlich gekauft hatte. »Er geht noch nicht mal ins Wasser?«, fragte er verblüfft.

»Nö, macht nur Fotos«, erwiderte Josie und blickte gutgelaunt von dem Regler zum automatischen Aufblasen der Weste auf, an dem er gerade herumspielte. »Jede echte Expedition braucht einen Fotografen.«

Pete schüttelte unzufrieden den Kopf. Er war von Anfang an

dagegen gewesen, die quengelige kleine Brillenschlange mitzunehmen. Doch Josie hatte sich irgendwie von Abe rumkriegen lassen, und jetzt wusste Pete nicht recht, wie er damit umgehen sollte. Schon hob er an, bei seinem besten Freund ein weiteres Mal gegen die Entscheidung zu protestieren. Aber irgendwas daran, wie erwachsen und männlich dieser in der Tauchweste wirkte, die er über seine muskulösen braunen Schultern gezogen hatte, hielt ihn davon ab. Und so fuhr er schließlich einfach mit leicht beleidigter Miene fort, seine Ausrüstung zu packen.

Er schob die teure neue Druckluftharpune in seinen Rucksack, die sich sein Vater zusammen mit der Weste gekauft hatte, und als darunter ein großes gezacktes Tauchmesser zum Vorschein kam, steckte er vorsichtshalber auch das mit ein. Dann stieg er auf sein Rad und machte sich mit den anderen auf den Weg nach Baker's Point. Die nördliche Spitze der schmalen Barriereinsel, auf der sie lebten, lag nur etwa zehn Minuten von seinem Zuhause entfernt.

In der Sonne funkelnde weiße Wärmeschutzdächer, wie frisch gewaschen wirkendes Bermudagras – der tropische Sturm »Howard« war endlich weitergezogen. Drei Tage lang hatte Pete zu Hause sitzen und am Fernseher dabei zuschauen müssen, wie sich das sommerliche Unwetter immer weiter Floridas Ostküste hinaufschob. Als es mit seinen langen Wolkenarmen schließlich auch das kleine Amberly Beach unter sich bedeckte, das ziemlich genau in der Mitte des vor der Küste verlaufenden Inselstreifens lag, schien draußen vor den Fenstern endgültig die Welt unterzugehen. Jetzt jedoch war der Himmel wieder blau, alles glänzte, und nur hier und da erinnerte noch ein abgerissener Palmwedel oder eine aufgeplatzte Kokosnuss an die ungemütlichen Tage.

Sie folgten der langgezogenen Hauptstraße von Amberly Beach bis zu dem Punkt, wo eine Schiffsdurchfahrt den dünnen Land-

streifen begrenzte. Dann stiegen sie von ihren Rädern und schoben sie einen schmalen, dicht umwachsenen Pfad entlang Richtung Strand. »Seid ihr sicher, dass es hier keine Schlangen gibt?«, fragte Abe ängstlich vom Ende ihres kleinen Trupps, und einmal mehr schüttelte Pete demonstrativ den Kopf.
Der Pfad führte zu einem alten, halb vom Sand begrabenen Parkplatz. Hier ließen sie ihre Räder liegen und bahnten sich durch hüfthohen Strandhafer und eng an den Boden geklammerte Tintenbeerenranken einen Weg über die Dünen. Etwas weiter rechts gingen die niedrigen Sandhügel in den sorgsam gepflegten Rasen von einem der großen Anwesen über, die an diesem Ende von Amberly Beach das Meeresufer säumten. Links trotzte ein halbverfallenes Hotel mit hohen, hölzernen Giebeln dem unsteten tropischen Wetter. Unmittelbar neben dem Hotel streckte sich eine Mole aus künstlich aufgeschütteten Felsen weit hinaus aufs Meer. Und hinter der Mole und hinter dem dunkelblauen Wasser des Schiffskanals waren die ersten Häuser von Tarpon Shores zu erkennen, der nächsten kleinen Inselgemeinde, die in nördlicher Richtung vor der Küste lag.
Pete stapfte den anderen voran die Dünen hinab und hielt dann direkt auf den alten Pier zu, der sich auf Höhe des Hotels wie ein riesiges, stelzbeiniges Tier aus dem Wasser erhob. Einst war er an die Terrasse des Hotels angeschlossen gewesen, doch Tornados und Sturmfluten hatten die Verbindung im Laufe der Jahre gekappt, und jetzt stand er nur noch mit sechs seiner hohen Holzbeine auf dem Strand. Der Zutritt war verboten, aber auf einer Seite führte eine rostige Treppe hinauf, und am Wochenende konnte man oft alte Schwarze oder junge Latinos sehen, die von der Gangway aus ihre Angel ins Wasser hielten.
Sie setzten sich auf den kleinen Sandwall, den die vom Sturm aufgepeitschte Brandung in den Strand modelliert hatte, und Pete und Josie fingen an, ihre Sachen anzuziehen. Als Pete übers

Wasser blickte, fiel ihm erneut auf, wie friedlich und freundlich alles wieder aussah: der Himmel so klar, dass er beinah transparent wirkte, und das Meer wie eine Scheibe aus lichtdurchflutetem grünem Glas, was ihnen eine Sichtweite von bestimmt dreißig Metern verschaffen würde.

Trotzdem jedoch schien eine kleine glitschige Kreatur ihre langen kalten Arme in Petes Bauch auszustrecken, als er jetzt wieder an die Geschichte dachte, die Abe ihnen erzählt hatte. Und während er seine Flossen überstreifte und das große Tauchmesser an seiner dünnen Wade festschnallte, konnte er nicht umhin, ihn ein weiteres Mal über die genauen Details dieser Geschichte auszufragen.

»Also, wo in etwa meintest du, hat dein Bruder dieses ... was auch immer es gewesen sein soll, gesehen?«

»Er hat nur gesagt, dass er unter dem alten Pier speerfischen war, und dann ... Na ja, wie ich euch ja schon erzählt habe, dachte er zuerst, er hätte eine *Leiche* gesehen.«

»Eine Leiche«, wiederholte Pete. »Die aber nicht oben auf dem Wasser schwamm, wie es für eine Leiche normal wäre, sondern unten auf dem Meeresgrund lag. Und als dein Bruder zu ihr runtergetaucht ist ...«

»Da war sie plötzlich weg«, nickte Abe.

»Und dann ist dieses Ding auf ihn zugekommen«, sagte Josie.

»Er meinte, es sei gewesen, als käme ihm der Boden entgegen«, erklärte Abe. »Aber es war nicht der Boden, sondern irgendwas anderes. Irgendein Tier.«

Josie sah zu Pete hinüber und verengte fachmännisch die Augen.

»Irgendein Rochen wahrscheinlich, der sich im Sand vergraben hat. Das machen die gerne.«

Pete nickte mit ähnlich expertenhafter Miene und merkte, wie die kleine Kreatur in seinem Bauch wieder ihre Arme einzog. *Nur ein Rochen,* dachte er, wie er seinen Vater damals einen auf den Bahamas hatte schießen sehen. *Das Einzige, worauf man achtgeben muss, ist, dass einen der Schwanz nicht erwischt.* Doch dann ergriff Abe erneut mit seiner hohen Quengelstimme das Wort und schien die heiße Strandluft mit seiner Ängstlichkeit förmlich zum Flimmern zu bringen.

»Ja, aber *Jungs*«, quietschte er. »Was es auch war, Clive hat gesagt, es war *wirklich, wirklich* groß. Ungefähr so groß wie er selbst, meinte er.«

»Wenn es ein Rochen war, kann er nicht so groß gewesen sein«, erklärte Josie mit schwer zu widerlegender Folgerichtigkeit, und Abe schluckte das ohne weiteren Kommentar.

Abes älterer Bruder Clive war ein guter Sportler und spielte jetzt wohl sogar im Lacrosse-Auswahlteam seines Colleges. Doch nachdem Abe in der Schule erzählt hatte, wie schmählich Clive vor dem Tier geflüchtet war, das er letzten Sonntag hier gesehen hatte, war sein Ansehen unter den Jungen der Amberly Junior High stark gesunken. Erblickte man in Florida etwas Seltsames im Meer, dann erlegte man es und nahm nicht davor Reißaus. Diese Aufgabe würden nun Pete und Josie erledigen – dafür waren sie hier – und durch das Ausstechen eines Jungen, der wesentlich älter war als sie, umso mehr Ruhm ernten.

»Fertig?«, fragte Josie, und obwohl Pete immer noch ein Gefühl im Bauch hatte, als würden kalte Finger sanft über seine Eingeweide streicheln, folgte er seinem Freund zum Wasser.

Die ersten Schritte ins Meer machten sie rückwärts, weil es mit den Flossen so leichter war. Abe kniete sich in den Sand, um Fotos zu schießen, und mit der großen Harpune in der Hand kam sich Pete ein bisschen vor wie James Bond, oder als wären sie tatsächlich Teil einer wichtigen wissenschaftlichen Expedition – ganz wie Josie vorhin gesagt hatte. Als ihnen das Wasser jedoch schließlich bis zum Bauch ging, drehten sie sich um, spülten ihre Masken aus und tauchten unter.

Sofort hatte Pete das Gefühl, in eine andere Welt hinübergewechselt zu sein, eine, die er wirklich mochte. Die Sicht war sogar noch besser als gedacht, und er hatte den Eindruck, gut und gerne vierzig Meter über den flach abfallenden Sandboden hinwegblicken zu können. Er sah einen Einsiedlerkrebs, der sich schnell wieder in sein Schneckenhaus zurückzog, als sie sich näherten. Gleich darauf stieß er auf ein paar winzige sandfarbene Fische, die nicht weniger hastig in alle erdenklichen Richtungen davonflitzten. Doch dann fiel ihm wieder ein, dass sie nicht zum Vergnügen hier waren, und er folgte Josies mühelos wirkenden, kraftvollen Flossenschlägen Richtung Pier.

Bald traten die dicken braunen Pfeiler des Piers vor ihnen aus dem blauen Wasser hervor. Obwohl sie noch beinah ganz im Schatten lagen, konnte man gut den schwarzen Kranz aus Miesmuscheln erkennen, der oben an jedem Pfeiler wuchs. Weiter unten bedeckten feine grüne Algenschlieren das Holz, und hier und da hatten sich einzelne weiße Seepocken festgesetzt.

»Du nimmst die Seite hier und ich die drüben«, erklärte Josie und begann dann sogleich, im Slalom die hintere Reihe der Pierpfeiler abzuschnorcheln.

Alte Dosen, kaputte Angelruten, ausgediente Liegestühle – staunend betrachtete Pete den unterm Pier angehäuften Müll, während er in gemächlicher Schlangenlinie die Pfeiler abschwamm. Ab und zu blickte er nach hinten; dabei merkte er zum ersten Mal, wie lang der Pier war, viel länger, als man vom Strand aus dachte. Je tiefer das Wasser wurde, umso dichter sammelten sich die Schatten unter der mächtigen alten Holzkonstruktion, und bald erhoben sich bereits die ersten kleinen Felsbuckel aus dem dunkelblauen Zwielicht, das den Boden unter der Gangway bedeckte. Weiter draußen lag ein großes Riff vor der Küste, und mit einem etwas mulmigen Gefühl dachte

Pete an die dicken Zackenbarsche, schlanken Barrakudas und pfeilschnellen Haie, die dort hausten.
Plötzlich tauchte Josie auf der anderen Seite ab. Mit einem seiner kräftigen Arme zog er das Gummiband des Speers weit nach hinten, und Pete beobachtete gebannt, wie sein Freund im blauen Halbdunkel verschwand. Doch Josie kam sofort wieder hoch und winkte ab. *Falscher Alarm,* dachte Pete halb erleichtert, und auch auf seiner Seite stieß er auf nichts Auffälliges, nicht mal auf irgendeinen größeren Fisch, trotz der inzwischen recht beachtlichen Tiefe. Das Interessanteste waren noch die kleinen sandfarbenen Flitzer, die er bereits hinten im Flachwasser bemerkt hatte. Fasziniert sah er zu, wie sie sich um die Algen stritten, die eigentlich in Hülle und Fülle auf den Pfeilern vorhanden waren – als sich auf einmal etwas um seine Brust legte.
Mit rasendem Herzen schlug er um sich, schaffte es, sich von seinem Gegner zu befreien – erkannte dann jedoch, dass es sich dabei nur um ein abgerissenes Stück Angelschnur handelte. Mit ihrem kleinen silbernen Haken hatte sie sich im weichen Holz des Pfeilers verfangen und trieb jetzt im Wasser wie der dünne Fangarm einer Qualle.
Jesus Christus!, dachte Pete, sah sich verstohlen nach Josie um und schwamm dann weiter. Kaum richtete er jedoch seine Augen zurück auf den Grund, stockte sein Herz erneut: der dicke, grün-schwarz gemusterte Schwanz von etwas, direkt dort, wo der Schatten der Gangway anfing! Einen Moment schlängelte er sich gut sichtbar durchs helle Sonnenlicht, im nächsten war er schon wieder verschwunden.
Der Rochen!, schoss es Pete durch den Kopf. *Du hast ihn gefunden – nichts wie hinterher.* Doch seine Beine gehorchten nicht, sondern strampelten wie von selbst weiter von der Stelle weg statt darauf zu, genau wie eben, als ihn die Angelschnur attackiert hatte. Seine Hände verkrampften sich in die Harpune,

sein Atem ging hastig in seinem Schnorchel auf und ab. Erschrocken blickte er zu dem Punkt zurück, wo er kurz zuvor den schlängelnden grünen Schweif gesichtet hatte.

Aber wie der Schwanz eines Rochens hat er eigentlich gar nicht ausgesehen, eher wie der einer Muräne. Pete schaute sich nach Josie um und überlegte kurz, ob er ihn rüberholen sollte. Dann erinnerte er sich jedoch an den alten Autoreifen, dessen schwarzen Umriss er etwas weiter hinten auf dem Grund hatte schimmern sehen. Bot der nicht genau die Art von Hohlraum, in den sich Muränen gerne einnisteten? Also war es wohl wirklich nur einer der relativ harmlosen, aalartigen Fische gewesen, und nichts anderes.

Erleichtert schwamm Pete weiter, sah dabei jedoch immer mal wieder besorgt nach hinten. Sehen war allerdings zu viel gesagt, denn plötzlich kam ihm seine Taucherbrille so beschlagen und trüb wie Milchglas vor. Hastig machte er noch ein paar Meter gut und tauchte dann auf, um sie auszuspülen.

Fehler, dachte er sofort, als er die Brille abgesetzt hatte. Wenn jetzt etwas von unten käme, würde er es natürlich erst recht nicht mitbekommen. Dass er sich die Harpune umständlich unter den Arm klemmen musste, um die Brille wieder aufzuziehen, machte die Sache nicht besser. Mit nervösen Fingern zerrte er sich das widerspenstige Gummiband über die Haare und glaubte gleichzeitig zu sehen, wie sich unter ihm ein großer Schatten aus der Tiefe löste. *Es kommt,* dachte er, *es kommt direkt auf mich zu.* Panisch riss er die Harpune unter seinem Arm hervor und steckte schnell den Kopf zurück ins Wasser.

»Bitte lächeln!«, rief in dem Moment jemand laut von oben – und Pete schoss hoch wie ein auftauchender Rettungsballon.

»Abe, um Himmels willen!«, entfuhr es ihm entgeistert, während der kleine Kerl grinsend ein Bild von ihm knipste. Irgendwie hatte der alte Schisser doch tatsächlich den Mut aufgebracht, auf den abbruchreifen Pier hochzusteigen! Jetzt blickte er mit seiner Kamera durch eins der großen Löcher, die in der verwitterten Gangway klafften, und lächelte so stolz, als habe er gerade ein Titelfoto für *National Geographic* geschossen.

»Mein Gott, Abe«, sagte Pete noch einmal und runzelte missmutig die Stirn. »Was zum Teufel tust du denn da oben? Das ist gefährlich, verdammt noch mal.«

»Wie soll ich denn sonst Aufnahmen von euch machen?«, erwiderte Abe entrüstet. »Ich bin doch euer Fotograf. Habt ihr schon was gefunden?«

Pete schaute zurück ins Wasser, wo sich der Schatten natürlich nur als Schatten entpuppt hatte, und schüttelte den Kopf. »Nein, nichts«, sagte er und sah sich dann nach Josie um, dessen rot markierter Schnorchel bereits fast ganz am Ende des Piers aus dem Wasser ragte. »Aber wenn's was zu finden *gibt,* kannst du sicher sein, dass wir's auch finden. Pass du nur mit den wackligen ollen Planken da oben auf. Ich habe keine Lust, hier noch den Lebensretter für dich spielen zu müssen.«

Damit steckte er sich den Schnorchel wieder in den Mund und setzte seinen Weg fort. Einerseits war er genervt, dass der kleine Streber es geschafft hatte, ihn dermaßen zu erschrecken. Andererseits war er ganz froh, dass dort oben jemand einen Blick auf alles hatte – und wenn es nur der quengelige kleine Abe war.

Der Schreck saß Pete immer noch in den Gliedern. Um schneller zu Josie aufzuschließen, gab er den Slalomkurs auf und schwamm in gerader Linie an der Innenseite der Pfeiler entlang. Zwar suchte er dabei immer noch wie vereinbart den Grund ab und musterte aufmerksam jeden seltsam geformten Korallenstrauch und jedes geisterhaft wogende Büschel Seegras, das er im blauen Schummerlicht ausmachen konnte. Doch tat er das nicht wirklich aus Jagdeifer, sondern eher, um vor bösen Überraschungen gefeit zu sein. Das Wasser unterm Pier war jetzt bestimmt fast zehn Meter tief, und zusammen mit dem Bodenniveau war auch Petes Hunger nach Ruhm und Ehre beträchtlich gesunken. Welches rätselhafte Geschöpf sich auch in dem düsteren Schattenreich unter ihm verbergen mochte, seinetwegen konnte es ruhig dort bleiben.

Josie aber ließ sich natürlich nicht so leicht von seinem Ziel abbringen, und als Pete am Ende des Piers ankam, hatte sein Freund bereits begonnen, ein ums andere Mal in die Tiefe zu tauchen. Kurz vorm Ende der langen Landungsbrücke fiel der Meeresgrund scharf ab, und in der dahinterliegenden Senke ragten überall große Felsen aus dem Sand, welche die Bodenzone noch dunkler machten, als sie ohnehin schon war. Josie glitt wie selbstverständlich zwischen die Felsen hinab und stocherte mit seinem Speer so eifrig im Sand, dass er manchmal in den aufgewühlten Wolken kaum noch zu sehen war. Pete jedoch schaffte es kein einziges Mal in eine der düsteren Schluchten – stets war es kurz davor so, als würde ihn eine unüberwindliche Macht zum Stoppen zwingen. Trotzdem ging er immer wieder runter und spähte wenigstens aus sicherem Abstand in die dunklen Felsschlünde. Schließlich aber wartete Josie auf ihn an der Oberfläche.

»Bei dir alles in Ordnung, Pete?«, fragte er. »Du tauchst ja gar nicht bis ganz unten.«

»Ja, irgendwas stimmt nicht mit meinen Ohren«, log Pete. »Ist, als würden sie platzen, wenn ich zu tief gehe, egal wie oft ich den Druck ausgleiche. Vielleicht habe ich mir eine kleine Erkältung eingefangen oder so. Jeden Tag in dem Scheißregen nach Hause laufen, da muss man sich ja irgendwann was holen.«

Josie sah ihn forschend an, zuckte aber gleich darauf mit den Achseln. »Dann überprüf doch einfach noch mal den Teil, den wir schon abgesucht haben«, sagte er, »und schwimm langsam Richtung Strand zurück. Ich schließe die Suche hier vorne ab und komm nach. Ich glaube sowieso nicht, dass wir was finden. Was auch immer Abes Bruder da gesehen haben mag, der Sturm hat es wahrscheinlich vertrieben.«

Pete war froh, so billig davonzukommen. Zügig schnorchelte er zwischen den Pfeilern zurück, und je seichter und heller der Boden wurde, umso mehr ließen auch die dunklen Ängste wieder von ihm ab, die ihm die ganze Zeit die Brust zugeschnürt hatten. Schon glaubte er, weiter vorne den Punkt zu erkennen, wo sich der blaue Schattenschleier ganz lichtete, und trotz der strammen Flossenschläge hörte sich sein Atem im Schnorchel zum ersten Mal nicht mehr an wie eine Lok, die einen Berg hochfährt. Gleichzeitig spürte er jedoch heiße Scham in sich aufsteigen. Einmal mehr blickte er sich verstohlen nach seinem besten Freund um.

Hatte Josie gemerkt, dass er ihn anlog, und deswegen so komisch geguckt? Wie peinlich auch, eine Erkältung vorzutäuschen – so was sah ihm doch eigentlich gar nicht ähnlich. Pete dachte an Ken Figgis aus der achten Klasse, mit dem Josie zusammen in der Leichtathletikmannschaft war, dann an die älteren Surfertypen, mit denen er ab und zu chillte und sogar schon mal Pot geraucht hatte. *Wenn er in Zukunft lieber mit denen rumhängt, stehe ich mit Losern wie dem kleinen Abe da und kann den ganzen Tag über Fernsehserien reden. Oder über die Schule, Himmel hilf, und mir von seiner Mutter dazu Milch und Kekse reichen lassen.*

Die Angst, die Pete davor hatte, war mindestens genauso groß wie die vor den dunklen Felsschluchten. Deshalb betrachtete er es als glückliche Fügung, als unter ihm plötzlich der alte Autoreifen von vorhin wieder auftauchte. Mochte er eben auch wie ein kleiner Feigling den Schwanz eingezogen haben: Jetzt würde er Josie ein für alle Mal beweisen, woraus er gemacht war!

Der Schatten der Gangway war etwas gewandert, so dass der in Seegras gebettete und mit Seepocken gesprenkelte Reifen inzwischen halb in der Sonne lag. Das bisschen Licht genügte in Petes Augen, um den schwarzen Gummiring der blauen Finsternis zu entreißen, die ihm vorhin eine so unvernünftige Angst eingejagt hatte. Also tauchte er die fünf, sechs Meter dazu hinab, um die große grüne Muräne aufzuscheuchen, die ganz sicher in dem Reifen hauste – und ihr mit seiner Harpune den Garaus zu machen.

Aus sicherer Entfernung stach er ein paarmal mit der Spitze der langen Waffe in die Mitte des Reifens. Dann stieg er wieder auf, um Luft zu holen, und ging ein zweites Mal runter.

Diesmal näherte er sich seinem Ziel in einem etwas anderen Winkel. Nervös stocherte er mit der Harpune in der dunklen Höhlung des Reifens herum und rechnete jeden Moment damit, dass das zähnestarrende Maul des Monsters daraus vorschoss. Doch es tat sich nichts, und schließlich musste Pete einsehen, dass der Meeresgrund hier so frei von gefährlichen Ungeheuern war wie überall sonst unterm Pier. Nirgendwo ein formidabler Gegner, mit dessen Bezwingen er sein peinliches Versagen von eben vergessen machen konnte.

Schon wollte er enttäuscht wieder auftauchen, da nahm er im Augenwinkel plötzlich eine Bewegung wahr. Verblüfft hob er den Kopf und blickte quer über den schattigen Sandboden zur anderen Seite des Piers hinüber.

Praktisch im selben Moment ging ihm erneut die Luft aus, und er musste zurück nach oben. Kaum aber hatte er mit einem tiefen Atemzug seine Lunge gefüllt, steckte er den Kopf wieder unter Wasser, um sich zu vergewissern, was er eben gesehen hatte – vielleicht einen halben Meter über dem Grund, direkt vor dem großen Pfeiler, der auf der anderen Seite stand …

Josie, ja, es war tatsächlich Josie – mit seiner hellen gelben Badehose, den alten grünen Flossen und zum Schuss nach hinten gezogenem Speer. Josie, der genauso ruhig und konzentriert mit sanft schlagenden Beinen überm Boden schwebte wie eben, als er zwischen den Felsen im Sand rumstocherte.

Kurz war Pete überrascht, wie lange sein Freund den Atem anhalten konnte, aber dann auch wieder nicht, weil Josie eben Josie war. Schnell holte er noch mal Luft, kippte das Wasser aus seinem Schnorchel und steckte ihn wieder in den Mund. Auf dem Rückweg zum Strand musste Josie selbst auf die Muräne gestoßen sein, hatte sie in irgendeine Felsritze gescheucht und wartete jetzt mit brennender Lunge darauf, dass sie wieder rauskam. Über sich hörte Pete Schritte – vermutlich Abe, der gleich wieder mit seiner Kamera an irgendeinem Loch auftauchte. Doch um ihm zu sagen, was los war, blieb keine Zeit. Hastig tauchte Pete unter.

Wieder spürte er sein Herz rasen. Doch diesmal war es nicht die peinliche, kleinliche Angst von eben, die es dazu brachte, sondern das echte, erregende Fieber der Jagd. Plötzlich war die Furcht vor dem dunkelblauen Zwielicht unter der Gangway wie weggeblasen, und Pete schwamm ohne zu zögern hindurch – in direkter, diagonaler Linie auf seinen knapp überm Boden schwebenden Freund zu. Eine Art Besitzerstolz erfüllt ihn, als er sich bewusst wurde, wie lange dieser jetzt schon die Luft anhielt, und er freute sich bereits auf die verdutzte Miene, die Josie machen würde, wenn er sah, dass er ihm zu Hilfe kam.

Furchtlos in der Jagd vereint – und gleich würden sie gemeinsam das große grüne Monstrum aus dem Wasser ziehen, und Abe würde jede Menge Fotos machen. Dann würden alle sehen, was für gute Freunde er und Josie waren – ein unschlagbares Team –, und es würde niemals, niemals wieder anders sein.

Wären ihm in dem Moment nicht verfrühte Glückstränen in die Augen gestiegen, wäre Pete vielleicht das eine oder andere seltsame Detail an seinem besten Freund aufgefallen. Zum Beispiel, dass Josies Speer genau dort endete, wo er ihn in der Hand hielt,

und auch die weiche, wogende Art, mit der er die Beine bewegte – fast, als seien sie aus Gummi.
Doch der absurde Gedanke, dass das, worauf er gerade zuschwamm, gar nicht Josie sein könnte, kam Pete erst, als es schon zu spät war. Und sich ein großes gelbes Auge auf der Brust seines Freundes öffnete, das ihn mit kaltem, abschätzendem Blick ansah.

2

Steven tauchte den Arm in Herbs Aquarium, trug den kleinen Kraken, der ungefähr die Größe einer Honigmelone hatte, zum ersten Aquarium des Parcours und ließ noch mal einen prüfenden Blick über alles schweifen.
Sämtliche Luken, welche die lange Reihe aus Plexiglasaquarien vor ihm miteinander verbanden, waren verschlossen. Am anderen Ende des Labors stand Dekan Duffy neben der großen Stoppuhr auf Stevens Schreibtisch und ließ seine Hand über den noch unbewegten roten Digitalziffern schweben. Und an der mit Lüftungsrohren überzogenen, leise vor sich hin rauschenden Decke waren alle Strahler auf volle Leistung gestellt, damit Senator Carter – entscheidende Stimme bei der jährlichen Erneuerung von Stevens Forschungsstipendium und auf seiner üblichen Herbsttour durchs Institut – auch nicht das kleinste Detail von dem verpassen würde, was gleich in den Aquarien zu sehen wäre.
»Fertig?«, fragte Steven.
Er sah hinüber zum Dekan, der auf seinen Blick mit einer schiefen Grimasse antwortete. Dann ließ er Herb ins Wasser gleiten und stellte sich seitlich neben das Aquarium. Auf der anderen Seite kam auch Carter näher und beugte sein rundes, sonnenver-

branntes Gesicht zu dem komplizierten Gewirr aus Plexiglasröhren hinab, welches das erste Hindernis des Parcours darstellte.

»Wie kann ich wissen, dass Sie ihm nicht einfach beigebracht haben, wie er am schnellsten durchkommt?«

»In dem Punkt müssen Sie mir einfach vertrauen, Senator. Ich habe ihn noch nicht mal dabei zusehen lassen, wie ich es zusammenbaue. Nur um auf Nummer sicher zu gehen.«

Steven grinste Carter verschmitzt an. Doch dieser schien sich nicht sicher zu sein, ob er wirklich scherzte, und runzelte als Antwort nur leicht die Stirn. Steven legte die Hand auf die herausziehbare Platte, mit der die erste Luke verschlossen war.

»Okay. Auf die Plätze, fertig – los!«

Duffy ließ die Hand auf die Stoppuhr niedersausen, und Herb quetschte seinen Körper in die erste Röhre, die etwa den Durchmesser eines Tennisballs hatte. Mit weit nach vorne gestreckten Armen bewegte er sich rasch vorwärts und wirkte in der durchsichtigen Röhre beinah wie eine braune Flüssigkeit, die dort hindurchgespült wurde. Doch sah man genau hin, konnte man erkennen, wie er in einem fort seine kleinen weißen Saugnäpfe aufs Glas setzte und sich damit voranzog.

An der ersten Gabelung bog er falsch ab, erkannte aber schnell seinen Fehler, als er mit einem seiner langen Arme den Deckel berührte, mit dem die Röhre vorne verschlossen war. Sofort kehrte er um, glitt in die andere Öffnung und rutschte rasch ein korkenzieherförmiges Rohr hinab, das sich wie eine gläserne Wasserrutsche bis auf den Boden des Labors hinunterzwirbelte.

»Wow«, rief Carter begeistert, worauf Steven dem Dekan einen triumphierenden Blick zuwarf. Doch der verdrehte nur angewidert die Augen.

Eilig kletterte Herb eine Röhre hinauf, die ihn wieder auf Höhe der Aquarien brachte, und glitt dann geschickt durch verschiedene Loopings und ineinander verschlungene Windungen. Trotzdem hatte Steven den Eindruck, dass sein dressierter Lieblingskrake heute etwas lahm unterwegs war. Und tatsächlich: Noch bevor Herb das nächste Hindernis erreicht hatte, musste Steven einmal laut gegen das Plexiglas klopfen – um so dem klugen Tier zu signalisieren, dass die ersten zwanzig Sekunden der insgesamt zwei Minuten, die es zur Bewältigung des Parcours hatte, bereits abgelaufen waren.

»Das verstehe ich immer noch nicht ganz«, sagte der Senator. »Ich dachte, die Viecher seien taub.«

»Er kann die Schwingungen spüren«, erklärte Steven. »Mit Hilfe eines speziellen Organs, in dem winzige Härchen sitzen.«

Er und Carter gingen seitlich am Parcours entlang, während Herb sich mit dankenswerter Schnelligkeit durch die nächsten Aquarien arbeitete. In diese führten jeweils drei Luken, die mit verschiedenen Farben markiert waren und von Steven bei jedem Lauf neu angeordnet wurden. Nur die grüne Klappe öffnete sich, wenn Herb durchzuschwimmen versuchte.

»Dann ist diese Sache, dass Tintenfische farbenblind sein sollen, also Unsinn?«

Steven war überrascht. Zum ersten Mal schien sich der Senator tatsächlich ein wenig auf seinen Besuch vorbereitet zu haben. Und Steven war keineswegs sicher, ob ihm das wirklich lieb war.

»Manche Forscher behaupten, sie könnten keine Farben sehen«, sagte er. »Aber denken Sie nur mal daran, wie bunt diese Tiere sind – oder zumindest sein können, wenn sie wollen. Und dann farbenblind? Das habe ich noch nie für eine besonders schlüssige Theorie gehalten.«

Steven hoffte, Carter würde glauben, er habe diesen Teil des Parcours absichtlich so gestaltet, um die angebliche Farbenblindheit von Tintenfischen zu widerlegen. Doch der pedantische alte Dekan konnte seine Worte natürlich nicht einfach so stehen lassen.

»Es ist durchaus möglich, dass sie keine Farben wahrnehmen können, sondern nur unterschiedliche Helligkeitsstufen«, erklärte er. »Dann hätten sie ihre Körperfarben auf die gleiche Weise entwickelt wie ein Hase sein braunes Fell. Dieselbe Farbe wie die Erde oder ein buntes Riff zu haben kann einem das Leben retten, selbst wenn man nicht den blassesten Schimmer hat, wie man aussieht. Andererseits hat auch Professor Schuster ein paar recht gute Argumente auf seiner Seite, namentlich dass …«
Obwohl die letzten zwanzig Sekunden der ersten Minute noch nicht angebrochen waren, klopfte Steven laut gegen das Glas. Gleichzeitig warf er Duffy einen bösen Blick zu, um ihn zu erinnern, dass das hier seine Show war. Herb schwamm durch weitere Aquarien, in denen die richtigen Luken statt mit einer besonderen Farbe jeweils mit waagrechten, senkrechten oder schrägen Streifen markiert waren. Dann quetschte er sich wieder in eine Röhre. Diese war nicht sonderlich lang, hatte allerdings einen Durchmesser, der gerade mal so groß war wie ein Vierteldollar.
»Unglaublich«, sagte Carter und schaute fasziniert zu, wie Herbs Arme auf der anderen Seite wieder herauskamen wie die im Zeitraffer wachsenden Triebe irgendeines seltsamen Rankengewächses. »Und mir fällt es schon schwer, mit meinem Allerwertesten in einen Flugzeugsitz reinzukommen.«
Gerade als Steven zum dritten Mal gegen das Glas klopfte, hatte Herb sich vollständig durch die enge Röhre gequetscht – hier hatte er wieder etwas Zeit gutmachen können. Als Nächstes war jedoch ein besonders schwieriger Abschnitt des Parcours dran. Dass Herb gelernt hatte, auch diesen Teil zu bewältigen, war selbst für ein so hochintelligentes Tier wie einen Kraken ungewöhnlich. Die Luken waren jetzt mit verschiedenen Symbolen markiert: jeweils mit einem Kreis, einem Quadrat und einem Dreieck. Um die richtige Luke herauszufinden, musste Herb je-

doch auf einen kleinen Zettel schauen, der *über* dem Wasser klebte. Steven hatte erwartet, es würde Jahre dauern, dem Kraken dieses Kunststück beizubringen. Doch der clevere kleine Bursche hatte praktisch sofort verstanden, was er von ihm wollte – beinah so, als könne er Gedanken lesen.

Aber so gut er sich eigentlich damit auskannte: Aus irgendeinem Grund kam Herb heute nicht halb so schnell durch diesen Abschnitt wie sonst. Vielleicht blendeten ihn die hellen Deckenstrahler, wenn er aus dem Wasser sah, jedenfalls brauchte er gefühlte Stunden, um von einem Aquarium zum anderen zu gelangen. Beim letzten hebelte er sogar wie verbohrt an der Luke mit dem Quadrat herum, obwohl oben auf den Zettel ganz klar ein Kreis gemalt war – als könne er sich unmöglich irren. Zum Glück war jeder seiner acht Arme mit einem eigenen kleinen Gehirn ausgestattet, und einer von ihnen offenbar noch etwas schlauer als sein Besitzer selbst. Während Herb immer noch mit aller Kraft versuchte, die widerspenstige Luke aufzubrechen, streckte dieser Arm sich zu den beiden anderen Luken aus und fand die richtige sozusagen auf eigene Faust.

Herb war noch nicht ganz fertig damit, seinen elastischen braunen Körper ins nächste Aquarium fließen zu lassen, als Steven schon zum vierten Mal gegen das Glas klopfen musste. Nicht mal vierzig Sekunden blieben seinem achtarmigen Schützling jetzt noch, um die letzten beiden Abschnitte hinter sich zu bringen, und einen Moment lang sah Steven nervös zu, wie auf der Stoppuhr Ziffer um Ziffer unerbittlich umsprang.

Im Grunde war dieses ganze Rennen natürlich nur ein Jux. So fragwürdig die akademische Expertise von Senator Carter, Sprössling der berühmten Ananas-Carters aus Broward County, auch sein mochte: Die Vorstellung, er könnte die Vergabe eines so wichtigen Forschungsstipendiums tatsächlich davon abhängig machen, ob ein kleiner brauner Krake einen selbstgebauten

Hindernisparcours schnell genug absolvierte, war geradezu absurd.

Andererseits hatte Herb in all den Jahren, in denen Carter hier pünktlich zur Mitte des Herbstsemesters aufgetaucht war, noch kein einziges Mal versagt. Und während der bereits ungewöhnlich abgekämpft wirkende Krake einen Arm aus dem Wasser streckte und auf die hohe Plexiglaswand setzte, die er als vorletztes Hindernis des Parcours überwinden musste, fragte sich Steven besorgt, was wäre, wenn es diesmal dazu käme. Auf der anderen Seite des Labors klebten Mike und Trish, die beiden Kopffüßer, die Steven seine ersten zwei Jahre an der Florida Atlantic University gesichert hatten, an der Frontscheibe ihrer Aquarien; anscheinend verfolgten sie den eigenartigen Wettkampf ebenso gespannt wie er. Der Senator hatte sich tief über den Parcours gebeugt, den Steven jedes Jahr ein bisschen für ihn um- und ausbaute, und sah dem kleinen Kraken mit demselben hochroten Kopf zu wie ein Spielsüchtiger einem Rennpferd.

»Auf, Herb«, sagte Steven leise und verfluchte sich insgeheim dafür, die blöde Plexiglaswand nicht etwas niedriger angelegt zu haben.

Das wissenschaftliche Ziel dieses Hindernisses bestand darin, zu zeigen, dass Herb zeitsparende Entscheidungen treffen konnte. Vor der aus dem Wasser ragenden Wand führte ein Loch in ein Röhrensystem hinab, über das man ebenfalls auf die andere Seite gelangen konnte. Doch in den Röhren konnte man sich leicht verirren, und Herb wusste, dass es in der Regel schneller ging, wenn er das Wasser verließ – was er normalerweise nicht ohne sehr triftigen Grund tun würde.

Der Krake war eigentlich recht gut darin, sich mit Hilfe der doppelten Reihe aus Saugnäpfen, die er an jedem Arm trug, die glatte Wand hochzuziehen. Heute jedoch kam Steven der ganze Akt geradezu unerträglich langsam vor. Außerhalb des Wassers verwandelte sich der runde Körpermantel des Tiers in eine große schlaffe Hauttasche, in der es seine inneren Organe mit sich rumschleppte. Wie ein Sack Steine hing diese Tasche noch von der Wand, während drüben schon zwei Arme das Wasser berührten, und Steven musste stark an sich halten, um nicht einfach die Hand auszustrecken und dem kleinen Kraken über die Kante zu helfen.

»Jetzt mach schon, Kumpel!«, drängte er erneut.

Herb war der schlauste Krake, der Steven jemals untergekommen war, aber nicht unbedingt der mutigste, und hatte er seinen Körper erst einmal oben auf die Wand gehievt, ließ er sich für gewöhnlich so vorsichtig auf der anderen Seite wieder hinunter, dass der Abstieg fast genauso lange dauerte wie der Aufstieg. Heute aber war es, als könne er Steven tatsächlich hören, selbst hier draußen an der Luft. Kaum spürte er, wie sich sein Gewicht nach vorne verlagerte, warf er alle Vorsicht über Bord und ließ sich einfach fallen – etwas, was er bisher nur ein einziges Mal gemacht hatte, und das Stevens Überzeugung nach eher aus Versehen als aus Absicht.

»Jippiee!«, rief Senator Carter und störte sich auch nicht an dem Wasser, das ihm auf den Schlips spritzte.

Herb war geistesgegenwärtig genug, den Schwung, mit dem er ins Wasser plumpste, zu nutzen, um gleich durch die Luke des nächsten Aquariums zu gleiten. Noch ein kleiner Schub aus seinem Sipho, seiner körpereigenen Wasserdüse, und er hatte seine letzte Aufgabe erreicht, die in der Mitte des Aquariums trieb wie ein achtlos weggeworfenes Stück Plastikmüll.

Steven klopfte zum fünften und letzten Mal gegen das Glas, und selbst Duffy konnte nicht verhindern, dass ihm ein leiser Anfeuerungsruf entwich. Als Dekan durfte es ihn natürlich nicht kaltlassen, einen Batzen Forschungsgeld und damit möglicherweise eine ganze Abteilung seiner Universität den Bach runtergehen zu sehen. Doch Steven wusste, dass Duffy insgeheim gar nicht so traurig gewesen wäre, ihn und seine achtarmigen Studienobjekte loszuwerden. Deshalb war er angenehm überrascht, festzustellen, dass selbst der strenge alte Griesgram gegen gelegentliche Anwandlungen von Menschlichkeit nicht immun war.

»Ist das dieselbe wie letztes Jahr?«, fragte Carter enttäuscht, als er sah, wie Herb seine Arme um die große weiße Plastikflasche schlang.

»Nein«, erwiderte Steven. »Der Verschluss ist diesmal kindersicher. Und es steckt auch keine Belohnung in der Flasche, sondern etwas, das er braucht, um an sie heranzukommen.«

Die Miene des Senators hellte sich auf wie die eines Jungen, der gerade erfahren hatte, dass hinter dem Weihnachtsbaum noch ein weiteres Geschenk für ihn versteckt war. Er legte seine roten Hände auf den Rand des Aquariums und schien kurz davor zu sein, den Kopf ins Wasser zu tauchen, um auch ja jede von Herbs Bewegungen mitzubekommen.

Herb zog die Flasche zu sich herab, stülpte seinen Körper über ihren Verschluss und drehte sie mit den Armen gegen den Uhrzeigersinn. Geschickt drückte er dabei das Gefäß fest an sich, um die Kindersicherung zu lösen. Diesen Trick hatte der kleine Krake erst vor kurzem gelernt, und Stevens Studenten fanden ihn so cool, dass sie eine Aufnahme davon bei *YouTube* eingestellt hatten. Noch länger hatte Herb allerdings gebraucht, um zu begreifen, dass er die Flasche erst mit Wasser volllaufen lassen und dann auf den Kopf stellen musste, wenn er an den kleinen weißen Ball kommen wollte, der sich darin verbarg.

»Ein Golfball!«, rief der Senator entzückt, dessen hervorragendes Handicap Steven wohlbekannt war.

»Er weiß, dass er nicht einfach mit einem seiner Arme reingreifen und ihn rausholen kann«, erklärte er. »Die Öffnung der Flasche ist exakt so groß, dass gerade nur der Ball durchpasst.«

Obwohl er wirklich stolz darauf war, dass Herb diese schwierige Nummer gelernt hatte, wünschte er sich doch, er hätte diesen letzten Abschnitt nicht ganz so aufwendig gestaltet. Zwar hatte Herb es geschafft, den Ball in Rekordgeschwindigkeit aus der Flasche zu holen. Doch all die Zeit, die er vorher verloren hatte, konnte er damit nicht wieder wettmachen. Jetzt blieben ihm nur noch ein paar Sekunden, um den Parcours zu vollenden.

Steven fragte sich, warum er Herb nicht einfach ein großzügigeres Zeitlimit gesetzt hatte. *Ansonsten lasse ich alles schleifen,* dachte er unglücklich, *aber ausgerechnet hier entwickle ich einen solchen Ehrgeiz, dass es mich wahrscheinlich die Karriere kostet.* Eigentlich sagte er sich ja immer, dass er gar nichts groß dagegen hätte, mal wieder was anderes zu machen – eine eigene Tauchschule zu eröffnen zum Beispiel oder wie früher an einer von Onkel Jacks verrückten Schatzsuchen teilzunehmen. Doch jetzt merkte er plötzlich, dass sein Herz in seiner Brust schlug wie ein Presslufthammer.

»Na los, Herb!«, rief er laut, während dieser den Golfball vom Boden aufhob und damit Richtung Wasseroberfläche schoss. Mit der Zielgenauigkeit und Geschicklichkeit eines Basketballprofis hob er einen Arm über den Kopf und versenkte den Ball in einer Plexiglasröhre, die vor ihm aus dem Wasser ragte. Der Ball sank rasch auf den Boden der Röhre und drückte hier das Ende eines langen Hebels nach unten – dessen anderes Ende daraufhin die Klappe hochzog, mit der die letzte Luke des Parcours verschlossen war.

Herb quetschte sich eilig durch, Duffy betätigte natürlich nicht den Stoppschalter, bevor nicht auch der letzte Zipfel der acht Arme des Kraken auf der anderen Seite angelangt war, und Steven warf einen bangen Blick zum Display hinüber.

00:01:59 – Herb hatte es geschafft!

»Puh«, machte Steven und schüttelte die übers Zielaquarium gestreckte Hand von Senator Carter. Der Politiker strahlte, als habe einmal mehr nicht Steven, sondern der öffentliche Haushalt Floridas dieses seltsame Rennen gewonnen.
Vor dem Rennen hatte Steven dem Senator die neuesten Projekte vorgestellt, mit denen sich seine Abteilung beschäftigte, und ihn wie immer durch die große Sammlung von Kraken, Kalmaren und Sepien geführt, die er in seinem Labor unterhielt. Aufgrund der vielen von der Uni finanzierten Forschungsreisen, die Steven machte, wuchs diese Sammlung ständig weiter an; doch dass er inzwischen eigentlich kaum noch etwas anderes tat als reisen, hatte er gegenüber dem wichtigen Mann natürlich nicht erwähnt. Auch Dekan Duffy, der sich in letzter Zeit immer öfter wegen dieser Tatsache beschwerte, war erfreulich still darüber hinweggegangen – vermutlich weil er wusste, dass Carter letztlich weder Stevens Leistungen als Lehrkraft noch als Forscher wirklich interessierten.
Wie jeden Herbst hatte der Politiker zuerst seinen offiziellen Auftritt auf dem Hauptcampus der Uni in Boca Raton absolviert, dann aber auch noch den langen Weg hier hoch nach Fort Pierce gemacht, zum Harbor Branch Institut für Meereskunde. Das allerdings nicht, weil er eine so große Vorliebe für die Malakologie hegte, die wissenschaftliche Erforschung von Tintenfischen und anderen Weichtieren. Nein, er wollte schlicht Herb sehen: den kleinen braunen Kraken und die Show, die er in Stevens selbstgebautem Hindernisparcours jedes Jahr aufs Neue für den hohen Besuch abzog.
»Brillant«, sagte er. »Diesmal haben Sie sich wirklich selbst übertroffen, Professor Schuster. So macht Wissenschaft Spaß! Wirklich außerordentlich.«
»Ja, gut gemacht, Schuster«, sagte Dekan Duffy in nüchternem Ton und fasste Carter dabei bereits am Ellbogen, um ihn aus

dem Raum zu führen. »Eine beeindruckende Darbietung. Wir sprechen uns dann morgen.«
Als sich die Tür hinter den beiden schloss, atmete Steven auf. Wie jedes Jahr würde Duffy ihn am Tag nach Carters Besuch anrufen, um ihm mitzuteilen, ob dieser der Verlängerung seines Stipendiums zustimmte, womit der Antrag bei der offiziell dafür zuständigen Behörde nur noch eine reine Formsache wäre. Aber darum machte Steven sich jetzt keine Sorgen mehr.
Er ging zurück zu Herb, der sich längst an dem großen Taschenkrebs gütlich tat, der seine Belohnung dafür darstellte, den Parcours in der vorgesehenen Zeit absolviert zu haben. Der Geruch des toten Krebses zog sich durch sämtliche Aquarien, wurde mit jedem Hindernis, das Herb hinter sich ließ, intensiver und brachte den kleinen Kraken überhaupt erst dazu, all die Mühen auf sich zu nehmen, die zur erfolgreichen Beendigung des Parcours notwendig waren. Hätte Herb es nicht geschafft, hätte Steven den Krebs aus dem Wasser genommen, und Herbs Anstrengungen wären allesamt umsonst gewesen. So gern Steven ihn hatte, anders konnte auch er den kleinen Kopffüßer nicht dazu bringen, mit ihm zusammenzuarbeiten.
»Den hast du dir diesmal wirklich verdient, mein Freund«, sagte er und sah noch eine Weile zu, wie der Krake den Krebs unter der schirmartigen Haut zwischen seinen Armen hungrig bearbeitete. Doch dann erinnerte er sich wieder, dass Carters Besuch in diesem Jahr genau auf Halloween fiel, und blickte hoch zu der großen runden Analoguhr, die über seinem Schreibtisch hing.
Hier unten in den künstlich beleuchteten Kellerräumen bekam man ja kaum was davon mit, aber inzwischen war es schon später Nachmittag. Als Herb vorhin fast versagt hätte, hatte Steven sich geschworen, sich in Zukunft wieder ernsthafter seinen Studien zu widmen und nicht nur immer das zu tun, was ihm Spaß

machte. Jetzt jedoch hatte er bereits wieder das Gefühl, noch ewig für diesen Neuanfang Zeit zu haben, und er erinnerte sich plötzlich an die Halloweenparty, zu der ihn gestern zwei Studentinnen nach seiner Vorlesung über das sexuelle Farbtäuschungsverhalten südaustralischer Riesensepien eingeladen hatten.

»Keine dämlichen Verkleidungen«, hatten sie gesagt, »nur ein bisschen am Pool rumhängen, ein paar Cocktails trinken und ein, zwei Joints rauchen.« Auch ein bisschen Apfeltauchen sei vielleicht drin, hatte Cindy, die hübschere von beiden, hinzugefügt und dabei unauffällig ihre Bücher von unten gegen ihre Auslage gedrückt.

Steven ging zu dem Telefon auf seinem Schreibtisch und bat einen seiner Assistenten, Herb zurück in sein Aquarium zu setzen und den restlichen Kopffüßern in seiner Sammlung ihr Abendessen zu geben. Dann schulterte er seine Tasche, machte das Licht aus und verließ das Labor. Einen guten Grund zu feiern hatte er ja schließlich heute.

3

»Chachi! Chachi, meine Süße! Wo steckst du denn nur?«

Eigentlich mochte Howard Allmayer den Hund seiner Frau gar nicht besonders, aber dass er jetzt verschwunden war, nervte ihn irgendwie. Er ging ins Haus, um nachzusehen, ob das verfressene kleine Vieh dort jemanden um Futter anbettelte. Dann lief er auf die große Terrasse zurück, wo seine jährliche Halloweenparty wie immer ein voller Erfolg war, um hier nach dem als Hummer verkleideten Jack-Russell-Terrier zu suchen.

Wie alle Schoßhunde neigte Chachi zur Hysterie. Hatten Howard und seine Frau zum Beispiel Besuch oder kam auch nur irgendein Lieferant zur Tür rein, wetzte die kurzbeinige Töle wie wild im Kreis um den Eindringling und kläffte sich dabei die Seele aus dem Leib. Oft genug verlor sie vor lauter Aufregung sogar die Kontrolle über ihre Blase und hinterließ große Pisskreise auf dem schwarzen Marmor, die Howard dann in der Regel wegwischen durfte, weil er anscheinend der Einzige im Haus war, der sich an so was störte. War es da ein Wunder, dass er sich manchmal wünschte, das weiß-braune Nervenbündel einfach ins Intracoastal zu schmeißen?

Seit heute Nachmittag war jedoch alles anders.

Das Motto der diesjährigen Party lautete »Neptuns Reich«. Er und Marie hatten Anfang des Jahres das große Haus hier auf Seashell Isle gekauft, diesem künstlichen Inselchen, das ein paar clevere Bauunternehmer einfach mitten im Intracoastal Waterway aufgeschüttet hatten, und da hatte sich die Idee praktisch von selbst ergeben. Howard trug einen weißen Bart, einen grünen Plastikharnisch und goldene Sandalen, Marie ein Kleid, das so teuer war wie ein Segelboot. Noch besser als sie beide zusammen sah jedoch Chachi aus, deren rotes Hummerkostüm neben Schwanz und Scheren sogar eine kleine Kappe mit Fühlern beinhaltete, die aufrecht zwischen ihren Ohren in die Höhe standen. Howard hatte es zuerst albern gefunden, den Hund zu verkleiden. Doch als er dann in der Dämmerung auf dem Dock stand und die ersten Boote mit Gästen den Kanal runterkamen, der zwischen Tarpon Shores und Amberly Beach in die Lagune führte, hatte er sich mit Chachis Anblick schnell angefreundet. Natürlich hatte sie wieder jeden Neuankömmling wie verrückt angekläfft und ihre hysterischen Runden um die Beine der Verkleideten gedreht. Allerdings veränderte ihr Kostüm die Lage völlig. Plötzlich wirkte das Ganze wie ein beabsichtigter Begrüßungsgag, statt wie üblich ein schlechtes Licht auf seine und Maries erzieherische Fähigkeiten zu werfen, und brach bei jedem Gast das Eis, noch bevor er überhaupt richtig auf der Party angekommen war. Später auf der Terrasse war es dasselbe: Wenn Chachi jemanden ankläffte, wackelten ihre drahtverstärkten Scheren, als wollte sie ihr Gegenüber damit in die Knöchel zwicken, was automatisch für die gute Laune sorgte, die Howard sonst erst mühsam unter seinen Gästen anheizen musste. Der kleine Hundehummer war der absolute Partyrenner, und jeder, der ihn sah, klopfte sich vor Vergnügen auf die Schenkel. Deswegen schmerzte es Howard umso mehr, dass er ihn jetzt nicht mehr bei sich hatte. Erstaunlicherweise war Chachi, die sonst klug genug war, seine Nähe zu meiden, ihm in seiner Verkleidung als Meeresgott so gehorsam auf dem Fuß gefolgt wie ein Deutscher Schäferhund. Nur eben hatte er den Fehler begangen, sich zu lange mit der hübschen jungen Nixe zu unterhalten, die einer seiner lüsternen alten Freunde mit auf die Party gebracht hatte, und damit vermutlich ihr eifersüchtiges kleines Hundeherz gekränkt. Verzweifelt drängelte sich Howard zwischen einem Tiefseetaucher und einer Piratin durch, suchte den Außenbereich der Terrasse ab, fragte dann eine Auster, ob sie den Hummerhund gesehen habe, und ging schließlich zu Marie hinüber.

»Chachi ist verschwunden«, sagte er, stellte seinen Gummidreizack auf den Boden und wunderte sich einmal mehr, wie man für etwas, das aussah wie aus blauen und grünen Kleiderresten zusammengenäht, so viel Geld verlangen konnte. »Ich kann sie nirgendwo finden.«

»Sie wird in ihrem Körbchen liegen und schlafen«, sagte Marie. »So wie du die ganze Zeit auf dem Dock mit ihr rumgealbert hast, ist sie bestimmt müde.«

»Da hab ich schon geschaut, da ist sie nicht«, erwiderte Howard. »Außerdem würde sie sich niemals schlafen legen, solange hier noch so viele Leute zum Anbellen rumlaufen.«

»Wenn du sie plötzlich so genau kennst, dann geh du sie auch suchen«, sagte Marie. »Vielleicht ist sie ja hinterm Haus und frisst sich an dem Meeresfrüchtebüfett satt, das du zu früh hast in die Sonne stellen lassen. Wenn sie die ganze Nacht kotzt, machst du sauber.«

»Mach ich doch sowieso immer«, grummelte Howard und zog weiter. Er ging auf die rechte Seite des Hauses und versuchte, an der Hauswand entlang nach hinten zu sehen. Doch es war zu dunkel, und im Grunde hielt er den verwöhnten Köter ohnehin für zu wählerisch, um sich mit angegammeltem Fisch abzugeben. Schon wollte er die Suche aufgeben und sich einfach an der Tiki-Bar einen weiteren Drink holen, als er trotz der schallenden Rhythmen der Calypso-Band ein hohes, heiseres Kläffen vernahm.

»Chachi?«, rief er laut. »Chachi, bist du das, meine Kleine?«

Natürlich kam keine Antwort, aber sie kläffte weiter. *Wen mag sie da wohl anbellen?*, fragte sich Howard. *Einen Waschbären? Ein bumsendes Pärchen? Einen Einbrecher? Oder einfach nur jemanden vom Partypersonal?*

Kurz sah er sich um und überlegte, ob er ein, zwei Matrosen als Verstärkung mitnehmen sollte. Doch dann besann er sich seines göttlichen Status und seines muskelbepackten Brustharnischs und schritt mutig in die Dunkelheit.

Einmal mehr fluchte er darüber, dass an den Seiten des Hauses keine Bewegungslichter angebracht waren. Das struppige Gras kitzelte ihn an seinen halbnackten Füßen, und er hatte höllische Angst, jeden Moment mit seinen ungeschützten Zehen gegen einen Sprinklerkopf zu stoßen. Gerade glaubte er, eins der tückischen Dinger vor sich im Mondlicht glänzen zu sehen, da hörte er ein lautes Rascheln. Es kam aus dem hohen Streifen aus Farnen und Arekapalmen, der das Grundstück zur Lagune hin begrenzte. Erschrocken blickte Howard auf und

sah ein Monstrum mit grotesk verformtem Kopf und weit auseinanderstehenden Glubschaugen aus dem Gebüsch hervorbrechen.
»Gütiger Himmel!«, rief er, sprang entsetzt zur Seite und hielt dem Untier seinen Dreizack entgegen.
Das nestelte jedoch nur kurz an seinem Hosenlatz und ging dann wankend davon. Aber klar: Viele Gäste waren natürlich als Figuren aus dem Film mit den toten Piraten gekommen, den alle so toll fanden, und der hier hatte den beängstigend echt wirkenden Latexschädel eines Hammerhais auf dem Kopf. Howard fasste sich ans Herz, das wie rasend hinter seinem Harnisch pochte, und atmete erleichtert auf. »Drinnen sind jede Menge Klos«, rief er dem unerzogenen Gartenpisser hinterher und überlegte flüchtig, ob er ihn von der Party schmeißen lassen sollte. Aber dann drang wieder Chachis Kläffen an sein Ohr, das noch viel hysterischer und erregter klang als irgendwann sonst an diesem Abend, und er setzte seinen Weg fort.
Bei dem Anblick, der sich ihm gleich darauf hinter der Hausecke bot, begann sein Herz jedoch sofort aufs Neue, einen Takt schneller zu schlagen.
Er und Marie hatten den Fehler begangen, den Pool in einen abgelegenen Winkel hinterm Haus versetzen zu lassen, wo ihn nie jemand benutzte. Dort im Mondschein entdeckte er jetzt Chachi: Sie stand breitbeinig vor den hüfthohen Sträuchern, die den Pool vom Rest des Gartens abgrenzten, und kläffte diese aus vollem Leibe an. Natürlich war sie nach wie vor verkleidet, und obwohl ihr Kostüm im fahlen Mondlicht viel von seiner Wirkung einbüßte, sah sie mit ihren wütend wippenden Scheren immer noch zum Schießen aus. Doch ihre weit zurückgelegten Ohren und die schrille Note in ihrer Stimme verrieten Howard sofort, dass sie keineswegs zum Spaßen aufgelegt war. Und auch wie sie hektisch vor und zurück sprang, als könnte sie sonst

etwas erwischen, ließ ihn sofort spüren, dass dort etwas Lebendiges im Gebüsch lauerte – ein Eindringling!
Instinktiv senkte Howard seinen Dreizack und ging vorsichtig weiter. »Was ist los, Chachi?«, fragte er im verschwörerischen Flüsterton eines Jägers, der zu seinem Spürhund aufschließt. »Was bellst du denn da an?«
Chachi blickte sich kurz um, sah dann aber sofort wieder nach vorne und ging in ein tiefes Knurren über, zu dem Howard sie gar nicht für fähig gehalten hätte. Verunsichert hielt er inne und betrachtete den Gebüschstreifen genauer. Er bestand vollständig aus irgendwelchen dickblättrigen asiatischen Sträuchern, an deren Namen er sich nie erinnern konnte, und hatte an jedem Ende eine breite Lücke, durch die man zum Pool kam. Er war mehr als einen Meter breit, aber nicht wirklich so hoch, dass sich ein Mensch gut darin verstecken könnte, außer er duckte sich sehr tief auf den Boden oder legte sich sogar flach auf den Bauch.
»Was hast du entdeckt, mein Mädchen?«, flüsterte Howard und nahm den strengen Fischgeruch wahr, der von den Mülltonnen herüberdrang. »Was ist denn da nur?«
Doch ein Einbrecher?, fragte er sich beunruhigt. Aber welcher Einbrecher versteckte sich schon vor einem kleinen Hund in einem Hummerkostüm? Chachis Aggressionen schienen sich speziell gegen einen Strauch zu richten, der am vorderen Durchgang etwas versetzt stand. Howard machte einen Schritt vor, hörte in dem Moment aber ein seltsames Schmatzen und machte schnell wieder einen Schritt nach hinten. Chachi sprang ebenfalls zurück und fing erneut an, aufgeregt zu kläffen. Ohne den Strauch aus den Augen zu lassen, ging Howard ein paar Meter rückwärts und wedelte mit seinem Dreizack hinter sich in der Luft, damit einer der Wandscheinwerfer anging.
Das Licht reichte nicht ganz bis zu dem Gebüsch, trotzdem traten Farben und Konturen sofort viel deutlicher hervor. Aber was

dort hinter dem blöden Busch hockte, war immer noch nicht zu erkennen. Es war ausgerechnet der dichteste von allen, und sosehr Howard auch seine Augen anstrengte, er konnte nichts außer einem verschlungenen Wirrwarr aus dunkelgrünen Blättern erkennen. Wieder hörte er das glitschige Schmatzen und war plötzlich überzeugt, eine Schlange lauere hinter dem Strauch. Eine Schlange, von denen es hier in Florida durchaus ein paar giftige gab – und vor der er seinen treuen Jagdhund und die Gäste seiner Party unbedingt schützen musste.

Wenn ich sie mit dem Dreizack ins Licht schleudere und ihr dann ein paarmal kräftig damit auf den Kopf haue, müsste sie erledigt sein. Die vielen Wodka-Martinis, die er im Laufe des Abends getrunken hatte, versicherten ihm, dass es wirklich so wäre. Eine laue Brise trug die fröhlichen Karibikklänge zu ihm herüber, und er malte sich bereits aus, wie er mit dem von den Zacken seiner Waffe hängenden Reptil zurück auf die Terrasse stolzierte.

»Soll ich sie für dich holen?«, fragte er Chachi und trat mutig auf den vorstehenden Strauch zu. »Soll ich die böse Schlange für dich holen, meine Süße?«

Wieder beschleunigte sich sein Puls, und in seinen feuchten Händen fühlte sich der lange Gummistab plötzlich selbst glitschig wie eine Schlange an. Der unangenehme Fischgeruch schien umso stärker zu werden, je näher er dem Gebüsch kam, was sein mulmiges Gefühl irgendwie noch verstärkte. Die Spitze des Dreizacks war jetzt nur noch ein paar Zentimeter von dem Strauch entfernt, und er fragte sich, ob er lieber vorsichtig damit den Boden abtasten oder einfach blindlings zustechen sollte, als plötzlich das Licht ausging.

Chachi sprang jaulend zur Seite. Auf einmal stand er ganz allein vor dem Gebüsch – und sah im jetzt noch fahler wirkenden Mondlicht, wie etwas ganz Unmögliches geschah.

Der Strauch, der viel riesiger war, als es ausgesehen hatte, fiel in sich zusammen und *kroch auf seinen Wurzeln davon.* Klatschend warf er die dicken Ranken, von denen jede allein so lang war wie eine große Schlange, auf die hellen Steinplatten und zog sich mit ungeheurer Geschwindigkeit daran entlang.

»Was um alles in der Welt?«, murmelte Howard perplex, während das gewaltige dunkle Ding erst im Schatten der Sträucher verschwand und dann laut in den Pool platschte. Er fühlte sich, als sei er von seiner fröhlichen Halloweenparty mitten in irgendeinen bizarren Horrorfilm gestolpert.

»Howard! Was zum Teufel treibst du denn da?«

Den Dreizack weiter aufs Gebüsch gerichtet, drehte sich Howard um. An der Hausecke stand Marie mit zwei Gästen. Doch er antwortete nicht, sondern hastete durch den hinteren Durchgang zum Poolhäuschen und schaltete das Licht ein.

»Kommt her!«, rief er. »Komm schnell her! Hier ist irgendein riesiges ... Tier im Pool. Chachi hat es aufgespürt und ich ... ich ... ich habe es ins Wasser gescheucht.«

Durch seinen erregten Ton alarmiert, eilte Marie mit den zwei Gästen – einem Admiral und einem Angler – sofort herüber. Den Dreizack wieder im Anschlag, stand Howard am Rand des Pools und blickte in das hellerleuchtete Blau. Er hätte gern was mit Whirlpool und Sprungbrett gehabt, aber Marie hatte ihn zu so einer schwulen Jugendstilgeschichte mit Meerjungfrauen, Delfinen und Seepferdchen überredet. Das bunte Bodenmosaik trug nicht gerade zur Übersichtlichkeit des Beckens bei. Trotzdem musste sich Howard nach ein paar Sekunden fieberhafter Suche eingestehen, dass es leer war.

Aber so schnell kann das Vieh doch unmöglich wieder rausgekrochen sein, dachte er verblüfft. Das hätte er gehört. Und außerdem müsste dort am Rand dann alles nass sein.

»Ein Tier?«, fragte der Admiral, der im echten Leben Steuerberater war. »Was war es denn? Ein Frosch? Oder ein Gecko?«

»Nein, etwas Riesiges«, erwiderte Howard unwillig und breitete die Arme aus. »Ich habe es genau gesehen. Da! Da schaut doch, wie der Hund bellt!«

Obwohl der Pool leer, stand der kleine Hundehummer am Rand und kläffte aufgeregt ins Wasser. Howard lief bei dem Anblick ein kalter Schauer über den Rücken. Marie jedoch schien er nicht sonderlich zu beeindrucken.

»Chachi ist total überdreht«, sagte sie, und nahm das kläffende Hündchen auf den Arm. »Und du bist anscheinend stockbesoffen. Kommt, wir verschwinden, dieser Gestank ist ja nicht zum Aushalten. Und du, Howard, mach wieder das Licht aus. Sonst kommt noch jemand auf die Idee, schwimmen zu gehen.«

Damit machte sie sich mit den anderen wieder auf den Weg Richtung Party. Howard sah erneut in den leeren Jugendstilpool hinab.

Aber ich bin doch nicht verrückt, dachte er verwirrt. Klar, das Licht war nicht gut gewesen, und er hatte ziemlich einen sitzen. Aber deswegen bildete er sich doch nichts ein!

Während er dastand und sich um seinen Geisteszustand sorgte, stieg jedoch plötzlich ein anderes Gefühl in ihm hoch. Auf einmal fühlte er sich … *beobachtet,* und wie aus dem Nichts begann sein Herz heftiger zu rasen als je zuvor. Er blickte zum Haus, wo die anderen gerade um die Ecke bogen, daraufhin aber sofort wieder zum Pool zurück, in dem er aus dem Augenwinkel heraus eine winzige Bewegung wahrgenommen zu haben glaubte. Dann ging er schnell zum Poolhäuschen, schaltete mit zitternden Fingern das Licht aus und eilte dem sich entfernenden Kläffen Chachis hinterher auf die Terrasse.

4

Am Morgen nach Halloween hatte Steven einen ziemlich dicken Schädel, aber auch ein paar hübsche Erinnerungen mehr. Um den Tag nicht zu stressig anfangen zu lassen, begann er ihn damit, Herb eine kleine Extrabelohnung für die gute Leistung zu spendieren, die er gestern gezeigt hatte: Er holte ein paar Garnelen aus dem großen Futterkühlschrank neben seinem Schreibtisch, taute sie auf, schraubte dann die Abdeckung von Herbs Aquarium ab und rollte seinen Stuhl vor den großen grünen Wasserbehälter. Er hatte gerade die ersten zwei Garnelen geschält und zu Herb ins Wasser geworfen, als es an der Tür klopfte und Dekan Duffy eintrat, ohne ein »Herein« abzuwarten.

»Hallo Schuster, ich war vorhin schon mal da. Aber da hatten Sie's wohl noch nicht hergeschafft.«

»Nein, ich ... ähm, hatte mal wieder Probleme mit meiner alten Karre. Die Batterie, das feuchte Klima, Sie wissen ja, wie das ist.«

»Und ich dachte schon, Sie hätten die Verlängerung Ihres Stipendiums gefeiert. Danach sehen Sie jedenfalls aus.«

»Ich, ähm, nein. Natürlich habe ich mir schon gedacht, dass ... aber ... ich ...«

Steven hatte keine Ahnung, wie es der alte Mistbock jedes Mal wieder schaffte, ihn so aus dem Konzept zu bringen. Schon ihm eine Ausrede zu präsentieren war völlig falsch gewesen. Schließlich war er Professor und durfte ruhig mal ein bisschen später kommen, wenn es ihm passte.

»Senator Carter hielt die Forschungsprojekte der Abteilung also für förderungswürdig, wie schön«, sagte er schnell. »Und schön auch, dass Sie diesmal persönlich den weiten Weg hierher machen, um mir die gute Nachricht mitzuteilen. Wollen Sie sich nicht setzen? Ich kann rüber zum Automaten gehen und uns zwei Kaffee ziehen, dann …«

Steven stand auf und rollte den Stuhl zurück Richtung Schreibtisch. Doch der Dekan winkte ab. »Nein, lassen Sie nur. Ich möchte ohnehin nicht lange bleiben. Oder zumindest nicht länger, als unbedingt nötig ist.«

Das war selbst für den Dekan ungewöhnlich unfreundlich. Duffy hatte nur noch einen schmalen Kranz grauer Haare um den Kopf. Doch seine Augenbrauen waren immer noch voll und dunkel, und jetzt zog er sie eng zusammen und verschränkte die Arme vor der Brust.

»Eigentlich bin ich auch gar nicht wegen des Stipendiums hier. Das konnten Sie sich ja sowieso schon denken.«

»Ach ja, wegen was denn dann?«

Steven spürte, wie sich auch an diesem Morgen sein Puls wieder leicht beschleunigte. Duffy sah ihn noch einen Moment streng über den Raum weg an und nickte dann zu den Aquarien hinüber, welche die rechte Raumseite einnahmen wie eine grüne, leise vor sich hin blubbernde Hochhausstadt.

»Dieses kleine Kerlchen, das sie von den Malediven mitgebracht haben – das ist ja wirklich niedlich.«

»Sie meinen den Zwergtintenfisch, den ich dem Senator gestern gezeigt habe? Ja, nicht wahr, wirklich süß. Sie sollten ihn mal im Dunkeln sehen. Er hat biolumineszente Bakterien in seinem Hautmantel und leuchtet so hell wie eine kleine Glühbirne.«

»Und Sie haben tatsächlich zwei ganze Monate gebraucht, um ihn zu fangen?«

Steven merkte, wie sich nach dem beschleunigten Puls auch ein zweites physiologisches Symptom starker Nervosität bei ihm einstellte: feuchte Hände.

»Um ehrlich zu sein … ja«, antwortete er. »Ist ziemlich schwer, an einen ranzukommen. Sind ja auch ganz schön winzig, die süßen kleinen Dingerchen.«

»Das finde ich seltsam. Einer Ihrer Kollegen vom Woods Hole Institute oben in Massachusetts hat mir nämlich gesagt, es sei überhaupt nicht schwer, sich Zwergtintenfische zu beschaffen. Ich habe ihn angerufen, nachdem ich mir anlässlich der Erneuerung ihres Stipendiums noch einmal genau angesehen hatte, wie viel Sie der Universität jährlich einbringen und was Sie im Gegenzug ausgeben. Und soweit er weiß, wird diese Art von Tintenfischen dort unten sogar auf den einheimischen Märkten verkauft. Für nicht mehr als ein paar Cents pro Stück.«

»Tote, klar. Aber wenn man …«

»Und lebende auch. Sie gelten als Delikatesse, die so frisch serviert werden sollte wie möglich. Die Malediver haben sogar einen besonderen Namen dafür. Sie nennen sie *Klößchentintenfische.*«

Steven sah Duffy einen Moment lang in seine strengen grauen Augen. Dann schüttelte er unschuldig den Kopf.

»Na, Mann, hätte ich das mal vorher gewusst. Hätte mir 'ne ganze Menge Mühe erspart.«

Duffy betrachtete ihn mit bohrendem Blick, zog seine Brauen noch enger zusammen und hob drohend den Zeigefinger.

»Hören Sie zu, Schuster, ich weiß, was Sie hier für ein Spiel treiben«, sagte er. »Und nur weil alle Studenten Sie für einen so netten Typ halten und Sie Carter jedes Jahr mit dieser kleinen Zirkusnummer da um den Finger wickeln, heißt das noch lange nicht, dass auch ich auf Sie reinfalle. Ich weiß, dass mein Vorgänger große Stücke auf ihren Reichtum an praktischen Erfahrungen gehalten hat und dachte, der Rest würde sich schon ergeben. Aber meiner Meinung nach hat sich diese Prognose bisher keineswegs bestätigt. Der Artikel über diese *Sepia pharaonis* dort hinten war der letzte, den Sie veröffentlicht haben. Und das ist jetzt mehr als drei Jahre her.«

»Aber ich veröffentliche doch ständig irgendwelche Artikel«, erwiderte Steven. »Denken Sie nur mal an …«

»Ihre Forschungsassistenten und Doktoranden veröffentlichen Artikel, Sie aber nicht: Sie setzen einfach nur Ihren Namen drunter und lassen die anderen die ganze Arbeit machen. Ich weiß, dass Ihre Mitarbeiter das niemals zugeben würden, weil die eine Hälfte in Sie verknallt ist und die andere von Ihnen mit Bier und Tauchausflügen bestochen wird. Aber *ich* weiß, wie der Laden hier läuft, Schuster. *Ich* weiß es.«

Steven räusperte sich. »Hören Sie, Mr. Duffy, ich gebe zu, dass mein akademischer Output in letzter Zeit nicht so groß war, wie er vielleicht sein sollte. Zum Teil hängt das natürlich mit der Weigerung meiner Kollegen zusammen, irgendeine Veröffentlichung über meinen …«

»Ach, kommen Sie, Schuster, Sie wissen, dass Sie nichts über Herb veröffentlichen können! Das wäre so, als würde jemand aus SeaWorld ein Forschungspapier über einen der dressierten Schwertwale publizieren, die dort in den Shows auftreten. Herb ist ganz eindeutig kein wildes Tier mehr.«

»Na gut, da haben Sie möglicherweise nicht ganz unrecht«, lenkte Steven ein. »Und ich gebe ebenfalls zu, dass es vielleicht etwas übertrieben war, zwei Monate lang hinter diesem kleinen maledivischen Tintenfisch herzujagen. Aber bitte glauben Sie mir, Mr. Duffy, wenn ich Ihnen sage, dass sich hier in Zukunft einiges ändern wird. Gerade gestern habe ich wieder gemerkt, wie viel mir die Arbeit an dieser Universität wirklich bedeutet, und ich verspreche Ihnen, dass ich ab sofort …«

Der Dekan schnitt ihm mit einer entschiedenen Handbewegung das Wort ab. »Die Untersuchungen über das Tintenfischblut, die Sie dem Senator gegenüber erwähnt haben, wann glauben Sie, dass Sie da erste Ergebnisse vorlegen können?«

»Über das Hämozyanin und den Sauerstofftransport? Na ja, ich hab mit den dahingehenden Untersuchungen gerade erst angefangen. Und da ich es ja – wie Sie vielleicht wissen – vorziehe, meinen Forschungsobjekten immer nur kleine, verträgliche Proben ihrer Körpersubstanzen abzunehmen, anstatt sie wie manche andere Leute hier am Institut …«

Steven hatte mit seiner Garnelenschüssel Richtung Tür gezeigt, in der Hoffnung, dieses unerfreuliche Gespräch vielleicht von sich auf jemand anderen lenken zu können. Doch Duffy war nicht nur zu klug für diese Taktik. Wie Steven sich hätte denken können, hatte er auch nicht das Geringste gegen Professor Durhams altmodische Haltung zu Tierversuchen einzuwenden.

»Mir ist egal, was für verrückte Methoden Sie benutzen«, sagte er. »Ich erwarte, dass Sie bis zum Ende dieses Semesters einen Artikel zu dem Thema veröffentlichen. Und nicht einfach nur in einem Ihrer obskuren kleinen Tintenfisch-Fachblättchen, sondern in *Science, Nature* oder – am allerbesten – in der *Medical Tribune.* Ich erwarte etwas, woraus Ihre Mitmenschen einen Nutzen ziehen können, verstehen Sie mich, Schuster? Und damit meine ich nicht Ihre tintenfischbegeisterten Kollegen oder irgendwelche anderen Wissenschaftler, sondern Ihre Mitmenschen allgemein. Die Steuerzahler. Ich will einen klaren und konkreten Nutzen für all die Leute da draußen, die mich dafür bezahlen, dass ich hier an der Florida Atlantic University meinen Job anständig mache – und Sie dafür, dass Sie Ihre Tauchreisen zu den Malediven unternehmen.«

»Aber, Mr. Duffy, was ich da gegenüber Carter erwähnt habe, war eher so etwas wie eine Hypothese. Etwas, worauf ich kam, als ich …«

»Na, dann kann ich nur hoffen, dass daraus noch mehr wird.

Sonst können Sie Ihren kleinen Tintenfischzirkus nehmen und sich damit bei Disneyland bewerben. Veröffentlichen Sie diesen Artikel, ansonsten sorge ich nicht nur dafür, dass Sie unehrenhaft von meiner Uni fliegen, sondern auch dafür, dass Sie nie wieder irgendwo anders eine Professur kriegen. Es ist mir egal, ob Carter das Geld, das Sie ihm jedes Jahr abschwindeln, dann einer anderen Hochschule gibt. Ich will etwas Konkretes, Verwertbares, Nützliches, nicht nur irgendwelche amüsanten Geschichten über Sepien, die Krabben hypnotisieren, oder Kraken, die Fische imitieren. Und auch nicht irgendeine Zirkusnummer. Ernsthafte Wissenschaft mit ernsthaften Zielen. Sonst können Sie Ihrer Stelle hier ade sagen.« Der Dekan blitzte ihn kalt an. »Vorsätzlicher Missbrauch öffentlicher Gelder, Schuster, das ist ein ernsthaftes kriminelles Vergehen.«

Duffy schlug die Tür hinter sich zu, und Steven stand mit seinem Stuhl und seinen Shrimps da wie ein zusammengestauchter Kellner.

Es stimmte ja: Die Malediven hatten sich als so schönes Tauchrevier entpuppt und die Leute dort als so freundlich, dass er es diesmal vielleicht ein klein wenig übertrieben hatte. Aber geforscht hatte er schon, na ja, ein bisschen jedenfalls, und wenn's hart auf hart käme, könnte er es auch beweisen.

Doch darum ging es im Grunde natürlich gar nicht. Er liebte seinen Job, aber Duffy hatte schon recht: Wie ein richtiger Professor benahm er sich in letzter Zeit nicht mehr besonders oft. Und wenn er dafür jetzt die Quittung präsentiert bekommen sollte, durfte er sich eigentlich nicht beschweren.

Er hörte, wie hinter ihm Wasser auf den Boden platschte, drehte den Stuhl um und schob ihn wieder zurück zu Herbs Aquarium. Noch ein lustiger Zirkustrick, den der kleine Krake beherrschte – und sich sogar ganz alleine beigebracht hatte. Wenn er sich vernachlässigt fühlte, benutzte er seinen Sipho, um Was-

ser aus seinem Aquarium zu spritzen. Oder einem ins Gesicht, wenn man gerade zufällig vorbeikam.
Steven setzte sich und fing wieder an, Shrimps zu schälen. Natürlich hätte es Herb keinerlei Probleme bereitet, die Garnelen selbst aus ihrer Schale zu lösen; in der Mitte seiner Arme hatte er einen harten, papageienähnlichen Schnabel, mit dem er sogar dicke Muschelschalen knacken konnte. Das Schälen war Teil der Belohnung: So konnte sich Herb die Shrimps einfach schnappen und sofort in den Rachen stopfen.
Man hatte fast den Eindruck, er fing sie aus der Luft, so schnell schoss einer seiner langen Arme hervor, wenn eine Garnele zu ihm ins Aquarium flog. Und als Steven sah, wie gut der kleine Krake inzwischen auch diesen Trick draufhatte, wurde ihm einmal mehr bewusst, wie viel Zeit er damit verbrachte, hier im Labor mit seinen »Zirkustieren« zu spielen, anstatt das zu tun, was von ihm erwartet wurde.
Wenn meine Kollegen nur nicht einen so engen Begriff davon hätten, was als natürliches Verhalten zählt, dachte er. *Dann wäre mein Leben wesentlich einfacher.* Die nächste Garnele warf er in die Ecke des Aquariums, wo sie wie ein Blatt zu Boden zu trudeln begann. Schon im nächsten Moment schoss Herb jedoch darauf zu und umschloss sie mit der Haut zwischen seinen Armen wie ein lebendiger Baseballhandschuh.
»Du bist immer noch ein wildes Tier, nicht wahr, Herb?«, sagte Steven. »Ein wilder, unberechenbarer Shrimpskiller.«
Das Telefon klingelte. Steven stellte die Schale auf dem Stuhl ab und ging zum Schreibtisch.
»Hallo?«
»Professor Schuster?«
»Ja, Lisa.«
»Ich habe hier eine Ms. Sanchez für Sie. Sie ist von der Polizei.«
Erneut beschleunigte sich Stevens Herzschlag. Zwar konnte er

sich nicht vorstellen, dass der Dekan tatsächlich die Polizei angerufen hatte, nur weil er etwas sorglos mit seinem Reisebudget umgegangen war. Doch leider war das nicht das Einzige, womit er ab und zu mal etwas sorglos umging. Auch die amerikanischen Einfuhrbestimmungen für exotische Pflanzen und Tiere nahm er nicht immer so ernst, wie es vielleicht ratsam war.

Herrgott – und das alles mit so einem Kater!

Steven warf einen nervösen Blick auf die großen grünen Aquarien, die ein paar Meter weiter leise vor sich hin blubberten. Dann sagte er Lisa, sie solle die Polizeibeamtin durchstellen.

»Hallo, spreche ich mit Professor Steven Schuster?«

Die Stimme klang angespannt und erregt, und sofort erhöhte sich auch Stevens Pulsfrequenz noch weiter.

»Ja, das tun Sie.«

»Guten Tag, hier spricht Sergeant Jessica Sanchez vom Vero Beach Police Department. Ich rufe von einem Tatort im Indian River Village an, oben in Collier Creek. Und ich wollte Sie fragen, ob Sie vielleicht hierherkommen und einen schnellen Blick darauf werfen könnten.«

»Ich?«, fragte Steven erstaunt. »Mir einen Tatort ansehen? Aber … sind Sie sicher, dass Sie mit der richtigen Abteilung verbunden sind? Ich bin Malakologe. Fachmann für Tintenfische, Muscheln und Meeresschnecken und so.«

»Ja, genau deswegen rufe ich an. Es hat einen Vorfall auf einem der Grundstücke hier gegeben, die an die Kanäle neben der Lagune grenzen. Ein kleines Kind ist verschwunden.«

»Mein Gott, das ist ja furchtbar«, sagte Steven bestürzt. »Ich hoffe … ich hoffe, Sie finden das Kind wieder. Aber … was um Himmels willen wollen Sie denn da von mir?«

»Nun, wir haben uns die letzten eineinhalb Stunden mit der Haushaltshilfe der Familie unterhalten. Sie war gerade dabei, draußen im Garten mit dem Kind zu spielen, als es verschwand. Und sie sagt, es sei von einem Kraken weggeschleppt worden.«

5

Es dauerte nur ungefähr zwanzig Minuten, auf dem U.S. Highway 1 nach Vero Beach zu fahren, und nach ein paar weiteren Meilen in nördlicher Richtung erreichte Steven Collier Creek. Er überquerte den kleinen Fluss, von dem die Ortschaft ihren Namen hatte, und bog dann rechts in das Indian River Village ein.

Das Village war keineswegs ein Dorf, sondern eine Ansammlung schmucker weißer Einfamilienhäuser, die an die Ufer einiger Seitenarme des Intracoastal Waterway gebaut waren. Die gut 3 000 Meilen lange Küstenwasserstraße, die sich praktisch die gesamte Ostseite des nordamerikanischen Kontinents hinzog, war in diesem Teil ihres Verlaufs mit der Indian River Lagoon identisch, aber Indianer lebten deswegen natürlich noch lange keine in der hübschen Wohnanlage. Wie Seashell Isle, die aus Lagunenschlamm aufgeschüttete Insel, die Steven beim Umrunden der Siedlung draußen im Intracoastal erblickte, hieß das Indian River Village einfach so, weil es sich schön anhörte. Beide gehörten zu jener Art Bauprojekte, gegen die Stevens engagiertere Kollegen regelmäßig auf die Barrikaden gingen, da sie angeblich das ökologische Gleichgewicht der Lagune empfindlich störten. Doch so sehr auch Steven die fortschreitende Zerstörung von Floridas Natur durch die allgegenwärtigen Baufirmen missfiel, zumindest hier in der Lagune hatte er den Eindruck, dass die Wildnis sich die bebauten Gebiete immer recht schnell wieder zurückeroberte.

Etwas versetzt von der Insel bog er in den Seminole Drive ein, von dem dann mehrere kleinere Straßen abgingen, die nach Stämmen und Häuptlingen dieses früher einmal über ganz Florida verbreiteten Indianervolks benannt waren. Osceola Lane, in die Sergeant Sanchez ihn bestellt hatte, führte ihn auf einem schmalen Landarm entlang, der sich von der Mitte der Siedlung beinah wieder ganz bis zum Intracoastal zurückwölbte. Nummer 225 war das letzte Haus in der Straße.

Steven glaubte beim Aussteigen, Sanchez bereits in der Einfahrt stehen zu sehen. Der Tag war wolkenlos und klar, typisch für November, wenn es nicht gerade stürmte, und um die junge Beamtin herum glänzten die schwarz-weißen Polizeiwagen wie riesige Dominosteine in der Sonne.

Als er über die Straße lief, war Steven froh, dass er morgens im Studentenwohnheim noch mal die Sachen von seinem Termin mit Senator Carter hatte anziehen müssen. So sah er halbwegs anständig aus. Sergeant Sanchez trug keine Uniform, wie Steven naiverweise erwartet hatte, sondern ein dunkelblaues Polohemd, eine khakigrüne Cargohose und Turnschuhe. Sie wirkte durchtrainiert und fit, was in ihrem Beruf vermutlich dazugehörte, und hatte von rechts betrachtet ein auffallend hübsches Gesicht, das allerdings durch eine lange Narbe auf der linken Wange entstellt war.

»Professor Schuster?«, fragte sie und schirmte die Augen gegen die Sonne ab, um besser zu ihm aufsehen zu können.

»Ja. Ich bin so schnell hergekommen, wie ich konnte. Obwohl ich mir immer noch nicht ganz sicher bin, was ich …«

»Ms. Otero ist im Haus«, sagte Sanchez, drehte sich ohne weitere Vorrede um und ging voraus zur Eingangstür, die mit einem kleinen Ziergiebel überdacht war. »Sie ist ziemlich mit den Nerven fertig, schlägt sich aber tapfer, angesichts der Umstände. Sie ist dreiundfünfzig und erst vor zwei Jahren von Kuba rübergekommen. Ihr Sohn lebt mit seiner Familie in Vero Beach. Das kleine Kind, Lilian …«

Sanchez öffnete die Tür und trat ohne sich zu unterbrechen ins Haus ein. Steven jedoch blieb zögernd an der Schwelle stehen.

»Wo sind die Eltern?«, fragte er leise.

Sanchez stoppte ebenfalls und drehte sich zu ihm um. Auf ihrem Gesicht war keine Regung zu erkennen. Doch Steven hatte das Gefühl, dass sie innerlich immer noch genauso angespannt war wie vorhin am Telefon.

»Ms. Wilkins mussten wir ins Krankenhaus bringen. Sie hatte einen Nervenzusammenbruch. Ihr Mann ist auf Geschäftsreise, aber auf dem Weg hierher.«

Sie durchquerten eine geräumige weiße Vorhalle und liefen dann direkt in den großen Hauptraum des Hauses hinein, in dessen hinterem Teil Ms. Otero am freistehenden Tresen einer offenen Küche saß. Sie war eine kleine, kräftige Frau mit vollem Gesicht und duckte sich mit tief herabhängenden Schultern in einen der barhockerartigen Stühle. Ihre Hände hatte sie im Schoß zusammengelegt, und ihre Miene drückte eine so große Verzweiflung und eine so tiefe Scham aus, dass der Anblick beinah schmerzhaft war. Ihr krauses, schon leicht ergrautes Haar hing im Nacken und an den Schläfen in nassen kleinen Korkenzieherlocken herunter. Sie war in eine Decke gehüllt und trug darunter ein zu großes Yale-T-Shirt und eine Jogginghose, die beide offensichtlich nicht ihr gehörten. Ihre Füße waren mit getrocknetem Schlamm bedeckt.

Auf der anderen Seite des quer in den Raum ragenden Tresens saß ein massiger, rothaariger Polizist, der einen kleinen Block vor sich liegen hatte und Ms. Otero verhörte. Als Sanchez und Steven hereinkamen, war er gerade dabei, ihr Fragen zu ihrem Sohn zu stellen, der offenbar irgendwo im Hinterland als Erntehelfer arbeitete und deshalb schwer zu erreichen war. Sie antwortete, so gut es ging, doch der gereizte Ton des Polizisten schüchterte sie offensichtlich ein, und ihr schlechtes Englisch schien sie noch beschämter zu machen, als sie ohnehin schon war. Zwischen jeder Frage wanderten ihre Augen zu der großen Glasfront des Raums und nach draußen, hinters Haus, wo eine unregelmäßige Reihe uniformierter Polizisten am Rand des Grundstücks stand und eine ganze Armada von Küstenwachbooten den angrenzenden Kanal absuchte.

Der rothaarige Polizist, der wie Sanchez Zivilkleidung trug, reagierte mit keiner Geste auf ihr Kommen. Doch als er kurz in seiner Befragung innehielt, um etwas zu notieren, fasste Sanchez Steven am Ellbogen und zog ihn mit sich zum Tresen.

»Lieutenant McCullen«, sagte sie, »das hier ist Professor Schuster, der Experte von der Florida Atlantic University, von dem ich Ihnen erzählt habe. Wenn es Ihnen nichts ausmacht, hätte ich gerne, dass er sich noch einmal anhört, was Ms. Otero uns geschildert hat. Es würde höchstens zwei Minuten dauern.«

McCullen hob den Kopf, musterte Steven mit müdem Blick, sah dann Sanchez an und gab einen schweren Seufzer von sich. »Also meinetwegen«, sagte er. »Ich brauch sowieso 'ne Pause. Aber glauben Sie bloß nicht, dass ich deswegen auch nur ein Wort mehr zu dem Unsinn in meinen Bericht schreibe.«

Er zog eine Schachtel Zigaretten aus der Brusttasche seines Hemds und ging auf die Terrasse. Sanchez legte Ms. Otero die Hand auf den Arm und sprach sie auf Spanisch an. Sie erklärte ihr, wer Steven war. Ms. Otero blickte mit ihrem gutmütigen Gesicht und ihren verstörten dunklen Augen zu ihm auf und sagte »Buenos dias«.

»Sprechen Sie Spanisch?«, fragte ihn Sanchez.

»Nur ein bisschen, leider.«

»Okay, dann übersetze ich für Sie.«

Sanchez bat Ms. Otero, noch einmal zu beschreiben, was vor

zwei Stunden passiert war, als sie draußen im Garten mit der kleinen Tochter ihrer Arbeitgeber spielte. Ms. Otero schien zwar begriffen zu haben, dass Steven kein Spanisch sprach, richtete ihre Worte aber trotzdem an ihn und illustrierte sie mit lebhaften Gebärden. Nicht weit hinter ihr stand das silbergerahmte Porträtfoto eines etwa zwei Jahre alten Mädchens auf dem Tresen. Die blauen Augen in dem pausbackigen Kindergesicht lachten fröhlich, und die feinen blonden Haare hingen auf einer Seite verwegen über die Stirn.

»Sie hatte sich mit Lilian unter diesen Baum dort draußen gesetzt«, erklärte Sanchez und zeigte auf einen breitstämmigen Banyanbaum, in dessen Schatten immer noch eine große, pfirsichfarbene Decke ausgebreitet war. »Das Telefon klingelte, aber es lag auf dem Couchtisch da vorne, deswegen musste sie ins Haus, um dranzugehen. Sie geht nicht gerne ans Telefon, weil ihr Englisch so schlecht ist, aber Ms. Wilkins besteht darauf. Kurz dachte sie daran, Lilian von der Decke aufzuheben und mitzunehmen. Aber das kleine Mädchen wirkte so glücklich und in ihr Spiel versunken, da wollte sie es nicht stören. Dass etwas passieren könnte, hielt sie ohnehin für unmöglich. Lilian hatte zwar gerade vor einem Monat mit dem Laufen begonnen, war aber kein sehr abenteuerlustiges Kind. Sie wäre nie auf die Idee gekommen, einfach so Richtung Kanal zu laufen, und selbst wenn: Ms. Otero war überzeugt, sie mit Leichtigkeit wieder einholen zu können, bevor sie auch nur in die Nähe des Wassers käme.«

Ms. Otero atmete tief durch. Ihr traten Tränen in die Augen, und als sie weiterredete, war ihre Stimme merklich zittriger.

»Bevor sie durch die Tür ging, drehte sie sich um, um nach Lilian zu sehen. Dann ging sie hier ins Wohnzimmer und nahm das Telefon vom Tisch. Sie fragte, wer dran sei, doch die Person am anderen Ende der Leitung redete einfach nur stur auf sie ein und schien überhaupt nicht auf ihre Fragen zu reagieren. Sie fragte noch etwas lauter, glaubte dann jedoch, Lilian etwas rufen zu hören, und drehte sich wieder zum Garten um. In dem Moment sah sie den Kraken.«

Steven konnte nicht verhindern, dass sich seine Brauen hoben. Ms. Otero blickte ihm mit ihren aufgewühlten feuchten Augen eindringlich ins Gesicht. Sie setzte wieder an, musste aber erst noch einmal tief durchatmen, bevor sie weiterreden konnte.

»Sie sagt, dass er Lilian bereits am Bein gepackt hatte und mit sich Richtung Wasser zog. Sofort warf sie das Telefon beiseite und rannte in den Garten hinaus. Doch der Krake war schnell, viel schneller, als sie es von so einem Tier erwartet hätte, und bevor sie ihn erreichen konnte, hatte er Lilian schon mit sich in den Kanal gezerrt. Sie rannte ins Wasser und versuchte, hinterherzutauchen. Aber in der trüben braunen Brühe war der Krake mit dem Kind sofort verschwunden. Sie schrie laut um Hilfe – manchmal liegt jemand auf einem der umliegenden Grundstücke in der Sonne oder arbeitet im Garten. Leider war in dem Moment aber gerade niemand in der Nähe. Sie sagt, sie sei dann noch mal getaucht und habe bestimmt zehn Minuten lang mit den Händen den schlammigen Grund abgesucht. Aber finden konnte sie nichts. Schließlich lief sie ins Haus und rief bei der Polizei an.«

Ms. Otero wurde von heftigen Schluchzern geschüttelt und ließ jetzt ihren Tränen freien Lauf, die in dicken Tropfen über ihre kaffeebraunen Wangen kullerten. Zwischen den Schluchzern sagte sie ein paar halbverschluckte Sätze zu Sanchez, und die Polizistin streichelte ihre Schulter und redete leise auf sie ein. Trotzdem konnte die verzweifelte Frau nicht aufhören, zu weinen und zu zittern. Selbst mit der Decke um die Schultern schien sie bitterlich zu frieren, und schließlich trat auch Steven näher und rieb ihr tröstend über den Arm.

»Was sagt sie?«, fragte er Sanchez leise.
»Sie sagt, dass das Monstrum die ganze Zeit auf seine Chance gelauert haben muss. Dass es sie und Lilian die ganze Zeit beobachtet hat.« Sanchez redete mit fester, scheinbar unbewegter Stimme. Doch wieder hatte Steven den Eindruck, dass sie ihre wahren Gefühle verbarg. Anscheinend machte ihr die ganze Situation viel stärker zu schaffen, als sie durchblicken ließ.
»Mein Gott«, sagte er und schüttelte betroffen den Kopf. »Was immer da draußen passiert sein mag, es hat ihr offensichtlich ... wie soll man sagen ... einen ganz schönen Knacks zugefügt.«
Sanchez hob als Antwort nur den Blick und sah ihn einen Moment lang mit einem eiskalten Funkeln in den Augen an. »Wollen Sie ihr keine Fragen stellen?«, erkundigte sie sich kühl.
Steven runzelte die Stirn. Dann sah er jedoch noch mal zu Ms. Otero hinunter und wieder zu Sanchez zurück. »Sicher«, sagte er zögernd. »Wenn Sie ... wenn Sie gerne wollen. Kann sie Ihnen zum Beispiel sagen, wie groß dieser ... wie groß dieses Tier war?«
Sanchez übersetzte die Frage, und Ms. Otero zeigte auf einen viereckigen Sofahocker, der neben dem Couchtisch stand. »Ungefähr so groß wie der Hocker da«, sagte Sanchez. »Aber mit langen Armen.«
»Und welche Farbe hatte es?«
Ms. Otero deutete nach draußen, wo die Decke mit Lilians Spielzeugen immer noch auf der Wiese lag. »Es hatte zwei Farben«, übersetzte Sanchez. »Erst war es grün wie das Gras, dann braun wie der Schlamm.«
Steven sah Ms. Otero aufmerksam an und zog die Brauen zusammen. »Wollen Sie sagen, es veränderte seine Farbe je nachdem, über welchen Untergrund es sich bewegte.«
»Ja«, sagte Ms. Otero mit ihrem schweren Akzent und nickte. »Je nach Grund.«

Steven blickte ihr noch einen Augenblick länger in ihre feuchten dunklen Augen. Dann nickte er ebenfalls. »Also in Ordnung«, sagte er. »Und können Sie mir auch zeigen, *wie* es sich bewegt hat? Wie der Krake sich über den Grund bewegt hat?«
Ms. Otero warf die Arme in runden Wellenbewegungen nach vorne und zog sie wieder zu sich, als führe sie einen exotischen Volkstanz vor. Gleichzeitig verfiel sie wieder ins Spanische.
»So«, übersetzte Sanchez. »Er kroch rasch übers Gras und zog dabei seinen Kopf hinterher wie einen großen Müllbeutel. Wie eine riesige Spinne oder Krabbe oder so was. Aber anders.«
»Was macht sie so sicher, dass es ein Krake war?«
»Die Arme. Und der schwabbelige Kopf und die großen Augen. Auf Kuba hat ihr Mann eine Zeitlang auf einem Fischerboot gearbeitet und manchmal welche mit nach Hause gebracht. Aber sie waren nie so groß wie der, den sie heute gesehen hat.«
Einmal mehr blickte Steven Ms. Otero in die Augen. Sie waren blutunterlaufen, verstört und verquollen, wirkten jedoch vollkommen ehrlich. Er zögerte kurz und fragte dann: »Haben Sie jemals das Wort *Ayapayek* gehört?«
Ms. Otero zog die Brauen zusammen und blickte hilfesuchend zu Sanchez hinüber. »Wie war das?«, fragte ihn die junge Polizistin.
»*Ayapayek.* Oder *el degollador?* Oder irgendwas, das so ähnlich klingt?«
Ms. Otero schüttelte den Kopf. Sie zuckte verwirrt mit den Achseln und suchte mit den Augen wieder Beistand bei Sanchez. »Nein«, übersetzte diese überflüssigerweise. »Der, der Köpfe abreißt? Was soll das sein?«
»Das ist eine alte peruanische Gottheit«, erklärte Steven. »Eine Gottheit der Moche, um genau zu sein, einer alten südamerikanischen Kultur. Manchmal ist es erstaunlich, wo gewisse Glaubensinhalte wieder auftauchen. Wie sie von anderen Völkern

sozusagen wieder aufgewärmt werden, gerade in sozialistischen Ländern, und …«

Sanchez richtete einen langen, eisigen Blick auf ihn.

»War nur so ein Gedanke«, winkte er ab. »Vergessen wir's.«

Die beiden Frauen sahen ihn schweigend an, warteten auf eine weitere Frage oder vielleicht auch auf sein Urteil. Er blickte in Sanchez' hübsches, jedoch eine frostige Miene tragendes Gesicht, dann kurz zu Ms. Otero hinüber. Er seufzte, war sich dabei unangenehm bewusst, wie sehr er wie Lieutenant McCullen klang, und hob die Hände.

»Also, ich …«

Doch bevor er mehr sagen konnte, fasste ihn Sanchez erneut am Ellbogen und führte ihn davon. »Sie sollten mit rauskommen und sich die Spuren ansehen, die er hinterlassen hat«, sagte sie und versprach Ms. Otero auf Spanisch, gleich wieder zurück zu sein.

»Es gibt Spuren?«

»Ja, auf der Uferböschung. Es war was Großes, das steht fest.«

Im Weggehen nickte Steven der immer noch mit tiefunglücklicher Miene dasitzenden Ms. Otero zu. Draußen saß McCullen mit seinem Handy am Ohr auf einem der Terrassenstühle und zündete sich gerade eine neue Zigarette an. Er blickte nicht zu ihnen auf, und Sanchez führte Steven die linke Seite des Gartens hinab, an dem großen Banyanbaum und der Decke vorbei. Die Decke war leicht verzogen und hatte ein kleines Plastikklavier mit bunten Tasten sowie eine grüne, mit großen Buchstaben beschriftete Raupe in der Mitte.

Der Garten fiel zum Wasser hin leicht ab und endete schließlich abrupt an einem halbmeterhohen Absatz. Darunter lag eine dunkelbraune Schlickböschung, die sich kaum stärker neigte als der Rasen und nach gut zwei Metern ins braune Wasser des Kanals überging. Auf dieser Böschung war mit gelbem Poli-

zeiband und kleinen, in den Schlick gesteckten Stäben ein großes Quadrat abgesperrt. Ursprünglich war es wohl mal ganz bis zum Wasser gegangen, aber inzwischen hatte die Ebbe die Böschung noch etwas weiter freigelegt.
Innerhalb des Quadrats war ein breiter Streifen aus aufgewühltem Schlick zu erkennen, der allem Anschein nach in Richtung Wasser führte. In dem weichen Morast waren die Abdrücke aber vermutlich von Anfang an nicht besonders deutlich gewesen. Inzwischen hatten die vielen Boote im Kanal dafür gesorgt, dass unzählige kleine Wellen die Spuren noch weiter verwischt hatten.
Sanchez stieg ohne zu zögern in den Schlick hinunter, in dem ihre Füße sofort tief einsanken. Steven trug zwar sein einziges Paar guter Schuhe, wollte aber nicht pingelig wirken und tat es ihr gleich. Sanchez ging neben dem Absperrband in die Hocke und zeigte auf eine Reihe etwas tieferer Abdrücke in der Mitte des Quadrats, von denen alle außer dem obersten vollständig mit Wasser gefüllt waren.
»Dort ist sie ihnen hinterhergelaufen«, sagte Sanchez. »Und die hier könnten von den Armen stammen.« Sie zeigte auf ein paar bogenförmige Spuren am Rand des abgesperrten Bereichs, und Steven hockte sich gehorsam neben sie, um sich die Spuren genauer anzusehen. »Es gibt doch Kraken, die sich über Land bewegen können, nicht wahr?«
Sie hatte ihre Stimme gesenkt, die dadurch gleich viel sanfter wirkte. Ihr Gesicht war Steven so nah, dass er zum ersten Mal bewusst die Farbe ihrer Augen wahrnahm, die ziemlich ungewöhnlich für eine Latina war: hellgrün wie das Meer, wenn die Sonne draufschien.
»Ja«, sagte er. »Solche Kraken gibt es.«
»Glauben Sie, dass hier könnte einer gewesen sein? Ein Krake?«
Ihr Ton war jetzt so leise, dass er fast intim wirkte. Auch ihr

Blick wirkte plötzlich viel wärmer. Steven hatte alle Mühe, seine Augen von ihren loszureißen und sie wieder auf die vom Wasser verwischten Spuren zu richten.
»Also, es tut mir leid. Aber ich … ich könnte wirklich nicht sagen, ob …«
»War eher ein Alligator, wenn ihr mich fragt«, sagte über ihnen plötzlich eine laute Stimme mit starkem Südstaatenakzent.
Steven blickte auf und sah einen Polizisten am Rand des Rasens stehen. Er hatte einen massigen Körper und ein müdes Gesicht, wie McCullen, trug aber eine Uniform. Er war wohl von den Männern herübergekommen, die ein Stück weiter den Küstenwachbooten und Polizeitauchern bei der Arbeit zusahen.
Sanchez' Stimme wurde sofort wieder kühl und bestimmt, wenn auch nicht wirklich unfreundlich. »Die Frau kann einen Kraken nicht von einem Alligator unterscheiden, Gary?«
Gary deutete mit einer Hand auf den Schlick. Die andere ruhte in gewohnt wirkender Geste auf dem Taser, den er zusätzlich zum Colt am Gürtel trug. »Ein Krake, der so groß ist wie 'n Alligator, Sanchez? So groß wie die Abdrücke da unten?«
Sanchez wandte sich an Steven. »Gibt es Kraken, die so groß sind, Professor Schuster?«
»O ja, schon. Es gibt sehr große Kraken. Aber …«
»Siehst du, Gary. Nur weil du noch keinen gesehen hast, heißt das noch lange nicht, dass es keine gibt. Wenn's hier nicht eine Footballmannschaft gäbe, die nach ihnen benannt ist, würdest du wahrscheinlich auch nicht an Alligatoren glauben.«
Gary verdrehte die Augen und schüttelte den Kopf. Offenbar machte er nicht zum ersten Mal Bekanntschaft mit Sanchez' scharfer Zunge. Er zeigte auf einen Haufen abgeschnittener Zweige, der nicht weit von dem Banyanbaum am Gartenzaun aufgeschichtet war.
»Willst du meine Theorie hören«, sagte er. »Sie war am Telefon,

hat 'nen Moment nicht aufgepasst, die Kleine ist ins Wasser gelaufen und ertrunken. Also hat sie die Zweige da drüben genommen, sie durch den Schlamm gezogen und dann gesagt, irgendein Seemonster hätte sie sich geholt.«

»Aber warum behauptet sie dann, es sei ein Krake gewesen? Warum sagt sie nicht einfach, es war ein Alligator?«

»Woher soll ich das wissen? Vielleicht hat sie noch weniger Ahnung von solchen Sachen als ich. Du bist doch diejenige, die ihre Sprache spricht.«

»Und wo ist das Kind?«

»Mit der Strömung weggetrieben. Wahrscheinlich schon längst auf dem Weg das Intracoastal hinab.«

Sanchez wandte sich wieder an Steven. Anscheinend hatte sie genug – sowohl von den Theorien ihres Kollegen als auch von seiner Rumdruckserei.

»Professor Schuster«, sagte sie mit energischer Stimme, in der keine Spur Sanftheit mehr lag. »Was halten Sie von diesen Spuren?«

Steven blickte hinunter in den Schlick und dann zu den Booten und Tauchern hinüber. Er betrachtete die Netze, die durch das trübe braune Wasser gezogen wurden, und die Nachbarn, die am anderen Ufer des Kanals standen und darauf warteten, dass der schrecklichste Fang eingeholt wurde, den man sich nur vorstellen kann: ein ertrunkenes kleines Kind. Dann sah er wieder Sanchez an, die hier unten mit ihm im Schlamm hockte, während Gary mit in die Seiten gestemmten Armen über ihnen auf dem gepflegten Rasen stand. In ihren Augen konnte er schon die Enttäuschung lesen, die er ihr gleich bereiten würde.

»Nun, Ms. Sanchez, ich will ehrlich zu Ihnen sein. Es tut mir leid, dass ich Ihnen so wenig weiterhelfen kann, aber ...«

Doch erneut schnitt sie ihm das Wort ab. Anscheinend wollte sie sich vor ihrem Kollegen doch lieber diese Blöße ersparen.

»Vielleicht können Sie wenigstens ein paar Proben nehmen«, sagte sie, plötzlich wieder in viel sanfterem Ton, »und sie auf DNA untersuchen.«
Steven blickte auf den Schlick hinab. »Auf DNA?«, fragte er.
»Ja, auf Kraken-DNA«, sagte Sanchez. »Ich geh schnell hoch und hole Ihnen was, womit Sie die Proben nehmen können.«
Mit katzenartiger Geschmeidigkeit sprang sie auf den Rasen hinauf und schritt rasch Richtung Haus. Gary folgte ihr mit den Augen, wandte den Kopf dann wieder Steven zu und hob seine massigen Schultern. »Schlimmer Fall«, sagte er. »Erst recht, wenn man eine Frau ist, nehm ich mal an. Hab sie lange nicht mehr so aufgekratzt erlebt. Ist normalerweise ganz gut drin, sich nichts anmerken zu lassen.«
»Tja«, sagte Steven und nickte unbestimmt. Es war ihm unangenehm, diese etwas indiskrete Einschätzung ihres Kollegen zu hören. Doch im Grunde schien sie seine eigene ja zu bestätigen. »Ist aber auch wirklich eine schreckliche Sache.«
Gary wies mit dem Kopf aufs Nachbargrundstück, wo zum Wasser hin ein niedriger grüner Maschendrahtzaun am Rand des Rasens entlanglief. »Nicht clever, hier mit 'nem kleinen Kind zu leben und dann keinen Zaun aufzustellen, meinen Sie nicht?«
»Doch. Das wäre auf jeden Fall klug gewesen.«
Steven blickte wieder auf den breiten Streifen aufgewühlten Schlamm, auf die mit Wasser vollgelaufenen, vage fußförmigen Vertiefungen in der Mitte und die weit ausgreifenden, bogenförmigen Spuren an den Seiten. *Könnten vom Schwanz eines Alligators stammen,* dachte er. *Könnten von den Zweigen da drüben stammen. Könnten von einer Menge Dinge stammen, wenn man es sich recht überlegte.*
»Alligatoren gehen auf alles los, was dem Wasser zu nahe kommt«, sagte Gary, der einem ähnlichen Gedankengang ge-

folgt zu sein schien. »Schnappen nach Katzen, Hunden, Kühen, einfach allem. Haben Sie von der jungen Frau unten in Lake Worth gehört, die sich einfach nur 'n bisschen die Füße abkühlen wollte und von so 'nem Viech ins Wasser gezogen wurde?«

»Ja, ich glaube, ich hab in den Nachrichten davon gehört.«

»Das Schlauste wär, sie einfach alle abzuknallen. Nicht nur die, die zu den Leuten in den Garten gekrochen kommen, sondern einfach alle. Raus in die Everglades fahren und das ganze verdammte Gekreuch zusammenballern.«

Ein Motor heulte auf, und Steven machte zwei schmatzende Schritte nach hinten, um nicht von der heranrollenden Bugwelle erwischt zu werden. Als er sich wieder umdrehte, sah er Sanchez an der Seite des Hauses vorbei in den Garten zurückkommen. Gary folgte seinem Blick, drehte sich dann aber wieder um, schüttelte den Kopf und ging murmelnd in Richtung seiner Kollegen davon.

»Nicht clever, hier mit 'nem kleinen Kind zu leben und keinen Zaun aufzustellen. Einfach nicht clever.«

Sanchez hatte ein Bündel übergroße Wattetupfer in der Hand, die in durchsichtige Plastikhüllen verpackt waren und normalerweise vermutlich dazu dienten, Tatverdächtigen Speichelproben abzunehmen. Sie gab ihm zwei der Tupfer, zog einen der übrigen aus seiner Hülle und ging dann in die Hocke und rollte ihn behutsam über den feucht glänzenden Schlick.

Steven tat es ihr gleich, rollte einen Tupfer über die bogenförmigen Spuren an der Seite der Absperrung und machte sich dann sogar die Mühe, auf die andere Seite des gelb markierten Quadrats hinüberzustapfen, um auch dort eine Probe zu nehmen. Anschließend schob er die Tupfer zurück in ihre wiederverschließbaren Hüllen und stieg den Absatz zum Rasen hinauf. Gleich darauf kam auch Sanchez zu ihm hoch und drückte ihm ihre Tupfer ebenfalls in die Hand.

»Wie lange werden Sie brauchen, um die Proben zu untersuchen?«

»Einen Tag ungefähr«, sagte er. »Aber um ganz ehrlich zu Ihnen zu sein, ich gehe nicht davon aus, dass …«

»Also schön«, sagte sie, streckte ihm die Hand hin und setzte ein gezwungenes Lächeln auf. »Dann ruf ich morgen bei Ihnen an. Irgendwann am frühen Nachmittag, wenn's recht ist.«

6

Auf dem Weg zurück ins Labor blickte Steven immer wieder zu den Wattetupfern auf seinem Beifahrersitz hinüber. Bei jedem Mal runzelte er die Stirn tiefer. Er dachte an die Eltern des Mädchens – wie sich die Geschichte mit dem Kraken für sie anhören musste – und machte sich Vorwürfe, dass er nicht einfach sofort gesagt hatte, was er von der ganzen Sache hielt.

Trotzdem nahm er die Tupfer mit in die Kelleretage des Instituts, nachdem er den Wagen auf seinem Parkplatz abgestellt hatte. Er trug sie mit sich herum wie einen Strauß in Plastikfolie verpackter, verwelkter Blumen, während er in dem großen Arbeitsraum vorbeischaute, wo die meisten Mitglieder seines Teams ihre Tische hatten. Doch als er schließlich vor der Tür zu seinem eigenen Labor stand, wusste er immer noch nicht, was er damit tun sollte.

Nachdenklich betrachtete er die mit Schlamm vollgesogenen Wattebäusche und wandte sich dann zu der Tür um, die der zu seinem Labor gegenüberlag. *Professor Margery S. Durham* stand auf dem Türschild, und nach kurzem Zögern klopfte er und drückte dann sofort die Klinke.

Margery war zugleich Stevens engste Freundin und ärgste Konkurrentin am Harbor Branch Institut für Meereskunde. Während Dekan Duffy bestimmt nichts dagegen gehabt hätte, wenn Steven sich dauerhaft aus dem Institut verabschiedete, hätte er bei Margery mit Sicherheit alles in seiner Macht Stehende getan, um sie zum Bleiben zu bewegen. Nicht nur, weil sie eine viel bessere Wissenschaftlerin war, sondern auch, weil sie alles repräsentierte, was der Dekan – der bei jeder halbwegs zulässigen Gelegenheit den rot-blauen Schlips seiner jetzigen Universität gegen den schwarz-orangefarbenen seiner früheren in Princeton eintauschte – zutiefst verehrte.

Margery kam aus einer alten angloamerikanischen Familie oben in Connecticut, deren Geld noch aus der Blütezeit der dortigen Maschinenbauindustrie stammte und deren größter Wunsch es war, sie genauso standesgemäß zu verheiraten wie ihre zwei Schwestern. Margery war vor diesem Wunsch erst in die Arme einer so obskuren Wissenschaft wie der Meeresbiologie geflohen und dann bis hier runter nach Florida, wo sie so heimisch wirkte wie ein Rotahorn im Regenwald.

Trotzdem hatten ihre Eltern das Projekt nicht aufgegeben. Vor gar nicht langer Zeit hatte Steven Margery zu einem wohltätigen Zwecken gewidmeten Poloturnier begleitet und die Durhams dort kennengelernt. Ihnen hatten seine Größe und seine blonden Haare gefallen. Nicht so gefallen hatte ihnen, dass er nicht mehr zum Umziehen gekommen war und ein ganz passables Sakko trug, dazu aber Turnschuhe, Jeans und ein altes T-Shirt. Als sie erfuhren, dass er ein Kollege von Margery aus dem Institut war, waren ihnen ihre Gedanken deutlich vom Gesicht abzulesen. Warum überließ sie das Forschen nicht Männern wie ihm, die dafür offensichtlich mehr gemacht waren als für gesellschaftliche Anlässe, und heiratete selbst nicht endlich einen der gut erzogenen Geldadelssprösslinge, die ihr auch jetzt mit knapp vierzig noch regelmäßig den Hof machten?

Doch das kam für Margery nicht in Frage. Dafür liebte sie ihren

Beruf und den damit verbundenen Erfolg viel zu sehr. Ihr Labor hatte exakt dieselben Maße wie Stevens, sah jedoch ganz anders aus.

Kamen Besucher zum ersten Mal bei Steven rein, sagten sie oft, sie hätten das Gefühl, einen kleinen Tintenfischzoo zu betreten, ein Auffanglager oder sogar einen Spielplatz für Tintenfische. Um seinen Kopffüßern Lebensverhältnisse zu bieten, die denen in ihrer natürlichen Umwelt möglichst glichen, sorgte er dafür, dass es tagsüber in ihren Aquarien hell war, baute ihnen gleichzeitig aber kleine Unterschlüpfe, in die sie sich verkriechen konnten. Auch Wasserpflanzen und manchen dekorativen Korallenstock setzte er in die Aquarien – ob zum seelischen Wohl seiner Schützlinge oder für sein eigenes Auge, das wusste er selbst oft nicht genau –, und manchmal ging sein Spieltrieb mit ihm durch, und er fügte noch albernen Krimskrams wie kleine Plastiktaucher und Schatzkisten hinzu, den die Tintenfische dann entweder sofort auseinandernahmen oder mit der Zeit als Teil ihrer Umwelt akzeptierten. Außerdem war da natürlich noch Herbs Parcours, der eigentlich das ganze Jahr über die linke Raumhälfte einnahm, weil Steven immer wieder daran rumbastelte oder mit Herb darin trainierte. Selbstverständlich konnten die Leute da auf den Gedanken kommen, er betreibe so etwas wie einen Vergnügungspark für Kopffüßer.

Margerys Labor hingegen glich eher einer Schreckenskammer. Für sie bedeutete erforschen immer noch hauptsächlich zerschneiden, zerstückeln, in seine Bestandteile auflösen, wie für die Anatomen, die im 17. Jahrhundert angefangen hatten, die ersten Haie, Rochen und anderen Knorpelfische auseinanderzunehmen. Nur dass heute zu Skalpell und Mikroskop natürlich noch Chromatograph, Zytometer und viele andere hochentwickelte Instrumente der biochemischen Analyse hinzukamen. Wie bei Steven war auch bei ihr eine Seite des Labors komplett mit Aquarien vollgestellt, doch keins davon war irgendwie beleuchtet, und auch an der Decke darüber brannte nie Licht, so dass ihre Bewohner in vollkommener Dunkelheit lebten. Margery gab als Grund dafür an, die Lichtverhältnisse seien den Tieren sowieso gleichgültig, was Steven jedoch für eine Schutzbehauptung hielt. Er glaubte, so fiel es *ihr* leichter, den Tieren gegenüber gleichgültig zu bleiben. Schließlich landeten sie ja doch irgendwann auf dem Seziertisch, unter dem Mikroskop, in der Zentrifuge, im Reagenzglas oder in der Petrischale.

In seinem eigenen Labor empfand Steven das leise Blubbern der Wasserfilter immer als etwas Beruhigendes oder sogar Fröhliches. Wenn er bei Margery die dunklen Aquarien abschritt, musste er hingegen stets an die letzten Leben erhaltenden Maßnahmen für zum Sterben verurteilte Krankenhauspatienten denken. Sie zerschnibbelte und zersiebte alles, was sich im Meer finden ließ: Quallen, Korallen und Seeanemonen, Seesterne, Seeigel und Seegurken, Muscheln, Meeresschnecken und natürlich Tintenfische aller Art, egal wie oft Steven sie davon zu überzeugen versuchte, dass diese für eine so achtlose Behandlung eigentlich zu viel Persönlichkeit hatten. Selbst Seepferdchen waren vor ihr nicht sicher.

All das Zerschnibbeln lohnte sich jedoch: In den sieben Jahren, die sie bis jetzt am Institut war, hatte Margery nicht nur unzählige Artikel über Physiologie und Biochemie der von ihr untersuchten Meerestiere veröffentlicht. Es war ihr außerdem gelungen, viele aus den Tieren gewonnene Stoffe zur Weiterentwicklung bei der Industrie unterzubringen – darunter eine nur in Schwämmen auftretende Substanz, die sich zur Bekämpfung von Bauchspeicheldrüsenkrebs eignete, sowie verschiedene Mikroben, die sich eines Tages vielleicht zur Herstellung eines biologisch abbaubaren Kunststoffs verwenden ließen. Während Steven jedes Jahr Senator Carter becircen musste, um seine kleine Abteilung am Leben zu erhalten, wurde Margery von der Wirtschaft mit Forschungsaufträgen und Sponsoringangeboten praktisch überhäuft. Selbst für den Fall, dass sie eines Tages mal nichts mehr zum Zerschnibbeln in ihren Aquarien finden sollte, schien sie vorgesorgt zu haben. Auf den Regalen, die im erleuchteten Teil ihres Labors all die Analysegeräte und Seziertische umstanden, waren unzählige Gläser mit in Alkohol eingelegten Meerestieren plaziert – wie in einem Naturkundemuseum. Und Steven war wirklich manchmal fast überzeugt, dass diese nichts anderes darstellten als in Kellerregalen gelagerte Einmachgläser normalerweise sonst auch: eine Notreserve. Als er eintrat, hatte Margery allerdings gerade etwas unter dem Messer, das weder aus ihren Aquarien noch aus ihren Einmachgläsern stammten konnte: ein Tintenfischauge, das so groß war wie ein Medizinball.

»Wow«, sagte Steven. »Ist es das, wofür ich es halte?«

»M-hm«, sagte Margery und drehte sich um. Sie hatte ein feingeschnittenes, leicht sommersprossiges Gesicht, rötlich braune Haare und vor Intelligenz förmlich funkelnde blaue Augen. Selbst in ihrem Kittel schaffte sie es noch, elegant auszusehen, mit ihrer weißen Bluse, der hellen Sommerhose und den edlen Lederslippern. Sogar der geleeartige Glibber, mit dem ihre Hände bedeckt waren, tat dem keinen Abbruch.

Sie lächelte ihn triumphierend an: »*Mesonychotheutis hamiltoni,* besser bekannt als Kolosskalmar. Hat die größten Augen, die bis jetzt in der Tierwelt gefunden wurden. Allein die Pupillen sind mehr als zehn Zentimeter groß.«

Steven trat näher und betrachtete den riesigen Augapfel, von dem Margery bereits die Hornhaut abgelöst hatte. Kolosskalmare waren zusammen mit Riesenkalmaren die größten Tintenfische, die es gab, und erreichten eine Körperlänge von mehr als zehn Metern. Ihre Existenz war seit 1925 bekannt, wie groß sie

werden konnten jedoch nicht, weil man immer nur Reste von ihnen in Walmägen oder Fischernetzen gefunden hatte.
2005 wurde dann in den Gewässern der Antarktis, wo die Tiere in tausend Metern Tiefe lebten, ein sechs Meter langes und ebenso viele Zentner schweres Exemplar von einem Fischerboot aus dem Wasser geholt. Der neuseeländische Forscher, der den Fund untersuchte, kam zu dem Schluss, es handele sich dabei um ein noch nicht voll ausgereiftes Weibchen, und stellte die Hypothese auf, noch weitaus größere Exemplare wären in antarktischen Gewässern zu finden. Viele andere Experten lachten ihn aus, bis ein paar Jahre später ein weiterer Kolosskalmar gefangen wurde. Diesmal hing der riesige Tintenfisch an der Langleine eines Kutters, der vor der Küste der Antarktis Jagd auf Seehechte machte, und wog annähernd eine halbe Tonne.
Der Fund wurde vom gleichen Wissenschaftler, der auch schon den kleineren Koloss untersucht hatte, im neuseeländischen Nationalmuseum in Wellington aufbewahrt. Nachdem sich seine Voraussage bestätigt hatte, war die Fachwelt natürlich zu Kreuze gekrochen, und viele der Experten, die ihn vorher noch ausgelacht hatten, schrieben ihm jetzt freundliche E-Mails und Bittbriefe, damit er ihnen ein Stück von dem in Formalin konservierten Sensationsfund für ihre eigenen Untersuchungen zuschickte. Er war jedoch dafür bekannt, dass er nur äußerst ungern etwas von seinem Schatz abgab.
»Ein ganzes Auge«, sagte Steve, der es immer noch nicht ganz glauben konnte. »Mein Gott, wie hast du das denn wieder geschafft?«
»Ich war doch kürzlich auf dieser Tagung in Sydney, die du dir nicht antun wolltest«, erwiderte Margery und zwinkerte ihm verschwörerisch zu. »Da hab ich ein bisschen meinen Charme spielen lassen.«
Steven beugte sich über die glibbrige, stechend riechende Kugel,

die von zwei mit Folie abgedeckten Styroporstützen halbwegs in Form gehalten wurde. »Was ist das da auf dem unteren Lid?«

»Irgendein Leuchtorgan«, antwortete Margery. »Eine Art Suchscheinwerfer, den er auf seine Beutetiere richten kann.«

»Muss ein großartiges Tier sein«, sagte Steven und dachte einen Moment darüber nach, was dieses Auge in den lichtlosen Weiten der Tiefsee schon alles gesehen haben mochte.

»Ja, und es wird auch eine großartige Veröffentlichung. Die will ich aber bis Ende nächster Woche fertig haben. Deswegen: Warum bist du hier?«

Margery hatte die braunen Tupfer in seiner Hand bemerkt und beäugte sie argwöhnisch. Steven hob seinen kleinen seltsamen Strauß und warf selbst einen skeptischen Blick darauf.

»Tja, also ... ich hab da eben eine wirklich merkwürdige Sache erlebt. Und ich wollte dich gerne fragen, was ...«

»Dauert das länger?«

»Nein, nicht wirklich. Aber wenn du mir einen deiner köstlichen Kaffees anbieten willst, dann ...«

Margery hatte nicht nur jede Menge hochmoderne wissenschaftliche Geräte in ihrem Labor, sondern auch eine hochmoderne Kaffeemaschine. Ein Knopfdruck genügte, und das Ding spuckte einen im selben Moment gemahlenen und frisch aufgebrühten Kaffee aus, gegen den jeder andere Automatenkaffee wie Spülwasser schmeckte.

»Also gut«, sagte Margery, legte das Skalpell beiseite, wischte sich die Hände an einem Tuch ab und breitete es über das an die Decke starrende Riesenauge. Anschließend ging sie zu der Maschine neben ihrem Schreibtisch und füllte zwei Tassen. Sie ließ Steven auf ihrem Schreibtischstuhl Platz nehmen, setzte sich selbst auf die Tischplatte und hörte sich seine Geschichte an. Während er redete, nippte sie an ihrem Kaffee und zog die Stirn immer tiefer in Falten.

»Und was willst du jetzt von mir wissen?«, fragte sie, als er fertig war.
»Na ja, was du von der ganzen Sache hältst. Klingt ziemlich verrückt, oder?«
»Natürlich, total verrückt. Wundert mich, dass du überhaupt damit zu mir kommst.«
»Nun, du weißt ja, dass ich ein ziemlich inniges Verhältnis zu unseren Forschungsobjekten habe. Wenn mir jemand sagt, ein Tintenfisch habe einen Menschen umgebracht, dann sträuben sich mir sämtliche Nackenhaare, und nicht nur, weil es so verrückt klingt. Ich meine, ich bin ja schon froh, dass die meisten Leute nicht mehr glauben, Kameraden wie der Kolosskalmar da drüben würden Schiffe in die Tiefe ziehen oder Matrosen mit ihren Armen von Bord holen.«
»Oh, glauben tun das bestimmt noch ein paar.«
»Vielleicht. Aber genauso viele gucken den Discovery Channel und wissen, dass Tintenfische intelligente und scheue Tiere sind, die niemandem etwas zuleide tun. Tintenfische haben allgemein ein ganz gutes Image. Die Leute essen sie gerne, betrachten sie also als etwas Nützliches, und viele finden sie auch interessant oder sogar süß. Sie tauchen in Trickfilmen auf, und es gibt sie als Kuscheltiere. Als Schiffe versenkende Seemonster werden sie auf jeden Fall nicht mehr nur betrachtet.«
»Ist dir schon mal aufgefallen, dass in Kinofilmen Außerirdische, die unsere Welt erobern wollen, in neun von zehn Fällen einen riesigen Kopf und lange Tentakel haben – genau wie Tintenfische?«
»Selbst die Filmemacher haben halt schon bemerkt, dass es außergewöhnlich intelligente Tiere sind. Nicht umsonst ist es in Großbritannien verboten, an ihnen Versuche zu machen, ohne sie vorher zu betäuben – doch das habe ich dir ja schon hundertmal gesagt. Trotz ihrer Intelligenz halten sie die Leute

aber meiner Meinung nach nicht wirklich für gefährlich. Vielleicht liegt es nur daran, dass ihr Maul so gut zwischen ihren Armen versteckt ist. Aber mit dieser seltsamen Mischung aus Angst und Hass, die im Laufe der Menschheitsgeschichte so vielen anderen Raubtieren so schlecht bekommen ist, werden sie jedenfalls nicht betrachtet. Tiger, Löwen, Wölfe, Haie. Der eine Polizist, der glaubte, das Kind könnte einem Alligator zum Opfer gefallen sein, wollte sofort in die Everglades fahren und sämtliche Alligatoren abknallen. Da bin ich ehrlich gesagt froh, dass es Tintenfischen nicht so geht.«

»Der Mann, der Tintenfische liebte«, sagte Margery und schüttelte lächelnd den Kopf. »Du bist wirklich schon ein komischer Kauz. Du hast also Angst, deine achtarmigen Lieblinge könnten in Verruf geraten, wenn du diese Tupfer da untersuchst und so der Geschichte zusätzliche Glaubwürdigkeit verleihst?«

»Nein, nicht wirklich – so habe ich das nicht gemeint. Als Erstes habe ich natürlich an die Eltern gedacht. Die Mutter liegt bereits mit einem Nervenzusammenbruch im Krankenhaus, und wie es für den Vater ist, seine Tochter zu verlieren und sich dann so eine Geschichte anhören zu müssen, möchte ich mir gar nicht vorstellen. Aber die Kinderfrau hat doch eigentlich auch das Recht, dass man sie ernst nimmt. Ich meine, da war das mit den wechselnden Farben, und die Bewegungen, die sie vorgemacht hat, sahen ebenfalls ziemlich authentisch aus. Sie wirkte selbst auch total überzeugt von der ganzen Sache – und wirklich verängstigt. Trotzdem konnte ich keine Sekunde an ihre Geschichte glauben und war eben schon kurz davor, diese Dinger hier einfach in den Müll zu schmeißen. Aber dann hab ich mir gedacht, dass ich mir vielleicht einfach nicht vorstellen *will,* dass ein Tintenfisch ein kleines Baby umbringen könnte. Eben weil ich so viel für Tintenfische übrighabe. Deswegen bin ich zu dir gekommen. Weil ich dachte, dass du, na ja …«

Er wies mit dem Kopf zum Seziertisch. Margery hob die Brauen. »Dass mein wissenschaftliches Urteil nicht von solchen sentimentalen Anwandlungen getrübt wird?«, fragte sie.

»Ja – ja, genau.«

Erneut schüttelte sie den Kopf, sah ihn kurz mit gerunzelter Stirn an und lachte schließlich. »Na gut. Willst du also, dass wir die Sache ganz systematisch und wissenschaftlich durchgehen?«

»Ja, ja – ich weiß, es ist albern, aber …«

Margery stellte ihre Tasse ab und legte den Zeigefinger ihrer rechten Hand auf den der linken. »Okay, beantworte mir diese Frage: Gibt es Tintenfische, die tatsächlich Menschen gefährlich werden können?«

Steven dachte kurz nach. »Na ja, da gibt es natürlich *Hapalochlaena lunulata,* den australischen Blauringkraken, der ja immerhin eines der giftigsten Tiere der Welt ist.«

»Ja, aber der beißt nur zu, wenn jemand blöd genug ist, ihn trotz seiner leuchtenden blauen Ringe anzufassen. Eher ein Fall von Selbstverteidigung also. Aber gibt es auch Tintenfische, die von sich aus Menschen angreifen?«

»Also, Humboldtkalmare können ganz schön angriffslustig sein. Mir selbst haben sie noch nie was getan, aber ich habe mal mit einem Tierfilmer gesprochen, den einer attackiert hat. Und bei den Fischern in Mexiko sind sie als so aggressiv bekannt, dass sie dort *diablos rojos* genannt werden.«

»Wenn jemand versuchen würde, mich an einer Angelleine aus dem Meer zu zerren, würde ich auch aggressiv werden. Sonst noch Kandidaten?«

»Hm. Pazifische Riesenkraken können manchmal ebenfalls ganz schön unangenehm werden. Einer hat mal versucht, mir die Taucherbrille vom Gesicht zu reißen.«

»Bestimmt nur, weil du zu eng mit ihm schmusen wolltest.

Aber kennst du auch nur einen einzigen Fall, bei dem ein Mensch durch einen Tintenfisch getötet wurde?«

»Na ja, es gibt diese Geschichte vom Untergang der *Britannia* im Zweiten Weltkrieg. Elf Männer klammern sich an ein Rettungsfloß, und einer wird gepackt und …«

»… von einem Tintenfisch in die Tiefe gezogen, ich weiß. Das ist aber auch die einzige halbwegs glaubwürdige Story. Und wo hat sie sich zugetragen?«

»Was meinst du? Irgendwo mitten im Atlantik, glaube ich.«

»Genau: weit draußen auf hoher See«, erklärte Margery geduldig. »Kennst du Tintenfische, die an Land auf Beutefang gehen?«

»Einmal jedes Jahr fahre ich mit meinen Studenten in die Keys. Wenn man da nachts mit einer Taschenlampe über die Felsen wandert, kann man schon den einen oder anderen Kraken erwischen, der zwischen den Gezeitentümpeln rumkriecht.«

»Ja, aber wonach jagen die da?«

»Nach Krebsen, Muscheln, Schnecken …«

»Also nach genau den gleichen Beutetieren, denen sie auch im Meer nachstellen. Hast du schon jemals von einem Kraken gehört, der einem Hund nachstellt? Oder auch nur irgendeinem kleineren Tier wie einem Frosch?«

»Nein.«

»Natürlich nicht. Und nun zum wichtigsten Punkt.«

Margery hatte sich mittlerweile bis zum kleinen Finger runtergefragt. Jetzt legte sie den Zeigefinger auch auf diesen und formulierte ihre Frage behutsam und deutlich, als hätte sie einen Studenten vor sich, der bei ihr seine mündliche Prüfung ablegt.

»Der Beschreibung der Kinderfrau nach müsste der Krake bewusst gewartet haben, bis sie einen Moment weg ist, um sich das Kind zu schnappen. Glaubst du, irgendein Weichtier

könnte zu einer so hochentwickelten kognitiven Leistung fähig sein?«
Steven hatte sich so daran gewöhnt, Margerys Fragen abschlägig zu beantworten, dass er zunächst auch diese schon einfach abhaken wollte. Dann jedoch zog er die Brauen zusammen.
»Also, halt mal – das glaube ich aber schon«, protestierte er. »Mit dem Punkt der Geschichte habe ich die wenigsten Probleme. Natürlich wäre ein Krake schlau genug dafür. Habe ich dir in letzter Zeit mal gezeigt, was Herb so alles drauf hat?«
»Mit dem übst du ja auch täglich. Das ist antrainiertes Verhalten, klassische Konditionierung, wie bei einem Pawlowschen Hund. Ich rede hier von natürlichen Verhaltensweisen. Von Verhalten, das der Tintenfisch selbständig entwickelt hat.«
»Ach, immer die gleiche Leier. Du merkst nur nicht, wie schlau die Viecher sind, weil du sie dafür viel zu schnell in ihre Bestandteile zerlegst. Und du willst es auch gar nicht merken, weil du sie dann nicht mehr so ohne weiteres zerlegen könntest.«
Steven zeigte anklagend auf Margerys Seziertisch, und sie verdrehte entnervt die Augen. »Wieso habe ich mich überhaupt auf das Ganze eingelassen«, sagte sie und streckte ihm abwehrend die Handflächen entgegen. »Also gut, Stevieboy, um das Ganze abzuschließen: Wenn es so ein Tier wirklich gäbe, glaubst du, es hätte so lange unbemerkt bleiben können? Hier in Florida, wo mehr Leute täglich schwimmen, tauchen und angeln gehen als an jedem anderen Ort der Welt? Wo praktisch jeder, der es sich auch nur ein bisschen leisten kann, am Wasser lebt?«
Steven dachte einen Moment nach. »Nein, nein, du hast ja recht«, sagte er dann und winkte ab. »Ich halte ja auch nichts von der ganzen Geschichte. Ich hatte nur Angst, dass ich irgendwie voreingenommen bin oder mir einfach die Arbeit nicht machen will. Deshalb habe ich lieber noch mal dich gefragt.«
Margery stieg vom Schreibtisch und setzte sich im Reitersitz auf

Stevens Schoß. Sie streichelte ihm über seine stoppelige Wange, sah ihm in die Augen und verzog ihre fein geschwungenen Lippen zu einem leicht spöttischen Lächeln.

»Du warst schon lange nicht mehr zum Essen da.«

Steven und Margery waren zum ersten Mal miteinander im Bett gelandet, kaum zwei Monate, nachdem Steven vor fünf Jahren seinen Posten am Institut angetreten hatte. Seitdem trafen sie sich mal öfter, mal seltener, ohne dass einer Ansprüche an den anderen stellte oder auch nur auf die Idee käme, irgendwelche der anderen Aktivitäten einzuschränken, die er in dieser Hinsicht verfolgte. Da sie beide praktisch den gleichen Beruf hatten, fehlte es ihnen bei ihren Treffen selten an Gesprächsstoff, und auch sexuell verstanden sie sich gut. Meist verabredeten sie sich bei Margery, zu deren zahlreichen Fähigkeiten natürlich ebenfalls gehörte, dass sie hervorragend kochen konnte. Steven hingegen war eine Niete am Herd und auch, was die Einrichtung seiner Wohnung anging, nie über gehobenes Studentenniveau hinausgekommen. Deshalb genoss er diese gelegentlichen Ausflüge in Margerys kultiviertes kleines Universum umso mehr.

Trotzdem gab es immer wieder Phasen, in denen er sie so gut wie überhaupt nicht besuchte. Ein Grund dafür war vielleicht, dass er sich bei ihr zwar oft wie ein königlich bewirteter Gast fühlte, aber manchmal auch wie ein Callboy. Margery war nicht nur fünf Jahre älter und wesentlich erfolgreicher als er. Sie hatte zweifellos auch den schärferen Intellekt und ab und zu eine Art an sich, dass er sich in ihrer Gegenwart vorkam wie ein dummer Teenager.

»Ja, ich weiß«, antwortete er jetzt auf ihre indirekt ausgesprochene Einladung. »Ich musste mich auf Senator Carters Besuch vorbereiten. Und in nächster Zeit hab ich leider auch ziemlich viel zu tun. Duffy fand meine letzte Forschungsreise zu lang und will, dass ich zur Abwechslung mal wieder ein ernsthaftes Stück Arbeit abliefere.«

»Ein Grund mehr, deine Zeit nicht mit so einem Unsinn zu verschwenden. Diese Polizistin, von der du erzählt hast, ist die hübsch?«

Wieder lächelte sie spöttisch, und er runzelte die Stirn.

»Was ist das denn für eine komische Frage? Ja, war schon nicht schlecht, wenigstens von ihrer Schokoladenseite aus betrachtet. Auf der anderen hatte sie einen Schmiss so lang wie 'ne Blinddarmnarbe. Warum willst du das wissen?«

»Weil ich mir sonst nicht erklären könnte, wie du auch nur eine Sekunde in Betracht ziehen konntest, diese Dinger hier tatsächlich zu untersuchen.«

Sie nahm ihm die Wattetupfer aus der Hand, stand von seinem Schoß auf und machte einen Schritt auf den Papierkorb zu, der neben ihrem Schreibtisch stand. »Soll ich sie für dich wegschmeißen?«

Steven betrachtete die Tupfer, die sie über den Papierkorb hielt, konnte sich aber doch nicht dazu durchringen. »Nein … nein, vielleicht will sie ja, dass jemand anderes sie untersucht. Sie sind ja immerhin so was wie Beweisstücke.«

Er streckte die Hand aus, und Margery gab ihm die Tupfer zurück. »Aber vielen Dank für deine Hilfe. Ich werde sie gleich anrufen und ihr sagen, wie ich die Sache sehe.«

»Keine Ursache. Und wenn du doch mal einen Abend freischlagen kannst, sag Bescheid.«

»Mach ich. Also noch mal vielen Dank. Und viel Spaß noch mit deinem Auge.«

7

Als Steven wieder auf den Gang hinaustrat, fragte er sich selbst, wie er sich jemals einverstanden erklären konnte, die Tupfer zu untersuchen. Er hatte keine Ahnung, warum Ms. Otero sich eine so seltsame Geschichte ausgedacht haben mochte – und warum Sanchez sie ihr auch noch glaubte. Aber jetzt würde die hübsche Polizistin eben akzeptieren müssen, dass an der Sache nichts dran sein konnte. Während er den Zahlencode eingab, mit dem sein Labor gesichert war, nahm er sich vor, sie sofort anzurufen und gar nicht erst anzufangen, das unangenehme Gespräch aufzuschieben. Doch kaum öffnete er die Tür, hörte er ein feuchtes Schmatzen, das ihm nur allzu vertraut vorkam und sofort alle anderen Gedanken aus seinem Kopf vertrieb.

Schnell schob er die Tür ganz auf und sah seine Ahnung bestätigt. Mitten im Labor, umgeben von überall auf dem Boden verstreuten, rosa glänzenden Garnelen, lag Herb in einer kleinen Pfütze. Die gelbe Plastikschale, in die Steven die Garnelen am Morgen gefüllt hatte, lehnte leer an einem der Stützböcke des Parcours – wo sie offensichtlich hingerollt war, nachdem der kleine Krake es geschafft hatte, sie vom Stuhl zu kippen und dabei ihren Inhalt im hohen Bogen durch die Luft zu katapultieren. Als er Steven in der Tür stehen sah, streckte er einen seiner Arme aus und zog schnell noch eine Garnele unter seinen bedenklich platt aussehenden Körpersack.

Steven lief seufzend hinüber zu seinem Schreibtisch, um die Tupfer abzulegen. Dann ging er wieder zu Herb zurück und hob ihn vom Boden auf. Seine Haut war schon beinah komplett ausgetrocknet, und auch in seinem Körpersack spürte Steven kaum noch Wasser herumschwappen.

»Mein Gott, Herb«, sagte er. »Eines Tages wirst du dich auf diese Weise noch mal umbringen.«

Er trug das schwere kleine Tier zurück zu seinem Aquarium. Herb wehrte sich nicht und ließ die Arme schlaff herabhängen wie verkochte Spaghetti. Nur mit einem hielt er weiterhin den Leckerbissen fest, den er sich eben noch schnell geschnappt hatte.

»Du kannst froh sein, dass du gestern eine so gute Leistung hingelegt hast«, sagte Steven, während er den Kraken zurück in das sanft sprudelnde grüne Wasser senkte. »Sonst würde ich dich einfach da unten austrocknen lassen wie eine gestrandete Qualle.«

Herb ließ sich auf dem mit Sand bedeckten Boden des Aquariums nieder und ging sofort daran, das letzte Stück seiner Beute zu verschlingen. Steven hob den großen Deckel aus gelochtem Metall vom Boden auf, der als Abdeckung für das Aquarium diente, und machte sich dann auf die Suche nach den zwei großen Flügelschrauben, mit denen er ihn vorhin beim Verlassen des Labors befestigt hatte.

In seiner Eile hatte er weder daran gedacht, das helle Hauptlicht auszuschalten, noch die Schale mit Shrimps zurück in den Kühlschrank zu stellen. Nicht vergessen hatte er hingegen, die Abdeckung wieder auf Herbs Aquarium zu setzen. Allerdings hatte er sie ausnahmsweise nur an zwei Ecken festgeschraubt, was sich jetzt als großer Fehler entpuppte.

Herb hatte es irgendwie geschafft, die Abdeckung an der Seite anzuheben, seine Arme durch den Schlitz zu quetschen und die Schrauben aufzudrehen – er war wirklich ein ausgebuffter kleiner Mistkerl. Dann hatte er den Deckel vom Aquarium geschoben, war aus seinem Gefängnis geklettert und hatte sich umgehend auf den Weg zu den Garnelen gemacht. Anscheinend wollte er sich seine Belohnung unter gar keinen Umständen entgehen lassen.

Steven suchte sich die Schrauben zusammen und schraubte alle vier wieder fest in ihre Löcher. Dann legte er die Hand auf das Aquarium, blickte zu Herb hinunter und schüttelte lächelnd den Kopf. Der braune Krake hatte gerade die zerbissene Schale der Garnele unter seinen Armen hervorgeschoben und machte es sich jetzt auf seinem Lieblingsplatz gemütlich, der genau vor der in dem Aquarium aufgeschichteten Steinhöhle lag. Er zog die Arme unter den Körper, und seine Haut nahm den leicht fleckigen Beigeton an, den sie immer trug, wenn er sich entspannte und zum Schlafen bereitmachte.

Steven erinnerte sich daran, wie er Herb vor etwas mehr als drei Jahren in einem Felsriff vor Fort Lauderdale gefangen und zu sich ins Labor gebracht hatte. In den ersten zwei Monaten seiner Gefangenschaft war der kleine Bursche kein einziges Mal aus seiner Höhle gekommen, so dass Steven bereits glaubte, er habe es mit einem besonders scheuen Exemplar von *Octopus vulgaris* zu tun, dem fast ausschließlich in warmen und gemäßigten Gewässern vorkommenden Gemeinen Kraken. Wie Menschen hatten auch Kraken unterschiedliche Persönlichkeiten. Es gab schüchterne Exemplare, aber ebenso ausgesprochen zugängliche, die sofort die Arme ausstreckten und mit einem spielen wollten, wenn man die Hand zu ihnen ins Aquarium tauchte. Herb war wohl von Natur aus extrem ängstlich, nahm Steven damals an. Oder aber der junge Krake hatte bereits irgendein traumatisches Erlebnis mit einem Raubfisch hinter sich, das ihn noch weniger geneigt machte, sein schützendes Versteck zu verlassen, als es Kraken ohnehin schon waren.

Als Steven nach diesen zwei Monaten eines Morgens ins Labor kam, saß Herb jedoch in der Mitte seines Aquariums im Sand und sah ihn aufmerksam an. Fürs Schmusen hatte er immer noch nicht viel übrig, aber mit jedem Spielzeug, das Steven zu ihm ins Wasser warf, beschäftigte er sich dafür umso ausgiebiger. Die ungewöhnliche Intelligenz, die er dabei bewies, ließ

Steven rasch zweifeln, ob er das anfängliche Verhalten des Kraken richtig gedeutet hatte: Ein bisschen ängstlich mochte er sein, aber so vorsichtig war er wohl eher gewesen, weil er erst mal wissen wollte, bei was für einem Typ er da gelandet war. Von seiner sicheren Höhle aus hatte er zugesehen, wie Steven die anderen Kraken und krakenähnlichen Wesen in dem Labor behandelte, und innerlich abgewägt, ob er dieser seltsamen zweiarmigen Kreatur trauen sollte oder nicht.

Steven glaubte, dass das mit ein Grund war, warum es ihm so schwerfiel, ernsthaft böse auf den kleinen Kraken zu sein, egal was er anstellte – vielleicht sogar mehr noch als seine extrem hohe Intelligenz. Anders als alle anderen Kraken, Sepien und Kalmare in seiner Obhut hatte Herb sich Zeit mit der Entscheidung gelassen, ob er etwas mit ihm zu tun haben wollte, hatte sich seine Freundschaft weder mit Heringsbissen noch mit vorgeknackten Muscheln abkaufen lassen, bei den meisten anderen eigentlich ein unfehlbares Bestechungsgeld. Stattdessen hatte er geduldig in seinem Versteck ausgeharrt und seinen neuen Herrn beobachtet – beinah wie ein Wissenschaftler, ja fast wie Steven selbst – und war dann zu seinem eigenen, unabhängigen Urteil gekommen.

Steven sah zu, wie Herb langsam die Augen schloss. Seine Pupillen waren weder kreisrunde Öffnungen wie bei einem Menschen noch senkrechte Schlitze wie bei einem Reptil, sondern lagen wie waagrechte kleine Rechtecke in seiner gelben Iris und wirkten in den von runzliger brauner Haut umgebenen Augäpfeln beinah wie die Sichtluken eines Schützenbunkers. Bald waren nur noch schmale, wie mit einem Filzstift aufgemalte Striche davon übrig.

Doch Steven wusste, dass Herb ihn trotzdem weiter beobachtete. Selbst wenn er zu schlafen schien, bekam der kleine Krake in der Regel noch sehr gut mit, was in seiner Umgebung vor sich ging. Es war beileibe nicht das erste Mal, dass er aus seinem Aquarium ausgebrochen war und sich im Labor auf Futtersuche gemacht hatte, oder sogar auf dem Gang vor der Tür. Sosehr er in anderer Hinsicht zu einem gehorsamen Haustier geworden war, in dieser blieb er so wild und ungebändigt wie am ersten Tag. Selbst zehn Kilo schwere Backsteine hatte er schon von seinem Aquarium gestemmt und ganze Abdeckungen aus der Fassung gerissen, die mit schwächeren Schrauben als denen jetzt gesichert waren, allein um seinem natürlichen Jagdinstinkt zu folgen (oder vielleicht auch nur, dachte Steven etwas reumütig, seinem natürlichen Bedürfnis nach Freiheit).

»Und alle glauben, du seist so was wie ein besseres Schoßhündchen«, sagte Steven und musste wieder unwillkürlich lächeln, sogar noch breiter als zuvor. Doch kaum hatte er den Satz zu Ende gesprochen, merkte er, wie sich ein seltsames Gefühl seinen Rücken hinaufstahl, als würde von irgendwoher plötzlich ein kalter Luftzug durch den Raum strömen. Das Lächeln auf seinen Lippen erstarb so schnell, wie es gekommen war.

Er drehte sich um und betrachtete den breiten nassen Pfad, den Herb hinterlassen hatte, die bis zum Parcours gerollte Schale und die überall verstreuten Garnelen. Eine lag direkt neben seinem Fuß, und beim Anblick ihrer kleinen gekrümmten Form musste er automatisch an einen Fötus denken. Ein unbehagliches Gefühl breitete sich in seinem Bauch aus, und als er zu den Tupfern auf seinem Schreibtisch hinüberblickte, sah er sie plötzlich mit ganz anderen Augen.

Und sie dachten, so etwas könne es nicht geben. Dabei hatte Herb es ja gerade mal wieder vorgemacht: *Er war aus dem Wasser gestiegen, um an Nahrung zu kommen.* Und von nichts anderem redete Ms. Otero ja auch.

Steven richtete den Blick erneut auf den kleinen braunen Kraken, der zu einem kompakten Ball zusammengezogen auf dem

Aquariumsboden lag und unschuldig zu schlafen schien. Er selbst hielt Kraken für zu nett, um glauben zu wollen, einer könnte auf so hinterlistige Weise ein kleines Kind umbringen, und Margery hielt sie für zu dumm. *Aber was, wenn sie beide falsch lagen?*

Er sah zu den anderen Aquarien hinüber, die in der ersten Reihe seines kleinen Tintenfischzoos standen. In einem klebte Mike an der Scheibe, der zierliche, rot-weiß gemusterte Mimikrykrake aus Indonesien, dessen Entdeckung Steven seine Anstellung hier am renommierten Harbor Branch Institut in Florida in gewisser Weise zu verdanken hatte. Im anderen schwebte Trish im Wasser, die in ein champagnerfarbenes Zebramuster gehüllte Pharaonensepie aus dem Roten Meer, die ihm sein zweites Jahr am Institut gesichert hatte.

Als er damals beschrieben hatte, welche ungewöhnlichen Verhaltensweisen diese beiden Kopffüßer an den Tag legten, hatte ihm zunächst ebenfalls niemand glauben wollen. Auch bei ihnen hatten sich die meisten Experten dagegen gesträubt zu akzeptieren, dass Tintenfische, die immerhin die nächsten Verwandten von so niedrigen Lebewesen wie Muscheln und Schnecken waren, zu derart klugen und listigen Handlungsweisen fähig sein könnten – genau wie Margery eben. Dass die Tiere ihr Verhalten bewusst einsetzten und es nicht nur eine Art von der Evolution entwickelten Reflex auf bestimmte, ständig wiederkehrende Situationen darstellte, hielten viele Fachleute bis heute für Unsinn. Und manche Verhaltensweisen von Mike, die Steven zwar mit eigenen Augen bei seinen Tauchgängen in Indonesien beobachtet hatte, aber unglücklicherweise weder auf Video festhalten noch später im Labor wiederholen konnte, hatte er erst gar nicht in seinen Artikel über den kleinen indonesischen Kopffüßer aufgenommen – aus Angst, ohne eindeutige Beweise würde sie ihm sowieso niemand abnehmen.

Manche Dinge konnte man eben erst glauben, wenn man sie sah. Das ging seinen Studenten so, wenn er ihnen hier im Labor zeigte, wozu Mike, Trish und Herb fähig waren, oder wenn er mit ihnen in die Keys runterfuhr und Tiere, die sie nur aus dem Wasser kannten, plötzlich vor ihren Augen wie große weiche Spinnen über Land krochen. Die erschrockenen Gesichter der jungen Leute ähnelten dann dem, das Ms. Otero vorhin gemacht hatte. Und die Kraken selbst bewegten sich auch genau so und wechselten ihre Farbe wie in der Beschreibung der kubanischen Kinderfrau.

War ihre Geschichte wirklich so unmöglich? Steven erinnerte sich, wie ein paar der Taucher, die für seinen Onkel arbeiteten, ihm von dem kleinen rot-weißen Tintenfisch erzählt hatten, der ihnen in Indonesien aufgefallen war, und von seinem seltsamen Verhalten. War da das, wovon Ms. Otero berichtete, in gewisser Hinsicht nicht sogar leichter zu glauben?

Gab es Kraken, die groß genug waren, um ein Kind zu überwältigen: *ja.* Gab es Kraken, die sich über Land bewegen konnten: *ja.* Und gab es schließlich Kraken, die schlau genug waren, um dort am Rand des Wassers zu lauern, bis sich eine gute Gelegenheit zum Zuschlagen ergab: *seiner Meinung nach auf jeden Fall.*

Er ging zum Schreibtisch, nahm einen der Tupfer in die Hand und betrachtete noch einmal den mit Schlamm vollgesogenen Wattebausch, der in der wasserbenetzten Hülle steckte.

Doch Margery hatte recht: So ein Tier hätte hier in Florida längst bemerkt werden müssen. Nein, es war schlicht unvorstellbar. Mike, sein von ihm so getaufter *Thaumoctopus mimicus,* lebte in einer der abgelegensten Regionen der Erde und war trotzdem irgendwann entdeckt worden, wenn auch nur von ein paar verrückten Abenteurern, die in der Straße von Lembeh nach gesunkenen chinesischen Dschunken tauchten. Hier dagegen war ständig jemand im Wasser.

Er warf einen Blick auf die große Stoppuhr, die immer noch am Rand seines Schreibtischs stand. Ihre roten Leuchtziffern zeigten nach wie vor die eine Sekunde an, um die er gestern seine berufliche Bauchlandung verpasst hatte. Und dahinter lagen auch immer noch all die Artikel über Blutchemie und Sauerstofftransport in künstlicher Unordnung über den Tisch verteilt, die er sich ausgedruckt hatte, um vor Senator Carter besser den Anschein erwecken zu können, er würde sich tatsächlich mit diesem Thema befassen.
Einen Moment stand er weiter unschlüssig da. Doch dann zuckte er mit den Achseln und ging hinüber zu dem großen Regal neben dem Kühlschrank, in dem eigentlich noch irgendwo einer der SoilMaster-Bausätze zur DNA-Extraktion zu finden sein sollte, von denen einer seiner Assistenten vor einer Weile einen ganzen Karton voll bestellt hatte. Tatsächlich schaffte er es, eine Packung aufzustöbern, aus der noch niemand sämtliche Lösungen und Suspensionen einzeln herausgeklaut hatte. Er stellte sie neben die Tupfer auf den Schreibtisch und betrachtete diese noch ein letztes Mal nachdenklich.
CSI*: nie im Leben,* dachte er kopfschüttelnd. *Und ich bin bescheuert genug, bei dieser Farce mitzuspielen.*
Dann rollte er seinen Stuhl vor den Computer und sah im Intranet des Instituts nach, ob am nächsten Morgen eins der großen Gensequenzierungsgeräte im ersten Stock frei war.

8

Steven verbrachte den restlichen Tag damit, die Schlammproben für die Sequenzierung vorzubereiten. Er siebte sie durch Glasfaserfilter, amplifizierte die wenigen intakten DNA-Abschnitte, die er herauslösen konnte, mit Hilfe eines Primers und setzte sie dann in bakterielle Medien ein, damit sie über Nacht zu gut lesbaren Nukleotidfolgen anwachsen konnten.

Als er abends nach Hause kam, sah er einen Bericht über das verschwundene Kind in den Lokalnachrichten. Der Bericht zeigte Aufnahmen davon, wie Tierfänger einen großen Alligator aus einem der Kanäle zogen, der in der Nähe der Unfallstelle lag, und ihn direkt auf dem Dock irgendeines Anliegers aufschlitzten. Das Wort »Krake« fiel jedoch in dem ganzen Beitrag kein einziges Mal, ebenso wenig wie Ms. Oteros Name. Es wurde nur gesagt, das Kind habe sich zur Zeit des Unfalls in der Obhut der Haushaltshilfe der Familie befunden und diese stehe zurzeit unter schwerem Schock.

Am nächsten Morgen fuhr Steven zurück ins Institut und verbrachte den Vormittag damit, die über Nacht gereiften DNA-Plasmide aufzureinigen und durch einen der drei teuren Perkin-Elmer-Sequenzer laufen zu lassen, die sich die Uni kürzlich geleistet hatte. Danach loggte er sich in die Genbank ein und verglich die Ergebnisse mit den in Frage kommenden Mustersequenzen der über 300 000 Organismen, die das National Institute of Health in dieser riesigen Online-Datenbank zusammengetragen hatte. Als er um kurz nach fünf zurück in sein Labor kam, sah er, dass er beinah zwanzig Nachrichten auf seinem Anrufbeantworter hatte. Automatisch davon ausgehend, dass mindestens die Hälfte von Sanchez war, holte er unverzüglich ihre Karte hervor und wählte ihre Nummer.

Sie hob auch sofort ab – so schnell, als hätte sie den Hörer gerade erst aufgelegt – und klang gereizt und ungeduldig.

»Ja?«

»Hallo, hier spricht Steven Schuster. Tut mir leid, dass ich so spät zurückrufe. Aber die DNA durchzugehen dauerte doch etwas länger, als ich dachte.«

Eine kurze Pause entstand. »Die Schlammproben«, sagte er. »Aus dem Kanal in Collier Creek. Ich …«

»Ach ja, natürlich. Lassen Sie hören.«

»Nun ja, unglücklicherweise wurde die meiste DNA, die sich in den Proben befand, durch die starke Sonneneinstrahlung zerstört, die auf den Schlamm eingewirkt hat. Genau wie Sie hielt ich es für das Klügste, die Proben im oberen Abschnitt der Böschung zu nehmen, weil ich dachte, dort sei vielleicht noch nicht alles vom Wasser fortgespült worden. Aber so furchtbar klug war das vielleicht doch nicht. Die wenigen brauchbaren DNA-Fragmente, die ich extrahieren konnte, enthalten allerdings Sequenzen, die auf jeden Fall zu einer Molluske gehören.«

»Einer Molluske?«

»Einem Weichtier: Kraken gehören zum Tierstamm der Weichtiere.«

Wieder entstand eine kurze Pause. Dann: »Wollen Sie etwa allen Ernstes andeuten, das Kind könnte tatsächlich von einem Kraken fortgeschleppt worden sein?«

Die junge Polizistin klang regelrecht feindselig. Steven traute seinen Ohren kaum. »Ich … ich will überhaupt nichts andeuten«, stammelte er. »Ich teile Ihnen nur die Ergebnisse der Untersuchung mit, um die Sie mich gebeten haben. Und zu meiner eigenen Überraschung stimmen sie mit Ms. Oteros Aussage überein, jedenfalls bis zu einem gewissen Grad. Alle Tiere eines Tierstamms haben bestimmte typische Gene gemeinsam, weil sie alle von denselben Vorfahren abstammen, deren Entwicklung irgendwann mal von der sämtlicher anderer Tiere abgewichen ist. Ich habe, wie gesagt, spezifische Weichtiergene in den Proben gefunden. Um genau zu sein sogar solche, die innerhalb des sehr weit zurückreichenden genetischen Stammbaums der Weichtiere auf ebenjenem Ast liegen, an dem sich einst der Zweig der Tintenfische gebildet hat – also auch der Kraken.«

Erneut herrschte ein kurzes Schweigen am anderen Ende der Leitung, länger noch als vorher. »Es könnte also doch sein, dass Ms. Otero die Wahrheit gesagt hat?«, fragte Sanchez schließlich. »Das sind zwingende Beweise, die sie da gefunden haben, wie bei einem Vaterschaftstest?«

»O nein«, antwortete Steven. »Zwingend ist davon überhaupt nichts. Weichtiere gibt es viele, und ebenso, wie von jenem evolutionären Ast einst der Zweig der Tintenfische abgegangen ist, sind auch viele andere Zweige davon abgegangen. Die DNA könnte genauso gut einfach von irgendeiner Muschel stammen, die dort an der Böschung im Schlamm steckt. Außerdem wird der Teil des Ufers regelmäßig von der Flut überspült, ebenso wie von den Heckwellen vorbeifahrender Boote. Also kann sich die DNA von allen möglichen in dem Kanal lebenden Tieren dort abgelagert haben. Alles, was ich letztendlich zu den Ergebnissen sagen kann, ist, dass sie nicht vollkommen dem widersprechen, was Ms. Otero gesehen zu haben behauptet – mehr aber auch nicht. Bei einem Abschnitt glaubte ich zwar ganz kurz, typische Kraken-DNA vor mir zu haben, aber der Computer hat nirgendwo eine Entsprechung gefunden. Damit bleibt es bei diesem zugegebenermaßen überraschenden, aber letztendlich nicht sehr aussagekräftigen Resultat.«

»Ah«, machte Sanchez.

»Selbst wenn ich Kraken-DNA in den Proben gefunden hätte, würde ich aber ehrlich gesagt nicht viel von Ms. Oteros Geschichte halten«, erklärte er. »Denn das Tier, das sie beschrieben hat … nun, so ein Tier gibt es nun mal einfach nicht. Schon im Wasser greifen Tintenfische so gut wie niemals Menschen an. An Land haben weder ich noch die gesamte internationale Fachwelt jemals von etwas Ähnlichem gehört.«

»Nein, natürlich«, gestand Sanchez ein. »Bei uns hatte auch

noch nie jemand davon gehört. Deswegen kam ich ja auch auf die Idee, einen Experten hinzuzuziehen.«

»Als ich noch einmal über den Ort der angeblichen Attacke nachdachte, ist mir auch noch etwas anderes eingefallen«, fuhr Steven fort. »Die Kanäle im Indian River Village werden teilweise von einem kleinen Fluss gespeist, der aus dem Inland kommt, und enthalten deswegen einen relativ hohen Anteil an Süßwasser. Und Tintenfische mögen kein Süßwasser. Wir Forscher wissen nicht wirklich warum, aber von den etwa 800 Tintenfischarten, die uns bekannt sind, hat keine einzige ihren Lebensraum auch nur in der Nähe von süßem Wasser.«

»Ah, okay, ich verstehe«, sagte Sanchez »Das macht die Aussage natürlich noch unwahrscheinlicher, das ist klar.«

»Ich hätte Ihnen das alles schon gestern erzählen sollen«, sagte Steven. »Nur hatte ich da den Eindruck, nun ja, ich hatte nicht das Gefühl, dass …«

Sanchez schien schließlich aufzufallen, wie merkwürdig ihr Verhalten wirken musste. Erst zwang sie ihn förmlich zu dieser seltsamen Untersuchung. Und dann tat sie am nächsten Tag so, als halte sie ihn für verrückt, als er das Ergebnis präsentierte.

»O Gott, tut mir leid, Mr. Schuster«, sagte sie. »Ich muss wohl ziemlich schräg rübergekommen sein, gestern da draußen. Und heute fahre ich Sie dann zum Dank auch noch an, als Sie hier anrufen. Es tut mir wirklich leid.«

»Nein, nein, gar kein Problem. Ich war nur im ersten Moment etwas verwirrt, dass Sie Ihre Meinung so plötzlich geändert haben, das ist alles. Aber das ist ja natürlich Ihr gutes Recht.«

»Nun, ich … dafür gibt es offen gesagt eine ziemlich einfache Erklärung. Auch auf mich wirkte die ganze Sache heute Morgen schon etwas anders, nachdem ich eine Nacht darüber geschlafen hatte. Aber was noch viel entscheidender ist: Wir haben inzwischen allen Grund, an der Glaubwürdigkeit von Ms. Otero zu zweifeln.«

»Ach ja?«, sagte Steven überrascht. »Warum das?«

»Weil sie untergetaucht ist«, erklärte Sanchez. »Wir nehmen an, sie ist nach Kuba zurück – aus Angst vor strafrechtlichen Konsequenzen.«

»Oh«, machte Steven.

»Ja – oh –, das fand ich auch. Wahrscheinlich hat sich die Sache so zugetragen, wie mein Kollege gestern schon vermutet hat. Das Kind ist ertrunken, und sie hat sich diese komische Geschichte ausgedacht und diese seltsamen Spuren angefertigt, um ihre Schuld zu vertuschen.«

»Aber … aber warum dann so etwas Abwegiges? Dann wäre ein Alligator doch eigentlich wirklich die bessere Wahl gewesen.«

»Tja, keine Ahnung. Vielleicht dachte sie ernsthaft, so etwas sei möglich. Oder vielleicht hoffte sie auch, dass wir dann länger nach dem Kind suchen. Das muss ja alles nicht bedeuten, dass ihr die Kleine nicht aufrichtig am Herzen lag. Es tut mir leid, dass ich Ihnen so viel Arbeit gemacht habe. Und dass ich Ihnen da draußen so auf die Nerven gegangen bin.«

»Nein, hey, wirklich kein Problem. Ich wünschte, ich hätte Ihnen mehr helfen können. Ich bewundere Sie für den Job, den Sie da machen. Ich glaube, es würde mir sehr zusetzen, jeden Tag mit solchen Tragödien in Berührung zu kommen.«

»Ja, manchmal kann es schon ziemlich hart sein. Besonders wenn kleine Kinder betroffen sind. Ich … diese Geschichte mit dem Kraken hat das Ganze für die Eltern bestimmt nicht erträglicher gemacht. Ich bin froh, dass sie vom Tisch ist.«

Auch jetzt entstand wieder eine kleine Pause. Eigentlich war ja auch alles gesagt. Doch Steven musste aus irgendeinem Grund an das denken, was Sanchez' Kollege gestern zu ihm gesagt hatte, als er kurz mit ihm allein an der Böschung stand. Er hatte das Gefühl, um das Bild abzurunden, fehlte noch ein letztes Detail. »Sergeant Sanchez«, sagte er. »Ich möchte nicht neugierig wirken, und auf keinen Fall will ich irgendwie auf der Sache rumreiten. Ich glaube, kurz war ich selbst drauf und dran, auf Ms. Oteros Märchen reinzufallen. Allerdings wirkten Sie so – wie soll ich sagen – na ja, so klar im Kopf und nüchtern. Und jetzt frage ich mich … nun ja, ich frage mich irgendwie …«

»Warum ich so einfach bereit war, an das zu glauben, was diese Frau mir da erzählte? Warum ich nicht auf meinen Chef gehört habe? Und auf meine Kollegen?«

Steven hatte die Frage so vorsichtig formuliert wie möglich. Trotzdem flammte sofort Sanchez' Temperament auf. Ihr Ton wurde so ruppig und gereizt wie bei ihrem Kollegen gestern, nur noch feindseliger, vermutlich weil er ein Fremder war.

»Entschuldigen Sie«, sagte er schnell. »Vergessen wir's einfach. Es war eine blöde Frage, tut mir leid.«

Doch plötzlich schien Sanchez zu begreifen, dass Steven nichts Böses im Sinn hatte, und ihre Stimme wurde sanfter. Sie klang wie am Vortag, als sie versucht hatte, ihn auf ihre Seite zu ziehen.

»Nein, hören Sie, *mir* tut es leid. Diese ganze Sache macht mir wohl doch ganz schön zu schaffen. Es kommt zwar ab und zu vor, aber jeden Tag passiert es nicht gerade, dass kleine Kinder in Vero Beach zu Schaden kommen. Und ich nehme an, das hat mich etwas aus dem Tritt gebracht. Als ich am Ort des Geschehens ankam, wurde Ms. Wilkins gerade ins Krankenhaus gebracht, und ich sah nur die arme Ms. Otero, die McCullen und die anderen gegen sich hatte und zu ihrer Verteidigung nicht mehr vorbringen konnte als diese verrückte Geschichte. Vielleicht hat es mit der Sprache zu tun, aber für mich klang die Frau sehr aufrichtig und überzeugend. Und da nehme ich an, ich hab einfach …«

»Ja«, sagte Steven. »Ich fand auch, dass sie sehr überzeugend klang. Beunruhigend überzeugend.«

»Außerdem ist es auch so, dass …«

»Was?«

Steven merkte, wie Sanchez zögerte; vielleicht schloss sie die Tür zu ihrem Büro, um sicherzugehen, dass niemand lauschte.

»Außerdem hat meine eigene Mutter auch als Haushaltshilfe angefangen, als sie von Mexiko hierherkam, und wahrscheinlich hat mich Ms. Otero einfach ein bisschen an sie erinnert. Meine Mutter wurde zweimal entlassen, weil man sie fälschlich beschuldigte, etwas gestohlen zu haben. Natürlich war mir vollkommen klar, dass der Vorfall zuallererst eine schreckliche Tragödie für die Eltern des kleinen Mädchens darstellte. Aber irgendwie konnte ich nicht anders, als mich in die Lage der armen Frau zu versetzen, und sie wirkte so hilflos, verstört und schuldgeplagt, dass ich …«

»Okay, das erklärt es sehr gut. Ich kann absolut nachvollziehen, wie Sie sich gefühlt haben. Es wirkte tatsächlich so, als könne Ms. Otero einen Freund gebrauchen, da draußen. Ich verstehe sehr gut, dass Sie ihr helfen und das Gefühl vermitteln wollten, es gebe wenigstens einen Menschen, der ihr die Geschichte abnimmt.«

»Genau«, sagte Sanchez so leise, dass es kaum zu verstehen war. Doch dann schien sie sich innerlich am Riemen zu reißen, stöhnte kurz auf und sagte: »Und wenn da draußen tatsächlich irgendein achtarmiges Horrormonster rumlaufen sollte, das kleine Kinder frisst, dann wollte ich das natürlich auch wissen. Aber in diesem einen Punkt wenigstens muss ich mir wohl keine Sorgen mehr machen.«

»Nein. Nein, ich glaube, das müssen Sie nicht.«

»Nun, Professor Schuster, dann bedanke ich mich vielmals dafür, dass Sie so nett waren und so viel Verständnis gezeigt haben.

Und entschuldigen Sie noch mal, dass ich Ihnen Ihre Zeit gestohlen habe.«

»Ich wünschte, ich hätte mehr tun können. Sollten Sie jemals wieder Informationen über Kraken oder andere Weichtiere benötigen – was in Ihrem Beruf bestimmt ständig vorkommt –, dann haben Sie bitte keine Hemmungen …«

»Ach, Mr. Schuster, eine Sache noch«, sagte Sanchez auf einmal hastig und mit schuldbewusst klingender Stimme. »Als wir Ms. Otero zum Auto bringen wollten und die Presse auf uns einstürmte, da habe ich … na ja, da habe ich den Anschein erweckt, jemand vom Harbor Branch Institut würde sich ernsthaft mit der Sache befassen. Ich glaube, ich habe dem einen oder anderen Reporter sogar Ihren Namen gegeben.«

Mit einem plötzlichen Rutschgefühl im Bauch blickte Steven hinüber zu dem aufgeregt blinkenden Lämpchen an seinem Anrufbeantworter. Doch er wollte das Gespräch nicht auf einer unangenehmen Note enden lassen und sagte schlicht: »Ach, das wird schon okay sein. Wenn diese Aasgeier herkommen und mich belästigen, dann lasse ich einfach einen meiner Tintenfische auf sie los.«

»Gut. Und wenn das nicht reicht, dann haben Sie bitte keine Skrupel, ihnen zu sagen, dass ich da wohl etwas missverstanden habe und sie sich mit ihren Fragen an mich wenden sollen. Vielen Dank noch mal für Ihre Hilfe, Professor Schuster, und dafür, dass Sie so nett und verständnisvoll waren. Haben Sie noch einen schönen Tag.«

Steven hatte den Hörer noch nicht ganz aufgelegt, da bereute er schon, Sanchez nicht gefragt zu haben, ob sie mal einen Kaffee mit ihm trinken wollte. Allerdings hatten die Umstände diese Frage ja mehr oder weniger unmöglich gemacht.

Seltsamerweise hatte er trotzdem irgendwie das Gefühl, nicht das letzte Mal von der hübschen jungen Polizistin gehört zu haben. Gedankenverloren schlenderte er zu Herbs Aquarium hinüber, der also doch kein menschenfressendes Monstrum unter seiner Verwandtschaft hatte, als ihn plötzlich eine laute Stimme auf dem Gang aus seinen Überlegungen riss.

»Schuuus-ter!«, rief die Stimme, die unverkennbar Dekan Duffy gehörte und rasch näher kam. »Schuuuus-ter – Sie gottverdammter Irrer!«

Selbst Herb wurde von dem Krach aus dem Schlaf aufgeschreckt, und eines seiner großen gelben Augen öffnete sich und sah zur Tür hinüber, gerade als Duffy hindurchgestürmt kam. Er blieb mitten im Raum stehen, das Gesicht rot vor Wut, und zeigte keuchend auf die Zeitung, die er in der Hand hielt.

Auf der Titelseite war ein großes Foto von Lilian Wilkins abgebildet, dasselbe, das Steven am Vortag im Haus ihrer Eltern gesehen hatte, mit den lachenden blauen Augen und dem verwegen in die Stirn gekämmten blonden Haaren. Doch worauf Duffy zeigte, war nicht das Bild, sondern die große, fettgedruckte Überschrift, die darüber prangte:

BABY LAUT UNIPROF VON KRAKE ENTFÜHRT.

»Sind Sie jetzt vollkommen verrückt geworden, Schuster?«, fragte Duffy empört, als er wieder zu Atem gekommen war. »Sind Sie von allen guten Geistern verlassen?«

TEIL II
Neue Spuren

Siehe, das Ungeheuer hat zwölf abscheuliche Klauen,
Und sechs Häls' unglaublicher Läng', auf jeglichem Halse
Einen grässlichen Kopf, mit dreifachen Reihen gespitzter,
Dichtgeschlossener Zähne voll schwarzen Todes bewaffnet.

HOMER, *Odyssee*

1

Howdy, Freunde!«, rief Lyle und lüpfte seinen Hut. »Einen wunderschönen guten Morgen wünsche ich!«

Das Ehepaar, das ihm mit seinem eleganten Segelboot entgegenkam, sah nicht so aus, als fände es den Morgen wunderschön. *Was macht dieser unpassend fröhliche Cowboy auf unserem Wasser?*, fragten die übernächtigten Mienen der zwei vornehmen Bootsleute, während sie auf der sanften Dünung von Baker Inlet an seiner behäbigen Frachtwanne vorbeiglitten. Doch Lyle störte sich nicht daran.

»Ich finde den Morgen jedenfalls bezaubernd«, murmelte er und blickte mit einem breiten Grinsen wieder zur Sonne voraus, die in strahlendem Rosa über dem Meer aufstieg. »Aber mein Gott: Hättet ihr vor einem Jahr noch in der Eiseskälte von Wyoming jeden Morgen auf die Weiden hinausreiten müssen, um nach der Herde zu sehen, dann würde es euch genauso gehen. Mitte November und ich trage Shorts, verdammt – wer hätte das je gedacht.«

Am Ende des kleinen Schiffskanals wich der leicht muffige Geruch der Lagune frischer Seeluft, und er schaltete das GPS ein, um besser Kurs halten zu können. Die Farm lag auf 27 Grad, 40 Minuten nördlicher Breite und 80 Grad, 19 Minuten westlicher Länge, gerade so außerhalb der Drei-Meilen-Zone. Er gab mehr Gas, weiter von der Küste weg wurde die See schnell ruhiger, und bald hatte er das erste der fünf großen Haltebecken erreicht, die sich in breiter Zickzacklinie Richtung Horizont zogen.

Lyle schaltete den Motor aus, ließ sich an den dicken schwarzen Plastikring treiben und vertäute das Boot. Dann ging er zu der klobigen Fütterungsmaschine, die von der Bootsmitte aufragte, legte den Anpumpschlauch ins Wasser und den langen Fütterschlauch über das etwa mannshohe Netz, das um den Ring lief. Als er mit seinem Taschenmesser die eingeschweißte Palette mit Futtersäcken aufschnitt, die im Bug stand, hörte er weit draußen ein lautes Platschen und blickte auf, zum gut zweihundert Meter entfernten letzten Becken der Farm hin. Doch etwas Verdächtiges zu erkennen war dort nicht, und so machte er weiter mit seiner Arbeit.

Kaum schaltete er die Maschine an, sammelte sich eine riesige, in tausend Gold- und Grüntönen glitzernde Wolke am Beckenrand. Wild schossen die armlangen Mahi-mahi mit ihren irisierenden Beilköpfen durch das dunkle Blau und schnappten nach den nahrhaften Pellets, die aus dem dicken Fütterschlauch gespült wurden. Lyle schaute über das etwa fünfzig Meter breite Becken hinweg und wunderte sich einmal mehr darüber, dass sein Inhalt ungefähr genauso viel wert war wie ein Jahr Rinderhüten auf den gut 5000 Morgen Weideland, die seine Familie am Fuße der Big Horn Mountains besaß. *Fischfarmen sind die Viehwirtschaft der Zukunft,* hatte sein Chef bei seiner Anstellung gesagt – und so wie Lyle es sah, konnte er nur recht haben.

Beim Losmachen des Bootes stutzte Lyle erneut kurz: Diesmal

sah er tief unterm Rumpf einen großen Schatten vorbeischweben, knapp neben dem riesigen Netz, das von dem schwimmenden Ring in die Tiefe hing. Doch dass große Raubfische um die »Herden« der Farm strichen, war eigentlich nichts Ungewöhnliches – da waren die Räuber des Meeres kein bisschen anders als die Wölfe der Prärie. Und als Lyle den Kopf wandte, in Richtung der hinter ihm liegenden Küste, war der Schatten auch schon wieder verschwunden.

Das nächste Becken, um das Lyle sich kümmern musste, enthielt Rote Schnapper. Die Sonne hatte sich jetzt bereits ein Stück vom Horizont gelöst, und Lyle zog seine dünne Windjacke aus und setzte seine Sonnenbrille auf, um weniger vom spiegelnden Wasser geblendet zu werden. Gerade hatte er die Fütterungsmaschine wieder abgeschaltet, da hörte er sein Handy klingeln und sprang schnell zur Steuerkonsole.

»Hi, Sally, Liebling. Das ist aber schön, dass du anrufst.«

»Ja, ich habe gerade die Kinder zur Schule gebracht, und jetzt bin ich auf dem Weg zur Arbeit.«

»Geht es Dee gut? Sind die Bauchschmerzen weg?«

»Ja, sie hatte einfach nur zu viel gegessen, mach dir keine Sorgen. Aber deswegen rufe ich nicht an.«

»Nicht?«

»Nein. Weißt du, was heute für ein Tag ist?«

»O Gott. Habe ich etwa wieder unseren Jahrestag vergessen? Aber halt, warte. Der ist doch immer erst im Januar.«

»Nein, Lyle. Genau heute vor einem Jahr hast du mich und die Kinder in den vollbeladenen Pick-up gepackt und bist mit uns nach Florida gefahren.«

Als auch sein jüngster Bruder eine Familie gegründet hatte, war die Farm endgültig zu klein geworden. Lyle hatte die ungewöhnliche Anzeige im *Western Livestock Journal* entdeckt und den Chef der Firma überredet, ihm eine Chance zu geben. Sally und den Kindern hatte er nur gesagt, er habe Arbeit auf einer Farm im Süden gefunden.

»Ach, tatsächlich?«, fragte er mit einem unbehaglichen Gefühl im Bauch. »Ein Jahr ist das jetzt schon her?«

Er hatte das neue Leben im warmen Florida schnell liebgewonnen, und sein alter Stetson und das schöne Hirschhorntaschenmesser, das ihm seine Brüder zum Abschied geschenkt hatten, waren praktisch das Einzige, was ihm von seinem vorherigen Leben blieb. Sally jedoch hatte sich nicht so rasch eingefunden und sich lange Zeit bitter bei ihm beklagt. In den letzten Wochen waren keine Beschwerden mehr von ihr gekommen – was jedoch nicht unbedingt etwas Gutes bedeuten musste.

»Ja, genau ein Jahr, Lyle«, sagte sie. »Und ich möchte dir sagen … ich habe angerufen, weil … weil es wunderbar ist. Mir gefällt es inzwischen hier, die Kinder lieben es, und selbst meine Mutter hat gesagt, sie will bald wiederkommen.«

Lyle hatte das Gefühl, ihm platze das Herz vor Freude. »Ja, wirklich?«, fragte er ungläubig. »Dir gefällt es also doch? Und du … du findest die Leute nicht mehr dumm und oberflächlich? Und das Essen eklig?«

»Nein«, lachte sie. »Ich musste mich nur an alles gewöhnen. Tut mir leid, dass ich so oft gemault habe. Es ist toll hier. Deine Entscheidung war goldrichtig. Und ich liebe dich, Schatz.«

»Ich liebe dich auch, Sally. Das ist das Schönste … das Schönste, was du …« Lyle stiegen Tränen in die Augen, und automatisch schweifte sein Blick hinüber zur fernen Küste, wo Sally gerade irgendwo mit ihren ernsten braunen Augen auf den Highway sah und sich das Handy ans Ohr hielt. Doch im gleichen Moment schallte aus der Ferne wieder ein lautes Platschen herüber, und er drehte sich um und blickte mit gerunzelter Stirn zum letzten Ring der Farm hinaus.

»Liebling, alles in Ordnung?«, fragte Sally. »Ist irgendwas bei dir da draußen?«
»Nein, alles okay«, antwortete Lyle, der wieder zu spät war, um mehr als ein paar sich schließende Wirbel auf der fernen blauen Fläche zu erkennen. »Die Thuns spielen anscheinend nur mal wieder verrückt.«
»Heißt das, du musst heute noch ins Wasser?«
»Tja, könnte sein. Aber einmal alle drei Tage muss ich ja sowieso rein, das gehört nun mal dazu. Also kann ich's genauso gut heute erledigen.«
»Sei aber vorsichtig, Schatz, ja? Und wenn irgendwas nicht stimmt, dann geh lieber wieder raus und hol Hilfe. Versuch nicht, den Helden zu spielen.«
An Florida hatte Sally sich jetzt also gewöhnt, bei seiner Arbeit würde es vermutlich noch dauern. In Wyoming war sie früher mit ihrem Vater tagelang im Wald auf Pumajagd gegangen, aber das Meer war für sie immer noch ein Ort dunkelster Gefahren und Geschöpfe. Der achtjährige Bryan, obwohl mit seinem blonden Kraushaar und den breiten Wangen ansonsten Lyles Abbild, war ähnlich wasserscheu, nur die etwas jüngere Dee ging gerne schwimmen. Zu allem Übel hatte Lyle mit Sally kürzlich auch noch einen Bericht über den Mitarbeiter einer mexikanischen Fischfarm gesehen, der praktisch mit bloßen Händen einen sechs Meter langen Weißen Hai aus einem der Netze befreit hatte, und jetzt fürchtete sie, er könnte sich auf ein ähnliches Wagnis einlassen.
»Wenn ich mich zu Hause auf einen tonnenschweren Rodeobullen setze, der so wild ist, als hätte ihn gerade eine Klapperschlange gebissen, dann sagst du nichts. Aber wenn ich hier zu ein paar harmlosen Fischen ins Wasser steige, die mehr Angst vor mir haben als ich vor ihnen, dann kriegst du immer gleich Panik.«

»Sei nur vorsichtig, Liebling. Das ist alles, was ich von dir verlange. Ich möchte doch nur, dass dir nichts passiert.«

»Okay, Sweetheart, keine Angst. Heute Abend hast du mich in einem Stück wieder, das verspreche ich. Und dann können wir unseren Jahrestag feiern.«

Nachdem Lyle das Handy zugeklappt hatte, ging er in den Bug und schaute noch eine Weile auf den letzten Ring hinaus, der etwa 150 Meter weiter kaum merklich in der Dünung schaukelte. Doch als nach einer Minute alles ruhig blieb, entspannte er sich wieder und ließ den Blick über die Farm schweifen.

Eigentlich waren alle örtlichen Behörden gegen das Einrichten von Fischfarmen vor Floridas Küste. Die Tourismusbehörde, weil sie die Sicht verschandelten, die Fischereibehörde, weil sie sie als Konkurrenz für herkömmliche Fischer betrachtete, und die Umweltbehörde, weil durch sie angeblich das Wasser verschmutzt wurde und Krankheiten auf wildlebende Fische überspringen konnten. Dadurch, dass die Farm außerhalb der Drei-Meilen-Zone lag, war jedoch im Grunde nur eine Behörde wirklich dafür zuständig: die NOAA oder National Oceanic and Atmospheric Administration. Und die hatte ausdrückliche Order aus Washington, dieser neuen Form der Ernährungswirtschaft nicht zu viele Steine in den Weg zu legen.

Zwar gab es kleine Fisch- und Muschelzuchten in den Buchten Neuenglands, und auch hier im Inland von Florida gab es Teiche, in denen Shrimps und Katzenwelse gezüchtet wurden. Doch der wachsende landesweite Bedarf an Fisch und Meeresfrüchten konnte damit nicht gedeckt werden, das war allein durch einen ständigen Importfluss aus Asien möglich. Um das zu ändern und gleichzeitig den Anschluss an den riesigen Wachstumsmarkt nicht zu verlieren, zu dem sich Aquafarming bei zunehmend leergefischten Meeren entwickelte, versuchte das Wirtschaftsministerium, Investoren und Unis im ganzen

Land zur Errichtung ähnlicher Farmen zu bewegen. Lyle wusste von welchen vor New Hampshire, Kalifornien, Puerto Rico und Hawaii – aber nirgendwo, überlegte er mit breitem Grinsen, hatten sie heute wohl einen so rundum glücklichen Mitarbeiter wie hier in Florida.

Noch einmal dachte er an Sallys Worte, sog zufrieden die würzige Seeluft ein und schob dann seine Sonnenbrille hoch, um sich wieder an die Arbeit zu machen. Doch da sprang erneut einer der Thunfische im letzten Becken – sprang so weit aus dem Wasser, dass er einen Moment lang wie ein kleiner glänzender Zeppelin durch die Luft schwebte. Und Lyle wusste sofort, dass im Gehege der Tiere etwas nicht stimmte.

Rasch holte er die Schläuche der Fütterungsmaschine ein, machte die Leinen los und ließ den Motor an. Die großen Blauflossenthunfische, die im letzten Becken schwammen, waren so etwas wie der Notgroschen der Firma. Aufgrund des hohen Fettgehalts und der entsprechenden Zartheit ihres Fleisches galten sie als die edelsten Sushifische überhaupt und erzielten Preise von mehr als fünfzig Dollar pro Kilo. Die NOAA wollte eigentlich nur Fische in den Netzen sehen, die vom Eistadium an aufgezogen wurden. Aber Lyles Chef hatte der Behörde ein Kontingent auf dem offenen Meer gefangener Blauflossenthuns abgerungen, die er wie andere Fischfarmer vor Mexiko oder Australien mästen konnte, um sie beim Auftauchen unerwarteter Kosten zu verkaufen.

Die meisten der Fische waren in der Tat für derartige Ausgaben draufgegangen. Doch 600 schwammen immer noch in dem großen Becken, die seit drei Jahren die nahrhaften Spezialpellets der Firma fraßen und mittlerweile auf eine Größe von mehr als zwei Metern und ein Gewicht von über 200 Kilo angewachsen waren. Jedes der massigen Tiere war damit gut und gerne 10 000 Dollar wert und das ganze Netz mehr als fünf

Millionen. Wäre mehr Leuten bewusst gewesen, was für Schätze hier draußen im Wasser schwammen, sie hätten vermutlich einen permanenten Wachdienst für die Farm einstellen müssen.

Dementsprechend nervös wurde Lyle, wenn mit den Blauflossenthunfischen etwas nicht stimmte. Obwohl sie so viel Platz hatten, kamen sich die schnellen Schwimmer schon mal in die Quere und wichen dann manchmal sozusagen in die Luft aus; oder sie jagten einem kleinen Fisch nach, der sich in ihr Netz verirrt hatte, und sprangen deshalb aus dem Wasser. Doch wie früher bei den Rindern kannte Lyle inzwischen die Körpersprache der Tiere gut genug, um zu wissen, dass das eben kein Ausweich- oder Jagdmanöver gewesen war.

Die auch in der Luft noch hektisch weiterschlagende Schwanzflosse, das schiefe Wiedereintauchen, der ganz ungeschickte, gehetzte Ausdruck: Der Thunfisch, der eben gesprungen war, hatte das aus heller Panik getan, das war für Lyle so deutlich, als hätte das Tier dabei laut »Hilfe!« geschrien.

Er raste an den anderen Becken vorbei und ließ das ausgeschaltete Boot dann mit so viel Schwung an den Ring mit den Thuns gleiten, dass es beim Aufprall einen lauten Schlag am Bug tat. Als er nach vorne ging, um das Boot festzumachen, erkannte er sofort, wie seltsam die Fische sich verhielten.

Normalerweise nutzten sie das gesamte Netz, das unter Wasser zwanzig Meter in die Tiefe fiel, und schwammen in mehr oder weniger ungeordnetem Chaos durcheinander. Jetzt jedoch schwammen sämtliche Tiere dicht unter der Oberfläche in einem großen Kreis umher. Eng gedrängt raste der Teppich aus silbrig blau glitzernden Leibern vorbei und ließ in der Mitte des Beckens nicht mehr als ein kleines, strudelndes Rund frei. Lyle fühlte sich sofort an eine Herde junger Rinder erinnert, die zum Brandmarken in ein Gatter getrieben worden waren: Auch diese

liefen dann laut muhend in einem fort im Kreis und bedeckten dabei den Boden vor Angst mit Dung und Pisse.
Und noch etwas fiel Lyle augenblicklich auf. Nicht nur für die Körpersprache, sondern auch für die Zahl seiner Schützlinge hatte er inzwischen ein ebenso gutes Auge entwickelt wie seinerzeit als Cowboy. Er konnte nur hoffen, dass von dem kreisenden Schwarm viele Tiere verdeckt wurden. Denn wenn nicht, war seine Stärke gleich um Dutzende Fische gesunken. Was bei einem Wert pro Exemplar, der zehnmal so hoch war wie bei einem Rind, natürlich einer Katastrophe gleichkam.
Noch während er das Boot festmachte, sah er auch tatsächlich tief unter sich zwei große, mit einem schmalen silbernen Längsstreifen verzierte Schatten Richtung Süden davonhuschen. Er blickte den Schatten nach, dachte an den, der vorhin unterm Boot durchgeschwommen war, und hatte ein Gefühl im Bauch, als würde sich dort schlagartig ein kaltes Vakuum ausbreiten. Was auch immer da unten vor sich ging, er musste dem Ganzen so schnell wie möglich ein Ende bereiten.
Im selben Augenblick hörte er jedoch das typische Reißgeräusch neben sich, das ein großer Körper beim Durchbrechen der Wasseroberfläche macht. Er wandte den Kopf, sah einen riesigen, blau-silbern glitzernden Schädel auf sich zufliegen, sprang erschrocken zurück und landete mit dem Gesäß hart auf dem Bootsdeck. In seiner Panik hatte der Thun versucht, über das hohe Außennetz zu springen, das eigentlich verhindern sollte, dass andere Fische zu den Thuns ins Becken sprangen. Er blieb jedoch mit dem Kiefer daran hängen und prallte donnernd gegen den Bootsrumpf.
Lyle sprang auf und sah über die Reling auf das seitlich auf dem Ring liegende Tier hinab. Der im Netz verfangene Vorderkörper ragte weit ins freie Wasser hinein, die sichelförmige Schwanzflosse zappelte nutzlos in der Luft, und das große dunk-

le Glubschauge schaute verzweifelt in den Himmel. Der Anblick einer mit gebrochenen Beinen auf einem Felsabsatz liegenden Kuh wäre für Lyle nicht schmerzlicher gewesen. Doch um sich um den verletzten Fisch zu kümmern, hatte er keine Zeit.

Hastig zog er Hut und T-Shirt aus, griff sich eine der Pressluftflaschen aus dem Halter an der Seite des Boots und holte den Rest der Ausrüstung aus dem Staukasten im Heck. Er machte die Flasche hinten in der Tarierweste fest, schloss den Lungenautomaten an und setzte sich dann auf eine der kleinen Plattformen neben dem Motor, um seine Flossen anzuziehen. Das Vakuum in seinem Bauch hatte einem flauen Gefühl Platz gemacht, das ihm leichten Brechreiz verursachte. Doch um sich zu fragen, ob er Angst hatte, war er zu sehr in Eile, und ohne den großen Thunfisch eines weiteren Blickes zu würdigen, der ein paar Meter weiter hilflos im Wasser zappelte, ließ er sich ins Meer fallen.

Kaum hatte er sich unter Wasser orientiert, sah er, dass er den Thun vielleicht doch besser aus seiner misslichen Lage befreit hätte. Aus den Kiemen sanken helle Schwaden Blut ins Wasser, und dort oben lag er natürlich für jeden vorbeikommenden Räuber wie auf dem Präsentierteller. Lyle blickte sich um, sah aber nur einen kleinen Riffhai, dessen dunkle Silhouette in der Tiefe über den hellen Sandboden glitt, und ging weiter runter.

Die Farm war an einer Stelle eingerichtet worden, an der das Meer beinah vierzig Meter tief war, damit die Netze bei stürmischer See mit Hilfe der langen Ankerketten in ruhigere Wasserschichten abgesenkt werden konnten. Den Sand unter den Netzen hatte man auf Wunsch der NOAA mit Seegras bepflanzt, wodurch die zu Boden sinkenden Exkremente der Fische besser abgebaut werden sollten. Doch das Gras hatte nicht recht gedeihen wollen, so dass die Fläche trotzdem weitgehend frei blieb.

Dementsprechend gut war die Sicht darüber, und Lyle hatte eigentlich erwartet, unter Wasser den Grund für das Durcheinander rasch auszumachen. Irgendwie hatte er automatisch angenommen, die Thuns seien wegen irgendeines größeren Raubfisches so in Aufregung, der auf halber Höhe mit dem Maul im Netz hing – und es auf unerklärliche Weise geschafft hatte, ein so großes Loch hineinzureißen, dass die Tiere daraus fliehen konnten. Doch obwohl Lyle jetzt schon etliche Meter schräg an dem Netz hinabgeschwommen war, konnte er nirgendwo einen Fisch oder ein Loch in den Maschen entdecken, und schließlich hielt er verwundert inne und blickte zu den Thuns auf.
Von unten bot sich ihm im Großen und Ganzen das gleiche Bild wie von oben – nur die glitzernden Schuppen, die wie Schneeflocken von den panisch kreisenden Tieren herabrieselten, fügten ein beunruhigendes Detail hinzu. Sobald einer der Thuns von den anderen in die Tiefe gedrängt wurde, schoss er sofort wieder ohne Rücksicht auf Verluste zwischen seine Artgenossen zurück. Einen Hai oder irgendeinen anderen Räuber konnte Lyle aber nirgendwo unter den silbernen Bäuchen erkennen, auch wenn das dichte Blau des Wassers verhinderte, dass er bis in sämtliche Winkel des Netzes blicken konnte. Nur eines fiel ihm auf: Auf seiner Seite schwammen die Thuns etwas aufgelockerter und wagten sich ein wenig tiefer hinab als weiter hinten. Und kaum hatte er das bemerkt, löste sich einer der Fische aus dem Schwarm, schoss auf ihn zu und schlüpfte ein paar Meter weiter aus dem Netz.
Lyle schwamm verblüfft zu der Öffnung hin, die er wegen seiner ungünstigen Perspektive nicht bemerkt hatte. Sie war nicht ganz mannshoch und durch einen grob halbkreisförmigen Riss entstanden, der dem Netz irgendwie beigebracht worden war. Hier klappte ein Teil des Netzes jetzt nach innen auf wie eine Tür – und diente den verzweifelten Thuns offensichtlich als

Notausgang, wenn sie eine Gelegenheit zum gefahrlosen Ausscheren aus dem Schwarm erkannten.

Lyle betrachtete die Fransen, die von den kaputten Maschen herabhingen, und runzelte die Stirn. Das Netz war aus einem besonders reißfesten Polyethylen, an dem normalerweise selbst ein ausgewachsener Tigerhai stundenlang herumzerren konnte, ohne dass es kaputtging – deswegen hatte Lyle sich auch gleich so über die entwischten Thunfische gewundert. Mit einem Messer hingegen ließen sich die dick verzwirnten Kunstfasern leicht durchtrennen, und genauso sahen die Fransen in Lyles Hand aus: als seien sie mit einem Messer, einem Leinenschneider oder einer Schere durchgeschnitten worden.

Plötzlich hatte Lyle ein komisches Gefühl im Rücken und fuhr herum. Doch es war nur ein Schwarzspitzenhai – knapp zwei Meter lang –, der offensichtlich den blutenden Thunfisch gewittert hatte. Lyle packte eine heilige Wut. *Irgendwelche Arschlöcher haben mir das Netz zerschnitten,* dachte er. *Und jetzt sind sie irgendwo da drin und machen mir die Fische verrückt!* Er schlüpfte durch das Loch, knotete es notdürftig zusammen, riss dann zornig den Riffstab von seiner Weste und schwamm weiter ins Becken hinein.

Außer dem hakenförmigen Leinenschneider, den er noch bei sich trug, war der Riffstab der einzige Gegenstand in Lyles Ausrüstung, der irgendwie einer Waffe gleichkam. Dabei handelte es sich um einen nicht mehr als halbmeterlangen, vorne etwas dicker werdenden Aluminiumstab, den er benutzte, um bei seinen seltenen Tauchgängen außerhalb der Becken allzu neugierige Haie wegzudrücken oder um die halbtoten Exemplare aus den Netzen zu schieben, die er manchmal dort rausschneiden musste. Für den Gegner, mit dem Lyle rechnete, würde der Stab jedoch seiner Einschätzung nach vollauf genügen.

Als einmal das Gerücht umgegangen war, die Firma arbeite mit genmanipulierten Fischen, hatte es eine Demonstration vor dem Lager- und Zuchtgebäude am Intracoastal gegeben – lauter leichenblasse Studenten und Stubenhocker, die bei jeder anderen Gelegenheit offensichtlich nicht das Geringste mit dem Meer und seinen Bewohnern zu tun haben wollten. Diebe konnten Lyles Meinung nach nicht für das zerschnittene Netz verantwortlich sein, denn die hätten sich nicht so dämlich angestellt. Warum dort ein Loch in die Maschen schneiden, wenn ein paar Meter höher überall schöne große Reißverschlüsse ins Netz eingelassen waren, durch die man bequem zu den Fischen hineinschlüpfen konnte? Nein, so was Saublödes schafften nur diese Schlaumeier.

Er war jetzt so weit ins Becken vorgedrungen, dass er fast schon das andere Ende erkennen konnte. Obwohl er sich mehrere Meter unterhalb der Thuns bewegte, spürte er die strudelartige Strömung, die von ihnen ausging, und kniff hinter seiner Taucherbrille die Augen zusammen, um in dem von rasenden Lichtschäften durchpflügten Wasser besser sehen zu können. Vermutlich trugen die Typen solche albernen blau-weißen Tarnanzüge, dachte er, und versuchten von irgendwo da drüben aus die Fische durch das lächerliche kleine Loch zu treiben, das sie hinter ihm in die Maschen geritzt hatten. Aber dann tauchte am anderen Ende des Netzes etwas aus dem unruhigen Blau vor ihm auf, was ihm zu seiner großen Überraschung zeigte, dass er es doch nicht mit fanatischen Umweltschützern zu tun hatte.

Doch ein Hai?, fragte Lyle sich im ersten Moment, als er die bedächtigen Bewegungen des langsam nahenden Tieres sah. Dann aber erkannte er verblüfft, dass er einen Thunfisch vor sich hatte – massig, rhombenförmig und blau-silbern wie die anderen. Der Thun kam direkt auf Lyle zu, drehte kurz vor ihm ab und folgte dann gemächlich weiter seiner Kreisbahn. Einmal versuchte er, sich seinen über ihm schwimmenden Artgenossen zu nähern. Doch die stoben sofort in wilder Flucht auseinander, worauf er wieder tiefer ging. Lyle hatte bei Fischen noch nie davon gehört, doch von Rindern kannte er ein ähnliches Verhalten: Der Thunfisch musste krank sein, und die anderen Mitglieder des Schwarms hatten offenbar eine Heidenangst, sich anzustecken.

Lyle nahm eine auffällige Bewegung im Augenwinkel wahr. Gut zwanzig Meter links von ihm hing der Schwarzspitzenhai an dem verletzten Thun und versuchte zappelnd, ein Stück Fleisch aus ihm rauszureißen. Ein weiterer Schwarzspitzenhai hatte sich dazugesellt, und auch ein größerer Hai schwamm im Hintergrund schon um die Stelle herum – ein Bullen- oder Tigerhai vermutlich. *Wird ein schöner Spießrutenlauf, nachher wieder aufs Boot zu kommen,* dachte Lyle mit einem innerlichen Seufzer. Aber erst mal musste er sowieso dafür sorgen, dass der kranke Thun aus dem Netz verschwand. Sonst würden möglicherweise noch mehr Exemplare so wie das dort oben enden.

Eben hatte er noch über das Vorhaben gelacht, die Fische ohne die Hilfe zusätzlicher Netze durch ein winziges Loch in den Maschen zu dirigieren. Jetzt jedoch formte sich in seinem Kopf eine ähnliche Idee. Blauflossenthuns waren kraftvolle Schwimmer, die im freien Wasser Geschwindigkeiten von bis zu siebzig Stundenkilometern erreichten. Doch dieser hier sah ziemlich geschwächt aus, und wenn Lyle ihn von unten an den Kiemen packte, konnte er ihn vielleicht zu einem der Reißverschlüsse steuern, die in fünf Metern Tiefe um das Netz verteilt waren. Sagte man einem Greenhorn, es solle einen sechs Zentner schweren Jungbullen an den Hörnern zu Boden reißen, lachte das Greenhorn ja auch zuerst und wunderte sich dann, dass die Sache tatsächlich machbar war. Bevor er einen der Reißverschlüsse öffnete, wollte Lyle jedoch testen, ob es sich hier genauso ver-

hielt. Schließlich hatte die Farm heute schon genug 10 000-Dollar-Fische verloren.
Lyle strampelte auf den kreisenden Thun zu, der in der Zwischenzeit am hinteren Netzrand entlanggeschwommen war und jetzt wieder auf ihn zusteuerte. Erneut machte er seine Wende am selben Punkt wie vorher, und Lyle bewegte sich mit ruhigen Flossenschlägen seitlich, um sich auf die Bahn des Tiers zu bringen, ohne es zu verschrecken.
Es schwebte auf ihn zu – und für Lyle sah die Bewegung wirklich nach Schweben aus, nicht nach Schwimmen, und auch die Haut des Tiers kam ihm seltsam matt und weich vor, nicht hart und glänzend wie üblich. Doch er schrieb all das dem Zustand des Fisches zu und legte sich die Halteschlaufe des Riffstabs ums Handgelenk und streckte die Arme aus, um den Thun zu packen.
Obwohl er mitten im Blickfeld der großen Augen des Fisches schwamm, schien dieser ihn nicht zu bemerken, und plötzlich war Lyle voller Zuversicht, dass er das offensichtlich schon halb apathische Tier unter Kontrolle kriegen würde. Beinah war er schon in Reichweite der Kiemen und überlegte, wie er sich am besten unter den mächtigen Schuppenleib schwingen konnte, als etwas Unfassbares geschah.
Auf der weit nach hinten laufenden Stirn des Thuns, knapp vor seiner gelben Rückenflosse, erblickte Lyle ein ebenso gelbes Auge. Es hatte offenbar die ganze Zeit nach oben gesehen, doch jetzt drehte es sich zu ihm hinunter – rollte nach unten wie bei einem Rückenschwimmer, der nachschauen will, ob die Bahn frei ist – und blickte ihn direkt an. Lyle dachte an die Monster, die in Sallys Vorstellung in den Tiefen des Meeres lauerten, und da verwandelte sich der Fisch auch schon in eines. Ein großes, vielarmiges Monster, das auf ihn zuschoss wie eine riesige Hand. Die Hand packte ihn, und am Arm spürte Lyle, wie Zähne seine

Haut durchstießen. *Sally!,* dachte er, *Sally, Bryan, Dee* – und automatisch griff er mit der freigebliebenen Rechten nach seinem Riffstab und rammte ihn tief in den weichen grünen Körper.

Tatsächlich war das Monster davon so überrascht, dass es seinen Griff öffnete. Seine Haut leuchtete in einem plötzlichen Farbgewirr aus Rot- und Brauntönen auf, und es wich ein paar Meter zurück. Lyle floh instinktiv nach oben.

Er schwamm mitten in die panisch dahinrasenden Thuns hinein. Einer wurde von seinen aufwärts drängenden Artgenossen nach unten gedrückt und rammte Lyle mit seinem harten Schädel so heftig in den Bauch, dass er Rippen knacken spürte und sein Mundstück ausspuckte.

Als er wieder zu sich kam, sah er, dass der Thun ihn mehrere Meter in die Tiefe mitgeschleift hatte. Das Ding – *der Krake* – war jetzt oben bei den Fischen, die ihm entsetzt auswichen. Nicht weit von sich entdeckte Lyle einen der Reißverschlüsse im Netz und schwamm knapp unter den pfeilschnell durchs Wasser sausenden 200-Kilo-Torpedos darauf zu.

Er fasste mit beiden Händen nach dem Netz, sah die kreisförmigen Schnittwunden auf seinem linken Arm und erbrach eine weiße Wolke aus halbverdautem Speck, Eiern und Milch ins Wasser. Auch aus seiner Weste strömten dünne Ketten aus Luftblasen. Er hatte das Gefühl, alles in ihm ziehe sich auf die Größe eines Stecknadelkopfs zusammen, weil er zu lange nicht mehr geatmet hatte. Aber er wollte keine kostbare Zeit damit verschwenden, das irgendwo hinter seinem Kopf schwebende Mundstück zu suchen.

Der Reißverschluss klemmte, und während Lyle mit alptraumhaft kraftlosen Händen daran zog, merkte er erschrocken, dass auch aus seinem Mund Blut kam. Er erwartete, jeden Moment von hinten gepackt zu werden. Doch draußen war das Boot nicht weit entfernt, und wenn er Glück hatte, würde sich vielleicht einer der Haie auf seinen Verfolger stürzen.

Sally, Dee, Bryan, dachte er erneut, während er mit vor Atemnot rasendem Puls an dem übergroßen Kunststoffschieber zerrte. Da löste sich endlich die Blockade, und er zog rasch den Reißverschluss auf und stürzte nach draußen.

2

Es dauerte nur zwei Wochen, bis Steven wieder von Sanchez hörte.

In der Zwischenzeit hatte er fleißig an den Untersuchungen für den Artikel gearbeitet, den Dekan Duffy von ihm sehen wollte. Indem er ihm anbot, sich seine Worte von der zuständigen Polizistin bestätigen zu lassen, hatte Steven den Dekan überzeugen können, dass die peinliche Schlagzeile, die in den *Stuart News* erschienen war, auf einem Missverständnis beruhte. Dann jedoch war er dummerweise auf das Angebot des für die Story verantwortlichen Redakteurs eingegangen, den Irrtum richtigzustellen – worauf dieser seine Erklärungen zu einem Nachfolgeartikel zusammengeschustert hatte, der alles nur noch schlimmer machte.

Umso mehr war Steven jetzt darauf erpicht, Duffy zu beweisen, dass er keineswegs der verrückte Tintenfischheini war, als den man ihn in der Zeitung dargestellt hatte, sondern ein wertvolles Mitglied des Kollegiums. Gleichzeitig hatte er jedoch ehrliche Freude daran, endlich mal wieder ernsthafte wissenschaftliche Arbeit zu leisten – so wie es ihm immer ging, wenn er es erst einmal geschafft hatte, seine natürliche anfängliche Abneigung dagegen zu überwinden.

Die Idee zu den Untersuchungen, die er durchführte, war ihm

bereits während seiner Zeit als Student in der Monterey Bay in Kalifornien gekommen, als er in den Moss Landing Marine Laboratories zum ersten Mal dabei zuschaute, wie einer seiner Professoren einen Kraken sezierte. Zu Stevens großer Überraschung hatte das nach menschlichen Maßstäben so fremdartig aussehende Tier auch vollkommen fremdartig wirkendes Blut in seinen Adern: Es war blau wie bei einem Alien und merklich dickflüssiger als die vertraute rote Flüssigkeit, die durch den Körper des Menschen und aller anderen Wirbeltiere floss.

Tintenfische besitzen blaues Blut, hatte Stevens Professor damals erklärt, weil sie nicht Eisen-, sondern Kupferatome benutzen, um Sauerstoff an ihren Lebenssaft zu binden. Der bei ihnen für die Sauerstoffbindung zuständige Blutfarbstoff nannte sich Hämozyanin und schwamm anders als das in rote Blutkörperchen eingeschlossene Hämoglobin des Menschen frei in der Blutbahn der Tiere herum. Dabei kam Steven sofort eine Idee, die er immer für eine sentimentale, von rein persönlichen Assoziationen heraufbeschworene Wunschvorstellung gehalten hatte, an der aber letztendlich vielleicht doch mehr dran war, als er damals ahnte.

Bis zu seinem zehnten Lebensjahr hatte Steven in Philadelphia gelebt; dann waren seine Eltern auf dem eisglatten Schuylkill-Expressway von einem betrunkenen Lastwagenfahrer gerammt worden und beide an ihren Verletzungen gestorben. Schon zuvor hatte Stevens Mutter jedoch an einer seltenen Blutkrankheit gelitten, mit der sie seiner Erinnerung nach immer viel zu kämpfen hatte.

Die Krankheit nannte sich Thalassämie, was sich, wie Steven später herausfand, aus den griechischen Wörtern für »Meer« und »Blut« zusammensetzte. Sie wurde so genannt, weil sie hauptsächlich bei Menschen aus dem Mittelmeerraum auftrat, und ging auf einen genetischen Defekt zurück, der zu einer chronischen Unterproduktion von Hämoglobin führte. Fehlte die für die Sauerstoffbindung zuständige Substanz, konnte der Kreislauf nicht genug Sauerstoff transportieren – und dadurch litten die Erkrankten unter häufigen Zuständen der Erschöpfung und der Müdigkeit.

Stevens Mutter war italienischer Abstammung, und wenn ihre natürliche Lebhaftigkeit wieder einmal durch einen plötzlichen Schwächeanfall gedämpft wurde, lächelte sie stets und erklärte Steven, das liege an ihrem »wässrigen Blut«. Ihr Tod lag bereits mehr als sieben Jahre zurück, als Steven der Sektion des Kraken auf Moss Landing beiwohnte und zum ersten Mal von den frei schwimmenden Proteinen hörte, die im dicken blauen Blut der Tiere für den Sauerstofftransport sorgten. Trotzdem kam ihm damals sofort der Gedanke, ein wenig von diesem dickeren, dunkleren Blut mit dem seiner Mutter zu mischen – und dieses so ein bisschen weniger wässrig und dünn zu machen.

So abwegig die Idee scheinen mochte, menschliches Blut mit der fremdartigen Substanz zu vermengen, es stellte sich heraus, dass Steven nicht als Einziger darauf gekommen war. Wie er später in einer Zeitschrift für Immunologie las, war die Substanz tatsächlich extrem fremdartig. Wie Spinnen, die ebenfalls Hämozyanin zur Sauerstoffbindung einsetzten, waren Tintenfische evolutionär gesehen sehr alte Organismen, viel älter als Menschen, und unterschieden sich nicht nur äußerlich sehr stark von ihnen, sondern auch in ihrem molekularen Aufbau. Spritzte man einem Menschen Hämozyanin, rief das sofort eine so starke Immunreaktion hervor, wie sie sonst nur für die Abwehr der allergefährlichsten Stoffe reserviert war, die in die menschliche Blutbahn geraten konnten.

Trotz dieser extremen Abwehrreaktion stellte das Hämozyanin in Wirklichkeit allerdings gar keine Bedrohung für den menschlichen Körper dar, es war weder giftig, bakterien- oder viren-

belastet noch sonst in irgendeiner Weise gesundheitsschädlich. Es *wirkte* einfach nur extrem gefährlich auf den menschlichen Organismus, war es aber nicht im Geringsten. Aus diesem Grund, so hieß es in der Zeitschrift, wurde der Stoff inzwischen auf der ganzen Welt von Ärzten zur natürlichen Stärkung des Immunsystems verwendet, spritzte man etwa Krebspatienten kleine Dosen der großen, frei schwimmenden Proteine, um so ihren Körper zur Bildung von Abwehrzellen anzuregen. Was Steven zum ersten Mal denken ließ, dass er damals in Monterey möglicherweise gar nicht irgendwelchen fragwürdig motivierten Fantasievorstellungen aufgesessen war, sondern tatsächlich über eine neue Form der Bluttherapie gestolpert sein könnte.
Ließe sich die Immunreaktion unterdrücken, so ging seine Überlegung, und der menschliche Körper würde dem Hämozyanin erlauben, in seinem Blutkreislauf zu bleiben, dann könnte die Substanz vielleicht dazu gebracht werden, dort die gleiche Funktion zu erfüllen wie das Hämoglobin jetzt und so dazu beitragen, Muskeln und Organe mit Sauerstoff zu versorgen. Es könnte zu einer Art Ersatzstoff für den roten Blutfarbstoff werden, der besonders bei der Behandlung von Blutkrankheiten gegenüber diesem viele Vorteile hätte.
Ebenso wie Menschen mit Sichelzellenkrankheit oder einer anderen Form der Anämie hatte sich Stevens Mutter regelmäßigen Bluttransfusionen unterziehen müssen, die zu einer starken Überbelastung des Körpers mit Eisen führten. Wurde das überschüssige Eisen nicht durch Einnahme von Medikamenten abgeführt, konnte es mit der Zeit schwere Schäden an lebenswichtigen Organen wie Herz und Leber verursachen. Kupfer jedoch, das im Blutfarbstoff der Tintenfische das Eisen ersetzte, war selbst in relativ hohen Mengen ungefährlich für den menschlichen Körper und wurde im Fall eines ungesunden Überschusses einfach mit der Gallenflüssigkeit ausgeschieden.

Eine Verwendung von Hämozyanin statt Hämoglobin bei der Behandlung würde also eine erheblich geringere Belastung für Anämiekranke bedeuten. Und ein weiterer großer Vorteil: Sie müssten sich keinen aufwendigen Transfusionen mehr unterziehen, um den neuen Ersatzstoff ihrem Kreislauf zuzuführen, sondern könnten ihn sich vermutlich einfach selbst in die Vene oder sogar unter die Haut spritzen.
Die Moleküle, aus denen Hämozyanin bestand, waren zwar wesentlich größer als die, aus denen sich Hämoglobin zusammensetzte. Letztere funktionierten allerdings nur, wenn sie in rote Blutkörperchen eingelagert waren, die ihrerseits wieder sehr viel größer als Hämozyanin-Moleküle waren. Statt eines ganzen Beutels voll konzentrierter roter Blutkörperchen – also einer gängigen Blutkonserve – würde es Stevens Hoffnung nach bei der neuen Behandlung schon genügen, eine mit den frei schwimmenden Molekülen aus dem Tintenfischblut gefüllte Spritze zu verabreichen. Diese könnten sich Anämiekranke dann bei Auftreten der Symptome genauso setzen wie ein Diabetiker seine Spritze mit Insulin – dessen Erforschung und medizinische Nutzung ja ebenfalls mit der Übertragung aus Tieren gewonnener Präparate auf den Menschen begonnen hatte.
Es war diese attraktive Analogie, die Steven veranlasst hatte, seinen alten Tagtraum wieder hervorzukramen, als er sich auf Senator Carters jährlichen Besuch vorbereitete. Und es war mit Sicherheit auch diese Analogie, die Dekan Duffy dazu gebracht hatte, ihm eine letzte Chance einzuräumen, als es um seine zukünftige Anstellung an der Florida Atlantic University ging.
Dem Dekan wurde nachgesagt, er habe eine gute Nase für vielversprechende wissenschaftliche Projekte, was Steven half, die große Skepsis, die er immer noch gegenüber dem Projekt hegte, ein Stück weit zu überwinden. Natürlich konnte es durchaus sein, dass Duffy ihn nur deshalb zu dem gewagten Forschungs-

unternehmen ermutigte, um ihn nach einem peinlichen Reinfall leichter feuern zu können. Doch für so hinterhältig hielt Steven den strengen alten Herrn eigentlich nicht. Auch war er bei der Lektüre der Artikel und Bücher, die er ursprünglich nur zur Show auf seinem Schreibtisch ausgebreitet hatte, auf ein paar interessante Fakten gestoßen, die ihn weiter in seinem Glauben an das Projekt bestärkten.

Dass aus bestimmten Meeresschnecken Hämozyanin gewonnen wurde, um es zur Immunaktivierung einzusetzen, hatte er schon gewusst. Doch jetzt erfuhr er, dass man auch den urtümlichen Pfeilschwanzkrebsen bereits seit langem ihr blaues Blut abzapfte, um es für medizinische Zwecke zu verwenden. Außerdem fand er in einem Buch über die Physiologie von Kopffüßern einen interessanten Hinweis: In seinem sauerstoffspezifischen Bindungsverhalten war das Hämozyanin dieser Tiere dem menschlichen Hämoglobin wohl äußerst ähnlich. Natürlich hätte er auch am blauen Blut von Spinnen oder Krabben forschen können, aber das von Kopffüßern schien für sein Vorhaben besonders gut geeignet zu sein, was Steven als glückliche Vorsehung wertete. Wer außer ihm, mit seiner Sammlung von Kraken, Kalmaren und Sepien aus aller Welt, sollte sonst so perfekte Voraussetzungen für die Forschung an ihrem Blut besitzen?

Wie er sich die ganze Sache vorstellte, würde er die Grundlagenforschung erledigen und dann die Synthetisierung und molekulare Feineinstellung des neuen Wundermittels Leuten wie Margery überlassen, die von dem ganzen biochemischen Kram einfach mehr verstanden. Die Entdeckung, da war er sich sicher, würde trotzdem ihm zugeschrieben werden – so wie den Nobelpreisträgern Frederick Banting und John Macleod die Entdeckung des Insulins – und alles in den Schatten stellen, was selbst Margery bisher am Institut geleistet hatte.

Als ersten Arbeitsschritt hatte Steven sich vorgenommen, seine Kopffüßer Exemplar für Exemplar durchzugehen und herauszufinden, welcher von ihnen das Hämozyanin in sich trug, das die geringste Immunreaktion auslöste, wenn man es mit menschlichem Blut in Berührung brachte. Seinen glitschigen Schützlingen Blutproben abzunehmen war allerdings nicht immer ganz einfach. Auch das geduldige Hantieren mit Objektträgern und Pipetten zählte nicht gerade zu Stevens Stärken, und manchmal war er kurz davor, sich seine Proben einfach selbst in den Arm zu spritzen, um so ihre Verträglichkeit mit menschlichem Blut zu testen. Alles in allem fühlte sich die Arbeit für ihn oft an, als sei er eine Ameise und versuche, den Mount Everest zu besteigen – ohne wirklich zu wissen, ob es überhaupt einen Mount Everest gab. Doch wenn er aufgeben wollte, dachte er an Dekan Duffy, der mit verschränkten Armen vor ihm stand und verächtlich den Kopf schüttelte. Dann biss er die Zähne zusammen und vergrub sich wieder in seine Untersuchungen, über deren genaue Zielsetzung er selbst seine Doktoranden im Dunkeln ließ.

Als sich nach zwei Wochen hochkonzentrierten Arbeitens plötzlich Sanchez wieder meldete, hatte Steven deshalb das Gefühl, sie rufe aus einer anderen Welt an. Aus einer kruden, hektischen Sphäre, in der man mit dem menschlichen Unglück unmittelbar in Berührung kam und Sensationsreporter die Wahrheit verdrehten. Einer Welt, von der Steven eigentlich ganz froh gewesen war, sie hinter sich gelassen zu haben.

»Guten Tag, Professor Schuster«, sagte sie. »Sie sind vermutlich überrascht, so schnell wieder von mir zu hören. Aber Sie haben ja gesagt, ich soll mich melden, falls ich wieder Hilfe brauche.«

»Ja, ja, natürlich«, antwortete er, rieb sich seine vom Mikroskopieren müden Augen und fragte sich flüchtig, ob er nicht doch einen größeren Eindruck bei Sergeant Sanchez hinterlassen hatte, als er zuerst dachte. »Um was geht es denn diesmal? Ist Ms. Otero etwa wieder aufgetaucht und besteht auf ihrer Aussage?«

»Nein, das ist sie nicht«, sagte Sanchez. »Nein, sie ist wohl tatsächlich in ihre Heimat zurück. Aber es wurde da etwas aus dem Wasser gezogen, bei dem ich froh wäre, wenn Sie mal einen Blick drauf werfen könnten.«

»Etwas wurde aus dem Wasser gezogen?«, fragte Steven erstaunt.

»Ja, etwas ziemlich Ungewöhnliches, wie mir hier versichert wird.«

»Etwas Ungewöhnliches? Wo sind Sie denn?«

»Unten in Jensen Beach. In der Outrigger Harbor Marina, direkt am Intracoastal.«

3

Die kleine Küstengemeinde Jensen Beach lag nur zwanzig Meilen südlich von Fort Pierce, und für die Fahrt dorthin brauchte Steven nicht mehr als eine halbe Stunde. Von Vero Beach aus war die Fahrt allerdings doppelt so lang, und während Steven in seinem alten Cherokee den Indian River Drive entlangschaukelte und ab und zu einen Blick zum leicht aufgerauhten Wasser des Intracoastals hinüberwarf, fragte er sich, ob sich Sanchez nicht ziemlich weit außerhalb ihres Zuständigkeitsbereichs bewegte.

Die Outrigger Harbor Marina befand sich auf der Festlandseite der Lagune, kurz vor dem Saint Lucie Inlet. Steven hatte dort schon selbst ein paarmal mit dem Boot haltgemacht und erinnerte sich an die moderaten Benzinpreise und die leckere Clam Chowder, die es an der Bar gab. Die Marina hatte einen kleinen geschützten Hafen mit etwa dreißig Liegeplätzen. Ihr wesentliches Geschäft bestand jedoch darin, die Boote von Wochenendausflüglern in dem zweistöckigen Trockengerüst zu lagern, das um ihr großes Hauptgebäude lief, und auf dem Parkplatz musste Steven erst einen Gabelstapler mit einem roten Motorboot auf den Zinken vorbeilassen, bevor er sein Auto abstellen konnte.

Sanchez wartete am Eingang der Reparaturhalle. Sie trug Jeans und ein Polohemd und hatte ihre glänzenden schwarzen Haare wieder zu einem Pferdeschwanz zurückgebunden. Auf den ersten Blick wirkte sie entspannter als vor zwei Wochen und schaffte es sogar, ein halbwegs natürlich aussehendes Lächeln aufzusetzen, als sie Steven für sein schnelles Kommen dankte. Doch unterschwellig spürte er dieselbe Anspannung und Entschlossenheit von ihr ausgehen wie bei ihrem letzten Zusammentreffen.

Sie führte ihn die geräumige Halle hinab, in der zu beiden Seiten aufgebockte Boote standen, bis zur Mitte der linken Reihe, wo ein Mann einen beschädigten Bootsrumpf mit Harz ausbesserte. Als sie sich näherten, legte er seinen Pinsel nieder und fing an, sich die Hände an einem steifen Tuch abzuwischen, das ihm aus der Hosentasche hing.

In der Halle war es kaum kühler als draußen, und die Luft war vom scharfen Duft des Harzes erfüllt. Doch Steven nahm auch noch einen anderen Geruch wahr – fischig, faulig, penetranter noch als der des Harzes –, und als er sich nach der Quelle umschaute, sah er am Ende der Halle eine alte, übergeschlagene Persenning liegen, auf deren einer Seite sich eine große dunkle Lache Blut über den hellen Betonboden breitete.

Der Mann streckte Steven seine tiefbraune Hand entgegen. Er war drahtig, hatte einen üppigen Bart und die typisch ausgeblichenen blauen Augen eines Menschen, der viel Zeit auf dem Meer verbrachte.

»Das ist Henry Delagrange, Mr. Schuster«, erklärte Sanchez. »Er ist für die Reparaturen hier in der Marina zuständig, nimmt aber auch Leute zum Fischen mit raus.«

»Nennen sich mich einfach Hank«, sagte der Mann, dem sein elegant klingender französischer Nachname etwas peinlich zu sein schien. »Sie sind also der Tintenfischtyp?«

»Genau, ich bin der Tintenfischtyp«, antwortete Steven, während Hank sich bereits mit ihnen Richtung Hallenende aufmachte. »Und Sie sind derjenige, der diesen Fang gemacht hat?«

»Kunde von mir«, antwortete Hank. »Ungefähr sechs Meilen außerhalb von South Beach.«

»Was haben Sie so weit nördlich getrieben?«

»Nach Marlin gefischt. Hat jedenfalls der Kunde geglaubt. Bin mir nicht mal sicher, ob er überhaupt wusste, was 'n Marlin ist. Sagte, er will 'nen schönen großen Fisch, den er sich zu Hause in Ohio über die Bar im Wohnzimmer hängen kann. Hatte das in irgend'nem Esslokal gesehen und fand, es sah schick aus.«

Hank drehte sich kurz mit einem schiefen Lächeln zu ihnen um, und Steven lächelte ebenfalls. Sie erreichten die blaue Bootsplane, die eingeschlagen wie eine riesige Frühlingsrolle auf dem Boden lag, und blieben davor stehen. Aus der Nähe war der Geruch noch penetranter, und als Hank neben der Plane in die Hocke ging und die Hand darauf legte, flog eine summende Wolke Fliegen von der großen Lache davor auf.

»Als ich ihm sagte, was wir meiner Ansicht nach an der Angel hatten, strahlte der Typ, als hätt' ich ihm grad 'ne Familienpackung Puderzucker in den Arsch geblasen. Änderte sich schnell, als wir das Ding dann an Bord hievten.«

Mit einem plötzlichen Ruck schlug Hank die Plane zurück, und Steven zog erstaunt die Luft ein. Sofort machte er einen Schritt nach vorne, um sich das zum Vorschein gekommene Tier genauer anzusehen.

Es handelte sich um einen toten Bullenhai, mehr als zweieinhalb Meter lang und wohl um die 150 Kilo schwer. Das große, grauhäutige Tier lag flach auf dem Bauch, mit trüben, weit aufgerissenen Augen und rausgeschnittenem Gebiss, was das viele Blut erklärte. Noch auffälliger als das verstümmelte Maul des Fisches waren jedoch die Male auf seinem Körper.

»Der Typ meinte sogar, er wolle sein Geld zurück«, sagte Hank. »Sagte, groß sei das Ding ja, aber aufhängen könne er's so auf keinen Fall.«

Die Haut des Hais war mit unzähligen kreisförmigen Wunden übersät. Immer in Zweierreihen angeordnet, liefen sie in langen, schmaler werdenden Streifen kreuz und quer über den Körper. Die größten waren so groß wie kleine Untertassen, die kleineren wie Münzen. Bei weitem nicht alle waren vollständig, oft ließ sich die Kreisform nur anhand ein paar kurzer Schnitte erahnen. Doch die Schnitte gingen tief in die dicke Haut des Hais und waren besonders auf dem grauen Rücken gut zu erkennen, wo häufig das helle Bindegewebe hervorgeplatzt war, das unter der dunklen Oberhaut lag.

Auch auf dem weißen Bauch des Tiers waren etliche der Wunden so tief, dass es zu deutlich sichtbaren Einblutungen gekommen war. Insgesamt ließen sie den Hai aussehen, als sei er in einen wilden Kampf mit einem krustigen Tiefseekabel geraten oder als habe ihn jemand mit einer Fräse bearbeitet.

»Hank hat bei mir angerufen, weil er in der Zeitung von der Geschichte mit dem kleinen Mädchen und dem Monsterkraken gelesen hatte«, sagte Sanchez. »Bei mir haben in den vergangenen zwei Wochen alle möglichen Leute angerufen – McCullen hat angeordnet, dass sie alle zu mir durchgestellt werden. Doch Hank war der Erste, der tatsächlich so etwas wie einen Beweis vorlegen konnte. Deswegen bin ich hier runtergefahren, um mir die Sache anzusehen.«

»Wann war das?«, fragte Steven, ging in die Hocke und steckte den Finger in einen der größeren Schnitte.

»Gestern Abend. Hank rief mich gleich an, nachdem sein Kunde weg war. Er sagte, er glaube, der Hai sei von einem Riesenkraken angegriffen worden.«

Steven runzelte die Stirn, pulte mit dem Finger in einem anderen Schnitt, dann in noch einem. »Wohl eher von einem Kalmar«, sagte er schließlich und zog aus dem letzten Schnitt einen kleinen Zahn hervor. »Es gibt ein paar Arten, die Zähne an den Saugnäpfen haben. So können sie ihre Beute besser festhalten.«

Er reichte den dreieckigen, gelblich braunen Zahn Sanchez, und sie besah ihn sich aufmerksam. »Kalmare sind die mit dem torpedoförmigen Körper, richtig?«

»Genau.«

»Und die fressen Haie?«

»Oder werden von Haien gefressen. Das ist in den meisten Fällen jedenfalls das wahrscheinlichere Szenario.« Steven fiel auf, dass dem Hai in der Rückenflosse ein großes Stück Fleisch fehlte, und er fuhr auch diese Wunde mit den Fingern ab. »Hank, haben Sie das gemacht, als sie ihn mit der Gaff reingeholt haben?«

»Nein, ich hab ihn ganz vorschriftsmäßig an den Kiemen gegafft. War 'ne Scheißarbeit, den Kameraden an Deck zu ziehen, das kann ich Ihnen sagen.«

Steven betrachtete das große, schon vor seinem Tod auf Hanks Boot ziemlich übel zugerichtete Tier erneut der Länge nach. Dann bat er Hank, ihm ein Messer zu bringen.

»Sie wollen den Burschen doch nicht aufschneiden, oder?«, fragte der wenig begeistert. »Die Sauerei ist doch auch so schon groß genug.«

»Lässt sich wohl leider nicht anders machen, Hank. Wenn der

Hai den Kampf gewonnen hat, dann befindet sich der Kalmar vielleicht noch in seinem Bauch.«
Hank grunzte unzufrieden, holte aber das Messer und half ihm dann, den Hai auf die Seite zu kippen. Steven setzte einen langen Schnitt vom Hals bis zur Kloake, der kombinierten Geschlechts- und Ausscheidungsöffnung der Haie. Anschließend schob er die Leber beiseite und öffnete den großen Magensack.
Weißbrauner Magensaft und halbverdauter Fisch platschten auf die Persenning. Der Gestank war so schlimm, dass Sanchez einen Schritt nach hinten machte, und auch Steven hielt sich die Hand vor die Nase, während er mit dem Messer in der unappetitlichen Lache rumstocherte. Nur Hank schien der Geruch nichts auszumachen. Er kam sogar zu Steven auf die Plane und hob eine alte Bierdose auf, die zusammen mit dem restlichen Inhalt aus dem Magen des Hais geplatscht war.
»Genau wie in *Der weiße Hai*«, sagte er. »Erinnern Sie sich an die Szene mit dem Nummernschild?«
»Ja, tu ich«, sagte Steven. »Nur vergessen sie im Film, einem zu erklären, warum Haie all diesen Müll überhaupt fressen.«
»Warum?«, wiederholte Hank. »Na, weil sie so verdammt dämlich sind, oder?«
»Nein, weil sie kleine elektrische Sensoren in der Schnauze haben. Damit können sie Beute aufspüren, die sich im Sand versteckt. Aber sie funktionieren anscheinend auch als Metalldetektoren.«
Hank betrachtete die mit weißem Schleim überzogene Bierdose mit neuem Respekt. Sanchez, die sich den Kragen ihres Polohemdes über die Nase hielt und dadurch ein ablenkendes Stück braunen Bauch freigab, kam wieder einen Schritt näher.
»Können Sie irgendwas finden?«
Steven drehte mit der Messerspitze einen weiteren schleimbe-

deckten Brocken Fleisch um, sah Schuppen auf der anderen Seite und schüttelte den Kopf.

»Nein, nichts. Die wenigsten Haie lassen sich einen Kalmar entgehen, wenn sie ihn kriegen können. Aber dieser hier hat ihn entweder schon verdaut oder nie einen gefressen.« Er zeigte mit dem Messer auf die kreisförmigen Wunden in der Haut des Hais. »Ist aber auch schwer zu sagen, wie alt die sind. Kann also gut sein, dass einfach schon nichts mehr von der Mahlzeit übrig ist, die sich da so heftig gegen's Gefressenwerden gewehrt hat.«

»Es könnte aber auch andersrum gewesen sein?«, fragte Sanchez. »Dass der Tintenfisch den Hai attackiert hat?«

»Sicher, ist ebenfalls möglich. Dass er ihn angegriffen hat, dann aber merkte, dass der Hai doch zu stark ist. Vielleicht waren auch andere Haie in der Nähe und haben ihn gestört. Oder die beiden haben um ein Stück Beute oder Aas gestritten. Es gibt da tausend Möglichkeiten. Hank, könnten Sie noch mal mit anpacken?«

Sie kippten den Hai zurück auf den Bauch und schlugen wieder die Persenning darüber. Dann wischte Steven das Messer an der Plane ab und gab es Hank zurück. »Wollen Sie, dass ich Ihnen helfe, das Ding wieder raus aufs Dock zu ziehen?«

»Ne, mach ich morgen. Muss jetzt langsam zu meinem Pinsel zurück, sonst kann ich ihn nicht mehr benutzen. Schneid den Burschen klein und verwend' ihn als Köder, wenn Sie ihn nicht mehr brauchen.«

Hank sah von Steven zu Sanchez, die wiederum Steven fragend ansah. »Nein, sicher«, sagte der. »Machen Sie ruhig Köder draus. Wir brauchen ihn nicht mehr.«

Hank ging zurück zu dem beschädigten Boot, und Steven und Sanchez setzten sich Richtung Ausgang in Bewegung. Draußen hatte die Dämmerung eingesetzt, und durch das Tor der Halle waren die Lichter zu sehen, die entlang der Hafenmole angegangen waren. Sanchez gab Steven den Zahn zurück, den er in dem Kadaver gefunden hatte.

»Was auch immer mit diesem Hai aneinandergeraten ist, war also definitiv ein Kalmar?«, fragte sie. »Ein Kalmar und kein Krake – so wie er in der Aussage von Ms. Otero vorkam?«

Steven nahm den Zahn und sah sie kurz von der Seite an. »Ich krieg langsam das Gefühl, Sie haben heimlich in ein paar Biologiebüchern gestöbert. Sie sind auf jeden Fall wesentlich besser darin, diese zwei Sorten von Tintenfischen auseinanderzuhalten, als die Leute von der Presse.«

Sanchez antwortete auf diese Anspielung auf die unerwünschte Publicity, die sie ihm verschafft hatte, mit einem schuldbewussten Lächeln. Als sie aus der Halle traten, wurde der Geruch des toten Hais endlich von einer frischen Brise abgelöst, die vom Intracoastal her in den Hafen wehte. Steven blieb vor seinem Jeep stehen, den er direkt neben Sanchez' Polizeiwagen geparkt hatte, und hielt den Zahn ins schwindende Licht des Himmels.

»Ja, ich würde sagen, es kann nur ein Kalmar gewesen sein, kein Krake«, sagte er. »Und kein Kalmar auf Erden kann sich über Land bewegen – wie die fantastische Kreatur, von der Ms. Otero uns da etwas vorgeschwindelt hat.«

Wieder antwortete Sanchez auf die Erinnerung an die Episode, die für ihn so unangenehme Folgen hatte, mit einem schuldbewussten und – wie Steven insgeheim fand – ausgesprochen bezaubernden Lächeln. Sicherlich hatte sie den haarsträubenden Unsinn gelesen, den ihm dieser hinterhältige Gauner von den *Stuart News* in den Mund gelegt hatte. Doch sosehr sie ihr damaliges Missgeschick auch bereuen mochte, die hartnäckige Entschlossenheit, die sie ausstrahlte, war beinah wieder genau die gleiche wie seinerzeit am Tatort des grauenhaften Unfalls.

»Kraken attackieren keine Haie?«, fragte sie.

»Doch, manche schon. Und wenn Sie sich gerne noch mehr

Hintergrundwissen aneignen wollen, dann kann ich Ihnen ein sehr schönes Internetvideo empfehlen, auf dem zu sehen ist, wie ein Krake im Seattle Aquarium sich einen ein Meter langen Riffhai schnappt. Aber Kraken haben keine Zähne an ihren Saugnäpfen. Zumindest keine der uns bekannten Arten.« Er senkte den Zahn wieder und drückte mit dem Daumen leicht auf die sanft nach innen gewölbte Spitze. »Mich stört nur eins: Der Kalmar, der am ehesten als Kandidat für die Spuren an dem Hai taugt, kommt nicht im Atlantik vor. Man findet ihn nur im Pazifik, also auf der anderen Seite des Kontinents.«

»Also könnte es sich um einen Kalmar handeln, den die Wissenschaft noch nicht kennt? Oder vielleicht sogar um eine neue Art von Kraken?«

Steven blickte in Sanchez' eifrige Miene und runzelte die Stirn. Vor zwei Wochen hätte er es noch als ziemlich interessanten Fund gewertet, was Hank und sein Kunde da praktisch direkt vor seiner Haustür aus dem Meer gezogen hatten. Vermutlich hätte er sogar den Kadaver mit in sein Labor genommen, ihn noch genauer untersucht und über die mögliche Existenz einer neuen Spezies von Kopffüßern in den Gewässern Floridas spekuliert – so wie Sanchez eben.

Doch heute, nach zwei Wochen unspektakulärer, aber im Ganzen doch befriedigender wissenschaftlicher Arbeit, hatten solche Spekulationen für ihn einen unangenehmen Beigeschmack. Sie erinnerten ihn an die unseriöse journalistische Sensationsmache, die ihm so viel Ärger mit Dekan Duffy eingebracht hatte – und für Lilian Wilkins' Eltern sicher auch nicht leicht zu verdauen gewesen war.

Es stimmte ja: Kalmare und Kraken griffen manchmal Haie an, selbst auf dem Körper von Walen hatte man bereits ähnliche Male gefunden, und alle Welt hörte gerne von solchen Konfrontationen. Auch für Steven entbehrte der dramatische Kampf zweier so beeindruckender Raubtiere nicht einer gewissen Faszination, genau wie er trotz der Unmengen an biologischem Nonsens, der darin vorkam, immer gerne den Film mit dem Weißen Hai gesehen hatte, von dem Hank vorhin geredet hatte. Doch so spannend und unterhaltsam dieser Film auch war, er hatte bei vielen Leuten dafür gesorgt, dass sie sich kaum noch ins Wasser trauten. Und das Image von Haien hatte er gewiss nicht verbessert.

Steven blickte auf den Zahn in seiner Hand und dann wieder in Sanchez' Gesicht. »Sind Sie immer noch hinter dieser Geschichte her?«, fragte er. »Bei unserem letzten Gespräch hatte ich den Eindruck, Sie seien endlich davon abgekommen.«

»Ja, das war ich auch. Und nachdem ich mich mit all den Verrückten unterhalten hatte, die in der Zeitung von der Sache gelesen hatten, hielt ich erst recht nichts mehr davon. Einer behauptete sogar, er habe auf seiner Halloweenparty gesehen, wie ein riesiger Krake in seinem Pool verschwunden sei – können Sie sich das vorstellen?«

Steven lächelte mitfühlend. Sanchez wies kurz mit dem Kopf zur Bootshalle hinüber und sprach in ernsterem Ton weiter.

»Doch nachdem Hank mir heute Morgen den Kadaver gezeigt hatte, habe ich mit ein paar der seriöser klingenden Anrufer noch mal geredet und außerdem ein wenig in unserem Archiv geforscht. Zwei der Leute, mit denen ich gesprochen habe, sagten, sie hätten beim Tauchen einen ungewöhnlichen großen Kraken gesehen, beide in der Gegend um Baker Inlet, das ja mehr oder weniger genau gegenüber vom Indian River Village liegt. Beide erzählten, der Krake sei sofort wieder verschwunden, als sie ihn sichteten: Er sei so schnell mit dem Hintergrund verschmolzen, dass sie sich nicht sicher gewesen seien, ob sie ihn überhaupt gesehen hätten. Und erinnern Sie sich an diesen Jungen, der im Sommer bei Baker Inlet verschwunden ist?«

»Ja, an die Geschichte erinnere ich mich. Aber ging man da nicht davon aus, er sei vor Erschöpfung ertrunken? Oder habe die Orientierung verloren oder so was?«

»Der offiziellen Version zufolge ja. Er hatte wohl eine Erkältung, und einer der zu dem Fall hinzugezogenen Ärzte erklärte, es sei vermutlich zu einer Blutung in der Lunge oder im Kopf gekommen, und danach habe der Junge nicht mehr gewusst, was er tat. Aber das ist im Grunde alles nur Spekulation, weil seine Leiche nie gefunden wurde. Und als ich mit den anderen Jungen geredet habe, die an dem Tag mit ihm draußen waren, sagten sie, sie seien hinter irgendeinem Tier her gewesen, als der Unfall passierte. Hinter einem Rochen, sagte der eine. Aber der andere war sich nicht sicher und meinte, es könne auch etwas anderes gewesen sein. Er sagte, das Tier habe seine Gestalt gewechselt.«

Steven zog plötzlich die Brauen zusammen und sah Sanchez scharf an. »Es hat seine Gestalt gewechselt?«

»Na ja, es klingt alles ein bisschen verworren. Der Junge scheint schnell in Aufregung zu geraten und erzählte auch etwas von einer Leiche, die auf dem Meeresgrund gelegen habe und dann plötzlich nicht mehr da gewesen sei. Ich habe versucht, seinen älteren Bruder ans Telefon zu bekommen, der das Ding anscheinend genauer gesehen hat, konnte ihn aber bisher noch nicht erreichen. Wieso? Klingelt da was bei ihnen?«

Steven dachte an Mike, was er manchmal machte, wenn man an sein Aquarium trat, und was er generell machte, wenn er sich bedroht fühlte. Er runzelte nachdenklich die Stirn, tat dann jedoch den Gedanken als unsinnig ab. Eine auf dem Meeresgrund liegende Leiche, ein zum Fantasieren neigender Junge, ein Rochen oder vielleicht irgendein anderes Tier, das die Kinder gesehen haben wollten – das klang alles nach einem ziemlichen Durcheinander. Und als er an sein Labor und die Arbeit dachte, die dort liegenblieb, während er hier über irgendein rätselhaftes

Monster diskutierte, das angeblich die Küste Floridas heimsuchte, schüttelte er schließlich den Kopf.

»Nein, nicht wirklich«, sagte er. »Und es tut mir leid, wenn ich Sie ein zweites Mal enttäuschen muss, aber ...«

»Es gibt auch noch andere Fälle. Im Februar dieses Jahres ist ein Mann beim Tauchen vor Wabasso Beach verschwunden, gerade mal vier Kilometer nördlich von Baker Inlet. Der Mann war mit seinem Sohn unterwegs und schon 68. Aber der Sohn meinte, er war noch super in Form und sei plötzlich einfach nicht mehr da gewesen, als er ihn zwei Minuten aus den Augen gelassen habe. Bis heute hat er keine Ahnung, was ihm passiert sein könnte.«

Steven zuckte mit den Achseln. »Beim Tauchen passieren andauernd Unfälle«, sagte er. »Es ist eine der gefährlichsten Sportarten, die es gibt.«

»Und was ist mit dem Mitarbeiter dieser Fischfarm, die draußen vor der Küste liegt? Die ist zwar ein ganzes Stück vom Ufer entfernt, aber im Grunde auch direkt bei Baker Inlet.«

»Die Fischfarm?«, fragte Steven. »Was ist denn da passiert? Ich komme gerade selten zum Zeitunglesen.«

»Einer der Angestellten, die jeden Tag die Fische füttern und die Netze kontrollieren, ist verschwunden. Genauso spurlos wie die anderen Vermissten. Einer der Fische hat sich unglücklich in einem Netz verfangen, wo er dann Haie angezogen hat, und eine Theorie lautet, dass der Mann denen zum Opfer gefallen ist. Der Besitzer der Farm meint hingegen, fanatische Tierschützer hätten ihn umgebracht, weil das Netz aufgeschnitten wurde. Aber da man dort eigentlich auch anders reinkommt, bleibt die ganze Sache ziemlich rätselhaft.«

»Das Netz wurde aufgeschnitten?«

»Ja, mit einer Schere oder so was wie einem Bolzenschneider. Wieso? Sie gucken schon wieder so komisch.«

Steven zögerte kurz, schüttelte dann aber erneut den Kopf.

»Also wenn es in dem Fall schon genug andere Verdächtige gibt, sehe ich keinen Grund, noch einen hinzuzufügen. Wie gesagt, Tauchen ist eine gefährliche Angelegenheit, ob man es jetzt als Hobby oder aus beruflichen Gründen betreibt. Und ja, es gibt gefährliche Tiere da draußen – wie den Bullenhai dort in der Halle zum Beispiel, der Ihnen schnell mal das Bein abbeißt, wenn er Sie mit seiner natürlichen Beute verwechselt. Aber ich habe meine Zweifel, dass wir ein neues gefährliches Tier entdeckt haben.« Noch einmal sah er sich den Zahn in seiner Hand an. »Dann lebt vielleicht eine kleine Population pazifischer Humboldtkalmare auch hier auf unserer Seite des Kontinents. Und einer hatte etwas dagegen, gefressen zu werden, und hat sich so gut er konnte seiner Haut erwehrt. Es gibt keinen Grund, warum es ein paar von ihnen nicht ums Kap Hoorn geschafft haben sollten und dann vom subäquatorialen Strömungssystem und vom Golfstrom hier zu uns raufgeschwemmt worden sind. Es ist eine Hochseespezies, die Menschen schon in ihrem natürlichen Lebensraum so gut wie nie angreift. Und ganz bestimmt würde sie nicht bis in Strandnähe oder sogar in die Lagune kommen, um nach Nahrung zu suchen.«
Er erkannte an Sanchez' Gesicht, dass er einen zu abwehrenden Ton angeschlagen hatte, und versuchte, ruhiger und einfühlsamer zu sprechen. »Noch wahrscheinlicher ist ohnehin, dass der Hai sich die Male drüben im Pazifik geholt hat und dann hier rübergekommen ist, vermutlich durch den Panamakanal. Jeder in Florida glaubt, Bullenhaie gäb's nur an dieser Küste. Aber in Wirklichkeit sind sie eine stark migratorische Spezies, die auf der ganzen Welt zu finden ist, manche Exemplare sogar bis weit in afrikanische Flüsse hinein. In letzter Zeit ist viel die Rede davon, dass die Tiefsee der letzte unerforschte Bereich der Erde ist. Aber das bedeutet nicht, dass wir bereits alles wüssten, was weiter oben vor sich geht. Dafür ist das Meer einfach zu groß.«

Er wies mit dem Zahn zur Bootshalle hinüber. »Ich habe noch nie einen Hai mit solchen Verletzungen gesehen, und Hank auch nicht. Doch das heißt nicht, dass Haie mit solchen Wunden nicht regelmäßig aus den Gewässern Floridas gezogen werden – normalerweise kümmert sich nur niemand darum. Hank hat Sie ausschließlich wegen dieser Geschichte vom Monsterkraken angerufen, der an Land rumlaufen und kleine Kinder fressen soll. So eine Geschichte regt die Fantasie der Leute an und lässt sie plötzlich überall Ungeheuer sehen. Ich glaube, wir haben es hier schlicht mit einem seltsamen, durch den ganzen Pressewirbel verursachten Zufall zu tun.«

»Aber was ist mit all diesen Unfällen?«, fragte Sanchez. »Ich meine, da draußen sind doch tatsächlich Leute ums Leben gekommen.«

»Im Meer tun sie das ständig. Es ist einfach nicht unser natürliches Element.«

Sanchez sah ihm kurz in die Augen, dann einen langen Moment auf den Zahn in seiner Hand hinab. Schließlich zuckte sie unschlüssig mit den Schultern.

»Na ja, Sie sind der Experte, nehme ich an. Meine Kollegen beginnen schon, mich Octopussy zu nennen. Wenn Sie mir jetzt also sagen, ich befinde mich komplett auf dem Holzweg, dann muss ich das wohl akzeptieren und …«

»Okay, hören Sie, Ms. Sanchez. Es gibt noch eine Sache, die ich tun könnte.«

»Nennen Sie mich ruhig Jessica, wenn Sie wollen.«

»Schön, Jessica, ich bin Steven. Eine Kollegin von mir verfügt über eine große Sammlung von Kalmarzähnen aus aller Welt, und wenn ich ihr den Zahn gebe, könnte sie ihn mit ihren Exemplaren vergleichen. Dann könnte sie meine Theorie sozusagen von unabhängiger Seite aus bestätigen, und wir könnten alle wieder ruhig schlafen.«

»Das wäre sehr nett von Ihnen, Steven, vielen Dank. Und … und könnte ich Sie vielleicht noch um einen weiteren Gefallen bitten?«

Sanchez' freundlicher Ton machte Steven sofort misstrauisch. Aber er freute sich zu sehr über den neuen Grad an Vertraulichkeit, der sich gerade zwischen ihnen ergeben hatte, um nicht in ebenso freundlichem Ton zu antworten.

»Sicher«, sagte er. »Schießen Sie los.«

»Auch wenn an der ganzen Sache offenbar nichts dran ist, würde ich doch gerne den Chef meines Reviers darüber informieren und ihm sagen, worauf ich gestoßen bin. Und ich wäre sehr froh, wenn Sie bei dieser Unterhaltung dabei sein könnten. Sie müssten nicht wirklich viel sagen – und auf gar keinen Fall irgendwas, das sie nicht für wahr halten. Erzählen Sie ihm einfach nur, was Sie mir erzählt haben, damit er seine eigenen Schlüsse daraus ziehen kann.«

»Keine Presse diesmal?«

»Nein, natürlich nicht. Es tut mir sehr leid, was da passiert ist. Es würde sich nur um ein ganz zwangloses Gespräch zwischen Ihnen, mir und dem Polizeichef handeln – und vielleicht noch dem Captain meiner Abteilung, wenn er Zeit findet. Morgen um zwölf im Vero Beach Police Department. Glauben Sie, das könnte gehen?«

Steven lächelte, steckte den kleinen braunen Zahn in die Brusttasche seines T-Shirts und ging zur Tür seines Wagens.

»Natürlich«, sagte er, während er aufschloss. »Ich werde da sein. Schade nur, dass Sie nicht in Fort Pierce stationiert sind.«

Sanchez legte den Kopf schief und sah ihn mit gerunzelter Stirn hinweg an.

»Warum ist das schade?«

»Weil Sie mir dann zur Belohnung wenigstens ein paar Strafzettel erlassen könnten.«

4

Als Steven nach Fort Pierce zurückkam, war es schon kurz vor sieben, und zuerst wollte er auf die in den Norden der Stadt führende Juanita Avenue abbiegen, um nach Hause zu fahren. Doch dann besann er sich eines Besseren, blieb auf der U.S. 1 und fuhr weiter bis zum Institut.

Wie erwartet, waren dort nicht mehr viele Leute anwesend, weder von seinem Team noch von Margerys, und auch die fleißige Margery selbst hatte schon Feierabend gemacht. Steven sah sich kurz im Gang um, tippte dann den Code zu Margerys Tür in die Tastatur an der Wand ein und betrat ihr Labor.

Auf der rechten Raumseite blubberten die Todeskandidaten leise vor sich hin, links ragten die Regale mit den schaurigen Einmachgläsern in die Höhe. Zwischen den Regalen jedoch stand ein harmlos aussehender Schrank mit vielen kleinen Schubladen, in dem Margery ihre aus der ganzen Welt stammende Sammlung von Tintenfischschnäbeln, Kalmarzähnen und Statolithen aufbewahrte. Verweste ein Tintenfisch oder wurde er von Magensaft zersetzt, blieb außer diesen Strukturen kaum etwas Festes von ihm übrig. Sie waren bei jeder Tintenfischspezies unterschiedlich und ließen sich deswegen gut zu ihrer Bestimmung einsetzen.

Besonders die braunen Chitinschnäbel der Tiere, die inmitten ihrer Arme lagen und Papageienschnäbeln verblüffend ähnelten, wurden gerne für solche Zwecke benutzt. Fand man sie in den Mägen von Robben, Haien oder Walen, konnte man mit ihrer Hilfe nicht nur herausfinden, welche Art von Tintenfisch diese Räuber gerne fraßen, sondern erhielt auch Informationen über das Verbreitungsgebiet der verspeisten Kopffüßer. Die Statolithen – kleine Kalkkugeln, die im Gleichgewichtsorgan der Tintenfische schwammen – hatten den zusätzlichen Nutzen, dass man über ihre Wachstumsringe das Alter des jeweiligen Besitzers feststellen konnte. Doch auch die Zähne und Haken, die ausschließlich an den Armen und Fangtentakeln von Kalmaren vorkamen, sahen bei jeder Spezies ein bisschen anders aus und konnten deshalb gut zur Artbestimmung eingesetzt werden.

Mit Hilfe des dicken Verzeichnisses, das neben dem Schrank im Regal lag, suchte Steven die Schublade heraus, in der der Zahnring eines Humboldtkalmars auf Watte gebettet lag, und hielt den Zahn aus seiner Brusttasche dagegen. Auf den ersten Blick glaubte er seine Theorie auch bestätigt und war schon kurz davor, den Ring wieder zurückzulegen und sich schnell aus dem Staub zu machen. Doch dann sah er noch einmal genauer hin und geriet plötzlich ins Wanken.

Wie immer bei Kalmaren mit Zähnen an den Armen wuchsen sie bei Humboldtkalmaren aus ringförmigen Leisten heraus, die als Ganzes in die Saugnäpfe eingebettet waren und mit ihrer gezackten Oberseite aussahen wie kleine, gelbbraune Kronen. Doch um aus so einer Krone herausgebrochen zu sein, war der Zahn eigentlich zu groß, und bei näherer Betrachtung bemerkte Steven jetzt auch zum ersten Mal, wie seltsam glatt und unbeschädigt die Unterseite des Zahns wirkte. Ebenso schien er etwas stärker nach innen gebogen zu sein als die Zähne an dem Ring, den Margery als Musterexemplar in ihrem Schrank hatte, und die Farbe kam Steven auf den zweiten Blick ebenfalls etwas zu dunkel vor.

Natürlich gab es nicht nur von Art zu Art, sondern auch von Individuum zu Individuum gewisse Unterschiede, schließlich sahen bei Menschen Gebiss und Nägel auch nicht immer gleich aus. Steven wusste allerdings nicht recht, ob sich allein damit die Abweichungen erklären ließen.

Eigentlich hatte er Sanchez ja versprochen, eine zweite Meinung einzuholen. Sollte er den Zahn nicht doch einfach morgen Margery zeigen, die sich mit der taxonomischen Einordnung solcher Zähne viel besser auskannte? Aber sie hatte sich ja schon halb totgelacht, als er mit den Wattetupfern ankam. *Also zurück zu dem verdammten Verzeichnis* – war doch klar, dass das wieder so eine Nummer werden würde!

Leise fluchend ging er weitere potenzielle Kandidaten für den Zahn durch, darunter der Kolosskalmar, dessen Auge Margery jüngst seziert hatte, und *Architheutis dux,* der sagenhafte Riesentintenfisch der Seefahrer, der zwar streng genommen eine reine Tiefseespezies war, aber wenigstens im Atlantik vorkam. Er blätterte in dem Verzeichnis, öffnete eine Schublade und hielt den Zahn neben das in Watte gebettete Muster. Je länger er auf diese Weise seine Vergleiche anstellte, umso stärker kam er jedoch durcheinander. Schließlich nahm er aus verschiedenen Schubladen Haken und Zähne, breitete sie auf dem Versuchstisch aus, der dem Schrank gegenüberstand, und probierte so, das passende Gegenstück zu seinem Exemplar zu finden.

Bald merkte er jedoch, dass er auch auf diesem Wege nicht zu einem endgültigen Schluss gelangen würde – schon allein deshalb, weil er bei vielen Mustern überhaupt nicht mehr wusste, aus welcher Schublade er sie eigentlich genommen hatte. Entsetzt betrachtete er den Schrank, an dem kaum noch eine Schublade ungeöffnet war, und wollte gerade wenigstens die letzte Entnahme wieder an ihren Platz zurücklegen, als sich hinter ihm jemand laut räusperte.

Erschrocken zuckte er zusammen und fuhr herum. In der Tür stand Margery, über der Schulter eine ihrer teuren Handtaschen und an den Füßen weiche Mokassins, deren Schritte vom Blubbern der Aquarien locker übertönt worden waren. Sie hob ihre feinen Brauen und sah ihn fragend an.

»Mein Gott, hast du mir einen Schreck eingejagt«, sagte Ste-

ven, wollte sich mit der Hand ans Herz fassen, merkte dann jedoch, dass ein zerbrochener Zahnring darin lag. »Was zum Teufel willst du denn um diese Uhrzeit noch hier?«
»Ich habe einen Aufsatz vergessen, den ich noch begutachten muss«, sagte sie und sah ihn mit dem überlegenen Lächeln der vielbeschäftigten Superprofessorin an. »Und was – wenn ich fragen darf – willst *du* hier?«
»Ich suche einen Zahn«, gestand Steven und hielt resigniert den gelbbraunen Zacken hoch. »Einen, der zu diesem passt.«
Margery machte die Tür hinter sich zu und kam zum Tisch. Sie beäugte erst den Zahn und dann den Schrank hinter Steven. »Und dafür veranstaltest du hier so ein Chaos?«
»Ja, das kann ich gut«, sagte Steven und legte die Reste des Zahnrings auf den Tisch, den er vor Schreck zerdrückt hatte. »Hier. *Galitheutis phyllura* oder *Morotheutis robusta,* ich weiß es nicht mehr genau. Aber wenn du es noch sagen kannst, besorge ich dir gerne irgendwie einen neuen.«
Margery sah lächelnd auf die in drei Teile zerbrochene kleine Krone hinab. Dann blickte sie jedoch wieder zu dem Zahn in Stevens Hand auf und runzelte die Stirn. »Jetzt sag mir aber bitte nicht, dass es dabei immer noch um diesen Monsterkraken geht, wegen dem du fast von der Uni geflogen wärst.«
»Leider doch«, erwiderte Steven und hob den Zahn wieder etwas in die Höhe. »Den hier hab ich aus einem Haikadaver gezogen, der von oben bis unten mit Saugnapfwunden übersät war. Ich habe versprochen herauszufinden, zu welcher Art Kalmar er gehört.«
Margery sah ihm einen Moment lang forschend ins Gesicht, anschließend auf die Unordnung auf dem Tisch. »Na dann, viel Spaß«, sagte sie und wollte zu ihrem Schreibtisch gehen. Steven aber streckte die Hand aus und zog sie zu sich.
»Warte mal, bitte«, sagte er. »Ich habe hier jetzt schon so lange

in diesen Schubladen gewühlt, dass ich keinen Seeigelstachel mehr von einem Walrosshauer unterscheiden könnte. Glaubst du nicht, du könntest vielleicht mal kurz nachsehen, ob du …? Ich meine, nur wenn du gerade etwas Zeit übrig hast, natürlich.«

Margery blickte zu den offen stehenden Schubladen hinüber und noch einmal auf den Tisch. Dann lächelte sie ihn mit einem spitzbübischen Funkeln in den Augen an.

»Etwas Zeit hätte ich ja im Grunde. Schließlich habe ich gerade mein *Mesonychotheutis*-Paper abgeschlossen. Zu Hause liegt sogar schon Champagner kalt, weil ich ein bisschen feiern wollte. Aber zu zweit macht das natürlich mehr Spaß.«

Sie schlang Steven den Arm um die Hüfte, nahm ihm den Zahn aus der Hand und legte ihn zu den anderen.

»Um den hier kann ich mich dann ja immer noch morgen kümmern …«

5

Am nächsten Morgen wachte Steven um kurz vor elf in Margerys riesigem Bett auf und schaffte es gerade so zu seinem Termin im Vero Beach Police Department. Es war in einem modernen weißen Gebäude mit dunkel getönten Fenstern in der Innenstadt von Vero Beach untergebracht, und als Steven keuchend im Büro des Polizeichefs eintraf, waren bereits alle Teilnehmer des Gesprächs versammelt.

Dies fand doch in einem größeren Rahmen statt, als Sanchez angekündigt hatte. Außer Polizeichef Fogelman, einem kleinen weißhaarigen Mann in Shorts und Polohemd, der eher wie ein Sportlehrer wirkte, und Captain Simmons, einem breitschultrigen Farbigen in Jackett und Schlips, saßen auch noch Sheriff

Caruso von der Countypolice und Commander Elkert von der zuständigen Küstenwachstation in dem kleinen Raum. Der einzige freie Stuhl stand neben Sanchez vor dem Schreibtisch: Wie der Mann von der Küstenwache war sie in Uniform erschienen und wirkte deshalb ein wenig, als trete sie vor einem Militärgericht auf.

Kaum hatte Steven sich gesetzt, fing sie an, den »Fall« zusammenzufassen. Sie schilderte kurz den tragischen Vorfall im Indian River Village und Ms. Oteros Aussage dazu, erwähnte deren unglückliches Verschwinden und ging dann auf die Zeitungsartikel und die dadurch ausgelösten Anrufe ein, die sie zunächst ebenso wenig ernst genommen hatte wie ihre Kollegen. Jedes Mal, wenn sie das Wort »Krake« oder »Tintenfisch« aussprach, verfinsterte sich Commander Elkerts Miene etwas mehr. Er war ein schmaler, durchtrainierter Mittdreißiger mit rotem Bürstenhaarschnitt und wirkte auf Steven ziemlich jung für jemanden, der die polizeiliche und militärische Überwachung eines hundert Kilometer langen Küstenstreifens leitet. Als Sanchez erzählte, zwei der Anrufer hätten berichtet, in der Nähe von Baker Inlet einen ungewöhnlich großen Kraken gesehen zu haben, konnte er offenbar nicht mehr an sich halten und wandte sich mit ärgerlicher Miene an Chief Fogelman.

»Sie haben mir ja schon am Telefon gesagt, dass es um diesen Quatsch mit dem Monsterkraken geht. Aber irgendwie hatte ich trotzdem gehofft, das sollte ein Scherz sein.«

Fogelman machte eine beschwichtigende Geste, und Sanchez redete ruhig weiter. Sie erzählte von dem Hai, der etwas weiter südlich gefangen wurde und Stevens Meinung nach definitiv von einem großen Kalmar oder Kraken angefallen worden sei, und obwohl das nicht ganz stimmte, erhob Steven keinen Einspruch. Erstens war er so übernächtigt und verkatert, dass es ihm sowieso am liebsten gewesen wäre, er könnte die ganze

Veranstaltung hinter sich bringen, ohne ein Wort von sich zu geben. Außerdem widerstrebte es ihm, Sanchez vor dem unhöflichen Heini von der Küstenwache in den Rücken zu fallen.

Sie schilderte das rätselhafte Verschwinden des Jungen vor Amberly Beach und den ebenso seltsamen Fall mit dem alten Taucher vor Wabasso Beach und ging schließlich noch kurz auf die bisher ungeklärten Geschehnisse ein, die den Angestellten der örtlichen Fischfarm anscheinend das Leben gekostet hatten. Als sie fertig war, blickte Elkert sie mit einem höhnischen Grinsen im Gesicht an.

»Versuchen Sie, uns hier tatsächlich zu verkaufen, dass ein menschenfressender Killerkrake an der Küste sein Unwesen treibt?«, fragte er. »Ist das tatsächlich, was Sie mit ihren Ausführungen andeuten wollen?«

Sanchez bedachte ihn mit einem eisigen grünen Blick, an den Steven sich noch gut aus eigener Erfahrung erinnern konnte.

»Ich möchte nur Folgendes sagen«, erklärte sie ruhig. »Nachdem ich persönlich mit allen Menschen gesprochen habe, die in diese Vorfälle verwickelt waren, und mir alle dazu vorliegenden Beweise angeschaut habe, bin ich überzeugt, dass sie alle irgendwie miteinander in Zusammenhang stehen.«

»Miteinander in Zusammenhang stehen?«, wiederholte Elkert entrüstet. »Ein paar stinknormale Ertrunkene, eine verrückte kubanische Putze, die Märchen erzählt, und zwei Taucher, die zum ersten Mal im Leben einen etwas größeren Kraken gesehen haben? Was um Himmels willen bringt Sie darauf, da könnte es einen Zusammenhang geben?«

Sanchez sah kurz zu Fogelman hinüber und wandte sich dann wieder Elkert zu. »Ich weiß es nicht genau«, sagte sie. »Es ist so ein Gefühl.«

»Ein *Gefühl?*«, schnaubte Elkert verächtlich. »Ich komme hier extra hoch gefahren nur wegen eines *Gefühls?* Chief Fogelman, können Sie mir bitte sagen, was das alles soll?«

Der Commander hatte bereits seine Mütze vom Schoß genommen und war empört aufgestanden. Doch Fogelman bat ihn mit einer Geste, sich wieder zu setzen.

»Ich gebe zu, das klingt alles ein wenig ungewöhnlich, was Sergeant Sanchez uns da vorträgt«, sagte er. »Aber Captain Simmons und ich können uns an wenigstens eine Gelegenheit erinnern, bei der wir es sehr bereuen mussten, nicht stärker auf ihren Instinkt gehört zu haben. Deshalb habe ich auch zugestimmt, dass sie uns den Fall ausführlich und vor großer Runde darlegt.«

Er hielt kurz inne und wandte sich dann wieder an Sanchez.

»Sergeant Sanchez, ich glaube, wir haben alle verstanden, welche Theorie sie zu den geschilderten Vorfällen haben, die bei uns und bei anderen Polizeibehörden von Indian River County bisher als relativ alltägliche Unfälle in den Akten stehen. Und obwohl ich nicht gerade sagen kann, dass Sie mich mit Ihrem Vortrag wirklich überzeugt haben, würde ich doch gerne hören, welche Maßnahmen wir Ihrer Meinung nach in der Angelegenheit ergreifen sollten.«

Sanchez sah kurz zu Steven herüber, als sei das Folgende mit ihm abgesprochen, und antwortete dann auf Fogelmans Frage.

»Zu hundert Prozent überzeugt bin ich von all dem auch nicht«, erklärte sie. »Trotzdem besteht die Möglichkeit, dass da draußen ein großes Raubtier sein Unwesen treibt, das im Laufe dieses Jahres bereits vier Menschen getötet hat. Oder vielleicht nicht nur eines, sondern gleich mehrere solche Raubtiere. Und ich denke, wir sollten die Öffentlichkeit zumindest über diese Möglichkeit in Kenntnis setzen. Einen Hai kann man wenigstens noch halbwegs sehen, wenn man sich im Wasser aufhält. Aber wie ich im Laufe meiner Ermittlungen gelernt habe, sind

Kraken und andere Tintenfische sehr gut darin, optisch mit ihrer Umgebung zu verschmelzen und quasi unsichtbar für das menschliche Auge zu werden.«

Noch einmal blickte sie wie zur Bestätigung ihrer Worte zu Steven. »Wir sollten den Leuten sagen, dass sie beim Tauchen vorsichtiger sein sollen«, schlug sie dann vor. »Dass sie auf keinen Fall allein ins Wasser gehen dürfen und sich nicht in der Nähe von unübersichtlichen Felsformationen und schattigen Riffen aufhalten sollten. In Anbetracht der Möglichkeit, dass sich dieses Tier tatsächlich über Land bewegen kann, sollten wir alle Eltern von kleinen Kindern auffordern, sie immer gut im Auge zu behalten, wenn sie in der Nähe des Wassers spielen. Oder ihnen vielleicht sogar empfehlen, ihre Kinder überhaupt nicht mehr in die Nähe des Wassers zu lassen. Für eine gewisse Zeit jedenfalls.«

»Das ist absolut lächerlich«, sagte Elkert und wandte sich wieder an Fogelman. »Zu was für einem Statement sie sich auch überreden lassen: Die Küstenwache wird es nicht mittragen und auf Anfrage auch mit aller Deutlichkeit ihre Meinung dazu kundtun.«

»Ich schlage außerdem eine großangelegte Suche nach dem Tier vor«, fuhr Sanchez in ungerührtem Ton fort. »Und zwar unter Beteiligung der Küstenwache, der Wasserschutzkräfte unseres Departments und des Sheriffbüros, der Boote und Taucher sämtlicher anderer Behörden der Region, die sich dafür eignen, sowie gegebenenfalls der örtlichen Tauchschulen und anderer gut ausgebildeter Privatleute. Um eine größtmögliche Chance auf Erfolg zu gewährleisten, sollten so viele Leute wie möglich mobilisiert werden.«

»Das ist doch totaler Wahnsinn«, sagte Elkert. »Keinen einzigen meiner Taucher werde ich dafür abstellen, den Meeresgrund nach einem Hirngespinst abzusuchen.«

Fogelman runzelte die Stirn und sah einen Moment lang auf den Kuli hinab, mit dem er in seiner Hand spielte. Schließlich wölbte er seufzend die Brauen und hob wieder den Kopf.

»Das sind ziemlich aufwendige und weitreichende Maßnahmen, die Sie da vorschlagen, Sergeant Sanchez«, sagte er und sah dann Steven an. »Was ist mit Ihnen, Professor Schuster? Sie hatten das zweifelhafte Vergnügen, von Anfang an die Rolle des Experten in diesem Fall zu übernehmen, und wissen sicherlich mehr über Kraken und Tintenfische als jeder andere hier im Raum. Sergeant Sanchez hat mir erzählt, dass die Presse Ihre Aussagen zu dem Wilkins-Fall ziemlich verzerrt wiedergegeben hat, aber dass Sie trotzdem ihre Theorie nicht für vollkommen unmöglich halten. Stimmen Sie – jetzt mal ganz inoffiziell und unter uns gesprochen – mit der von ihr angeregten Vorgehensweise überein?«

Alle Augen richteten sich auf Steven. Dieser hatte so etwas schon befürchtet, sich aber bis zuletzt der stillen Hoffnung hingegeben, er könne es irgendwie aus dem Raum schaffen, ohne eindeutig Stellung beziehen zu müssen.

Er blickte zu Sheriff Caruso und Captain Simmons hinüber, die ihn beide erwartungsvoll ansahen. Dann wandte er den Kopf kurz Commander Elkert zu, der ihn zweifellos als den verrückten Wissenschaftler betrachtete, zu dem ihn die Medien erklärt hatten, und sich nicht die geringste Mühe gab, seine Verachtung für ihn zu verbergen. Schließlich sah er Sanchez neben sich an, deren schöne grüne Augen mit ruhigem, entschlossenem Blick auf ihm ruhten, und wandte sich dann wieder an Chief Fogelman.

»Nein, überhaupt nicht«, sagte er. »Ich stimme mit der von Sergeant Sanchez vorgeschlagenen Vorgehensweise nicht im Geringsten überein.«

Nachdem Steven deutlich gemacht hatte, dass er keineswegs so überzeugt von Sanchez' Theorie war, wie man aufgrund seines Schweigens vielleicht hätte denken können, wurde das Meeting rasch beendet. Während Steven hinter Sheriff Caruso den Gang entlanglief, klopfte Elkert ihm auf die Schulter und verlieh seiner Erleichterung Ausdruck, dass er doch nicht ein solcher »Irrer« sei, wie er befürchtet habe. Als Steven darauf nicht reagierte, eilte Elkert jedoch mit zackigem Schritt weiter, so dass Steven schutzlos Sanchez ausgeliefert war, die ihn auch prompt auf dem nächsten Treppenabsatz wutentbrannt in die Ecke drängte.

»Mussten Sie mich da drin unbedingt wie eine Vollidiotin dastehen lassen?«, fragte sie mit zornig funkelnden Augen. »Hätten Sie das Ganze nicht einfach kurz abnicken und dann schauen können, was sich bei der Suche ergibt? Es ist doch nicht so, als ob die Aktion Sie irgendwas gekostet hätte. Ihr Name wäre diesmal doch nirgends aufgetaucht.«

»Es geht mir dabei auch nicht um meinen Namen, sondern um den der Tiere, die Sie da zur Fahndung ausschreiben wollen«, erwiderte er. »Haben Sie wirklich geglaubt, ich würde einer großangelegten Jagd auf Kraken zustimmen? Dass ich einer offiziellen Kampagne meinen Segen gebe, durch die sie zu gefährlichen Menschenfressern abgestempelt werden?«

»Aber wer will denn Kraken zu Menschenfressern machen?«, sagte Sanchez und verdrehte unwillig die Augen. »Es geht nur um dieses eine gefährliche Tier, nach dem wir suchen sollten. Oder um diese eine gefährliche Spezies meinetwegen.«

»Ach ja – und woher sollen die Leute wissen, welche das ist? Im Sommer 1916 wurden an der Küste von New Jersey vier Leute von Haien attackiert. Ausflügler aus dem Inland, die Abkühlung von der landesweiten Hitzewelle suchten und im Wasser rumzappelten wie angebissene Meeräschen. Bis dahin wurden

Haie für so was wie übergroße Hechte gehalten, und höchstens in den rumgeschwängerten Erzählungen von Seeleuten spielten sie mal eine etwas finsterere Rolle. Nach den Attacken, und vor allem nach der hysterischen Reaktion von Behörden und Presse, waren Haie plötzlich die blutrünstigen Monster, als die sie auch heutzutage noch von den meisten Menschen betrachtet werden.«

Der Gedanke, etwas Ähnliches könnte mit Tintenfischen passieren, brachte ihn dermaßen auf, dass auch sein Ton hitzig wurde. Er hielt die Hände hoch und schüttelte sie vor Empörung.

»Hunderte von Haien wurden allein in dem Sommer an der Küste New Jerseys mit Booten gejagt und getötet«, sagte er. »Millionen sterben heute jedes Jahr unter den Messern von Fischern, die ihnen die Flossen abschneiden und sie dann lebend zurück ins Meer schmeißen. Im Gegensatz zu Walen und Robben haben sie keine Lobby, weil die meisten Menschen nach wie vor brutale Menschenfresser in ihnen sehen. Und Spezies für Spezies kann ausgerottet werden, ohne dass irgendjemand Mitleid mit ihnen hätte.«

»Aber Haie greifen doch tatsächlich Menschen an«, erwiderte Sanchez, während hinter ihr ein Polizist die Treppe hinaufging und angesichts ihrer seltsamen Diskussion verwundert die Stirn runzelte. »Hier in Florida werden ständig Menschen bei Haiangriffen verletzt. Das haben Sie doch selbst gesagt.«

»Ja, aber Haie beißen Menschen in der Regel nur, wenn sie sie mit Beute verwechseln, und zum Glück haben das wenigstens hierzulande inzwischen viele Leute begriffen. Sie jedoch hören sich an, als gäbe es da draußen einen Kraken, der *gezielt Jagd* auf Menschen macht. Der sie nicht aus Angst oder aufgrund eines Irrtums angreift, sondern weil er sie als Teil seiner natürlichen Beute betrachtet.«

»Und Sie hören sich an, als seien Ihnen Kraken wichtiger als

Menschen. Menschen, die da draußen vielleicht in diesem Moment ums Leben kommen!«

»Nein, das sind sie nicht. Und wenn ich auch nur ein kleines bisschen mehr an dieses … dieses Monstrum glauben würde, von dem Sie reden, wäre ich der Erste, der Ihnen bei der Suche danach hilft. Auch wenn ich bestimmt nicht auf so ungeschickte und überdimensionierte Weise an die Sache rangehen würde, wie Sie das gerade vorgeschlagen haben. Aber wie ich Ihnen schon mehrmals gesagt habe, ich glaube nicht an dieses Tier, nicht mehr als dieser Blödmann von der Küstenwache eben. Und so viel Ihr Boss auch von Ihrem Bauchgefühl halten mag, ich bin ebenfalls der Meinung, dass Sie einem Hirngespinst nachjagen, einem Produkt ihrer Einbildung – einem Phantom.«

Er sah Sanchez ins Gesicht und bedauerte wie vor zwei Wochen insgeheim, dass er der attraktivsten Polizistin, die er jemals kennengelernt hatte, ausgerechnet unter solchen Umständen begegnen musste. Doch wenn sie ihn das nächste Mal um einen »kleinen Gefallen« bat, sollte er trotzdem nicht vergessen, vor seiner Zusage das Hirn einzuschalten.

»Es tut mir leid, dass ich Sie eben vor all den Leuten da oben bloßstellen musste«, sagte er. »Aber hätten Sie mir vorher erzählt, was Sie vorhaben, wäre ich erst gar nicht zu dem Treffen gekommen. Und jetzt entschuldigen Sie mich bitte. In meinem Labor wartet wichtige Arbeit auf mich.«

Steven schob Sanchez sanft, aber bestimmt zur Seite und lief die Treppe hinunter. Bevor er aber den Ausgang erreichte, rief Sanchez ihm so laut hinterher, dass sich im Erdgeschoss mehrere Polizisten umdrehten: »Wissen Sie was, Schuster. Sie sind ein engstirniger, arroganter Mistkerl! Und genauso irre, wie in der Zeitung stand. Der nächste Mensch, der getötet wird, geht auf Ihr Konto. Hören Sie mich: Für das nächste Opfer tragen Sie persönlich die Verantwortung!«

6

Steven saß neben seiner Mutter im Auto. Sie fuhr ihn zum Eishockeytraining, aber seltsamerweise nicht in Philadelphia, wo er diesen Sport bis zu seinem zehnten Lebensjahr betrieben hatte, sondern irgendwo in Florida, wo draußen blauer Himmel und ab und zu die buschige Krone einer Königspalme vorbeizog. Seine Mutter hatte eine ihrer Paolo-Conte-Kassetten eingelegt, sang mit übertrieben tiefer Stimme mit und brachte ihn so zum Lachen. Doch als er das nächste Mal aus dem Fenster sah, war es plötzlich dunkel draußen, und auch das Auto hatte auf einmal aufgehört zu fahren, und es war vollkommen still darin. Mit einem unguten Gefühl im Bauch drehte Steven sich zurück zur Fahrerseite um und sah, dass seine Mutter vom Lenkrad tief in den Sitz gedrückt wurde. Ihr volles braunes Haar lag über die Konsole gebreitet, als hab es jemand absichtlich so arrangiert, ihre Atem ging flach und leise, und ihre Haut war weiß wie Porzellan.

Jemand klopfte an die Scheibe, und als Steven sich wieder zur anderen Seite drehte, sah er draußen den Fahrer des Lkws stehen, mit dem seine Eltern zusammengestoßen waren – so wie er ihn sich immer vorgestellt hatte. Er hatte einen Bart, eine hohe Schirmmütze auf dem Kopf und hielt Steven mit einem seiner tätowierten Arme eine Bierdose hin. Steven kurbelte das Fenster runter und nahm die Dose entgegen, bemerkte plötzlich jedoch den zähen weißen Schleim, mit dem sie bedeckt war, und erkannte, dass draußen in Wirklichkeit Hank von dem kleinen Bootshafen in Jensen Beach stand. Er sagte Steven, er solle seiner Mutter endlich was zu trinken geben, und Steven kniete sich auf den Sitz, legte vorsichtig den Kopf seiner Mutter nach hinten und flößte ihr die dunkle blaue Flüssigkeit ein, mit der die Dose gefüllt war.

Tatsächlich erwachte seine Mutter sofort zu neuem Leben. Sie lächelte ihn an und öffnete den Mund, um ihm für seine Hilfe zu danken. Plötzlich jedoch riss sie erschrocken die Augen auf und sah nach unten. Auf dem Boden des Wagens stand knöchelhoch der weiße Schleim, mit dem auch schon die Dose bedeckt gewesen war, und ein großer brauner Tentakel war daraus aufgetaucht und hatte sich um ihre Wade gelegt. Steven versuchte verzweifelt, sie festzuhalten, doch er war nicht stark genug und hörte sie schreien, während ihr Brustkorb gewaltsam durch den engen Spalt zwischen Sitz und Lenkrad gezerrt wurde. Sie schrie nicht in ihrer eigenen Stimme oder der Paolo Contes, sondern im hohen, durchdringenden Ton eines kleinen Mädchens.

Steven wachte schweißgebadet in seinem Bett auf. Kurz wusste er nicht, wo er war. Doch dann erkannte er die blauen Leuchtziffern seines Radioweckers neben sich: 5:46 Uhr.

Na großartig, dachte er. Jetzt hatte Sanchez ihn schon so weit, dass er von dem verdammten Ding träumte.

Eine Weile lag er im Dunkeln und lauschte auf die angenehme Stille, die im Haus herrschte. Im Winter konnte er seine altersschwache Klimaanlage nachts ausschalten, so dass ihn ihr röchelndes Rauschen nicht störte, und auch von draußen waren noch kaum Geräusche zu hören. Schließlich jedoch schlug er das schweißklamme Laken zurück und ging ins Bad. Wenn er schon wach war, konnte er genauso gut ins Institut fahren und ausnahmsweise mal früher mit der Arbeit anfangen.

In der gerade anbrechenden Morgendämmerung durch die noch beinah gänzlich leeren Straßen zu fahren erfüllte Steven mit einem ungewohnten Gefühl der Tugendhaftigkeit. Er freute sich geradezu auf seine Arbeit, auf die er sich gestern nach dem Termin in Vero nicht mehr richtig hatte konzentrieren können.

Bei ihrem gemeinsamen Abendessen hatte Margery zwar gesagt, sie glaube auch ohne große Vergleichsuntersuchungen zu wissen, was es mit dem in dem Hai gefundenen Zahn auf sich habe. Das war mit ein Grund gewesen, warum Steven die von Sanchez vorgeschlagene Suche so entschieden abgelehnt hatte. Nach seiner Rückkehr aus Vero hatte sie jedoch erklärt, sie wolle sich den Zahn am Abend noch mal unter dem großen Elektronenmikroskop des Instituts ansehen – und damit in Steven wieder leichte Zweifel geweckt.

Heute Morgen, da war er sicher, würde sie ihm jedoch endlich eine klare Antwort geben, und er könnte sich wieder ganz seiner Suche nach einer immunverträglichen Variante des Tintenfischbluts widmen. Obwohl er so ungewöhnlich früh im Institut erschien, musste er sogar noch nicht mal auf sie warten. Als er die Tür zu seinem Labor öffnete, überraschte er sie an seinem Schreibtisch, wo sie gerade ganz offensichtlich damit beschäftigt war, heimlich seine Papiere durchzusehen.

»Hallo, Margery«, sagte er. »Vielleicht sollten wir die Büros tauschen. Das würde uns das ständige Hin- und Herschleichen ersparen.«

Margery drehte sich auf seinem Stuhl um und hielt kopfschüttelnd die Unterlagen in ihrer Hand hoch. »Wie du in so einer Unordnung arbeiten kannst, ist mir unerklärlich«, sagte sie und warf die Papiere angewidert auf den Tisch. »Wenn es in deinem Kopf genauso aussieht, würde ich dir dringend zu einem Berufswechsel raten.«

Steven durchquerte den Raum, stellte seine Tasche neben dem Computer ab und setzte sich auf die Tischkante. »Ist dieser Zahn also doch interessanter, als wir dachten?«

Margery nahm das angesprochene Objekt aus der Brusttasche ihres Kittels und legte es auf den Tisch.

»Nun, er wirft zumindest ein paar interessante Fragen auf«,

erklärte sie. »Meine erste Annahme lautete, dass er von einem ungewöhnlich großen Exemplar von *Lepidoteuthis grimaldii* stammt, oder zumindest von einer ähnlichen lokalen Form. Bei diesen Kalmaren haben die Männchen an zwei Armen besonders große, klauenartig gebogene Zähne. Sie sitzen in speziellen Hauttaschen und spielen vermutlich vorwiegend bei der Paarung eine Rolle, könnten aber bestimmt auch bei einem sehr heftigen Kampf mit einem Fressfeind zum Einsatz kommen. Wie der Kalmar, der bisher nur aus ziemlich großen Tiefen gefischt wurde, mit einem Bullenhai aneinandergeraten sein soll, wäre dann eine andere Frage. Aber darauf wäre uns sicher eine Lösung eingefallen.«

»Und was steht deiner Annahme entgegen?«

»Meiner Annahme steht entgegen, dass bei aller Ähnlichkeit dieser Zahn unterm Mikroskop betrachtet doch erhebliche Unterschiede zu dem Zahn von *Lepidoteuthis grimaldii* aufweist, den ich in meiner Sammlung habe. Wie dir schon mit bloßem Auge aufgefallen ist, hat er unten tatsächlich keine erkennbare Bruchkante, so dass er eigentlich nicht von der ringförmigen Halterung abgebrochen sein kann, auf der die Zähne von Kalmaren sitzen. Dieser Zahn wirkt eher, als sei er frei in einen Saugnapf eingelagert gewesen, und an seiner Basis hat er winzige Furchen, die genauso aussehen wie die, an denen bei der Kralle einer Katze die Muskelbänder ansetzen.«

Steven blickte erstaunt auf den gelbbraunen Zacken hinab. »Der Zahn ähnelt einer Katzenkralle?«

Margery nahm ihn vom Tisch und bewegte ihn zwischen Daumen und Zeigefinger vor und zurück. »Ja, und kann möglicherweise wie bei einer Katze ausgefahren und eingezogen werden. Aber das ist noch nicht das Erstaunlichste daran.«

Steven sah sie mit großen Augen an. »*Das* ist noch nicht das Erstaunlichste?«

»Nein«, sagte Margery und hielt mit bedeutungsvoller Miene den Zahn in die Höhe. »Denn wie ich herausgefunden habe, nachdem ich mir erlaubt hatte, ein Stück davon abzuschaben und unter mein Spektroskop zu legen, besteht er aus Chitin.«

Steven runzelte verwirrt die Stirn. »Ja, aber ... tun das nicht alle Tintenfischzähne?«

Margery verdrehte die Augen und seufzte. »Mein Gott, wie konnte es nur passieren, dass ausgerechnet dir dieses Ding in die Hände fällt?«, fragte sie und wippte dann vorwurfsvoll mit dem Zahn auf und ab. »Wie du wüsstest, wenn du dir die Mühe machen würdest, dich in deinem Fachgebiet auf dem neuesten Stand zu halten, hat man inzwischen herausgefunden, dass die Zähne von Kalmaren *kein* Chitin enthalten. Aus Chitin bestehen nur die *Schnäbel* der Tiere, genau wie die aller anderen Tintenfische. Die *Zähne* von Kalmaren hingegen bestehen ganz und gar aus Proteinen.«

»Okay«, sagte Steven kleinlaut, »man lernt nie aus. Dieser Zahn besteht also nicht ausschließlich aus Proteinen, wie es für einen Kalmarzahn eigentlich normal wäre?«

»Nein«, erwiderte Margery, »das ist ja das Erstaunliche. Er besteht aus dem gleichen mit Proteinen gefüllten Chitingerüst wie ein Tintenfischschnabel und enthält dabei rundherum den gleichen niedrigen Wasseranteil wie sonst nur die harte Schnabelspitze. Evolutionär gesehen ist er ein absolutes Sondermodell.«

Steven nahm Margery den Zahn aus der Hand und hielt ihn sich vor die Augen. Er hatte ihn ja schon oft betrachtet, doch jetzt hatte er plötzlich ein ganz anderes Gefühl dabei.

»Wow«, machte er. »Ein Sondermodell, sagst du?«

Kurz drehte er den kleinen braunen Zacken im Licht hin und her wie einen kostbaren Edelstein. Dann runzelte er jedoch die

Stirn und sah wieder zu Margery hinab. »Und … und auf wie groß würdest du den Tintenfisch schätzen, der dazugehört?«
»Wie groß war denn der Hai, aus dem du ihn gezogen hast?«
»Beinah drei Meter groß. Ein kräftiges, schweres Weibchen.«
»Dann wird der Tintenfisch wohl ungefähr genauso groß gewesen sein. Was die Armspanne angeht, vielleicht sogar etwas größer.«
Steven nickte nachdenklich. Nicht nur der Zahn, sondern auch alles, was damit zu tun hatte, erschien plötzlich in einem neuen Licht. Nach einem kurzen, verwunderten Kopfschütteln stellte er Margery die entscheidende Frage: »Und glaubst du … ich meine, hältst du es irgendwie für möglich, dass dieses Ding von einem Kraken stammt?«
Er sah Margery in die Augen, und sie hielt einen Moment lang seinen Blick. Dann legte sie die Stirn in Falten und nickte ein paarmal nachdenklich vor sich hin, so wie Steven selbst eben.
»Bei dem bloßen Gedanken sträubt sich natürlich alles in mir«, sagte sie. »Aber müsste ich Zähne erfinden, die ein Krake an den Armen trägt, dann sähe das Ergebnis vermutlich ähnlich aus. Ein Chitingerüst statt nur Proteine, aber von der Funktion her identisch: ein klassischer Fall von konvergenter Evolution. Kraken haben sowieso schon winzige Chitinzähnchen an den Saugnäpfen, die für eine bessere Rutschfestigkeit sorgen, und die könnten einfach zu richtigen Zähnen angewachsen sein. Dazu da, Beute besser festhalten zu können. Jedoch, anders als bei Kalmaren, einziehbar, damit der Krake seine Saugnäpfe weiterhin dazu benutzen kann, sich über den harten Untergrund eines Riffs zu hangeln und interessante chemische Stoffe aufzunehmen, mit denen seine Arme in Berührung kommen.«
»Aber warum sollte sich ein Krake Zähne an den Saugnäpfen wachsen lassen, wenn alle anderen Kraken ohne auskommen?«

»Vielleicht hat er sich auf eine neue Art von Nahrung spezialisiert. Die meisten Kraken jagen ja hauptsächlich Krabben und andere gepanzerte Krebstiere, die man mit Zähnen an den Saugnäpfen nicht gut packen könnte. Bei eher weichhäutigen, aber dafür heftig zappelnden Fischen hingegen, wie sie Kalmare fast ausschließlich jagen, sind Zähne von Vorteil und wären es natürlich auch für einen Kraken, der sich auf solche Beute umgestellt hat – oder sich sogar, mein Gott, an drei Meter lange Haifische heranwagt. Und bei noch einer Art von Beute würde ein Krake mit Zähnen an den Saugnäpfen vermutlich besser fahren.«

»Welche Art von Beute meinst du?«

»Solche, die an Land lebt. Die Saugnäpfe von Kraken entwickeln ihre Haftkraft dadurch, dass sich ein mit Wasser gefüllter Hohlraum dahinter ausdehnt und so für Unterdruck sorgt. Das funktioniert umso besser, je tiefer das umliegende Wasser ist, weil bei höherem Umgebungsdruck eine größere Druckdifferenz entsteht. Außerhalb des Wassers funktionieren die Saugnäpfe zwar auch. Aber aufgrund des geringeren Umgebungsdrucks und des geringeren Unterdrucks, der sich mit einem luftgefüllten Hohlraum herstellen lässt, ist dort die Haftkraft wesentlich geringer. Deswegen wäre ein Krake, der an Land Beute machen will, mit Zähnen oder meinetwegen auch zahnartigen Krallen an seinen Armen besser bedient. Sie sind ja auch bei praktisch hundert Prozent der Landraubtiere die Waffe der Wahl. Um sich an Land über weichen, unebenen Grund zu ziehen, wären sie vielleicht ebenfalls gut – wie die Spikes an Sportschuhen.«

Steven sah Margery staunend an. Er war immer noch von der plötzlichen Wendung verblüfft, die die Dinge genommen hatten. Aber beinah ebenso sehr verblüffte ihn, wie viele Gedanken sich Margery bereits zu all dem gemacht hatte.

»Wenn man dich so hört, könnte man glatt auf die Idee kommen, du glaubst jetzt auch schon an den Monsterkraken.«
Margery lächelte und schüttelte den Kopf.
»Nein, das tue ich nicht«, sagte sie. »Und das Letzte, was ich wollte, wäre es, meinen Namen in einem Zeitungsartikel zu dem Thema zu lesen. Das wäre ein gefundenes Fressen für meine Schwestern. Und bei meinen Sponsoren aus der Wirtschaft käme es bestimmt auch nicht gut an. Nein, meine Schlussfolgerungen klingen zwar plausibel, aber es ist ja auch mein Beruf, plausible Schlussfolgerungen zu formulieren. Du weißt so gut wie ich, wie leicht wir Wissenschaftler uns aus in Wirklichkeit völlig unzusammenhängenden Details ein schlüssiges Gesamtbild basteln können. Wahrscheinlich gibt es eine ganz einfache und unspektakuläre Erklärung für diesen Zahn, auf die wir beide nur nicht kommen.«
Steven dachte an das Gespräch im Vero Beach Police Department gestern. Von bisher insgesamt vier potenziellen Opfern hatte Sanchez geredet, darunter ein zweijähriges Mädchen und ein dreizehnjähriger Junge. Er runzelte die Stirn und sah einmal mehr auf den Zahn in seiner Hand hinab. »Ja, aber wenn nicht …«
»Wenn nicht, dann ist das die größte zoologische Sensation seit der Entdeckung des Quastenflossers. Da kann selbst O'Shea mit seinem Kolosskalmar nicht mithalten.« Margery rollte mit dem Stuhl an ihn heran, manövrierte sich zwischen seine Beine und legte ihm die Hände auf die Oberschenkel. »Deswegen will ich auch, dass du mich über die Sache auf dem Laufenden hältst«, sagte sie von unten zu ihm herauf. »Wenn wider Erwarten doch etwas dran ist, möchte ich mit im Team sein, wenn es um die wissenschaftliche Erstbeschreibung geht.«
Steven musste lächeln. »Ach so, du willst also erst deinen Namen in der Zeitung lesen, wenn sich der Monsterkrake von einer

Lachnummer in einen Jahrhundertfund verwandelt hat. Aber bis es so weit ist, soll ich das Risiko, mich zum Gespött der Leute zu machen, ganz allein auf mich nehmen.«

Margery lächelte ebenfalls. Sie sah zuerst kurz zu seinem »Tintenfischzoo« hinüber und dann zu Herbs Parcours. »Komm, Stevieboy, du hast einfach nicht so viel zu verlieren wie ich. Dein Risiko ist also wesentlich geringer als das, welches ich auf mich nehmen müsste.«

»O Mann, Margery«, sagte Steven und schüttelte fassungslos den Kopf. »Du bist schon 'ne Nummer.«

Margery lächelte ihn unbeirrt weiter an. Sie wies mit dem Kopf auf den Zahn in seiner Hand. »Aber du siehst doch, wie nützlich ich dir bei deinen Nachforschungen sein kann. Ohne meine Hilfe wärst du doch immer noch so schlau wie vorher, was diesen Zahn betrifft. Dafür habe ich doch eine kleine Gegenleistung verdient.«

Steven konnte sich nicht verkneifen, seine kaltschnäuzige Kollegin ein wenig aufzuziehen. »Und ich dachte, die hätte ich schon erbracht.«

Doch auch davon ließ sich Margery nicht aus dem Takt bringen. Im Gegenteil.

»Wenn du damit sagen willst, dass ich jetzt wieder an der Reihe bin, einen Gegendienst zu leisten, dann meinetwegen.« Sie fuhr mit der Rechten von unten in seine Shorts, wo sich gegen seinen Willen auch sofort wieder etwas zu regen begann. »Da können wir bestimmt zu einer Einigung kommen«, sagte sie leise. »Von mir aus gleich hier und jetzt.«

Sie lächelte ihn an, ließ die rechte Hand in seiner Hose und machte mit der linken den Knopf an seinem Bund auf.

»Margery«, sagte Steven und konnte sie gerade noch daran hindern, auch gleich den Reißverschluss mit aufzuziehen.

»Ja, Steviebaby, was willst du mir sagen? Sprich dich nur aus.«

»Margery, das ist doch …«
Jemand räusperte sich. Margery zog schnell die Hand aus Stevens Shorts, und er schlug sein T-Shirt über den Bund.
In der Tür stand Sanchez: Sergeant Jessica Sanchez vom Vero Beach Police Department.
»Entschuldigung«, sagte sie. »Die Tür war offen. Sonst hätte ich geklopft.«

7

Margery erkannte wohl an der großen Narbe auf Sanchez' Wange, dass sie die Polizistin war, von der Steven geredet hatte, und räumte unaufgefordert das Feld. Sie bedachte Sanchez mit einem freundlichen Nicken und rief Steven über die Schulter zu, sie würden dann später weiterreden.
»Ich hoffe, ich habe Sie nicht gestört«, sagte Sanchez, als Margery in ihrem Labor verschwunden war, doch Steven winkte ab.
»Nein, nein«, sagte er, rutschte vom Tisch und stellte sich hinter die Lehne seines Schreibtischstuhls. »Kommen Sie nur rein und machen Sie die Tür zu. Es hat … es hat doch hoffentlich keinen neuen Unfall gegeben?«
»Nein, zum Glück nicht«, erwiderte Sanchez. »Nein, ich bin extra so früh vorbeigekommen, weil ich … nun ja, weil ich Ihnen sagen wollte …«
Was immer Sanchez auf dem Herzen hatte, es ging ihr offensichtlich nicht leicht über die Lippen. In der Mitte des Raums stehend, suchte sie nach den richtigen Worten. Dabei fiel ihr Blick zuerst auf Herbs Parcours und dann auf die vielen Aquarien zu ihrer Rechten. »O wow«, sagte sie, machte einen Schritt auf den nächststehenden Wasserbehälter zu und sah mit interessierter Miene hinein. »Sind das alles Tintenfische?«

»Ja, um die fünfzig verschiedene Spezies insgesamt«, erklärte Steven. Er nutzte die Gelegenheit, um unauffällig seinen Hosenknopf wieder zu schließen, und stellte sich dann neben sie. »Dieser hier ist ein Gestreifter-Pyjama-Tintenfisch.«

Sanchez betrachtete das kaum zehn Zentimeter große, auf dem sandigen Boden des Aquariums ruhende Geschöpf, dessen weißer Körper mit feinen schwarzen Längsstreifen verziert war. Die gelben und blauen Markierungen an den geschlossenen Augen ließen es aussehen, als habe es vor dem Schlafengehen Make-up aufgesetzt. »Ein Gestreifter-Pyjama-Tintenfisch?«, fragte Sanchez. »Sie wollen mich verschaukeln, oder?«

»Nein, so heißt er tatsächlich. *Sepioloidea lineolata,* ein zur Ordnung der Sepien gehörender Tintenfisch aus dem Indopazifik. Ich würde ihn für Sie herausholen, damit Sie ihn auf die Hand nehmen können, aber er ist leider ziemlich giftig. Genau wie dieser kleine Kamerad hier.«

Steven führte Sanchez hinüber zum nächsten Aquarium. Es enthielt einen Tintenfisch von ähnlicher Größe, der aber noch außergewöhnlicher aussah.

»Meine Güte«, sagte sie erstaunt. »Was ist das denn? Sieht aus wie eine Raupe. Oder irgendeine Art Blume.«

Steven tippte mit dem Finger ans Glas, und das rot, gelb und braun gefärbte Tierchen, dessen abgeflachte Arme wirkten wie die Blütenblätter einer Orchidee, wanderte mit schläfriger Miene davon. »Pfeffers Prachtsepie«, erklärte Steven. »Ebenfalls aus dem Indopazifik. Wurde bereits 1874 entdeckt, im Laufe der ersten weltumspannenden Meeresexpedition der Geschichte. Die Teilnehmer haben bestimmt ziemlich große Augen gemacht, als sie den kleinen Burschen in ihrem Netz fanden.«

Sanchez schüttelte lächelnd den Kopf über die seltsame Kreatur und ging weiter zum nächsten Aquarium. »Und was ist das hier?«, fragte sie. »Sieht aus wie ein alter Laib Brot. Oder ein Football, der mal wieder etwas Luft bräuchte.«

»Ach, das ist nur Herb«, antwortete Steven. »Ich würde Ihnen ja gerne zeigen, wie er den Hindernisparcours da drüben absolviert. Aber ich glaube, er ist heute ein bisschen grantig.«

Wie um seine Worte zu bestätigen, öffnete Herb halb die Augen, sah sie kurz an und verzog sich dann in seinen Bau, in dem seine langen braunen Arme verschwanden wie träge kleine Aale.

»Er ist grantig?«, fragte Sanchez, offensichtlich verwundert über die Vorstellung, ein Tintenfisch könnte zu so komplexen Gefühlen fähig sein.

»M-hm – ich hatte in letzter Zeit viel zu tun und kam kaum dazu, mit ihm zu spielen. Er langweilt sich schnell, und dann kriegt er schlechte Laune. Ich glaube, er hält sich für so etwas wie den heimlichen Star der Truppe hier.«

»Wie lange haben Sie ihn schon?«

»Seit mehr als drei Jahren. Normalerweise gehen Tintenfische nach etwa zwei Jahren ein, die kleineren jedenfalls. Aber hier in meinem Labor werden sie aus irgendeinem Grund alle viel älter. Ich werte das als Zeichen, dass es ihnen bei mir gefällt.«

Sanchez lächelte wieder und ging weiter zum nächsten Aquarium, das etwas größer war als die anderen. »Das ist auch eine Sepie, richtig? Ich glaube, so eine habe ich in einem der Bücher gesehen, die ich mir besorgt habe.«

Der Tintenfisch in dem Behälter war gut einen halben Meter lang und ruhte nicht wie die anderen auf dem Aquariumsboden, sondern schwebte ein Stück darüber. Er hatte einen eher plumpen, keilförmigen Körper, der von einem sich wellenden Flossensaum umgeben war und ein champagnerfarbenes Zebramuster trug. Als sie sich näherten, hob er wie zur Begrüßung zwei seiner kurzen Arme und betrachtete sie aufmerksam durch seine großen, w-förmigen Pupillen.

»Das ist Trish«, sagte Steven. »Eine Pharaonensepie aus dem Roten Meer. Sie ist auch schon ein recht langjähriges Mitglied unserer bunten kleinen Gemeinschaft.«

»Dieser Blick«, sagte Sanchez. »In dem Buch stand, wie intelligent die Tiere angeblich sind. Aber richtig glauben kann man es erst, wenn man diesen Blick auf sich ruhen spürt.«

»Oh, die sind intelligent – sogar noch weitaus intelligenter, als in den meisten Büchern steht. Wenn Sie wollen, kann ich Ihnen gerne eine kleine Demonstration von Trishs geistigen Fähigkeiten geben. Es ist sowieso gerade Fütterungszeit.«

Steven ging zu einem großen Aquarium in der hinteren Ecke, in dem er wie der Betreiber eines Fischrestaurants unzählige lebende Steinkrabben aufbewahrte. Er nahm eine heraus, trug das wild mit den Scheren um sich schnappende Tier durch den Raum und warf es zu Trish ins Wasser. »Das mag etwas grausam wirken«, sagte er, während die Krabbe zu Boden sank. »Aber in freier Natur spielt sich das jeden Tag ab, und es ist besser, als die Tintenfische mit toten Tieren zu füttern, weil es ihnen sonst an Beschäftigung fehlt.«

Trish war etwas zurückgewichen, als das klauenbewehrte Krustentier zu Boden trudelte. Doch jetzt kam sie wieder näher. Die Krabbe bemerkte die tödliche Bedrohung sofort und begann, langsam rückwärts zu gehen. Steve zeigte auf die großen, zur Verteidigung aufgestellten Scheren. »Mit den Dingern kann sie ganz schön zukneifen«, sagte er. »Deshalb würde die Sepie in freier Natur zunächst versuchen, sich von hinten anzuschleichen. Aber wenn das wie hier schlecht möglich ist, wendet sie eine andere Strategie an.«

Trish schwebte auf etwa zwanzig Zentimeter an die Krabbe heran und positionierte sich genau vor ihren Augen. Plötzlich färbte sich die Sepie blau, und breite dunkle Querstreifen begannen, ihren Körper hinabzulaufen. Gleichzeitig hob sie wie eben zwei ihrer Arme, schwenkte sie jetzt jedoch zusätzlich in stetigem Rhythmus von einer Seite zur anderen.

»Aber … das ist ja …« Sanchez' Augen weiteten sich ungläubig, als die Krabbe plötzlich stehen blieb und wie eingefroren auf dem Platz verharrte. Zwar hatte sie die Scheren noch aufgestellt, wirkte aber wie in Trance. Trish setzte ihr Schauspiel noch einige Sekunden fort, schwamm dann jedoch um die Krabbe herum – und packte sie plötzlich mit ihren langen Fangtentakeln.

»Mein Gott«, sagte Sanchez baff. »Sie hat sie hypnotisiert!«

»Ja, so würde ich es auch nennen«, sagte Steven. »Die meisten meiner Kollegen sind da jedoch anderer Meinung. Sie glauben schon bei Menschen nicht an Hypnose. Wenn man den Begriff auf Weichtiere anwendet, schütteln sie nur den Kopf.«

Trish hatte sich mit ihrer Beute zu Boden sinken lassen. Die Krabbe war wieder aus ihrer Trance erwacht. Im Griff der kräftigen Arme konnte sie jedoch nicht mehr gegen ihren Feind tun, als hilflos mit den Beinen zu strampeln.

»Und wie geht das jetzt weiter?«, fragte Sanchez.

»Nun, bei einem Fisch oder einem anderen halbwegs weichhäutigen Tier würde der Tintenfisch seiner Beute einen raschen Biss in den Nacken versetzen – den Nervenstrang zum Kopf durchtrennen und so sein Opfer töten. Bei einer Krabbe probiert er erst einmal, ob er den Panzer mit seinem Schnabel durchkriegt. Ist der Panzer zu dick, wie in diesem Fall, schabt er mit seiner rauhen Raspelzunge ein Loch hinein. Dadurch flößt er dann giftigen Speichel in den Panzer, der die Krabbe lähmt und gleichzeitig dafür sorgt, dass sich das Fleisch leichter aus der Schale lösen lässt.«

Steven sah an Sanchez' ernstem Blick, dass er mit seinen Erklärungen übers Ziel hinausgeschossen war. Sicherlich übertrug sie diese gerade auf die Opfer des vermeintlichen Monsterkraken, was natürlich besonders im Fall der Kinder grausige Gedankenbilder heraufbeschwor. Das nächste Aquarium in der Reihe beherbergte Mike, Stevens rot-weiß gestreiften Mimikrykraken aus Indonesien, dessen ungewöhnliches Abwehrverhalten ein noch beeindruckenderes Beispiel für die hohe Intelligenz von Kopffüßern darstellte. Doch es konnte Sanchez schnell auf ein anderes Detail des »Falls« bringen, wegen dem sie sicherlich wiedergekommen war, und um ihre Besichtigungstour vorzeitig abzubrechen, hatte Steven eigentlich zu viel Spaß daran. Deswegen ließ er Mike quasi unkommentiert links liegen und ging mit seiner Besucherin lieber schnell weiter zum nächsten Aquarium.

Er führte die junge Polizistin durch seinen gesamten »Zoo« und hielt sich dabei automatisch an die Reihenfolge, in der er ihn für gewöhnlich nicht nur mit seinen Studenten, sondern auch mit seinen Dates besichtigte (zwei Gruppen, die sich leider nicht immer klar voneinander trennen ließen). Und wie bei seinen Dates beendete er den Rundgang vor dem Aquarium, das von dem kleinsten und niedlichsten Tintenfisch in seiner Sammlung bewohnt wurde: einem gefleckten Zwergkraken aus der Karibik, der kaum so groß war wie sein Daumen und ausgerechnet gerade auch noch Eier gelegt hatte.

Nachdem sie in all die hellerleuchteten Aquarien gesehen hatte, schienen Sanchez' schöne grüne Augen noch intensiver zu strahlen. Steven hatte dem Zwergkraken als Zuhause eine kleine Plastikmuschel ins Aquarium gelegt, die übrig geblieben war, nachdem ein anderer Krake den dazugehörigen Tiefseetaucher in Stücke gebissen hatte. Das kleine Krakenweibchen hatte in der Muschel seine Brut untergebracht, und Sanchez sah gebannt zu, wie es die feinen bernsteinfarbenen Eierfäden, die von der oberen Muschelhälfte hingen, gewissenhaft pflegte. Immer wieder streichelte es mit seinen kleinen Ärmchen über die Fäden

und spritzte sie zwischendurch sanft mit Wasser aus seinem Sipho ab.
»Was macht sie da?«, fragte Sanchez mit leiser, nicht weniger sanfter Stimme. »Säubert sie ihr Gelege?«
»Genau«, sagte Steven und beugte sich so dicht neben Sanchez, dass sich ihre Wangen fast berührten. »Sie reinigt es und versorgt es mit Sauerstoff, damit es nicht anfängt zu faulen.«
»Ich wusste gar nicht, dass Tintenfische sich so gut um ihre Brut kümmern. Ich dachte, sie legen einfach Eier ab und schwimmen davon, wie Fische.«
»Bei Sepien und Kalmaren stimmt das auch. Obwohl Sepien ihre Eier oft wenigstens in Felsritzen ablegen oder sonst irgendwie tarnen, damit sie besser vor Fressfeinden geschützt sind. Bei Kraken kümmern sich die Weibchen jedoch um das Gelege und passen darauf auf, bis die Jungen schlüpfen. Oft sogar über mehrere Monate hinweg.«
»Wussten Sie, dass dieses Weibchen schwanger war, als Sie es gefangen haben?«
»Nein, tat ich nicht. Wenn Kraken sich paaren, schiebt das Männchen dem Weibchen ein sogenanntes Spermapaket unter den Körpermantel, so ungefähr.«
Wenn Steven diesen Punkt seinen Dates erklärte, war er meist schon so weit mit ihnen, dass er ihnen ohne Vorwarnung die Hand unters Hemd schob und sie eine unverschämte Sekunde lang auf ihre Hüfte legte. Bei Sanchez hielt er es jedoch für klüger, den Paarungsakt an sich selbst vorzuführen.
»Alle männlichen Kraken haben einen speziellen Arm für diesen Vorgang, den sogenannten Hectocotylus. Bei manchen trennt er sich sogar vom Rest des Körpers ab und schwimmt selbständig zu dem Weibchen hin, wie eine Seeschlange. Die ersten Wissenschaftler, die solche Arme im Körper von weib-

lichen Kraken fanden, hielten sie für eine Art schmarotzenden Wurm.«

Sanchez, die sich wie er wieder aufgerichtet hatte, lächelte über die wenig schmeichelhafte Bezeichnung für den penisartigen Körperteil. Steven nahm den Arm wieder aus seinem T-Shirt.

»Das Weibchen lagert dann den ganzen Arm oder nur das Spermapaket in seinem Körper, bis ihre Eier zur Befruchtung bereit sind. Oft warten die Weibchen aber auch dann noch mit der Eiablage, bis sie einen geeigneten Ort dafür gefunden haben. Was mein Labor – wie ich nicht ohne Stolz sage – für diese kleine Dame da zu sein scheint.«

Wieder lächelte Sanchez. Noch einmal ließ sie den Blick über die Aquarien schweifen und schüttelte amüsiert den Kopf. »Sie haben wirklich viel für diese Tiere übrig, nicht wahr?«

»Ja, tue ich«, sagte Steven. »Als ich als Junge zum ersten Mal tauchen ging, begegnete ich einem großen Kraken, der aus irgendeinem Grund sofort mit mir spielen wollte. Ich war damals nicht gut drauf, hatte Kummer, in den ich mich ziemlich tief eingegraben hatte. Doch dieses ungewöhnliche Geschöpf schaffte es, dass ich meinen Kummer zum ersten Mal wieder vergaß und in die echte Welt zurückkehrte. Und dafür bin ich – na ja – den Tieren seitdem wohl irgendwie dankbar.«

»Ja«, nickte Sanchez. »Ich kann jetzt auch viel besser verstehen, warum Sie auf meinen Vorschlag gestern so abwehrend reagiert haben. Und … und ich bin gekommen, um mich dafür zu entschuldigen, dass ich Ihnen nicht vorher gesagt habe, was ich vorhatte. Außerdem wollte ich Ihnen gerne erklären, warum ich so wütend geworden bin, und … und warum mich all das so sehr mitnimmt.«

Wie als sie Steven damals von ihrer Mutter erzählte, bekam Sanchez' Stimme wieder einen kehligen Ton. Auch ihre Augen hatten plötzlich einen dunklen, aufgewühlten Glanz.

»Ich … ich nehme Ihre Entschuldigung natürlich gerne an«, sagte Steven. »Ich war an dem Tag ein bisschen durch den Wind, sonst hätte ich vermutlich ebenfalls etwas diplomatischer reagiert. Wollen wir … wollen wir zu meinem Schreibtisch gehen und uns setzen?«

8

Wie bei Margery vorhin saß Steven auf der Tischkante, Sanchez vor ihm auf dem Schreibtischstuhl. Sie nahm einen Schluck aus dem dampfenden Plastikbecher in ihrer Hand, stellte ihn dann auf dem Tisch ab und legte die Hände im Schoß zusammen. Erst sah sie eine Weile schweigend zu Boden, dann holte sie tief Luft und blickte zu Steven auf.

»Wissen Sie noch, wie Sie mich gefragt haben, warum ich so einfach bereit war, an Ms. Oteros Geschichte zu glauben?«

»Ja, natürlich. Sie sagten, es sei wegen Ihrer Mutter gewesen.«

»Ja, das stimmt, aber es war nur die halbe Wahrheit. Als ich in das Haus kam und mit Ms. Otero redete, da … da sah ich auch etwas in ihren Augen, was ich schon einmal gesehen zu haben glaubte. Und wovon ich hoffte, es nie wieder sehen zu müssen.« Sanchez senkte den Blick wieder, und Steven sah, wie ein kurzes Zittern durch ihre linke Hand fuhr. Erneut holte sie tief Luft und blickte dann wieder zu ihm auf.

»Sind Sie aus der Gegend hier? Ich meine ursprünglich? Sind Sie hier an der Küste aufgewachsen, an der Treasure Coast?«

»Nein, etwas weiter oben, in St. Augustine. Ursprünglich komme ich aus Philadelphia, halb Pennsylvania Dutch, halb italienisch, auch wenn die italienischen Gene sich nicht so richtig durchgesetzt haben.«

»Nein, haben sie wirklich nicht«, sagte Sanchez lächelnd, wurde jedoch sofort wieder ernst. »Aber dann wissen sie trotzdem, dass es hier noch halbwegs harmlos zugeht, was Verbrechen betrifft, zumindest im Vergleich mit Orten wie Miami im Süden oder Jacksonville im Norden. In Vero Beach oben haben wir es sogar noch etwas besser als hier in Fort Pierce, wo es ja ab und zu ein bisschen Ganggewalt gibt, und mit viel mehr als den üblichen bekifften Teenagern und dem einen oder anderen Einbruch oder minderschweren Fall von häuslicher Gewalt hatte ich lange Zeit nichts zu tun. Mein Vater ist bei der Feuerwehr, deswegen bin ich glaube ich zur Polizei, und meine Kollegen haben mich auch immer ein bisschen geschont – Polizisten sind eben unverbesserliche Machos. Die wirklich … wirklich dunkle Seite der menschlichen Natur kennenzulernen blieb mir jedenfalls lange erspart, und im Grunde war mir das wohl ganz recht so.«

Sanchez blickte erneut auf ihre Hände hinab, und Steven konnte sehen, wie ihr Körper sich versteifte und ihre Backenmuskeln sich anspannten. »Bis eines Tages ein Kollege und ich zu einem angeblichen Fall von schwerer Körperverletzung gerufen wurden, draußen an der Yeehaw Junction. Haben Sie jemals von dem Stripclub gehört, der vor ein paar Jahren da hinten aufgemacht hat: *Bare Assets?*«

»Der direkt an der Mautstraße? Hab meine Studenten davon reden hören. War aber selbst nie da.«

»Nun, der Notruf kam von einem der Mädchen, die das Motel neben dem Club beackern. Junges Ding aus Litauen, wie wir später herausfanden, das gerade erst vor ein paar Monaten in die USA gekommen war. Sie gab an, ein Kunde habe sie mit dem Messer angegriffen. Normalerweise überlassen wir da hinten alles den Leuten vom Sheriffbüro, und selbst die streiten sich seit Jahren mit der Polizei aus dem Nachbarcounty, wer an der Junction zuständig ist – was vermutlich genau der Grund ist, warum der Stripclub dort aufgemacht hat. An dem Tag waren wir jedoch wegen einer anderen Sache sowieso in der Nähe und so fuhren wir schnell hin. Manche dieser Mädchen sind dämlich genug, bei der Polizei anzurufen, wenn ein Kunde nicht zahlen will, worauf die Kollegen vom Sheriffbüro ihnen dann immer sagen, sie seien Polizisten und keine Zuhälter. Und da die Kollegin von der Zentrale meinte, das Mädchen habe ziemlich ruhig dafür geklungen, dass sie gerade niedergestochen worden sei, erwarteten wir nicht wirklich, dass sich was Ernstes zugetragen hatte.«

Sanchez beugte sich vor und stützte die Ellbogen auf die Knie. Ihre linke Hand wurde wieder von einem plötzlichen Zittern erfasst, doch sie verschränkte sie mit der rechten und bekam so das Zittern in den Griff. Dann sprach sie weiter, den Blick wie in weite Ferne gerichtet.

»Als wir in das Zimmer kommen, sitzt das Mädchen mit angezogenen Beinen in der Ecke an der Wand, als wollte es sich hinterm Bett verstecken. Sie sitzt so stumm da wie eine Statue, und als wir später mit einem Typen reden, der sich nebenan gerade von seiner Überlandfahrt ausruhen wollte, sagt er, er habe keinen einzigen Schrei gehört. Unter ihr hat sich ein riesiger Blutfleck auf dem Teppichboden ausgebreitet, der bis zum Fuß des Bettes reicht. Ihr Bauch sieht aus, als habe jemand versucht, mit einem Jagdmesser seinen Namen reinzuschneiden.«

Steven sah Sanchez an, und wie damals an dem Tag im Indian River Village wurde er sich bewusst, was für ein sorgenfreies und vom Glück gesegnetes Leben er führte, trotz der Tragödie, die ihm als Junge zugestoßen war. Sanchez wischte sich die Hände an ihrer Jeans ab und schluckte mit sichtlicher Mühe.

»Ich sagte meinem Partner, er solle raus zum Auto gehen und dem Notarztwagen funken, er solle sich beeilen. Doch es war bereits zu spät, und trotz der Bettdecke, die ich ihr mit aller

Kraft auf den Bauch drückte, starb das Mädchen noch am Tatort. Alle stimmten überein, dass sie übel zugerichtet worden war. Aber da ihre Handtasche fehlte und sie nur irgendeine ausländische Nutte war, deren Tod niemanden wirklich scherte, einigte man sich darauf, die ganze Sache als tragisch verlaufenen Raubüberfall einzustufen. Der Fall wurde praktisch noch am selben Tag für abgeschlossen erklärt.«

Als Sanchez bei diesen Worten zu Steven aufblickte, erkannte er ein wütendes Funkeln in ihren Augen, das er bereits bei anderer Gelegenheit dort gesehen hatte. Doch dann schaute sie wieder auf ihre Hände hinab, die sie erneut so fest verschränkt hatte, dass die Fingerknöchel weiß hervortraten.

»Ich hingegen bekam die Sache einfach nicht aus dem Kopf. Da sich über das Mädchen nicht viel rausfinden ließ, begann ich, nach anderen Tötungsdelikten in der Region zu suchen, die nichts mit Ganggewalt zu tun hatten und bei denen ein Messer benutzt wurde, das eigentlich zu groß war, um es einfach so in der Hosentasche mit sich rumzuschleppen. Ich stieß auf zwei Fälle, die sich im Laufe der vorhergehenden achtzehn Monate zugetragen hatten, beide gerade so außerhalb der Grenze von Okeechobee County und beide mit Wunden, die zwar nicht so brutal aussahen wie in unserem Fall, aber auch ziemlich übel. Mich ließen sie sofort an Aufwärmübungen denken, und das sagte ich auch dem Chief und dem Captain, doch die wollten davon nichts hören. Im Fernsehen wimmelt es vor Serienmördern, aber im echten Leben sind sie extrem selten. Das Einzige, was der Chief tat, war ein paar Anrufe zu machen, mit dem Ergebnis, dass ihm jemand vom FBI sagte, der zweite Fall sei bereits überprüft worden und weise nicht auf einen Serientäter hin.«

Sanchez' Stimme wurde leiser. Doch sie sprach flüssig und ohne zu stocken, als sei sie das alles schon unzählige Male im Kopf durchgegangen. »Das erste Opfer war eine ganz normale junge Frau gewesen, die auf dem Rückweg von der Arbeit durch ein übles Viertel musste. Doch beim zweiten hatte es sich um eine Prostituierte gehandelt, genau wie in unserem Fall, also fing ich an, nach Dienstschluss zur Junction und zu ein paar anderen einschlägigen Adressen rauszufahren und die Mädchen zu warnen. Im ersten Fall hatte jemand einen Mann aus der Richtung des Tatorts kommen sehen, und dessen Beschreibung gab ich den Mädchen und sagte ihnen, sie sollten vorsichtig sein. Die meisten lachten mich natürlich aus. Aber da war diese eine wirklich nette Kleine aus Iowa – so der Typ frisch überschminktes Landei, wissen Sie –, die aus irgendeinem Grund einen Narren an mir gefressen hatte und sagte, sie würde die Augen für mich offenhalten. Sie fragte mich nach meiner Arbeit und meinte, eines Tages wollte sie auch zur Polizei. Sie war so naiv und nett, dass ich ihr sogar meine private Handynummer gab.«

Sanchez blickte jetzt beim Sprechen nicht mehr von ihren vor den Knien verschränkten Händen auf. Sie sprach so leise, dass ihre Stimme vom leisen Blubbern der Aquarien auf der anderen Raumseite beinah übertönt wurde.

»Drei Monate später bekomme ich einen Anruf von ihr. Ich mache gerade Prüfungen zum höheren Dienst und bin von der ganzen Sache eigentlich auch schon wieder mehr oder weniger runter. Sie sagt mir, sie glaube, den Typen gefunden zu haben, nach dem ich suche, und dass sie ihn in ihrer Wohnung aufhalten würde, bis ich da bin. Die gleiche Nummer hat sie schon ein paarmal abgezogen, wobei es sich jedes Mal herausstellte, dass sie nur einsam war und eine Tasse Kaffee mit mir trinken wollte. Trotzdem fahre ich schließlich zu ihr raus. Meinen Halfter schnalle ich mir nur aus einem zufälligen Impuls heraus an den Gürtel, nicht weil ich denke, ich würde ihn tatsächlich brauchen.«

Schließlich sah Sanchez doch wieder auf, und Steven erkannte, dass jede ihrer Wangen eine heimliche Träne hinabgerollt war. Dort, wo die glänzenden Linien begannen, waren ihre Augen jedoch kalt wie Eis, und während sie erst auf ihre Wange und dann auf ihren Bauch zeigte, flammten sie auf wie brennende Smaragde. »Bevor ich es schaffte, das Schwein auszuschalten, hat er mir das hier und eine noch etwas deutlichere Erinnerung weiter unten verpasst, gerade so unterhalb des Brustkorbs.«

Steven musste an das makellose Stück braunen Bauch denken, das er zufällig vor zwei Tagen bei ihrem Treffen in Jensen Beach gesehen hatte, und merkte, wie ein kalter Schauer seinen Rücken hinablief. »Und … und das Mädchen?«, fragte er.

»Als ich ankam, hatte er die Kleine schon umgebracht, ließ aber noch seine künstlerische Ader an ihr aus, weil er dachte, er sei sicher und könne sich diesmal etwas mehr Zeit nehmen. Auf Bau- und Grundstücksrecht spezialisierter Anwalt aus Taylor Creek, friedliche kleine Gemeinde am Nordufer von Lake Okeechobee. Ganz normaler, freundlicher Typ, meinten die Nachbarn. Bis er mit einer fünfzehn Zentimeter langen Klinge in der Hand vor einem steht, der Schoß seiner feinen Hose eingesaut, als habe ihm jemand einen großen Teller Tomatensuppe drübergeschüttet. Ich habe mich auf dem Weg da raus nicht groß beeilt, weil ich dachte, ich sei nur zu einem netten kleinen Plausch mit einer einsamen Ausreißerin aus Iowa unterwegs. Ich hatte keine Ahnung, dass ich dem Teufel persönlich begegnen würde.«

Steven verschränkte die Arme vor der Brust, atmete tief durch und schüttelte fassungslos den Kopf. »Mein Gott«, sagte er. »Das muss ja der pure Horror für Sie gewesen sein. Wann ist das alles denn passiert?«

»Vor etwas mehr als drei Jahren. Aber ich habe mich bis heute nicht davon erholt. Ich mache jeden Tag Krafttraining, um taff zu werden. Doch wenn es darum geht, zum ersten Mal eine fremde Wohnung zu betreten, stelle ich mich immer noch an wie ein scheuendes Pferd. Ich bin vom Corporal zum Sergeant befördert worden, ganz allein aus dem Grund, weil ich die Begegnung mit diesem Ungeheuer überlebt habe. Aber damit ist für mich die Spitze der Karriereleiter auch schon erreicht. Eine Position mit noch mehr Verantwortung möchte ich gar nicht.«

Sanchez hatte nach diesem schrecklichen Erlebnis bestimmt zahlreiche Sitzungen mit einem Polizeipsychologen hinter sich gebracht, und nachdem sie die ganze Geschichte erzählt hatte, wirkte sie etwas ruhiger. Gleichzeitig hatte sie jedoch wieder den entschlossenen Zug um die Augen bekommen, den Steven schon so gut kannte. Und als ihm wie in einer plötzlichen Eingebung durch den Kopf schoss, worauf sie mit ihrer langen Erzählung abzielen könnte, fragte er sich, ob sie tief im Innern nicht immer noch so verstört war wie zuvor – und es nicht vielleicht bis zum Ende ihres Lebens bleiben würde. Sie schien seine Gedanken zu erraten.

»Sie fragen sich wahrscheinlich, was all das mit dem zu tun haben soll, was gerade passiert. Und wenn ich es Ihnen sage, werden Sie mich vermutlich für verrückt halten. Wenn Sie das nicht sowieso schon tun.«

»Nein, nein – natürlich halte ich Sie nicht für verrückt. Es ist nur so, dass … Nun ja, ich sitze hier jeden Tag und mache mir Gedanken über Leukozytenwerte und immunologische Reaktionsraten und kümmere mich nebenher um meinen kleinen Tintenfischzoo da drüben. Und da wirkt so eine Geschichte natürlich wie von einem anderen Stern. Ich habe Ihnen ja bereits gesagt, wie sehr ich Sie für Ihre Arbeit bewundere. All das muss absolut grauenvoll für Sie gewesen sein.«

»Ja, das war es. Aber nicht so grauenvoll, dass ich deswegen ganz und gar mein Urteilsvermögen eingebüßt hätte. Das sterbende Mädchen draußen an der Yeehaw Junction hatte einen so intensiven Ausdruck der Angst in den Augen, wie ich ihn noch nie gesehen hatte. Später bei meiner jungen Freundin aus Iowa war es genauso. Und obwohl es verrückt klingen mag, muss ich Ihnen sagen, dass ich denselben Ausdruck auch in Ms. Oteros Augen gesehen habe, als ich unmittelbar nach dem Vorfall mit ihr im Garten des Hauses im Indian River Village stand und sie mir diese eigenartige Geschichte erzählte.«

Sie hielt kurz inne und blickte ihn aufmerksam an. Als er jedoch keine Reaktion zeigte, fuhr sie im selben eindringlichen Ton fort. »Nachdem ich persönlich einem begegnet war, habe ich mich ein bisschen mit Serienmördern beschäftigt und auch ein paar Bücher von Leuten gelesen, die regelmäßig mit ihnen zu tun haben«, sagte sie. »Psychologen und Profiler, die sie in ihren Hochsicherheitstrakten besuchen, um sich mit ihnen zu unterhalten. Und ich erinnere mich, dass einer dieser Psychologen schrieb, die schlimmsten und grausamsten von ihnen hätten eine seltsame Aura an sich. Sie wirkten wie Tiere, schrieb er, die ihre Taten ungehindert von jeder Form von Gewissen begehen, instinktgeleitet und unbeschwert, als würden sie in einem Universum mit primitiveren und brutaleren Regeln leben als normale Menschen. Und dass allein schon der Kontakt mit ihnen normale Menschen tief verstören kann.«

Obwohl Steven sie selbst für tief verstört hielt, redete Sanchez mit fester, klarer Stimme, aus der die vorherige Verletztheit mit keinem Ton mehr herauszuhören war. »Bei dem Typen, auf den ich damals in der Wohnung stieß, habe ich so eine Aura gespürt«, erklärte sie. »Und Ms. Otero ist meiner Meinung nach ebenfalls mit so einer Aura in Kontakt gekommen. Obwohl meine Eltern beide gläubige Katholiken sind, haben sie mich mit Religion immer weitgehend in Ruhe gelassen. Doch wenn ich versuchen müsste, das richtige Wort dafür zu finden, was

Ms. Otero gesehen hat, würde ich sagen, sie hat etwas außergewöhnlich Böses gesehen. Etwas so außergewöhnlich Böses und Gefährliches, dass es ihr das Blut in den Adern gefrieren ließ.«

Das ging Steven schließlich doch zu weit, und er hob die Hände, um zu widersprechen. Doch Sanchez bat ihn mit einer Geste, sie ausreden zu lassen. »Ich kann mir vorstellen, wie überspannt und unsinnig das für Sie klingen muss«, sagte sie. »Schließlich sind Sie Wissenschaftler und dürfen sich nicht von Gefühlen und Ahnungen leiten lassen, sondern allein von Fakten. Und vielleicht habe ich ja auch tatsächlich nur eine zu rege Fantasie. Ich weiß, dass der Chief und der Captain das denken, auch wenn sie so rücksichtsvoll sind, es nicht offen auszusprechen. Und ich selbst denke es ja ebenfalls oft.«

Sie machte eine kurze Pause und redete dann mit leiser, nachdrücklicher Stimme weiter. »Trotzdem bleibt da eine Sache, die mir keine Ruhe lässt. Und zwar, dass ich heute genau dasselbe Gefühl habe wie damals, als ich diesen einen Fall nicht aus dem Kopf bekam und dann auf die zwei anderen Fälle stieß. Das Gefühl begleitet mich, seit ich Ms. Otero begegnet bin und in ihr zu Tode erschrockenes Gesicht gesehen habe. Und obwohl ich mir während der letzten zwei Wochen alle Mühe gegeben habe, es zu ignorieren, ist das Gefühl inzwischen stärker denn je.«

Sie beugte sich vor, sah Steven von unten herauf in die Augen und deutete mit dem Finger Richtung Tür. Ihre Stimme sank beinah zu einem Flüstern. »Da ist irgendein Monster da draußen, das es darauf abgesehen hat, Leute umzubringen, und es wird nicht damit aufhören. Es wird immer weiter damit machen und immer mehr Leute umbringen, bis wir es finden und dafür sorgen, dass es stoppt.«

Steven hatte erneut eine Hand gehoben, um zu protestieren. Doch jetzt ließ er sie wieder sinken. Sanchez sah ihn weiter mit ihren schönen, beschwörenden Augen an, und er erwiderte einen Moment lang schweigend ihren Blick.

»Ich glaube nicht an das Böse«, sagte er schließlich. »Und ich glaube auch nicht an Monster, schon gar nicht, wenn es um Tintenfische geht. Aber die Kollegin, der ich unseren Zahn gezeigt habe, kann sich nicht erklären, wo er herstammt – obwohl sie sich eigentlich sehr gut mit so was auskennt. Und zusammen mit all den anderen Seltsamkeiten, die es in der Sache gibt, sollte mir das wohl genügen, um Ihnen bei Ihrer Suche zu helfen.«

Sanchez sah ihn verblüfft an. So offen mit ihm über ihr Trauma zu reden war sicher das letzte Mittel gewesen, das ihr zu seiner Umstimmung eingefallen war. Trotzdem hatte sie an einen Erfolg wohl nicht ernsthaft geglaubt. Bevor sie jedoch voreilig in Begeisterung ausbrechen konnte, redete Steven schnell weiter.

»Glauben Sie jetzt aber bitte nicht, dass wir zusammen zurück zu Chief Fogelman gehen und tatsächlich diese Hexenjagd veranstalten, die Sie gestern vorgeschlagen haben«, sagte er. »Was das angeht, hat sich meine Meinung keinen Deut geändert. Allerdings würde ich gern mit den Zeugen der anderen Vorfälle reden, von denen Sie gesprochen haben. Vielleicht können wir uns ja auf diese Weise genügend zusätzliche Informationen verschaffen, um unserem mysteriösen Monster auch ohne großangelegte Suchaktion auf die Spur zu kommen.«

Per Telefon bat Steven jemanden aus seinem Team, seine Vorlesung zu übernehmen und die Tintenfische zu füttern. Dann nahm er seinen Schlüsselbund und forderte Sanchez zum Gehen auf.

»Jetzt sofort?«, fragte sie erstaunt und betrachtete zum ersten Mal neugierig die auf seinem Schreibtisch ausgebreiteten Papiere sowie die Reagenzgläser mit dem blauen Tintenfischblut. »Und … und Ihre Arbeit? Die können Sie einfach so liegen lassen?«

Steven warf einen Blick auf die Gläser, dann auf das verblasste Foto seiner Eltern, das hinten auf dem Schreibtisch stand, gleich neben dem von seinem Onkel in seinem ersten selbstgebauten Tauchanzug. Kurz fiel ihm wieder der eigenartige Traum ein, der ihn heute so früh hierhergetrieben hatte.

»Ja, das kann alles ruhig so liegen bleiben«, sagte er dann jedoch und winkte ab. »Um ehrlich zu sein, bin ich mir nicht sicher, ob es sich dabei nicht auch nur um so eine Art Trauma aus der Vergangenheit handelt, das ich irgendwie abzuarbeiten versuche. Nichts im Vergleich zu Ihrem, natürlich. Aber vielleicht doch schädlicher für mein wissenschaftliches Urteilsvermögen, als ich gerne zugeben möchte.«

Er schaltete die Schreibtischlampe aus, so dass die blaue Flüssigkeit in den Reagenzgläsern plötzlich schwarz erschien, und streckte dann den Arm Richtung Tür, um Sanchez den Vortritt zu lassen.

»Ich hoffe, ich werde es eines Tages herausfinden.«

TEIL III

Die Suche

Man muss Monate mit Kraken gelebt haben, mit ihnen
im selben Wasser geschwommen sein, an denselben
Felsen und Algen vorbeigestrichen sein, um die Schönheit
dieser Tiere schätzen zu können.

JACQUES COUSTEAU

1

Im Sommer ziehen die Seekühe bis hoch an die Küste von South Carolina. Ein besonders reisefreudiges Exemplar ist sogar mal bis nach New York geschwommen. Wenn im Winter das Wasser wieder kälter wird, kehren die Tiere in den Süden zurück. Dann kommen sie hier zu uns nach Florida, in das warme, windgeschützte Wasser des Intracoastals. Zum Manatee Center, wo wir vorhin abgelegt haben, kommen sie besonders gerne, weil dort das Kraftwerk gegenüber sein Kühlwasser ablässt und so für eine höhere Wassertemperatur sorgt. Aber auch hier solche naturbelassenen Ufergebiete auf der Leeseite der Barriereinseln suchen sie oft auf, um das Seegras zu fressen, das auf dem sandigen Lagunenboden wächst.«

Susan zeigte über die von Mangroven und kleinen Sabalpalmen gesäumte Bucht, in der sie ihren plattformartigen Ausflugskahn vor Anker gelegt hatte. Vor gut einer halben Stunde war sie mit ihrer Gruppe vom Manatee Observation & Education Center in Fort Pierce aufgebrochen und hatte erst die weiter südlich gelegenen Sammelplätze der Seekühe abgeklappert, die jedoch alle bereits mit Tourbooten belegt waren. Also hatte sie weiter das Intracoastal hinauf zu dieser kleinen Bucht im Round Island Park fahren müssen, die fast schon ans Stadtgebiet von Vero Beach grenzte und zu der sie die Besucher des Centers eigentlich nicht gerne mitnahm.

Winter war nicht nur Manatizeit in Florida, sondern auch Tourizeit, und bei vielen von ihnen war das Schwimmen mit Seekühen ein fest eingeplantes Reisehighlight. Der Philosophie des Centers zufolge würde jemand, der schon mal einen der friedlichen grauen Dickhäuter gestreichelt hatte, beim nächsten Bootsausflug auch besser aufpassen, keinen von ihnen zu überfahren. Doch nicht zum ersten Mal beschlich Susan ein ungutes Gefühl beim Anblick der gut zwei Dutzend mit Wetsuits und Schnorchelsachen ausgerüsteten Erwachsenen und Kinder, die sie gleich auf die ruhig grasenden Meeressäuger loslassen würde. Manche der Manatis wurden mehr als drei Meter lang und wogen fast so viel wie ein Kleinwagen, und unter den Leuten auf dem Boot fand sich immer jemand, der sich beim Anblick ihrer massigen, nicht weit unter der Wasseroberfläche schwimmenden Körper entschied, doch lieber an Bord zu bleiben. Die meisten aber blickten mit freudig erregten Mienen zu der Stelle hinüber, wo die Tiere regelmäßig laut prustend zum Luftholen auftauchten, und konnten es gar nicht erwarten, ihnen auf die Pelle zu rücken.

»Wir nennen diese Bucht Mothers' Cove, weil hier überwiegend Mütter mit ihren Kälbern zum Grasen herkommen«, erklärte Susan, während einige Passagiere sich bereits auf die breite Einstiegskante am Bug setzten, um auch ja als Erste im Wasser zu sein. »Warum das so ist, wissen wir nicht, aber in der Praxis bedeutet es, dass die Verhaltensregeln, die ich schon vorhin im Center erklärt habe, hier doppelt so streng gelten. Nicht wir nehmen mit den Seekühen Kontakt auf, sondern sie mit uns.

Wir schwimmen also auf Sichtweite heran, und nur wenn eines der Tiere von sich aus zu uns rüberkommt, dürfen wir es streicheln. Zeigt das Tier irgendwie, dass es keine Lust mehr hat, müssen wir das sofort akzeptieren. Auf gar keinen Fall dürfen wir die Seekühe festhalten oder sonst irgendwie in ihrer Bewegungsfreiheit einschränken. Genau wie wir müssen sie zum Atmen regelmäßig auftauchen, und besonders die Kälber geraten schnell in Panik, wenn man sie daran hindert.«

Sie hielt einen Jungen an der Schulter fest, der sich voreilig von der Bordkante stürzen wollte. Dann setzte sie sich neben ein kleines Mädchen und half ihm, die Flossen anzuziehen. Während sie selbst ihre Flossen ins Wasser tauchte und mühsam über ihre mit abgeblättertem rotem Nagellack verzierten Füße zog, fuhr sie mit der Erläuterung der »Spielregeln« fort – die man ihrer Erfahrung nach nie oft genug erläutern konnte.

»So süß die Kälber sind, solange sie es nicht ausdrücklich darauf anlegen, mit einem auf Tuchfühlung zu gehen, sollte man sie am besten ganz in Ruhe lassen. Auch sollte man stets darauf achten, nicht zwischen ein Kalb und seine Mutter zu schwimmen. Die Tiere bekommen sonst Angst, sie könnten getrennt werden, und das bedeutet für sie enormen emotionalen Stress.«

Sie sah, wie einige Mütter in der Runde auf ihre Kinder hinabsahen und wissend nickten. Obwohl es immer hieß, Seekühe hätten mit ihren runden Formen Seefahrer zum Mythos der Meerjungfrauen inspiriert, übten sie Susans Meinung nach eine weitaus größere Anziehung auf Frauen aus als auf Männer. Dass so viele einzelne Mütter mit ihren Kindern an den Touren teilnahmen, hatte natürlich viele Gründe. Doch es lag bestimmt auch an der urmutterhaften Ausstrahlung der fülligen Tiere, die ihre Jungen noch länger austrugen als Menschen und dann zwei Jahre lang liebevoll für sie sorgten.

Auch Susan selbst hatte sich diesen Job nach ihrem großen Unglück vor ein paar Jahren nicht einfach so gesucht, das war ihr vollkommen klar. So bedenkenlos, wie sie in letzter Zeit Pfunde auflegte, verdächtigte sie sich sogar manchmal des geheimen Wunsches, sich in eine der schwimmenden Urmütter zu verwandeln. Genau deshalb war ihr diese Bucht ja so heilig.

»Bitte alle noch auf dem Boot bleiben«, sagte sie, während sie selbst ihren seekuhgleichen Körper ins Wasser wuchtete und ein Stück von der Plattform wegschwamm.

Den letzten Teil ihrer Ansprache richtete sie speziell an zwei junge Männer, deren unverschämt grinsende Gesichter hinter dem Rest der Gruppe aufragten. Kategorie Verbindungsstudenten auf Vergnügungsreise, hatte der eine einen teuren wasserdichten Camcorder dabei und der andere eine Gatorade-Flasche, die vermutlich mit Wodka versetzt war. Drunken Gator, Get-n-Laid oder Leg Spreader hieß die Mischung, das wusste Susan noch von ihren eigenen Erfahrungen mit solchen Typen. Und irgendwie sah sie beim Anblick der beiden jedes Mal vor sich, wie sie mit dem gleichen unverschämten Grinsen im Gesicht auf Daddys Motorboot durchs Intracoastal rasten.

»Rund dreitausend Seekühe leben bei uns in Florida«, erklärte sie. »Doch obwohl die Lobby der Bootsbesitzer und Sportfischer etwas anderes behauptet, sind sie stark gefährdet. Fünfzig bis hundert sterben jedes Jahr offiziell durch Bootsunfälle, was zusammengenommen mit der vermutlichen Dunkelziffer und anderen Faktoren eine dramatische Zahl ist. Damit sie nicht ständig überfahren werden, gibt es überall in der Lagune Geschwindigkeitsbegrenzungen, und auch sonst sind sie durch strenge Gesetze geschützt.«

Hinter sich hörte Susan lautes Flügelschlagen und sah, wie ein kleiner Schwarm Pelikane, der bisher ruhig in der Mündung der Bucht auf dem Wasser saß, plötzlich wie auf Kommando davonflatterte. Kurz sah sie den Richtung Intracoastal davonfliegenden Vögeln nach und fragte sich, was sie veranlasst haben mochte, so unvermittelt ihren warmen Platz in der Morgensonne zu verlassen. Doch dann wandte sie sich wieder ihrem Publikum zu und fixierte erneut mit mahnendem Blick die beiden Collegebengel.

»Laut dem Endangered Species Act von 1973 kann jeder, der eine Seekuh quält, schikaniert oder in irgendeiner Form schädigt, zu einer Geldstrafe von 50 000 Dollar und bis zu einem Jahr Gefängnis verurteilt werden. Diese Bucht ist eine Art Krippe für die Manatis, deswegen werde ich den Umgang mit ihnen hier besonders streng überwachen. Wir nähern uns jetzt in einer lockeren Linie der anderen Seite der Bucht, wo die Kühe mit ihren Kälbern grasen, schwimmen jedoch nicht näher als fünf Meter an sie heran. Einzelne Tiere werden zu uns kommen, manche sind sehr zutraulich, doch alle anderen lassen wir absolut in Ruhe. Jeden, der den von mir gehaltenen Abstand unterschreitet oder sich sonst irgendwie danebenbenimmt, werde ich sofort zurück aufs Boot schicken und gegebenenfalls den Behörden melden. Wie gesagt, die Höchststrafe für Vergehen gegen Seekühe beträgt 50 000 Dollar und ein Jahr schwedische Gardinen.«

Dr. Drexel, der Leiter des Manatee Center, hätte die Hände über dem Kopf zusammengeschlagen, wenn er gehört hätte, wie sie mit den Leuten redete. Vermutlich traute sich jetzt niemand mehr, auch nur die Hand auszustrecken, wenn eins der Tiere zum Spielen rüberkam. Doch der Kollege, der Susan eigentlich auf der Tour begleiten sollte, war kurzfristig ausgefallen, und die Gruppe, die jetzt nach und nach zu ihr ins Wasser stieg, im Grunde zu groß für sie allein. Außerdem waren pünktlich zur diesjährigen Rückkehr der Seekühe Zweifel aufgetaucht, ob sie ihren Job auch in Zukunft würde machen dürfen, und das machte sie launisch und reizbar.

Es war absurd, aber ausgerechnet die Schließung eines Kraftwerks bedeutete für die Naturfreunde vom Manatee Center vermutlich eine Katastrophe. Das alte Gaskraftwerk, das gegenüber vom Center am Ufer eines kleinen Lagunenzuflusses lag, sollte durch ein modernes Werk im Inland ersetzt werden. Doch wenn es sein warmes Kühlwasser nicht mehr in den Zufluss leitete, würden die Manatis nicht mehr zum Center pilgern und damit auch keine Leute mehr, die sie dort besichtigen wollten. Natürlich gab es noch die Streicheltouren. Aber mächtige Baufirmen hatten es auf das attraktive Ufergrundstück des Centers abgesehen und setzen sich für eine komplette Schließung ein.
Wann immer Susan daran dachte, zog sich ein Knoten in ihrem Magen zusammen – ganz nah der Stelle, wo sie nach ihrer Fehlgeburt vor sechs Jahren beide Eierstöcke entfernt bekommen hatte. Sie riss sich am Riemen und zeigte dem Mädchen, dem es eben schon mit den Flossen geholfen hatte, wie man seine Taucherbrille richtig ausspülte. Als sie jetzt die vielen freudig erregten Gesichter um sich sah, wurde ihre Laune auch sofort wieder besser.
Zeigte man anderen Manatis, war es immer ein bisschen so, als würde man sie selbst wieder zum ersten Mal sehen. Das brachte Susan besser drauf als alle Hormone und sonstigen stimmungsfördernden Mittelchen, die sie seit dem Eingriff nahm. Sie schwamm der breiten V-Formation der Schnorchler voran, und als sich weiter vorne die ersten graubraunen Körper im grünen Wasser abzeichneten, konnte sie förmlich die erstaunten »Ahs« und »Ohs« hören, die durch die Köpfe der Gruppe gingen.
Ganz vorne erkannte Susan Keira wieder, die sich mit ihrem Kalb auch im letzten Jahr immer ein wenig abseits gehalten hatte, und etwas weiter rechts die große Mary Lou, die ihr Junges jetzt schon im dritten Jahr nach Mothers' Cove mitbrachte. In dem gut zwei Meter tiefen Wasser stützten sich die Tiere mit

ihren kleinen Brustflossen und ihrem großen runden Schwanz auf den Sandboden und weideten gemächlich mit ihren dicken Schnauzen das Seegras davon ab. Beim Anblick der treuherzigen Beaglegesichter ihrer alten Bekannten ging Susan das Herz auf. Doch als sie sich noch weiter näherte und schließlich mehr oder weniger die gesamte Krippe überblicken konnte, traf sie ein unerwarteter Schock: In Mothers' Cove befanden sich viel weniger Seekühe als sonst um diese Jahreszeit.

Automatisch schwamm Susan ein wenig über die Fünf-Meter-Grenze hinaus, die sie eben so streng verkündet hatte, hielt dann jedoch abrupt an und brachte mit ausgestreckten Armen die Gruppe zum Stoppen. Während die anderen Schnorchler rechts und links von ihr zu einer lockeren Front aufrückten, sah sie sich bestürzt um.

Sie erkannte Tara, Ophelia und May, die nur noch mit einer Flosse durchs Leben schwimmende Cooky und hinten die wie immer nur an den Mangrovenblättern am Ufer interessierte Clarice. Auch der dicke kleine Gilbert war wieder da, den die Mädels anscheinend immer noch in der Krippe duldeten, außerdem noch etliche frischgebackene Jungmütter, die letztes Jahr woanders gegrast hatten, und natürlich die ganz mit Algen bedeckte Irene, die auch ohne Kalb immer herkam. *Aber insgesamt …*

Aber insgesamt hielten sich höchstens ein Dutzend Mütter in der Cove auf – und das, obwohl schon Mitte November war. Susan dachte an die Seekuh mit den seltsamen Wunden auf dem Rücken, die sie bei ihrem letzten Besuch hier gesehen hatte, und noch bevor sie sich eines Besseren besinnen konnte, gab sie ihrer Gruppe das Zeichen zum Auftauchen.

»Im Gegensatz zu den Seekühen, die sich in den Buchten weiter südlich sammeln, biegen diese Exemplare nicht erst bei Fort Pierce ins Intracoastal ein, sondern bereits oben am Baker Inlet«, verkündete sie mit vor Zorn bebender Stimme. »Und als ich vor zwei Wochen in dieser Bucht war, habe ich ein Tier gesehen, dessen Rücken mit lauter ins Fleisch geschlitzten Kreisen übersät war – vermutlich von irgendeinem neuartigen Jetski, Waverunner oder sonstigen Sportgerät, mit dem sich die High Society da oben die Zeit vertreibt.«

Die arme Kreatur, die sich ohne Kalb in der Bucht aufhielt, war so verängstigt gewesen, dass sie sofort das Weite gesucht hatte, als Susan und ihr Kollege sie sich näher ansehen wollten. Aufgebracht schwenkte Susan den Arm übers Wasser.

»Normalerweise sammeln sich hier um diese Jahreszeit fast doppelt so viele Manatis. Doch vermutlich trauen sie sich jetzt aufgrund des Lärms nicht mehr durch ihren üblichen Zugang – und das ist noch die optimistischere Auslegung. Der eine oder andere von Ihnen hat vermutlich schon die großen weißen Streifen, Kreuze und Zickzackmuster bemerkt, die beinah alle Tiere auf dem Rücken haben. Dabei handelt es sich nicht um eine natürliche Körperzeichnung, sondern um Schnitte und Narben, die ihnen von Bootspropellern zugefügt wurden.«

Wieder fasste Susan die zwei Collegeknaben ins Auge, die ganz am Ende der Reihe schwammen. Einer hatte sich wie Susan die Taucherbrille auf die Stirn geschoben und filmte sie bei ihrem erregten Vortrag, was sie noch wütender machte.

»Von der ausgebaggerten Fahrrinne in der Mitte des Intracoastals, wo man schneller fahren darf, halten sich die Manatis weitgehend fern. Doch es gibt Leute, die auch abseits der Rinne so schnell fahren, als wären sie die Einzigen im Wasser. Wenn die Kühe Glück haben, wird ihnen bei einem Zusammenstoß nur der Rücken aufgeschlitzt. Hier in der Bucht können Sie aber auch ein Tier sehen, dem eine Brustflosse abgetrennt wurde, anderen fehlt sogar der halbe Schwanz. Am schlechtesten kommen meist die Kälbchen weg, weil ihre Fettschicht noch nicht so dick ist. Ich habe schon Kälber gesehen, die von einem Propeller sauber in zwei Hälften zerteilt wurden, anderen stehen die blanken Rippen heraus oder sie ziehen ihre aus dem Leib geplatzten, langsam faulenden Gedärme hinter sich her. Alles nur, weil wieder irgendein betrunkener Idiot versucht hat, seinen Kumpels zu imponieren.«

»Granny, wollen wir nicht vielleicht doch lieber wieder zurück aufs Boot?«

Der Satz kam von dem Mädchen direkt neben Susan. Es war dasselbe rothaarige Mädchen, dem sie vorhin geholfen hatte. Jetzt machte die Kleine Anstalten, sich ihrer Oma in dem zwei Meter tiefen Wasser an den Hals zu hängen, und Susan begriff, dass sie sich zu einer Dummheit hatte hinreißen lassen. Durch die Taucherbrillen vor den Gesichtern ihrer Zuhörer hatte sie nicht mitgekriegt, welchen Effekt ihre schaurigen Erzählungen auf sie hatten.

Wie so oft bei den Touren kam ihr jedoch eine Seekuh zu Hilfe. Genau im richtigen Moment hob das Tier neben ihnen die Schnauze aus dem Wasser, stieß laut Luft aus und sog sie dann durch seine zwei großen verschließbaren Nasenlöcher wieder ein. Statt sich zu erschrecken oder zurückzuweichen, hielt das Mädchen fasziniert inne. Susan fasste sie sanft am Arm und zog sie zu ihrem großen Besucher.

»Das ist Tara, meine Kleine«, sagte sie. »Tara, das ist ... Wie heißt du, Liebling?«

»Ich heiße Jenny.«

»Tara, das ist Jenny. Sie und ihre Großmutter sind gekommen, um euch kennenzulernen. Tara mag es, wenn du sie am Bauch kraulst, Jenny.«

Während sie das sagte, fing Susan bereits an, Tara unter Wasser zu bearbeiten. Wie erwartet, drehte sich der Koloss sofort erfreut auf den Rücken. Susan holte auch die Großmutter heran,

und zu dritt streichelten und kraulten sie die stramme warme Haut des Tieres, die sich ein bisschen anfühlte wie die rauhe Gummihülle eines Basketballs.
Susan winkte noch mehr Leute herbei, doch natürlich kamen so viele angestürzt, dass sie fürchtete, der Andrang werde selbst der tiefenentspannten Tara zu groß. Da aber kam auch Taras Tochter angeschwommen und drehte sich wie ihre Mutter auf den Rücken. Mit Hilfe ihrer Lunge, die wie eine große ovale Luftmatratze den Körper ausfüllte, konnten die Seekühe vollkommen reglos im Wasser liegen und benutzten ihre erstaunlich handartigen Brustflossen höchstens, um die streichelnden Schwimmer noch näher zu sich zu ziehen. Selbst die zwei coolen Collegeheinis sahen dem putzigen Schauspiel mit unverhohlener Begeisterung zu, und derjenige, der vorhin noch alle zwei Minuten von seiner Get-n-Laid-Flasche getrunken hatte, fragte den mit der Kamera besorgt, ob er auch alles gut draufbekam.
Und die andere Hälfte der Gruppe? Die, um die sich eigentlich Oren kümmern sollte? Susan drehte sich um und erwartete, in vor Neid verdüsterte Mienen zu blicken. Doch stattdessen sah sie Schnorchelspitzen und schwarz glänzende Hinterteile, die sich weiter vorne zu einem kleinen Halbkreis drängten. Sie zog ihre Taucherbrille wieder auf und erlebte die zweite positive Überraschung des Tages.
Als Keira letzten Winter mit ihrem ersten Kalb angekommen war, hatte ihm niemand große Überlebenschancen zugestanden, weil Keira noch so jung war und das Neugeborene für Seekuhverhältnisse extrem klein. Die Mitarbeiter des Centers gaben Kälbern im ersten Lebensjahr eigentlich noch keine Namen, weil sie so viel häufiger durch Boote, Haie oder andere Umstände umkamen als ältere Tiere, aber bei Keiras Kleinem hatte Susan irgendwie nicht widerstehen können. Sie hatte ihn heim-

lich Gopher getauft, weil er in Nachahmung seiner Mutter ständig wie ein Erdhörnchen im Sand wühlte, obwohl er das dort wachsende Seegras noch gar nicht zu sich nehmen konnte. Umso stolzer war Susan jetzt zu sehen, dass die schüchterne Keira und der kleine Gopher auf der zum offenen Wasser hin gelegenen Seite der Bucht zur Hauptattraktion geworden waren. Die junge Seekuhmutter lag auf dem hellen Sandboden auf der Seite, und das Kälbchen nuckelte fleißig an der Zitze unter ihrer Brustflosse. Die schräg über ihnen schwimmenden Schnorchler sahen andächtig zu, zeigten mit dem Finger auf das herzige Paar und knipsten die wasserdichten Wegwerfkameras leer, die man für fünfzehn Dollar im Souvenirshop des Centers kaufen konnte. Auch Susan schwamm etwas näher heran und schaute Keira und Gopher beglückt zu.

Und ich hab mir solche Sorgen gemacht, dachte sie. Dabei lief alles wie geschmiert, und die Leute benahmen sich einwandfrei. Zeigte vielleicht doch ihr strenger Ton Wirkung? Nein, es lag einfach an diesen sanftmütigen Tieren, die nur das Beste in jedem rausbrachten – mehr noch als Delfine.

Etwas veranlasste Susan aufzublicken. Ein ganzes Stück hinter Keira und Gopher, beinah schon an der Mündung der Bucht, glaubte sie, eine Bewegung wahrgenommen zu haben. Sie sah kleine Wolken aus aufgewirbeltem Sand, erkannte jedoch nichts, was sie verursacht haben könnte. Sie runzelte die Stirn und schwamm etwas weiter vor, um genauer nachzusehen. Doch schon im nächsten Moment veranlasste sie ein leises Quietschen, sich ruckartig umzudrehen.

Sie tauchte auf und sah nach der anderen Hälfte der Gruppe. Unter Wasser ließ sich das immer schwer sagen, aber Susan meinte, das Quietschen sei von hinter ihr gekommen. Es war nicht der gelassene, einmalige Laut gewesen, mit dem Mutter und Kalb sich gelegentlich ihrer Nähe versicherten, sondern das

wiederholte, aufgeregte Quietschen, das bei den Tieren Angst ausdrückte.
Doch in der hinteren Hälfte der Bucht bot sich ihr das gleiche Bild wie vorher. Jenny, Granny und die anderen waren immer noch damit beschäftigt, Tara und ihre Tochter zu streicheln. Das Seekuhjunge hatte sich wieder auf den Bauch gedreht, grunzte aber genauso zufrieden wie vorher. Anzeichen für Stress oder Furcht waren bei keinem der beiden Manatis auszumachen.
Dann jedoch erkannte Susan, wo das Quietschen hergekommen war. Ein gutes Stück hinter den anderen sah sie die zwei Verbindungstypen. Der eine hielt seine Kamera unter Wasser, während Schultern und Kopf des anderen in einem kurzen Bogen auf- und dann wieder abtauchten.
Diese zwei Arschlöcher!, dachte Susan erbost. Sie tauchte unter und schoss schnell wie ein Torpedo zu den beiden nach hinten. Der eine, der eben noch wie ein Rodeoreiter auf der Seekuh gesessen hatte, war jetzt weiter nach hinten gerückt, hielt das Tier mit beiden Händen fest und vollführte für die Kamera eindeutige Hüftbewegungen in Richtung seines großen grauen Hinterteils. Susan riss den überraschten Collegeboy von seinem Opfer, schlug dem anderen die Kamera zur Seite und drückte die beiden mit aller Kraft von dem verzweifelt quietschenden Tier weg. Die beiden Missetäter waren so perplex, dass sie vor ihr zurückwichen wie vor einem attackierenden Schwertwal.
»Sofort zurück aufs Boot, ihr zwei Wichser«, zischte sie mit zusammengebissenen Zähnen und schob sich die Taucherbrille auf die Stirn, um die beiden besser mit ihren Blicken vernichten zu können. »Auf der Stelle bewegt ihr eure armseligen Collegeärsche zurück an Bord, sonst vergess ich mich!«
»Aber wir haben doch gar nichts getan«, verteidigte sich der mit der Kamera kleinlaut, während sie die zwei mit wütenden Stößen gegen die Brust vor sich hertrieb. »Wir haben doch nur

mit ihr gespielt. Wir wollten sie doch nur ein bisschen streicheln.«

»*Sie* ist gut«, spuckte Susan verächtlich aus. »Nur zwei Volltrottel wie ihr bringen es fertig, sich für ihre Sauereien das einzige männliche Tier in der Bucht auszusuchen. Ich habe im Laufe des Morgens bestimmt fünfmal erwähnt, dass die Männchen kleiner sind als die Weibchen. Aber ihr armseligen Pisser wart ja zu sehr damit beschäftigt, gepanschtes Gatorade zu trinken und dumme Sprüche zu klopfen. Kleiner und schwächer gleich Frau – mit der können wir machen, was wir wollen. Ich weiß doch genau, was im Kopf von so feigen Hosenscheißern wie euch vorgeht.«

Plötzlich spürte sie einen heftigen Stoß an der Schulter, der ihren Frontalangriff stoppte. Der, der sich schon den ganzen Morgen Mut angetrunken hatte, hatte einen muskulösen Arm vorschnellen lassen und sie zurückgerempelt. Hinter dem nassen Glas der Taucherbrille sah sie seine wütenden blauen Augen.

»Hey«, sagte er. »Wir haben für den Trip bezahlt. Also können wir die Kackviecher ja wohl auch ein bisschen anfassen. Sterben ja schließlich nicht dran. Haben uns ja nur mal kurz draufgesetzt.«

Auch der andere hatte angehalten, auch er plötzlich wieder mutiger. Susan versetzte ihrem Herausforderer einen heftigen Gegenstoß und fauchte ihn wutschnaubend an. »Ach ja? Ich kann dich ja mal unter Wasser halten, bis du keine Luft mehr kriegst. Dann schauen wir mal, wie gut dir das gefällt.«

»Das will ich sehen, du fette Schlampe. Fass mich noch einmal an, und ich schwör dir, ich polier dir deine blöde Fresse.«

Wieder einmal an diesem Morgen begriff Susan zu spät, dass sie ihre Wut besser hätte zügeln sollen. Genau so ein Typ hatte sie damals geschwängert, als sie noch 25 und dumm genug war, sich von seinem alkoholgestärkten Selbstbewusstsein und seinen lockeren Sprüchen beeindrucken zu lassen. Zu zweit, muskulös – sie hatte nie herausgefunden, ob ihre Spring-Break-Bekanntschaft auch ein Frauenschläger war, dafür hielt das Ganze nicht lang genug. Diese beiden hier waren es aber bestimmt, und sie hatte sie dämlicherweise auch noch so leise angezischt wie möglich, damit ja niemand etwas von dem Streit mitbekam.

Schon fast zurück am Boot, dachte sie. Die beiden mussten sie nur hinter den Bug zerren, und schon wäre sie diejenige, die für ihre »lustigen« Aufnahmen herhalten musste.

Instinktiv griff Susan nach dem Tauchmesser, das an ihrem Oberschenkel festgeschnallt war. Eigentlich hatte sie es nur dabei, um den Manatis leichter die Seepocken von der Haut lösen zu können, die sich manchmal auf Rücken oder Fluke festsetzten. Aber jetzt löste sie wie selbstverständlich den Druckknopf der kleinen Gummilasche, die es in der Scheide hielt.

Zum Glück jedoch tauchten in dem Moment nicht weit von ihnen zwei Kajakfahrer auf und riefen laut zu ihnen herüber.

»Miss!«, rief der vordere, der sich offensichtlich bei den anderen nach ihr erkundigt hatte. »Sind Sie die Leiterin dieser Gruppe?«

Susan warf noch mal einen kurzen Blick auf ihre Gegner, doch auch sie hatte das Auftauchen der Fremden anscheinend schlagartig wieder zur Vernunft gebracht. Dann rief sie zu dem braungebrannten, in Baseballkappe und Sonnenbrille angetanen Mittfünfziger zurück.

»Ja, das bin ich, Mister. Was kann ich für Sie tun?«

»Kommen Sie doch bitte kurz mal zu mir«, rief er. »Ich möchte Ihnen etwas sagen.«

Susan sagte den zwei Collegeknaben, dass sie aufs Boot zurückkehren sollten und sie sich später weiterunterhalten würden. Dann schloss sie den Druckknopf an ihrem Messer wieder und schwamm zu den Kajakfahrern hinüber.

»Ja?«, sagte sie und hielt sich mit einer Hand an dem schlanken Kajak fest. Der Mann beugte sich etwas zu ihr herunter und redete so leise, dass niemand außer ihr und seiner Frau ihn hören konnte. Er sprach mit einem starken Chicagoer Akzent.

»Wir kommen aus der nächsten Bucht weiter nördlich«, sagte er. »Gerade als wir rausgefahren sind, haben wir ein großes grünes Tier im Wasser gesehen. Es schwamm in der Nähe des Ufers am Boden entlang und war wohl ebenfalls gerade auf dem Weg aus der Bucht. Meine Frau meint, es könnte ein Krokodil gewesen sein.«

»Ein Alligator, Schatz«, berichtigte ihn die Frau von hinten. »Hier in Florida sagt man Alligator.«

»Ja, dann eben ein Alligator«, sagte der Mann leicht genervt und blickte dann zu den friedlich mit den Seekühen spielenden Schnorchlern hinüber. »Nur weil hier auch Kinder mit Ihnen schwimmen, dachten wir.«

»Ja«, sagte Susan. »Ja, das war sehr aufmerksam von Ihnen, vielen Dank. Aber hier im Intracoastal müssen wir uns eigentlich keine Sorgen machen, da ist es Alligatoren normalerweise zu kalt und zu salzig. Wenn Sie mit Ihren Kajaks noch in die Everglades fahren, müssen Sie ein bisschen aufpassen, da schwimmen sie an jeder Ecke rum. Auch in den Flüssen und Kanälen, die vom Intracoastal Richtung Inland abgehen, gibt es ziemlich viele davon. Aber hier raus in den Waterway kommen sie eigentlich nie, und schon gar nicht zu den Barriereinseln.«

Susan wollte die beiden nicht belehren, sondern ihnen eher die Angst nehmen, hier in den schönen Buchten des Parks selbst schwimmen zu gehen. Während das Ehepaar verhalten darüber zankte, was es da wohl gesehen hatte, ließ sie höflich den Blick Richtung offenes Wasser schweifen, musste dabei jedoch plötzlich wieder an die Pelikane denken, die vorhin so unvermittelt in der Mündung der Bucht aufgeflogen waren. Auch die kleinen

Sandwolken, die ihr unmittelbar vor ihrem Streit mit den zwei Collegetypen aufgefallen waren, kamen ihr wieder in den Sinn, und sie runzelte irritiert die Stirn.

»Wissen Sie was«, sagte sie. »Das Wasser hier im Park ist ja ziemlich klar, da werd ich mal eine Runde drehen und mich umschauen, nur zur Sicherheit. Vielen Dank noch mal für den Tipp und noch einen schönen Aufenthalt. Machen Sie's gut.«

Sie klopfte zweimal auf den Rumpf des Kajaks, und die beiden Chicagoer senkten wieder ihre Paddel ins Wasser. Susan setzte ihre Taucherbrille auf, zog ihr Messer jetzt doch aus der Scheide und schnorchelte auf das obere Ufer der Bucht zu.

Und ich hab gedacht, es könnte ein ganz normaler Tag werden!

Als sie an den immer noch um die stillende Keira gedrängten Schnorchlern vorbeikam, glaubte sie, zwischen den dunklen Wetsuits auch die bunten Surfshorts der Verbindungstypen zu erkennen, die einen wärmenden Neoprenanzug natürlich verächtlich abgelehnt hatten. Susan hatte jedoch keine Lust, sich schon wieder mit ihnen anzulegen, schon gar nicht mit dem Messer in der Hand. Und selbst wenn sie es waren: Unmittelbar vor den Augen der anderen Tourteilnehmer würden sie sich ja wohl keine weiteren Misshandlungen erlauben.

Wie gekrümmte Finger griffen die Wurzeln der Mangroven unter Wasser in die Uferböschung, und sobald Susan vorbeischwamm, suchten kleine silbrige Fische dazwischen Schutz. Auch eine große Diamantschildkröte sah sie hinter den gitterartigen Wurzeln, aber einen Alligator konnte sie nirgends erblicken. Wahrscheinlich hatten die zwei Urlauber nur einen großen Snook gesehen – einen hechtartigen Barsch, der oft im Intracoastal vorkam, bis zu eineinhalb Meter lang wurde und auch häufig eine dunkle grüne Farbe hatte.

Von der Landseite der Bucht kommend, schwamm sie an dem inzwischen wieder ganz glücklich wirkenden Gilbert vorbei.

Als Belohnung für sein Martyrium war er wenigstens auf eine angeschwemmte Wasserhyazinthe gestoßen, die er sich mit den Flossen nach und nach ins Maul stopfte, und als Susan ihn so sah, musste sie fast schon wieder über die Aktion von vorhin lachen. Auch bei den Streichlern lief weiter alles entspannt. Zwei Kühe waren hinzugekommen, und wenn Susan jetzt noch die Gruppen untereinander tauschte, hätten bald alle ihr Erlebnis mit den Manatis gehabt, und sie könnten heimfahren und die Tiere wieder sich selbst überlassen.

War doch eigentlich alles gar nicht so schlimm, dachte Susan gerade erleichtert – da tauchte vor ihr die vordere Gruppe auf, die bisher in einem ordentlichen Halbkreis über der stillenden Keira geschwebt hatte. Jetzt strampelten die Schnorchler in einem chaotischen Pulk mit den Beinen und wirbelten den Sand unter ihnen auf. Sofort schoss Susans Puls wieder in die Höhe, und mit drei, vier kräftigen Flossenschlägen war sie drüben. Jenny, die offensichtlich die Gruppe gewechselt hatte, um sich das milchtrinkende Kalb anzusehen, bemerkte sie als Erste und blickte ihr mit hochgeschobener Taucherbrille und Tränen in den Augen entgegen.

»Sie haben sie erschreckt«, heulte sie. »Sie … sie haben sie erschreckt und …«

Mehr musste Susan nicht hören. Sie umrundete die Schnorchler und sah sofort ihren Erzfeind. Der Möchtegern-Leg Spreader, der sie »fette Schlampe« genannt hatte, schwamm in seinen grellroten Surfshorts hinter dem kleinen Gopher her. Das vollgefressene Kälbchen versuchte panisch quietschend, zu seiner Mutter zu kommen, der gut an den drei großen weißen Narben auf ihrem Rücken erkennbaren Keira, die zehn Meter weiter geflüchtet war und dort jetzt auf ihr Junges wartete.

Mit unbändiger Wut schwamm Susan auf Gophers Verfolger zu. Obwohl der Vater sich als Arschloch entpuppte, hätte sie das

Kind damals behalten. Doch es hatte den zweiten Schwangerschaftsmonat nicht überlebt, war aus irgendeinem Grund von ihrer Gebärmutter nicht abgestoßen worden und hatte eine gefährliche Entzündung ihrer Fortpflanzungsorgane verursacht, an der sie fast gestorben wäre. Wenn sie jetzt diesem Widerling ihr Tauchmesser in den Bauch rammte, würde das natürlich nichts von all dem ungeschehen machen. *Aber anfühlen,* sagte plötzlich etwas in ihr, *anfühlen würde es sich unheimlich gut.*

Sie packte den Kerl am Arm, gerade als er zu dem Kalb runtertauchen wollte. Kaum sah er die in der Sonne blitzende Klinge, flüchtete er hastig zurück zur Oberfläche.

»Ich wollte es nur wiederholen«, sagte er, ohne dass Susan im ersten Moment wusste, ob er das Kalb oder ihr Kind meinte. In seinen Augen stand die blanke Angst, trotzdem holte Susan mit der Rechten aus, während sie ihn mit der Linken gepackt hielt – und hätte wahrscheinlich die größte Dummheit ihres Lebens begangen, wenn nicht gerade in dem Moment etwas laut hinter ihr geplatscht hätte. Sie spürte eine heftige Druckwelle im Rücken, ließ von ihrem Gegner ab und ging schnell zurück unter Wasser, um nach Keira und Gopher zu sehen.

Dort, wo Keira eben gewartet hatte, war nur noch eine große Sandwolke zu sehen. In Notsituationen konnten Seekühe mit einem kräftigen Schlag ihrer mächtigen Schwanzflosse vor ihren Feinden flüchten, und genau das hatten Mutter und Kind offenbar getan. Wahrscheinlich hatte Keira den kleinen Gopher sogar mit den Brustflossen gepackt, um ihn mit ein paar beherzten Flukenschlägen aus der Gefahrenzone zu tragen.

Susan schwamm durch die langsam wieder zu Boden sinkende Sandwolke hindurch und versuchte, noch etwas von den beiden zu erkennen. Aber sie sah nur weit entfernt eine undeutliche Bewegung im grünen Wasser und nahm an, das Paar war auf dem Weg zur nächsten Bucht, wo ebenfalls ein bisschen Seegras wuchs.

Recht haben sie, dachte Susan, steckte das Messer wieder ein und begann, zu den anderen zurückzuschnorcheln. Wieder einmal war das Timing der Tiere perfekt gewesen. Eine Sekunde später, und sie hätte wegen dieses Schwachkopfs vielleicht den Rest ihres Lebens im Gefängnis verbringen müssen.

Nun, mit ihm und seinem Kumpel hätte sie sicherlich keine Probleme mehr. Susan konnte von ihren bunten Shorts nirgends mehr etwas erkennen und stellte sich lächelnd vor, wie die beiden ängstlich aufs Boot zurückgeflüchtet waren. Wen sie da jedoch plötzlich zwischen den Schnorchlern hervorkommen sah, war Keira – die drei breiten, parallel über den Rücken laufenden Narben machten die Seekuh unverwechselbar. Lady Adidas wurde sie von den Mitarbeitern des Centers sogar manchmal genannt, und das kleine, schwächliche Junge, das sie zur Welt gebracht hatte, hatte diesen Spitznamen für Susan irgendwie noch passender gemacht.

Verzweifelt quietschend kam die junge Seekuhmutter mit ihren traurigen Knopfaugen auf Susan zu. Diese blickte sich nach der Stelle um, wo der Sand inzwischen wieder vollständig zu Boden gesunken war, und sah dann erneut nach vorne.

Habe ich jetzt vollkommen den Verstand verloren?, dachte sie. *Sie war doch eben noch da drüben und hat auf Gopher gewartet. Wie … wie um alles in der Welt ist das möglich?*

Nicht nur die zwei Collegeknaben, auch ein paar der um ihre frierenden Kinder besorgten Mütter riefen Susan irgendwann Beschimpfungen und Klagedrohungen zu. Trotzdem suchte sie zuerst mit Keira zusammen eine Stunde lang Mothers' Cove nach Gopher ab und dann eine weitere Stunde allein die Bucht weiter nördlich. Doch finden konnte sie das kleine Kalb nirgendwo. Ihre Kollegen versuchten sie damit zu trösten, dass es wahrscheinlich einfach nur Reißaus genommen hatte und früher oder später schon wieder auftauchen würde. Ein vertrauter kleiner Schmerz im Unterleib sagte Susan indessen, dass dem nicht so war.

2

Einer der Angestellten hat uns vor ein paar Jahren darauf gebracht, und seitdem haben wir eigentlich alle ein, zwei Monate einen Tauchausflug zusammen unternommen. In letzter Zeit hatten wir angefangen, uns die Überreste all der spanischen Galeonen anzusehen, die hier vor der ›Schatzküste‹ gesunken sind. Da ich jetzt das Geschäft leite, hatte mein Vater jede Menge Zeit, die Ausflüge vorzubereiten. Er hat mir dann immer erzählt, von welchem Schiff die Kanonen und anderen Überbleibsel stammen, die wir unten sehen würden, und wann und unter welchen Umständen es gesunken ist.«

Mark Lucas saß im Büro seines kleinen Gebrauchtwagenhandels an der U. S. 1 in Sebastian und blickte auf den Parkplatz hinaus, wo die mit großen gelben Preisschildern beklebten Fahrzeuge bereits lange Nachmittagsschatten auf den Asphalt warfen. Der 43-jährige Chef von Old South Auto Sales, der für einen Autoverkäufer eigentlich viel zu freundlich und zurückhaltend wirkte, sah einem jungen Pärchen zu, das mit ernster Miene von Wagen zu Wagen ging. Reggie hoffte, er würde nicht gleich aufstehen und ihn zum Warten auffordern, während er mit den beiden ein Verkaufsgespräch führte. Bisher war Reggie den ganzen Tag nur von A nach B gegondelt, ohne zu wissen, ob sich das wirklich lohnte. Jetzt war er froh, endlich mal wieder seinen Schreibblock vor sich zu haben und sich Notizen machen zu können, und wollte deshalb ungern unterbrochen werden.

»Vor Wabasso Beach liegen gleich zwei Wracks«, fuhr Lucas fort, den Blick weiterhin nach draußen gerichtet. »Nämlich von der San Roman, die zu der großen, mit Gold beladenen Flotte gehörte, die 1715 direkt vor der Küste von einem Hurrikan erwischt wurde, sowie von einem älteren spanischen Schiff. Ich bin etwas vorausgeschwommen. Mein Vater hoffte immer, auf irgendeine kostbare Münze zu stoßen, oder suchte nach sonst welchen Andenken, obwohl man von da unten ja eigentlich nichts mitnehmen darf. Ich tauchte in eine der großen Gruben runter, die die Archäologen dort in den Sand geblasen haben, und sah mich ein wenig um. Als ich wieder herauskam, war mein Vater verschwunden.«

Reggie warf einen Blick auf das mit einem Trauerflor versehene Foto, das hinter Lucas an der Wand hing. Es zeigte einen auf einem Gartenstuhl sitzenden Mittsechziger, der ungefähr genauso klein und spindelig war wie Reggie selbst, ein Kind auf dem Schoß hatte und fröhlich mit einer Flasche Bier in die Kamera prostete. Reggie beugte sich ein wenig vor, um die Marke zu erkennen – solche Details kamen immer gut an. Doch in dem Moment wandte ihm Lucas junior wieder den Kopf zu und zog die Brauen leicht zusammen.

»Ich habe das damals alles schon einem Reporter von der *Sebastian Sun* und auch jemandem vom Fernsehen erzählt«, sagte er. »Und Sie sind jetzt noch mal von welcher Zeitung?«

»Von den *Stuart News*«, antwortete Reggie. »Wie ich bereits erwähnte, mache ich eine Story, die sich an den Nachforschungen von Professor Schuster und der Polizei zu dieser – ähm – Angelegenheit orientiert. Zu dem Treffen heute Morgen habe ich es nur nicht ganz geschafft.«

Nicht ganz geschafft bedeutete, er hatte auf der anderen Straßenseite in seinem Wagen gesessen und durch sein Teleobjektiv beobachtet, wie Schuster und die hübsche junge Polizistin, an die er sich noch von dem Termin im Indian River Village erinnern konnte, in Lucas' Büro hockten und sich mit ihm unterhielten. Danach war er den beiden zu einem Privathaus in Amberly Beach gefolgt, zu dem er sich später noch mit der gleichen Halblüge Zutritt verschaffen musste. Deswegen wurde es langsam Zeit, endlich zur Sache zu kommen.

»Ihr Vater war einfach weg?«, fragte er.

»Ja, als hätte er sich in Luft aufgelöst«, antwortete Lucas. »Die Sicht war an dem Tag recht gut und abgesehen von dem Grabungsloch ist das Gebiet ziemlich eben, so dass ich ihn eigentlich auf jeden Fall hätte sehen müssen. Für knappe siebzig war er noch sehr rüstig, aber Rekordzeiten hat er mit seinen Flossen natürlich keine mehr aufgestellt. Deswegen ist es auch unwahrscheinlich, dass er einfach weggeschwommen ist – was er ja sowieso nicht gemacht hätte. Starke Strömung herrschte ebenfalls nicht, da haben wir immer drauf geachtet. Also kann er auch nicht einfach von ihr davongetragen worden sein.«

»Sie haben überhaupt nichts mehr von ihm gesehen? Da waren auch keine Spuren eines Kampfes oder so? Oder irgendwas, was er fallengelassen hat?«

»Nein, nichts.«

»Ihnen ist also nichts aufgefallen, was irgendwie merkwürdig war? Oder womit sich dieses rätselhafte Verschwinden in irgendeiner Weise erklären ließe?«

»Nein. Das einzig Komische – das habe ich auch schon Professor Schuster erzählt – war dieses Gefühl, beobachtet zu werden, das ich davor die ganze Zeit hatte. Ich habe mich sogar mehrmals umgeschaut, weil ich dachte, ein Hai schleicht vielleicht um uns herum. Aber dann hätte ich ja wahrscheinlich auch Schreie gehört oder Blut oder Ähnliches im Wasser gefunden – und das habe ich nicht. Es war, als hätte er sich einfach einen Tarnumhang umgelegt und wäre verschwunden.«

»Einen Tarnumhang, hä? Sehr mysteriös. Und was hat Professor Schuster zu der ganzen Sache gesagt?«

»Nun ... eigentlich nichts. Er hat nur die Stirn gerunzelt und nachdenklich geguckt. Gesagt hat er eigentlich nicht viel.«

Reggie sah von seinem Block auf und blickte Lucas aufmerksam an. Im Gegensatz zu seinem Vater war er ein bisschen pummelig und hatte ein ziemliches Mondgesicht. Doch die harmlosen Augen, die so wenig zu einem Autoverkäufer passen wollten, waren exakt dieselben wie bei dem alten Mann auf dem Bild.

»Aber der Professor hat Ihnen doch sicherlich erzählt, worum es bei der Befragung geht?«, fragte Reggie. »Das wird er Ihnen ja wohl nicht verschwiegen haben?«

»Nein, worum es ihm genau geht, hat er eigentlich nicht gesagt«, erwiderte Lucas, der sich daran jetzt zum ersten Mal zu stören schien. »Ms. Sanchez hatte mich vor einiger Zeit schon mal wegen der Sache angerufen. Sie meinte, die Polizei würde Beteiligte an ungeklärten Tauchunfällen noch einmal im Beisein eines Meeresbiologen befragen, um zu sehen, ob ihm vielleicht irgendein neues Detail auffällt. Aber dass es dabei um irgendwas Spezielles geht, hat keiner von beiden erwähnt.«

Reggie schüttelte mit gespielter Verwunderung den Kopf. Dann holte er tief Luft und schlug in seinem Block vorsorglich schon ein neues Blatt auf.

»Na, mein lieber Mr. Lucas«, sagte er. »Dann will ich das mal für die beiden nachholen ...«

Als Reggie zurück auf der U.S. 1 Richtung Süden war, schaltete er sein Handy wieder ein. Natürlich: schon zwei Anrufe von seinem Chefredakteur. Mit einem genervten Seufzen drückte Reggie die Ruftaste.

»Mr. Talbot, hier ist Finch. Sie wollten mich sprechen?«

»Finch, Sie verfluchter Windbeutel. Eben sagt mir Carleen, dass

Sie den Praktikanten zur Eröffnung des Vorlesefestivals in der Bibliothek schicken wollen. Ich dachte, ich hätte Ihnen deutlich gemacht, was ich von solcher Rosinenpickerei halte.«

»Das ist keine Rosinenpickerei, Sir. Ich bin hier an einer wichtigen Story dran und kann nicht weg.«

»Und was für eine *wichtige Story* wäre das? Ich warne Sie: Wenn Sie sich in meinem Beritt ebenfalls als Paparazzi betätigen, übernimmt George in Zukunft auch alle Ihre anderen Termine.«

»Keine Angst, so eine Geschichte ist es nicht. Es geht um die Sache mit dem Killerkraken – Sie erinnern sich doch bestimmt. Ich glaube, da könnte es eine neue Entwicklung geben.«

»Was kann es da für eine neue Entwicklung geben? Haben Sie diesen armen Kerl von der FAU nicht schon genug durch den Kakao gezogen?«

»Schon, aber er scheint immer noch nicht von seinem Wahn abgekommen zu sein. Als ich heute Morgen zu ihm wollte, um noch mal ein bisschen auf den Busch zu klopfen, kam er gerade mit einer Polizistin aus seinem Institut, die ich auch schon bei dem Unfall mit dem kleinen Kind in Vero Beach gesehen hatte – eine gewisse Ms. Sanchez. Die beiden klappern anscheinend zusammen Leute ab, die bei ungeklärten Tauchunfällen dabei waren. Ich habe mich gerade mit einem Kerl aus Sebastian unterhalten, dessen Vater beim Besichtigen irgendwelcher versunkener Kanonen verschwunden ist. Als ich ihm von den wilden Theorien erzählt habe, die Professor Schuster im Zusammenhang mit der anderen Tragödie aufgestellt hat, war er nicht gerade begeistert.«

Die *wilden Theorien* waren vor allem dadurch zustande gekommen, dass Reggie alles, was Schuster ihm über Kraken erzählt hatte, so dargestellt hatte, als betrachte der Professor es als Bestätigung für die Aussage der verwirrten kubanischen Hausangestellten. Verschwand ein kleines Kind, besonders aus reichem Elternhaus, lasen die Leute ohnehin schon jede Zeile, die über das Unglück geschrieben wurde. Die Worte »Mörderkrake« und »verrückter Professor« hatten der Story aber noch einmal eine ganz neue Dimension verliehen. Auf der gemeinsamen Internetseite, die sämtliche Zeitungen der Treasure Coast besaßen, waren zuletzt die Artikel über einen aus der Gegend stammenden Footballstar, der unter Mordverdacht geriet, ähnlich oft angeklickt worden. Das wusste auch Talbot.

»Na gut«, sagte er nach einer kurzen Pause. »Dann sehen Sie mal, was Sie da noch rausfinden können. Aber passen Sie auf: Sollte am Ende nicht mehr rauskommen als bei George in der Bibliothek, war es das letzte Mal, dass ich Sie so einfach davonkommen lasse.«

»Okay, Sir, habe verstanden, Sir – vielen Dank.«

Reggie drückte die Auflegetaste und schluckte seine Wut hinunter. Eigentlich hatte er es mit seinen 36 Jahren schon viel weiter gebracht als der olle Talbot mit seinen 58. Nach einigen Wanderjahren und einer gewissen Zeit bei ähnlichen Käseblättern wie den *Stuart News* war er als festangestellter Reporter beim *Sun Sentinel* gelandet, immerhin der zweitgrößten Tageszeitung in Südflorida nach dem *Miami Herald*. Leider hatte er den Fehler begangen, einen landesweit bekannten TV-Pastor nicht nur mit seiner Geliebten im Pool seines Ferienhauses in Coral Springs zu fotografieren, sondern die Fotos auch unter der Hand an die Yellow Press zu verkaufen, als der *Sentinel* sie nicht drucken wollte. Deswegen musste er sich jetzt von Talbot anpfeifen lassen und sich auch noch dafür bedanken.

Seit der Geschichte mit dem »Mörderkraken« hatte er jedoch erstmals wieder Hoffnung, dieser Zustand würde nicht ewig so bleiben. Er war damals eigentlich nur zu dem Unfall geschickt worden, weil die Kollegen vom *Vero Beach Press Journal* und der

Fort Pierce Tribune gerade »Wichtigeres« zu tun hatten. Doch während alle anderen Reporter nur wie üblich auf die Tränendrüse drückten, war Reggie voll in die seltsame Krakengeschichte eingestiegen, und so war die Story zum Knüller avanciert. Vom Niveau her eigentlich *National Enquirer,* aber mit dem Kerl vom hochseriösen Harbor Branch Institut als Referenz absolut druckbar. Am nächsten Tag wollte auch der Rest der Presse ein Stück vom Kuchen ab. Aber da gab Schuster schon keine Interviews mehr, und nur Reggie gelang es, ihm unter dem Vorwand einer Richtigstellung genug Zitate für einen zweiten Artikel zu entlocken. Er war nicht zu stolz gewesen, eine etwas ausführlichere Version der Story für den *Sun Sentinel* zusammenzuschreiben – es war das erste Mal, dass sein früherer Arbeitgeber, der mit seinem jetzigen locker verpartnert war, sich wieder bei ihm meldete. Ja, später hatte sogar der *Miami Herald* einen Teil des Materials übernommen.

Danach war eigentlich nichts mehr rauszuholen gewesen, doch dank seiner Hartnäckigkeit und einem glücklichen Zufall hatte Reggie jetzt wieder genug Stoff, um die Story ein Stückchen weiterzudrehen, und wer wusste, was er heute noch alles über diese seltsame Sache in Erfahrung bringen würde. Auch ein neues, wunderbares Ziel war an seinem inneren Horizont aufgetaucht: Statt nur genug Leserklicks zu sammeln, bis ihn der *Sentinel* wieder zurücknahm, würde er mit dem verrückten Professor und seinem Mörderkraken für so viel Aufsehen sorgen, dass selbst der *Herald* seine Bewerbung nicht einfach ungelesen in den Papierkorb warf.

Er stellte sich die Gesichter seiner früheren Vorgesetzten vor, die ihn wegen des Verkaufs eines Fotos gefeuert hatten, das sie selbst gar nicht verwenden wollten, und anschließend die Mienen von Mr. Talbot und all den anderen Stümpern bei den *Stuart News.* Dann konzentrierte er sich wieder auf die Straße und drückte aufs Gas, um es möglichst noch vor Anbruch der Dämmerung nach Amberly Beach zu schaffen.

Die kraushaarige dünne Hausfrau, die ihm dort die Tür öffnete, war immer noch so entzückt von dem großen blonden Professor, der sie kurz zuvor besucht hatte, dass sie Reggie vermutlich sogar mitten in der Nacht Eintritt in ihr Heim gewährt hätte. Trotzdem brachte ihn sein zweiter Hausbesuch an diesem Tag zunächst nicht weiter. Der bebrillte Zwölfjährige, um den es Schuster und Sanchez offensichtlich gegangen war, erzählte einen Haufen wirres Zeug, und seinem in Orlando studierenden Bruder, den er immer wieder als Zeugen für die von seiner Mutter traurig belächelten Fantastereien zitierte, war das Gerede des Halbwüchsigen in Wirklichkeit wohl eher peinlich. Reggie ließ sich trotzdem seine Nummer geben, war dann aber schon drauf und dran, auch Ms. Wyman über den wahren Grund für Professor Schusters Besuch aufzuklären, als der Junge schließlich doch noch etwas Interessantes sagte.

»Wollen Sie ein Foto sehen, das ich davon geschossen habe?«

»Das du wovon geschossen hast, Kleiner?«

»Na, von dem Ding, das im Wasser war. Das meinen Freund gefressen hat.«

Reggie sah zu Ms. Wyman auf, die mitleidig den Kopf schüttelte, sagte aber trotzdem, er wolle das Bild sehen. Der Junge ging voraus in sein Zimmer, wo unzählige Modellbausätze in den Regalen standen und ein großer Computer auf dem Schreibtisch thronte. Nach ein paar routinierten Mausklicks erschien ein Bild von schattigem tiefem Wasser unter einem Dock.

»Das ist unter dem alten Pier«, erklärte der Junge. »Durch ein Loch in der Gangway habe ich Pete und Josie gesehen, ganz tief unten und direkt nebeneinander. Aber die Sonne hat sich auf dem Bildschirm der Kamera gespiegelt, und als ich mich auf die andere Seite des Loches gestellt habe, waren die beiden plötzlich weg.«

Reggie beugte sich zu dem PC hinunter und blickte skeptisch in das düstere Blau hinein. »Ja, das sieht man«, sagte er. »Außer blauem Wasser ist dort nichts zu erkennen.«

»Nein, man erkennt nichts«, bestätigte der Junge stolz. »Selbst wenn man es um tausend Prozent vergrößert und sich jedes Pixel einzeln anschaut.«

Reggie sah etwas genervt zu Ms. Wyman hinüber und zuckte mit den Achseln. »Na gut, Kleiner. Und was soll ich dann hier oben?«

»So sieht man nichts«, sagte der Junge. »Aber wenn man auf die Menüleiste geht und ›Konturen anzeigen‹ anklickt, dann erscheint plötzlich das hier.«

Reggie, der immer noch missmutig auf die große blaue Fläche niederblickte, lief ein kalter Schauer über den Rücken.

»Was … was zum Teufel ist das?«, fragte er.

»Das ist das Ding«, sagte der Junge. »Das Ding, das Pete damals gefressen hat.«

Er hatte das Bild offenbar in irgendeinem Bildbearbeitungsprogramm geöffnet, und jetzt wurden darauf zwei Objekte durch eine im Kreis laufende Strichellinie markiert. Der dicke Pfeiler, der sich schräg übers Bild streckte, war auch ohne die Linie gut zu erkennen gewesen. Unmittelbar daneben wurde jedoch ein weiteres Objekt angezeigt.

Es war oben mehr oder weniger rund, hatte unten einen unregelmäßigen Rand und wirkte aufgrund der bewegten weißen Linie zwangsläufig wie ein Gespenst – oder zumindest wie ein im Wasser schwebendes Tuch, unter dem sich irgendwas verbirgt. Reggie musste unwillkürlich an den »Tarnumhang« denken, von dem Mark Lucas gesprochen hatte, und merkte, wie sich die Haare an seinen Unterarmen aufstellten.

Und wenn an der Sache doch was dran ist?, dachte er. Warum sollten die beiden denn sonst auch all diese Leute aufsuchen? Irgendein Horrormonster, das an der Küste Menschen verschwinden ließ? Das wäre … das wäre … das wäre eine noch viel bessere Story als die vom verrückten Professor!

Aber sah das Ding auf dem Foto denn wie ein Krake aus? Reggie beugte sich runter und musterte den blinkenden Umriss noch mal genau. Nein, überhaupt nicht. Dann schon eher wie eine Qualle.

Er schüttelte den Kopf und schlug sich den Gedanken wieder aus dem Sinn. Natürlich gab es keinen Monsterkraken. Der Himmel mochte wissen, was sich dieser Schuster bei der ganzen Aktion dachte – er hatte eigentlich gar nicht so unvernünftig gewirkt. Reggie musste unbedingt versuchen, ihn noch mal zum Reden zu bringen.

»Und … und was hat der Professor gesagt, was auf dem Bild zu sehen ist?«, fragte er den Jungen. »War er auch der Meinung, es sei das Ding, das … das deinen Freund gefressen hat?«

»Nein, er sagte, es könne auch nur irgendwas auf dem Grund sein, was man mit bloßem Auge nicht erkennt. Korallen oder Steine oder so. Aber er hat genauso komisch geguckt wie Sie, und ich glaube, er hat mir nicht alles gesagt. Ich bin jedenfalls der Ansicht, es ist ein Rochen.«

»Ein Rochen?«

»Ja«, antwortete Ms. Wyman. »Darauf hat er sich inzwischen irgendwie versteift. Mir wäre es auch lieber gewesen, Professor Schuster hätte ihm etwas gründlicher den Kopf gewaschen. Aber er wollte ihm wohl nicht seinen Forscherdrang nehmen und lobte ihn sogar noch dafür, wie gewissenhaft er der Sache auf den Grund gegangen ist.«

Das Hausmütterchen bekam bei der Erinnerung an ihren gutaussehenden Professor wieder eine ganz versonnene Miene. Reggie holte seinen Block aus der Sakkotasche und drückte auf seinen Kuli. Alles offensichtlich keine Zeitungsleser, mit denen er es heute zu tun hatte – aber das würde sich bestimmt bald ändern.

»Wissen Sie denn, wofür der Professor dieses Ding auf dem Bild da in Wirklichkeit hält?«, fragte er Ms. Wyman mit unschuldiger Miene. »Nein? Dann möchte ich Ihnen das jetzt mal verraten ...«

3

Okay, ich glaube, ich hab den Bogen raus. Dann also bis später.«

»Nein, Steven, üb lieber noch ein bisschen. Wenn dem Ding was passiert, bin ich meinen Job los!«

Doug stand in der morgendlichen Dunkelheit auf dem Dock des Instituts und protestierte inständig. Doch Steven hörte nicht auf den untersetzten Dockaufseher, zog die schwere Plexiglaskuppel wieder zu und tauchte ab.

Wie er sich gedacht hatte, war der Deep Worker so leicht zu fahren wie ein Autoskooter. Damit man die Hände fürs Bedienen der Instrumente freihatte, wurde das winzige Mini-U-Boot, das mit seiner Glaskuppel und den langen Batteriezylindern an den Seiten ein wenig an ein Mondfahrzeug erinnerte, allein über Pedale gesteuert. Steven drückte beide Pedale nach vorn und gleichzeitig das rechte, am Rand leicht erhöhte nach links. Auf dem Weg ins Intracoastal hinaus ließ er noch den hellen Metalldampfstrahler an, der am Bug des Deep Worker saß. Doch als er die vier Meter tiefe Fahrrinne des Waterways erreichte, löschte er das Licht und navigierte allein mit Hilfe des hochmodernen Sonarsystems über den Lagunenboden.

Steven kam sich ein bisschen lächerlich dabei vor, wie ein Spionage-U-Boot durchs morgendlich düstere Wasser zu gleiten. Auch wusste er nicht, ob er so heimlich tat, weil er das U-Boot eigentlich nicht benutzen durfte oder weil ihm seine Mission peinlich war.
Was der Autoverkäufer Mark Lucas gestern über das Verschwinden seines Vaters erzählt hatte, konnte man als Parallele zum Fall der kleinen Lilian werten, wo das »Monstrum« Ms. Otero zufolge ja auch einen Moment der Unaufmerksamkeit abgewartet hatte, um zuzuschlagen. Und als Steven den seltsamen Umriss auf dem Foto erblickte, das der kleine Abe Wyman gemacht hatte, musste er unwillkürlich daran denken, wie Herb aussah, wenn er mit der Haut zwischen seinen Armen ein Beutetier umfing. Trotzdem stand Steven der ganzen Geschichte immer noch extrem skeptisch gegenüber.
Als er am Fort Pierce Inlet die Lagune verließ, war es endlich hell genug, um auf Sicht zu fahren. Der Himmel war bedeckt, doch das Meer ruhig und klar. Die bunte 3-D-Darstellung auf dem Bordbildschirm, auf der das U-Boot als kleines Icon durch die Unterwasserlandschaft schwebte, ließ Steven trotzdem weiter eingeschaltet, weil sie ihn durch ein Piepsen warnte, wenn sich größere Objekte näherten. Streng genommen hätte er eine Tauchfahne an seinem ungewöhnlichen Gefährt befestigen müssen, aber darauf hatte er lieber verzichtet. Als er den ersten, etwa einen Kilometer vor der Küste liegenden Riffsaum erreichte, traute er sich, auch den hellen 600-Watt-Strahler wieder anzumachen, und fuhr am Riff entlang Richtung Norden.
Vier mögliche Opfer bisher: Auf einer Karte hatte Steven gestern die Punkte eingezeichnet, wo der vermeintliche Mörderkrake bis jetzt zugeschlagen haben könnte, und so das Gebiet eingegrenzt, in dem er dann ungefähr leben müsste. Die meisten Kraken hausten in einem Bau – einer schützenden Höhle

oder Felsnische –, und wenn sich ihr hypothetisches Monstrum nicht ausschließlich von Menschen ernährte, dann konnte es eigentlich nur in einem der drei langen Riffsäume zu finden sein, die parallel zur Küste verliefen. Sein Aktionsradius wäre enorm groß, ausgedehnter noch als bei Pazifischen Riesenkraken, den größten Kraken der Welt, aber vielleicht war es ja auch ein paarmal umgezogen, was für Kraken durchaus üblich war. Ebenso konnte es natürlich sein, dass es sich um mehrere »Monsterkraken« handelte. Aber da Steven schon Schwierigkeiten hatte, sich mit der Existenz von nur einem abzufinden, schloss er diese Möglichkeit vorerst aus.

Der äußerste Riffstreifen lag so weit von der Küste entfernt, dass Steven ihn guten Gewissens außer Acht lassen konnte. Gut und gerne zwanzig Kilometer Riff musste er trotzdem absuchen, wofür ein einzelner Taucher mindestens eine Woche brauchte. Seine Mitarbeiter am Institut hatte er nicht um Hilfe bitten wollen, sie mussten auch so schon oft genug für ihn lügen. Ebenso wenig wollte er die Behörden einschalten. Doch dann waren ihm plötzlich die zwei hypermodernen Ein-Mann-U-Boote eingefallen, mit denen das Institut gerade seine alten Sea-Links ersetzte – sowie der Gefallen, den ihm der Aufseher des Harbor-Branch-Docks noch von einer aus dem Ruder gelaufenen Pokerpartie schuldete.

Einen Kraken zu finden war eigentlich ganz einfach, wenn man wusste, wonach man Ausschau halten musste. Das kleine Tauchboot, dessen Sauerstoffvorrat locker für den ganzen Tag reichte, ersparte Steven die lästigen Pausen, die man beim konventionellen Tauchen machen musste. Er erreichte die Stelle vor Vero Beach, wo der Heizkessel eines alten gesunkenen Dampfseglers auf dem Rücken des ersten Riffsaums lag, und begann mit seiner Suche.

Der Rücken des Riffs lag in etwa fünf Metern Tiefe, sein mit herausgebrochenen Felsbrocken und Korallen übersäter Fuß noch mal fast zehn Meter tiefer. Steven schwebte langsam die Riffwand hinab, umrundete einen der langen Felssporne, die wie natürliche Wellenbrecher aus der Wand ragten, und suchte dann die Einbuchtung dahinter in aufwärtiger Richtung ab. Wieder oben angelangt, fuhr er ein Stück über den breiten Riffrücken zurück und wechselte dann auf die andere Seite des Riffs hinüber, um auch den dortigen, niedrigeren Felshang in Augenschein zu nehmen.

Verästelte grüne Geweihkorallen, rosa Röhrenschwämme, gelbe Scheibenanemonen – der helle Spezialstrahler des U-Boots tauchte die Unterwasserwelt in gleißendes Licht und ließ auch die bunten Rifffische in ihren schönsten Farben erstrahlen. Stieß Steven auf einen schattigen Überhang oder eine dunkle Nische, die er näher erkunden wollte, konnte er einfach einen der langen hydraulischen Greifarme des Tauchboots hineinstrecken, die beide eine Art Leuchtmanschette am »Handgelenk« trugen und sogar eine kleine Kamera. Hätte er auf diese Weise tatsächlich zwanzig Kilometer Riff absuchen wollen, er hätte selbst mit dem Deep Worker Ewigkeiten gebraucht. Doch die vor der Treasure Coast liegenden Riffstreifen waren keineswegs durchgängig, sondern an vielen Stellen in sich zusammengestürzt und von Sand überdeckt oder von urzeitlichen Flussläufen durchbrochen. Auch waren die Riffe trotz aller Schönheit bei weitem nicht so bunt und unübersichtlich wie diejenigen, die weiter südlich oder gar vor den Keys lagen.

Steven hatte das Sonar des U-Boots eigentlich vor allem deshalb so eingestellt, dass es eine riesige Hülle aus akustischen Abtastsignalen um ihn bildete, damit er in den oberen Wasserschichten davor geschützt war, von einem plötzlich heranrasenden Boot gerammt zu werden. Doch auch vor jedem etwas größeren Fisch, der sich dem Tauchboot näherte, wurde er mit einem lauten Piepsen gewarnt; dann konnte er ihn schon als grün-gelbe Pixelwolke über den Bildschirm schweben sehen, lange bevor er ihn tatsächlich zu Gesicht bekam.

Er stieß auf mehrere große Tarpone, die das langsam abkühlende Wasser zurück in die hiesigen Breiten gelockt hatte, auf eine gewaltige Suppenschildkröte, die gemächlich an einer hilflos im Wasser treibenden Qualle nagte, und auf einen stattlichen Adlerrochen, der im Sand vor dem Riff nach Krebsen grub. Kurz vor Amberly Beach fuhr er in einen großen Schwarm junger Blaubarsche hinein; gleich danach meldete das Sonar einen fast zwei Meter langen Barrakuda, der auch prompt versuchte, sich einen der Barsche zu schnappen. Vor Baker Inlet warteten mehrere kleine Haie darauf, dass mit der Ebbe Beutefische aus der Lagune gesogen wurden, und vor Tarpon Shores streckte Steven eine seiner Armkameras praktisch genau ins Maul einer mächtigen Muräne, die mit geöffnetem Rachen aus ihrer Höhle guckte.

Auf einen großen Kraken oder sonst irgendeinen großen Kopffüßer stieß er jedoch nirgendwo – unter dem baufälligen Pier neben Baker Inlet nicht, zu dem er extra hinüberfuhr, und auch in keiner der vielen Nischen, Höhlen und Felsritzen, die er mit den Lampen seines Tauchboots ausleuchtete. Anhand der üblichen Anzeichen entdeckte er die Behausungen mehrerer kleiner Riffkraken, ebenso wie den Bau eines so weit im Norden eigentlich selten zu findenden Weißfleckkraken. Auch mehrere kleine Riffkalmare lagen irgendwann waagrecht neben ihm im Wasser, starrten ihn wachsam an und wichen mit dem gleichen aufmerksamen Blick Stück für Stück zurück, als er sich ihnen näherte. Einen Monsterkraken jedoch konnte er – wie er es ja im Grunde auch nicht anders erwartet hatte – nirgends finden.

Erst als er fast am nördlichen Endpunkt seiner Suche angelangt war, stieß er auf der Landseite des Riffs auf etwas, was ihn dazu

brachte, abrupt die Füße in Grundstellung zu bringen und mit leise summenden Turbinen bewegungslos im Wasser zu verharren. Der Rücken des Riffs war hier ungewöhnlich breit, an einer Stelle jedoch weiträumig eingestürzt, so dass eine ähnliche, mit Felsen und Geröll gefüllte Einbuchtung entstanden war, wie es sie sonst eigentlich nur auf der Meerseite gab. Vor dem Geröll im Sand lagen die wie blankpoliert wirkenden Schalen und Gehäuseteile verschiedener Krebse, Krabben und Muscheln – der Abfallhaufen eines Kraken. Man konnte ihn vor jedem Bau dieser reinlichen Tiere finden, weshalb er gemeinhin auch als das sicherste Mittel galt, eines von ihnen aufzuspüren.
Die Überreste der Riffkrabben, Bärenkrebse und Flügelschnecken, die hier im Sand ruhten, wiesen jedoch auf einen Kraken hin, der wesentlich größer sein musste als die üblichen Riffkraken, die Steven weiter vorne gefunden hatte. Ja, sogar die sorgfältig abgenagten Gräten irgendeines recht kapitalen Fisches leuchteten ihm im Licht seines Scheinwerfers entgegen. Es handelte sich nicht ganz um die Spuren, die er eigentlich von seinem »Monster« hätte finden müssen. Doch sie waren auf jeden Fall interessant genug, um sich das Riff an dieser Stelle genauer anzusehen.
Steven fuhr näher an den nur hier und da mit ein paar grünen Sternkorallen bewachsenen Felshang heran. Die dunkle Nische, nach der er suchte, war nicht schwer zu finden, denn auch auf den Steinen davor lag der »Müll« verstreut, den der Bewohner nicht in seinem Heim haben wollte. Steven drückte sich die Nase an der Glaskuppel platt, um von unten in den felsüberwölbten Bau spähen zu können, und fuhr gleichzeitig vorsichtig mit einem seiner Roboterarme hinein. Sofort öffnete sich ein großes gelbes Auge und blickte ihm mit seiner zu einem dünnen Strich zusammengezogenen Pupille entgegen.
Die Haut des Kraken wurde erst kalkweiß, dann leuchtend rot.

Als Steven jedoch den Roboterarm stillhielt, nahm sie bald wieder ihre normale Farbe an, die ungefähr dem Graubraun der umliegenden Felsen entsprach. Schließlich fasste der Krake sogar genug Vertrauen, um seinerseits einen seiner langen Arme auszurollen und damit Stevens vorgestreckte Hydraulikgliedmaße zu untersuchen.

Steven senkte ganz leicht die rechte Ferse – und zu seiner freudigen Überraschung ließ sich der zutrauliche Bursche von ihm aus dem Bau ziehen. Es war ein stattlicher Gemeiner Krake, *Octopus vulgaris,* dieselbe Art wie Herb, nur noch ein ganzes Stück älter und größer. Er streckte auch seine anderen Arme aus und tastete neugierig Stevens Gefährt ab, während dieser es ein wenig nach oben und vom Riff wegsteuerte, um seinen neuen Bekannten besser betrachten zu können.

Na, mein Alter – wie geht's dir hier unten?

Fast fühlte es sich an, als würde er mit dem prächtigen großen Meerestier tanzen. Doch als er auch den zweiten Roboterarm nach ihm ausstreckten wollte, sprang dieser zu ruckartig an, und der Krake erschreckte sich. Wieder wurde seine Haut schlagartig weiß – und mit einem kräftigen Stoß aus seiner Wasserdüse glitt er übers Riffdach hinweg und war verschwunden.

Steven blickte dem geflüchteten Tier kurz traurig hinterher und entschied sich dann, die erste Hälfte seiner Suche für abgeschlossen zu erklären. Es war unwahrscheinlich, dass in unmittelbarer Nähe ein weiterer großer Krake lebte, und außerdem war es schon nach eins, und er wollte Mittagspause machen.

Er fuhr hinaus zum mittleren Riff, das etwas mehr als drei Kilometer vom Ufer entfernt lag, stieg dann zur Wasseroberfläche auf, öffnete die Glaskuppel und setzte sich draußen auf das tonnenförmige Gehäuse. Während er ohne Hast die zwei Sandwiches aß, die er sich am Morgen gemacht hatte, blickte er

aufs Meer hinaus und dachte an den Tag zurück, als ihn sein Onkel zum ersten Mal mit zum Tauchen genommen hatte.
Nach dem Tod seiner Eltern war er zunächst bei einer Nachbarin untergekommen. Die alleinstehende Witwe, die eng mit seiner Mutter befreundet gewesen war, meinte es gut und wollte verhindern, dass Steven in der Zeit, bis ihn sein Onkel abholen kam, in irgendein Heim gesteckt wurde. Die Aufgabe wuchs ihr jedoch schnell über den Kopf.
Steven konnte sich nur noch ungenau an diesen Abschnitt seines Lebens erinnern, doch rückblickend musste es wohl so gewesen sein, dass er sich von einem Tag auf den anderen in einen komplett anderen Menschen verwandelte. Vorher war er ein fröhlicher Springinsfeld gewesen, der mit zehn schon für seinen Eishockeyclub lebte und ständig mit Freunden unterwegs war. Jetzt zog er sich ganz in das Gästezimmer zurück, in dem die Nachbarin ihn unterbrachte, und spielte den ganzen Tag mit finsterer Miene auf einem alten Gameboy rum, mit dem er sich früher nie länger als eine Viertelstunde am Stück beschäftigt hatte. In der Schule schlug er einem älteren Jungen, der ihn versehentlich im Gang anrempelte, zwei Zähne aus. Keine drei Tage später rammte er den Kopf eines anderen so hart gegen eine Glastür, dass die Scheibe brach. Wut war das einzige Gefühl, an das er sich aus dieser Zeit erinnern konnte, und vermutlich wäre er doch noch im Heim gelandet, wäre nicht nach zwei Wochen schließlich sein Onkel gekommen, um ihn mit sich nach Florida zu nehmen.
Seinen Vater hatte Steven als ruhigen, schlanken blonden Mann in Erinnerung, der immer irgendeinen Scherz auf den Lippen hatte, mit dem er Stevens Mutter zum Lachen brachte. Sein Onkel hatte die gleichen lustig funkelnden Augen, versteckte allerdings sein Lächeln hinter einem mächtigen blonden Schnäuzer, der ihm zusammen mit seinem enormen Bauch- und Brustum-

fang das Aussehen eines auf zwei Beinen wandelnden Walrosses verlieh. Er hatte nichts dagegen, wenn Steven sich prügelte, im Gegenteil: Steven sah noch den schockierten Gesichtsausdruck der freundlichen Nachbarin vor sich, als sie Onkel Jack von seinen Raufereien erzählte und der ihm für seinen »Mumm« noch auf die Schulter klopfte. Auch schickte er ihn zunächst nicht in die Schule, sondern ließ ihn einfach auf dem Sofa in der Mitte seines praktisch nur aus einem großen Raum bestehenden Hauses in St. Augustine sitzen; ab und zu rief er höchstens mal eins der schwarzen Kinder aus der Nachbarschaft zu sich auf die Veranda und schickte es zu Steven hinein, damit es ihn fragte, ob er nicht zum Spielen rauskommen wollte.

»Keine Lust«, lautete Stevens unabänderliche Antwort – wie konnte er jemals wieder auf etwas im Leben Lust haben, wenn ihm alle Freude und alles Glück mit einem so einfachen Handstreich genommen werden konnte? Nachdem auf diese Weise zwei weitere Wochen vergangen waren, hatte sein Onkel jedoch genug von seinem Schweigen. Eines Morgens kam er mit einer Taucherbrille und Flossen vom Supermarkt zurück und verkündete, dass sie jetzt tauchen gingen.

»Keine Lust«, lautete wie immer Stevens Antwort, doch diesmal ließ Onkel Jack sie nicht gelten.

»Ist mir egal, ob du Lust hast«, sagte er und warf ihm die Sachen auf die Couch. »Geh in dein Zimmer und zieh dir eine Badehose an. In fünf Minuten ist Abfahrt.«

Verwitterte Galionsfiguren, rostige Schiffslampen, muschelverkrustete Säbel, Steuerräder und alle möglichen glänzenden Messinggeräte – der versteckte, gesunde Teil von Steven hatte sich längst voll heimlicher Faszination in dem bis auf den letzten Zentimeter vollgestellten Haus umgesehen und auch unauffällig den rätselhaften Sätzen der derben Männer gelauscht, die manchmal abends mit einem Sixpack oder einer Flasche Whiskey vorbeikamen. Auf dem Ausflug zu einem nahe der Küste gelegenen Riff, den sein Onkel jetzt mit ihm unternahm, war er trotzdem fest entschlossen, keiner positiven Regung nachzugeben. Zwar ließ er sich widerstandslos die viel zu große Tauchflasche auf den Rücken schnallen, die Onkel Jack für ihn mit aufs Boot genommen hatte. Aber ansonsten nickte er dessen Anweisungen nur mit kühler Miene ab, um ihm von Anfang an jede Hoffnung zu nehmen, er ließe sich mit dieser spontanen Aktion aus der Reserve locken.

Dann jedoch führte ihn sein Onkel im gleichmäßigen Rhythmus seiner eigenen Atemzüge über eine unirdische Landschaft aus bunten Korallen und Meerestieren, hin zum Bau eines großen Kraken. Vorsichtig und neugierig zugleich kam der seltsame Kopffüßer aus seinem Steinloch, tastete Stevens blassen Körper mit seinen langen Armen ab, wechselte dabei immer wieder die Farbe und sah ihn mit seinen großen fremden Augen eindringlich an. Für den Bruchteil einer Sekunde nur vergaß Steven alles, was er im letzten Monat gefühlt und gedacht hatte. Etwas in ihm erstrahlte wie das warm glänzende Messing, das unter Onkel Jacks verkrustetem Bergungsgut zum Vorschein kam, und als er wieder aus dem Meer stieg, hatte er sich ein weiteres Mal in einen anderen verwandelt.

Das Sonargerät piepste, und im gleichen Moment hörte Steven ein Boot hinter sich. Die drei Männer, die auf der mit Angeln gespickten Brücke standen, sahen beim Vorbeifahren erstaunt auf ihn herab, und er winkte ihnen freundlich zu. Dann schob er sich den letzten Bissen in den Mund, kletterte zurück ins Cockpit und schloss schnell die Luke, bevor die langsam heranrollenden Heckwellen des Bootes zu ihm reinschwappten.

Das Erlebnis mit dem zutraulichen Kraken eben und die dadurch geweckten Erinnerungen ließen seine Jagd nach dem »Mörderkraken« plötzlich wieder in einem fragwürdigeren

Licht erscheinen. Gleichzeitig hatten ihn die drei stirnrunzelnden Angler erinnert, wie leicht man sich mit solcherlei Aktivitäten lächerlich machen konnte. Er dachte an den Reporter von den *Stuart News,* der ihm gestern Abend auf dem Parkplatz des Instituts aufgelauert hatte, um ihn erneut zu befragen.

Wenn Duffy was von der Nummer hier mitkriegt, ist die Hölle los, dachte Steven. Aber er hatte Sanchez gesagt, er würde nach ihrem Monster suchen, und diese stickige schwimmende Tonne hatte er jetzt sowieso schon geklaut, also konnte er die Suche wohl ebenso gut zu Ende führen.

Genau wie beim ersten Riff hatte auch beim mittleren der seit Jahrtausenden steigende Meeresspiegel dafür gesorgt, dass seine lichthungrigen Korallen zu tief im Wasser lagen, um es weiter in die Höhe wachsen zu lassen. Doch es hielt sich auf einem recht ansehnlichen Status quo und war besonders für die vielen Schwarmfische bekannt, die sich hier sammelten. Die einzelnen Riffabschnitte lagen meist in zehn Meter Tiefe, die dazugehörige Riffwand führte oft um das Dreifache hinunter. Dort konnte es an diesem verhangenen Tag schon recht düster werden; allerdings war die zur Küste zeigende Seite des Riffs hier noch öfter unter Sand begraben, so dass Steven trotzdem mit seiner Suche rasch vorankam. So rasch, dass in ihm bald die Hoffnung aufkeimte, er könnte vielleicht noch im Hellen die Fahrt zurück durchs Intracoastal schaffen. Mit dem Gedanken, er könnte tatsächlich noch auf etwas Ungewöhnliches stoßen, beschäftigte er sich kaum mehr.

Wie große lebendige Vorhänge teilten sich vor ihm die Fischschwärme, die das Riff nach Nahrung absuchten, und gaben die Sicht auf die ungleichmäßig bewachsenen Felsen frei. Perlmuttern glänzende Muschelhälften, wie zerpflückte Ritterrüstungen über die Steinstufen verteilte Krebspanzer – die Baue von zwei weiteren kleinen Kraken fand Steven, die beide jedoch wohl gerade irgendwo im Schutz des Riffschattens auf neuerlicher Nahrungssuche waren. Ansonsten fiel ihm nichts weiter Bemerkenswertes auf, während er im schnell schwindenden Nachmittagslicht mit seinem summenden Gefährt eilig von Abschnitt zu Abschnitt schwebte – zumindest nicht, bis er zu Charlies Klippe kam.

Hier fuhr er ein paarmal pflichtschuldig die hohe eingestürzte Riffwand ab, die ein wenig der ähnelte, wo er vorhin den zutraulichen Kraken gefunden hatte. Dann jedoch blieb er auf einmal verdutzt mit seinem Tauchboot davor stehen.

Ja aber, wo ist denn …

Er hatte nichts Besonderes gesehen, im Gegenteil: Etwas fehlte. Charlies Klippe hatte ihren Namen nicht von irgendeinem Charlie, der hier als Erster getaucht war, sondern von einem riesigen Roten Zackenbarsch, der hier sein Revier hatte. Für normale Taucher war der dicke rote Fisch der einzige Grund, überhaupt zu dem drei Kilometer vor Tarpon Shores gelegenen Tauchspot rauszufahren, und für gewöhnlich schwamm er in einem fort am leicht überhängenden Rand der Riffwand hin und her. Doch Charlie, der ewige dicke Charlie, war nirgendwo zu sehen.

Seltsam, dachte Steven und fuhr mit dem Deep Worker langsam rückwärts, um sein Blickfeld zu vergrößern. Natürlich war er lange nicht mehr hier gewesen, und nichts sprach dagegen, dass Charlie inzwischen verzogen oder ganz einfach gestorben war. Doch in dem Moment fiel Steven noch etwas anderes auf – was ihn erneut veranlasste, die Füße in Grundstellung zu bringen und mit seinem Tauchboot überrascht innezuhalten. Außer einem Barrakuda ganz am Anfang hatte er auf seiner Reise den mittleren Riffstreifen hinab überhaupt noch keinen großen Fisch gesehen.

Aber, kann das denn sein …
Er wandte den Kopf nach rechts und blickte die schattige Riffflanke entlang in die blaue Ferne, über der die lichtbeschienene Wasseroberfläche nur noch hing wie ein blassgraues Laken. Dann runzelte er die Stirn und sah auf den bunten Touchscreen vor ihm hinab. An den Rändern waren Angaben wie Geschwindigkeit, Wassertiefe und Außentemperatur aufgelistet. Aber hauptsächlich wurde sie von der optischen Darstellung der Sonarwerte eingenommen.

Der Rumpf des Deep Worker war mit mehreren sogenannten Multibeam-Schallköpfen bestückt. Jeder dieser Schallköpfe sendete ständig eine Vielzahl von einzelnen Ultraschallsignalen aus und tastete damit die Umgebung ab, die dann in Echtzeit auf dem Bildschirm des Tauchboots abgebildet wurde. Die Schallköpfe ließen sich so einstellen, dass der jeweils abgetastete Raumkegel nicht viel größer war als der Lichtkegel des vorne am Boot angebrachten Scheinwerfers. In dieser Einstellung ließ sich die Signalfrequenz so weit hochdrehen, dass Felsen, Pflanzen und Tiere in ähnlich lebensechten grauen Grisselbildern über den Bildschirm liefen wie auf dem Ultraschallgerät einer Arztpraxis. Man konnte allerdings die Reichweite und den Streuwinkel der Signale auch stark ausdehnen. Dann erschien eine zwar sehr viel gröbere und künstlichere, aber mehr als 300 Meter in alle Richtungen gehende 3-D-Darstellung auf dem Bildschirm, auf der das Tauchboot als turbinengetriebenes kleines Icon in der Mitte schwebte.

Genau diese Darstellung hatte Steven vorhin gewählt, um auf nahende Boote reagieren zu können, und genau diese Darstellung sah er jetzt immer noch vor sich auf der Touchscreen. Der schallundurchlässige Kalkstein des vor ihm aufragenden Riffs wurde als pixeliges rotes Relief wiedergegeben. Der kleine Schwarm Stachelmakrelen zu seiner Rechten erschien als blaugrüne Punktwolke und der Sandboden unter ihm als nach hinten immer blasser werdende rote Fläche.

Kam ein größeres Objekt, das sich selbständig bewegte, in die Reichweite dieser Darstellung, piepste das Sonargerät laut – so wie es das beim Absuchen des ersten Riffsaums ja auch ständig getan hatte. Hier im zweiten Riff hatte das Gerät allerdings Stevens Erinnerung nach noch keinen einzigen Ton von sich gegeben. Und das war wirklich merkwürdig.

Hab ich das Scheißding etwa irgendwie kaputt gemacht? Na toll, dann reißt mir Douglas den Kopf ab.

Er streckte den Finger nach dem Bildschirm aus – vielleicht war er ja aus Versehen drangekommen und hatte so die Einstellung verändert. Doch er hatte ihn noch nicht richtig berührt, da ertönte plötzlich das laute Warnpiepsen. Im selben Moment verschwand der blaue Makrelenschwarm vom Bildschirm, und nicht weit hinter dem kleinen Icon in der Mitte löste sich ein großer, blau-grüner Fleck vom Boden.

Was um alles in der Welt …

Steven warf den Kopf herum, und obwohl die Schutzbügel der Glaskuppel im Weg waren, glaubte er, nicht weit hinter sich eine Bewegung auszumachen. Mit aller Kraft drückte er den rechten Fuß nach außen, und das Tauchboot, das ihm plötzlich unerträglich langsam vorkam, begann zu wenden.

Das Licht des Scheinwerfers kam zum Stehen. Doch vor sich sah Steven nur von einzelnen Felsbuckeln und Seegrasbüscheln unterbrochenen Sandboden, und auch auf dem Bildschirm war nichts anderes zu erkennen. Sein Herz schlug in seiner Brust, als hätte er einen Geist gesehen.

Er schaltete ganz auf den vorderen Schallkopf um, verringerte die Reichweite und erhöhte die Signalfrequenz. Doch auch das hochaufgelöste Ultraschallbild brachte nichts Neues, nur exakt dieselbe Anordnung von Felsen und Seegrasbüscheln, wie sie mit bloßem Auge zu erkennen war. Hinter ihnen streckten sich tiefschwarze akustische Schatten über den Sand, dunkler noch als jene, die draußen der Scheinwerfer machte.

Plötzlich wurde sich Steven eines Gefühls bewusst, von dem ihm am Vortag erst jemand erzählt hatte. Er fühlte sich *beobachtet* – genau wie Mark Lucas, als er mit seinem Vater getaucht war. Immer rascher die abgestandene Luft in seinem engen Gehäuse atmend, suchte er mit dem Blick den Meeresboden ab.

Nein, nichts. Aber halt – da gab es ja auch noch eine andere Methode. Er senkte gleichzeitig beide Fußspitzen und Roboterarme und schwebte auf den ersten dunklen Flecken Seegras zu. Doch die Greifzangen packten ins Leere, und das große runde Büschel floh auch nicht vor seinem Angriff.

Sofort setzte er ein Stück zurück und steuerte auf den nächsten Kandidaten zu. Da nahm er im Augenwinkel erneut eine Bewegung wahr und zog das Tauchboot augenblicklich herum.

Verdammt, jetzt mach schon, du lahme Ente …

Wieder war er mit dem Scheinwerfer nicht schnell genug. Auf dem Bildschirm jedoch sah er ein großes ovales Etwas aus dem Abtastbereich huschen. Gestalt und Lage im Wasser waren schwer zu bestimmen. Aber im letzten Moment löste sich kurz ein Arm aus dem langen akustischen Schatten, den das Ding warf, und wurde dann mit dem restlichen Körper aus dem Bild gezogen.

Mit rasendem Puls lenkte Steven den Deep Worker Richtung Riff. Gleichzeitig tippte er fieberhaft auf dem Bildschirm herum, um die Reichweite des Ultraschalls wieder zu vergrößern.

Dabei achtete er nicht mehr richtig auf seine Füße und raste beinah mit vollen fünf Knoten in die Riffwand. Gerade noch rechtzeitig kam er zum Stehen, blickte keuchend auf die grell erleuchteten Felsen vor ihm, dann schnell zurück auf den Bildschirm.

Doch darauf war alles wieder ruhig.
»Verdammt!«, rief Steven wütend und schlug mit der Faust gegen die Cockpitwand. »Verdammt noch mal – ich hatte das Mistvieh fast!«

Als Steven um zehn Uhr abends wieder ins Intracoastal einbog, war er so müde, hungrig und verwirrt wie lange nicht mehr. Zwei Stunden hatte er noch mal Charlies Klippe abgesucht, zwei weitere die restlichen Riffabschnitte weiter südlich, doch nirgends etwas gefunden. Und auch darüber, was er davor gefunden hatte, war er sich keineswegs mehr sicher.
Jede noch so winzige Nische in der Riffwand hatte er inspiziert, sich nach jeder kleinen Bewegung umgesehen, die er im Augenwinkel wahrnahm, und sogar mehrmals abrupt das Tauchboot rumgerissen, nur um im Licht des Scheinwerfers einen erschrocken schauenden Schnapper oder Papageifisch zu erblicken. Nach einer Stunde, als die Dämmerung das Riff bereits in Dunkelheit tauchte, war zum ersten Mal wieder der Alarm des Sonars losgegangen. Steven war dem aufs Riff zusteuernden Pixelgebilde mit hämmerndem Herzen entgegengesaust, nur um auch diesen ganz gewöhnlichen Fisch – einen Zitronenhai – mit seinem Strahler zu erschrecken und ins offene Meer zurückzujagen. Als er schließlich seine Suche weiter südlich fortsetzte, hatten sich auch an den Riffabschnitten dort wieder viele Raubfische eingefunden, so dass er sich fragte, ob der räuberfreie Zustand des übrigen Riffs nicht einfach nur auf die Tageszeit zurückzuführen gewesen war.
Ebenso war er immer noch nicht sicher, ob er nicht doch aus Versehen den Touchscreen berührt und dadurch den Warnmodus ausgeschaltet hatte. Seine beinah schon hysterische Reaktion von vorhin kam ihm immer peinlicher vor. Auch ein paar Stachelrochen hatten sich bei Einbruch der Dämmerung aus

ihren Verstecken im Sand erhoben, und als Steven einen davon auf dem Bildschirm betrachtete, stellte sich heraus, dass sein ovaler Körper durchaus dem ähnelte, den er vorhin so aufgeregt verfolgt hatte. Außerdem konnte der lange dünne Schwanz des Tiers im akustischen Schattenspiel ohne weiteres zu einem langen dicken Arm anwachsen.

Hatte er beim Rückwärtsfahren einfach nur einen großen Stachelrochen aus dem Sand aufgeschreckt und diesen dann wie ein Verrückter über den Meeresgrund gejagt? Einen Rochen – genau wie er die Jungen bei dem Unfall am Pier vielleicht mit seiner wie aus dem Nichts auftauchenden Gestalt verwirrt hatte?

Er wusste es nicht und wollte es im Grunde auch gar nicht mehr wissen, während er mit schmerzenden Augen auf den Bordbildschirm starrte und sich Mühe gab, gegen keinen illegal auf dem Grund der Fahrrinne versenkten Schrott zu stoßen. Den Scheinwerfer ließ er aus, weil er Angst hatte, irgendein Anwohner könnte ihn am Ende noch für ein Unterwasser-Ufo halten und die Küstenwache rufen. Als er endlich wieder am Institutsdock ankam, war Doug natürlich stinksauer.

»Hast du komplett den Arsch offen?«, fragte er, nachdem er das Tauchboot mit dem Kran aus dem Wasser gehievt und Steven die Kuppel geöffnet hatte. »Es ist Freitagabend, meine Frau hat den ganzen Nachmittag gekocht und Freunde eingeladen. Und du zwingst mich, hier bis Mitternacht auf dich zu warten.«

»Ja, tut mir leid, ich hab mich verschätzt – jetzt hast du einen bei *mir* gut. Das Bötchen ist auf jeden Fall wirklich die Wucht. Nur sechzehn Stunden am Stück sollte man vielleicht nicht unbedingt darin verbringen.«

»Was hast du denn eigentlich die ganze Zeit da draußen gemacht – verdammt noch mal. Fische gezählt?«

»Ach, frag nicht. Aber wenn *dich* jemand fragt, dann sag, ich hätte Tintenfische gesucht, um ihnen Blut abzuzapfen.«

Steven stieg von dem Tauchboot herunter, und Doug warf einen besorgten Blick ins Cockpit. »Tintenfische?«, fragte er mit gekräuselter Nase. »Ja und? Hast du welche gefunden?«

»Nein. Jedenfalls nicht von der Sorte, die ich finden wollte. Aber vielleicht war ich die ganze Zeit auch nur hinter einem Gespenst her. Hey, jetzt sehe ich gerade schon wieder eins. Ist da noch jemand außer dir in der Halle?«

Doug drehte sich zu dem großen Dockgebäude um, wo Steven glaubte, einen Schatten wahrgenommen zu haben – das ging jetzt wohl selbst an Land so weiter.

»Nein«, sagte Doug und sah ihn mit gerunzelter Stirn an. »Da ist niemand außer mir, und zwar schon seit gut fünf Stunden nicht mehr. Ich glaube, du hast ganz dringend eine ordentliche Mütze Schlaf nötig.«

4

VERRÜCKTER PROFESSOR IMMER NOCH HINTER MÖRDERKRAKE HER

Das Foto zeigte Professor Schuster, der an einer Mole aus etwas ausstieg, das auf den ersten Blick wie ein kleines Raumschiff wirkte. Jessica blickte erstaunt auf die Titelseite der Zeitung, die ihr jemand in ihrem Büro auf den Schreibtisch gelegt hatte, und las den zum Foto gehörenden Artikel.

Von Reginald Finch
Reporter

INDIAN RIVER COUNTY – Sie ziehen Schiffe in die Tiefe, drücken einem mit ihren glitschigen Tentakeln die Luft

ab und werden schon seit dem Altertum als mordgierige Meeresungeheuer gefürchtet: Monsterkraken.
Heute weiß man dank den Erkenntnissen der modernen Wissenschaft, dass die Tiere im Grunde harmlos sind. Ein Forscher, der in Fort Pierce am erlauchten Harbor Branch Institut für Meereskunde arbeitet, scheint davon jedoch noch nichts mitbekommen zu haben: Professor Steven Schuster.
Der hochgewachsene junge Professor, der seinen Posten an dem Institut bereits seit fünf Jahren innehat, verfolgt ein seltsames Projekt: Er jagt nach einem gefährlichen Killeroktopus, der angeblich in den Gewässern unserer friedlichen Treasure Coast sein Unwesen treibt.
Zur Vorgeschichte: Am 1. November, dem Tag nach Halloween, kommt es in einer am Intracoastal gelegenen Villensiedlung im Norden von Vero Beach zu einem grausigen Unfall, an den sich jeder Leser dieser Zeitung nur zu deutlich erinnern wird. Die kleine Lilian Wilkins, unschuldige 16 Monate alt, bildhübsch und das ganze Glück ihrer Eltern, ertrinkt vor den Augen ihrer kubanischen Kinderfrau, der 53-jährigen Ramira Otero.
Die von dem Unfall verstörte Frau, die offenbar aus Angst vor Strafverfolgung inzwischen wieder in ihr Heimatland zurückgekehrt ist, gibt im ersten Moment an, ein großer Krake habe das Kleinkind vom Garten ihrer Arbeitgeber in den angrenzenden Kanal gezerrt. Selbstverständlich widerruft sie später die absurde Behauptung, die besonders in den Ohren der Eltern der kleinen Lilian wie eine schmerzliche Verhöhnung ihres Verlustes klingen muss. Doch da hat Professor Schuster, der laut Versicherung des Polizeichefs von Vero Beach nur »pro forma« zu dem Fall hinzugezogen wurde, der wahnwitzigen Geschichte

durch seine fahrlässigen Äußerungen schon den Anschein der Glaubhaftigkeit verliehen.
Der 33-jährige Professor ist bei seinen Kollegen für den »Oktopuszoo« bekannt, den er sich in seinem Labor eingerichtet hat, ebenso wie dafür, dass er eins der schwabbeligen Weichtiere dressiert hat wie einen Zirkuspudel. Auch in einem Exklusivinterview mit diesem Reporter hat er von fröhlich an Land herumspazierenden Tintenfischen erzählt, die angeblich in den Florida Keys leben, gleichfalls von zähnestarrenden roten Ungeheuern, die vor Baja California versuchen, Fischer zu sich ins Wasser zu ziehen.
»Es sind wunderbare Tiere«, sagt Schuster. »Viel intelligenter und vielseitiger, als die meisten Leute wissen.«
Danach hat die Leitung der Florida Atlantic University, zu der das Harbor Branch Institut gehört, klugerweise dafür gesorgt, dass der tintenfischbegeisterte Dr. Seltsam sich zu dem Thema nicht mehr äußert. Nun stellt sich jedoch heraus, dass Schuster immer noch dem »Mörderkraken« hinterherjagt. Wie der Autor dieser Zeilen durch hartnäckige investigative Reporterarbeit in Erfahrung bringen konnte, beteiligt sich sogar das Vero Beach Police Department an den fragwürdigen Nachforschungen.
»Irgendein verdammter Krake soll meinen Vater gefressen haben?«, fragt Mark Lucas, Inhaber von Old South Auto Sales in Sebastian. »Nein, davon hat Professor Schuster kein Wort gesagt. Dann hätte ich ihn auch im hohen Bogen wieder aus dem Büro geschmissen!«
Der 43-jährige Gebrauchtwagenhändler hat im Februar dieses Jahres bei einem Tauchunfall vor Wabasso Beach seinen Vater verloren (wir berichteten). Hinter seinem

Schreibtisch hängt ein Porträt des sportlichen alten Mannes, auf dem er ein Budweiser und seine 4-jährige Enkelin »Flo« auf dem Schoß hat. Der Unfall war rätselhaft, gib Lucas zu. Aber als er den wahren Grund erfährt, warum Schuster ihn vorgestern im Beisein der Vero Beacher Polizeibeamtin Jessica Sanchez (26) befragt hat, ist er empört. »So ein Unsinn«, sagt er. »Und ich dachte, die sind aus seriösen Gründen hier.«
Auch Esther Wyman aus Amberly Beach fühlt sich betrogen. Die 45-jährige Hausfrau und Mutter wurde vorgestern ebenfalls von Schuster und Sanchez besucht und gibt zu, dass sie sich von Charme und Titel des gutaussehenden jungen Professors verleiten ließ, ihm leichtfertig zu vertrauen.
Einer ihrer Söhne, der 12-jährige Abraham, war bei dem Unfall im Juni dieses Jahres dabei, bei dem der 13-jährige Peter Mazursky in der Nähe von Baker Inlet verschwand (wir berichteten). Die Behörden gingen seinerzeit davon aus, dass der Junge einem plötzlichen Erschöpfungszustand zum Opfer fiel, der mit seiner damaligen Erkältung in Zusammenhang stand. Doch sein Freund Abraham glaubt, irgendein mysteriöses Seemonster habe ihn »gefressen«.
»Da meint man, so ein Wissenschaftler kommt und nimmt dem armen Jungen endlich seine schrecklichen Horrorfantasien«, beschwert sich die maßlos enttäuschte Ms. Wyman. »Und dann stellt sich heraus, dass der Mann unter noch viel schlimmeren Wahnvorstellungen leidet.«
Gestern trieben Schuster seine »Wahnvorstellungen« offenbar bis auf den Atlantik hinaus. Noch vor Tagesanbruch, sozusagen im Schutz der Dunkelheit, verließ er den kleinen Hafen, den das Harbor Branch Institut am

Intracoastal unterhält, in einem Tauchboot und kehrte erst kurz vor Mitternacht zurück (siehe Foto Seite 1).
Am Vorabend traf dieser Reporter ihn mit einer Karte unterm Arm an, die offensichtlich die hiesige Unterwasserlandschaft abbildete und außerdem mehrere handschriftliche Markierungen trug. Auf die Karte angesprochen, drohte Schuster, der verdächtig gut gebräunt und gut in Form für einen hart arbeitenden Akademiker wirkt, sofort mit körperlicher Gewalt.
»Seien Sie froh, dass ich müde bin und nach Hause will«, sagte er wortwörtlich bei dem Zusammentreffen. »Sonst würde ich Sie mit runter in mein Labor nehmen, Sie in kleine Stücke schneiden und meinen Tintenfischen zum Fraß vorwerfen.«
Das hochmoderne Tauchboot, mit dem der seltsame Professor Oktopus seinen »Monsterkraken« jagt, wurde gerade erst vom Harbor Branch Institut für mehr als eine Million Dollar angeschafft und sollte eigentlich erst am 25. November im Beisein von Gouverneur Tim Healy feierlich der Öffentlichkeit vorgestellt werden. Wenn so sein hauptsächlicher Verwendungszweck aussieht, will dieser Steuerzahler sein Geld zurück.
Natürlich ist es nicht so, als gäbe es in Florida keine Monster. Beim diesjährigen Bass Fishing Bash im benachbarten Orange County hat zum Beispiel der ehrenwerte Colonel Craig R. Duquette, seinen Ruhestand im schönen Windermere genießender Ex-Oberst der U.S.-Airforce, den größten Forellenbarsch seit Bestehen des Wettangelns aus dem Lake Apopka gezogen: mit 15 ¼ Pfund Lebendgewicht ein echtes Monstrum von einem Fisch. Aus der Küche der in Fellsmere lebenden Angestellten Melissa Sofri (29) hat der Fish & Wildlife Service

im März vergangenen Jahres einen Alligator gezerrt, der von der Schnauze bis zur Schwanzspitze mehr als dreieinhalb Meter lang war, und in den Everglades wimmelt es ja bekanntermaßen neuerdings vor asiatischen Riesenschlangen.

Wer braucht da noch Monsterkraken? Und besonders solche, die nur in der Fantasie eines durchgeknallten Uniprofs existieren?

Oder ist doch alles ganz anders und die Behörden verheimlichen uns eine Gefahr, die nicht nur unser eigenes Leben, sondern auch das unserer sorglos am Strand spielenden Kinder bedroht? Weder das Vero Beach Police Department noch das Indian River Sheriff's Office, noch die Florida Atlantic University oder Professor Steven Schuster persönlich wollte dazu ein eindeutiges Statement abgeben.

Dieser Reporter geht davon aus, dass an der ganzen Geschichte letztendlich nicht mehr dran ist als am Monster von Loch Ness. Doch er bleibt für Sie am Ball – oder vielleicht besser gesagt: am Tentakel.

Der Artikel wurde mit großer Überschrift auf der ersten Seite begonnen und dann auf der dritten, für wichtige lokale Ereignisse reservierten Seite fortgesetzt, wo er die gesamte obere Hälfte einnahm. Beim Lesen zuckte Jessica angesichts des Spotts, den der Reporter so geschickt über Schuster ausschüttete, innerlich zusammen. Ihren eigenen Namen im Zusammenhang mit der Suche nach dem »Monsterkraken« erwähnt zu sehen war ihr ebenfalls überraschend unangenehm.

Obwohl sie erkannte, dass der Schreiberling auch im vorletzten Absatz wieder nur ein geschicktes Spiel trieb, überwog insgesamt für sie nach der Lektüre jedoch ein anderes Gefühl. Die

Andeutung, Badende könnten nicht mehr sicher sein, war natürlich nur als perfide Angstmache gedacht. In ihr aber sprach sie eine allzu reale Furcht an: durch zu halbherziges Handeln erneut den Tod eines Unschuldigen zu verursachen, den sie eigentlich verhindern könnte.

Kaum hatte sie zu Ende gelesen, klingelte das Telefon. Sicher, dass es Chief Fogelman war, der sie in den zweiten Stock zitieren wollte, atmete sie einmal tief durch und hob ab. Doch stattdessen hatte sie Schuster am Apparat.

»Hallo, Jessica«, sagte er. »Haben Sie heute Morgen schon die Zeitung gelesen?«

»M-hm, bin gerade damit fertig. Es tut mir wirklich leid, Steven. Der Mistkerl muss uns die ganze Zeit gefolgt sein.«

»Ja, werd wohl ein bisschen Ärger bekommen, aber das Ganze hat auch sein Gutes. Dieser Finch hat mich auf eine Idee gebracht, wie wir die Sache vielleicht von einem anderen Winkel aus angehen können. Haben Sie ein Auto, das nicht sofort als Polizeiauto zu erkennen ist?«

»Sicher, ich kann mir eins besorgen.«

»Gut. Dann erkläre ich Ihnen jetzt, wie Sie zu mir kommen. Ich springe dann irgendwo aus den Büschen, sobald ich Sie sehe.«

Nachdem Steven in einer etwas heruntergekommenen Wohngegend im Norden von Fort Pierce zu Jessica ins Auto gestiegen war, bat er sie, zurück zur U.S. 1 und dann Richtung Süden zu fahren. Wie zwei Tage zuvor hatte er alte Segelschuhe, Shorts und ein T-Shirt mit dem Logo irgendeiner Tauchschule an und wirkte mit seiner um den Hals hängenden Sonnenbrille eher wie ein Skipper als wie ein Professor. Auch die dunkelblonden, von Sonne und Meer nachgeblichenen Haare, der gesunde Teint und das ungezwungene Lächeln sagten Surfer, Sonnyboy, Lebenskünstler, aber bestimmt nicht ernsthafter Wissenschaftler. Er war Jessica sofort suspekt gewesen.

»Wo wollen wir eigentlich hin?«, fragte sie, als sie auf den parallel zum Intracoastal verlaufenden Highway abgebogen war.

»*World of Pets*«, antwortete Steven. »Irgendwo zwischen Fort Pierce und White City.«

»Eine Zoohandlung? Was wollen wir denn in einer Zoohandlung?«

»Das erkläre ich Ihnen, wenn wir da sind. Als ich heute Morgen den Artikel gelesen habe, bin ich auf eine Idee gekommen. Eine ziemlich naheliegende eigentlich.«

»Ihre Suche gestern war demnach erfolglos?«

Steven sah kurz zu ihr herüber. »Tja, ich fürchte schon. Als ich nach Hause gekommen bin, war es schon zwölf. Deswegen habe ich nicht mehr angerufen.«

»Sie haben überhaupt nichts gefunden?«

»Doch. Einen großen Kraken, der aber für unser Monster viel zu harmlos war. Und einen großen Rochen, den ich kurz für unser Monster gehalten habe. Ich weiß es nicht genau. Es ist ein bisschen schwierig, nach etwas zu suchen, wovon man eine so ungenaue Vorstellung hat. Deshalb hoffe ich, dass wir vielleicht auf diesem Wege etwas Neues herausfinden können. Es ist auf jeden Fall einen Versuch wert.«

Nach einer Viertelstunde bogen sie in eine kleine Strip Mall ein, wo das bunte Schild der Zoohandlung auch sofort am Ende der üblichen Flucht aus Supermarkt, Videoverleih und Schnellrestaurant zu erkennen war. In Vero Beach war Jessica bereits öfter beim örtlichen *PetSmart* gewesen, um Streu oder Futter für die Katzen ihrer Großmutter zu besorgen, und hatte sich dort schon immer über die große Auswahl an Tieren gewundert, die zum Verkauf angeboten wurden. Doch als sie Steven jetzt durch die automatisch aufgleitende Glastür von *World of Pets* folgte, hatte sie das Gefühl, den Laderaum der Arche Noah zu betreten.

In der kaum klimatisierten und von schweren Tiergerüchen erfüllten Halle, die ungefähr die Größe eines Möbelhauses hatte, drang aus allen Ecken exotisches Gezwitscher und Gekreische. Sie liefen an einem Käfig mit einer gefleckten Katze mit riesigen Ohren vorbei, dann an einer Art langbeinigen Ratte und einer Mischung aus Fuchs und Waschbär. Steven erklärte ihr, was es mit den seltsamen Kreaturen auf sich hatte.

»Früher wünschten sich Kinder einen Hund, einen Hamster oder vielleicht auch mal ein Chinchillahäschen, wenn es was Ausgefalleneres sein sollte«, sagte er. »Aber heute kann man damit keinen Dreijährigen mehr hinterm Ofen vorlocken. Ungefähr 200 Millionen exotische Tiere aus mehr als 2000 verschiedenen Spezies werden jährlich in die USA eingeführt und als Haustiere verkauft. Sie kommen aus aller Welt, und ein Großteil wird über den Flughafen von Miami ins Land gebracht, weil sie dort nicht gleich erfrieren, wenn sie mal eine Nacht beim Zoll verbringen müssen. Nicht eingeführt werden dürfen nur solche Tiere, die in ihrer Heimat als bedroht gelten oder hier bei uns zu Schädlingen geworden sind. Aber kontrollieren kann das bei der Masse der täglichen Lieferungen eigentlich niemand. Und selbst die wenigen Kontrollen, die es gibt, werden noch dadurch umgangen, dass die Leute sich Paradiesvögel ans Bein tapen oder Schlangeneier zwischen ihren Hemden verstecken.«

Der Gang hatte Richtung und Auslage gewechselt. Jetzt liefen sie an feuchten Terrarien mit bunten Fröschen und Echsen vorbei. Als in den Kästen schließlich nur noch über kleine Korkbäume drapierte oder auf dem Boden eingerollte Schlangen zu sehen waren, blieb Schuster abrupt vor einem großen Terrarium stehen. Darin hausten mehrere gut halbmeterlange, grün-braun gemusterte Exemplare der unsympathischen Schuppentiere auf einmal.

»Das sind die Riesenschlangen, von denen in dem Artikel die Rede war«, erklärte Schuster. »Dunkle Tigerpythons aus Asien, von denen inzwischen rund 30 000 Stück in den Everglades leben. Die Leute kaufen solche Jungtiere hier und wundern sich dann, wenn irgendwann ein Reptil bei ihnen rumkriecht, das groß genug ist, um ihren Chihuahua zu fressen. Dann setzen sie die Pythons in den Sümpfen aus, wo sie bis zu fünf Meter lang und zwei Zentner schwer werden und Jagd auf seltene Kraniche, Luchse und sogar kleine Alligatoren machen.«

»Ja, von dieser Sache mit den Schlangen habe ich gehört«, sagte Jessica. »Wie nennt man solche Tiere noch gleich? Neo- … Neo- … Neo-sonstirgendwas.«

»Neozoen«, sagte Schuster. »Neozoen oder invasive Spezies. Und diese Schlangen sind bei weitem nicht die einzigen Fremdarten, die mit Hilfe des boomenden Tierhandels ein neues Zuhause bei uns gefunden haben. Wenn jetzt im Winter mal wieder die Temperaturen richtig sinken, können Sie unter den Bäumen überall große südamerikanische Leguane finden, die halb erfroren aus den Ästen plumpsen. Noch beeindruckender sind die zwei Meter langen afrikanischen Warane, die drüben in Cape Coral um die Häuser schleichen. Aber es gibt auch jede Menge exotische Kleintiere – Nager, Sittiche, Schildkröten –, die niemandem weiter auffallen und im Zweifelsfall sogar für heimische Tiere gehalten werden. Von all den in Flüssen ausgesetzten Aquariumsfischen, die sich bei uns breitgemacht haben, und den vielen entflohenen Insekten will ich gar nicht erst anfangen.«

Er drehte sich mit resigniertem Blick zu ihr um. »Insgesamt leben mehrere hundert Tierarten und um die tausend Pflanzenarten in Florida, die eigentlich nicht hierher gehören. Diese

Pythons sind nur das bekannteste Beispiel, weil sie so groß werden, dass sie potenziell selbst Menschen gefährlich werden können. Die Einfuhr sollte längst verboten sein. Aber die Haustierindustrie macht Umsätze von mehreren Milliarden jährlich und hat eine entsprechend starke Lobby.«

Jessica blickte die Terrarienwand entlang, in der es vor fremdartigen Geschöpfen nur so wimmelte. Dann schaute sie wieder zu den Pythons zurück, die bereits jetzt aussahen wie Miniaturausgaben der riesigen Reptilien, die in Filmen Menschen verschluckten. »Und Sie glauben, unser Monsterkrake könnte auch so eine fremde Art sein?«, fragte sie.

»Ja«, antwortete Steven und betrachtete die Schlangen ebenfalls mit ernstem Blick. »Ein Neozoon, wie diese Pythons, nur ein unbekanntes. Manche Biologen machen kaum noch Expeditionen in ferne Länder, aus denen sie wegen der strengen Gesetze gegen Biopiraterie oft sowieso keine Tiere mehr ausführen dürfen. Stattdessen gehen sie einfach in so eine Tierhandlung, um nach unbekannten Arten zu suchen. Seit die Ureinwohner auf der ganzen Welt wissen, dass in den Industriestaaten hohe Preise für exotische Tiere gezahlt werden, gehen sie sehr viel fleißiger auf die Suche danach als vorher im Namen der Wissenschaft. Und gerade bei Kraken kennt sich kaum jemand mit den einzelnen Arten richtig aus: Da kann alles Mögliche in so einem Laden landen, ohne dass es jemandem auffällt.«

»Ja«, sagte Jessica. »Das klingt logisch.«

»Ich habe mich blöderweise von meiner Kollegin verwirren lassen«, gestand Steven mit unzufriedener Miene, »die zu mir sagte, so ein Tier hätte längst in Florida bemerkt werden müssen. Das stimmt im Prinzip, ist aber gleichzeitig Quatsch, weil es genauso gut sein kann, dass es gerade erst von irgendwo auf der Welt zu uns gekommen ist. Als ich heute Morgen die Anspielung auf die in den Everglades lebenden Pythons las, fiel es mir wie Schuppen von den Augen.«

Er sah sie mit ernstem Blick an. »Ich habe zwar offen gesagt immer noch meine Probleme damit, an unser Monstrum zu glauben. Aber das wäre zumindest eine halbwegs plausible Erklärung dafür, wie es aus dem Nichts in den hiesigen Gewässern auftauchen kann. ›Ellis Island für fremde Tierarten‹ wird Florida auch gerne genannt – nach der Insel vor New York, auf der früher die ganzen Einwanderer ankamen. Und Tierhandlungen wie diese sind sozusagen die Einreiseschalter. Das hier ist die größte im Umkreis von Vero Beach, und wenn unser Ungeheuer tatsächlich einfach so in einem Laden gekauft wurde, könnten wir Glück haben. Wir müssen nur noch die Fischabteilung finden.«

Er stellte sich auf die Zehenspitzen und sah über die hohen Regalreihen in der Mitte der Halle hinweg. Dann führte er sie an der mit Spinnen und anderen Krabbeltieren bestückten Rückwand des Geschäfts entlang zu einem Irrgarten aus Aquarien, die mit bunten Fischen gefüllt waren. Während Steven sie abschritt, dachte er laut über ihre Erfolgsaussichten nach:

»Sehr viele Tiere werden natürlich auch übers Internet verkauft, und wenn das bei unserem ebenfalls zutreffen sollte, haben wir ein Problem. Aber Kraken zu verschicken ist gar nicht so einfach. Sie brauchen viel Sauerstoff, also benötigt man einen großen Wasserbeutel und einen entsprechend großen Frachtkarton, den man dazu noch mit Styropor auskleiden muss, um die Temperatur konstant zu halten. Außerdem sind viele der Tiere ziemlich schreckhaft und geben schnell mal einen Schuss Tinte ab, wenn sie zu unsanft auf einem Förderband landen. Die Tinte verklebt ihnen die Kiemen, und wenn man seinen neuen achtarmigen Liebling dann zu Hause auspackt, kann man höchstens noch Calamari daraus machen.«

Sie fanden einen Gang, in dem die Aquarien statt mit Fischen mit farbenprächtigen Garnelen, Seesternen und Meeresschnecken bestückt waren. Tintenfische waren auch hier nirgendwo zu sehen. Doch an einem der Aquarien machte sich ein Verkäufer zu schaffen, den Steven danach fragte.

»Nein, die führen wir nicht mehr«, sagte der hohlwangige junge Bursche, der einen Pferdeschwanz trug und gerade etwas, das einer großen rosafarbenen Raupe ähnelte, vorsichtig in das Aquarium vor ihm setzte. »Waren zu schwierig zu halten und sind außerdem auch schon wieder out. Hier: Solche Seegurken sind jetzt in. Und die bunten Nacktkiemer da drüben. Die reißen uns die Leute förmlich aus den Händen.«

»Und wenn ich doch gerne einen Tintenfisch hätte?«, fragte Steven. »Wo würde ich dann am besten hingehen?«

Der Verkäufer setzte den Deckel zurück auf das Aquarium und wischte sich die Hände an dem kleinen Handtuch ab, das über seiner Schulter hing.

»Hm, lassen Sie mich mal nachdenken«, antwortete er. »Da sollten Sie wahrscheinlich zu *Florida Reef Supplies* fahren, unten in Palm Beach Gardens. Die sind ganz auf Meerwasserfische spezialisiert, und vielleicht haben sie ja auch noch ein paar Tintenfische im Programm«

Die Fahrt nach Palm Beach Gardens dauerte eine Stunde. Tatsächlich stießen sie in der großen Verkaufshalle von *Florida Reef Supplies,* in deren Mitte ein riesiges Becken mit einem echten Flachwasserriff stand, nach einigem Suchen auf zwei Tintenfische. Steven sagte allerdings, dass es sich bei den kleinen rotbraunen Tieren um ganz normale Riffkraken handelte, an denen das einzig Bemerkenswerte sei, dass sie so lange in so schmutzigem Wasser überlebt hätten. Mit gerunzelter Stirn beäugte er die trüben engen Aquarien, in denen die Tiere bewegungslos auf

dem algenbedeckten Kieselboden ruhten. Als ein Verkäufer vorbeikam, hielt er ihn an und fragte, ob sie noch weitere Kraken im Angebot hätten.
»Nein, das sind die einzigen«, sagte der junge Schwarze, der das obligatorische Polohemd des Ladens mit weiten Baggyjeans und diversen Gesichtspiercings kombinierte. »Nur die zwei. Die werden aber noch ein Stück größer.«
»Und ein bisschen was Exotischeres habt ihr nicht?«, fragte Steven. »Ich meine, wenn ich solche will, kann ich ja auch einfach zum Meer runterfahren und sie mir fangen.«
»Nein, wir verkaufen nur noch welche aus der Region, weil die anderen zu oft beim Transport abnibbeln. Gehört zur Firmenphilosophie. Selbst aus Kalifornien holen wir uns keine mehr, weil der Weg zu lang ist. Die hier kriegen wir von einem Typen aus Juno Beach, der sie in einem der örtlichen Riffe fängt und am selben Morgen noch zu uns bringt. Nur so können wir garantieren, dass die Tiere nicht zu viel Stress haben und in einem optimalen körperlichen Zustand sind, wenn wir sie verkaufen.«
Steven warf einen finsteren Blick auf die Aquarien, deren Wasser mit unappetitlichem braunem Schaum bedeckt war. Dann nickte er jedoch anerkennend. »Ah, das ist natürlich sehr lobenswert«, sagte er. »Aber nehmen wir mal an, ich hätte mir trotzdem in den Kopf gesetzt, mir irgendeinen exotischen Tintenfisch für mein Aquarium zu besorgen. Wo könnte ich dann hingehen?«
»Nun, Sir«, antwortete der Junge. »Dann versuchen Sie's wahrscheinlich am besten im Internet.«
»Ja«, sagte Steven enttäuscht, »das hab ich mir gedacht. Und eine andere Möglichkeit gibt es nicht? Gar kein Geschäft hier in der Gegend, wo ich an ein bisschen was Ausgefalleneres rankommen könnte?«
Zuerst sah der Junge seinen so hartnäckig nach der Konkurrenz

fragenden Kunden irritiert an. Dann spielte er jedoch eine Weile nachdenklich an einem seiner Lippenpiercings herum und schnippte schließlich zufrieden mit den Fingern.

»Wissen Sie was, einen Tipp hätte ich noch«, sagte er. »Draußen in der Pampa bei Belle Glade. Da soll es irgendeine Farm geben, wo alle möglichen abgefahrenen Tiere verkauft werden. So gefährliche und giftige Tiere und so, die sich die Rapper und Drogendealer aus Miami anschaffen, um auf Macho zu machen. Und da gibt es allem Anschein nach auch irgendwelche abgefahrenen Tintenfische. Das habe ich nur so gehört. Aber eigentlich aus ziemlich zuverlässiger Quelle.«

»Okay, super. Und weißt du zufällig auch, wie diese Farm heißt?«

»Irgendwas mit großen Katzen«, sagte der Junge und spielte wieder mit seiner Lippe. »*Big Cat Farm … Big Cat Heaven …* Schauen Sie am besten einfach ins Internet.«

»Das mache ich, vielen Dank«, sagte Steven und streckte die Hand aus. Doch in dem Moment klingelte sein Handy, und er zog es aus der Hosentasche und sah aufs Display. Erst runzelte er die Stirn, aber dann atmete er kurz durch und drückte die Annahmetaste. Während er sprach, wandte er sich ab und ging ein paar Schritte den Gang hinauf.

»Dekan Duffy, einen schönen Samstagmorgen«, sagte er betont freundlich. »Was verschafft mir die Ehre Ihres Anrufs?«

»Das ist sein Boss, hm?«, flüsterte der Junge, und obwohl es gemein war, musste Jessica lächeln.

»Nein, hören Sie, Mr. Duffy«, stammelte Steven. »Doug, ähm, ich meine Mr. Wilson trifft in der ganzen Sache nicht die geringste Schuld, weil ich ihm gesagt habe, ich hätte Ihre Genehmigung. Und ehrlich gesagt bin ich davon auch ausgegangen, weil Sie so enorm interessiert an dem Projekt wirkten und mir ja auch ein ziemlich knappes Zeitlimit gesetzt haben, um Ergebnisse vorzulegen. Deswegen dachte ich, es sei in Ihrem Sinne, wenn ich, nun ja, ein bisschen improvisiere.«

Während Duffy antwortete, sah Steven zu Jessica hinüber und schüttelte mit verzerrter Miene die Hand in der Luft, als hätte er sich verbrannt.

»Natürlich ging es bei der Ausfahrt um das Blutprojekt«, sagte er dann. »Mit der anderen Geschichte hatte sie nichts zu tun. Das hat sich dieser Reporter komplett ausgedacht. Ich brauchte noch ein paar neue Versuchsexemplare für meine Studien, und da dachte ich mir, das Einfachste wäre, wenn ich … Wie bitte, ob ich auch welche gefunden habe? Nun, ich …«

Steven machte ein ertapptes Gesicht und suchte mit panisch umherschweifenden Augen nach einer Ausrede. Da fiel sein Blick auf die zwei schmutzigen Aquarien in der Wand. Schlagartig hellte sich seine Miene wieder auf.

»Ja, habe ich«, sagte er fröhlich und lächelte breit. »Zwei Exemplare von *Octopus briareus,* unserem heimischen Riffkraken. Noch ein bisschen klein, aber ansonsten perfekt für meine Zwecke. Kommen Sie doch nächste Woche mal im Labor vorbei, dann kann ich sie Ihnen zeigen.«

Steven ließ sich für seine neuen Schützlinge zwei große Salzwasserbeutel und Styroporkästen geben; außerdem leierte er dem erschöpften Verkäufer noch mehrere blaue Kühlpacks aus dem Kreuz, damit die Kraken im Auto nicht an Überhitzung starben. Jessica war die Verzögerung nur recht, denn als sie die Kästen schließlich sicher im hinteren Fußraum verstaut hatten, war sie an der Reihe, wieder mit ihrem Arbeitgeber Kontakt aufzunehmen. Zum Glück bekam sie die nette alte Donna an die Strippe, die für sie die Adresse der Farm raussuchte, ohne sie zu ihren Vorgesetzten durchzustellen, die schon den ganzen Morgen nach ihr suchten.

Big Cat Kingdom, wie die Farm mit genauem Namen hieß, lag zwischen Belle Glade und Pahokee im tiefsten Hinterland, fast direkt am Ufer des Lake Okeechobee. Sie fuhren zuerst auf dem Turnpike weiter Richtung Süden, dann aus dem riesigen Ballungsraum um Fort Lauderdale hinaus und in die endlose Fläche aus Zuckerrohrfeldern und Bewässerungskanälen hinein, die dahinterlag. Am Morgen war der Himmel noch klar gewesen, aber inzwischen hatten sich dicke Wolken gebildet, die wie riesige weiße Schlachtschiffe über die mal hoch aufragenden, mal nur noch mit splittrigen Stoppeln bedeckten Pflanzungen zogen. Erst als sie an den Lake Okeechobee kamen und ein Stück am davorliegenden Damm Richtung Norden fuhren, säumten hier und da wieder ein paar Häuser und Bäume die Straße.
Die Farm lag so gut hinter einem großen Gehölz aus Palmen und verwilderten Sträuchern versteckt, dass sie zunächst daran vorbeifuhren. Erst nach zweimaligem Wenden fanden sie die schmale Einfahrt in das dschungelartige Dickicht, das auf bestimmt einem Kilometer Länge die vom See abgewandte Straßenseite säumte.
Nach ein paar Metern überspannte ein schiefes Holzbrett den unbefestigten Pfad. Es war einfach auf beiden Seiten an einen Palmstamm genagelt worden, trug in kindlich wirkenden Buchstaben den Namen der Farm und war rechts und links mit einem langhornigen Tierschädel geschmückt. Tiefer im Dschungel kamen sie an einem ausgeschlachteten Pick-up vorbei, der in einer kleinen Lichtung auf Betonblöcke aufgebockt war; etwas weiter stießen sie auf alte Möbel, Kleider und anderen Unrat, der zu einem hohen, halbverbrannten Haufen aufgeschichtet war.
Dann gab das Gehölz den Himmel wieder frei, und vor ihnen stand ein heruntergekommenes Südstaatenholzhaus mit hoher Veranda und halbvertrockneten Oleanderbüschen zu beiden

Seiten. Sie stellten den Wagen vor dem langen Baumstamm ab, der den Parkplatz markierte, und wollten gerade aussteigen, als ein Strauß an dem Haus vorbeilief und links zwischen den Büschen wieder verschwand.

»Na halleluja«, sagte Steven leise. »Haben Sie Ihre Waffe dabei? Dann nehmen Sie sie lieber mit.«

Sie gingen zu der Stelle, wo der Strauß verschwunden war, doch durch die Büsche links war nur Wiese zu erkennen, die ein paar hundert Meter weiter wieder in das Gehölz überging. Steven zuckte mit den Achseln und stieg die Treppe zur Veranda hinauf, unter der ebenfalls aller möglicher Müll aufgeschichtet war. Mit jeder Stufe schien Jessicas Herz heftiger zu pochen. Und als ihr oben aus der offen stehenden Tür starker Verwesungsgeruch entgegenschlug, griff sie sofort an ihren Hosenbund und zog ihre Waffe.

»Sachte, sachte«, flüsterte Steven, und trat durch die Tür. »Wenn Sie hier gleich mit 'ner Kanone rumfuchteln, erfahren wir bestimmt nichts Neues.«

Er bedeutete ihr mit einer Geste, die Pistole wieder wegzustecken. Dann drehte er sich um und fragte mit lauter Stimme: »Hallo, ist hier jemand? Hallo? Irgendjemand zu Hause?«

Nach kurzem Warten zuckte er wieder mit den Achseln und ging weiter in den großen Raum hinein. Jessica atmete dreimal tief durch und zwang sich schließlich, ebenfalls die Türschwelle zu überschreiten.

Auch der große viereckige Raum war an den Wänden mit blanken weißen Tierschädeln geschmückt. Links gaben zwei große Fenster den Blick auf Wald und Wiese frei. Auf mehreren Tischen in der Mitte standen Aquarien, die zwar den Raum mit dem gleichen leisen Blubbern der Reinigungsfilter erfüllten wie in Schusters Labor, aber einen noch schmutzigeren Eindruck machten als jene, aus denen er sich vorhin die zwei Kraken hatte fischen lassen. In einem schwamm eine große geringelte Seeschlange umher und stieß mit ihrem kleinen Kopf immer wieder gegen das Plexiglas. In einem anderen schwebte ein schöner, rot-weiß gestreifter Fisch mit langen, wie zur Verteidigung aufgestellten Stacheln.

»Hier sind die Tintenfische, von denen der Junge geredet hat«, sagte Schuster, der vor mehreren kleinen Aquarien auf der rechten Raumseite stand. »Blauringkraken, wie ich mir gedacht habe. Die kommen von weit her, sind hochgiftig und eigentlich wirklich nichts für den Hausgebrauch. Aber mit unserem Monstrum haben sie nichts zu tun.«

»Wo kommt denn nur dieser verdammte Gestank her?«, fragte Jessica, deren Nerven immer noch blanklagen. »Aus den Aquarien?«

»Nein, aus den Aquarien nicht«, sagte Steven und warf einen Blick ins nächste Zimmer, in dem Jessica einen großen, leise gestellten Fernseher und einen mit unzähligen Bierdosen bedeckten Couchtisch erkennen konnte. Dann ging der Biologe zur Tür in der hinteren rechten Ecke, aus der gedämpftes Tageslicht drang.

»Hier kommt er her«, sagte er, und als Jessica neben ihm stand, legte sie sofort wieder die Hand auf ihre Waffe. Doch Steven sagte: »Keine Angst, ist alles nur von Tieren.«

In der schlauchartigen Küche hing ein halb enthäutetes Reh von der Decke, von dem immer noch etwas Blut auf den Linoleumboden tropfte. Aus der Spüle ragte ebenfalls das enthäutete Bein irgendeines großen Huftiers, die lange Arbeitsfläche daneben war mit weiteren Fleischteilen übersät, dazwischen lag ein schmutziges Schlachtbeil. Auf dem Herd stand eine riesige Pfanne, die noch ein einzelnes Spiegelei und ein paar zusammengekräuselte Speckstreifen enthielt, auf dem Boden ein mit Innereien gefüllter Eimer. Die großen Fenster waren mit einer dicken Schicht aus Blutspritzern und altem Fett überzogen. Überall saßen Fliegen, und der durchdringende Geruch nach Blut, Wild und in der Hitze vergammelndem Fleisch nahm einem den Atem.

»Kommen Sie, lassen Sie uns verschwinden«, sagte Jessica. »Die Bude ist mir nicht geheuer.«

»Nur einen Moment noch«, sagte Steven und wischte mit der Hand ein kleines Loch in die unappetitliche Schicht auf den Scheiben. Er sah kurz hindurch und ging dann durch die Tür am Ende der Küche nach draußen.

»Was machen Sie, zum Teufel?«, zischte Jessica nervös. »Wo wollen Sie hin?«

Sie folgte ihm auf eine schmale Holztreppe, die an der rechten Hauswand hinabführte, und zog erstaunt die Luft ein. Vor ihr lag eine weite grüne Fläche, auf der Zebras und Antilopen grasten. In der Ferne ragte sogar der lange Hals einer Giraffe hinter einer Baumgruppe auf. Sie folgte Steven die Treppe hinab und durch eine hohe Hecke aus Oleanderbüschen.

Dahinter lagen mehrere Zwinger, in denen Löwen, Tiger und andere Raubkatzen träge in der Mittagshitze ruhten. In einem winzigen Gehege in der vorderen Reihe war eine magere Löwin mit ihren drei Jungen eingesperrt, die neugierig angetapst kamen, als sie an den Maschendraht traten.

»Mein Gott, sind die niedlich«, sagte Jessica und ging in die Hocke, um den Kleinen durch den Zaun die Schnauzen zu streicheln. Die Mutter hob zwar den Kopf, sah dem Ganzen aber nur mit müdem Blick zu. Ihre Augen waren gelb angelaufen und hatten einen ungesunden Glanz. Steven ging etwas nach links, wo ein seltsamer Apparat neben den Zwingern auf dem Rasen stand.

Bei genauerem Hinsehen erkannte Jessica, dass es sich um ein Jagdgewehr handelte, das auf einem schwenkbaren Untersatz befestigt war. Das Zielfernrohr war abgeschraubt und unmittelbar neben dem Lauf vor eine Handycam montiert worden, und nicht weit von dem merkwürdigen Apparat stand ein Klapptisch mit einem blauen PC-Gehäuse und einem Monitor darauf. Ungefähr dreißig Meter vor dem Gewehr ragte ein kurzer Metallpflock aus dem Rasen, an dem eine etwa drei Meter lange, in der Sonne glänzende Kette befestigt war. Jessica fragte sich noch verwirrt, wozu der ganze bizarre Aufbau dienen sollte, als plötzlich von links eine laute Stimme ertönte.

»Ja, schau mal an. Wen haben wir denn da?«

Ein dicker Weißer mit Vollbart und Halbglatze war hinter der hohen Oleanderhecke hervorgetreten. Er hatte kleine, durch das nach oben drängende Fett seiner Backen noch schmaler wirkende Schweinsäuglein, sein Bart war so lückenhaft wie der Rasen, und er trug Stiefel, Shorts und ein schweißnasses Muskelshirt. Seine Arme waren mit verwaschenen Tattoos bedeckt, und in der Hand hielt er ein halbmeterlanges Stück Schlauch, aus dessen aufgeplatztem Ende das darin eingespritzte Silikon schaute.

»Sie wissen, dass das verboten ist«, sagte Steven in ruhigem, aber keineswegs freundlichem Ton und zeigte auf den eigenartigen Apparat, auf den sich Jessica immer noch keinen rechten Reim machen konnte.

»Jungs, kommt mal rüber zu Papa«, rief der Mann über die Schulter. »Scheint, als würden sich ein paar Ärsche vom Tierschutz illegal auf unserem Grundstück aufhalten.«

Hinter dem Oleander kamen zwei jüngere Versionen des Hinterwäldlers hervor. Sie hatten volleres Haar, aber ebenso lichte Bärte, und einer von ihnen zerrte einen wankenden Vogel Strauß an einem eng um den Hals gezogenen Strick hinter sich her. Der mit dem Strauß hatte ebenfalls ein Stück Schlauch in der Hand, der andere ein praktisch nur aus einer langen dünnen Röhre und einem Zielfernrohr bestehendes Betäubungsgewehr.

Als der Dicke die beiden hinter sich wusste, ging er grinsend auf Steven zu und ließ den Schlauch einmal kurz in der Hand rotieren wie einen Tennisschläger. Er war fast ebenso groß wie Steven, wog aber bestimmt einen Zentner mehr und sah so gemein aus, wie nur astreine Hinterwäldler aussehen konnten. Steven blickte ihm trotzdem mit vollkommen gelassener Miene entgegen, die Hände ruhig in den Taschen. Jessica aber hatte genug gesehen und zog Waffe und Dienstmarke.

»Bleiben Sie sofort stehen«, sagte sie. »Wenn Sie auch nur einen Schritt weiter machen, stoppe ich Sie mit einer Kugel.«

Die Hand mit der Waffe zitterte etwas, aber ihre Stimme kam zum Glück fest und klar heraus. Der überraschte Redneck blieb auch tatsächlich augenblicklich stehen und blickte verwirrt zwischen der auf ihn gerichteten Pistole und ihrer Dienstmarke hin und her. Sein Sohn hatte in Vorbereitung auf den Kampf den Strauß losgelassen, und das benommene Tier stakste mit unsicheren Schritten davon.

»Lassen Sie das Ding da fallen und treten Sie drei Schritte zurück«, befahl Jessica dem Vater. »Das Gleiche gilt für euch da hinten. Waffen fallen lassen und zurücktreten.«

Die Kerle gehorchten, und Jessica steckte die Marke wieder weg und senkte die Pistole etwas. Dann fragte sie den Dicken, wo er die exotischen Tiere gekauft habe, die oben im Haus in den Aquarien steckten. Der Mann sah sie ungläubig an.

»Wie bitte? Was wollen Sie verdammt noch mal wissen?«

»Wo Sie die ganzen Viecher da oben herhaben. Die kann man ja schließlich nicht einfach hier irgendwo fangen. Sagen Sie uns, wie Sie drangekommen sind.«

»Und warum zum Teufel sollte ich das tun?«

»Weil wir sonst mit ein paar Bundesbeamten zurückkommen und euren ganzen beschissenen Laden auseinandernehmen«, sagte Steven. »Keines dieser Tiere wird artgerecht gehalten.

Und die Nummer mit dem ferngesteuerten Gewehr da bringt jedem von euch sechs Monate Gefängnis ein, wenn wir sie melden.«
»So ein Bullshit«, sagte der Dicke. »Das ist vollkommen legal. In Texas machen sie's auch.«
»Seit letztem Jahr nicht mehr«, konterte Steven. »Das wüsstest du fetter Idiot auch, wenn du ab und zu mal was anderes als den Disneychannel gucken würdest. Jetzt rück mit der Sprache raus, oder ich ruf auf der Stelle beim Fish & Wildlife Service an.«
Steven holte drohend sein Handy aus der Tasche, und der Dicke gab klein bei.
»Die bestellen wir im Internet, verdammte Scheiße. Ist 'ne Firma unten in Hollywood, die liefern sie uns dann ins Haus. Josh, wie heißt die verdammte Firma?«
»*Coolcritters.com*«, sagte derjenige, der den Strauß an der Leine geführt hatte. »Die liefern ins ganze verdammte Land. Machen 'n Scheißgeld mit ihren verdammten Scheißviechern.«
Schuster klappte das Handy auf, ging damit rüber zu dem Schießapparat und machte ein Foto davon. Dann ging er zu den Zwingern mit den Raubkatzen und machte auch von ihnen Fotos. Die Löwenbabys sprangen aufgeregt am Maschendraht hoch, als er sie fotografierte.
»Jemand wird kommen und all diese Tiere abholen«, sagte er, während er an den drei Rednecks vorbei wieder Richtung Haus ging. »Und wenn auch nur eines fehlt, komme ich persönlich zurück und brech euch Arschlöchern sämtliche Knochen.«
»Wer? Du und die Pussi mit der Knarre da oder was?«
Der Dicke sagte das, gerade als Schuster an ihm vorbeikam. Dieser ließ daraufhin im Gehen den Ellbogen vorschnellen und versetzte dem großen Fleischberg damit einen solchen Schlag gegen den Kiefer, dass er der Länge nach zu Boden ging. Die

Bewegung kam so flüssig und unvermittelt, dass die etwas weiter hinten stehenden Söhne des Mannes erst nach einem kurzen Moment der Überraschung reagierten. Jessica hob die Waffe wieder und befahl ihnen, sich nicht zu rühren.

»Nein, ich ganz allein«, sagte Steven, der vor dem verwirrt seinen blutigen Mund betastenden Mann stehen geblieben war. »Ich komm her und prügel dich und deine zwei inzestgeschädigten Bastarde windelweich. Ich mache das ganz allein und werd sogar Spaß dran haben, weil ihr fetten Wichser es nicht anders verdient.«

Entweder lag es an Jessicas Waffe oder daran, dass Schuster tatsächlich von dem überzeugt klang, was er da von sich gab – jedenfalls rührte sich keiner der drei oder gab auch nur einen Mucks von sich. Sie sahen Steven nur verdutzt und eingeschüchtert an wie ein aus heiterem Himmel auf ihrem Grundstück aufgetauchtes Tier, das noch fremder und unberechenbarer war als alles, was sonst dort lebte.

»Kommen Sie«, sagte Steven zu Jessica und wies mit dem Kopf Richtung Parkplatz. »Wir wissen, was wir wissen wollten.«

Ohne die drei Kerle aus den Augen zu lassen, ging Jessica zur Hecke und folgte Steven am Haus entlang zurück zum Auto. Ihr Herz pochte genauso wild wie vorhin an der Haustür. Im nächsten Moment schoss sie schon mit quietschenden Reifen aus dem Dschungel, raste über die Bundesstraße und bog bei der nächsten Möglichkeit in die Felder ab.

Schuster sagte ihr, sie solle langsam machen, und drehte sich besorgt zu den Styroporboxen im Fond um. Doch Jessica beachtete ihn nicht, drückte weiter aufs Gas und stieg erst wieder bei einem hohen Zuckerrohrfeld auf die Bremse, in dessen Deckung sie schlitternd zum Stehen kamen.

»Na toll«, sagte Steven. »Jetzt haben Sie's geschafft. Der eine hat sich vollgemacht.«

»Was sollte das eben?«, fragte Jessica wütend. »Sind Sie vollkommen von allen guten Geistern verlassen?«
Steven hob seelenruhig einen der Beutel mit den Kraken zu sich auf den Schoß und begann, den Knoten zu lösen. Das Wasser in dem Beutel hatte einen grauen Ton angenommen und hier und da klebten schwarze Schlieren am Plastik.
»Erinnern Sie sich noch an diesen Kunden von Hank oben in Jensen Beach?«, fragte Steven. »Der unbedingt irgendeine Trophäe bei sich zu Hause an die Wand hängen wollte?«
»Ja, natürlich, der mit dem Haigebiss. Was hat das mit Ihrem Auftritt eben zu tun?«
»Die Leute, mit denen diese Typen ihr Geld verdienen, wollen auch eine Trophäe. Nur wollen sie nicht das Haus verlassen, um sie sich zu holen. Also schießen sie sie übers Internet.«
»Wie bitte?«
»Sie schießen sie übers Internet«, wiederholte Steven, machte die Tür auf und schüttete vorsichtig Wasser aus dem Beutel. »Es ist illegal, Raubkatzen in die USA einzuführen oder auch nur von einem Bundesstaat zum anderen zu transportieren. Aber züchten darf sie jeder Schwachkopf, der sich eine Lizenz dafür besorgt. Diese Typen züchten Tiger und Löwen, verleihen sie an private Zoos und Zirkusse, wenn sie noch klein und süß sind, und binden sie an einen Pfahl und lassen sie mit Hilfe eines ferngesteuerten Gewehrs von irgendeinem Kerl übers Internet abknallen, wenn sie groß sind. Dann schicken sie ihm den Kopf.«
»Sie verarschen mich.«
»Nein, tu ich nicht«, sagte Steven und holte auch den anderen Beutel nach vorne. »Die Sache ist inzwischen in fast sämtlichen Bundesstaaten verboten, aber das haben diese Typen anscheinend noch nicht mitgekriegt.«
»Aber warum haben Sie mir denn nicht einfach gesagt, was los

ist?«, fragte Jessica. »Sie können sich doch nicht einfach in dieser gottverlassenen Gegend mit solchen Typen anlegen. Das hätte auch ins Auge gehen können.«
»Ja, das war unüberlegt von mir, tut mir leid«, sagte Steven und sah ihr kurz in die Augen. »Ich hatte nur plötzlich so eine Scheißwut im Bauch, dass ich irgendwie nicht anders konnte. Danke, dass Sie mir den Rücken freigehalten haben.«
Behutsam machte er sich daran, Wasser von dem einen Beutel in den anderen umzufüllen. Jessica sah ihm bei seinem merkwürdigen Tun zu und schüttelte stumm den Kopf.
Ihre Mutter hatte einen Namen für solche gutaussehenden Sonnyboys, die vollkommen unbekümmert an die Welt herangingen und mit allem immer irgendwie durchkamen. Sie nannte sie »afortunados«, was so viel wie Glückspilze bedeutete, und betrachtete sie als die schlimmste Sorte Mann, weil die Frauen so leicht ihr Herz an sie verloren, sie aber nichts im Leben wirklich ernst nehmen konnten. Hätte Jessica Steven zum Abendessen mitgebracht, hätte ihre Mutter zwei Stunden mit ihm gelacht und sich an seinem blendenden Aussehen und seiner offenen Art erfreut, ihr danach aber gesagt, sie solle sich so schnell wie möglich jemand anderen suchen. Sich mit einem »afortunado« einzulassen war in ihren Augen die größte Dummheit, die man als Frau überhaupt begehen konnte.
Trotzdem hatte Jessica damals nach dem Vorfall im Indian River Village Steven spontan ihr Herz geöffnet. Und als sie ihm später von dem Alptraum mit Jeffrey Chilton erzählte, machte sie das natürlich vor allem, um ihn umzustimmen, aber gut zugehört hatte er trotzdem. Sie hatte es ernst gemeint, als sie sagte, Tintenfische seien ihm wichtiger als Menschen – aber diese und andere Tiere schienen ihm zumindest tatsächlich wichtig zu sein. Er war Professor an einer Universität, prügelte sich aber mit der Ruhe und Geübtheit eines Schwerverbrechers.

»Sie sind schon ein komischer Typ«, sagte sie und ließ wieder den Motor an. »Wissen Sie das?«

»Ich bin kein komischer Typ«, erwiderte er und setzte die Kraken zurück in ihre Boxen. »Das eben waren komische Typen. Ich bin ganz normal.«

Während Jessica den Wagen zurück Richtung Bundesstraße lenkte, holte er sein Handy hervor und klappte es auf.

»Lassen Sie uns runter nach Hollywood fahren«, sagte er. »Ich gebe nur noch schnell dem Wildlife Service durch, was die Kerle auf ihrer Farm da treiben. Dann kommen die Katzen in ein Tierasyl, diese Arschlöcher kriegen ihre Lizenz abgenommen, und wir müssen nicht mehr an sie denken.«

5

War *World of Pets* Jessica schon wie der Bauch der Arche Noah vorgekommen, so hatte sie in der riesigen Lagerhalle von *Coolcritters.com* das Gefühl, durch die Raumschiffversion des biblischen Rettungsboots zu laufen. Unter klinisch kaltem Licht reihten sich endlose Edelstahlregale aneinander, bis oben hin mit Plastikbehältern gefüllt, hinter deren milchigen Wänden sich die Umrisse der unterschiedlichsten Kreaturen abzeichneten. Die Regale trugen große Nummern und Strichcodes, und zwischen ihnen liefen Lagerarbeiter mit elektrischen Palettenwagen umher und beluden an einem mächtigen Ladetor wartende Lkws. Anders als in der Verkaufshalle in Fort Pierce war es in dem Lager relativ kühl und der Geruch nach Tieren, Streu und Trockenfutter entsprechend weniger penetrant.

»Wir senken die Körpertemperatur der Tiere so weit runter, dass sich ihr Stoffwechsel extrem verlangsamt«, erklärte Kevin Haddad, Eigentümer und Geschäftsführer von *Coolcritters.com*, der sie zusammen mit seinem ebenfalls arabischstämmigen Partner durch die Halle führte. »So müssen wir viele von ihnen nicht mal füttern, während sie hier zwischenlagern. Ihr Aufenthalt bei uns dauert allerdings im Höchstfall auch gerade mal zwei Wochen. Dann sind sie schon wieder auf dem Weg zu ihrem neuen Besitzer oder zu einer der vielen Zoohandlungen, die wir im ganzen Land beliefern.«

Haddad und sein Partner hatten in einem Büro am Eingang des großen Lagerhauses gesessen und sich beim Anblick von Jessicas Marke sofort bereit erklärt, ihnen Einblick in ihr Sortiment zu geben. Sie hatten nicht mal gefragt, um was es ging, so begierig waren sie offenbar darauf, sich mit den Behörden gutzustellen.

»Zehn bis zwanzig Lastwagen voller Tiere kommen hier täglich an, und etwa genauso viele gehen auch wieder raus«, erklärte Haddad weiter. »Die meisten Tiere stammen aus Südamerika, aber auch sonst beschaffen wir sie in der ganzen Welt. Die besonders beliebten wie diese Bartagamen hier haben wir auf Lager, die anderen lassen wir uns erst bei Bestellung von unseren Zulieferern besorgen. Es dauert dann zwar länger, bis die Tiere bei den Kunden ankommen. Aber die haben in der Regel Verständnis, weil die kurzen Lagerzeiten zum Wohl der Tiere sind.«

Am Ende des Gangs bogen sie ab und standen bald vor einem hohen Regal mit durchsichtigen Wasserbehältern. Die meisten enthielten ähnliche Kraken wie die in ihrem Auto. Aber auch etliche exotischer wirkende Tintenfische waren dabei, von denen Jessica manche schon in Stevens Labor gesehen zu haben glaubte.

In einem besonders geräumigen Behälter, dessen Deckel zusätzlich mit Metallklemmen gesichert war, saß ein großer roter Krake. Sein Kopf hatte den Durchmesser eines Basketballs, die Arme waren bestimmt mehr als einen Meter lang, und ihre saugnapfbesetzten Spitzen liefen bis zur Decke des durchsichtigen Kastens hinauf. Jessica bemerkte, wie Steven das Tier aufmerksam beäugte, und sofort beschleunigte sich ihr Puls ein wenig. Doch nachdem er sich alle Tintenfische in dem Regal angesehen hatte, blickte er zu ihr herüber und schüttelte den Kopf.

»Nein, da ist nichts Außergewöhnliches dabei«, sagte er. »Das sind alles bekannte Spezies, und alle vollkommen ungefährlich.«

»Wonach suchen die Herrschaften denn?«, fragte Haddad beflissen. Er war nicht viel älter als Jessica und hätte mit seiner goldenen Brille und seinen feinen Gesichtszügen genauso gut Arzt oder Anwalt sein können.

»Nach einer unbekannten Spezies von Krake«, erklärte Schuster. »Es müsste ein großes Tier sein, vermutlich so groß wie der Pazifische Riesenkrake da oder noch größer. Aber es kann natürlich auch noch klein gewesen sein, als es hier war. Fällt Ihnen dazu irgendwas ein?«

»Ein unbekannter Krake«, wiederholte Haddad. »Nein … also ich denke nicht …«

Er legte seine wohlgeformte Stirn in Falten und schüttelte bedächtig den Kopf. Bei seinem älteren Partner jedoch, der mit seinem dicken Schnurrbart und seiner untersetzten Gestalt einen sehr viel grobschlächtigeren Eindruck machte, lösten Stevens Worte eine andere Reaktion aus. Jessica sah, wie der Mann einen verstohlenen Blick auf seinen Unterarm warf. Dort zogen sich mehrere schmale Schneisen durch den dichten Haarwuchs, die offensichtlich von verheilten Narben herrührten.

»Was ist mit Ihrem Arm passiert?«, fragte Jessica ihn sofort, doch statt ihr zu antworten, wandte er sich in Arabisch an seinen Kompagnon. Nach einem kurzen Wortwechsel erhellte sich Haddads Miene in plötzlicher Erinnerung. Dann runzelte er jedoch die Stirn, sah kurz zu ihnen herüber und sagte wieder etwas zu seinem Gefährten. Dieser schien jedoch anderer Meinung zu sein, und schließlich wandte sich Haddad mit nachdenklichem Blick erneut an sie.

»Also in der Tat ... hatten wir da einen Fall«, gab er zu. »Mein Partner war damals sogar dagegen, das Tier zu verkaufen, aber der zuständige Veterinär vom Zoll hatte keine Bedenken. Wir nehmen die Einfuhrbestimmungen sehr genau und legen Spezies, die wir nicht kennen, den Behörden freiwillig zur Begutachtung vor. Der Mann war jedoch der Meinung, es handle sich einfach um irgendeine lokale Variante von *Octopus vulgaris.* Die können sich wohl sehr stark von Küste zu Küste unterscheiden.«

»Wo kam das Tier denn her?«, fragte Schuster.

»Es kam aus Caracas, von unserem Zulieferer in Venezuela.«

»Also ein Krake aus der Karibik?«

»Ja, kann sein. Ich weiß nicht mehr, wie er genau ausgezeichnet war. Vielleicht war er auch gar nicht ausgezeichnet. Wir pochen darauf, weil die Kunden den genauen Herkunftsort der Tiere in der Regel gerne wissen wollen. Aber unsere Handelspartner halten sich leider nicht immer an unsere Wünsche.«

»Wie sah der Krake denn aus?«

»Er sah wirklich aus wie ein ganz normaler Krake, ziemlich groß, aber nicht ganz so groß wie der Riesenkrake da oben. Das einzig Ungewöhnliche war seine Färbung, deswegen haben wir ihn auch sofort für den Zoll beiseitegestellt. Er war grün, dunkelgrün mit schwarzen Streifen. Ziemlich eindrucksvoll eigentlich, ein bisschen wie ein grüner Tiger. Die Leute in Caracas wollten deshalb auch gleich einen besonders hohen Preis dafür.«

»Und was ist jetzt mit dem Arm passiert?«, fragte Jessica ungeduldig und deutete auf die Narben des anderen Mannes.

»Der Krake hat ihn ... er hat ihn gekratzt«, erklärte Haddad und machte ein schuldbewusstes Gesicht. »Er stand eine Weile in unserem Büro herum, weil wir nicht sofort wussten, wie wir weiter mit ihm verfahren sollten, und als mein Partner sein Wasser wechseln wollte, da hat er ihn gekratzt – wirklich ganz wie eine Raubkatze. Er hatte Zähne an den Armen.«

Jessica und Schuster wechselten einen Blick.

»Was haben Sie mit ihm gemacht?«, fragte Schuster.

Haddad nahm seine zierliche goldene Brille ab, zog ein Tuch aus der Tasche und begann, die Gläser zu putzen.

»Wir haben ihn versteigert«, gestand er und blickte dabei noch zerknirschter drein als vorher. »Khaled war dafür, ihn aus dem Verkehr zu ziehen. Er ist ein bisschen abergläubisch und meinte, er habe den bösen Blick. Aber nach dem Vorfall mit den Zähnen dachte ich mir, dass es sich vielleicht doch um eine besondere Art handeln könnte. Und da wir etliche Kunden haben, die sich auf das Sammeln exotischer Tintenfische spezialisiert haben, habe ich sie per E-Mail angeschrieben und den Kraken dann meistbietend unter ihnen versteigert. Er hat mehr als 3000 Dollar eingebracht. Ich habe mich nur nicht gleich daran erinnert, weil damals auch gerade das Weihnachtsgeschäft anlief und hier wie immer der Teufel los war.«

»An wen haben Sie ihn verkauft?«, fragte Jessica.

Haddad setzte seine Brille wieder auf und sah fragend seinen Partner an. Dieser bedeutete ihm jedoch mit einem kurzen Nicken weiterzureden.

»An einen sehr guten Kunden von uns hier in Florida«, sagte Haddad. »Er wohnt oben in Tarpon Shores, wenn ich mich recht erinnere, und kam damals sogar persönlich hier runter, um den Kraken abzuholen. Er war ganz außer sich vor Freude, ein so seltenes Exemplar ergattert zu haben.«

»Wir brauchen unbedingt die Adresse dieses Mannes«, sagte Jessica in strengem Ton. »Ebenso wie Anschrift und Telefonnummer ihres Zulieferers in Caracas und alle zusätzlichen Informationen über dieses Tier, die Sie sich bei ihm verschaffen können. Haben Sie ein Bild von dem Kraken? Wenn Sie ihn im Internet versteigert haben, haben Sie doch mit Sicherheit auch ein Foto von ihm gemacht.«

»Ja, haben wir«, sagte Haddad. »Aber wir hatten seitdem einen Virus, der unsere Festplatte gelöscht hat – eine Katastrophe, weil natürlich auch unsere gesamte Kundenkartei dabei draufgegangen ist. Die Daten des Käufers kann ich Ihnen trotzdem geben. Er bestand darauf, seine Visitenkarte dazulassen, für den Fall, dass wir wieder einen so ungewöhnlichen Tintenfisch reinbekämen. Lassen Sie uns zurück ins Büro gehen, dann will ich sie Ihnen heraussuchen.«

Er lief los, blieb dann aber plötzlich stehen und drehte sich zu ihnen um. Erneut nahm er die Brille ab und gestikulierte damit verlegen vor seinem säuberlich gebügelten Hemd herum.

»Ich möchte nicht unverschämt klingen«, sagte er. »Und ich bin mir auch nicht sicher, inwieweit ich mich eines Vergehens schuldig gemacht habe, da Kraken ja allgemein als ungefährlich gelten und die Behörden den Handel mit dem Tier ausdrücklich erlaubt haben. Aber bevor ich Ihnen die Daten eines so guten Kunden herausgebe, würde ich jetzt doch ganz gerne erfahren, um was es bei Ihren Ermittlungen eigentlich geht.«

Jessica sah in das feine Gesicht des Tierhändlers, der trotz seiner fragwürdigen Einzelentscheidung sicher kein schlechter Mensch war – auf jeden Fall nicht vergleichbar mit den verrohten Hinterwäldlern von vorhin. Dann blickte sie in die aufrichtig besorgt wirkende Miene seines Kompagnons, der einen noch weitaus strengeren Berufsethos zu haben schien.

»Ob Sie sich strafbar gemacht haben, weiß ich nicht, und es ist mir im Moment auch egal«, antwortete sie und setzte sich dann mit grimmiger Miene Richtung Büro in Bewegung. »Aber es ist gut möglich, dass die Kreatur, die Ihnen da einen so schönen Gewinn eingebracht hat, für den Tod von vier Menschen verantwortlich ist. Und wenn Sie noch mal mit etwas Ähnlichem zu tun haben, dann hören Sie lieber auf Ihren Partner und lassen Sie verdammt noch mal die Finger davon.«

»Haben Sie wirklich daran geglaubt?«, fragte Jessica, als sie wieder auf der Interstate waren und im regen Samstagnachmittagverkehr zurück nach Norden fuhren.
»Manchmal«, antwortete Steven. »Als meine Kollegin mir sagte, der Zahn sei was Besonderes, und gestern kurz, als ich draußen im Riff rumgegondelt bin. Aber die meiste Zeit eigentlich nicht.«
»Ich auch nicht«, gab Jessica zu. »Mein Bauch hat mir gesagt, da ist was. Aber mein Kopf war eigentlich fest überzeugt, ich spinne. Wir hatten unglaubliches Glück da eben.«
Steven sah zu ihr hinüber und blickte dann nachdenklich auf die Straße. »Na ja, Glück auf jeden Fall, dass Ihnen das mit den Kratzern aufgefallen ist«, sagte er. »Aber ansonsten war diese Lagerhalle eigentlich eine ziemlich gute Adresse, so viele Tiere wie da durchlaufen. Der Junge in dem Aquarienladen hat uns auf die richtige Spur gebracht. Auch wenn ich immer noch nicht vor mir sehe, wie ein Rapper zu den Rednecks da draußen reinspaziert und ihnen eine Seeschlange abkauft.«
Jessica lachte übermütig. Eigentlich hätte sie mehr Sorge denn je haben müssen, weitere Menschen könnten der Gefahr zum Opfer fallen, die so plötzlich greifbare Realität geworden war. Doch momentan überwog noch eine seltsame Befriedigung, dass sie allen Anfeindungen zum Trotz mit ihrer Ahnung richtig gelegen hatte. Natürlich war es nicht so, als hätten sie das rätselhafte Geschöpf, das da offenbar aus Südamerika eingeschleppt worden war, schon eingefangen und könnten es sozu-

sagen mit blutigen Fangarmen Fogelman auf den Schreibtisch legen. Aber inzwischen wiesen doch zu viele Indizien auf seine Existenz hin, als dass sie sich weiter einfach so leugnen ließ.
»Haben Sie schon irgendeine Vorstellung davon, womit wir es zu tun haben?«, fragte Jessica und versuchte, sich wieder mehr auf ihre Pflicht als Polizistin zu konzentrieren.
»Nein, ehrlich gesagt nicht«, erwiderte Steven und blickte auf die Visitenkarte in seiner Hand nieder, die Haddad ihnen nach einigem Kramen in seinem Schreibtisch ausgehändigt hatte. »Ich bin gespannt, was uns dieser Typ hier zu erzählen hat.«

»Gab es wieder einen Einbruch? Oder haben die Schwartz-Hazeltines Sie hergeschickt, weil ich nicht auf ihrer letzten Cocktailparty erschienen bin?«
Als Jessica und Steven in Tarpon Shores ankamen, dämmerte es bereits. Wie viele Häuser in dieser noblen Gegend hatte auch das von Dr. Trevor Mahew eine Kamera am Einfahrtstor, doch nachdem Jessica ihre Marke vor die Linse gehalten hatte, ließ er sie bereitwillig vorfahren. Jetzt stand der zierliche alte Mann in seidenem Morgenrock, Pyjama und Lederpantoffeln im Eingang seiner gewaltigen Villa und lächelte sie verschmitzt an. Er hatte einen weißgelben Seitenscheitel, eine Adlernase und lebhafte blaue Augen. In seinem Aufzug wirkte er ein bisschen wie eine elegantere Ausgabe von Hugh Hefner.
»Keins von beidem«, sagte Jessica höflich, während sie die paar Stufen zu ihm hochstiegen. »Wir sind hier, weil wir uns … nun, wir würden uns gerne ihre Tintenfischsammlung ansehen.«
Mahew blickte verwirrt zwischen ihnen hin und her. »Meine Tintenfische?«, fragte er. »Aber woher wissen Sie …«
»Von *Coolcritters.com*«, erklärte Steven. »Es geht uns um einen ganz bestimmten Kraken, den sie dort gekauft haben und der …«

Mahew sah ihm plötzlich scharf ins Gesicht und unterbrach ihn mitten im Satz. »Aber … aber sind Sie nicht *Professor Schuster?* Professor Steven Schuster vom Harbor Branch Institut für Meereskunde?«
Steven hob überrascht die Brauen. Er sah Jessica an, zuckte leicht mit den Achseln und wandte sich wieder an Mahew. »Ja, der bin ich«, sagte er. »Ich begleite Officer Jessica Sanchez hier, weil …«
»Ich habe gerade Ihren Artikel gelesen«, unterbrach ihn Mahew mit begeisterter Miene. »Ihren Artikel im *New Scientist.* Über *Octopus bimaculatus.*«
»Entschuldigung?«
»Die aufblasbare Ligula. Der kleine Fortsatz vorne am Paarungsarm. Er füllt sich mit Blut wie ein menschlicher Penis.«
Bei dem Gedanken, Steven könnte eine so wichtige Entdeckung vergessen haben, hüllte sich Mahews Gesicht in empörte Verwirrung.
»Ach so, natürlich«, erwiderte Steven dann jedoch. »Aber nach der Paarung wird er wieder schlaff und klein, damit Raubfische ihn nicht so leicht sehen. Der Artikel ist eigentlich von einem meiner Mitarbeiter. Sie haben nur mein Bild druntergesetzt, weil ich … nun ja, weil ich nun mal der Professor bin.«
Er lächelte bescheiden. Doch der alte Herr interessierte sich offensichtlich nicht für solche nebensächlichen Details. »Es sind großartige Geschöpfe«, sagte er mit verzücktem Lächeln. »Einfach großartig, finden Sie nicht?«
»Ja, ja, natürlich«, bestätigte Steven und warf Jessica einen etwas verlegenen Blick zu. »Wenn man sich erst mal ein bisschen mit ihnen beschäftigt, dann lassen sie einen nicht mehr los – sozusagen.«
Mahew strahlte sie weiter schwärmerisch an. Dann wurde ihm offenbar bewusst, dass sie noch vor der Haustür standen.

»Aber kommen Sie doch herein«, sagte er, trat mit einer anmutigen kleinen Handbewegung beiseite und schloss die Tür hinter ihnen. »Was verschafft mir die außerordentliche Ehre Ihres Besuches? Kann ich Ihnen etwas anbieten? Einen Scotch? Portwein? Ein Glas Champagner? Soll ich meine Haushälterin bitten, uns ein paar Häppchen zu machen?«

Der alte Herr schien vollkommen die Dienstmarke vergessen zu haben, die Jessica ihm gezeigt hatte, sein einziges Interesse noch, Steven nicht so schnell wieder aus seinen Fängen zu lassen. Jessica setzte an, ihn an die offizielle Natur ihres Besuches zu erinnern. Doch Steven bedeutete ihr mit einer unauffälligen Geste, den von seinem Fachgebiet so unverkennbar faszinierten Hobbybiologen lieber ihm zu überlassen.

»Wie Ms. Sanchez schon erwähnt hat, sind wir gekommen, um uns Ihre Sammlung exotischer Tintenfische anzusehen«, sagte er. »Dabei geht es uns speziell um ein Tier, das offenbar durch die Dienste der Firma *Coolcritters.com* in Ihre Hände gelangt ist. Ein Krake aus der Karibik, oder sonst irgendwo von der südamerikanischen Küste. Dunkelgrün mit schwarzer Musterung.«

Wieder leuchteten Mahews Augen begeistert auf. Mit erstaunlicher Behendigkeit drehte er sich um und lief eilig aus der Vorhalle.

»Ah, ich weiß genau, wovon Sie reden«, rief er über die Schulter. »Der außergewöhnlichste Achtfüßer, der mir je untergekommen ist. Sie werden gar nicht glauben wie außergewöhnlich. Tatsächlich hat mich der Bursche stark in Versuchung gebracht, ein bisschen in Ihrem Revier zu wildern, Professor Schuster, und selbst mal einen Artikel in einer Fachzeitschrift unterzubringen. Genug Unerhörtes zu berichten gäbe es da jedenfalls.«

Während der alte Mann sprach, lief er ihnen voraus durch eine hochmoderne, jedoch vollkommen unbenutzt wirkende Küche,

dann durch eine kleine Bibliothek mit hohen Bücherregalen und einem abgewetzten alten Ledersessel am Fenster.
»Das Schreiben war noch nie meine Stärke, und heutzutage müssen in solchen Beiträgen ja auch immer alle möglichen Diagramme und Statistiken vorkommen. Aber selbst das hätte mich wahrscheinlich letzten Endes nicht abgehalten.«
An die Bibliothek schloss sich eine lange Flucht großer Zimmer an. Sie lagen bereits in dämmrigem Grau, doch beim Reinkommen machte Mahew überall das Licht an. Im ersten standen Vitrinen mit Fossilien und bunten Quarzen an den Wänden, und auf einem Tisch in der Mitte häufte sich ein wildes Durcheinander aus Büchern, Hämmerchen und halb zerklopften Steinen. Das zweite Zimmer war dem Sammeln, Studieren oder vielleicht auch nur Abzeichnen getrockneter Pflanzen gewidmet, und das dritte enthielt zu Jessicas Überraschung eine umfangreiche Sammlung Modellautos. Das vierte Zimmer aber glich mit seinen vielen grün leuchtenden und leise sprudelnden Aquarien Stevens Labor, und Jessica schätzte, dass darin auch fast genauso viele exotische Tintenfische versammelt waren.
»Ich hatte sogar schon angefangen, ein wissenschaftliches Tagebuch über meinen erstaunlichen Neuzugang zu führen«, erzählte Mahew, wies auf einen mit Büchern gefüllten Tisch und blieb dann vor einem besonders großen Aquarium stehen, das beinah die gesamte hintere Raumhälfte einnahm. »Und wissen Sie, was dann passiert? Das verdammte Vieh hält uns alle zum Narren und stiehlt sich auf so raffinierte Weise davon, dass selbst der große Houdini seinen Hut vor ihm gezogen hätte!«
Der alte Mann drehte sich um und zeigte mit halb entrüsteter, halb stolzer Miene auf das gewaltige Aquarium hinter ihm. Es stand in einem halbrunden Erker, durch dessen hohe Fenster wie überall nur noch schwaches Tageslicht drang, wurde jedoch von mehreren Deckenstrahlern beleuchtet. Von Form und Größe her

erinnerte es an die bottichartigen Minipools, die sich manche Leute in den Garten stellten, war aber aus dickem Plexiglas und thronte auf einem hüfthohen Podest aus braunem Kunststoff. Gefüllt war es ausschließlich mit einer zehn Zentimeter hohen Schicht Sand, die nicht so aussah, als sei sie jemals mit Wasser in Berührung gekommen.

»Was ist passiert?«, fragte Jessica, die immer noch von der enormen Größe des Aquariums ganz benommen war.

Wieder drehte sich der quirlige Greis plötzlich auf dem Absatz um und lief hinaus auf die Terrasse. Im schummrigen Vorabendlicht lief er über den perfekt gepflegten Rasen zu einem von hellen Steinplatten gerahmten Pool, der nicht weit von einer zum Strand abfallenden Mauerkante lag. Erneut gab er seine Schilderungen in halb entrüstetem, halb stolzem Ton von sich.

»Mein großer Fehler war, dass ich an diesem Tag meinen üblichen Viererflight nicht im Stich lassen wollte und für eine Runde Golf rausgegangen bin«, erklärte er. »So musste sich mein Gärtner Jeff hier alleine um alles kümmern. In seinem Job ist er zwar ein Ass, aber vom Umgang mit Tintenfischen hat er natürlich nicht den blassesten Schimmer.«

Er stellte sich an die Querseite des Pools und zeigte auf das ruhige blaue Wasser.

»Ich habe die Leute, die mir das größere Aquarium geliefert haben, eine Holzabdeckung für den Pool zimmern lassen, damit wir ihn während des Umbaus dort reinsetzen konnten. Dann haben wir das Chlorwasser abgelassen, Meerwasser reingepumpt, den Burschen mit Valium betäubt und auf einer Gartenliege hier rausgeschleppt. Alles, was Jeff tun musste, war, ihm mittags was zu fressen in den Pool zu schmeißen. Trotz all meiner Ermahnungen hat er aber natürlich vollkommen unterschätzt, wie clever das Vieh sich verhalten konnte. Er hat die

Abdeckung weggeschoben, den Kraken nirgendwo gesehen und ist ihn dann auf dem ganzen Grundstück suchen gegangen.«
Mahew schüttelte den Kopf und blickte mit untröstlicher Miene zu ihnen herüber. Jessica brauchte einen Moment, um zu verstehen. Doch dann lief ihr ein eiskalter Schauer über den Rücken.
»Wollen Sie etwa sagen, der Krake hat die Farbe des Beckens angenommen und ist dann heimlich herausgekrochen, als Ihr Gärtner nach ihm gesucht hat?«
»Nehme ich mal an«, sagte Mahew, zuckte mit den Achseln und blickte wieder ins Wasser. »Als ich zurückkam, war er jedenfalls nicht mehr da. Ausgetrocknet in den Büschen haben wir ihn nicht gefunden. Also gehe ich davon aus, dass er es irgendwie ins Meer geschafft hat.«
Der alte Mann wies mit dem Kopf zum Rand des Grundstücks. Jessica ging hinüber zu der breiten Mauerkante und blickte die hohe, nach innen gewölbte Betonwand hinab, an deren Fuß sich Treibholz und angeschwemmtes Seegras gesammelt hatte.
»Aber das sind fast drei Meter«, sagte sie ungläubig.
»Sie haben ja keine Knochen, also können sie sich auch nichts brechen«, erwiderte Mahew und zeigte dann auf eine Treppe, die links im Rasen verschwand und zu einer in die Betonwand eingelassenen Pforte hinabführte. »Aber vielleicht hat er auch einfach die da benutzt. Zutrauen würde ich's ihm.«
Jessica ging die Mauer entlang und sah sich auch diesen möglichen Fluchtweg an. Dann blickte sie den Strand hinauf Richtung Wabasso Beach, wo irgendwo in der Ferne der alte Walter Lucas verschwunden war. Danach drehte sie sich um und sah übers dunkle Meer zum baufälligen alten Pier vor Amberly Beach hinüber, dessen bleiche Gangway trotz des schlechten Lichts noch gut oberhalb der grauen Felsmole zu erkennen war.
»Und wann war das genau?«, fragte sie Mahew, obwohl ihr ein

untrügliches Gefühl sagte, dass auch in dieser Hinsicht alles perfekt passen würde.

»Oh, das ist jetzt schon beinah ein Jahr her«, antwortete der alte Mann. »Muss irgendwann im Januar gewesen sein. Viel länger als einen Monat konnte ich mich nicht an meinem Fund erfreuen. Ich weiß das noch genau, weil über Weihnachten meine Tochter mit ihren Kindern da war. Die hatten zwar durchaus ihren Spaß an meinem neuen Haustier, aber den Pool hätten sie wahrscheinlich nicht mit ihm teilen wollen.«

Mahew grinste fröhlich. Doch Jessica war nicht nach Lächeln zumute. »Wie groß war der Krake, als er Ihnen entwischt ist?«

»Exakt 2,18 Meter von Kopf bis Fuß, bei einer Armspannweite von 3,34 Metern«, antwortete Mahew und wandte sich dann stolz zu Schuster um. »Wollen Sie wissen, warum ich das so genau sagen kann? Weil ich ihn gemessen habe, als er betäubt war. Hab ihn hier auf den Steinen ausgelegt und dann Maß genommen, ganz genau wie ein echter Forscher.«

»Das Ding war über drei Meter groß?«, fragte Jessica. Von unten wehte der Geruch des Meeres und des vergammelnden Seegrases zu ihr hoch, und plötzlich hatte sie wieder den spitzen Eisengeruch aus dem Motelzimmer in der Nase.

»Ja«, sagte der alte Mann und wandte sich erneut ihr zu. »Und wenn Sie mich fragen, war es noch nicht einmal voll ausgewachsen. In den eineinhalb Monaten, die es hier war, hat es seine Größe mehr als verdoppelt, und ich bin mir sicher, dass sein Wachstum noch nicht beendet war.«

Jessica runzelte die Stirn und zeigte aufs dunkle Meer hinaus. »Ihnen ist ein dermaßen großes Tier entflohen, und Sie kamen nicht auf die Idee, irgendjemanden anzurufen?«

»Wen denn?«, fragte Mahew in unschuldigem Ton und drehte sich wieder zu Steven um. »Die Küstenwache? Damit sie mir beim Suchen hilft? Wenn es sich in meinem Pool unsichtbar machen kann, dann kann es das ganz bestimmt auch draußen im Meer.«

»Ja, da haben Sie wahrscheinlich recht«, sagte Steven, ging zu Mahew hinüber und führte ihn am Ellbogen Richtung Haus zurück. »Wollen Sie mir nicht vielleicht das Tagebuch zeigen, von dem Sie gesprochen haben? Da würde ich zu gerne einen Blick drauf werfen.«

Jessica blieb noch einen Moment stehen und versuchte, in der Stille des lauen Abends ihrer Wut Herr zu werden. Dann ging sie ebenfalls zurück ins Haus, wo Steven und Mahew vor dem Tisch standen, der in der Mitte der Aquarien plaziert war, und zusammen ein kleines schwarzes Lederbüchlein durchblätterten.

»Das hat er alles gefressen?«, fragte Steven verblüfft. »Sogar Lammkeulen? Ich glaube, keiner meiner Tintenfische würde die auch nur probieren. Sie mögen nicht mal Rindfleisch besonders.«

»Alles, was irgendwie mit Fleisch zu tun hatte, hat er genommen. Alles, was einen hohen Gehalt an Proteinen hatte, glaube ich. Und er hatte immer Hunger, hat nie irgendwas abgelehnt, was ich ihm ins Wasser warf. Als ob er so schnell wie möglich größer werden wollte. Als ob größer zu werden eine Frage von Leben und Tod für ihn wäre.«

»Die Wachstumsrate ist in der Tat ungewöhnlich«, bemerkte Steven. »Selbst für ein so schnell wachsendes Tier wie einen Kraken.« Er blätterte aufmerksam durch die Seiten des Büchleins und hielt es dabei so, dass auch Jessica mit hineinsehen konnte. Als er zu einem in Großbuchstaben geschriebenen Wort kam, das dazu noch dreimal unterstrichen war, hielt er inne und runzelte die Stirn.

»Warum *Octopus speculus?*«, fragte er überrascht.

Mahew setzte wieder sein listiges Altmännergrinsen auf. »Weil

Octopus mimicus schon vergeben war«, sagte er mit freudig funkelnden Augen.

»Ach tatsächlich?«, fragte Steven, und Jessica konnte erkennen, wie das ohnehin schon nicht zu übersehende Interesse in seiner Miene sich noch mal verdoppelte. »Also gibt es noch eine Spezies, die dieses Verhalten zeigt?«

»Worüber reden Sie beide da?«, fragte Jessica schroff. »Was ist ein *Octopus mimicus?*«

Steven sah sich kurz um und führte Jessica dann zu einem Aquarium, das nicht weit von dem großen Plexiglasbottich stand. Es war ebenfalls recht groß, und sein Boden war mit einer auffällig hohen Schicht Sand bedeckt. In einer Ecke ragte der etwa zwiebelgroße, rot-weiß gemusterte Kopf eines Tintenfischs aus dem Sand und blickte sie mit seinen stielartig abstehenden Knubbelaugen aufmerksam an, als sie näher kamen.

»Beim *Octopus mimicus* oder Mimikrykraken handelt es sich um einen Kraken, den ich mit ein paar Kollegen vor fünf Jahren in Indonesien entdeckt habe«, erklärte Steven, während er die Abdeckung des Aquariums abnahm und mit dem Zeigefinger ein wenig das Wasser in Unruhe brachte. »Sie wissen ja von der erstaunlichen Tarnfähigkeit der Tintenfische. Kraken können mit Hilfe der Farbzellen in ihrer Haut optisch mit einem bunten Riff verschmelzen, viele passen sogar die Struktur ihrer Haut der des Riffs an. Manche Tintenfische schwimmen zur Tarnung auch in bunte Fischschwärme hinein, verschmelzen also farblich mit anderen Tieren. Der Mimikrykrake jedoch hat diese faszinierende Fähigkeit zur Verwandlung noch mal ein ganzes Stück weitergeführt.«

Der kleine rot-weiße Krake ließ sich durch Stevens Geplansche aus seinem Loch locken, zog seine langen dünnen Arme daraus hervor und schwebte langsam Richtung Oberfläche. Kaum war er in der Mitte des Aquariums angelangt, klopfte Steven einmal laut gegen das Glas – und sofort veränderte das Tier auf unheimliche Weise seine Gestalt. Es breitete die Arme aus, so dass sie wie gebogene dünne Flossen von seinem Körper abstanden, und ließ gleichzeitig die roten Streifen, mit denen sie gemustert waren, deutlicher hervortreten.

»Das … das sieht aus wie der Fisch, der draußen bei diesen Rednecks im Aquarium schwamm«, sagte Jessica erstaunt.

»Ja«, bestätigte Steven. »Ein Rotfeuer- oder Skorpionsfisch. In den Flossenspitzen dieser Fische sitzen giftige Stacheln. Mimikrykraken leben nicht in Riffen, sondern auf kargen Sandflächen, wo sie sich schlecht vor Angreifern verstecken können. Und um nicht von jedem vorbeischwimmenden Hai oder Barrakuda verspeist zu werden, verwandeln sie sich in giftige Tiere, an die sich die Raubfische nicht ranwagen.«

»Tier-*e?*«, fragte Jessica, während der Krake sich langsam wieder zu Boden sinken ließ, seine normale Gestalt annahm und zurück in sein Loch kroch. »Sie können mehr als ein Tier nachahmen?«

»O ja«, sagte Steven. »So eine hochgiftige Seeschlange, wie sie da draußen in einem der Aquarien schwamm, haben sie ebenfalls im Repertoire. Außerdem noch giftige Flundern, Seeanemonen, Quallen und viele andere. Sie haben mehr verschiedene Rollen drauf als jeder Profi-Pantomime. Für uns war zunächst einmal erstaunlich, dass sie nicht nur einfach Farbe und Hautstruktur der Umgebung anpassen, sondern unabhängig von der Umgebung das Aussehen anderer Lebewesen annehmen – wobei sie nicht nur die Gestalt, sondern auch die Bewegungen dieser Tiere täuschend echt imitieren. Fast noch mehr hat uns aber verblüfft, wie genau sie ihre Imitationen auf den jeweiligen Angreifer abstimmen. Es weist auf eine enorme Intelligenz hin.«

Jessica drehte sich zu Mahew um, der sich hinter sie gestellt hatte, und zeigte auf den großen Bottich neben ihnen.

»Und dieser Krake hat das Gleiche gemacht?«, fragte sie und warf einen Blick auf das Buch, das Schuster immer noch offen in der Hand hielt. »Was bedeutet *speculus?*«

»Es bedeutet Spiegel«, sagte der alte Mann stolz. »Und er hat nicht nur Tiere imitiert, sondern praktisch alles, was man ihm vors Aquarium hielt.«

»Wie bitte?«, fragte Steven, der trotz seines Wissens offenbar nicht davor gefeit war, hier selbst noch die eine oder andere Überraschung zu erleben. »Was meinen Sie damit: alles, was man vors Aquarium hielt? Heißt das, das Tier hat nicht nur bestimmte, zur Abschreckung geeignete Standardposen eingenommen?«

»Nun, es hatte auf jeden Fall Standardposen, die es einnahm, wenn sich jemand seinem Aquarium näherte. Es fing an, sie zu zeigen, kurz nachdem ich es gekauft hatte. Zu meinem enormen Entzücken, wie ich wahrscheinlich kaum hinzufügen muss.«

»Welche Posen hat es eingenommen?«, fragte Steven. »Welche Tiere hat es nachgeahmt?«

Mit einem Mal verschwand die ganze stolze Freude aus Mahews Miene. Plötzlich blickte er beklommen drein wie ein ratlos an der Tafel stehender Schuljunge.

»Tja, um Ihnen die Wahrheit zu sagen, ich war mir nie ganz sicher«, sagte er. »Und nichts würde ich mir mehr wünschen, als dass ich alles auf Video aufgenommen hätte, um es Ihnen jetzt zeigen zu können. Aber ich dachte immer, dafür bliebe noch jede Menge Zeit. Es war fürchterlich unprofessionell von mir, wirklich unentschuldbar.«

»Machen Sie sich nichts draus, Mr. Mahew«, tröstete ihn Steven »So etwas passiert den Besten von uns. Welche Tiere *glauben* Sie denn, könnte der Krake imitiert haben?«

»Na ja, das erste sah für mich immer aus wie eine große Meerechse«, antwortete der alte Mann. »Was ja auch Sinn macht, weil die einen Schuppenpanzer haben und deswegen wahrscheinlich seltener angegriffen werden als Kraken. Auch wenn ich eigentlich immer dachte, solche Meerechsen gibt es nur auf den Galapagosinseln.«

Steven rieb sich grübelnd das Kinn. »Hm, andererseits könnte das natürlich erklären, warum die Herkunftsangaben so vage waren«, sagte er zu Jessica. »Die Inseln gehören zu Ecuador, das nicht weit von Venezuela liegt. Aber sie sind Naturschutzgebiet, so dass es wohl kaum jemand zugeben würde, wenn er dort ein seltenes Tier gefangen hätte.« Er wandte sich wieder Mahew zu. »Und was für Tiere hat der Krake noch imitiert?«

Die Miene des alten Mannes nahm einen noch verlegeneren Ausdruck an. Er sah zu dem großen Aquarium hinüber und machte eine unbeholfene Geste. »Die andere Imitation haben meine Enkelkinder immer das tote Wildschwein genannt?«

»Das *tote Wildschwein?*«, fragte Steven irritiert.

»Ja, genau so sah es aus«, erwiderte Mahew peinlich berührt. »Wie ein auf dem Wasser treibendes Wildschwein – braun und mit so einem Nackenkamm, nur die Schnauze war spitzer, und die Hauer haben gefehlt. Vermutlich sollte es irgendeine Robbe oder einen See-Elefanten darstellen. Ich wünschte, ich hätte wenigstens ein Bild davon. Ein richtiger Experte wie Sie würde vermutlich sofort erkennen, worum es sich handelt.«

»Da wäre ich mir nicht so sicher«, sagte Steven verwirrt. »Und was war dieses andere Verhalten, von dem Sie geredet haben? Wenn man etwas vors Aquarium hielt?«

Mahews Gesicht hellte sich wieder auf. Wenn Jessica bisher alles richtig verstanden hatte, kamen sie jetzt zu einer Verhaltensweise, die seinen Kraken mehr oder weniger einzigartig machte. »Das entwickelte sich später«, sagte er. »Je größer der Bursche wurde, umso raffinierter wurde auch sein Verhalten. Eigentlich war es meine Enkeltochter, die die Sache entdeckte. Sie war von

dem großen grünen Vieh richtig fasziniert, während ihr kleiner Bruder sich irgendwann nicht mal mehr in dieses Zimmer traute. Es hatte große gelbe Augen, mit denen es einen manchmal ansah, als wollte es sich jeden Moment auf einen stürzen.«
Mahew deutete auf ein paar aufblasbare Pooltiere, die halb in sich zusammengefallen neben der Tür zur Terrasse lagen. Jessica hatte angenommen, sie lägen hier drinnen, damit sie draußen nicht vom Grundstück geweht wurden. Doch jetzt zeigte sich, dass es dafür einen anderen Grund gab.
»Charly, meine elfjährige Enkeltochter, stupste die Nase dieses Delfins da drüben gegen's Plexiglas, und dann kam sie zu mir gerannt und sagte, sie hätte dem Kraken einen neuen Trick beigebracht. Sie wiederholte das Ganze in meiner Gegenwart – und der Krake färbte sich grau, wölbte seinen Körper vor, so dass er einer Schnauze ähnelte, und legte zwei seiner Arme zu Flossen zusammen. Als ich den Delfin höher hielt, formte der Krake den ganzen Körper nach. Und als ich den Schwanz auf und ab bewegte, machte er dasselbe. Während Charly neben mir fröhlich lachte, hatte ich das Gefühl, ich sei auf einem LSD-Trip.«
Noch einmal zeigte er auf die aufblasbaren Tiere. »Wir haben noch die Schildkröte und das Seepferdchen ausprobiert, und nach ein paar Versuchen ahmte er auch die perfekt nach. Ein paar Tage später habe ich einen der großen Spielzeug-Lkws aus dem Nebenzimmer geholt, den er natürlich auch sofort imitierte. Man konnte sogar das Coca-Cola-Logo auf der Seite lesen.«
»Und Sie haben kein einziges Bild von all dem?«, fragte Schuster verzweifelt. »Keinen einzigen handfesten Beleg für dieses erstaunliche Verhalten?«
»Nein«, erwiderte Mahew und schüttelte traurig den Kopf. »Ich dachte, ich habe das lebende Exemplar, und das genügt. Ich habe sofort nach seiner Flucht bei *Coolcritters* gefragt, ob sie mir ein neues Exemplar beschaffen können. Aber ich habe nie

wieder etwas von ihnen gehört. So ein faszinierendes Tier – es ist wirklich zu schade, dass es mir entwischt ist.«

Mahew sprach mit derselben aufrichtigen Arglosigkeit wie eben am Pool. Trotzdem spürte Jessica das dringende Bedürfnis, den reichen alten Mann endlich darüber aufzuklären, was für schwerwiegende Folgen die Flucht seines »faszinierenden« Haustiers vermutlich hatte. Steven schien ihre Absicht zu ahnen und bedeutete ihr mit einer unauffälligen Geste, auch den Abschluss des Gesprächs lieber ihm zu überlassen.

»Mr. Mahew«, sagte er und machte zwar ein etwas ernsteres Gesicht, behielt aber den gleichen quasikollegialen Ton bei, mit dem er dem alten Herrn schon die ganze Zeit schmeichelte. »Ms. Sanchez und ich würden gerne die Polizei von Vero Beach und die örtliche Küstenwache dazu bringen, eine Suche nach diesem außergewöhnlichen Tier zu veranstalten. Wir haben Hinweise darauf, dass es immer noch hier irgendwo an der Küste lebt, und es wäre doch wirklich ein Jammer, wenn es der Wissenschaft verloren ginge. Zunächst müssen wir allerdings die zuständigen Stellen davon überzeugen, dass es auch wirklich existiert. Und die von Ihnen gemachten wissenschaftlichen Beobachtungen und auch diese Aufzeichnungen hier wären dabei für uns von unschätzbarem Wert.«

Schuster hielt das Buch hoch und sah den vor Stolz und Genugtuung geradezu berstenden Greis fragend an.

»Aber nehmen Sie es nur mit«, sagte Mahew. »Und wenn das den Behörden nicht genügt, bin ich natürlich jederzeit gerne bereit, auch persönlich sämtliche Fragen zu beantworten, die sie zu dieser wunderbaren Kreatur haben könnten.«

»Warum haben Sie den alten Kauz so einfach davonkommen lassen?«, fragte Jessica, als sie wieder im Auto saßen und in der abendlichen Dunkelheit zurück zu der Brücke fuhren, die weiter nördlich aufs Festland führte. »Ich meine, immerhin hat er ein gefährliches Tier aus seiner Obhut entkommen lassen und dann noch nicht mal jemandem Bescheid gesagt. Das ist so, als würde ein Löwe aus einem Zoo ausbrechen, und der Direktor würde nicht die Polizei alarmieren.«

»Nein, ist es nicht«, erwiderte Steven. »Sie haben es doch schon bei *Coolcritters* gemerkt: Kein Mensch glaubt, dass ein Krake wirklich jemandem gefährlich werden könnte. Außerdem laufen wir so weniger Gefahr, dass der alte Knabe Angst bekommt, verklagt zu werden, und plötzlich überhaupt nichts mehr sagen will. Ich hoffe, meine geänderte Meinung genügt, um Ihre Vorgesetzten zu überzeugen. Aber es kann nicht schaden, wenn wir zusätzlich noch ein paar aussagewillige Augenzeugen in der Hinterhand haben. So wie Sie vorhin diesen Internethändler zusammengestaucht haben, weiß ich zum Beispiel nicht, ob er und sein Partner uns noch eine große Hilfe sein werden.«

»Wollen Sie etwa irgendwie andeuten, ich hätte zu unbedacht reagiert? Darf ich Sie erinnern, wer kurz davor noch eine Schlägerei mit bis an die Zähne bewaffneten Neandertalern angezettelt hat? Außerdem: Seine Enkel wollte er ja auch nicht mit dem Ding ins selbe Wasser lassen. Aber wenn es irgendwo da draußen im Meer rumschwimmt, dann ist es ihm egal.«

Schuster runzelte zuerst unzufrieden die Stirn. Dann aber wackelte er abwägend mit dem Kopf. »Ja, vielleicht haben Sie recht. Ich kann schon verstehen, was Sie daran stört. Irgendein reicher Typ kauft sich ein gefährliches Spielzeug, passt nicht gut darauf auf und kümmert sich dann nicht weiter darum, als es ihm abhanden kommt. Trotzdem ist es fürs Erste glaube ich besser, ihn nicht zu sehr zu verschrecken.«

»Und warum haben Sie mir nicht gesagt, dass es einen Kraken gibt, der sich in andere Tiere verwandeln kann? Als ich Ihnen damals erzählt habe, was der Junge von dem Pier erzählt hat, haben Sie zwar komisch geguckt, aber kein Wort gesagt. Und als wir bei dem Jungen zu Hause waren auch nicht.«

»Ich hielt es für einen zu großen Zufall. Schließlich habe ich den Mimikrykraken ja mit entdeckt. Da habe ich gedacht, es müsste schon mit dem Teufel zugehen, wenn jetzt praktisch genau vor meiner Haustür etwas Ähnliches auftaucht.«

»Sie haben mir heute Morgen selbst erzählt, dass Florida so etwas wie das Einfallstor für sämtliche fremden Tiere der Welt ist. Da finde ich das gar nicht so merkwürdig. Wenn dieser Krake alle möglichen anderen – wie haben Sie es genannt? – Abschreckungsposen einnehmen kann, dann kann er mit Sicherheit auch einen Rochen nachahmen. Glauben Sie etwa nicht?«

»Doch, doch, mit Sicherheit«, antwortete Steven nachdenklich. »Und wir können von Glück sagen, wenn es sich dabei wirklich nur um Abschreckungsposen handelt.«

Jessica sah zu ihm hinüber und schüttelte erbost den Kopf. »Jetzt machen Sie nicht so eine Andeutung und hüllen sich dann wieder in Schweigen! Was soll das denn nun wieder heißen? Lassen Sie sich nicht immer alles aus der Nase ziehen.«

»Ach nichts, ich bin mir nicht sicher. Als ich damals in Indonesien den Mimikrykraken beobachtete, glaubte ich, ein Verhalten bei ihm zu sehen, das noch über das Benutzen von solchen Posen zur reinen Abschreckung hinausgeht. Aber ähnlich wie Mahew eben habe ich nie irgendwelche Film- oder Fotoaufnahmen davon gemacht. Und später fragte ich mich dann, ob ich mir nicht nur etwas eingebildet habe.«

»Was für eine Art von Verhalten meinen Sie denn?«

Schuster schwieg einen Moment. Doch auch danach ließ er ihre Neugier wieder auf geradezu aufreizende Weise unbefriedigt.

»Ach, wissen Sie was, vergessen Sie's einfach«, sagte er. »Der Tag war lang, und das Ganze ist kompliziert und für unsere nächsten Schritte im Grunde auch unwichtig. Jetzt kommt es erst einmal darauf an, dass wir dieses Tier finden. Ich weiß nicht, ob es wirklich so gefährlich ist, wie Sie glauben. Aber für unmöglich halte ich inzwischen eigentlich gar nichts mehr.«

6

Steven schwebte vor Charlies Klippe und blickte unschlüssig die hohe Wand aus schroffem Fels und korallenbewachsenen Vorsprüngen hinauf. In der Rechten hielt er eine etwas mehr als einen Meter lange Stange, an deren Ende eine große Spritze befestigt war, die sich beim Einstich automatisch per Gasdruck entleerte. Die Spritze enthielt zehn Gramm in Salzwasser gelöstes MS-222, ein hauptsächlich aus Tricain-Methansulfonat bestehendes Mittel, das speziell zur Betäubung von Fischen entwickelt worden war. Steven hatte damit auch gute Erfahrungen bei der Betäubung von Kopffüßern gemacht, es bisher allerdings nie per Nadel injiziert, sondern immer nur einfach zu den Tieren ins Wasser gegeben.

Darüber, welche Dosis er verwenden sollte, hatte er ebenfalls gerätselt. Seinen bisherigen Informationen zufolge mochte der Krake, den sie suchten, hundert Kilo oder mehr wiegen. Doch zu viel von dem Mittel würde ihn töten, während eine zu kleine Dosis keine Wirkung auf das möglicherweise hochgefährliche Tier hätte. Da Steven trotz der Verantwortung, die er gewissermaßen an der Beseitigung des »Monsters« trug, im Herzen immer Wissenschaftler blieb, hatte er sich für eine relativ niedrige Dosis entschieden. Gleichzeitig war ihm jedoch schon heute Morgen beim Präparieren der Spritze klar gewesen, wie herzlich egal es im Grunde war, ob er nun zehn oder zwanzig Gramm des feinen weißen Pulvers darin einfüllte.

Denn nicht nur war er der einzige Taucher, der hier unten mit einer so harmlosen Waffe rumschwamm, sondern höchstwahrscheinlich auch der Einzige, der halbwegs an den Sinn dieser Aktion glaubte. Die zwei Dutzend anderen Taucher, die mit ihm zusammen Charlies Klippe und die zwei Riffabschnitte daneben absuchten, waren allesamt von der Küstenwache und hatten bei der an Bord der USCGC *Cormorant* stattfindenden Einsatzbesprechung hinlänglich deutlich gemacht, was sie von dem Unternehmen hielten. Keiner der Männer glaubte im Entferntesten daran, er könnte tatsächlich auf einen »Monsterkraken« stoßen. Aber sollte einer von ihnen ihm doch begegnen, würde er bestimmt nicht versuchen, ihn lebend zu fangen.

Steven blickte zu dem Taucher hinüber, der zwanzig Meter weiter mit einer Harpune in der Hand die Felsen absuchte, dann zwischen seinen Flossen hinab zu der Stelle am Fuß des Riffs, die er gerade selbst abgesucht hatte. Es war die Stelle, in die er vorgestern fast mit dem Tauchboot hineingefahren wäre, und wegen der er Charlies Klippe überhaupt zur ersten Station der großen Suchaktion gemacht hatte. Sie lag fast ganz am Südende der langen Kalksteinformation, genau neben einem der fingerartigen Ausläufer, die vor Jahrtausenden daraus hervorgewachsen waren. Wie vielerorts war der unterspülte Sockel des Riffs hier von einem uralten Felsrutsch bedeckt, was für das geübte Auge leicht am unterschiedlichen Korallenbewuchs und an den vielen kleinen Nischen und Hohlräumen im Gestein zu erkennen war.

Als Steven vorhin im milden Licht der Morgensonne mit den anderen ins Wasser gestiegen war, hatte er sofort wieder diese Stelle angesteuert. Doch jetzt hatte er sie erneut fast eine Stunde abgesucht – wie schon vor zwei Tagen mit dem Tauchboot – und wieder nichts gefunden.

Eigentlich war es Zeit, endlich höher zu gehen. Aber kaum hatte er sich eben dazu durchgerungen, fühlte er sich wie von einem unsichtbaren Gummiband wieder zu dem großen urzeitlichen Steinhaufen zurückgezogen.

Irgendwas ist da unten, sagte eine leise Stimme in seinem Inneren, *da bin ich mir sicher.* Widerwillig schüttelte er den Kopf: Als Mann der Wissenschaft wusste er schließlich, was von solchen intuitiven Eingebungen zu halten war. Trotzdem entschied er sich schließlich, auch noch die letzte Viertelstunde des Tauchgangs mit dem Absuchen der alten Steinlawine zu verschwenden, und ging wieder tiefer.

Erneut fing Steven ganz unten an. Um diesmal beim Ausleuchten der Nischen freie Hand zu haben, legte er seinen langen Betäubungsspeer im Sand vor den Felsen ab. Knapp überm Boden schwamm er den schattigen Riffsockel entlang und sah noch einmal unter jeden Vorsprung, den er bereits bei den zwei vorigen Durchgängen überprüft hatte. Auch den fast gänzlich mit mächtigen gelben Elchhornkorallen bewachsenen Sporn schloss er wieder in seine Suche ein, machte an seiner Spitze kehrt und ging etwas höher.

Anders als vor zwei Tagen fühlte Steven sich nicht beobachtet, sah sich aber trotzdem immer mal wieder nach den dunklen Seegrasbüscheln um, die hier und da auf dem Boden vor dem Riff wuchsen. Und verpasste so beinah einen großen grünen Seefächer, den er bereits mehrmals passiert hatte, an dem ihm jetzt jedoch zum ersten Mal etwas auffiel.

Die schöne und in Florida recht seltene Koralle saß mit ihrem lilafarbenen Fuß in einer fast senkrecht aufsteigenden Felsritze und wiegte ihre großen Fächer sanft im Wasser. Einer war jedoch auf ungewöhnliche Weise verunstaltet; er sah aus, als hätte jemand der Länge nach eine Hälfte abgerissen. Natürlich konnte es sein, dass ihn Fische einfach besonders gleichmäßig angenagt hatten. Aber Steven beschloss, trotzdem einen genaue-

ren Blick in die eigentlich nicht sehr tief wirkende Spalte zu werfen.
Vorsichtig schob er die mit feinen lilafarbenen Adern durchzogenen Fächer beiseite. Dahinter war die Spalte tiefer als erwartet, doch etwas Besonderes fand er mit seiner Taschenlampe darin nicht und hatte nicht zum ersten Mal an diesem Morgen das Gefühl, seine Zeit zu verschwenden. Da stieß er mitten in der Ritze auf eine noch tiefere, dunklere Ritze – aus der ihm etwas gleißend weiß entgegenschien.
Ja, was haben wir denn da …
Der Spalt war eigentlich viel zu klein, um für ihn von Interesse zu sein. Trotzdem spürte er, wie sein Herzschlag sich beschleunigte und das unsichtbare Gummiband wieder seinen Zug verstärkte.
Was ist denn da drin? Was war das Weiße, das ich da eben gesehen habe?
Ungeduldig zwängte er den Kopf zwischen die Felsen und versuchte, in einem günstigeren Winkel in den Spalt zu leuchten. Da spürte er plötzlich eine Berührung an der Schulter, dachte sofort an seine Waffe, die nutzlos zehn Meter entfernt im Sand lag, und fuhr erschrocken herum.
Er stieß seinen vermeintlichen Angreifer so heftig von sich, dass er dabei den schönen großen Seefächer abriss. Das prächtige Nesseltier glitt wie ein riesiges fallendes Blatt zu Boden – gleichzeitig streckte ihm der verdutzte Taucher vor ihm abwehrend die Handflächen entgegen. Dann zeigte er mit dem Daumen nach oben.

»Jemand hat das Ding erwischt!«, sagte der junge Kerl aufgeregt, nachdem er mit Steven aufgetaucht war und sich seine Maske vom Kopf gezogen hatte. »Jemand hat tatsächlich Ihren Monsterkraken harpuniert!«

Der sympathisch aussehende junge Bursche war einer der Männer, die eine Tauchmaske mit integriertem Funkgerät trugen, um mit den anderen Gruppen und dem an Bord der *Cormorant* wartenden Commander Elkert in Verbindung zu bleiben. Schon während ihres dreiminütigen Dekompressionsstopps in fünf Metern Tiefe hatte er mit den Händen eine Harpune nachgeahmt und sie kurz nach hinten rucken lassen. Dann hatte er mit den Armen gewedelt wie damals Ms. Otero im Indian River Village und mit dem Zeigefinger begeistert auf Steven gedeutet.
»Tatsächlich?«, fragte dieser jetzt nüchtern und kletterte dann mit einem seltsamen Gefühl im Bauch in sein Boot. Die meisten anderen Taucher aus ihrer Gruppe hatten sich schon wieder darauf versammelt, und nachdem er noch einen Nachzügler eingesammelt hatte, fuhr Steven zu der Gruppe hinüber, die mit dem Absuchen des nächsten Riffabschnitts weiter nördlich betraut war.
Zusätzlich zu Elkerts großem Patrouillenboot waren zwei kleinere Schlauchboote mit auf die ruhig daliegende Sonntagssee hinausgekommen, weil so das Absetzen der Taucher leichter war. Um ihren Rumpf liefen bauchhohe, feuerrote Wülste, und schon aus der Ferne war der große blasse Leib zu erkennen, der schlaff und reglos über dem in der Sonne leuchtenden Kunststoff hing. Während Steven mit einem immer unheilvolleren Gefühl im Bauch darauf zusteuerte, kamen von hinten auch das andere Schlauchboot und der schnittige weiße Cutter angefahren, außerdem von der Landseite her eine wohl neugierig gewordene kleine Angeljacht. Doch Stevens Blick war zu sehr auf den Kraken konzentriert, der mit noch seitlich aus dem Körper ragendem Pfeil über der Reling lag, um sich das fremde Boot genauer anzusehen.
»Jim hat ihn erwischt!«, rief ihnen einer der anderen Taucher stolz entgegen und schlug dabei seinem Nebenmann kräftig auf

die Schulter. Die Männer aus Stevens Boot johlten begeistert und riefen Glückwünsche durcheinander.
Mit einem raschen Schwung legte Steven sein Boot neben das bullige Festrumpfschlauchboot. Dann schob er sich zwischen den an der Reling gedrängten Männern durch und bat nach einem kurzen Blick auf den Kraken zwei der auf der anderen Seite stehenden Taucher, ihm zu helfen, das Tier vorsichtig zu ihm hinüber aufs Vorderdeck zu heben.
»He, Mister, sie wollen uns doch hoffentlich nicht unseren Fang klauen?«, rief der gleiche Typ wie eben, während die anderen Taucher zögernd unter den glitschigen Körper fassten und sich einer der Arme sofort hilflos um Stevens Handgelenk schlang. »Monsterkrakenstew – das ist doch mal was ganz Besonderes, oder Jungs?«
»Das ist kein Monsterkrake«, rief Steven wütend zurück, als das große geschwächte Tier schließlich vor ihm auf dem Deck lag. »Das ist ein ganz normaler *Octopus vulgaris,* nur ein außergewöhnlich altes und großes Exemplar.«
Verdammt, verdammt, verdammt, dachte er, während er den blassen Leib behutsam wie den eines geliebten Verwandten vor sich ausbreitete. Er hatte gleich gewusst, dass so was passieren würde. Und dann auch noch ausgerechnet dieses Tier – verdammt, verdammt, verdammt noch mal!
Er war sich nicht sofort sicher gewesen, doch jetzt hatte er keinen Zweifel mehr: Es war der große Gemeine Krake, auf den er vor zwei Tagen im vorderen Riff gestoßen war. Mit dem um sein Handgelenk geschlungenen Arm wirkte er, als wolle er erneut mit ihm spielen. Aber diesmal drückte der Blick seiner großen runden Augen nicht vorsichtige Neugier, sondern verzweifelte Todesangst aus.
Beim Kampf mit dem an einer Leine befestigten Harpunenpfeil hatte sich der Krake ein klaffendes Loch in seinen Körpermantel

gerissen, aus dem dickflüssiges blaues Blut aufs Deck sickerte. Doch die mit gelenkigen Widerhaken versehene Spitze des Pfeils hatte zum Glück alle lebenswichtigen Organe verfehlt und war ohne größeren Schaden anzurichten auf der anderen Seite des Mantels wieder ausgetreten. Rechts in dem Riss, direkt über dem vollständig entleerten Tintensack, konnte Steven die drei kleinen Herzen des Kopffüßers schlagen sehen: Sie pochten langsam und schwach, aber regelmäßig.

Na gut, mein Alter, dachte er hoffnungsvoll. *Vielleicht hast du ja noch eine Chance.*

Steven sagte dem Jungen mit der Funkmaske, er solle einen Eimer aus der Staubank unter der Reling holen und den Körper des Kraken vorsichtig mit Meerwasser befeuchten. Er selbst ging ins Heck, wo sein Betäubungsspeer lag, und entleerte den Inhalt der Spritze in eine halbvolle Wasserflasche.

Steven schüttete sich etwas von dem Wasser auf die Hand und rieb die unter dem Mantel liegenden Kiemen des Kraken damit ein, um ihn zu beruhigen und seinen Blutfluss zu senken. Dann ließ er sich von einem der Männer ein Tauchmesser geben, kappte die immer noch an dem Pfeil hängende Leine und begann anschließend, behutsam den siebzig Zentimeter langen Stahlpfeil aus dem weichen, blutenden Körper zu lösen.

Die allgemeine Jubelstimmung war verflogen, und die Männer an Bord, zu denen ein paar aus dem Schlauchboot hinübergeklettert waren, sahen still der Operation zu. Gerade als Steven den Pfeil vollständig aus dem Körper seines Patienten entfernt hatte, hörte er jedoch schräg über sich eine laute Stimme, die ihm so bekannt vorkam, dass er unwillkürlich aufschaute.

»Bitte recht freundlich, Herr Professor!«, rief Reginald Finch von der hohen Brücke der Angeljacht und knipste breit grinsend ein Foto von ihm. »Noch einmal lasse ich mich nicht von Ihnen abhängen!«

Im gleichen Moment stieß weiter vorne das zweite Schlauchboot unsanft gegen den Bug, und Commander Elkert kam in seiner schicken Uniform über die Reling gestiegen.
»Da haben wir ja den Mörderkraken!«, rief er mit unverhohlenem Spott, als er das auf dem Deck ausgebreitete Tier erblickte. »Sieht gar nicht so gefährlich aus, wie Sie getan haben, Schuster.«
Steven beachtete weder ihn noch Finch, sondern legte den mit blauem Blut benetzten Pfeil und das Messer neben sich ab und sagte dem Jungen mit dem Eimer, er solle jetzt ausgiebig Wasser in die Wunde schütten. Dann ging er erneut nach achtern, um nach dem wasserfesten Verbandskasten zu suchen, der dort irgendwo in den seit Jahren nicht mehr aufgeräumten Staubänken stecken musste.
Ich bin dran schuld, dachte Steven grimmig, während er hektisch in dem Durcheinander aus alten Flossen, Bierdosen und Handtüchern wühlte. Erzählte man den Leuten was von einem Monsterkraken, war es doch klar, dass sie sofort auf alles ballerten, was acht Arme hatte. Und was noch schlimmer war: Hätte er den armen Kerl nicht vor zwei Tagen einfach so zum Spaß aus seinem Bau gezerrt, er wäre wahrscheinlich überhaupt nicht auf die Idee gekommen, sich ein neues Heim in diesem Riff hier weiter vorne zu suchen.
Doch vielleicht würde der prächtige alte Bursche ja noch mal mit einem blauen Auge davonkommen, wenn Steven ihm jetzt die Wunde zunähte, dann vorsichtig mit ihm ins Meer stieg und ihn dazu brachte, wieder Wasser in seinen geflickten Mantel zu saugen. Endlich leuchtete ihm unter einer alten Ankerkette das fieberhaft gesuchte rote Kreuz entgegen. Im selben Augenblick hörte er jedoch, wie Elkert in geziertem Ton zu seiner Mannschaft sprach:
»Der ist ja noch gar nicht tot!«, rief er mit gespielter Empö-

rung, nachdem vermutlich das Wasser dafür gesorgt hatte, dass der Krake wieder ein wenig die Arme regte. »Es gibt nur zwei Wege, einen Kraken zuverlässig zu töten, Kinder. Der eine ist, ihn an den Armen zu packen und mit dem Kopf kräftig gegen einen Fels zu hauen. Aber dafür ist dieses Exemplar wohl eine Spur zu unhandlich. Den anderen werde ich euch jetzt zeigen.«

»Aber Mr. Commander, Sir …«, hörte Steven den Jungen mit dem Eimer noch protestieren, während er sich eilig durch die Menge zurück nach vorn drängelte. Doch als er zwischen den Männern hervorbrach, war Elkert schon mit seiner Vorführung fertig.

Er hatte dasselbe Tauchmesser, das Steven für seine Operation verwendet hatte, dem Kraken zwischen die Augen gerammt und damit sein wie ein Ring um den Mundapparat liegendes Hirn zerteilt. Die Methode war in der Tat noch wirksamer als das Schlagen gegen einen Felsen, und das schöne große Tier lag fahl und leblos auf dem Deck wie eine riesige Masse rosa Gelee.

»Sofort runter von meinem Boot«, sagte Steven leise zu Elkert, der sich gerade wie ein Zirkusartist einmal um die eigene Achse gedreht hatte und jetzt das Messer mit gespielter Gleichgültigkeit an seiner blitzsauberen Hose abwischte.

»Wie bitte?«, antwortete er und blickte mit gerunzelten Brauen zu ihm herüber.

»Gehen Sie sofort runter von meinem Boot«, wiederholte Steven. »Sonst schmeiße ich Sie runter.«

»Ich glaube, Sie vergessen, wen Sie vor sich haben. Ich bin Commander der U. S.-Küstenwache, und Sie komischer Doktor werden sich sofort in Ihrem Ton zügeln.«

»Das ist jetzt meine letzte Warnung«, sagte Steven, und sah dem gut einen Kopf kleineren und schmal wie ein Spind gebauten Mann, der sich verbissen in irgendwelchen Fitnessräumen ein paar schlecht sitzende Muskeln antrainiert hatte, mit unmissverständlichem Blick in die Augen.

»Sie wollen sich tatsächlich mit der Küstenwache anlegen?«, fragte Elkert mit unsicherem Grinsen. »Ihnen muss doch klar sein, dass Sie hier auf aussichtslosem Posten stehen. Außerdem sollte ich Sie vielleicht darauf hinweisen, dass ich im Laufe meiner militärischen Laufbahn eine erstklassige Nahkampfausbildung genossen habe.«

Trotz seiner erstklassigen Nahkampfausbildung legte Elkert das Messer nicht aus der Hand, und während sich schräg über ihnen Finch die Seele aus dem Leib knipste, sah sich der mutige Commander mit vorwurfsvoller Miene unter seinen Männern um. *Worauf wartet ihr noch?,* sagte sein Blick: So werft euch doch endlich auf diesen unverschämten Zivilisten und stopft ihm sein vorlautes Maul.

Tatsächlich hätte die Situation leicht brenzlig für Steven werden können. Doch als er schließlich den Verbandskasten in die Linke wechselte und ohne Hast einen Schritt auf Elkert zumachte, bekam er zwei Dinge bestätigt. Erstens: Hinter dem akkurat gepflegten Ziegenbart des Commanders verbarg sich ein Glaskinn. Und zweitens: Er war bei seinen eigenen Leuten so unbeliebt, dass sie auf Stevens K.-o.-Schlag mit nicht mehr reagierten, als ihren bewusstlos auf dem Deck ausgestreckten Kommandanten stumm vom Boden aufzulesen und mit peinlich berührten Mienen zurück zu seinem Schiff zu bringen.

7

Sie haben sich ja schon wieder für ein Tier geprügelt. Scheint so was wie ein Hobby von Ihnen zu sein.«

»Bisher eigentlich nicht. Aber glauben Sie mir: Auch diesmal hatte ich meine Gründe. Und Sie? Haben Sie Ihren Bericht fertig?«

»Ja, und Fogelman hat ihn heute Morgen auch schon an den Gouverneur weitergeleitet. Mit einem Absatz über Ihre gestern etwas früh abgebrochene Suchaktion, versteht sich. Da unten war gar nichts, was uns irgendwie weiterbringen konnte?«

Sie standen im zweiten Stock des Rathauses von Vero Beach, das dem Polizeirevier schräg gegenüberlag. Mit ihnen hielten sich mehrere kleine Gruppen in der Vorhalle des Versammlungssaals auf, Vertreter verschiedener städtischer und für die Landkreise der Treasure Coast zuständiger Behörden, wie Steven annahm. Die wirklich wichtigen Teilnehmer der kurzfristig anberaumten Sitzung waren jedoch alle schon hinter der hohen Holzflügeltür verschwunden, die ein paar Meter weiter in den Saal führte.

»Nein, ich habe nichts gefunden«, antwortete Steven und sah Jessica schuldbewusst an, die ihre sportlichen Schultern für den Termin in einen dunkelblauen Blazer gezwängt hatte. Der Blazer saß nicht recht und ließ die große Narbe auf ihrer Wange noch brutaler wirken, hob dafür aber ihre auffälligen grünen Augen und die schöne Farbe ihrer Haut hervor. Steven dachte an das Gefühl, dem Ziel seiner Suche ganz nah zu sein, und an das hell aufscheinende weiße Objekt, das er in dem Felsspalt gesehen hatte, schüttelte dann aber den Kopf.

»Nein, da war nichts«, wiederholte er. »Nichts, was uns wirklich weiterhilft.«

Gerade zuckte er ohnmächtig mit den Achseln, da sah er Margery auf sie zukommen. Sie trug ein beigefarbenes Kostüm, das ihren hellen Teint und ihre rotbraunen Haare zur Geltung brachte, und ihre schlanke, auf eleganten braunen Pumps durch den Raum schreitende Gestalt zog sofort die Blicke sämtlicher Männer auf sich. In der Hand hatte sie die heutige Ausgabe der *Port St. Lucie News,* bei denen es Steven wie bei fast allen Zeitungen der Treasure Coast mal wieder in die Schlagzeilen geschafft hatte.

»Was machst *du* denn hier?«, fragte er verwirrt, als sie zu ihnen gestoßen war.

»Der Gouverneur hat Duffy gebeten, noch einen zweiten Experten zu dem Gespräch zu schicken, und da hat er natürlich mich gefragt. Kannst du mir mal sagen, warum du weder auf dem Handy noch über Festnetz zu erreichen bist?«

»Wegen all der Pressefuzzis. Die haben mich zu Tode genervt.«

»Ja, das kann ich mir vorstellen«, sagte Margery, klappte die Zeitung auf und hielt sie sich mit vorwurfsvoller Miene vor die Brust. »Was hat denn das jetzt schon wieder zu bedeuten?«

So viel Ärger sie ihm auch eingebracht hatte, Steven fand die Fotoserie immer noch ganz gelungen. Auf das erste Bild, auf dem er den Pfeil aus dem Kraken entfernte, hätte er verzichten können. Aber das zweite, das mit erstaunlich gutem Timing seinen K.-o.-Treffer festhielt, fand er schon gar nicht so schlecht, und das dritte, auf dem Elkert in seiner schmucken Uniform neben dem Kraken lag und wie dieser sämtliche Glieder von sich streckte, hätte er sich am liebsten zu Hause aufgehängt. Der Text unter den Fotos war allerdings weniger erfreulich. Finch, der natürlich ebenfalls in der Halle wartete, hatte die ganze Sache so hingedreht, als habe Steven den vermeintlichen »Monsterkraken« für die Wissenschaft beansprucht und sei darüber mit dem Kommandanten der Küstenwache in Streit geraten.

»Ach, das ist nichts«, sagte Steven. »Wie in dem Artikel ja dann auch irgendwann steht, ist das natürlich ein ganz normaler Gemeiner Krake. Aber dieser Idiot musste sich unbedingt vor seinen Männern aufspielen.«

»Professor Schuster hat ihm den Kiefer gebrochen«, sagte Sanchez, die offenbar aufgrund von Margerys Rolle in der bevorstehenden Sitzung beschlossen hatte, sich gut mit ihr zu stellen.

»Habe ich?«, fragte Steven erstaunt und blickte auf seine geschwollene Rechte. »Jetzt weiß ich auch, warum meine Hand so weh tut.«
Margery schüttelte den Kopf und sah ihn tadelnd an. »Du weißt ja, was ich von deinen Gewaltausbrüchen halte.«
»Ach, die hat er öfter?«, fragte Jessica interessiert.
»Sie sollten mal seinen Onkel kennenlernen«, sagte Margery trocken, während sie die Zeitung wieder zusammenfaltete. »Der ist wegen irgendwelcher Kneipenschlägereien fast mal in Malaysia gehängt worden.« Dann wandte sie sich erneut an Steven, auch sie jetzt mit ehrlichem Interesse im Gesicht. »Und was hat es nun mit deinem Monsterkraken wirklich auf sich?«
»Es gibt ihn«, antwortete Steven. »Es gibt ihn allem Anschein nach wahrhaftig. Wir haben zwei Tierhändler, die seine Existenz bestätigen können, und einen alten Mann, der ihn den beiden für 3 000 Dollar abgekauft hat und die tollsten Sachen über ihn erzählt. Es scheint sich um so etwas wie eine noch raffiniertere Form des Mimikrykraken zu handeln.«
Margerys Augen blitzten erregt auf. »Tatsächlich? Er ahmt andere Tiere nach?«
»Er kann anscheinend so ziemlich alles nachahmen, was er sieht. *Octopus speculus* hat ihn der alte Herr getauft: Spiegelkrake.«
»Faszinierend«, sagte Margery. »Wo kommt er her?«
»Vermutlich aus der Karibik, oder aus irgendeinem anderen Gewässer vor der südamerikanischen Küste. Die Händler hatten ihn von einem Lieferanten in Caracas.«
»Genauer konntest du das nicht in Erfahrung bringen?«
»Ich hab es offen gesagt noch nicht versucht. Ich war mehr damit beschäftigt, seinen jetzigen Aufenthaltsort zu finden.«
»Aber das hast du nicht?«
»Bisher nicht. Da er nicht nur äußerst wandlungsfähig, sondern auch äußerst schlau zu sein scheint, wird das wahrscheinlich

auch ziemlich schwer. Bei seinem früheren Besitzer hat er einen Gärtner ausgetrickst und ist dann eine drei Meter hohe Wand runtergeklettert. Ich gehe inzwischen relativ fest davon aus, dass er damals tatsächlich dieses arme Kind im Indian River Village ins Wasser gezerrt hat. Und dass er für einige der anderen ungeklärten Todesfälle verantwortlich ist, kann ich mir auch gut vorstellen.«

»Wirklich?«, fragte Margery, schien jedoch mit den Gedanken noch woanders zu sein.

»Ja«, sagte Steven und sah sie eindringlich an. »Deswegen ist es auch wichtig, dass weiter nach ihm gesucht wird. Das mit dem Kerl von der Küstenwache gestern war zugegebenermaßen ziemlich dumm von mir. Er hält das alles für ein Ammenmärchen, und jetzt wird er sich erst recht querstellen. Wir müssen den Gouverneur unbedingt überzeugen, die Suche fortführen zu lassen. Wenn möglich, sogar in noch größerem Stil.«

Der Saalwächter verkündete den baldigen Beginn der Beratung, und die Leute strömten zügig in den Versammlungssaal. Steven redete weiter eindringlich auf Margery ein. »Ich bin im Grunde auch gegen irgendeine riesige Suchaktion. Schließlich habe ich ja gestern gesehen, was dabei rauskommt. Aber es lässt sich nicht weiter guten Gewissens ausschließen, dass bei der ganzen Sache Menschenleben auf dem Spiel stehen, verstehst du? Das Ding könnte tatsächlich so was wie ein Menschenfresser sein.«

»Okay, ich verstehe«, sagte Margery und nickte ihnen beruhigend zu. »Jetzt lasst uns schnell da reingehen. Zu spät zu kommen wirkt unprofessionell.«

Gouverneur Tim Healy war ein beleibter Mittfünfziger, der mit seiner niedrigen Stirn und seinen Wurstfingern auf den ersten Blick etwas plump wirkte, dem man jedoch rasch seinen beweglichen Verstand anmerkte, wenn er den Mund aufmachte.

Er galt als Freund und Förderer der Wissenschaften, und Steven hatte ihn bereits bei der Einweihung des Max-Planck-Instituts für molekulare Visualisierung kennengelernt, dem ersten Ableger des renommierten deutschen Forschungsverbundes in den USA, der auf einem Gelände der Florida Atlantic University in Jupiter eingerichtet worden war. Die Gründung wurde von Florida mit neunzig Millionen Dollar bezuschusst und war Teil von Healys Plan, den Sonnenscheinstaat zu einem führenden Standort der Biotechnologie zu machen. Ob es dem dicken klugen Mann dabei wirklich um die Forschung oder nur ums Geld ging, konnte Steven jedoch nicht genau sagen.
Unter dem heiteren Stadtwappen von Vero Beach, auf dem eine Orange, ein Kranich und ein Segelboot abgebildet waren, saß Healy in der Mitte des Podiums, neben ihm der Bürgermeister, Chief Fogelman und Sheriff Caruso auf der einen Seite, Commander Elkert und der Sheriff des Nachbarcountys auf der anderen. Wie Steven nicht umhin kam zu bemerken, hatte Elkert tatsächlich einen böse geschwollenen Kiefer, der mit einer Art Zahnspange fixiert war und ihn vermutlich daran hindern würde, mündlich an der Sitzung teilzunehmen. Die finsteren Blicke, mit denen er Steven bedachte, sprachen allerdings auch so eine deutliche Sprache.
Der Rest der öffentlichen Vertreter verteilte sich auf beiderseits vom Podium abgehende Tische sowie auf die einfachen Stuhlreihen im hinteren Teil des Saals, wo auch die Presse ihren Platz hatte. Steven, Jessica und Margery hingegen saßen an einem langen Tisch, der dem Podium direkt gegenüberstand. Nach einigen Begrüßungsworten durch den Bürgermeister und einer kurzen Vorstellung der meisten Anwesenden ergriff der Gouverneur das Wort.
»Lieber Herr Bürgermeister«, sagte er in seiner sonoren, in vielen Ansprachen trainierten Bassstimme. »Ich danke Ihnen für

die einführenden Worte und entschuldige mich noch mal in aller Form, dass ich mich hier heute einfach so auf Ihren Platz gesetzt habe. Da ich den Zustand Ihrer Stadtkasse kenne, würde ich das unter normalen Umständen natürlich nie und nimmer tun.«

Fröhliches Gelächter füllte den Saal. Healy lächelte zufrieden, schlug dann jedoch einen ernsteren Ton an.

»Die Umstände sind aber keineswegs normal«, sagte er. »Ich habe hier einen Polizeibericht vor mir, in dem allen Ernstes behauptet wird, ein rätselhaftes Raubtier mache an der Küste von Vero Beach Jagd auf ahnungslose Badende. Daneben liegen mehrere Zeitungsartikel, die vorgeben, diese unglaubliche Behauptung nicht ernst zu nehmen, die dadurch bei der Bevölkerung geschürten Ängste aber durchaus für sich zu nutzen wissen. Der Inhalt des Berichts ist in der Tat so unglaublich, dass ich mich scheue, ihn hier selbst wiederzugeben. Deswegen möchte ich Polizeichef Fogelman bitten, die Beamtin, die für die Ermittlungen in dem Fall verantwortlich ist, das in ihren eigenen Worten tun zu lassen.«

Jessica war das Sprechen vor großen Gruppen natürlich keineswegs so gewohnt wie Healy, und die entstellende Narbe auf ihrer Wange machte es ihr bestimmt nicht leichter. Doch sie wirkte so aufrichtig und überzeugt von ihren Worten, dass nur an zwei, drei Stellen skeptisches Raunen durch den Saal ging. Auch der Gouverneur merkte offenbar, was für einen guten Eindruck die engagierte junge Polizistin auf das Publikum machte, und richtete mit sicherem Politikerinstinkt seine eigene Reaktion danach aus.

»Vielen Dank, Sergeant Sanchez«, sagte er. »Nachdem ich das alles nun von Ihnen persönlich gehört habe, klingt es schon ein wenig überzeugender für mich – und entsprechend beunruhigend. Um ein klareres Bild von der wissenschaftlichen Plausibilität Ihrer Schilderung zu bekommen, würde ich aber auch gerne den von Ihnen zitierten Experten dazu hören. Professor Schuster, wären Sie so freundlich, uns Ihre Sicht der Dinge noch einmal etwas ausführlicher zu erläutern?«

Steven konnte im Grunde nicht mehr tun, als das meiste, was Jessica gesagt hatte, abermals in etwas anderen Worten zu wiederholen. Er bestätigte erneut, dass es bei gewissen Kraken zum normalen Verhalten gehört, auf der Suche nach Nahrung an Land zu kommen, und erwähnte kurz die zweifellos von einem Weichtier stammenden DNA-Spuren, die er im Fall der kleinen Lilian Wilkins am Tatort gefunden hatte. Dann redete er über die wenig bekannte Fähigkeit mancher Kraken, selbst relativ große Raubfische zu überwältigen – oder zumindest deren Angriffe erfolgreich abzuwehren –, und hob die einzigartige Form und Beschaffenheit des Zahns hervor, der ihm und Jessica bei der Untersuchung des Haikadavers in Jensen Beach in die Hände gefallen war.

Er zog die Verbindung zu den Besitzern von *Coolcritters.com*, die neben Farbe und Musterung ja vor allem die an den Armen sitzenden Zähne des aus Südamerika eingeführten Kraken als ungewöhnlich erkannt hatten, und erklärte in dem Zusammenhang, wie der boomende Handel mit exotischen Tieren oft zur Einschleppung von Arten führte, die selbst die Biologie noch nicht kannte. So unbekannt und fremd das betreffende Tier aber auch war, sein von Dr. Trevor Mahew dokumentiertes Verhalten stellte es in eine Reihe mit anderen Tieren seiner Ordnung, besonders dem ähnlich wandlungsfähigen Mimikrykraken – was ihm als Experten auch den letzten Zweifel an seiner Existenz genommen hatte. Wie gefährlich die in die freie Wildbahn geratene Fremdspezies genau war, konnte er nicht sagen. Doch gerade angesichts des anfangs angesprochenen Falles im Indian River Village, bei dem allem Anschein nach ein kleines Kind

Opfer des gefährlichen Raubtiers wurde, durfte man seiner Meinung nach kein Risiko eingehen.
»Sehr geehrter Professor Schuster«, sagte Healy, als Steven fertig war, und ordnete mit gewichtiger Geste seine Papiere neu. »Ich bin natürlich der Letzte, der irgendein Risiko eingehen will, besonders wenn es um das Leben von kleinen Kindern geht. Deswegen habe ich auch sofort alle anderen Termine abgesagt und bin heute persönlich hier erschienen. Allerdings ist mir nicht klar, warum Sie als wichtigstes Argument ausgerechnet die Tragödie mit dem kleinen Mädchen nennen. Denn die äußerst fragwürdige Aussage der einzigen Zeugin damals scheint ja überhaupt erst zu diesen wilden Spekulationen geführt zu haben.«
»Nun, Mr. Governor …«
»Und auch die Besitzer von dem Tierhandel da …« – er sah in seine Unterlagen – »… *Coolcritters.com* haben die Sache auf Nachfrage meiner Mitarbeiter etwas anders dargestellt als Sie und Ms. Sanchez eben. Mr. … Mr. Kevin Haddad sagt, laut tierärztlicher Untersuchung der Zollbehörde vom Flughafen von Miami habe es sich bei dem Tier um einen ganz normalen Kraken gehandelt … *Octopus vulgaris,* was auch in den entsprechenden Unterlagen so vermerkt ist. Auf die Verletzungen seines Geschäftspartners angesprochen, sagte Mr. Haddad, dieser sei sich nicht sicher, womit der Krake sie ihm zugefügt habe. Sie könnte auch von dem Schnabel des Tieres stammen, den ja wohl alle Kraken haben.«
»Nun, der Grund für diese nachträgliche Änderung der Aussage dürfte nicht schwer nachzuvollziehen sein«, erwiderte Steven und nahm das kleine schwarze Büchlein vor sich vom Tisch. »Aber wir haben ja auch die Angaben von Dr. Mahew, der in diesem Journal hier ausführlich beschreibt, wie …«
»Wissen Sie eigentlich, worin Dr. Mahew seinen Doktor gemacht hat, Professor Schuster?«

»Nein, Mr. Governor«, erwiderte Steven etwas überrascht. »Das weiß ich ehrlich gesagt nicht.«

»In Geistigem Heilen, was wohl so etwas wie Handauflegen ist, an einer Universität in Indien.«

»Na ja«, sagte Steven und ließ das kleine schwarze Büchlein leicht in der Hand wippen. »Das heißt ja nicht …«

»Nein, das heißt nicht, dass er sich das alles ausgedacht hat. Trotzdem wäre mir nicht wohl dabei, eine offizielle Suche nach einem Monsterkraken allein von seiner Aussage abhängig zu machen. Nun ist es aber so, dass Mr. Mahew seinen entflohenen Kraken gar nicht für ein Monster hält. Er hat meinen Mitarbeitern gesagt, seiner Ansicht nach sei es absolut undenkbar, dass das Tier jemandem etwas zuleide tue – es sei ja schließlich nur ein Krake. Und von den gefährlichen Zähnen an seinen Armen hat er auch nichts gesehen. Obwohl er es ja einen Monat lang fast täglich genau beobachtet hat.«

»Er war anscheinend klug genug, nicht den Arm zu dem Kraken ins Wasser zu stecken«, sagte Steven. »Deswegen hat dieser ihm seine Zähne sozusagen … nicht gezeigt.«

»Ich weiß nicht, ob das hier der richtige Rahmen für lockere Scherze ist, Professor Schuster. Sie mögen ja an Ihrem Institut nicht viel davon mitbekommen, aber der Region hier unten geht es momentan nicht besonders gut. Die Immobilienkrise hat dafür gesorgt, dass jede Menge Häuser leer stehen, und die Finanzkrise dafür, dass die Touristen wegbleiben. Dabei hat es die Treasure Coast in dieser Hinsicht sowieso schon schwer genug, gegen bekanntere Orte wie Miami und West Palm Beach zu bestehen. Und jetzt kommen Sie und behaupten, es gebe hier nicht nur Alligatoren in den Kanälen und Haie im Meer, sondern auch noch einen unsichtbaren Mörderkraken, der praktisch überall auftauchen kann, wo man gerade den Fuß ins Wasser setzt. Für die Presse – der ich bei dieser Gelegenheit noch einmal mit Nachdruck ins Gewissen reden will – ist die Sache natürlich ein gefundenes Fressen. Und von mir verlangen Sie nun, dass ich dieser Geschichte, die für jeden halbwegs normal denkenden Menschen ja vollkommen verrückt klingt, auch noch mein offizielles Siegel aufdrücke.«

»Ich war anfangs auch skeptisch, Mr. Governor, Sir. Aber ...«

»Der Zahn, der da vor ihnen auf dem Tisch liegt: Ist das der einzige konkrete Beweis für die Existenz dieses Tieres, den Sie mir vorlegen können?«

Steven blickte kurz auf das angesprochene Objekt nieder und dachte einen Moment nach. »Nun, wenn Sie von konkreten *materiellen* Beweisen sprechen, dann leider ja. Dr. ... oder Mr. Mahew hat unglücklicherweise versäumt, Aufnahmen von dem Kraken zu machen, und ein Foto, das es bei dem Tierhandel gab, ist durch einen EDV-Schaden zerstört worden.«

»Der Hai, von dem in Ms. Sanchez' Bericht die Rede ist«, sagte Healy mit erneutem Blick in seine Papiere. »Ist wenigstens der noch da, so dass man sich ein Bild von den Verletzungen machen kann, die dieses Weichtier angeblich anzurichten in der Lage ist?«

»Nein, leider nicht«, antwortete Steven zerknirscht. »Als mich Ms. Sanchez bat, den Hai zu begutachten, stand ich der Angelegenheit noch ebenso ungläubig gegenüber wie Sie.«

»Also bleibt wirklich nur dieser Zahn. Allein auf diesen einen kleinen Zahn kann ich also meine Entscheidung stützen.«

»Wenn Sie all die anderen Informationen, die Sergeant Sanchez und ich zusammengetragen haben, durchaus nicht gelten lassen wollen, dann ...«

»Und ihre eigene wissenschaftliche Bewertung dieses Zahns stützt sich, wie Sie selbst eben in Ihrem Vortrag erklärt haben, auf die von Professor Margery Durham, die heute als zweite wissenschaftliche Gutachterin dieser Beratung beiwohnt.«

Healy richtete den Blick auf Margery, die links neben Steven saß, und nickte ihr höflich zu. Steven streckte die Hand in ihre Richtung und fasste wieder ein wenig Hoffnung: »Ja, Mr. Governor, meine Bewertung stützt sich auf ihre morphologische und molekulare Analyse. Sie ist eine Expertin auf dem Gebiet, vermutlich sogar die führende Expertin für die taxonomische Einordnung von Tintenfischzähnen überhaupt.«

Margery erhob sich und nickte kurz ringsum in den Saal. Healy sah sie mit der gleichen Mischung aus Wohlwollen, Ehrfurcht und Begehren an, mit der sie praktisch alle Männer ansahen.

»Sehr geehrte Frau Professor Durham«, sagte er. »Ihr Name und auch der Ihrer Familie ist mir durchaus ein Begriff, und ich habe Sie bereits bei mehreren offiziellen Anlässen als hochkompetente Vertreterin Ihres Fachgebiets kennengelernt. Auch Professor Egmont Duffy, der Dekan der Florida Atlantic University, spricht in den höchsten Tönen von Ihnen. Deswegen möchte ich die schwierige Entscheidung, die ich zu treffen habe, gerne von Ihrem Urteil abhängig machen. Gehört der Zahn dort auf dem Tisch Ihrer Meinung nach zu dem gefährlichen Untier, das Officer Sanchez und Professor Schuster uns eben beschrieben haben?«

Im Saal trat vollkommene Stille ein. Niemand rutschte mehr auf seinem Sitz herum, niemand raschelte mehr mit Unterlagen. Auch das Tippen der Protokollantin verstummte, und alle schienen gebannt den Atem anzuhalten. Steven sah Margery an, dann Jessica, die mit angespannter Miene zu Margery aufblickte – und fühlte sich plötzlich mit einer bösen Vorahnung an die Situation vor einer Woche in Chief Fogelmans Büro erinnert, als dieser ihn auf ganz ähnliche Weise zum Zünglein an der Waage gemacht hatte.

»Nein, tut er nicht«, antwortete Margery denn auch, gerade so wie er seinerzeit. »Jedenfalls nicht zwingend. Er ist schon außergewöhnlich, aber ob wirklich so außergewöhnlich, wie es hier nahegelegt wurde, könnte ich erst nach einer wesentlich eingehenderen Analyse sagen. Selbst das daraus folgende Ergebnis wäre allerdings immer noch ziemlich spekulativ, und keineswegs als unumstößliches wissenschaftliches Faktum zu werten.«

»Was in aller Welt, Margery!«, zischte Steven wütend, nachdem die Beratung beendet war und er mit ihr und Jessica wieder in der Vorhalle stand. »Was hat dich dazu gebracht, uns dermaßen in den Rücken zu fallen?«

»Ich habe dir gleich gesagt, dass ich nicht einfach so meinen Namen unter diese Geschichte setzen würde.«

»Ja, aber ich habe dir doch erklärt, dass es dieses Ding wirklich gibt. Und dass es möglicherweise sehr gefährlich ist.«

»Es fällt vermutlich gerade in diesem Moment wieder irgendeinen nichtsahnenden Schwimmer an«, sagte Jessica und zeigte wütend auf die Fensterfront. Von ihrer vorherigen Freundlichkeit Margery gegenüber war nichts mehr zu bemerken. »Haben Sie überhaupt keinen Funken Verantwortungsgefühl im Leib?«

»Was glauben Sie denn, was bei einer anderen Antwort geschehen wäre?«, fragte Margery sie in ihrer kühlen ruhigen Art. »Dass man sämtliche Strände gesperrt hätte? Hier in Florida? Nie im Leben. Und gewarnt sind die Leute ja im Grunde auch schon durch die Zeitungsberichte.«

»Die werden sie jetzt nicht mehr ernst nehmen! Jetzt machen sich diese Presseheinis da wieder über alles lustig, und auf die Idee, ernsthaft vorsichtig zu sein, kommt letztlich niemand.«

Die anderen Teilnehmer der Sitzung strömten zügig aus dem Saal. Auch Chief Fogelman und der Gouverneur waren bereits wieder verschwunden. Nur Finch lungerte noch neben der Tür herum – und schoss heimlich Fotos von ihnen.

»Gehen Sie mit Ihrer Scheißkamera weg, sonst mach ich Schrott draus«, rief Steven ihm zornig zu. Doch anders als Elkert gestern brauchte der dürre kleine Journalist keine zwei Dutzend Untergebene im Rücken, um eine dicke Lippe zu riskieren.

»Kommen Sie nur her«, rief er zurück. »Nützt alles der Story. Ich habe Ihnen ja gesagt, dass Sie mich nicht mehr loswerden.«

»Hör mal«, sagte Margery zu Steven, ohne sich weiter um Jessica oder Finch zu kümmern. »Du hast doch selbst gesagt, dass dieser Krake nicht leicht zu finden sein wird. Die Suche gestern wurde nach einer Stunde abgebrochen. Die nächste würde unter dem Druck der Medien bestimmt nicht viel länger dauern. Wenn wir wollen, dass man wirklich ernsthaft nach dieser Fremdspezies sucht, dann müssen wir handfeste Beweise dafür vorlegen, dass es sie tatsächlich gibt.«

»Und wie sollen wir das deiner Meinung nach tun?«, fragte Steven und hielt vorwurfsvoll den Zahn hoch, mit dem er nach seiner Niederlage wortlos wieder aus dem Saal gegangen war. »Unseren einzigen handfesten Beweis hast du eben mehr oder weniger wertlos gemacht.«

»Wir müssen nach Südamerika«, sagte Margery mit einem verwegenen Funkeln in den Augen. »Wir müssen nach Caracas.«

»Wie bitte?«

»Wir müssen dahin, wo dieses Tier herkommt. Dahin, wo bereits jemand eins gefangen hat und uns sagen kann, wie man das anstellt. Wir müssen ein Exemplar dieser Spezies fangen und hierher nach Vero Beach bringen. Dann kann niemand mehr so tun, als gebe es da draußen kein Monster.«

»Aber das ist doch … das ist doch …«

Steven wusste nicht, was er sagen sollte. Dann begriff er jedoch plötzlich. Er hielt den Zahn vor Margerys Gesicht und sah ihr wutentbrannt in die Augen.

»Deswegen hast du da eben diese Show abgezogen! Weil du weißt, dass man nur wirklich als Entdecker einer Spezies gilt, wenn man sie in ihrem natürlichen Lebensraum beschreibt.«

»Ja, genau wie du den *Octopus mimicus.* Genau so eine Entdeckung möchte ich auch machen. Nur ein paar Nummern größer.«

»Und deswegen willst du hier die Leute ihrem Schicksal überlassen und stattdessen nach Südamerika fahren. Das ist doch … das ist doch wirklich …«

»Das ist gar keine so schlechte Idee«, sagte Jessica plötzlich. Steven sah sie verdutzt an.

»Wie bitte?«, fragte er dann entrüstet. »Sie schlagen sich auf ihre Seite? Bin ich denn der Einzige, der hier noch halbwegs bei Verstand ist? Begreifen Sie denn nicht, dass sie uns eben da drin fürchterlich aufs Kreuz gelegt hat?«

»Ja, das hat sie, und die möglichen Folgen ihres Handelns wird sie mit ihrem Gewissen ausmachen müssen«, erwiderte Sanchez, die jetzt beinah genauso aufreizend ruhig und kontrolliert sprach wie Margery. »Aber die Idee ist trotzdem gut. Sie haben nun schon zweimal nach dem Kraken gesucht und sind jedes Mal mit leeren Händen zurückgekehrt. Wir gehen nach Südamerika und holen uns so ein Monster, dann kann niemand mehr so tun, als gebe es so etwas nicht. Und was noch besser ist: Bis es gefunden ist, wagt sich dann auch niemand mehr ins Wasser.«

Margery war diese unerwartete Unterstützung offensichtlich willkommen; Jessica als potenzielle Expeditionspartnerin aber anscheinend weniger.

»Ich bin froh, dass Sie die Vernünftigkeit meines Vorschlags einsehen«, sagte sie. »Aber die Durchführung sollten Sie dann doch lieber Professor Schuster und mir überlassen. Wir haben Erfahrung mit Forschungsreisen in fremde Länder.«

»Na, dann wissen Sie ja wahrscheinlich auch, wie viel besser man sich in einem Land zurechtfindet, wenn man die Sprache spricht. Oder ist Ihr Spanisch so gut, dass Sie sich problemlos in ganz Südamerika damit verständigen können?«

Nein, das war es nicht. Die Bediensteten im Hause Durham entstammten traditionell osteuropäischen Einwandererschichten – ein Umstand, den Margery angesichts ihres heutigen Lebens im von spanischstämmigen Einwanderern dominierten Florida oft genug beklagt hatte. Die zwei Frauen sahen sich mit eisigem Blick an, und obwohl Steven allmählich selbst Gefallen an Margerys Idee fand, kamen ihm bei der Aussicht, mit den beiden gemeinsam eine längere Reise anzutreten, doch wieder Zweifel.

»Aber Duffy wird mich wahrscheinlich auch so schon feuern«, sagte er, obwohl ihm bewusst war, wie kleinlich dieses Argument angesichts dessen klang, was bei der Reise auf dem Spiel stand. »Wenn ich ihm sage, dass ich mitten in der Vorlesungszeit weg will, um diesem ominösen Monstrum hinterherzujagen, dann wartet er damit nicht mal, bis das Semester fertig ist.«

»Keine Angst«, sagte Margery und wandte sich mit einem gerissenen Lächeln wieder Steven zu – was wohl bedeutete, dass sie Jessica als Reisepartnerin akzeptierte. »Dem verkaufe ich die Sache schon so, dass er sie schluckt. Und wenn er dafür kein Geld rausrücken will, dann bezahl ich die Expedition einfach aus eigener Tasche.«

TEIL IV

Die vergessene Welt

Plötzlich ertönt der wache Gesang des Bergvogels Tucuso. Der Affe Obiubis schreit. In der Ferne hört man das Trappen einer Tapirherde, die vor dem Tiger flieht. Man hört die tausend Geräusche der nachtwandelnden Tiere. Und alle werden sie erstickt von dem ungeheuren Stöhnen eines stürzenden Baumes in meilenweiter Entfernung; und wenn die schwarzen Abgründe des Echos sich schließen, ist der Urwald wieder in Schweigen versunken. Jetzt ist es eine sonderbare, angsterregende Stille, tief und vollkommen für das Ohr der menschlichen Eindringlinge. Aber die Indios mit ihren geschärften Sinnen und ihren Erfahrungen in dieser Welt verharren, wenn dies plötzliche Verstummen eintritt, in Aufmerksamkeit und Erwartung: Canaima! Der Böswillige, der finstere Gott der Guaicas und Maquiritares, die wütende Gottheit, das Prinzip des Bösen und die Ursache allen Übels, der Cajuña, dem Guten, die Welt streitig macht. Das Dämonische ohne Form und fähig, jedwede äußere Erscheinung anzunehmen, der alte, in Amerika zu neuem Leben erweckte Ahriman.

RÓMULO GALLEGOS, *Canaima*

1

Pater Miguel sah auf seine Uhr. Es handelte sich um die gleiche billige blaue Digitaluhr, die er auch all seinen Schäfchen geschenkt hatte, und ihr hohes Piepsen meldete, dass es

10:30 Uhr war. Egal wo sie sich gerade befanden – ob beim Fischen, bei der Bananenernte, auf der Jagd –, die Mitglieder seiner Gemeinde würden sich jetzt zur Messe aufmachen oder wenigstens ein schlechtes Gewissen bekommen, wenn sie es nicht taten. Der alte Pater Ignacio, der die Messe in Pater Miguels Abwesenheit hielt, hatte sich über dieses moderne technische Hilfsmittel lustig gemacht und es in seiner üblichen zynischen Art mit den elektronischen Fußfesseln verglichen, die in den USA zur Überwachung von Verbrechern verwendet wurden. Doch der Klang der Uhren reichte weiter als jener der verrosteten alten Triangel, mit der Pater Ignacio zuvor zum Gottesdienst gerufen hatte. Ja, sogar eine richtige Glocke – wenn sie diese und die dazugehörige Kirche endlich besitzen würden – könnte in dem Punkt nicht mit den Uhren mithalten, und auf die Eingeborenen übten sie dazu noch einen nützlichen Zauber aus.

Pater Miguel predigte ihnen schließlich ständig, Gott sei immer bei ihnen. Das Piepsen, das sie überall hin begleitete, schien diese Aussage wenigstens im Prinzip zu bestätigen.

Da sie ihn für so etwas wie einen Schamanen hielten, hüteten sich die Eingeborenen normalerweise auch, an den Uhren herumzufummeln. Ob allerdings jener, mit dem Pater Miguel an diesem abgelegenen Ort verabredet war, das Geschenk mit der gleichen Ehrfurcht behandelte, wusste der Pater nicht. Er hatte dem geschäftstüchtigen jungen Kerl den Alarm so eingestellt, dass er eigentlich schon im Laufe des gestrigen Tages an diesem Strand hätte erscheinen sollen. Doch bisher war er noch nicht aufgetaucht.

Obwohl es ihn auf angenehme Weise an das Missionsdorf und die liturgische Zusammenkunft erinnerte, die dort gleich stattfinden würde, schaltete Pater Miguel das Piepsen schließlich aus. Zum hundertsten Mal drehte er sich nach dem dichten, hier und da von einer Palme überragten Buschwerk um, das den Strand säumte. Dann änderte er leicht seine Sitzposition im Sand und blickte wieder auf das grünblaue Wasser hinaus, das vor ihm in der Morgensonne glitzerte. Ursprünglich aus Guatemala, war er mittlerweile lange genug im venezolanischen Missionszweig des Kapuzinerordens tätig, um schon alle möglichen gottverlassenen Orte in dem großen, an solchen Orten nicht eben armen Land gesehen zu haben. Doch dieser kam ihm aus irgendeinem Grund wie der gottverlassenste von allen vor. Hatte es mit dieser unnatürlichen Stille zu tun, die hier selbst am Tag über allem zu liegen schien? Oder bildete er sich diese Stille nur ein, weil er die Stimmen und vielfältigen Geräusche des Missionsdorfes gewohnt war?

Er sah auf die reiche Auswahl an Tauschobjekten hinab, die neben ihm auf einem alten Tuch ausgebreitet waren. Nützliche Dinge wie Angelhaken, Feuerzeuge und zwei kleine Blechkochtöpfe. Aber auch Halsketten, Armreife und anderer Tand – bunt wie die Federn der Aras, mit denen sich die Eingeborenen so gerne schmückten.

»Der Handlungsreisende macht sich wieder auf den Weg«, hatte bei seinem Aufbruch Pater Ignacio gesagt, der die gleiche unausgegorene Haltung zu Geld und Wirtschaftsdingen hatte wie alle verbitterten Idealisten. Auch nach vierzig Jahren im Missionarsdienst schien er sich immer noch nicht eingestehen zu wollen, wie groß die Rolle war, die der Handel und das Bedürfnis nach solchen lebenerleichternden Produkten bei der Bekehrung der Eingeborenen spielten.

Ich hingegen weiß das sehr wohl, dachte Pater Miguel, nahm die ebenfalls auf dem Tuch liegende alte Machete in die Hand und fuhr nachdenklich mit dem Daumen über die Klinge. Oder war er vielleicht tatsächlich auch ein wenig wegen der guten Geschäfte gekommen, die hier draußen auf ihn warteten?

Der Stamm hatte ihn noch unfreundlicher empfangen als die kriegerischsten Yanomami und sich trotz seiner großzügigen Begrüßungsgeschenke geweigert, ihn auch nur für eine Nacht bei sich aufzunehmen. Selbst dass er den seltsamen Dialekt der Eingeborenen halbwegs radebrechen konnte, der mit dem der Indianer in seinem Dorf nur entfernt verwandt war, hatte ihn bei den feindseligen Burschen nicht wirklich weitergebracht. Schließlich musste er seine Niederlage einsehen und ohne den kleinsten Erfolg wieder von dannen ziehen – Pater Ignacio hatte ihn ja gewarnt, dass sich die anstrengende Reise nicht lohnen würde und er froh sein könnte, wenn er mit dem Leben davonkam. Dann jedoch war ihm der junge Akuli gefolgt, bei dem es sich seinen eigenen Angaben nach sogar um den Sohn des Häuptlings handelte, und der Grundstein für ihre inzwischen schon mehr als ein Jahr währende Geschäftsbeziehung war gelegt worden.

Kontakt zu einem noch vollkommen unberührten, dem Wort Gottes ganz und gar jungfräulich gegenüberstehenden Eingeborenenstamm – Pater Miguel hatte sich zunächst einfach nur gefreut, dass dieser heimliche Traum eines jeden Missionars für ihn in Erfüllung ging. Dann jedoch hatte er für die Schnitzereien und sogar für das lebendige Tier, das ihm Akuli bei ihrem zweiten Treffen anvertraute, erstaunlich hohe Preise bei den fahrenden Händlern erzielt, und ein weiterer, stärker der Welt verhafteter Grund war hinzugekommen, warum er den jungen Häuptlingssohn zu regelmäßigen Treffen drängte.

Aber auch seine »Geschäftsreisen« machte er ja im Namen des Glaubens, sagte sich Pater Miguel trotzig. Wie sonst sollte er engere Beziehungen zu diesen armen, unbekehrten Heiden aufbauen? Und wenn nebenbei tatsächlich genug Geld für eine neue Kirche heraussprang, dann war das doch ebenfalls in Gottes Sinne.

Ein stilles Lächeln stahl sich auf seine Lippen bei dem Gedanken, wie der reine, volle Klang der Kirchturmglocke bald das kümmerliche Piepsen der Digitaluhren übertönen würde – zumindest in unmittelbarer Umgebung des Dorfes. Und als er im nächsten Moment endlich das langersehnte Rascheln hinter sich hörte, sprang er voll freudiger Erwartung von seinem Platz im Sand auf.

Akuli war aus dem Buschwerk getreten. Mit seiner dunklen Haut und seinem breiten Gesicht sah er kaum anders aus als andere Eingeborene der Region, machte jedoch heute einen ungewohnt nervösen Eindruck. Pater Miguel glaubte zuerst, das läge an der Machete, die er ohne jeden Hintergedanken immer noch in der Hand hielt. Dann jedoch erkannte er die gelb und purpurn verfärbte Schwellung an der Wange des Eingeborenen. Und mit einem tiefen Gefühl der Verlorenheit wurde er sich plötzlich wieder der unheimlichen Stille bewusst, die ihn schon mehr oder weniger seit seiner Ankunft an diesem entlegenen Ort quälte.

Erneut raschelte es, und ein halbes Dutzend weitere Indianer kamen aus den Büschen hervor. Alle trugen eine seltsame Bemalung – lange, sich um den Körper windende Streifen mit Kreisen dazwischen, vermutlich eine Art Kriegsbemalung –, und der Häuptling, den Pater Miguel an der ausrasierten Stirn erkannte, hatte Akulis blaue Uhr am Handgelenk. Die Frauen und alten Männer des Stammes hätten Angst vor Fremden, hatte der junge Eingeborene damals erklärt, als er ihm hinterhergekommen war. Deswegen sollten sie ihren Handel fürs Erste lieber abseits des Dorfes treiben.

»Seid gegrüßt«, sagte Pater Miguel in zittrigem Pemon und legte die Machete behutsam neben sich auf den Boden. »Ich bin als Freund gekommen.«

Doch als Antwort hob einer der Männer nur sein Blasrohr und legte auf ihn an.

Als Pater Miguel wieder zu sich kam, war es Nacht, und er lag an einem anderen Ufer im Sand. Als habe er irgendeine religiöse Handlung auszuführen, hatte man ihm die schwarze Priestersoutane angezogen, die er auf jede Reise mitnahm, und im hellen Schein von Fackeln stieg vor ihm etwas aus dem Wasser, was er selbst in seinem benommenen Zustand noch als den fleischgewordenen Gott der andächtig zuschauenden Eingeborenen um sich herum erkannte. Er war leibhaftiger und furchteinflößender als jedes allgegenwärtige Piepsen und jeder noch so volle Glockenklang es jemals sein konnten – und Pater Miguel hatte die schreckliche Sünde begangen, Handel mit ihm zu treiben. Gegen eine bunte Kette und zwei Feuerzeuge hatte er ihn eingetauscht, um mit dem Gewinn, den er mit ihm erzielte, die Macht seines eigenen, unsichtbaren Gottes zu vergrößern.

2

Sie fuhren auf dem braunen Wasser des Rio Caroni flussaufwärts. Ihr Boot war lang und schmal wie einer der Einbäume, welche die Indios aus Holzstämmen schnitzten, jedoch aus Aluminium, und hinten am Motor saß ein schnurrbärtiger Mestize. Direkt vor ihm auf der ersten Querbank saß Steven, dann kam eine gut verschlossene Plastiktonne mit Gepäck, auf der nächsten Bank Margery, danach eine weitere Tonne und ganz vorne Jessica. Seit zwei Tagen waren sie jetzt auf dem großen Fluss unterwegs, der die Farbe, aber auch die Klarheit von dünnem Tee hatte. Je weiter sie jedoch zum eintönigen Geheul des Außenborders in den Urwald vordrangen, umso unzufriedener wurde Steven mit ihrer Reise.

Ziemlich genau eine Woche war es inzwischen her, dass Margery sie im Rathaus von Vero Beach dazu überredet hatte. Bereits am übernächsten Morgen waren sie von Miami aus nach Caracas geflogen, und wie Jessica vorausgesagt hatte, bemühte sich der Lieferant von *Coolcritters.com* erst dann ernsthaft darum, die Herkunft des »grünen Kraken« festzustellen, als sie persönlich in seinem Büro standen.

Steven hatte sich bereits gewundert, als der Mann ihnen sagte, das Tier sei nicht von den Galapagosinseln und auch nicht von den Antillen zu ihm gekommen, sondern mit dem Flugzeug aus Ciudad Guayana, einer mehr als zweihundert Kilometer im Inland gelegenen Regionalmetropole an den Ufern des Orinoko. Erst recht gewundert hatte er sich jedoch, als sie von dem kleineren Zulieferer dort, der sich ebenfalls gut an den Kraken erinnern konnte, nicht den Orinoko hinab Richtung Küste geschickt wurden, sondern noch tiefer landeinwärts.

Mit einer klapprigen Cessna waren sie mitten ins Hochland von Guayana hineingeflogen, das mit seinen Tafelbergen, Wasserfällen und dschungelgesäumten Flüssen praktisch den gesamten Südosten Venezuelas einnahm. Sie landeten in Canaima, einem ehemaligen Indiodorf, das heute als Hauptanlaufstelle für Touristen diente, die sich den Salto Angel ansehen wollten – den höchsten Wasserfall der Welt, der sich ein paar Kilometer weiter von einem Tafelberg, den die Einheimischen »Haus der bösen Geister« nannten, beinah tausend Meter in die Tiefe stürzte. Laut dem zweiten Zulieferer sollte in diesem Canaima ein gewisser Pedro zu finden sein: eine Art fahrender Händler, der sich auf die Beschaffung der vielen einzigartigen Tiere spezialisiert hatte, die in den Dschungeln des Hochlands und besonders auf den von der Umwelt isolierten Tafelbergen lebten. In der Bar der größten Hotelanlage vor Ort fanden sie einen Piloten, der regelmäßig Transporte für Pedro flog, und wie Steven beinah schon erwartet hatte, schickte dieser sie dem Händler hinterher noch tiefer ins Hochland hinein.

So gondelten sie nun also auf den teefarbenen Wassern des mächtigen Rio Caroni entlang, eines Schwarzwasserflusses, der sich bis zur brasilianischen Grenze schlängelte. Laut Fermín, ihrem Fahrer, hatten sie Glück mit der Jahreszeit: Jetzt Ende November waren die herbstlichen Regenfälle gerade so weit abgeflaut, dass die Stromschnellen des Flusses wieder einigermaßen passierbar waren, aber auch noch nicht so weit trockengefallen, dass sie das Boot um sie herum tragen mussten. Doch mit diesem »Glück« konnte Steven nicht viel anfangen: Pazifik, Karibik, Atlantik – mit einer Weiterreise in jede erdenkliche Richtung hatte er gerechnet, mit einer Dschungelexpedition jedoch auf keinen Fall. Einmal mehr schüttelte er beim Anblick eines rot über dem Urwald aufragenden Tafelbergs missmutig den Kopf und rief dann mit lauter Stimme gegen den Motorenlärm an.

»Also, ich weiß nicht! Für mich ergibt das alles nicht viel Sinn!«

»Ja, ich weiß, was du meinst!«, rief Margery zurück und wandte sich mit ihrer Baseballkappe und Sonnenbrille dann wieder nach vorne. »Jessica, sind Sie wirklich sicher, dass Sie den Händler in Ciudad Guayana richtig verstanden haben?«

Jessica drehte sich um. Auch sie trug eine Baseballkappe, aber ansonsten wirkte sie auf Steven so heimisch in der neuen Umgebung, als hätte sie nie woanders gelebt. Sie wusste genau, wie man mit den eitlen Latinogockeln umgehen musste, die man hier in fast jeder mit etwas Autorität verbundenen Positionen antraf, wann Bestechung nötig war, wann ein bisschen Freundlichkeit genügte, und mit dem Piloten in Canaima hatte sie so heftig geflirtet, dass es Steven geradezu die Laune verdarb. Auch hier im Urwald fühlte sie sich offenbar pudelwohl – das satte Grün der Pflanzen brachte ihre Augen genauso zum Leuchten wie die grünen Aquarien damals in Stevens Labor –, und selbst Margerys provozierende Frage konnte sie nicht aus ihrer gelassenen Stimmung bringen.

»Ja, ganz sicher«, antwortete sie unbekümmert und freundlich. »Pedro sei unser Mann, hat er gesagt. Pedro der Portugiese, und so nennen ihn hier auch die ganzen Caboclos. Die Indianer sagen, er sei der Mann, der die Tiere kauft, und davon gibt es auf dem Fluss anscheinend nur einen.«

»El proximo pueblo«, sagte Fermín plötzlich, tippte Steven auf die Schulter und zeigte auf einen Steg, der weiter vorne aus dem Ufergrün ragte. »Es un pueblo de garimpeiros.«

Es war bereits das zweite Goldgräberdorf, auf das sie stießen: nicht mehr als eine staubige Straße mit ein paar wackligen Holzschuppen rechts und links, in denen Glücksritter jeder Couleur spielten, tranken und sich auf andere Weise von der anstrengenden Arbeit in ihren illegalen Schürfgruben erholten. Genauso wenig wie diese durfte es eigentlich solche Dörfer in dem unter Naturschutz stehenden Gebiet geben. Doch ihnen waren sie im Grunde lieber als die häufiger am Ufer auftauchenden Indiodörfer, in denen hauptsächlich Indianer vom Stamme der Pemon lebten. Denn hier konnte nicht nur Fermín nach Pedro fragen, sondern auch sie selbst konnten endlich mal wieder eine aktive Rolle bei ihrer Suche spielen.

Die Antworten blieben jedoch dieselben. Zwar kannte man den fahrenden Händler, aber wann er zum letzten Mal in dem Dorf haltgemacht hatte und in welche Richtung er weitergereist war, wusste nie jemand genau. Erkundigten sie sich nach einem »pulpo verde«, sahen die Leute sie genauso verständnislos an, wie sie es in jedem Kaff des Mittleren Westens getan hätten. Während er von einem zahnlosen Abenteurer zum nächsten zog, merkte Steven, wie er immer ungeduldiger wurde. Und als sie schließlich einmal mehr mit leeren Händen zum Boot zurückkehrten, bog er in eine große Wellblechhütte ein, die offensichtlich so etwas wie den örtlichen Supermarkt darstellte.

»Ich besorge mir jetzt ein Sixpack«, verkündete er in grimmigem Ton. »Wenn ich schon meine Zeit verschwende, dann kann ich mich wenigstens ein bisschen dabei amüsieren.«

»Warte, ich komme mit«, sagte Margery. »Vielleicht haben die eine Cola light.«

»Und ich brauche noch irgendwas für meine Großmutter«, erklärte plötzlich auch Jessica. »Egal, was ich hier mache: Wenn ich ihr nichts mitbringe, ist sie stocksauer.«

Mit dem seltsamen Gefühl, dass sich ihre Expedition nun endgültig in eine Art Urlaubsausflug verwandelt hatte, betrat Steven den Laden und ging geradewegs zur Eisbox. Er fand nur einen Karton mit achtzehn Flaschen. Doch da es sich um die winzigen Miniflaschen handelte, die hier jeder trank, weil das Bier bei der Hitze so schnell warm wurde, kam ihm das nicht übertrieben vor.

In der anderen Ecke des Schuppens stand ein großer Tisch mit landestypischen Arzneimitteln: in Einmachgläser und Limoflaschen abgefüllte Wurzeln und Kräutersude, über denen eine grausige Auswahl an mumifizierten Faultierköpfen, abgehackten Gürteltierklauen und getrockneten Schlangen von der Decke hing. Margery, die ja selbst sozusagen eine Kräuterhexe der Meere war, ging das Sortiment mit aufmerksamem Blick durch. Jessica jedoch interessierte sich mehr für die seltsame Parade von Heiligenfiguren, die auf einem kleineren Tisch weiter rechts aufgebaut war.

Steven war schon an den Straßenständen in Caracas aufgefallen, dass Jesus und Maria keineswegs die beliebtesten Heiligen des Landes zu sein schienen. Noch weit bessere Geschäfte machten die Devotionalienhändler offenbar mit einem ernst blickenden Mann mit Hut und Schnurrbart, der mal einen weißen Kittel, mal einen eleganten schwarzen Anzug trug. Auch ein uniformierter Kreole, ein hünenhafter Indiohäuptling und der südamerikanische Nationalheld Simon Bolivar fehlten an keinem Stand. Die seltsamste Heilige war jedoch eine nackte Frau, die auf einem Tapir ritt – und bei der es sich laut Margerys Auskunft sogar um die heimliche Herrscherin über die venezolanische Götterwelt handelte.

Die vollbusige, breitbeinig auf dem lustigen Huftier sitzende Schönheit war natürlich auch hier vertreten, und Steven nahm eine der Figuren vom Tisch und fragte sich, ob sie nicht ein gutes Mitbringsel für den guten alten Onkel Jack abgeben würde. Dann bemerkte er jedoch die strahlend grünen Augen, die man der kleinen Plastikfigur aufgemalt hatte, auch dass sie mit ihrem athletischen Körper und ihrem schwarzen Haar überhaupt ziemlich stark Jessica ähnelte, und stellte sie rasch zurück. Überrascht von seiner eigenen Verlegenheit, schielte er unauffällig zu der jungen Polizistin hinüber, erkannte jedoch erleichtert, dass sie selbst voll und ganz in die Begutachtung eines Objekts vertieft war, das sie auf dem Tisch gefunden hatte. Es handelte sich um eine Art Dolch, der ganz aus dunklem Holz geschnitzt war. Er wirkte etwas zu groß und unhandlich, um wirklich als Waffe eingesetzt zu werden, und Steven fiel sofort der mächtige Widerhaken ins Auge, der von der Spitze der massiven hölzernen Klinge abstand. Jessica hingegen schien sich mehr für die verschlungenen Schnitzereien zu interessieren, mit denen der Griff des Messers versehen war.

Steven wollte gerade zu ihr hinübergehen, um das kunstvoll gestaltete Objekt selbst besser betrachten zu können. Doch da streckte sie es ihm schon mit dem Griff zuerst entgegen. »Sehen Sie doch«, sagte sie aufgeregt. »Sehen Sie sich doch mal diese Verzierungen an.«

Sie standen im schattigen Rückraum des großen Bretterverschlags, und in dem schlechten Licht hatte Steven zunächst Schwierigkeiten, zu erkennen, worauf Jessica hinauswollte. Sofort sah er, dass der Griff mit reliefartigen Figuren verziert war. Er erkannte einen Tapir, ähnlich dem, auf dem das göttliche Busenwunder ritt, ein Krokodil, einen Flussdelfin und einen Jaguar, bei genauerem Hinsehen auch einen Fischotter, einen Hirsch – und einen Indio. Sämtliche Bewohner der hiesigen Urwälder schienen auf dem Griff versammelt zu sein, und darüber liefen die gewundenen Körper großer Schlangen.

Als Steven sich den dicken Knauf des Griffs genau ansah, machte er jedoch eine verblüffende Entdeckung: Die Schlangen waren gar keine Schlangen, sondern Arme. Sie gingen von dem runden, glubschäugigen Körper eines Kraken aus.

»Mein Gott«, flüsterte er und stellte seinen Bierkarton auf dem Tisch ab, um den Griff besser in das spärliche Licht halten zu können, das durch die Bretterwand fiel. »Das ist ja … das ist ja ganz unglaublich.«

»Was habt ihr da?«, fragte Margery und kam von ihren Wundermitteln herüber.

»Hier, sieh dir das an«, sagte Steven und reichte ihr verdutzt den Dolch. »Das ist … das hätte ich nicht erwartet.«

Margery brauchte ebenfalls einen Moment, um das Besondere an den Schnitzereien zu erkennen. »Unglaublich«, sagte dann jedoch auch sie. »Das ist ja wirklich … wirklich außerordentlich.«

Abrupt drehte sie sich um und machte ein paar Schritte auf die alte Indiofrau an der Kasse zu. »Es esto de Pedro?«, fragte sie laut und hielt den Dolch in die Höhe. »Es esto de Pedro, el vendedor? Pedro el portugues?«

Die Indianerin kniff ihre runzligen Augen zusammen, betrachtete die dunkle Schnitzerei kurz und nickte dann. »Si, es de Pedro, Pedro el portugues«, sagte sie. »Es dos centos bolivaros.«

Rasch holte Margery zwei Geldscheine hervor und reichte sie Jessica. »Hier. Fragen Sie, ob sie weiß, wo Pedro das Ding herhat. Oder wenigstens, aus welcher Richtung er kam, als er es ihr verkauft hat. Und wann das war.«

Während Jessica an der Kasse stand, drehte Margery den Dolch weiter mit erregt glänzenden Augen in den Händen. »Die Spitze sieht aus wie bei einer Harpune, oder?«, sagte sie. »Wie bei einer alten Walharpune von den Eskimos.«

»Ja, stimmt, da hast du recht«, erwiderte Steven leise. Mit gerunzelter Stirn sah er auf die ungewöhnlich geformte Holzklinge hinab, dann auf die kleine Gestalt des Indios zwischen den Tieren und den langen, gewundenen Armen.

Als er eben den Kraken auf dem Dolch erkannte, hatte er kurz ein ganz eigenartiges Gefühl gehabt – ein unangenehmes, befremdliches Gefühl, von dem immer noch seine Hände etwas feucht waren. Aber das war wahrscheinlich nur von den seltsamen Heiligenfiguren gekommen, mit denen er sich gerade beschäftigt hatte. Jetzt bahnten sich bereits wieder nüchternere Empfindungen in seinem Innern ihren Weg, und er erinnerte sich, dass nicht nur die Eskimos, sondern auch die Eingeborenen der Karibik früher einmal Walfang betrieben hatten.

»Sag mal, der Rio Caroni beginnt doch in der Nähe dieser Grenzstadt, die halb portugiesisch ist und einen Flughafen hat?«, fragte er Margery.

»Santa Elena de Uairen, ja«, erwiderte sie und blickte ihn fragend an. »Du glaubst, dass der Dolch von der Küste erst nach da und dann in die Hände von diesem Pedro gelangt ist? Und der Krake entsprechend genauso?«

»Na ja«, sagte Steven. Kurz zögerte er noch, nahm dann aber Margery den Dolch ab und betrachtete ihn selbst noch mal genauer. »Alles andere ergibt ja keinen Sinn, oder? Ich meine, all diese Tiere hier auf dem Griff, schön und gut – aber anders … anders lässt sich das Ganze ja wohl kaum erklären …«

Er und Margery sahen einen Moment lang grübelnd auf den

verwirrenden Gegenstand hinab, der ihnen da in die Hände gefallen war. Dann weckte Jessica sie aus ihrer Versunkenheit, die von ihrem Gespräch mit der Indianerin zurückkehrte.
»Sie weiß nicht, wo Pedro ihn herhat«, erklärte sie. »Aber sie sagt, er hätte noch mehr davon gehabt. Er habe ihr den Dolch vor ungefähr einem halben Jahr verkauft, als er aus dem Dschungel kam, und fahre im Turnus von jeweils ein, zwei Monaten den Fluss rauf und runter. Wenn wir weiter flussaufwärts fahren, sagt sie, dann müssten wir ihn auf jeden Fall finden.«

Sie fanden Pedro nicht, dafür aber nach zwei weiteren Tagen einen Goldgräber, der auf seinem Hausboot flussabwärts tuckerte und ihnen sagte, der Händler sei in einen Nebenarm des Rio Caroni abgebogen. Dieser Nebenarm, erklärte der stockbesoffene, doch durchaus vertrauenswürdig erscheinende Mann, gehöre ebenfalls zur üblichen Route des Portugiesen.
»Vom Hauptarm abbiegen?«, sagte Steven, nachdem der fröhliche Garimpeiro weitergefahren war. »Das halte ich für keine gute Idee.« Inzwischen hatte er sich ganz auf die Theorie versteift, die er sich in dem Laden zusammengereimt hatte: Der Dolch – und damit auch das seltsame Tier, das bei ihnen eingeschleppt worden war – musste von der Küste zu dem Flughafen an der brasilianischen Grenze gelangt sein und war dort dann dem portugiesischen Händler in die Hände gefallen. Den Fluss zu verlassen, der sie zu diesem Flughafen führte, und noch weiter ins Landesinnere vorzustoßen, das kam ihm in höchstem Maße … unvernünftig vor.
»Nein, auf Fluss bleiben«, pflichtete ihm auch sofort Fermín bei. Bisher hatte der Mestize zwar behauptet, die Stromschnellen und kleinen Wasserfälle im Oberlauf des Rio Caroni machten es fast unmöglich, ihn bis zu seinem Anfangspunkt zu befahren. Doch das schien angesichts dieser neuen Wendung

plötzlich vergessen zu sein. »Auf Nebenarm überall Indianer«, erklärte er mit sichtlichem Unbehagen. »Unfreundliche Indianer. Und Krokodile – groß und gefährlich.«
Margery aber wusste es natürlich besser und wischte ihre Einwände mit einem einfachen Argument beiseite: Es wäre wesentlich leichter, den fahrenden Händler zu finden und ihn nach dem Herkunftsort des »grünen Kraken« zu fragen, als irgendwo mehrere Tagesreisen entfernt nach weiteren Schnitzereien oder anderem, von der Küste eingeflogenen Kunsthandwerk zu suchen.
Jessica behielt wie die ganze Zeit schon ihren heiteren Gleichmut bei. Doch schien sie die Entscheidung nicht zu überraschen.

Der Nebenarm führte sie erst eine Zeitlang Richtung Nordwesten. Dann machte er einen Bogen um einen in der Ferne sichtbaren Tafelberg und schlängelte sich anschließend in weiten Windungen südwärts. Der Dschungel um sie herum wurde üppiger, die Graslandschaften, die zuvor noch manchmal hinter dem dichten Uferwuchs aufgetaucht waren, blieben aus, und das dunkelfarbene Wasser wurde so klar, dass sie an flachen Stellen bis auf das steinige Flussbett hinabsehen konnten.
Hin und wieder zeigte Fermín auf eine erhöhte Böschung, an der blankgetretene Baumwurzeln wie Treppen zum Wasser hinabführten, oder auf einen im Ufergestrüpp versteckten Einbaum. Einmal standen auch drei Indiomänner mit Topffrisuren und hochgebundenen Penissen am Ufer, stützten ihre übermannsgroßen Bögen neben sich auf den Boden und folgten ihrer Vorüberfahrt mit finsterem Blick. Auf Fischer oder im Wasser spielende Kinder, wie auf dem Hauptarm, stießen sie jedoch nirgendwo. Überall schien das weit hörbare Heulen ihres Motors sämtliche Indios aus dem Fluss zu vertreiben, bevor sie sie

erreichten, und als Margery einmal vorschlug, bei einem der Dörfer haltzumachen und die Einwohner nach Pedro zu befragen, sah Fermín sie an, als sei sie nicht mehr ganz richtig im Kopf.

»Pedro … sie irgendwie vertrauen«, erklärte er. »Aber selbst er schon Pfeil abbekommen. Für uns … für uns wäre Selbstmord.«

So fuhren sie weiter ins Ungewisse, knoteten abends ihre Hängematten zwischen Uferbäumen fest, lauschten den seltsam löwenartig klingenden Rufen der Brüllaffen am Lagerfeuer und wurden morgens auch wieder von ihnen geweckt. Erst als sie weitere drei Tage auf dem Nebenarm unterwegs waren und bei Steven einmal mehr das Gefühl die Oberhand gewonnen hatte, dass sie ihre Zeit verschwendeten, ergab sich etwas Neues.

Hinter einer Biegung stießen sie auf zwei junge Indios in einem Kanu, die nicht sofort vor dem Heulen ihres Motors flüchteten. Im Gegenteil, sie winkten sie lachend zu sich und schienen überhaupt der Zivilisation wesentlich aufgeschlossener gegenüberzustehen als die anderen Bewohner des Flusses. An ihren aus Pflanzenfasern geflochtenen Angelleinen hingen glänzende Metallhaken und aus Draht gefertigte Vorfächer. Auch trugen sie bunte Badeshorts statt um den Bauch gebundene Penisschnüre und hatten, wie Steven mit leichtem Erstaunen bemerkte, jeder eine schmale blaue Kinderuhr am Handgelenk.

Die Indios sprachen ein paar Worte Spanisch, den Rest bewältigte Fermín mit seinem Pemon, und so stellte sich rasch heraus, dass die zwei zu einem katholischen Missionsdorf gehörten, das ein Stück weiter flussabwärts lag. Auch den fahrenden Händler Pedro schienen die beiden zu kennen. Doch so oder so bestanden sie darauf, dass sie mit in ihr Dorf kamen, um mit einem gewissen Padre Ignacio zu reden, dem sie offensichtlich die allerhöchste Verehrung entgegenbrachten.

Der Pater stellte sich denn auch als einnehmende Persönlichkeit heraus. Er war zierlich und klein, kaum größer als die Indios, doch der weise, wenn auch etwas traurige Ausdruck seiner Augen und seine ruhige, freundliche Art machten schnell klar, warum die Eingeborenen ihn so leicht als fremden Stammesvater akzeptierten. Als sie mit den zwei Indios ins Dorf kamen, kehrte er gerade mit einer Gruppe Eingeborener von der Feldarbeit zurück. Er hatte eine Harke über der Schulter, einen breitkrempigen Strohhut auf dem Kopf, und sein langärmeliges weißes Hemd klebte schweißnass an seinem hageren Altmännerkörper. Sobald er sie sah und erfuhr, dass sie gerne mit ihm sprechen wollten, lud er sie jedoch sofort ein, mit ihm eine Tasse Matetee zu trinken.

Das Haus des Paters war eine typische Pemonhütte mit weißgetünchten Lehmwänden und spitz zulaufendem Palmdach. Sie stand direkt neben der Kirche des Dorfes, die ebenso schlicht gebaut war und auf der Spitze ein einfaches Holzkreuz trug. Der Pater bat sie in seinem flüssigen Englisch, an dem alten Holztisch vor der Hütte Platz zu nehmen. Dann wechselte er schnell das Hemd und brühte mit einer jungen Indiofrau den Tee auf.

»Sie haben also den weiten Weg hier rausgemacht, um Senhor Pedro zu finden?«, fragte er, nachdem er sich zu ihnen gesetzt hatte. »Warum suchen Sie ihn denn so dringend?«

Margery hatte das Dorf nicht mit einer Waffe in der Hand betreten wollen und den Dolch deswegen in ihre Umhängetasche gesteckt. Jetzt holte sie ihn hervor und legte ihn auf den Tisch.

»Deshalb«, sagte sie. »Wir müssen unbedingt wissen, wo er das hier herhat.«

Pater Ignacio hatte seine Kalebasse vom Tisch genommen und behaglich auf den Tee geblasen. Er befand sich offensichtlich in einem wohligen Zustand körperlicher Erschöpfung und schien sich außerdem zu freuen, mal wieder mit Leuten aus seinem Kulturkreis sprechen zu können. Als er jedoch den Dolch sah, verdüsterte sich seine Miene augenblicklich. Plötzlich wirkte sein faltiges schmales Gesicht, dessen Kinn immer noch ein buschiger weißer Bart zierte, so alt, wie es wohl in Wirklichkeit war, und in seinem Blick überwog auf einmal ganz die Traurigkeit.

»Wo haben Sie das bekommen?«, fragte er mit matter Stimme.

»In einem Goldgräberdorf am Unterlauf des Flusses«, antwortete Steven. »Wieso? Haben Sie so eine Schnitzerei schon mal gesehen?«

Der Pater schien kurz zu überlegen, ob er sein Wissen preisgeben sollte. Dann stellte er die Kalebasse ab und faltete die Hände auf dem Tisch.

»Ja«, bekannte er, als würde er vor einem kirchlichen Tribunal Rechenschaft über einen Verstoß gegen die Regeln seines Ordens ablegen. »Ich habe einen jungen Kollegen, den Padre Miguel Soares. Er hätte gerne eine schönere Kirche und auch sonst so einiges, wovon er meint, es würde den Eingeborenen beim Glauben helfen. Sie haben ja vielleicht gemerkt, dass hier viele Indianer nichts mit Weißen zu tun haben wollen.«

»Ja«, sagte Steven. »Das haben wir mitbekommen.«

»Das ist ja auch ihr gutes Recht, und vielleicht gar nicht so zu ihrem Nachteil. Wenn wir sie zu sehr zu christlicher Demut erziehen, dann wehren sie sich am Ende noch nicht mal, wenn die Goldgräber kommen und ihnen ihr Land wegnehmen.«

Kurz ließ der alte Mann den Blick über die Hütten des Dorfes schweifen, vor denen zum Teil bereits Feuerstellen rauchten und Familien in billigen Blechtöpfen ihr Abendessen kochten. Dann runzelte er die Brauen und lehnte sich in seinem Stuhl zurück.

»In den Urwäldern hier unten gibt es auch ein paar Stämme, die überhaupt noch nichts mit fremden Völkern zu tun hatten. Eigentlich ist es verboten, mit ihnen Kontakt aufzunehmen. Aber – ob nun aus lauteren Motiven oder nicht – Pater Miguel hat dieses Verbot missachtet. Er hat mehrere Reisen zu einem Stamm gemacht, der südlich von hier lebt, in dem riesigen unberührten Dschungel, der sich bis über die Grenze zu Brasilien zieht. Von dort hat er solche Schnitzereien wie diese da mitgebracht.«

Steven war so verblüfft von der Aussage des Paters, dass es ihm die Sprache verschlug. Obwohl Margery sie ja quasi hierhergeführt hatte, schien es ihr ähnlich zu gehen. Jessica jedoch kam geradewegs zum Punkt.

»Und sonst nichts?«, fragte sie.

»Was meinen Sie?«, fragte Pater Ignacio und legte seine von weißem Flaum umkränzte Stirn in Falten.

»Hat er vielleicht auch irgendein Tier von dort mitgebracht?«

»Ein Tier? Nein, nicht dass ich wüsste. Mehrmals solche … solche Messer wie die da, aber …«

Auf einmal zog der alte Mann die Brauen in die Höhe.

»Ach, doch – natürlich! Irgendwann am Anfang kam er auch mal mit einer Kiepe aus Palmblättern zurück, die mit feuchten Holzschnipseln gefüllt war. Da war irgendetwas drin, was nicht austrocknen durfte.«

Ein zärtliches Lächeln huschte über die Lippen des Paters.

»Ich weiß noch, dass Pedro, dem er es genauso verkauft hat wie die Dinger da, sehr interessiert an diesem Tier war. Pater Miguel hat einen sehr ausgeprägten Geschäftssinn für einen Mann des Glaubens, und ihre Verhandlungen dauerten fast zwei Stunden.«

»Hat Pater Miguel Ihnen das Tier gezeigt?«, fragte Sanchez.

Erneut schien der Padre sich leicht über die Frage zu wundern.

»Nein«, antwortete er. »Er weiß, dass ich mich mehr für die Früchte des Feldes interessiere als für die Tiere des Waldes. Wir Kapuziner orientieren uns zwar an den Idealen des Heiligen Franz von Assisi, aber das bedeutet nicht, dass wir alle den

Vögeln predigen. Ich entsinne mich, dass er es sofort in die Hütte gebracht hat, damit es im Schatten steht, und einen der Indios dazu kriegen wollte, es regelmäßig mit Wasser zu begießen. Aber soweit ich mich erinnere, wollte niemand etwas damit zu tun haben. Pedro kam zufällig direkt zwei Tage später vorbei, sonst wäre es ihm wahrscheinlich eingegangen.«

»Und Sie haben überhaupt keinen Blick darauf geworfen?«, fragte Steven, der endlich seine Stimme wiedergefunden hatte.

»Nein, wie gesagt, ich interessiere mich nicht allzu sehr für die hiesige Fauna. Sie haben gesehen, wie klar der Fluss ist. Der Boden hier enthält kaum Nährstoffe. Das Einzige, was im Wasser mitgeführt wird, sind die Gerbstoffe der Pflanzen, daher auch diese komische teeartige Farbe. Da muss man sich schon viel Mühe geben, wenn man etwas zum Wachsen bringen will.«

»Haben Sie sich die Schnitzereien, die Ihr Kollege mitgebracht hat, mal genauer angesehen?«, fragte Margery und reichte den Dolch Steven, der ihn an den alten Mann weitergab.

»Nein«, sagte dieser erneut mit befremdet gerunzelter Stirn, schien jetzt aber doch ein wenig neugierig zu werden. Er bat die junge Eingeborene, ihm seine Brille zu bringen.

»Ja, lauter Tiere«, sagte er dann. »Und hier … hier ist auch ein Mensch dazwischen. Sehr schöne Arbeiten, muss man sagen. Kein Wunder, dass Miguel die nicht umsonst hergeben wollte.«

»Sehen Sie sich den Knauf an«, sagte Steven leise und legte kurz den Zeigefinger darauf. Der Pater drehte den Dolch um, nahm seine Brille ab und hielt sie nah davor.

»Ein … ein Krake«, sagte er, während er mit zusammengekniffenen Augen den Kopf leicht hin und her bewegte. »Ja, man glaubt zuerst, es seien Schlangen.«

»Finden Sie das Motiv nicht etwas ungewöhnlich?«, fragte Margery.

Der Pater ließ verwirrt Dolch und Brille sinken.

»Ungewöhnlich?«, fragte er.

»Nun, wir befinden uns hier mitten im Dschungel. Gut fünfhundert Kilometer landeinwärts. Hier gibt es keine Kraken.«

»Gibt es nicht?«

»Nein, wohl kaum. Oder haben Sie schon mal einen gesehen? Oder hat einer der Indios mal einen aus dem Fluss geholt?«

Der alte Mann dachte kurz nach. Dann schüttelte er den Kopf. »Nein, nicht dass ich wüsste. Worauf wollen Sie mit dieser ganzen Fragerei eigentlich hinaus?«

»Hat Pater Miguel vielleicht davon gesprochen, dass die Indios, die er da besuchte, mit anderen Indios Handel treiben – mit Indios von der Küste? Oder, was vermutlich wahrscheinlicher ist, mit jemandem wie Pedro?«

»Von der Küste? Handel? Nein, ich … Er hat gesagt, der Stamm sei unberührt. Deswegen stand ich seinen Reisen ja auch so kritisch gegenüber. Es sind ja nicht nur die Krankheiten, die man vielleicht überträgt, es ist ja auch …« Der Pater hielt inne, hob noch mal mit gerunzelter Stirn die Brille vor den Knauf und berührte ihn dann damit. »Eine Sekunde. Verstehe ich es richtig, dass Sie auf der Suche nach diesem Tier hier sind?«

»Ja, wir sind Biologen«, antwortete Margery. »Wir sind deswegen extra aus den USA hergereist. Aber dass es irgendwo mitten im Urwald lebt, ist eigentlich unmöglich. Deswegen verwirrt uns diese Schnitzerei so sehr.«

»Warten Sie«, erwiderte der Pater. »Es gibt hier jemanden, der uns da vielleicht weiterhelfen kann.«

Er schickte die junge Indianerin fort, und kurz darauf kam sie mit einem anderen Indio zurück. Wie die meisten Männer im Dorf trug er lange bunte Badeshorts. Doch mit seinen schulterlangen Haaren, seinem muskulösen Körper und seinem stolzen Gesicht erinnerte er trotzdem ein wenig an den Indiohäuptling, den man an den Ständen mit den Heiligenbildern kaufen konnte.

»Das ist Manápe, unser bester Jäger«, erklärte Pater Ignacio. Dann nahm er den Dolch vom Schoß, deutete auf den Knauf und fragte den Eingeborenen etwas in dessen Sprache.

Auf der anderen Seite des Flusses begann die Sonne bereits hinter den Baumwipfeln zu verschwinden, und wie sie seinerzeit in dem schummrigen Laden brauchte der Indio einen Moment, um die Figur auf dem Griff zu erkennen. Dann jedoch zog er erschrocken die Luft ein und machte einen Schritt nach hinten.

»Canaima!«, sagte er bestürzt und dann noch ein paar weitere hastige Worte in seiner Sprache. Pater Ignacio verdrehte unwillig die Augen und streckte ihm den Dolch mit einer ärgerlich klingenden Aufforderung näher hin. Der athletische Indio sah eigentlich nicht so aus, als könnte ihm besonders viel Angst einjagen. Doch das Holzmesser schien er zu fürchten wie ein giftiges Tier, und er wich schnell noch einen weiteren Schritt davor zurück.

»Canaima?«, fragte Steven. »Das ist doch der Name des Ortes, wo wir mit dem Flugzeug angekommen sind.«

»Ja, und auch der des ganzen Nationalparks, der drum herum liegt«, sagte Pater Ignacio, schickte Manápe mit einer resignierten Handbewegung wieder fort und legte den Dolch vor sich auf den Tisch. »Er ist ziemlich unglücklich gewählt, weil er in der Sprache der Pemon, die hauptsächlich in dem Gebiet leben, nicht gerade eine positive Bedeutung hat. Aber das ist eine dieser rätselhaften Entscheidungen, die in diesem Land tagtäglich von offizieller Seite getroffen werden.«

»Was bedeutet Canaima?«, fragte Jessica.

»Ach, Canaima«, antwortete der Pater mit leidgeplagter Duldermiene. »Canaima ist so ziemlich alles Unglück, das einem hier passieren kann. Jemand wird von einer Schlange gebissen oder ertrinkt im Fluss, immer ist es Canaima, der daran schuld ist. Er ist so etwas wie der böse Geist des Dschungels, der in allen möglichen Formen und Erscheinungen auftreten kann.«

»Er kann die Form wechseln?«, fragte Steven aufhorchend.

»Ja, er kann jede Gestalt annehmen, die er will. Wie bei uns der Teufel. In den meisten Religionen gibt es so ein Geschöpf. Das Böse lauert immer und überall. Es verbirgt sich in allen Dingen, selbst in scheinbar ganz harmlosen. Es ist sozusagen immer für eine Überraschung gut – für eine böse Überraschung.«

Der verbitterte Ton des Paters schien auf seinen vergeblichen Kampf gegen den Aberglauben der Indios zurückzuführen sein. Doch so aufgewühlt, wie er plötzlich klang, hatte Steven irgendwie das Gefühl, es stecke noch mehr dahinter.

»Wo lebt dieser Stamm, von dem Sie geredet haben?«, fragte Margery.

Der Pater warf ihr einen unruhigen Blick zu. Wieder schien er mit sich zu ringen, ob er sein Wissen preisgeben sollte.

»Ich würde Ihnen das normalerweise nicht verraten. Ich nehme die Gesetze dieses Landes sehr ernst. Neue Kochtöpfe, neue Krankheiten – die Geschenke unserer Zivilisation stellen eine ziemlich fragwürdige Mischung dar. Selbst ob das Wort Gottes hier draußen wirklich von so großem Nutzen ist, frage ich mich manchmal. Oder ob es nicht vielleicht doch eine ausgemachte Dummheit ist, es mit allen Mitteln verbreiten zu wollen.«

Er nahm den Dolch vom Tisch, betrachtete ihn und schüttelte traurig den Kopf. Steven fiel etwas auf, was ihm eigentlich längst hätte auffallen müssen, und plötzlich glaubte er zu wissen, was den Pater so aufwühlte.

»Sagen Sie, Pater, wo ist ihr junger Kollege eigentlich?«

»Ja, das ist es«, sagte der alte Mann und schien damit auch gleichzeitig die Frage zu beantworten, die ihn innerlich umtrieb. »Er sollte längst wieder hier sein.«

Er sah von dem Dolch zu ihnen auf, und aus dem Blick seiner gütigen grauen Augen sprach allergrößte Besorgnis.
»Er ist vor etwas mehr als zehn Tagen wieder zu dem Stamm aufgebrochen, wollte aber nicht lange bleiben. Auch bei uns hier draußen im Dschungel ist der Advent eine besondere Zeit. Außerdem stehen zwei Taufen an, bei denen er eigentlich unbedingt dabei sein wollte. Es ist natürlich möglich, dass er endlich das Vertrauen des Stamms gewinnen konnte und dieser ihn für längere Zeit bei sich aufgenommen hat. Aber irgendwie habe ich ein schlechtes Gefühl bei der Sache.«
»Sagen Sie uns, wie wir zu dem Stamm kommen, dann finden wir heraus, was mit dem Padre passiert ist«, erklärte Margery und beugte sich mit eifrigem Blick nach vorne.
»Ja, oder Sie kehren genauso wenig zurück wie er«, erwiderte der alte Pater. »Wie gesagt, manche Stämme hier wollen keinen Kontakt. Sie sehen Fremde ausschließlich als Feinde.«

3

Pater Ignacio musste seine gesamte Überredungskunst aufwenden, um Manápe dazu zu bewegen, sie in das Gebiet des »unberührten« Stammes zu bringen. Dank der großen Autorität, die der alte Mann bei den Indios genoss, und vielleicht auch dank der großzügigen Bezahlung, die Margery dem Jäger in Aussicht stellte, erklärte dieser sich jedoch schließlich bereit, die unwillkommene Aufgabe zu übernehmen.
So brachen sie am nächsten Morgen gleich bei Tagesanbruch auf, als der Frühnebel noch so dicht über dem schwarzen Fluss hing, dass sie kaum Manápes Einbaum vor sich erkennen konnten. Damit er nicht alleine gegen ihren Motor anrudern musste, hatte der breitschultrige Indio die zwei fröhlichen Burschen mit

an Bord genommen, die sie gestern beim Angeln überrascht hatten. Doch der Nebel hatte sich noch nicht gehoben, da mussten auch sie zu den Rudern greifen. Denn sie bogen in einen weiteren Nebenarm ab, der so schmal und flach war, dass sie ihn nur mit hochgeklapptem Außenborder befahren konnten.
Als Fermín die Maschine kappte, glaubte Steven kurz, hinter ihnen einen weiteren Motor zu hören. Doch als er sich überrascht umdrehte, sah er nur die gleichen, still übers Wasser schwebenden Schwaden wie vor ihnen und nahm automatisch an, irgendeinem trügerischen Echo aufgesessen zu sein.
Überhaupt hatte er in dem Nebel ein wenig das Gefühl, er sei noch halb in seinen nächtlichen Träumen gefangen. Der Fluss war teilweise so schmal, dass die Ufersträucher unvermittelt aus dem Dunst heraustraten und wie mit dünnen Fingern nach ihren Köpfen griffen. Gleichzeitig wurde der säuerliche Geruch, der normalerweise über dem schwarzen Wasser hing, immer öfter vom schweren Modergeruch des nahen Waldbodens überlagert, und manchmal meinte Steven sogar, den scharfen Duft irgendeines wilden Tieres wahrzunehmen, das heimlich hinter dem Nebel neben ihnen herschlich. Ohne das laute Motorgeräusch hörte man plötzlich auch jedes Rascheln, jedes Knacken, jeden durch den Urwald hallenden Vogel- und Affenschrei.
Dann war es auf einmal wieder fast ganz still – und besonders in solchen Momenten erwischte sich Steven dabei, wie er an das erschrockene »Canaima!« dachte, das ihr Führer gestern von sich gegeben hatte. Unwillkürlich ging sein Blick zu dem hölzernen Dolch vor seinen Füßen, auf dem der große Krake so gebieterisch die Arme über Mensch und Tier streckte, und es fehlte nicht viel und er hätte selbst geglaubt, auf den Weg in ein von dunklen Mächten regiertes Geisterreich zu sein.
Bald vertrieb jedoch die Sonne den Nebel, und Steven stieß wie-

der mit freierer Brust das Ruder ins Wasser. Den ganzen Tag folgten sie dem engen, sich windenden Kanal, der zwar zum Glück frei von Mücken war, in dem es aber besonders in den Mittagsstunden drückend heiß wurde. Tafelberge waren bereits auf dem größeren Nebenarm keine mehr zu sehen gewesen, und wie Margerys GPS-Gerät anzeigte, bewegten sie sich in einer großen, dschungelbedeckten Niederung immer weiter auf den Rand des Hochlands und gleichzeitig auf die brasilianische Grenze zu. Als sie schließlich am späten Nachmittag eine Biegung entlangruderten, die für Steven praktisch exakt so aussah wie alle hundert Biegungen zuvor, zeigte Manápe plötzlich nach rechts, und sie fuhren ans Ufer.

Wie an anderen Stellen auch, wucherte die Ufervegetation hier nicht bis in den Fluss hinein, sondern fing erst hinter einer flachen, leicht rosa schimmernden Sandböschung an. Die Indios zogen ihr eigenes Kanu nur gerade so weit die Böschung hinauf, dass es nicht fortgetrieben werden konnte. Nachdem Steven und die anderen aus dem großen Alu-Kanu gestiegen waren, machten die Indianer jedoch Anstalten, es ganz das Ufer hinaufzuziehen.

Fermín legte die Hand auf sein Boot und fragte Manápe, was er vorhabe. Der deutete bei seiner Antwort in den angrenzenden Wald und wollte dann wieder an dem Kanu ziehen. Fermín aber hielt es erneut fest, und ein erregter Disput entspann sich zwischen den beiden. Steven verstand nicht viel von dem Mischmasch aus Pemon und Spanisch, und erst nachdem der Mestize sich aufgebracht an Jessica gewandt hatte, sagte diese ihm und Margery, um was es ging.

»Das Gebiet der fremden Indios beginnt nicht weit von hier hinter einem kleinen Hügelkamm«, erklärte sie. »Um dann zu dem Stamm zu kommen, braucht man aber wieder ein Boot. Manápe will uns jedoch nur über den Kamm bringen und dann sofort umkehren. Er ist bereit, hier auf uns zu warten, aber sich länger in dem Gebiet der anderen Indianer aufhalten will er nicht. Fermín möchte das jedoch auch nicht. Er hatte es so verstanden, dass wir von hier aus zu Fuß gehen könnten.«

»Aha«, sagte Steven. »Das heißt, wir hätten kein Kanu. Und er lässt sich unter gar keinen Umständen dazu bewegen, uns zu begleiten?« Steven sah dem Mestizen bei seiner Frage ins Gesicht. Doch dieser verschränkte nur seine kräftigen Arme und schüttelte mit finsterer Miene den Kopf.

»Nein«, erwiderte Jessica für ihn. »Er sagt, in dem Urwald dort gebe es zu viele böse Geister. Er habe sich schon gegen seinen Willen breitschlagen lassen, uns hierher zu bringen. Noch weiter in das Gebiet hinein will er nicht.«

»Dann soll er uns sein Boot geben«, sagte Margery. »Und sich von den Indios eine Karte zeichnen lassen, wie wir zu dem Stamm kommen.«

Diesmal antwortete Fermín ihnen direkt, jedoch auf Spanisch und nicht wie sonst in seinem radebrechenden Englisch. Was er ihnen sagen wollte, schien ihm dafür zu wichtig zu sein.

»Er kann uns das Boot nicht leihen«, übersetzte Jessica. »Das Risiko ist ihm zu hoch, dass wir nicht von unserer Reise zurückkehren. Überhaupt rät er uns, von unserem Vorhaben lieber abzusehen.«

Margery öffnete als Antwort nur einen versteckten Reißverschluss am Gürtel ihrer Shorts.

»Wer spricht denn von leihen«, sagte sie. »Ich kaufe ihm das Boot ab. Zweitausend Dollar gebe ich ihm jetzt dafür und noch mal dasselbe, wenn er hier auf uns wartet und uns dann zurück nach Canaima bringt. Für die Indios springen jeweils zweihundert Dollar raus, wenn sie ihm beim Warten Gesellschaft leisten. Damit er sich nicht so vor bösen Geistern fürchtet.«

Steven hielt Fermíns Sorge um ihr Wohl nicht für gespielt und hatte kurz Angst, Margery könnte ihn mit ihrem überheblichen Ton beleidigen. Doch das Angebot war wohl zu gut, um es abzulehnen, und so willigte der gutmütige Mestize nach einigem verständnislosen Kopfschütteln über ihre Unvernunft schließlich in den Deal ein. Er nahm seine Hängematte und einen Teil der Essensvorräte aus dem Kanu und zog es dann mit den Indios in den Wald hinein.
Unter dem hohen Blätterdach war es angenehm schattig und kühl, wenn auch der Modergeruch, den Steven schon auf dem Wasser wahrgenommen hatte, hier noch stärker war. Durch den dichten grünen Baldachin fielen nur hier und da ein paar dünne Lichtstrahlen, so dass unten bei ihnen nicht viel wuchs und Steven nur einmal mit der Machete einen allzu dichten Vorhang aus herabhängenden Lianen freischlagen musste. An einer Stelle glaubte er, Schleifspuren in dem feuchten braunen Mulch zu erkennen, mit dem die Erde bedeckt war. Doch ob sie von einem Tier stammten oder von einem Menschen, der ein Kanu durch den Wald gezogen hatte, konnte er nicht sagen.
Der Fuß des Kamms war mit undurchdringlichem Gestrüpp überwuchert. Manápe kannte jedoch eine Stelle, wo sich das trockene Bett eines Baches die Anhöhe hinunterwand, und nachdem sie das Gepäck aus dem Kanu genommen und den Motor abgeschraubt hatten, trugen die Indios und Fermín das Boot dort hinauf. Steven nahm eins der großen Fässer auf die Schulter, und Jessica und Margery halfen ebenfalls beim Tragen der Ausrüstung. Trotzdem mussten sie den gut zweihundert Meter hohen Kamm zweimal hinaufsteigen.
Oben galt es noch, ein paar Felsen zu überwinden, dann bot sich ihnen ein fantastischer Ausblick über endlosen Urwald und das blaue Band eines Flusses, der sich zu ihren Füßen von dem Kamm wegschlängelte. Diese Seite der Anhöhe war ebenfalls

mit dichtem Gestrüpp bedeckt und unten mit einem breiten Gürtel aus hohen Baumfarnen. Aber auch hier kannte Manápe wieder einen Geheimweg: einen mit unzähligen kleinen Hufabdrücken übersäten Tapirpfad, der zwar auf der gesamten Länge einen penetranten Geruch nach altem Kohl verströmte, aber erst ganz unten so steil wurde, dass sie das Kanu mit vereinter Kraft vorm Abrutschen bewahren mussten.

Am Fuß lag hinter einem niedrigen Gebüschstreifen eine ähnliche Flussböschung, wie sie sie vor ein paar Stunden auf der anderen Seite verlassen hatten. Die Böschung war noch etwas breiter und flacher, ihr Sand heller und der angrenzende Fluss noch klarer, soweit sich das im schwindenden Licht sagen ließ. Sie wirkte wie ein richtiger kleiner Strand und auf Anhieb wie eine geeignete Stelle, um nach der anstrengenden Überquerung ihr Nachtlager aufzuschlagen.

Fermín wollte noch schnell den Außenborder wieder anschrauben, doch Steven sagte ihm, das könnten sie ebenso gut selbst erledigen. Er hatte schon beim Abstieg gemerkt, dass der nahende Einbruch der Dunkelheit ihre Begleiter nervös machte, und wollte sie nicht länger auf dieser Seite des Kamms aufhalten. Trotz der zusätzlichen Last, die es bedeutete, hatte Fermín während der ganzen Überquerung sein Gewehr auf dem Rücken getragen. Auch der erfahrene Manápe, der sich mit einer Geschicklichkeit über Stock und Stein bewegte, als sei er selbst eine Art Dschungelgeist, hatte in der letzten halben Stunde einen sichtlich angespannten Gesichtsausdruck bekommen. Und als eben am anderen Ufer ein Tukan seinen lauten, schrillen Schrei von sich gegeben hatte, war einer der jüngeren Indios vor Schreck so zusammengezuckt, dass er das Kanu fallen ließ.

Erleichtert wollten die Männer den Rückweg antreten, als Steven plötzlich selbst anfing, besorgte Blicke in den immer dunkler werdenden Urwald zu werfen. *Nicht dass ich Angst vor*

Gespenstern hätte, sagte er sich, *aber was ist mit diesen feindseligen Indios?* Er konnte Fermín und Manápe ansehen, für wie verantwortungslos sie es hielten, hier alleine mit zwei Frauen zu bleiben, und ertappte sich dabei, wie er neidisch die alte Jagdflinte des Mestizen beäugte. *Alles, was wir haben, sind zwei Macheten und ein Tauchmesser.*

»Sag mal, wie viel Geld hast du eigentlich noch in diesem Gürtel?«, fragte er Margery leise.

»Noch jede Menge«, antwortete sie. »Wieso, willst du Fermín das Gewehr abkaufen? Daran habe ich auch schon gedacht. Ich glaube nur nicht, dass er es uns gibt.«

Doch Margery irrte sich in dem Mestizen, hatte sich die ganze Zeit in ihm geirrt. Noch bevor sie ihren Satz beendet hatte, schlang er sich die Flinte von der Schulter und hielt sie Steven hin.

»Hier, nimm«, sagte er auf Spanisch. »Nimm, ich will kein Geld dafür.«

Steven war beeindruckt und wollte schon die Hand nach dem großzügigen Geschenk ausstrecken. Doch da raschelte es plötzlich laut in den Farnen, durch die sie gekommen waren, und sofort fuhr der Mestize herum und legte das Gewehr an.

Auch die Indios drehten sich erschrocken um, und Manápe riss sich seine Machete vom Gürtel. Das Rascheln und Poltern kam aus dem steilen Stück, das durch die mannshohen Farne führte, und näherte sich rasch.

Ein Tapir, war Stevens erster Gedanke – doch auch der böse Geist, mit dem die Indios zweifellos rechneten, erschien ihm einen kurzen Moment lang nicht vollkommen unmöglich. Besonders als aus den krachend beiseitegerammten Farnen immer lautere, seltsam menschlich wirkende Schreie gellten.

Als der vermeintliche Tapir – oder Geist – dann schließlich mit einem letzten großen Krachen aus dem Gebüsch brach, konnte er von Glück sagen, dass Fermín ihn nicht vor Überraschung über den Haufen schoss. In einem verbeulten Kanu, aus dem alles andere auf dem Weg nach unten in hohem Bogen herausgeflogen war, kam knirschend ein abgerissenes kleines Männlein vor ihnen zum Stehen – in schmutzigen grünen Shorts, Safarihemd und dazu passendem braunem Schlapphut, der ihm auf wundersame Weise bei seiner rasanten Abfahrt auf dem Kopf geblieben war.

Steven erkannte nicht sofort, welchen irrwitzigen Abenteurer er da vor sich hatte. Doch schließlich begriff er staunend, dass es sich um niemand anderen als Reginald Finch handelte: den zweifellos hartnäckigsten Reporter, der jemals von der amerikanischen Presse auf die Menschheit losgelassen worden war.

»Dieser abergläubische Hundesohn hat sich geweigert, mit mir das Kanu runterzutragen«, krächzte Finch ärgerlich, während er sich mühsam aus seinem mitgenommenen Gefährt erhob. »Den ganzen Tag hab ich mir die Hände wund gepaddelt, dann mir wie ein Kuli den Rücken krumm geschleppt, und jetzt auch noch das! Wenn sich diese Story letztendlich doch als Ente entpuppen sollte, dann können Sie sich auf was gefasst machen.«

Die Indios schienen sich immer noch nicht ganz sicher zu sein, ob das zeternde schmutzige Kerlchen, das dort im Gestrüpp wütend gegen sein Boot trat, nicht vielleicht doch ein böser Geist war. Steven signalisierte ihnen jedoch, Finch gehöre zu ihnen – und wie sich bald herausstellte, würde er ihnen wohl wirklich nicht mehr so schnell von der Seite weichen.

Jessica und Margery waren dafür, ihn auf der Stelle wieder mit den Indios zurückzuschicken. Steven jedoch war gegen seinen Willen beeindruckt von der Zähigkeit des unsympathischen Hänflings, der ihnen mit kaum mehr als ein paar Dollar und einem Taschenwörterbuch im Gepäck in diesen entlegenen

Winkel der Welt nachgereist war. Eigentlich hatte Steven ja am meisten Grund von allen, sauer auf den kleinen Schmierfinken zu sein. Trotzdem war er es schließlich, der die anderen überredete, ihm wenigstens eine kleine Verschnaufpause zu gönnen und ihn bis zum Morgen bei ihnen bleiben zu lassen.

Vermutlich hätten Fermín und die Indios ihn sonst sowieso mit Gewalt fortzerren müssen. Als Margery ihm offen ins Gesicht sagte, er könne auf keinen Fall bleiben, machte er jedenfalls ein nicht weniger entschlossenes Gesicht als ein Pinscher, dem man seinen Knochen wegnehmen wollte. Kaum hatten sie ihn jedoch für die Nacht bei sich aufgenommen, wurde er erstaunlich liebenswürdig. Und als sie schließlich nach der allabendlichen Portion Büchsenfleisch und Bohnen ums Lagerfeuer saßen und er eine überraschend heil gebliebene Flasche Whiskey in seinem Rucksack entdeckte, lehnte keiner einen Schluck ab.

»Sie können nicht glauben, was ich auf dem Weg hierher alles durchgemacht habe«, erzählte er. »Mit all den Zungenlösern, die ich hingeblättert habe, können die hier ein ganzes Jahr ihre Wirtschaft am Laufen halten. Und im Dschungel warteten dann gleich die nächsten Blutsauger. Es gibt kein Insekt in diesem Urwald, ich wiederhole keins, von dem mich nicht schon mindestens ein Exemplar gebissen hat.«

Er hob seinen Arm, auf dem zu ihrer aller Überraschung tatsächlich gerade eine Stechmücke hockte. »Da sehen Sie, schon wieder. Und immer nur mich, niemanden sonst. Ich kann die Mückensalbe so dick auftragen wie Kuchenguss. Und das alles weswegen? Wegen eines *Monsterkraken,* den ein paar ausgeflippte Biologen vergeblich suchen. Ich muss vollkommen verrückt sein!«

Finch machte sich auf so sympathische Weise über sich und den eigentlich ja wirklich ziemlich verrückten Grund für seine Reise lustig, dass sie nach der dritten Runde Whiskey nicht widerstehen konnten, ihre neuesten Erkenntnisse mit ihm zu teilen. Sie zeigten ihm den Dolch, erzählten ihm von dem verschollenen Priester, und als Steven sah, wie gierig er diese romanhaften Details in sich aufsog, freute er sich sogar ein bisschen für ihn.

»Sergeant Sanchez«, sagte der Reporter schließlich auf einmal. »Ich habe damals über diese Sache mit Jeffrey Chilton geschrieben. Ich habe Sie … nun ja, ich habe sie komischerweise nicht sofort wiedererkannt, sonst hätte ich Sie ganz aus meinen Artikeln rausgelassen.« Er entschuldigte sich auch bei Steven für die »eine oder andere übertriebene Bemerkung«, wandte sich dann aber sofort wieder Jessica zu: »Es hat mich damals enorm beeindruckt, wie sie dieses miese Schwein praktisch im Alleingang ausgeschaltet haben. Ich habe immer zu meinen Kollegen gesagt: Mann, das muss die taffeste Braut ganz Floridas sein.«

Als Finch sie auf ihr altes Trauma ansprach, war Jessicas Miene zunächst zu Stein erstarrt. Doch aus der Stimme des angetrunkenen Reporters klang so viel ehrliche Bewunderung, dass sie rasch wieder auftaute und schließlich sogar über sein ruppiges Kompliment lächelte. Wie sich herausstellte, hatten die beiden auch auf der anderen Seite des Gesetzes ein paar gemeinsame Bekannte. Und nachdem Finch über ein oder zwei davon ein recht ätzendes, aber alles in allem wohl ganz zutreffendes Urteil abgegeben hatte, ließ auch Jessica sich dazu herab, ein wenig aus dem Nähkästchen zu plaudern.

Steven lauschte dem Gespräch der beiden interessiert, denn aus den Worten der sonst eher schweigsamen Polizistin konnte er heraushören, was er im Grunde schon die ganze Zeit gewusst hatte: wie klug, bescheiden und hochherzig sie war, und was für hohe moralische Ansprüche sie an ihre Mitmenschen stellte (wobei er sich nicht recht im Klaren darüber war, ob ihn das eher anzog oder ängstigte). Die neben ihm sitzende Margery, die es selbst nach einem so strapazenreichen Tag noch irgendwie schaffte, elegant und vornehm auszusehen, konnte solche versteckten Reize an der Unterhaltung aber natürlich nicht entdecken. Eine Weile hörte sie höflich zu. Doch schließlich drehte sie sich zu Steven um, hob kurz verschwörerisch die Brauen und fragte ihn dann nach den Unterlagen, auf die sie damals beim Durchsuchen seines Schreibtischs gestoßen war.

»Die Unterlagen?«, fragte er verblüfft. »Was … was willst du denn darüber wissen?«

»Na, was es damit auf sich hat. Ich habe nur gesehen, dass es irgendwas mit Blutchemie zu tun hatte.«

Steven sah Margery misstrauisch an. Er hatte immer gewusst, dass sie mit ziemlich harten Bandagen spielen konnte, wenn es um ihre Karriere ging. Doch die Nummer im Rathaus von Vero Beach hatte selbst ihn überrascht.

Will sie mich über meine Forschungen aushorchen?, fragte er sich instinktiv. Dann erinnerte er sich jedoch, dass sie das gerade auf dem Gebiet der Biochemie kaum nötig hatte, und begriff, dass sie wahrscheinlich einfach nur ein bisschen plaudern wollte. Vielleicht sollte die Frage ja sogar so etwas wie ein Friedensangebot sein. Seit sie ihn so reingelegt hatte, war ihr Verhältnis schließlich merklich abgekühlt.

»Tja«, sagte er, griff sich einen Zweig und fing an, damit leicht missmutig im Feuer zu stochern. »Das ist das ernste Stück Arbeit, das Duffy von mir sehen will.«

»Und worum geht es dabei genau? Prosthetische Gruppen, Sauerstoffbindung – normalerweise interessierst du dich doch nicht für solchen unsichtbaren Kleinkram.«

Noch einmal blickte Steven in Margerys kluges Gesicht, auf dem das Licht der Flammen unruhig tanzte. Wie immer, wenn er ihr von seinen wissenschaftlichen Projekten erzählte, hatte er Angst, sie könnte sich über ihn lustig machen. Gleichzeitig wollte er wirklich gerne ihre Meinung zu dem Ganzen hören.

Und wenn sie mir schon einen Olivenzweig hinhält, dann wäre es ja auch nicht nett, ihn auszuschlagen.

»Es geht darum, einen Ersatzstoff für Hämoglobin zu finden, der Menschen mit Blutkrankheiten das Leben leichter macht.«

»Aha, das klingt ja nach einem ziemlich anspruchsvollen Vorhaben. Und wie willst du das anstellen?«

»Indem ich ein Hämozyanin finde – oder vielleicht auch eines *er*finde –, das sich ohne Abwehrreaktion in den menschlichen Blutkreislauf einschleusen lässt. Menschenverträgliches Tintenfischblut, sozusagen.«

Margery sah ihn kurz an, als habe er sich unbemerkt Malaria eingefangen. Doch dann gab sie sich sichtlich Mühe, ernsthaft auf seine Idee einzugehen.

»Okay«, sagte sie. »Du weißt aber schon, dass der Stoff so ziemlich das Fremdeste ist, das man jemandem in den Körper einbringen kann.«

»Ja, das weiß ich.«

»Ich meine, die Viecher sind entwicklungsgeschichtlich gesehen ein paar hundert Millionen Jahre älter als wir, da ist das nicht verwunderlich. Werden bestimmte Hämozyanine nicht sogar eingesetzt, um bei Krebspatienten Immunreaktionen hervorzurufen?«

»Ja, werden sie. Dafür würde es bei Infusionen mit Hämozyanin nicht mehr zu Eisenvergiftungen kommen. Und die zu verabreichende Menge wäre vermutlich so klein, dass man sie bequem in der Handtasche mit sich rumtragen könnte.«

»In der Handtasche?«

»Ja, mein Gott, oder sonst wo. In einer Spritze jedenfalls – wie Insulin.«

Margery sah ihn einen Moment lang an und sprach dann in sanfterem Ton weiter. »Litt deine Mutter nicht an einer Blutkrankheit?«

»Ja, tat sie«, sagte Steven etwas peinlich berührt. »Damit hat das aber nichts zu tun. Also eigentlich nicht. Ich finde es jedenfalls keine so schlechte Idee. Und Duffy übrigens auch nicht. Er hat mich ja überhaupt erst ermutigt, richtig in die Sache einzusteigen.«

»Hat er?«

»Ja, hat er«, wiederholte Steven, stach dann jedoch den Stock in den Boden und schleuderte wütend eine Salve Sand Richtung Fluss. »Vermutlich, damit er mich danach besser feuern kann. Aber da komm ich ihm zuvor! Ich weiß nicht, wie du das hier mit ihm arrangiert hast, aber bei der nächstbesten Gelegenheit …«

»He, ganz ruhig«, sagte Margery, rückte etwas näher und legte ihm die Hand auf den Arm. »Für mich hört sich die Idee ja auch nicht vollkommen abwegig an. Und selbst wenn, das ist doch oft so bei guten Ideen. Wie weit bist du denn schon?«

Steven wunderte sich über Margery. Normalerweise hätte sie ihm an diesem Punkt so gründlich den Kopf gewaschen, dass er auch das letzte bisschen Glauben an seine Idee verlor. *Liegt es am Whiskey? Oder will sie etwas gutmachen?* Er seufzte laut und schüttelte lächelnd den Kopf.

»Ach, frag lieber nicht. Nicht besonders weit. Bisher habe ich eigentlich nur eins herausgefunden: Je tiefer eine Spezies im Wasser lebt, umso stärker ist die Abwehrreaktion, die ihr Blut bei uns hervorruft.«

»Hm, das macht ja auch irgendwie Sinn. Schließlich geht man davon aus, dass Tintenfische ihr Blutpigment in tiefem, kaltem Wasser mit geringem Sauerstoffdruck entwickelt haben. Dort funktioniert es besser als unseres. Je wärmer es wird und je mehr Sauerstoff zur Verfügung steht, umso stärker nähern sich die molekularen Eigenschaften an. Klingt zumindest nach einer ganz brauchbaren Arbeitshypothese.«

»Ja, ich wünschte nur, ich wäre auch wie du durch reines Nachdenken darauf gekommen«, sagte Steven. »So habe ich sämtlichen Tintenfischen in meinem Labor mühselig Blut abgezapft, nur um schließlich beim guten alten Herb zu landen, der wie alle Gemeinen Kraken meist in flachem Wasser lebt und manchmal sogar an Land kommt. Bei ihm habe ich extra nicht angefangen, weil ich das für zu einfach hielt.«

Margery lachte, und Steven war froh, ihr Friedensangebot angenommen zu haben. Um sich über die letzten großen Fragen der Tintenfischforschung auszutauschen, gab es doch keine bessere Gesprächspartnerin. Ihre Augen blitzten, und sie sah ihn spitzbübisch an.

»Ach, deswegen bist du also hier. Und ich dachte schon, dir geht es tatsächlich um irgendwelche Schnorchler, die von einem Mörderkraken gefressen werden.«

Hätte Steven es nicht besser gewusst, er hätte gedacht, Margery spreche plötzlich absichtlich so laut. Jessica unterhielt sich immer noch mit Finch, doch jetzt sah sie kurz zu ihnen herüber und runzelte die Stirn. Auch was Margery mit ihrer merkwürdigen Aussage meinen mochte, war Steven rätselhaft.

»Ich … ich bin hier, um eins von diesen Tieren zu finden«, stammelte er. »Genau wie du. Und … und wenn ich dadurch helfen kann, bei uns zu Hause das Meer wieder sicherer zu machen, nun dann … dann …«

»Nein, du bist hier, weil du diesen Kraken für dein Projekt haben willst«, flüsterte Margery mit verschlagenem Grinsen. »Ich meine, anscheinend kriecht er ja bis zu einem in den Garten, wenn er Hunger hat. Dann kommt er wohl mit flachem Wasser – oder gar keinem Wasser – noch ein bisschen besser zurecht als Herb.«

Steven starrte Margery noch einen Moment länger verwirrt an – und kapierte dann endlich. *Es war alles nur ein Scherz.* Sie hatte ihn auf den Arm genommen.

»Ja, genau«, erwiderte er lachend. »Ich bin hier, weil ich hinter dem Nobelpreis her bin. Gar keine so schlechte Idee eigentlich. Wenn wir ihn erst mal haben, muss ich unbedingt daran denken, ihm ein bisschen Blut abzuzapfen. Wenn es dann wirklich das ist, was ich gesucht habe, überlasse ich dir gerne den Rest. Dann kannst du wieder sezieren und wissenschaftlich beschreiben, bis nichts mehr von dem Burschen übrig ist. Ist er tatsächlich so ein gemeines Monstrum, wie wir glauben, dann nehme ich es dir ausnahmsweise wahrscheinlich nicht mal übel.«

Wieder sah Jessica kurz herüber, und wieder hatte Steven das Gefühl, es sei ein wenig unangebracht, wie sie über das Tier redeten, das vielleicht schon so viele Menschen getötet hatte.

Margery gähnte plötzlich und sagte dann in beiläufigem Ton: »Ja, wobei das Sezieren in diesem Fall ja gar nicht unbedingt das Interessante ist. Wie bei deinem Mimikrykraken damals.«

»Nein«, bestätigte Steven, etwas überrascht von dem abrupten Themenwechsel, aber dankbar für den veränderten Ton. »Nein, da hast du natürlich recht. Verhält sich dieser Krake wirklich so, wie es dieser Mahew beschrieben hat, dann ist das die außergewöhnlichste Form von Mimikry, die es im Tierreich gibt. Eine wissenschaftliche Sensation, genau wie du damals gesagt hast. *Octopus speculus,* der Spiegelkrake. Ein komischer alter Vogel mag dieser Mahew sein, aber den Namen hätte er nicht besser wählen können.«

»Hast du denn ...«, fragte Margery und gähnte wieder freimütig. »Hast du dir denn mal Gedanken gemacht, wofür der Spiegelkrake seine Spiegelungen genau braucht? Ich meine, klar: Abschreckungsposen wie beim Mimikrykraken. Ein Hai wagt sich nicht unbedingt an seinesgleichen, und bei anderen Fressfeinden ist das vermutlich genauso.« Sie runzelte die Stirn, senkte den Blick und fing an, wie gelangweilt Kreise in den vom Feuer beschienenen Sand zu malen. »Aber kann denn ein solches Tier so viele Fressfeinde haben? Die Größe, die Zähne – es scheint ja ziemlich wehrhaft zu sein. Wofür braucht es dann diesen ausgefeilten Abwehrmechanismus?«

Steven dachte an seine Expedition nach Indonesien vor fünf Jahren zurück. An Mike, der damals noch nicht Mike hieß, und wie er aufrecht in seinem Sandloch hockte und eine Gespensterkrabbe auf ihn zugelaufen kam. Er wollte gerade antworten, doch als er den Kopf hob, fiel ihm plötzlich Margerys Blick auf. Sie sah ihn mit hellwachen, wissbegierigen Augen an. Ihre Stimme und ihr Getue mochten gelangweilt wirken, doch in Wirklichkeit konnte sie gar nicht aufmerksamer bei der Sache sein.

Diese hinterlistige Schlange will mich ja doch aushorchen!, dachte Steven und merkte, wie heiße Wut in ihm hochkochte. Sie hatte ihn nicht nur eben mit dem Kraken auf den Arm genommen, sondern verschaukelte ihn schon die ganze Zeit. Das Interesse an seinem Blutprojekt, ihre ungewohnte Milde, der einfühlsame Ton, als es um seine Mutter ging – *alles nur gespielt!* Tiere mochten Form und Farbe nachahmen, doch Gedanken und Gefühle vortäuschen, das konnte nur der Mensch.

Steven hatte sich schon mehrmals geärgert, seine Theorie über die Funktion der »Spiegelungen« nicht bei der Sitzung im Rathaus vorgetragen zu haben. Dadurch wäre sie vielleicht in der Berichterstattung aufgetaucht, und die Leute wären gewarnt gewesen. Damals hatten ihn jedoch seine schlechten Erfahrungen mit Finch abgehalten, sie vorzubringen – der inzwischen so gelassen in ihrer Runde plauderte, als hätte er nie ein schlechtes Wort über ihn geschrieben. Und diesmal hielt ihn sein plötzlich wieder aufgeflammtes Misstrauen gegenüber Margery ab.

»Tja, das weiß ich auch nicht genau«, sagte er nur gleichgültig, wandte sich ab und stocherte dann stumm weiter mit seinem Stock im Lagerfeuer herum.

Soll sie doch selbst drauf kommen, wozu der verdammte Krake das Aussehen seines Gegenübers nachahmt, dachte er wütend. Wozu war sie denn so klug? Er jedenfalls war zum letzten Mal auf einen ihrer miesen Tricks reingefallen.

In dieser Nacht streckten sie sich alle ausnahmsweise am Strand auf ihren Hängematten aus, weil keine Bäume in unmittelbarer Nähe standen, an denen man sie gut aufknüpfen konnte. Nach dem anstrengenden Tag waren sie todmüde, und außerdem fühlten sie sich im Sand vor giftigem Ungeziefer auch einigermaßen sicher. So lagen sie nicht weit vom Fluss, als sich etwa drei Stunden, nachdem sie eingeschlafen waren, eine mächtige dunkle Masse leise aus dem Wasser erhob. Sie streckte schlängelnd zwei Arme ans Ufer und betrachtete sie dann aufmerksam mit ihren großen Augen.

Drei der Schlafenden blieben unbewegt liegen. Nur Steven wurde wach, und noch während er sich blinzelnd nach dem Grund fragte, hörte er ein lautes Platschen – und sofort darauf einmal mehr in seinem Innern Manápes erschrockenen Ruf: *Canaima!*

4

Am nächsten Morgen erkannten sie, wie sehr sich die Landschaft mit der Überquerung des kleinen Hügelkamms verändert hatte. Der Dschungel war der gleiche, wenn er auch stellenweise etwas niedriger und lichter wirkte. Der Fluss jedoch sah ganz anders aus.

Das sandige Ufer, an dem sie übernachtet hatten, besaß nicht mehr jenen typischen rosa Schimmer, den die Ablagerungen der roten Tafelberge auf der anderen Seite verursacht hatten. Hier war der Sand beinah so weiß wie in der Südsee, und auch das Wasser des Flusses fügte sich in dieses Bild. Es hatte seinen dunklen Teeton verloren, schimmerte jetzt eher grünlich-blau und war noch klarer. Die Klarheit wurde zusätzlich durch das helle Flussbett verstärkt, in dem sich weißer Sand mit weißem Quarzgestein abwechselte. Obwohl der Fluss nun wieder wesentlich breiter und tiefer war als der schmale Ausläufer, auf dem sie gekommen waren, konnte man praktisch überall bis zum Grund sehen.

Margery konsultierte ihren Reiseführer und sagte, sie hätten es mit einem sogenannten Klar- oder Blauwasserfluss zu tun – neben Schwarzwasserflüssen wie dem Rio Caroni und schlammigen Weißwasserflüssen wie dem Orinoko einer der hauptsächlichen Flusstypen in Südamerika. »Anders als zum Beispiel im Orinoko stehen hier nicht im Fluss heranwachsende Insektenlarven am Anfang der Nahrungskette«, erklärte sie, »sondern Algen, die in dem klaren Wasser gut Photosynthese betreiben können. Deswegen auch der grünliche Schimmer.«

Finch, den nach dem gestrigen Abend niemand einfach so hatte fortschicken wollen, ließ sich den Reiseführer geben. Sein verbeultes Kanu war mit einem Seil an ihrem Heck befestigt, und er hatte Stevens Platz eingenommen, der jetzt hinten am Motor saß und das Boot steuerte. Der Reporter freute sich sichtlich, nun so unmittelbar am Geschehen beteiligt zu sein, und hatte am Anfang von Margerys Erklärungen sofort eifrig einen Block aus der Seitentasche seiner Shorts geholt. Allerdings hatte er den wissenschaftlichen Details wohl nicht auf Anhieb folgen können, und auch den Reiseführer gab er ihr schon nach kurzer Lektüre mit unzufriedenem Kopfschütteln wieder zurück.

»Nein, tut mir leid«, sagte er. »Das ist alles zu hoch für mich – und damit auch für meine Leser. Sagen wir einfach, das Wasser ist klar. Was es uns ja auf jeden Fall erleichtern sollte, Ihr großartiges Monstrum aufzuspüren.«

Mit gezücktem Stift beugte er sich über die Reling, als könnte der journalistische Knüller, auf den er hoffte, jeden Moment irgendwo unter ihnen auftauchen. Steven lächelte nachsichtig, und beinah tat es ihm leid, dem tapferen Reporter seine Illusionen nehmen zu müssen. »Schauen Sie lieber am Ufer nach Indios«, sagte er. »Den Kraken werden wir hier nicht finden.«

»Was soll das heißen?«, fragte Finch und drehte sich mit seinem sonnenverbrannten Wieselgesicht verblüfft zu ihm um. »Ich dachte, der Priester hätte ihn von den Indios bekommen, die in diesem Gebiet leben. Dann müssen die ihn doch aus dem Fluss hier haben.«

»Es gibt keine Kraken, die in Flüssen leben«, sagte Margery von vorne. »Ein paar andere Weichtiere wie Muscheln und Schnecken sind im Laufe ihrer Entwicklung Flüsse hochgewandert und dort heimisch geworden. Aber Tintenfische gibt es nur im Meer.«

»Sind Sie da sicher?«, fragte Finch und runzelte die Stirn. »Ich meine, bei meiner Recherche auch von welchen gelesen zu haben, die im Süßwasser leben. In irgendwelchen Seen in Oklahoma. Und im Ohio River.«

»Der in Oklahoma ist ein Gruselmärchen«, erklärte Steven. »In ein paar Seen dort sind in letzter Zeit immer wieder Menschen ertrunken, und da hat sich jemand ein passendes Seemonster zu ausgedacht – ähnlich wie es in unserem Fall ja auch zunächst zu sein schien. Am Ohio River werden Süßwassertintenfische verkauft, aber die kommen in Wirklichkeit aus dem Meer. Margery sagt Ihnen schon die Wahrheit: Kraken gibt's nur im Salzwasser.«

Der Reporter blickte erneut kurz in den vorbeiziehenden Fluss hinab und legte die Stirn dann noch tiefer in Falten.

»Ja, aber … was zum Teufel machen wir dann hier?«

»Wir finden heraus, wo die Indios das Tier herhaben, das der Pater von ihnen bekommen hat«, erklärte Margery. »Und dann folgen wir dieser Spur bis zu dem Ort an der Küste, wo es lebt.«

»Wo die Indios das Tier herhaben?«, fragte Finch. »Aber ich dachte, der Missionar hätte gesagt, sie hätten keinen Kontakt zur Außenwelt. Wie sollen sie dann an den Kraken und diese Schnitzerei gekommen sein, die Sie mir gezeigt haben?«

»Der Pater hat *gesagt,* sie hätten keinen Kontakt zur Zivilisation«, erwiderte Steven. »Aber vermutlich stehen sie von der brasilianischen Seite her längst mit ihr in Verbindung. Ich weiß nicht, auf welchen verschlungenen Pfaden das alles zu ihnen gelangt ist, aber irgendwie wird es schon geschehen sein. Vielleicht stellen sie diese Schnitzereien ja sogar für jemanden her, und der junge Pater hat einfach eine Menge missverstanden. Das ist auf jeden Fall die wahrscheinlichste Erklärung. Über alles andere müssen wir im Grunde nicht einmal nachdenken.«

»Aber Sie haben doch eben selbst gesagt, dass manche Tiere vom Meer aus in Flüsse wandern. Warum sollte dann nicht auch …«

»Weil Kraken es nun mal nicht tun. Sie haben anscheinend keinen Grund dafür. Sie müssten die Grenze zwischen Salz- und Süßwasser überwinden, und um diese evolutionäre Anstrengung auf sich zu nehmen, kommen sie in ihrem jetzigen Lebensraum wohl zu gut zurecht. Lachse zum Beispiel ziehen zum Laichen Flüsse hinauf, weil ihre Brut dort bessere Überlebenschancen hat. Für Kraken und andere Tintenfische existieren solche Gründe aber offensichtlich nicht. Es gibt nicht mal welche, die im Brackwasser leben.«

Manápe hatte ihnen keine Karte gemalt, sondern schlicht gesagt, sie sollten dem Lauf des Flusses folgen, dann würden sie zwangsläufig auf eine Siedlung der Indios stoßen. Um die An-

zeichen für eine solche Siedlung nicht zu übersehen, fuhr Steven relativ langsam, so dass das Motorengeräusch eine halbwegs normale Unterhaltung zuließ. Jessica hatte die ganze Zeit geradeaus geguckt, und Steven dachte, sie sei mit den Gedanken woanders. Doch jetzt drehte sie sich plötzlich zu ihnen um.
»Aber in den Kanal im Indian River Village ist der Krake doch auch gekommen«, sagte sie und sah Steven übers Boot hinweg an. »Sie haben mich doch damals selbst darauf hingewiesen, dass der nicht mit reinem Salzwasser gefüllt ist.«
»Das wäre dann ein kurzer Ausflug in eine fremde Lebenswelt gewesen«, antwortete Steven und merkte, dass er anders als Jessica im Zusammenhang mit dem Vorfall immer noch den Konjunktiv benutzte. »Ähnlich wie der dann folgende Ausflug an Land. Aber einen Kopffüßer, der dauerhaft im Süßwasser lebt, das gibt es nicht. Außerdem: Warum sollte er dann nur in diesem einen Gebiet im Inland leben und nicht in anderen Flüssen auch? Nein, das hier ist nur eine weitere Station auf einer Reise, die uns letztendlich ins Meer führen wird – davon bin ich fest überzeugt.«
Finch dachte einen Moment über Stevens Worte nach. Dann schüttelte er verdrießlich seinen großen Schlapphut. »Das heißt, ich bin Ihnen im Grunde die ganze Zeit umsonst gefolgt«, sagte er. »Ich hätte mich auch genauso gut irgendwo an den Strand legen und dort auf sie warten können.«
»Wenn Sie gewusst hätten, wo wir am Ende landen, schon«, sagte Steven lächelnd. »Aber das wissen wir ja selbst noch nicht. Betrachten Sie es einfach als eine Art Abenteuerurlaub und genießen Sie die Landschaft. Ein so außergewöhnliches Fleckchen Erde sieht man schließlich nicht jeden Tag.«
Und außergewöhnlich war dieses Fleckchen tatsächlich. Schon das dunkle Wasser und die rosa schimmernden Strände des Rio Caroni hatten einen besonderen Charme besessen. Doch hier

war es, als hätte man einen typischen südamerikanischen Flusslauf genommen und ihn nicht nur auf kuriose Weise umgefärbt, sondern ihm die Farbe mehr oder weniger ganz entzogen. Trotzdem wirkte der Dschungel kaum weniger üppig, und auch die Fauna präsentierte sich ihnen an diesem Vormittag in geradezu idealtypischer Weise.

Der Anblick der zwei Meter langen Krokodilkaimane, die aussahen, als habe man den schmalen Kopf eines Kaimans auf den kräftigen Rumpf eines Krokodils gepfropft, war nichts Neues mehr für sie. Auch in den Tagen zuvor hatten sie die großen Reptilien einzeln oder in kleinen Gruppen auf den Böschungen und roten Felsen gesichtet, die den schwarzen Caroni säumten. Sie jetzt jedoch auf dem weißen Sand und den hellen Quarzfelsen in der Sonne liegen zu sehen, an denen sich der grünblaue Fluss vorbeischlängelte, erzeugte einen ganz anderen, leicht unwirklich anmutenden Eindruck. Auch für die Herde Wasserschweine, die in der Nähe eines schmalen Zuflusses am Ufer badete, wirkte die Umgebung irgendwie zu sauber und farblos. Und als schließlich gegen Mittag tatsächlich ein Boto, ein weißer Flussdelfin, an ihnen vorbeischwamm und kurz seinen dicken Stirnhöcker aus dem Wasser hob, hatte Steven endgültig das Gefühl, durch eine Art ausgeblichene Amazonaspostkarte zu reisen.

Dann jedoch, nachdem sie noch eine Weile weitergefahren waren, änderte sich die Atmosphäre erneut. Steven merkte es erst, als er kurz das Gas wegnahm, um sich einen im Ufergestrüpp liegenden Baumstamm anzusehen, den er zunächst für einen Einbaum hielt. Er drosselte den Motor nicht zum ersten Mal, um sich das Ufer genauer anzusehen, und bisher war es dann immer gewesen, als drehe jemand an einem Mischpult den Regler für die Dschungelgeräusche wieder hoch: Sofort setzte das stete Hintergrundkonzert der Vögel und Insekten erneut ein, hier schrie ein Affe, dort hörte man einen plötzlichen Flügel- oder Flossenschlag.

Jetzt war es jedoch vollkommen still, und Steven wurde sich mit einem Mal bewusst, dass nach der morgendlichen Tierschau nun lange kein Geschöpf des Dschungels mehr am Fluss zu sehen gewesen war: kein Wasserschwein oder Aguti auf den Sandböschungen, kein Kaiman auf den Felsen und kein gelbbrüstiger Ara oder rotgesichtiger Kleinaffe in den Bäumen.

Unwillkürlich musste er an den Moment damals am Riff zurückdenken, als ihm aufgefallen war, dass das Sonar seines Tauchboots so lange keinen Mucks mehr von sich gegeben hatte.

Er runzelte die Stirn, schaltete den Motor ganz aus und horchte mit sanft steigendem Herzschlag in die Stille hinein.

»Alles klar?«, fragte Margery und drehte sich zu ihm um. »Hast du irgendwas gesehen?«

»Nein«, sagte Steven leise. »Nein, gesehen habe ich nichts. Aber kommt es euch nicht auch eigenartig still hier vor?«

Auch Finch und Jessica drehten sich zu ihm um.

»Na ja, klar ist es still«, sagte der Reporter. »Sie haben ja auch gerade den Motor ausgemacht.«

»Ja, aber … so still ist es doch sonst nicht, oder? Es gibt hier draußen doch immer irgendwelche Geräusche. Oder spielt mir meine Einbildung einen Streich?«

Auch Jessica horchte jetzt mit nachdenklicher Miene in die Stille, die über dem trägen blauen Fluss lag. Margery sah zur hochstehenden Sonne auf und zog sich mit bedächtigen Bewegungen ihre Baseballkappe zurecht.

»Die Mittagszeit wahrscheinlich«, sagte sie. »Bei der Hitze hören selbst die Zikaden auf zu zirpen.«

»Ja, wahrscheinlich«, sagte Steven und versuchte, sich über seine Gefühle klarzuwerden. »Ich weiß auch nicht, was mich daran so irritiert. Ich …«

Doch weiter kam er nicht. Im selben Augenblick zerriss ein wütendes Fauchen die Stille. Es kam aus dem Urwald rechts von ihnen und wurde sofort von schwerem Hufgetrappel und dem Geräusch splitternden Unterholzes gefolgt.

Im nächsten Moment brach der große braune Tapir aus dem Gebüsch, den sie eigentlich schon gestern Abend erwartet hatten. Er hatte mehrere große blutige Striemen an der Seite und wurde von einer Kreatur verfolgt, die die erstaunliche Tierparade des Morgens sozusagen komplett machte: Ein Jaguar – der König des südamerikanischen Dschungels – schoss wie ein getüpfelter Blitz aus dem dichten Grün hervor und schlug mit seiner Pranke nach dem flüchtenden Huftier.

Die Raubkatze erwischte den Tapir an der Hinterflanke, hatte jedoch noch so viel Schwung, dass sie abglitt und fauchend über den Sand purzelte. Der Tapir kam ebenfalls ins Straucheln, stemmte aber erstaunlich geschickt seine schlanken Beine in den Boden und hielt mit verzweifeltem Blick und grotesk wackelnder Rüsselschnauze aufs Wasser zu.

Der Jaguar war sofort wieder auf den Tatzen und setzte die Verfolgung fort. Mit großen Sätzen jagte er dem Tapir nach. Doch dieser katapultierte seinen massigen Körper mit einem verzweifelten Quietschen vom Ufer und landete krachend im Fluss.

Der Jaguar kam schlitternd zum Stehen, rutschte mit den Pfoten ins Wasser, zog sie aber sofort wieder zurück. Und konnte dann dem Tapir nur noch hechelnd dabei zusehen, wie er mit hastigen Schlägen seiner dünnen Beine und hoch übers Wasser erhobener Schnauze auf die andere Seite schwamm.

Tatsächlich behielt der Jaguar seine entkommene Beute noch den ganzen Weg im Blick, während der Tapir erst den Schutz hoch aufragender Wasserpflanzen erreichte, dann wieder festen Boden unter die Hufe bekam und im Ufergebüsch verschwand. Als schließlich nichts mehr von ihm zu sehen war und auch das

Geraschel im Wald erstarb, sah die Raubkatze kurz noch mal aufs Wasser und zu ihrem Boot herüber. Dann lief sie in ruhigem Trott in den Dschungel zurück.

Erneut war es wieder vollkommen still. Steven schüttelte verwundert den Kopf. »Wow, hier kriegt man aber was geboten«, sagte er. »Wenn ich zu Hause wirklich meinen Job verlier, organisier ich Dschungeltouren in diese Gegend. Da ist ja jede Löwensafari ein Dreck gegen.«

»M-hm, gut dass sie mir vorhin gesagt haben, hier gäbe es nichts zu sehen«, sagte Finch. »Sonst hätte ich längst meine Kamera aus dem Rucksack geholt.«

»Komisch«, sagte Margery, die mit gedankenverlorenem Blick auf die Stelle starrte, wo der Jaguar am Wasser gestanden hatte.

»Was ist jetzt schon wieder komisch?«, fragte Finch und drehte sich mit ungeduldiger Miene zu ihr um. »Eben hört der eine das Gras wachsen, jetzt machen Sie auch plötzlich so ein merkwürdiges Gesicht. Ich glaube, Sie haben ein bisschen zu viel Zeit mit diesen abergläubischen Maniokfressern verbracht.«

»Nein«, erwiderte Margery, immer noch in grüblerischem Ton. »Mit Aberglauben hat das nichts zu tun. Ich meine nur, mich erinnern zu können, dass Jaguare gute Schwimmer sind.«

»Sind sie das?«, fragte Jessica von vorne und sah Margery aufmerksam an. »Sie können schwimmen?«

»Ja, meiner Erinnerung nach schon. Wie Tiger, die ja auch im Dschungel leben.«

Die Strömung trieb sie langsam an der Stelle vorbei, wo der Jaguar plötzlich gebremst hatte. Steven betrachtete die Spuren, die er dabei im Sand hinterlassen hatte, und ließ den Blick dann über den friedlich dahinfließenden Fluss schweifen. Immer noch pochte sein Herz schneller als gewohnt. Ob von dem aufregenden Schauspiel oder etwas anderem, wusste er nicht genau.

»Quatsch, Katzen sind wasserscheu«, sagte Finch. »Das weiß

doch jedes Kind. Meine Frau hatte eine. Wenn man nur den Wasserhahn aufgedreht hat, ist die schon getürmt.«

»Ja, vielleicht irre ich mich auch«, sagte Margery. »Oder vielleicht war es einfach nur ein wasserscheues Exemplar. Oder er wusste, dass er den Tapir im Fluss nicht überwältigen könnte.«

»Sehen Sie nur. Sehen Sie mal da hinten!«

Jessica zeigte auf eine Stelle am Ende des langen Sandufers, nicht weit von dem Punkt entfernt, wo der dichte Urwald sich wieder bis zum Wasser vorwölbte. Steven konnte zunächst nichts Besonderes entdecken. Doch dann erkannte er auch dort Spuren im Sand. »Was ist damit?«, fragte er. »Was finden Sie daran bemerkenswert?«

»Fahren Sie schnell hin«, antwortete Jessica nur. »Bringen Sie uns mit dem Boot da ans Ufer.«

Steven ließ den Motor wieder an, machte einen kleinen Bogen und fuhr gerade mit so viel Schwung auf das flache Sandufer auf, dass das Kanu darauf stehen blieb. Während Finch eine der Gepäcktonnen öffnete und jetzt doch die Kamera aus seinem Rucksack holte, stiegen Steven, Margery und Jessica aus dem Boot und betrachteten die Spuren, die Jessica entdeckt hatte.

Sie waren etwa sechs, sieben Meter lang und führten den größten Teil der Böschung hinauf: ein breiter, aufgewühlter Streifen in der Mitte, mehr oder wenige glatte Bögen an den Seiten.

»Was sind das für Spuren?«, fragte Margery.

»Genau so welche haben wir damals im Schlamm gefunden, als das kleine Mädchen fortgeschleppt wurde«, sagte Jessica. »Ganz genau dieselben Spuren.«

»Tatsächlich?«, fragte Margery und drehte sich mit erregter Miene zu Steven um. »Genau dieselben?«

»Na ja, ähnlich zumindest«, erwiderte Steven, obwohl die Spuren wirklich fast identisch aussahen. Sein Herz pochte, seine

Hände waren feucht, und er hatte ein komisches Gefühl im Bauch, von dem er ganz durcheinander war.
Er sah zu den Wasserpflanzen hinüber, die etwas weiter vorne das Ufer säumten. Es waren die gleichen hoch aufragenden Pflanzen wie jene, in die sich auf der anderen Seite der Tapir gerettet hatte, und zwischen ihnen hatte Steven vorhin das Stück Holz gesehen, das er zuerst für einen Einbaum hielt. Er versuchte, es wiederzufinden. Aber entweder war es aus dieser Perspektive nicht mehr zu sehen – oder es war verschwunden.
»Da, sehen Sie nur«, sagte Jessica erneut. Die junge Polizistin war mit Margery ein Stück weiter das Ufer hinaufgestiegen, wo der Streifen in einen großen Kreis aus aufgewühltem Sand überging. Sie beugte sich über die aufgewühlte Fläche und zeigte auf mehrere rostbraune Flecken auf dem hellen Untergrund.
Ja, Blut – es ließ sich nicht leugnen. Und als Steven genauer hinsah, erkannte er auch kleine Hufabdrücke, die aus dem Urwald kamen und genau zu den Blutflecken führten.
»Ein Krokodil, das sich ein Pekari geschnappt hat«, sagte er. »Ich weiß nicht, was daran so ungewöhnlich sein soll.«
»Ein Krokodil?«, fragte Jessica und blickte überrascht zu ihm auf. »Aber … aber genau denselben Unsinn hat Gary doch damals auch erzählt. Und wir wissen doch inzwischen … wir wissen doch …«
Jessica war offenbar so verwirrt von seinen Worten, dass es ihr die Sprache verschlug. Sie sah ihn mit einem geradezu verletzten Ausdruck in den Augen an. Steven fühlte sich, als würden in seinem Innern zwei enorme Gewalten miteinander ringen. Neben ihm klickte laut Finchs Kamera.
»Ist das von dem Kraken?«, fragte der Reporter aufgeregt. »Lebt er also doch hier im Fluss?«
»Nein, das tut er nicht«, fuhr Steven ihn erbost an. *»Kraken*

leben nicht in Flüssen. Wie oft soll ich das noch sagen? Diese Spuren stammen von einem Krokodil, und von nichts anderem.«

»Von den kleinen Dingern, die hier überall auf den Felsen rumliegen?«, fragte Finch und lief knipsend den Streifen hinab.

»Nie und nimmer. Dafür sind die Spuren doch viel zu breit.«

»Hier gibt es auch andere Krokodile. Orinoko-Krokodile, die werden bis zu sieben Meter lang. Wahrscheinlich war es so eins. Wir müssen wirklich aufpassen, dass wir uns nicht in irgendwelche verrückten Ideen verrennen.«

»Was ist denn los mit dir?«, fragte Margery, während Jessica ihn nur weiter fassungslos anstarrte. »Wieso regst du dich denn plötzlich so auf?«

»Ich rege mich nicht auf«, erwiderte Steven aufgebracht. »Wir sind nur wer weiß wie viele hundert Kilometer vom Meer entfernt, irgendwo im Urwald, und ihr wollt mir erzählen, dass hier ein Monsterkrake im Fluss haust. Das ist mir einfach zu durchgeknallt, da spiele ich nicht mit.«

Alle drei sahen ihn jetzt verblüfft an. Selbst Finch hatte seine Kamera sinken lassen und blickte vom Rand des Wassers verdutzt zu ihm herauf. Margery stand Steven direkt gegenüber, auf der anderen Seite der Spuren, und wie damals, als sie die Reise vorgeschlagen hatte, blitzten plötzlich ihre Augen auf.

»Eigentlich gibt es ja einen einfachen Weg, das rauszufinden«, sagte sie leise. Jessica und Finch wandten ihr verwirrt die Köpfe zu. Sie jedoch blickte Steven weiter mit herausfordernder Miene ins Gesicht. »Wir müssen ja nur unsere Taucherbrillen aufziehen und uns ein bisschen hier umsehen.«

Steven schaute von Margery zum Wasser und machte unwillkürlich einen Schritt nach hinten.

»Nein, das halte ich für keine gute Idee. Wir sollten zusehen, dass wir diese verdammten Indios finden, sie fragen, wo sie den Dolch herhaben, und dann zur Küste weiterreisen. Hier jetzt im

Fluss rumzuschnorcheln hält uns nur unnötig auf. Außerdem hab ich mir das mit den Orinoko-Krokodilen ja nicht ausgedacht. Wenn hier wirklich so ein Riesenapparat sein Revier hat, dann sollten wir nicht auch noch zu ihm ins Wasser steigen.«

»Steven Schuster«, sagte Margery vergnügt und schüttelte mit triumphierendem Grinsen den Kopf. »Dass ich das noch erleben darf. Du hattest noch nie Angst, zu irgendwas ins Wasser zu steigen. Du würdest sogar einen Weißen Hai streicheln, wenn sich dazu die Gelegenheit ergibt.«

»Nein, das würde ich nicht«, erwiderte Steven. »So etwas machen nur Leute, die sich was zu beweisen haben. Und ich hab mir nichts zu beweisen. Genauso wenig hab ich Angst. Ich will nur verhindern, dass wir uns zu irgendwelchen unüberlegten Aktionen hinreißen lassen. Wir haben ja noch nicht mal eine Harpune dabei, mein Gott. Und zwar aus genau dem Grund, den ich die ganze Zeit predige: *Weil es in Flüssen nun mal keine Kraken gibt.*«

Doch natürlich hatte er Angst. Im Grunde war es nicht so schwer, dem eigenartigen Gefühl in seinem Bauch einen Namen zu geben. Er hatte es zum ersten Mal gespürt, als sie den Dolch gefunden hatten, dann, als Manápe beim Anblick der Schnitzerei erschrocken einen Schritt zurückgewichen war – genauso wie er selbst eben bei Margerys Vorschlag. Und inzwischen spürte er eine Angst in seinem Innern, wie er sie nicht mehr empfunden hatte, seit er ein kleiner Junge war.

Wovor er so viel Angst hatte, das wusste er nicht genau. Doch in seinem Kopf wiederholte der indianische Jäger in einem fort dasselbe, unheilvolle Wort.

Canaima! Canaima! Canaima! …

»Wir haben Messer«, sagte Margery, lief quer über die Spuren zum Kanu zurück, nahm dabei schon ihre Kappe ab und zog sich ihr Poloshirt über den Kopf. Finch sah mit offenem Mund zu, wie sie halbnackt in der Tonne wühlte, die er eben geöffnet hatte, sich dann die Schuhe von den Füßen streifte, auch Shorts und Slip fallen ließ und in einen hauchdünnen Neoprenshorty stieg. Steven hatte den Eindruck, es fehlte nicht viel, und der Reporter würde Fotos von ihr schießen.

»Margery«, sagte er und stapfte durch den Sand zu ihr hinunter. »Hör mir mal zu …«

»Nein, ich höre dir nicht zu, Steven«, erwiderte sie entschlossen. »Ich weiß nicht, was plötzlich in dich gefahren ist. Aber ich bin hier, um eine wissenschaftliche Entdeckung zu machen. Ob ich das im Dienst der Forschung tun will oder um meinen persönlichen Ehrgeiz zu befriedigen, das überlasse ich gern deinem Urteil. Der Punkt ist nur: Ich werde es tun.«

Sie holte ihre Taucherbrille hervor und klemmte sie sich auf die Stirn. Dann zog sie ihre Flossen aus der Tonne, machte sie kurz nass und streifte sie sich über die Füße.

»Wir sind jetzt seit fast zwei Wochen unterwegs. Die Spuren ähneln denen in Florida, also sollten wir uns umsehen. Ich glaube ja auch nicht, dass wir einen Kraken in dem Fluss finden. Aber ich will mir zumindest nicht die Chance entgehen lassen, es zu tun.«

»Und was, *wenn* du ihn findest?«, fragte Steven. »Ich meine, das Tier in Florida hat wahrscheinlich vier Menschen umgebracht.«

»Kinder und Leute, die nicht wussten, dass es da ist«, antwortete Margery und beugte sich über die Reling, um auch ihr Tauchmesser noch aus dem Fass zu fischen. »Leute, die es vermutlich aus dem Hinterhalt überrascht hat. Aber nicht jemanden, der auf der Hut ist und eine Waffe in der Hand trägt.«

Sie zog das Messer aus der Scheide und warf die Scheide zurück ins Boot. »Es ist doch nur ein Krake, Steven. Ein gottverdammtes Weichtier.«

Steven sah sie einen Moment an und schüttelte dann den Kopf. »Okay, warte«, sagte er. »Ich komme mit.«

Er ging ums Boot, um an die Tonne mit seinen Sachen zu kommen. Sie lag im Heck, und als er merkte, wie sehr er sich scheute, auch nur einen Schritt ins Wasser zu machen, wurde ihm klar, in was für einem jämmerlichen Zustand er sich befand.

Trotzdem zog er sich rasch um, und schließlich stand er knietief im Wasser und versuchte, irgendwie genug Spucke zusammenzukriegen, um das Glas seiner Taucherbrille zu befeuchten. Er hatte nie groß an Ängstlichkeit gelitten, vermutlich weil Trotz und Wut im entscheidenden Moment immer stärker gewesen waren als jede Furcht. Aber jetzt hatte er so viel Angst, dass ihm speiübel war und das Herz ihm aus dem Brustkorb springen zu wollen schien. Seine Arme, seine Beine – alles fühlte sich so schwach und nutzlos an wie bei einer Strohpuppe.

Er blickte über den Fluss und in den gegenüberliegenden Urwald und begriff endgültig, dass sie hier nichts zu suchen hatten – dass hier eine Macht herrschte, gegen die sie mit all ihren Waffen und all ihrer Vorsicht nichts ausrichten konnten. Margery stand gelassen auf der anderen Seite des Hecks, und er wollte schon den Daumen heben, um das Startzeichen zu geben. Doch dann fiel ihm noch etwas ein.

»Margery«, sagte er. »Denk dran, dass es sich in alles verwandeln kann. In absolut alles, verstehst du?«

»Ja, ja, ich verstehe«, sagte Margery und zog sich mit gelangweilter Miene die Taucherbrille übers Gesicht. »In absolut alles – genau wie der Teufel.«

Das Wasser war warm und die Sicht im hellen Mittagslicht so gut, dass Steven auf der einen Seite des gut zwanzig Meter breiten Flusses schwimmen konnte und Margery immer noch schemenhaft auf der anderen Seite erkannte. Im Sand wuchsen hier und da hellgrüne Wasserpflanzen, besonders in Ufernähe. Auch helle Felsen traten aus der Böschung hervor, viele mit einer dünnen Schicht Algen bedeckt, die von kleinen, bronzefarbenen Welsen abgegrast wurde. Ansonsten stieß Steven in dem etwa zwei Meter tiefen Gewässer nur auf vereinzelte Gruppen beilförmiger Fische mit einem breiten, schwarzen Längsstreifen in der Mitte. Sie waren kaum größer als sein Handteller, aber gelassen genug, um stets erst im allerletzten Moment ein Stück wegzuschwimmen, wenn er sich ihnen näherte.

Auch Steven wurde wieder gelassener. Vielleicht lag es an der friedlichen Unterwasserszenerie, vielleicht am steten Atmen durch den Schnorchel. Vielleicht auch daran, dass die unheimliche Macht, deren Nähe er eben am Ufer noch so deutlich zu spüren glaubte, hier im Wasser nicht augenblicklich über sie herfiel. *Alles wohl doch nur Einbildung,* dachte er und spürte dankbar, wie sich Herz und Magen wieder beruhigten. Trotzdem warf er alle paar Sekunden einen Blick zu Margery hinüber, während er auf der dem Boot gegenüberliegenden Flussseite den Grund absuchte, und blieb stets ungefähr auf ihrer Höhe.

Gemächlich wie ein Raubfisch kurvte sie am anderen Ufer entlang, arbeitete sich etwa fünfzig Meter flussaufwärts und machte dann wieder kehrt. Ohne jedes Zeichen und ohne sich auch nur nach ihm umzusehen paddelte sie rasch wieder zu ihrem Ausgangspunkt zurück – wahrscheinlich wollte sie ihm immer noch ihren überlegenen Mut demonstrieren. Dann verlangsamte das verschwommene Wesen mit dem roten Shorty und den grellgelben Flossen wieder sein Tempo und fing an, auch in die andere Richtung den Fluss in stetem Slalom abzuschwimmen.

Stromabwärts bot sich ihnen jedoch das gleiche, friedliche Bild, und nach einer Weile kam Steven seine anfängliche Angst immer alberner vor. Was machten sie hier eigentlich? Suchten mit gezückten Tauchmessern einen Süßwasserfluss nach einem südamerikanischen Flusskraken ab – hätte ihm das jemand vor einem Monat gesagt, er hätte ihm den Vogel gezeigt. Gab es nicht vielleicht doch eine andere Erklärung für alles, was sie bisher erlebt hatten? Basierte möglicherweise nicht nur diese sinnlose Rumschnorchelei auf einer verrückten Idee, in die sie sich verrannt hatten, sondern ihre ganze Expedition?

Margery hat es doch damals gesagt: Wir Wissenschaftler neigen dazu, uns unsere eigene Wahrheit zusammenzubauen. Jagen wir nicht vielleicht doch immer noch einem Phantom hinterher, das es in Wirklichkeit gar nicht gibt?

Kaum war ihm der Gedanke wie ein Schatten durch den Kopf gehuscht, nahm er jedoch einen echten Schatten im Augenwinkel wahr, der ein paar Meter hinter ihm über den hellen Sand glitt. Sofort fuhr er herum und sah den grünbraunen Körper eines Krokodils auf sich zukommen. Panisch paddelte er rückwärts, das Messer in verzweifelter Abwehr vor sich ausgestreckt.

Schon im nächsten Moment erkannte er aber, dass Jessica in dem Krokodil saß – *es handelte sich nur um Finchs verbeultes Kanu!* Hustend spuckte er das Mundstück seines Schnorchels aus und schüttelte den Kopf.

»Jesus, Maria und Herrgott«, sagte er. »Haben Sie mir vielleicht einen Schreck eingejagt!«

»Ich konnte Sie hinter der Biegung nicht mehr sehen«, sagte Jessica und hielt mit dem Paddel leicht gegen die Strömung. »Da habe ich mir gedacht, ich schaue lieber mal nach, ob alles in Ordnung ist.«

»Ja, bei uns ist alles okay«, sagte Steven und erkannte, dass ihr Boot tatsächlich hinter dem hier bis zum Wasser reichenden Dschungel verschwunden war. »Gefunden haben wir allerdings nichts. Ich glaube auch nicht, dass hier irgendwas ist. Aber bleiben Sie ruhig da. Dann können Sie uns gleich wieder mit zurücknehmen.«

Er nutzte die Gelegenheit, um seine Taucherbrille auszuspülen, und schnorchelte dann in erschöpfter Stimmung weiter. Sicher, seine Nerven lagen blank, aber auch diesmal hatte sich seine Angst ja wieder als grundlos herausgestellt. Er beschloss, noch zehn Meter weiter zu schwimmen und es dann gut sein zu lassen. Margery hatte ein Satellitentelefon dabei, mit dem sie schon ein paarmal ihre Eltern angerufen hatte. Vielleicht sollten sie es benutzen, um irgendwie einen Hubschrauber zu organisieren, der ihnen eine bessere Ausrüstung bringt. So hätte er hier draußen weniger das Gefühl, ihrer aller Leben zu riskieren. *Aber nein: Was wir in Wirklichkeit tun sollten, ist, zu den Indios weiterfahren und endlich rausfinden, was es mit dieser komischen Schnitzerei auf sich hat. Dann stellt sich wahrscheinlich sowieso heraus, dass wir an der ganz falschen Stelle suchen.*

Er hatte seine zehn Meter jedoch noch nicht hinter sich, da sah er etwas vor sich auf dem Grund, was so weiß war, dass es sich selbst vom hellen Sand deutlich abhob. Sofort musste er an das gleißend weiße Objekt denken, das er in Florida in dem dunklen Felsspalt gesehen hatte, und tauchte die zweieinhalb Meter zum Flussbett hinunter. Er packte das Ding, das wie ein kleines Horn aus dem Sand ragte – und hatte einen Knochen in der Hand.

Der Knochen war knapp so lang wie sein Unterarm und stark gewölbt, vermutlich eine Rippe. Steven hob den Kopf und sah vor sich weitere über den Grund verstreute Gebeine.

Rippen, Wirbel, Schulterblätter, Kiefer – die Spur der Knochen führte Richtung Ufer, wo direkt neben schräg in der Strömung liegenden Pflanzenwedeln ein großer dunkler Spalt den Quarz teilte. Je näher sie bei dem Spalt lagen, umso weniger waren die Gebeine mit Sand bedeckt. Während Steven wie magisch ange-

zogen weiterschwamm, erkannte er eine skelettierte Affenhand, einen Krokodilschwanz, einen Jaguarschädel.
Er hatte die Höhle fast erreicht, in deren dunklem Eingang ein paar tastende Sonnenstrahlen tanzten, als er links daneben den Schädel eines Menschen sah, der ihn mit hohlen, schwarzen Augen anstarrte. Sofort tauchte er auf und schrie nach Margery. Doch während er mit Jessica geredet hatte, war Margery weitergeschwommen – und jetzt außer Hörweite. Instinktiv ließ Steven sein Messer fallen, um schneller schwimmen zu können, und raste kraulend über den Fluss.
Ein weiterer Schnorchler hatte sich zu ihnen gesellt. Je näher Steven ihm kam, umso deutlicher waren seine beigen Shorts und blauen Flossen auszumachen, schließlich sogar der an der Oberfläche treibende blonde Schopf und die glänzende Messerklinge. Nur für das wissende Auge war zu erkennen, dass der Körper des Schnorchlers trotz der schlagenden Beine seltsam fest am Platz verharrte. Auch war er etwas zu groß, um echt zu sein, und die Farben und Formen, welche die Illusion erzeugten, waren nicht scharf voneinander getrennt, sondern flossen ineinander und verschwammen leicht – wie bei einer in der Sonne schmelzenden Wachsfigur.
Margery jedoch musste wie selbstverständlich davon ausgehen, dass es sich um Steven handelte, auf den sie da zuschnorchelte. Und näherte sich ihm ohne Argwohn.
»Margery!«, rief Steven unter Wasser, und tatsächlich hörte sie ihn diesmal und drehte sich zu ihm um. Er war nah genug, um die Fassungslosigkeit in ihren Augen zu erkennen, als sie sah, dass es ihn zweimal in dem Fluss gab. Sofort drehte sie sich wieder zu dem anderen Steven um – und begriff. Aber da hatte das gerissene Monstrum seine Maskerade schon abgelegt und schoss mit ausgebreiteten Armen auf sie zu.
Margerys Messer fiel zu Boden, als der Krake sich auf sie stürzte.

Steven hob es auf und rammte es dem großen grünen Ungeheuer in den Leib. Tausend Farben leuchteten auf, dann tönte eine große Tintenwolke das Wasser grau. Doch auch rote Wirbel mischten sich in den Schleier, und als Steven den Arm um Margerys Taille schlang, um sie fortzuzerren, griff er mit der Hand in eine warme, weiche Wunde.

Sanchez war schon bei ihnen, das Monster davongeschossen, und Steven wuchtete die Verletzte auf die Reling. Er stemmte sie von unten hoch und versuchte gleichzeitig, ihre Wunde zuzuhalten. Jessica packte die stöhnende Frau derweil unter den Achseln und setzte sich auf die andere Reling, um sie besser ins Boot ziehen zu können. In dem Moment warf sich von hinten ein Arm um ihren Bauch und zog sie rückwärts in den Fluss.

Steven schob Margery mit einer letzten Anstrengung ins Kanu, ließ sich dann sofort wieder ins Wasser sinken und nahm die Verfolgung auf. Das Monstrum zog sein verzweifelt strampelndes Opfer rasch davon, und als Steven die beiden endlich einholte, schwebten ihm erneut graue und rote Schwaden entgegen. Zum Glück ließ der Krake diesmal aber schon von seiner Beute ab, als er mit seinen großen gelben Augen das Messer erblickte, mit dem Steven auf ihn zukam, und Steven konnte Jessica zum Ufer ziehen.

Er zerrte sie bis in irgendwelche kniehohen, violetten Blütenpflanzen, die auf der Böschung wuchsen, und gab ihr dann Mund-zu-Mund-Beatmung, bis sie hustend Wasser spuckte. Sie hatte einen tiefen Schnabelbiss an der Schulter abbekommen, aber ansonsten nur kleinere Wunden von den mit Zähnen besetzten Saugnäpfen. Als Steven sah, dass ihre Verletzungen nicht unmittelbar lebensbedrohlich waren, drehte er sich sofort um, um nach Margery zu schauen. Doch das Kanu trieb mit dem Kiel nach oben – und von Margery war nirgends etwas zu erkennen.

»Finch!«, schrie er aus vollem Hals. »Fiiinch – kommen Sie schnell hier rüber!« Dann stürzte er sich wieder in den Fluss und schwamm auf das Kanu zu.

Rote Schwaden, noch ein paar vereinzelte graue – die Spur war nicht schwer zu verfolgen. Als er die Höhle erreichte, sah Steven jedoch, dass er zu spät kam.

Ein paar gezielte Bisse in den Nacken, um die zum Hirn laufenden Nerven zu durchtrennen, so töteten Kraken Fische. Auch bei den anderen Tieren, deren Schädel vor seiner Höhle lagen, war das Monster so verfahren – und bei Menschen machte es keine Ausnahme. Die Arme über Margerys Leichnam gelegt wie ein Tiger, der seine Beute verteidigt, saß es in seinem Bau und starrte Steven aus kalten gelben Augen abwartend an.

Steven war kurz davor, sich einfach auf das Ungetüm zu stürzen und ihm erneut das Messer in sein weiches Fleisch zu rammen. Doch dann wurde ihm klar, dass das jetzt auch nichts mehr ändern würde. Wahrscheinlich würde er dadurch sogar nur zusätzlich auch noch Jessicas Leben aufs Spiel setzen.

Mit einem Gefühl in der Brust, als würde er von einem tonnenschweren Bleigewicht zu Boden gezogen, schwamm er zurück über den Fluss und sah dort, dass auch der Zustand der jungen Polizistin sich stark verschlechtert hatte. Ihre Schulter und der sumpfige Boden daneben waren mit den halbverdauten Resten des gefriergetrockneten Müslis bedeckt, das sie sich zum Frühstück aufgegossen hatte, und sie war nicht mehr bei Bewusstsein.

Steven versuchte, sie wieder zu sich zu holen, doch sie reagierte nicht. Ihr Zustand konnte einfach auf den Schock zurückzuführen sein, den sie erlitten hatte. Aber genauso gut war es möglich, dass der Speichel des Kraken Gift enthielt, das bei dem Biss in ihre Blutbahn gelangt war.

Wieder schrie Steven nach Finch, bekam jedoch keine Antwort – vermutlich war der Dschungel zu dicht, der sie voneinander trennte. Er scheute sich, Jessica einfach so ohnmächtig im Ufergestrüpp liegen zu lassen. *Doch das Monster,* dachte er mit ungläubigem Entsetzen, *ist ja mit Margery beschäftigt.* Er zog Jessica noch etwas weiter die Böschung hinauf, brachte sie in stabile Seitenlage und stapfte dann mit seinen Flossen wieder hastig zum Fluss, um zurück zu Finch und ihrem Kanu zu schwimmen.

So wenig Ausrüstung sie auch dabeihatten, eines hatte Steven doch eingepackt. Die Gifte der meisten Kraken waren harmlos, einige aber konnten zu akutem Blutdruckabfall führen, besonders wenn sie von einem so großen Tier und in entsprechend großer Menge in den Kreislauf eingebracht wurden. In der Tonne mit Stevens Sachen lag deshalb unter anderem ein kleines Etui mit fünf Spritzen, die ein gefäßverengendes Mittel enthielten, das den Blutdruck sofort schlagartig wieder anhob. Und mit diesem Etui wollte er jetzt so schnell wie möglich zu Jessica zurückkehren.

Kaum war er an der grünen Barriere zwischen ihm und dem Kanu vorbei, erkannte er, dass Finch nicht mehr dabei wachte. *Was macht er – im Urwald Schmetterlinge fotografieren?,* fragte er sich wütend und schwamm schnell zu dem großen, halb auf dem Ufer liegenden Alu-Rumpf hin. Noch halb im Fluss stehend, beugte er sich über die Reling und zog die blaue Tonne zu sich, aus der er vorhin sein Schnorchelzeug geholt hatte.

Nach kurzem, fieberhaftem Kramen fand er endlich das kleine schwarze Kunststoffetui. Als er den Kopf wieder aus der Tonne zog, fiel ihm jedoch etwas auf, was er vorher nicht bemerkt hatte. Über den mit braunem, brüchigem Gummi überzogenen Rand der anderen Reling hinweg konnte er eine Hand sehen. Sie lag im Schatten des Bugs im Sand und hatte die Finger wie im Schlaf halb geöffnet.

Macht der Kerl hier etwa eine Siesta?, fragte Steven sich perplex. Er watschelte rasch um den Bug und sah die unnatürliche Position, in welcher der schmächtige Reporter im Sand lag – ein Unterschenkel abgewinkelt, das Gesicht Richtung Fluss gestreckt. Aus seiner Brust ragte ein dünner Holzpfeil, der ziemlich genau die Größe eines Mikadostabes hatte und auf dem hinten ein kleiner Baumwollpfropf steckte.

Steven hatte keine Zeit, sich zu fragen, ob Finch nur ohnmächtig oder tot war, denn im gleichen Moment traf ihn ebenfalls ein Pfeil in den Rücken. Er drehte sich um und sah mehrere mit schwarzen Streifen und Kreisen bemalte Indios, die aus dem Dschungel hervorgetreten waren und langsam auf ihn zukamen. Sein Messer lag drüben bei Jessica, doch es würde ihm sowieso nicht viel nützen. Er langte nach hinten und zog sich den Pfeil aus dem Körper. Dann steckte er sich das Etui in den Bund seiner Shorts und setzte sich auf die Reling, um die Flossen loszuwerden. Das Gift tat schon seine Wirkung – er fühlte sich leicht schwindelig, und ganz kurz war es, als würde jemand einen riesigen schwarzen Vorhang über den Himmel ziehen. Doch er atmete dreimal tief durch, und dann schaffte er es aufzustehen.

Mit schwerem Schritt hielt er auf das Stück dichten Dschungels zu, das ihn von Jessica trennte. Der Indio, der ihm den Pfeil in den Rücken geschossen hatte, kam das Ufer runtergerannt und schwang mit seinem langen Blasrohr nach ihm wie mit einem Baseballschläger. Doch Steven fing das Rohr mit einer Hand auf und schlug dem kleinen bemalten Mann mit dem Ballen der anderen so hart von unten gegen das Kinn, dass er stöhnend im Sand liegen blieb.

Blödes Arschloch, dachte Steven, merkte jedoch, dass er schon nur noch Schnappschüsse von dem mitbekam, was um ihn herum ablief. Zwischendurch erfüllte eine seltsame Euphorie seine Brust. Zu seiner enormen Erleichterung hatten die anderen

Indios wohl Angst bekommen und hielten einen gewissen Abstand. Nur einer mit komplett schwarz angemaltem Gesicht und einer Steinaxt in der Hand stellte sich ihm in den Weg und wollte offenbar verhindern, dass er den Urwald erreichte.
Auch die Axt konnte Steven abfangen, packte mit der anderen Hand den Indio am Hals und schleuderte ihn so weit wie möglich Richtung Wasser. Dabei rutschte ihm jedoch das Etui aus der Shorts, und als er sich davor in den Sand kniete, um es aufzuheben, merkte er, dass er nicht wieder hochkommen würde.
Jessica, dachte er. *Nein, verdammt, Jessica …*
Dann kippte er mit ausgestreckter Hand zur Seite, und ihm wurde schwarz vor Augen.

5

Steven presste seinen Mund auf Jessicas Lippen. Eingehüllt in den süßen Duft violetter Sumpfblüten küsste er sie. Doch als er wieder die Augen aufmachte, hielt er Margery im Arm, deren fahles Gesicht ihn mit totem, vorwurfsvollem Blick anstarrte. Erschrocken sprang er auf und sah wieder die langen braunen Arme, die er aus dem Traum mit seiner Mutter kannte. Sie ragten überall aus Margerys Körper, schlaff und leblos streckten sie sich über den Boden, wie die des Kraken auf seinem Boot, dem Elkert das Messer in die Stirn gerammt hatte.
Schwarze Tinte troff jetzt aus Margerys Mund. Doch im nächsten Moment war der halbmenschliche Leichnam vor ihm nicht mehr Margery, sondern Finch, dann Fermín, dann Manápe. Im Sekundentakt wechselte er plötzlich das Antlitz – das schmale, weißbärtige Gesicht von Pater Ignacio schien flüchtig auf, dann das der alten Indiofrau in dem Laden, wo sie den Dolch gefun-

den hatten, das des Piloten, den sie in Canaima befragt hatten, und schließlich das des Tierhändlers, auf dessen Auskunft hin sie zu dem abgelegenen Ort im Dschungel überhaupt erst hinausgeflogen waren.

Und die ganze Zeit starrten ihn die sich wandelnden Gesichter an. Aber nicht mehr mit den toten Augen Margerys, sondern mit den lebendigen, kalt und gelb leuchtenden Augen seines Widersachers. *All das bin ich und kann ich sein,* schien sein höhnischer Blick zu sagen. Und er hatte Steven in sein Reich geführt, damit er nie wieder den hochmütigen Frevel begehen konnte, an ihm zu zweifeln.

Steven öffnete die Augen und sah den dunklen Körper Canaimas vor sich: Der düstere Dschungeldämon hatte jetzt wieder ganz die Gestalt eines Kraken angenommen, und aus seinem hungrig aufgerissenen Schnabel wehte Steven süßlich-ekler Aasgeruch entgegen.

Es war also doch kein Traum, dachte Steven entsetzt – begriff dann jedoch, was tatsächlich passierte. Vor ihm hockte ein Schamane, der eine krakenförmige Holzmaske trug, und blies ihm süßen Qualm ins Gesicht. Wieder führte der alte Mann die dicke Blätterzigarre zum Mund, die er in seinen sehnigen dünnen Fingern hielt. Während der große Papageienschnabel dichten Rauch auf Steven niederspie, tanzten unruhige Lichtreflexe auf dem dunklen Holz der Maske, und der Schamane sah ihn aus seinen runden Augenlöchern aufmerksam an.

Es war Abend oder Nacht, aber ein paar Meter weiter brannte ein helles Lagerfeuer. Hustend hob Steven den Kopf und erkannte, dass er rücklings auf einem Sandufer lag, das dem ähnelte, an welchem er vorhin ohnmächtig geworden war. Mit Händen und Füßen war er an kleine Holzpflöcke gefesselt, die mit genau solchen Schnitzereien verziert waren wie der Dolch, der sie in dieses Gebiet geführt hatte. Dabei hatte es sich allerdings nie um einen Dolch gehandelt.

Ein Pflock, natürlich, begriff Steven, *wir hätten ihn nur umdrehen müssen.* Von allen Seiten blickte nun der stolz über den Figuren thronende Canaima auf ihn herab und schien sich über ihren Mangel an Fantasie lustig zu machen.

Im flackernden Schein des Feuers – und unter der Wirkung des seltsamen Krauts, mit dem der Schamane ihn einnebelte – wirkten die verschlungenen Schnitzereien auf unheimliche Weise lebendig. Steven versuchte, die Pflöcke, an die er mit dicken Lianensträngen gefesselt war, aus dem Boden zu reißen. Doch jetzt verstand er auch endlich, wozu der merkwürdige Widerhaken an der Klinge ihres »Dolchs« diente, über den er sich immer so gewundert hatte.

Einer der Pflöcke bewegte sich trotzdem etwas, und Steven war sicher, dass er sich unter normalen Umständen leicht von den Fesseln hätte befreien können. Aber entweder war er immer noch von dem Giftpfeil betäubt oder es lag am süßen Qualm des Schamanen: Seine Muskeln fühlten sich an wie aus Gummi.

»Schuster!«, hörte er von hinten eine Stimme rufen und legte stöhnend den Kopf in den Nacken.

Ein paar Meter hinter ihm stand Finch an eine Art Marterpfahl gefesselt. Der Pfahl war ebenfalls mit Schnitzereien verziert, und obendrauf hockte wieder ein großer Krake. Der kleine Reporter wirkte mitgenommen, aber unverletzt. Rechts und links von ihm standen weitere, reichverzierte Pfähle – und um sie herum jede Menge Indios, die ihrem Schamanen gebannt bei seinem Ritual zuschauten.

»Ziemlich üble Lage«, sagte Finch mit erstaunlich gelassener Stimme, die auch Steven wieder ein bisschen ruhiger werden ließ. »Ich weiß nicht, was Sie in dem Fluss gefunden haben.

Aber wenn ich mich so umsehe, habe ich das Gefühl, dass unser Monsterkrake doch hier leben könnte.«

»Ja, er lebt in dem Fluss und hat Margery getötet«, sagte Steven. »Haben Sie Jessica irgendwo gesehen?«

»Nein«, antwortete Finch. »Das Letzte, was ich weiß, ist, wie mich ein kleiner Pfeil in die Brust trifft und mir die Lichter ausgehen. Als ich wieder aufgewacht bin, stand ich schon hier mit den ganzen Topfköpfen um mich herum. Sie ist mit meinem Kanu los, um nach Ihnen zu schauen.«

»Ja, sie hat uns auch gefunden, wurde dann aber ebenfalls von dem Kraken attackiert. Ich habe sie ans Ufer gebracht, konnte aber nicht bei ihr bleiben. Sie lag gut versteckt, vielleicht haben die Indios sie nicht gefunden. Aber sie war verletzt und hat möglicherweise sogar eine Ladung Gift abbekommen. Sehen Sie irgendeine Möglichkeit, sich aus Ihren Fesseln zu befreien? Wenn ihr niemand hilft, kann es böse für sie ausgehen.«

»Ich würde mir an Ihrer Stelle mehr Gedanken um Ihre eigene Gesundheit machen«, sagte Finch und wies mit dem Kopf auf den Schamanen. Er hatte die Zigarre am Feuer abgelegt und kehrte jetzt mit einer Machete in der einen Hand und einer Holzschale in der anderen zu Steven zurück. »Keine Ahnung, was die hier für eine schräge Nummer mit uns abziehen. Aber ich habe ehrlich gesagt so meine Zweifel, dass wir Officer Sanchez noch mal lebend wiedersehen.«

Genau wie bei den anderen Indios liefen am Körper des Schamanen lange, gewundene schwarze Linien hinab, zwischen denen größere und kleinere Kreise gemalt waren. *Krakenarme,* begriff Steven, während der alte Mann sich neben ihn hockte und anfing, unter seinem Ellbogen eine Kuhle in den Sand zu graben. Am schmalen Handgelenk des Alten fiel Steven eine blaue Digitaluhr auf, identisch mit jenen, die er bei den Indios in dem

Missionsdorf gesehen hatte. Als die Kuhle fertig war, setzte der Schamane die Schale hinein und ritzte Steven mit der Machete die Armbeuge auf.

»Au, verdammt«, fluchte Steven leise und sah mit ungläubiger Miene zu, wie ein kleines Rinnsal Blut seinen Ellbogen hinablief und in die Schale zu tropfen begann. Zum ersten Mal fiel ihm auf, wie still es wieder ringsum war. Der Schamane begleitete seine rituellen Handlungen mit keinerlei Gesängen oder Zaubersprüchen. Auch die gut fünfzig Männer, Frauen und Kinder, die das Schauspiel beobachteten, gaben keinen Mucks von sich. Der Dschungel – als nähme er teil an dem Ritual – blieb ebenfalls stumm. Nur das Feuer knisterte und knackte leise in der Dunkelheit.

»Blutsäufer und Menschenfresser, ich hab's mir doch gleich gedacht«, murmelte hinten Finch. »Soll mir noch mal jemand mit edlen Wilden und diesem ganzen politisch korrekten Scheißkram kommen. Das ist wahrscheinlich so was wie ein *Aperitif,* was der Bursche Ihnen da gerade abzapft.«

Doch Finch irrte sich: Das Blut war nicht dazu da, den Appetit der Indios anzuregen. Als die Schale voll war, verschloss der Schamane den Schnitt mit flüssigem Kautschuk und verband ihn dann mit Baumwolle und Fasermatten. Anschließend lief er mit dem gesammelten Blut zum Fluss hinab.

Steven sah, dass vor ihm eine Art Allee aus in den Sand gesteckten Stöcken zum Wasser hinunterführte. Auch fiel ihm auf, dass man ihm eins seiner T-Shirts und sogar seine Trekkingschuhe angezogen hatte – vielleicht in der Annahme, es handele sich um so was wie ein Festgewand. Der Schein des Feuers reichte nicht weit genug, doch der Mond stand so groß und rund am Himmel, dass auch so gut zu erkennen war, wie der Schamane den Inhalt der Schale in den Fluss goss. Er hob die Arme, hielt die von hinten wie eine verrückte Zopffrisur wirkende Maske aber aufs Wasser gerichtet – und Steven konnte hören, wie zum ersten Mal ein leiser Singsang unter dem Holz vordrang.

Dann kam der Schamane zurück das Ufer hinauf und tauschte die Schale gegen eine Fackel, die neben dem Feuer bereitlag. Ihre Spitze war mit einem dicken Pfropfen Harz präpariert, genau wie die Stöcke im Sand, und während der Schamane diese nach und nach entzündete, breitete sich ein würziger Duft in der milden Nachtluft aus. Als er fertig war, führte eine Art Landebahn aus brennenden Fackeln vom Wasser zu Steven hinauf.

»Mein Gott«, sagte Finch leise. »Will der Typ tatsächlich irgendwas aus dem beschissenen Fluss locken? Wenn das ein Alptraum ist, würde ich langsam wirklich gerne aufwachen.«

»Ja, ich auch«, erwiderte Steven. »Schade, dass Sie Ihre Kamera nicht dabeihaben. Jetzt könnten Sie bestimmt gleich ein paar ziemlich ungewöhnliche Bilder schießen.«

Das blieb der letzte Austausch von Galgenhumor zwischen ihm und dem tapferen kleinen Reporter. Noch einmal versuchte Steven, die Pflöcke aus dem Boden zu ziehen. Aber der Schamane bekam es mit und blies ihm wieder etwas von dem lähmenden Qualm ins Gesicht. Steven hielt die Luft an und hoffte, der Alte würde unterschätzen, wie lange er dazu fähig war. Doch der alte Fuchs durchschaute seine Absicht und schlug ihm mit erstaunlicher Kraft auf den Bauch, so dass er überrascht einatmete.

Wieder glitt sein Geist in eine verworrene Traumwelt hinab, in der nichts war, was es zu sein schien, und die bösen gelben Augen des Dschungelgottes ihn auf Schritt und Tritt verfolgten. Sogar sein Vater tauchte schließlich in den wirren Fantasien auf und sagte ihm in ungewohnt ernstem Ton, er solle aufwachen, denn der Tod komme ihn holen.

»Schuster!«, hörte er jemanden wie aus weiter Entfernung rufen. »Schuster, wachen Sie auf, um Gottes willen – es geht los.

Wenn Sie noch irgendeine Idee haben, wie Sie uns hier rausholen können, dann warten Sie nicht länger.«

Finchs Stimme hatte ihren mannhaften Schnodderton verloren, und auch durch die Indios ging jetzt aufgeregtes Gemurmel. Ein Kind fing an zu heulen, wurde aber sofort wieder zum Verstummen gebracht.

Unten am Fluss hatte das herbeigelockte Ungetüm schon die ersten Arme aufs Ufer gestreckt. Seine runzlige grüne Haut glänzte feucht im Fackelschein, und Steven fiel sofort auf, wie aufrecht es seinen Körper hielt. Weichtiere hießen nicht umsonst so, und außerhalb des Wassers fielen sie normalerweise in sich zusammen wie eine leere Gummihülle. Dieses jedoch schien spezielle Muskeln für die Fortbewegung an Land entwickelt zu haben.

Als der Krake ganz ans Ufer gekrochen war, reichte sein Kopf, auf dem oben die charakteristischen Höcker mit den großen gelben Augen saßen, mehr als einen Meter hoch. In der Breite nahm das Ungeheuer jedoch praktisch die gesamte »Landebahn« ein, die zu Steven hinaufführte. Wie einzelne, eigenständig agierende Riesenschlangen glitten die Arme des Monsters über den Sand, und überrascht sah Steven, dass die Zähne an den Saugnäpfen ihm tatsächlich als eine Art Spikes dienten, mit deren Hilfe es sich vorwärtszog – genau wie Margery vermutet hatte.

In seinem benebelten Zustand hatte Steven im ersten Moment das Gefühl, einem seltsamen Dressurakt beizuwohnen, ähnlich jenen, wie er sie zu Hause in seinem Labor mit Herb durchführte. Erst als das Ungetüm so nah war, dass er bereits seinen stechenden Geruch wahrnehmen konnte, wurde ihm klar, dass er in diesem Fall die Belohnung darstellte. Verzweifelt zerrte er an seinen Fesseln. Doch immer noch wirkte die Droge, die ihm der Schamane eingehaucht hatte – und das aus Träumen vertraute

Gefühl, wegrennen zu müssen, aber keine Kraft in den Gliedern zu haben, wurde grauenhafte Wirklichkeit.
Ruhig glitt das Monstrum auf Steven zu, fixierte ihn mit dem Blick und ließ die Farben seiner Kleidung über seine Haut laufen, als hätte es ihn sich schon einverleibt. Entsetzt sah Steven zu dem Pflock an seiner rechten Hand auf, und als er sich mit aller Macht darauf konzentrierte, begann er tatsächlich, sich ein wenig zu lockern. Wieder aber bemerkte der Schamane seine Befreiungsversuche, trat den Pflock mit der Ferse zurück in den Sand und versetzte Steven mit der stumpfen Seite der Machete einen harten Hieb auf den Oberarm.
Wie ein Stromstoß fuhr Steven der Schmerz bis in die Hand hinein. Doch noch schlimmer war die routinierte Ruhe, mit welcher der alte Mann seinen Fluchtversuch vereitelte. *Hier werden regelmäßig irgendwelche armen Schweine auf diese grauenvolle Weise umgebracht,* begriff Steven plötzlich. Und erst da wurde ihm wirklich klar, wie aussichtslos seine Lage war.
»Passen Sie auf, Schuster!«, hörte er Finch schreien. »Passen Sie auf, jetzt ist er bei Ihnen!«
Aus der Stimme des Reporters sprach bereits unüberhörbar die Angst, bald selbst Stevens Platz einnehmen zu müssen. Und im gleichen Augenblick warf das Monstrum auch schon die Arme über Stevens hilflos dargebotenen Körper.
Rot wie der Teufel plötzlich, die Augen gelb und gierig, wuchtete es sich mit einem Ruck auf Stevens Bauch. *Irgendwo unter all dem Fleisch ist sein Schnabel,* dachte Steven voll Grauen und konnte förmlich schon spüren, wie sich die harten Hornkiefer in seine ungeschützte Magengrube bohrten. Doch stattdessen schlang der Krake geschickt die Arme um die verzierten Pflöcke neben seinen Händen, knickte den einen ab und zog den anderen mitsamt seiner Hand aus dem Boden.
Aber … er befreit mich ja, dachte Steven, sah sich verwirrt nach

dem Schamanen um und hatte kurz die wilde Hoffnung, das Ganze könnte tatsächlich nur irgendeine verrückte Zirkusnummer sein. Dann aber knickte der riesige Kopffüßer auch die unteren Pflöcke ab – so geschickt und geübt, wie zu Hause Herb ein mit einem Shrimp gefülltes Einmachglas öffnete –, und Steven verstand, dass er sich fürchterlich geirrt hatte.

Am ganzen Körper seltsam taub, merkte er, wie die mit Zähnen gespickten Saugnäpfe sich in sein Fleisch senkten. Erst jetzt ging ihm auf, dass er ja frei war und sich wehren konnte. Doch der stinkende Fleischberg umschlang seine Arme und hielt ihn so leicht in seiner Gewalt wie ein strampelndes Kind, während er ihn mit sich den Strand hinabzerrte.

Eine … eine Fackel, dachte Steven verzweifelt. Doch sosehr er sich auch streckte, sie blieben unerreichbar. Dann entdeckte er den Pflock, der hinter seiner Rechten durch den Sand geschleift wurde, und jäh blitzte ein letzter Hoffnungsschimmer in ihm auf.

Er hatte keine Ahnung, wo sich seine Füße unter dem schweren Ungetüm befanden. Aber jetzt grub er mit aller Kraft die Fersen in den Boden und streckte im gleichen Moment die Hand nach dem Pflock aus.

Tatsächlich bekam er ihn zu fassen – packte ihn wie den Dolch, für den sie ihn die ganze Zeit gehalten hatten. Kaum spürte er das griffige Holzrelief in seiner Hand, beugte er mit aller Kraft den Oberkörper vor und schwang die Waffe nach seinem Gegner.

War es derselbe Krake, mit dem er heute schon mal gekämpft hatte? Nein, das war unwahrscheinlich, denn wenn sie die Indios nicht verpasst hatten, mussten sie weiter flussabwärts leben, und auch Stevens Blut war ja mit der Strömung den Fluss hinabgetrieben. Doch mit der gleichen Voraussicht und Behendigkeit, mit der Steven selbst am Mittag die Hiebe der Indios abgefangen hatte, fing auch das große Ungetüm jetzt seinen Hieb ab. Flink wie Herb, wenn er eine Garnele fangen wollte, ließ es einen seiner langen Arme vorschießen und stoppte den Dolch auf halbem Wege.

Steven richtete nicht mehr aus, als den Kraken kurz zum Innehalten zu bringen. Einen Moment, der ihm wie eine Ewigkeit vorkam, verharrte er Auge in Auge mit seinem Gegner. Hinter dem großen grünen Kopf nahm er vage den dunklen Fluss wahr, in dem der Krake jetzt schon mit dem hinteren Teil seines Körpers hockte. Doch viel mehr noch nahm ihn der neugierige kalte Blick in Beschlag, mit dem das Monstrum ihn betrachtete.

Über die fünfhundert Millionen Jahre hinweg, die ihre Entwicklungslinien trennten, sahen sie sich an – oder war es doch über einen noch viel breiteren und dunkleren Abgrund? Steven kamen Jessicas Worte von dem Tag ins Gedächtnis, als sie mit zitternden Händen in seinem Labor gesessen hatte.

Wie aus einem anderen Universum, hatte sie gesagt, mit anderen Regeln – *fremd, brutal und verstörend.* Das *Böse* hatte sie es genannt, *Canaima* nannten es hier die Eingeborenen. Und mit dem markerschütternden Gefühl, eine eiskalte Hand würde sich um sein Herz schließen, begriff Steven, dass er nun alle Hoffnung fahrenlassen musste.

Da krachte ein Schuss durch die Nacht, schwarze Tinte spritzte ihm auf die Brust – und das Ungeheuer ließ von ihm ab und zog sich mit wütendem Zischen in den Fluss zurück. Steven drehte sich überrascht um und sah Jessica aus dem Dschungel springen.

Jessica hatte Fermíns Jagdgewehr in der Hand und schoss damit zweimal in die Luft, um die Indios in die Flucht zu jagen. Die meisten flohen auch, nur der alte Schamane ließ sich nicht ein-

schüchtern, und als Jessica sah, dass er mit seinen wütenden Befehlen einige Männer zum Stehenbleiben brachte, legte sie auf ihn an und streckte ihn mit einem gezielten Kopfschuss nieder.
Die Indios waren offensichtlich mit dem tödlichen Zauber von Gewehren nicht vertraut, und jetzt flüchteten auch die letzten von ihnen entsetzt in den Dschungel. Steven, dem Adrenalin und Angst die Drogen wieder einigermaßen aus dem System gepumpt zu haben schienen, erhob sich aus dem Sand und lief so schnell er konnte das Ufer hinauf.
Jessicas Schuss hatte die Maske des Schamanen sauber in zwei Hälften geteilt, und darunter blickte jetzt das in Verblüffung erstarrte Gesicht eines zahnlosen Greises hervor. Steven interessierte sich im Grunde aber nur für die Machete, die neben dem Alten im Sand lag; schnell hob er sie auf und hackte damit Finchs Fesseln entzwei.
Kaum hatte Steven den Reporter befreit, zischten ihnen auch schon die ersten Bogen- und Blasrohrpfeile um die Ohren. Schnell rannten sie mit Jessica in den Dschungel. Doch kurz bevor sie die schützenden Bäume erreichten, wurde Finch von einem der kleineren Pfeile in den Oberschenkel getroffen, und schon nach ein paar Metern brach er hinter ihnen zusammen. Steven schwang sich den Reporter auf die Schulter, dankte Gott dafür, dass er so leicht war, und stürzte mit Jessica blindlings durch den dunklen Urwald. Nachdem sie eine Stunde unterwegs waren und nur noch in langsamem Schritttempo vorankamen, streckten sie sich in hohem Gebüsch aus und schliefen mit dem ohnmächtigen Finch neben sich zu Tode erschöpft ein.

6

Selten war Steven so froh, von Vogelgezwitscher und Affengeschrei geweckt zu werden. Bis in seinen erschöpften Schlaf hinein hatten ihn die Indios und der um sein Opfer gebrachte Dschungelgott noch verfolgt, und die morgendliche Geräuschkulisse nahm er automatisch als Zeichen, dass sie dem Machtbereich des blutgierigen Urwalddämons entkommen waren. Sein ganzer Körper schmerzte, als er sich auf den Ellbogen stützte. Durch die breiten, pikförmigen Blätter der brusthohen Baumsprösslinge um ihn herum konnte er erkennen, dass bereits ein paar Sonnenstrahlen durchs Dschungeldach drangen, und der freundliche Anblick gab ihm das Gefühl, endgültig aus einem überlangen Alptraum aufzuwachen.

Auch Jessica regte sich nicht weit von ihm. Mit schwerem Stöhnen setzte sie sich auf und blickte durch Licht und Schatten zu ihm herüber.

»Wie geht es Ihnen?«, fragte sie mit seltsam anmutender Förmlichkeit, nachdem sie sich gestern beide gegenseitig das Leben gerettet hatten. Widerwillig rang Steven sich dazu durch, seine Verletzungen genauer zu untersuchen.

Seine Arme und Beine sahen aus, als sei ein ganzes Rudel bissiger Hunde darüber hergefallen. Auch Shorts und T-Shirt hatten überall blutumrandete Löcher, und als er den großen Tintenfleck auf seiner Brust sah, erschrak er zuerst, weil er ihn kurz ebenfalls für einen Blutfleck hielt. Überall, wo er eine größere Wunde fand, betastete er sie vorsichtig. Doch zu seiner enormen Erleichterung stellte er fest, dass nur Muskelgewebe von den Verletzungen betroffen war; anscheinend hatte der Krake mit seinen Zähnen nirgendwo Sehnen durchtrennt oder gar Organe beschädigt.

»Ich habe wohl Schwein gehabt«, sagte er. »Was ist mit Ihnen?«

»Ich glaube, ich auch«, erwiderte Jessica und befühlte mit schmerzverzerrter Miene die Bissverletzung an ihrer Schulter, die er im ersten Moment für ziemlich böse gehalten hatte. »Kurz dachte ich, das Vieh hätte mir das Schlüsselbein gebrochen. Aber das war wohl nur, weil die Schulter nach dem langen Liegen ziemlich steif war. Ich glaube, es sind nur Fleischwunden – und nicht mal besonders schlimme. Schießen konnte ich jedenfalls noch damit.«

»Ich hatte Angst, der Krake könnte Sie vergiftet haben. Deswegen bin ich los, um was für Ihren Kreislauf zu holen. Am Kanu haben mich dann die Indios erwischt.«

»Ja, man sah, dass es dort einen Kampf gegeben hatte. Auch von unserem Gepäck war so gut wie nichts mehr da. Nur ein paar Kleider und das Gewehr haben sie zurückgelassen. Wahrscheinlich dachten sie, es sei nur ein komisch geformter Ast.«

Steven warf einen Blick auf das Jagdgewehr und brachte zu seinem eigenen Erstaunen ein kleines Lächeln zustande. »Wie haben Sie uns gefunden?«, fragte er dann. »Das muss doch eigentlich mehr oder weniger unmöglich gewesen sein.«

»So schwer war es gar nicht«, erwiderte Jessica. »Ich bin einfach am Fluss entlanggelaufen. Und als ich zwei Stunden durchs Dunkle getappt war und schon aufgeben wollte, habe ich dann die Fackeln hinter den Bäumen gesehen.«

»Verdammt gutes Timing«, sagte Steven und hatte plötzlich das Gefühl, noch nie in seinem Leben mit jemandem auf so innige und bedeutende Weise verbunden gewesen zu sein. »Ohne Sie wäre ich Fischfutter gewesen.«

»Sie haben ja vorher das Gleiche für mich getan«, erwiderte Sanchez. »Da konnte ich doch praktisch gar nicht anders. Glauben Sie bloß nicht, ich hätte nicht ernsthaft überlegt, mich einfach ins Boot zu setzen und abzuhauen. Ich glaube, ich hatte nur Angst, dass dieses Ungeheuer wieder über mich herfällt.«

Auch Jessica gelang jetzt ein bitteres Lächeln. Kurz empfand Steven ein absurdes Glück dabei, sich so mit ihr im ersten Licht des Morgens zu unterhalten. Dann jedoch fiel ihm Margery wieder ein – und es war, als hätte ihn jemand mit voller Wucht in den Magen geboxt. Irgendwie kam ihm ihr Tod immer noch unwirklicher und unmöglicher vor als alles sonst, was ihnen passiert war, und plötzlich fiel ihm auch etwas anderes wieder ein.

»Finch?«, fragte er und blickte besorgt zu dem zwei Meter weiter liegenden Reporter hinüber, dessen Turnschuhe im Schatten der Sprösslinge wie ein weißes V in die Höhe ragten. »Finch, sind Sie wach?«

Doch Finch antwortete nicht, noch regte er sich, also kroch Steven zu ihm hinüber und rüttelte an seiner Schulter. Wieder jedoch kam keine Reaktion, und als Steven ein paar der hohen Halme wegdrückte, um mehr Licht zu haben, bemerkte er sofort die Veränderung, die über den kleinen Reporter gekommen war.

Mit dem friedlichen Ausdruck auf seinem Gesicht sah Finch im ersten Moment aus, als würde er schlafen. Aber irgendetwas fehlte, war über Nacht von ihm gewichen, und dadurch unterschied sich sein Körper so deutlich von dem eines Lebenden wie ein Stein von den frischen grünen Grashalmen, zwischen denen er liegt. Steven fühlte Finchs Puls, wie er es auch gestern vorm Einschlafen schon getan hatte. Doch seine Haut war so kühl wie der Tau auf den pikförmigen Blättern, und ein Pulsschlag war auch nicht mehr zu spüren.

Jessica war ebenfalls näher herangerutscht, und Steven wandte sich mit betretenem Blick zu ihr um. »Er ist tot«, sagte er. »Er ist irgendwann in der Nacht gestorben.«

»O Gott«, sagte sie und verzog wie eben das Gesicht vor Schmerz. »Aber … aber wie kann das denn sein? Sie sagten doch, er sei nur betäubt.«

»Ja, das dachte ich auch«, erwiderte Steven. »Bei den Pfeilen davor war es so. Möglicherweise haben sie diesmal richtiges Gift benutzt. Oder vielleicht war auch eine weitere Dosis einfach zu viel für ihn. Ich … ich dachte, er müsste sich nur ausschlafen, dann wäre er wieder okay.«

Jessica schüttelte den Kopf. »Erst Margery, jetzt er«, sagte sie. »Und ich bilde mir ein, ich komme hierher, um Leben zu retten. Hätte ich bloß nicht … hätte ich doch nur nicht …« Sie senkte den Blick, und mit leisem Platschen landeten zwei Tränen auf Finchs Schuhen. Steven fasste sie behutsam an der Schulter.

»Sie können nichts dafür«, sagte er sanft. »Wir sind alle auf eigene Verantwortung hergekommen. Wir haben einfach unterschätzt, womit wir es zu tun haben. Wir haben einfach nicht gewusst, was uns erwartet.«

Dann verstummte er jedoch, weil er spürte, dass gerade hinter diesem letzten Satz eine Frage nach Schuld oder Unschuld lauerte, der er sich selbst noch würde stellen müssen. Er bemühte sich, den Gedanken zu verdrängen, denn andere Dinge waren jetzt wichtiger.

»Er war ein verdammt tapferer kleiner Kerl«, sagte er, blickte noch einmal auf Finch hinab und seufzte schwer. »Wir begraben ihn unter einem schönen Baum, und dann sehen wir zu, dass wir irgendwie aus diesem beschissenen Urwald rauskommen.«

Schon für Finch ein halbwegs anständiges Grab zu buddeln war nicht leicht. Der feuchte Humusboden war zwar weich, aber so mit Wurzeln durchzogen, dass Steven ihn erst jedes Mal kräftig mit der Machete durchhacken musste, bevor sie ein paar Zentimeter davon abtragen konnten. Sie schaufelten die Erde mit bloßen Händen und einem großen Stück Rinde beiseite, das sie in der Nähe fanden. Verletzt und zerschunden wie sie waren, tat ihnen jede Bewegung weh, und als sie nach zwei Stunden end-

lich zu der einfacher auszuhebenden Sandschicht vordrangen, die sich unter dem Humus verbarg, waren sie bereits so erschöpft, als hätten sie den ganzen Tag gegraben.
Dass die feindseligen Indios möglicherweise immer noch irgendwo in der Nähe rumschlichen, machte die Arbeit nicht angenehmer. Zwischen den lauten Schlägen der Machete horchte Steven immer wieder mit angehaltenem Atem in den Urwald hinein. Hier so einen Krach zu machen und nicht sofort weiterzuziehen war im Grunde total bescheuert – zumal das Grab im Handumdrehen sowieso wieder von irgendwelchen Dschungeltieren aufgewühlt werden würde. Trotzdem hatte Steven das Gefühl, dem zähen Reporter dieses kleine Zeichen der Ehrerbietung schuldig zu sein, und Jessica ging es wohl ähnlich.
Vielleicht wollten sie auch nur die schwierige Aufgabe hinauszögern, die sich ihnen als Nächstes stellte. Denn als sie schließlich ihr aus Stöcken gebasteltes Holzkreuz am Kopfende des Grabes in die Erde steckten, kam sich Steven durch dieses vertraute Symbol aus ihrer Heimat in dem riesigen Urwald nur noch verlorener vor. Schon in gesundem Zustand und mit der nötigen Ausrüstung wäre es für zwei Zivilisationskinder wie sie eine Herausforderung gewesen, aus der menschenfeindlichen Wildnis herauszufinden, die sich Hunderte von Kilometern in sämtliche Himmelsrichtungen erstreckte. Verletzt, geschwächt, mit nicht mehr als einem Gewehr und einem Buschmesser in den Händen war es so gut wie unmöglich.
»Vielleicht sollten wir einfach in das Gebiet der Indios zurückkehren«, schlug Steven vor. »Das Kanu werden wir ihnen kaum wieder abnehmen können. Aber vielleicht finden wir so wenigstens den Fluss wieder, auf dem wir gekommen sind, und können ihm zurück zu den anderen folgen.«
»Ich glaube, das ist gar nicht so leicht, den wiederzufinden«, erwiderte Jessica und blickte skeptisch zwischen den Bäumen

umher. »Außerdem laufen da auch noch überall diese verdammten Indios rum und …« Sie fasste sich an die Schulter und sah ihn unsicher an. »Und ehrlich gesagt würde ich mich lieber von diesem Teil des Urwalds wegbewegen als wieder darauf zu.«
Ja, das ging Steven genauso. Also beschlossen sie, den Rest des Tages Richtung Osten zu laufen und dann am nächsten Morgen nach Süden abzubiegen. Soweit Steven sich an die Karte auf Margerys GPS-Gerät erinnern konnte, befanden sie sich ganz in der Nähe der brasilianischen Grenze und mussten nur noch einen kleinen Höhenzug überqueren, um in das riesige Wassereinzugsgebiet des Amazonas zu gelangen. Sobald sie auf der anderen Seite auf einen Fluss stießen, sollten sie diesem eigentlich in besiedeltes Gebiet folgen können. Glücklicherweise hatte der Indioschamane offenbar nur etwas für bunte Armbanduhren übrig gehabt und Steven seinen dicken schwarzen Tauchchronographen am Handgelenk gelassen. Da das Gerät mit einem Kompass ausgerüstet war, mussten sie sich nicht allein auf die so nahe am Äquator wenig aufschlussreiche Position der Sonne verlassen, um ihre Marschrichtung zu bestimmen. In anderer Hinsicht waren sie allerdings weniger gut ausgestattet. Beim Aufbruch merkten sie, dass sie seit dem gestrigen Morgen weder etwas gegessen noch getrunken hatten. Steven erinnerte sich aus irgendwelchen weit zurückliegenden Vorlesungen, dass Lianen praktisch nichts anderes waren als lange Wurzeln, aus denen einem das Wasser wie aus einem Schlauch in den Mund lief, wenn man sie unten durchschnitt. Die Sache wollte allerdings nicht recht klappen – bis Jessica ihm den Rat gab, die Liane weiter oben ebenfalls anzuschneiden.
»Eigentlich muss ich es jetzt allein schon deshalb hier raus schaffen, um das meinem Vater zu erzählen«, sagte sie. »Eine Löschpumpe funktioniert auch nicht mehr, wenn sie irgendwo ein Leck hat.«

Feste Nahrung hingegen war nicht so leicht verfügbar. Zwar hatte Jessica noch eine ganze Menge Gewehrpatronen in den Taschen, und auf ihrem Weg durch den Urwald sahen sie den einen oder anderen Vogel, der groß genug war, um darauf anzulegen. Doch sie hatten Angst, mit einem Schuss mögliche Verfolger auf sich aufmerksam zu machen, und selbst als sie auf eine Horde Kleinaffen stießen, verzichteten sie auf den Versuch, einen davon zur Strecke zu bringen. Auch die Beeren und Früchte, an denen sie vorbeikamen, waren entweder zu grell gefärbt oder zu unreif, als dass sie davon zu essen wagten – und um ihr Glück mit Raupen und anderen Insekten zu versuchen, waren sie wohl noch nicht hungrig genug.

So liefen sie mit knurrenden Mägen und pochenden Wunden durch den Urwald, und nachdem sie bis zum späten Nachmittag gut vorangekommen waren, entschlossen sie sich, schon früher als geplant den Schwenk Richtung Süden zu machen. Auf einer Anhöhe stieg Steven stöhnend auf einen Baum und glaubte, in der Ferne die ersten Ausläufer des Höhenzugs zu erkennen, an den er sich von Margerys Karte erinnerte. In der Senke, die es dorthin zu durchqueren galt, stießen sie auf einen kleinen Bach, an dem sie ihren Hunger noch besser mit Wasser überdecken konnten als mit Lianen, und noch vor Anbruch der Dunkelheit erreichten sie erneut leicht ansteigendes Gelände.

Sie übernachteten in einer kleinen Felsnische, die sie oben auf dem ersten Hügelkamm fanden. Am nächsten Morgen weckte Jessica Steven mit einer triefenden Honigwabe in der Hand, die sie einem Stock »stachelloser« Bienen geklaut hatte, wie sie erklärte. Mit einer unguten Vorahnung merkte Steven jedoch, dass er keinen Hunger mehr hatte. Er fühlte sich schwach, fiebrig, und einer der kreisförmigen Zahnabdrücke an seinem Oberschenkel hatte sich übel verfärbt. Er hatte eine Infektion: das Schlimmste, was ihm in ihrer Lage passieren konnte.

In den nächsten Tagen sank Steven immer tiefer ins Delirium und bekam nur häppchenweise mit, was um ihn herum geschah. Auf einem Schnappschuss packte ihn Jessica am Arm und zog ihn weiter. Auf einem anderen stützte er sich auf alle viere und sah einen glänzenden Schweißtropfen von seiner Nase ins Gras fallen, während er verzweifelt versuchte, genug Kraft zum Weitergehen zu sammeln.
Ein Teil seiner Sinne wurde besonders scharf. Einzelne Pflanzen traten aus der Vegetation hervor wie mit dem Teleobjektiv angezoomt, und Steven glaubte, etwas über den stummen Kampf zu verstehen, der überall um ihn herum tobte, was ihm vorher nie klar gewesen war. Auch manche Gerüche nahm er plötzlich viel intensiver wahr, und als ihm einmal auf dem Weg bergab scharfer Tiergeruch in die Nase stieg, wie er ihn damals auf dem schmalen Seitenarm des Rio Caroni wahrgenommen hatte, geriet er in Panik. Halb wahnsinnig vor Angst riss er sich von Jessica los, stolperte und rollte den Hang hinab. Die große Wunde an seinem Oberschenkel öffnete sich wieder, Blut quoll hervor wie Lava aus einem Vulkan, und in Stevens Fieberträumen warf sich das gesamte Hochland neu auf und versuchte, sie mit seinen klaffenden Schlünden zu verschlingen.
Schließlich spülte ihn jedoch der heiße Strom, von dem er getragen wurde, an den Rand eines Flusses, trüb und lehmfarben wie seinerzeit der Orinoko. Vor Kälte schlotternd lag er in der Sonne und sah zu, wie Jessica aus irgendwelchen übergroßen Schilfgewächsen ein ihm nicht minder riesig vorkommendes Floß baute, auf dem er im nächsten Augenblick auch schon mit der Strömung trieb. Jessica hatte einen langen Ast in der Hand, mit dem sie sich ab und zu vom Ufer abstieß, und Steven war überzeugt, den sagenhaften Fährmann vor sich zu haben, der ihn ins Reich der Toten überführen wollte. *Der böse Geist war ihm immer noch auf den Fersen und nur wieder in eine andere Gestalt*

geschlüpft! Nachdem er zweimal versucht hatte, sich vom Floß zu rollen, band Jessica seinen ausgemergelten Körper mit Lianen an den Schilfrohren fest.
Wieder war Steven an den Boden gefesselt, und wieder erblickte er Indios hinter sich, als er eines Morgens stöhnend den Kopf in den Nacken legte. Jessica hatte erschrocken nach dem Gewehr gegriffen, und in einem Moment der Klarheit, von denen er inzwischen nicht mehr viele erlebte, sah Steven mehrere Einbäume vor ihnen aus dem Nebel kommen. Mit letzter Kraft versuchte er, sich aus seinen Fesseln zu befreien – die Angst wütete in ihm wie ein in die Enge getriebenes Tier.
Bis Jessica die Waffe sinken ließ und ihm beruhigend die Hand auf die Brust legte. Die Indios waren freundlich und entpuppten sich als ihre Rettung.

7

Steven stieg aus der Hängematte und zog sich seine Shorts an. Wie immer war er der Letzte in der Pfahlhütte, der aufstand, und die mit Bastschnüren unter dem Palmendach angeleinten Sittiche zwitscherten, als wollten sie sich über ihn lustig machen.
Draußen auf dem Steg spielten die Kinder der Familie, bei der er wohnte, mit einem anderen Haustier, einem jungen Nasenbären. Vater und Großvater waren fischen, wie meistens am Morgen. Die Mutter flocht an einer neuen Hängematte, schließlich hatte man mehrere davon miteinander verknüpfen müssen, um eine passende Schlafstätte für den riesigen Fremden herzustellen. Die Konstruktion hing quer über eine gesamte Ecke der offenen Hütte, und Piraú, wie Stevens Meinung nach der Vater

der Familie hieß, prüfte jeden Abend aufs Neue mit besorgtem Blick die Pfähle, an denen sie befestigt war.
Die Mutter hatte Steven eine Schale mit Maniokbrot und Früchten bereitgestellt und winkte ihn lächelnd zu sich. Während er frühstückte, redete sie fröhlich auf ihn ein und begutachtete zufrieden die Fortschritte, die seine Wunden machten. Kaum hatte er aufgegessen, zeigte sie wie jeden Morgen Richtung Urwald und schickte ihn dorthin, wo sich der Grund für diese Fortschritte befand.
Steven machte sich gehorsam auf den Weg. Er lief den Steg hinab, der zum Ufer führte, und dann den von Pfahlhütten gesäumten Fluss entlang. Zu einer Hütte bog er ein und näherte sich ihr vorsichtig. Doch wie immer fingen ihn gleich mehrere Frauen und junge Mädchen ab und scheuchten ihn kichernd zurück an Land.
»Fröhliche Weihnachten!«, rief er über ihre Köpfe hinweg. Auf einer Seite der Hütte waren am Dachsims frische Palmwedel aufgehängt, und in ihrem Schatten lag Jessica, die momentan anscheinend sogar noch mehr Schlaf brauchte als er.
Eine Antwort kam nicht, aber das war nicht ungewöhnlich, also machte er sich wieder auf den Weg. Hier und da einem Indio freundlich zunickend, lief er an weiteren Hütten vorbei und überquerte dann den Dorfplatz, von dem rechts neben der großen Gemeinschaftshütte ein kleiner Pfad in den Urwald führte.
Der Pfad war von Palmen und hohen Sträuchern gesäumt und vom Morgentau noch angenehm kühl unter den Füßen. Er schlängelte sich mehrere hundert Meter vom Fluss weg und setzte sich dann unter dem geschlossenen Blätterdach weißer, dickstämmiger Baumriesen fort. Hier musste man eine Viertelstunde durchs ewige Zwielicht wandern, doch dann trat man wieder unter freien Himmel hinaus. Der Pfad stieg an, die

Sträucher am Wegrand wurden niedriger. Die Quelle lag in einer Art kleinem Vulkankegel mitten im Dschungel.
Steven zog seine Shorts aus und stieg die mit weichem Gras bewachsene Böschung hinab. Das runde Becken war etwa so groß wie eine Zirkusmanege, der Grund mit hellem, hier und da in der Sonne glitzerndem Sand bedeckt. Überall am Rand standen mit großen bunten Blüten gespickte Sträucher, von denen Steven sich ziemlich sicher war, dass die Indios sie dort gepflanzt hatten. An einem von ihnen schwirrte ein Kolibri von Blüte zu Blüte und steckte seinen langen Schnabel hinein.
Steven schüttelte nicht zum ersten Mal lächelnd den Kopf über die unwirkliche Szenerie und stieg dann ins Wasser. Es war warm, viel wärmer noch als die oberen Wasserschichten der Flüsse hier, und klar wie in einem Bergsee. Es roch nach Schwefel, doch wenn man es in den Mund nahm, was man den Indios zufolge nicht tun sollte, schmeckte es süßlich. Es kribbelte leicht auf der Haut, und bei genauem Hinsehen erkannte man, dass in einem fort winzige Luftblasen von der Haut aufstiegen, während man sich darin bewegte.
Besonders viele stiegen dort auf, wo die Haut verletzt war, und die Wirkung der Quelle auf diese Stellen war noch viel unwirklicher als ihr Anblick. Elf Tage war Steven jetzt mit Jessica hier, und von den vielen Wunden, mit denen sein Körper übersät gewesen war, konnte man kaum noch etwas erkennen. Selbst der tiefe Schnitt am Oberschenkel, der sich entzündet hatte und ihm fast zum Verhängnis geworden wäre, war komplett mit Narbengewebe überzogen.
Und nicht mit irgendwelchem Narbengewebe. Steven hatte auch sonst ein paar Erinnerungen an alte Verletzungen. Im vergangenen Jahr hatte er sich beim Tauchen an einer Koralle die Wade aufgeschlitzt, viele Jahre zuvor beim Einbrechen in seine eigene Wohnung den Unterarm. Doch obwohl nicht mal drei

Wochen seit der schrecklichen Nacht am Fluss vergangen waren, sahen die dazugehörigen Narben nicht aus wie die junge am Bein, sondern wie die alte am Arm – ja sogar noch besser. Die Stellen waren beinah vollkommen glatt und unterschieden sich von der umliegenden Haut eigentlich nur durch die etwas hellere Farbe und das Fehlen jeglicher Behaarung. Irgendwelche im Wasser der Quelle enthaltenen Substanzen beschleunigten den Heilprozess um das Hundertfache.

Auch sonst schien Steven das Wasser eine belebende und kräftigende Wirkung zu haben – obwohl es vielleicht eher an den riesigen Portionen Fisch und Bananenpapp lag, die man ihm hier täglich aufdrängte, dass er annähernd sein altes Gewicht zurückerlangt hatte. An diesem Morgen fühlte er sich zum ersten Mal wieder vollkommen gesund, und bald wurde es ihm beim Herumplanschen in dem warmen Wasser zu heiß, und er flüchtete sich an den hinteren Rand der Quelle, der ein wenig von den umstehenden Sträuchern beschattet wurde.

Die Arme auf der Böschung ausgestreckt wie in einem Whirlpool, schaute er müßig der morgendlichen Nektarsuche des Kolibris zu, bis plötzlich auf der gegenüberliegenden Seite eine Gestalt am Eingang zur Quelle auftauchte. Steven hatte nur ganz am Anfang Indios an dem wunderlichen Ort gesehen, als ihn mehrere Männer zum Baden jeden Tag auf einer Holzbahre durch den Dschungel getragen hatten. Jetzt erblickte er eine Indiofrau vor sich, mit offenen schwarzen Haaren und Lendenschurz, und hatte nicht den blassesten Schimmer, wie er sich verhalten sollte.

Sie schien seine zur Seite geworfenen Shorts nicht zu bemerken und stieg geradewegs die Böschung hinunter. Erst als sie am Wasser stand und vom Aufknoten ihres Lendenschurzes aufblickte, erkannte Steven, dass es sich um Jessica handelte.

Na super – und was jetzt? Sein Herz machte einen Sprung, plötzlich fühlte er sich beklommen und schüchtern wie ein Teenager. Er ließ sie erst die Mitte der Quelle erreichen, wo das Wasser so tief war, dass man bis zum Hals darin eintauchen konnte, bevor er etwas sagte.

»Jessica!«, rief er dann und sah verlegen, wie sie überrascht zusammenzuckte. »Tut mir leid. Ich war so erstaunt, Sie zu sehen, dass ich …« Da geriet er auch schon wieder ins Stocken, und weil er sich im Schatten der Sträucher wie ein Spanner vorkam, drückte er sich vom Rand ab und glitt ins Helle hinaus.

»Liebe Güte, Steven«, sagte Jessica, wich etwas zurück, lächelte aber entspannt. »Lauern da am Ufer wie ein Krokodil.«

»Ich … Geht es Ihnen besser? Sie sehen gut aus.«

Das hörte sich natürlich erst recht komisch an. Schließlich standen sie sich mit nicht mal fünf Metern Abstand splitternackt in glasklarem Wasser gegenüber. Und so verlegen Steven auch war: Sein Blick glitt wie von selbst an Jessicas sportlichem braunem Körper hinab. Diese reagierte jedoch wieder mit einem entspannten Lächeln und bewegte sich etwas seitwärts.

»Ja, viel besser«, antwortete sie. »Die Frauen haben mich Tag und Nacht umsorgt wie ein Kleinkind. Ich fühle mich wie neu geboren.«

In den ersten Tagen hatte Steven noch weiter im Fieberwahn gelegen und erinnerte sich, in dieser Zeit Jessica mehrmals an seiner Hängematte gesehen zu haben. Kaum war er über den Berg, hatte jedoch ihr Körper sein Recht eingefordert, und anders als bei ihm waren bei ihr aus irgendeinem Grund keine Krankenbesuche gestattet gewesen. Auf seine besorgten Zurufe hin hatte sie ihm jedoch versichert, es sei nichts Ernstes, und man kümmere sich gut um sie.

Tatsächlich wirkte sie genau, wie auch er sich heute fühlte: wie neu geboren. Von der Bisswunde an ihrer Schulter war nur noch ein glatter blasser Winkel übrig, selbst die alte Messernarbe unter ihrem Brustkorb zeichnete sich deutlicher ab. Wieder merkte Steven, wie unverschämt er ihren nackten Körper musterte. Doch wieder sah sie ihm gelassen in die Augen, als er aufblickte. Damit sie sich weiter von Angesicht zu Angesicht unterhalten konnten, hatte auch er angefangen, sich seitwärts zu bewegen. So bewegten sie sich beide im Kreis – ein bisschen wie Boxer im Ring. Und überrascht merkte Steven, dass sie sich dabei auch wie Boxer immer näher kamen.

»Lustige Art, Weihnachten zu feiern«, sagte er leise. »Meinen Sie nicht auch? Zu Hause würde ich jetzt mit einer Zipfelmütze auf dem Kopf im Labor rumgehen und jedem meiner Schützlinge ein besonderes Leckerli ins Aquarium schmeißen.«

»Und ich würde mit einem Kater zu Hause sitzen, weil ich zu viel Punsch getrunken hätte«, antwortete sie im selben gedankenverlorenen Ton. »Und die Erdnüsse und Orangen pulen, die die Kinder meiner Cousins aus ihrer Piñata gehauen haben.«

Als ihr Gesicht wieder in die Sonne kam, leuchteten ihre Augen grün und lebendig wie der Dschungel um sie herum. Steven musste an die Göttin denken, die auf dem Tapir ritt – Herrscherin über alle anderen Götter des Landes. Er hatte nicht gemerkt, wie erregt er war. Doch bei Jessica war es genauso, und als er nach ihr griff, glitt er praktisch in derselben Bewegung in sie hinein.

Noch einmal leuchteten ihre Augen auf, und sie schlang ihre Beine um seine Hüfte, um ihn fester an sich pressen zu können. Ihre Lippen waren nass wie in seinem Traum, doch sie blieb, wer sie war, und erwiderte gierig seine Küsse.

Danach lagen sie am Ufer im Schatten, sinnestrunken und selig, während um sie herum wie aus weiter Ferne die Geräusche des Urwalds zu ihnen aufstiegen. Eine von Jessicas Händen ruhte immer noch auf Stevens Brust, und sie sank immer wieder in süßen Schlummer. Plötzlich schreckte sie hoch. Steven hatte sich auf die Ellbogen gestützt und blickte mit nachdenklicher Miene aufs Wasser.

»Was ist los?«, fragte sie.

»Nichts. Ich … ich habe nur ein schlechtes Gewissen. Wegen Margery.«

Sie zog ihre Hand weg und stützte sich ebenfalls auf. »Oh«, sagte sie kühl. »Ich wusste nicht, dass ihr … Ich wusste nicht, dass ihr so eng befreundet wart.«

Er drehte den Kopf, sah ihr verwirrt ins Gesicht und lächelte dann traurig. »Ach nein«, sagte er und legte ihr die Hand auf den Arm. »Das meine ich nicht. Es ist wegen …« Er setzte sich auf, legte die Arme auf die Knie und schlug den Blick nieder. »Es ist wegen der Art, wie sie gestorben ist. Ich hätte … ich hätte sie warnen sollen.«

Sie dachte einen Augenblick nach und setzte sich dann ebenfalls auf. »Aber hast du sie nicht gewarnt? Ich meine, kurz bevor ihr ins Wasser gestiegen seid, hättest du noch etwas zu ihr gesagt.«

»Ja, habe ich auch. Aber das war nicht deutlich genug. Weißt du noch, wie ich damals nach unserem Besuch bei Mahew spekulierte, der Krake benutze seine Verwandlungskünste vielleicht nicht nur, um andere Tiere abzuschrecken? Genauso war es – und sie ist drauf reingefallen.«

Er packte einen Stein, der neben ihm im Gras lag, und schleuderte ihn ins Wasser. Sie legte ihm sanft die Hand auf den Rücken. »Was ist da unten passiert?«, fragte sie. »Wir haben noch gar nicht darüber geredet. Ich weiß nur, dass Margery verletzt war und mich dann dieses Ungetüm gepackt hat und mich fortziehen wollte. Was ist davor geschehen?«

»Es hat sich in mich verwandelt«, sagte Steven bitter und senkte den Kopf. »Es hat meine Gestalt angenommen, um Margery zu sich zu locken.«

»Es hat *deine* Gestalt angenommen?«
Er wandte ihr den Blick zu. »Ja, wie der Wolf im Schafspelz, verstehst du? Er sieht so aus wie die anderen Schafe, deswegen haben sie keine Angst vor ihm. Ich habe ein ähnliches Verhalten auch schon bei dem Mimikrykraken gesehen, den ich dir bei Mahew gezeigt habe. Der lockte damals eine Krabbe zu sich, indem er ihr Aussehen nachahmte – so hielt sie ihn entweder für einen Rivalen oder einen potenziellen Paarungspartner. Ich war mir nur nie ganz sicher, ob ich das Verhalten auch richtig deute. Aber dann hast du im Auto davon gesprochen, dass sich so ein Krake auch leicht in einen Rochen verwandeln könnte, und da ist mir noch etwas eingefallen, was die Jungen bei dem Unfall damals gesehen hatten.«
Jessica dachte angestrengt nach, erriet jedoch nicht, worauf Steven hinauswollte. Zu viel war seit ihren gemeinsamen Nachforschungen in Florida geschehen. »Was meinst du?«, fragte sie schließlich.
»Einer der Jungen hat doch damals davon geredet, er hätte eine Leiche auf dem Meeresgrund gesehen.«
»Ja, ich erinnere mich. Das machte die ganze Geschichte irgendwie unglaubwürdig. Aber für dich hat das dann im Auto plötzlich einen Sinn ergeben?«
»Ja. Mir kam der Gedanke, dass das keine Leiche war, sondern einfach ein Mensch, den der Krake nachahmte, um andere Menschen zu sich zu locken. Wie der Wolf im Schafspelz. Er verwandelt sich für die Jagd in seine eigenen Opfer.«
Trotz der Hitze, die auch im Schatten herrschte, lief Jessica ein kalter Schauer über den Rücken. »Und … und dort im Fluss ist das Gleiche passiert?«, frage sie leise.
»Ja«, antwortete Steven in elendem Ton. »Das Ding hat so ausgesehen wie ich. Und Margery ist ihm genau in die Arme geschwommen.«

Sie rieb ihm sanft über den Rücken. Doch er wandte mit trostloser Miene das Gesicht ab. »Sie hat mich am Abend davor noch gefragt«, sagte er so leise, dass es kaum zu hören war. »Sie hat mich gefragt, ob ich eine Idee hätte, wozu die ›Spiegelungen‹ des Kraken gut sein könnten. Aber ich dachte, es gehe ihr nur wieder um ihre Karriere, und bin nicht damit rausgerückt.«
Er schniefte und wischte sich mit dem Handrücken über die Augen. »Wenn ich es ihr gesagt hätte, würde sie vielleicht noch leben. Wenn ich nicht so misstrauisch gewesen wäre, hätte sie vielleicht geahnt, was vor sich geht, und wäre vorsichtiger gewesen. Aber ich lasse sie einfach so ins Wasser steigen.«
Seine Stimme klang jetzt eher wieder ärgerlich, und er schüttelte wütend den Kopf. Jessica fasste ihn sanft am Arm. »Aber du hast doch gedacht, dass ihr überhaupt nichts in dem Fluss findet«, sagte sie. »Du hast doch gar nicht daran geglaubt, dass dieses Ungeheuer dort lebt.«
»Doch, ich wusste, dass es da ist. Ich habe es die ganze Zeit gespürt. Ich wollte es mir nur nicht eingestehen, weil ich eine Heidenangst hatte. Deswegen wollte ich auch nicht ins Wasser. *Weil ich die Hosen gestrichen voll hatte.*« Er drehte sich zu ihr um und hatte wieder den gleichen verstörten Blick, den sie schon während seiner Krankheit so oft an ihm gesehen hatte. »Irgendetwas war komisch da draußen im Dschungel. Jetzt mit dir, an diesem friedlichen schönen Ort – alles wirkt plötzlich wie ein böser Traum, den man endlich hinter sich gelassen hat. Aber als ich da draußen war, dachte ich … ich dachte …«
»Ja, ich auch«, gab sie zu. »Es war wie damals bei dem Verrückten, von dem ich dir erzählt habe. Da war etwas. Etwas … ich will es gar nicht so genau wissen.«
Sie schlug die Augen nieder, und jetzt war er es, der sie am Arm fasste und ihr zärtlich die Hand aufs Bein legte. Trotzdem hatte er offenbar das Bedürfnis, noch etwas loszuwerden.

»Mir gehen jetzt noch ab und zu die absurdesten Gedanken durch den Kopf«, sagte er leise. »Manchmal habe ich sogar das Gefühl, das Ding hätte mir irgendwie eine Falle gestellt. Freund oder Feind? Ich habe Margery an jenem Abend angeguckt und es genauso wenig erkannt wie sie am nächsten Tag bei mir. Aber natürlich war sie mein Freund. Sie war mein Freund, und dieses Ding hätte unser gemeinsamer Feind sein sollen. Aber ich dachte, sie will mich wieder reinlegen. Und dann schwimmt sie mir sozusagen direkt in die Arme. Es ist von einer geradezu grotesken Symbolik. Der Teufel, der große Täuscher. Der alte Pater mit seinem angeschlagenen Glauben. Das ist alles so … so …«

»Schhh«, machte sie und legte ihm den Finger auf den Mund. »Du darfst dich da nicht so reinsteigern. Zu viel über diese Dinge nachzudenken ist nicht gut, das weiß ich noch von meiner eigenen Sache damals. Es hat keinen Sinn, das Ganze persönlich zu nehmen. Man muss es einfach als Zufall sehen – als dummen, grausamen Zufall.« Nicht dass ihr selbst das jemals besonders gut gelungen wäre. Aber jetzt, da sie es so sagte, klang es überraschend vernünftig. »Es ist, wie du zu mir meintest: Wir wussten nicht, was uns erwartet. Wir konnten es nicht wissen.«

Er nickte, wirkte allerdings nicht sonderlich überzeugt. Ihr war jedoch klar, dass sie trotz ihrer wunderbaren Rettung noch lange nicht alles hinter sich hatten. Sie würde ihn noch brauchen – und das nicht nur körperlich wieder in alter Form.

»Wie kann es sein, dass es dieses … dieses Tier hier gibt?«, fragte sie. »Ich meine wissenschaftlich gesehen.«

Er sah sie noch einen Moment weiter nachdenklich an, ließ sich dann aber auf ihr Ablenkungsmanöver ein. »Ja«, sagte er mit einem lauten Seufzer. »Diese Frage habe ich mir natürlich auch schon gestellt. Ein wissenschaftlicher Jahrhundertfund ist es ohne Frage, das hat Margery richtig eingeschätzt. Allerdings ist dieser Dschungel hier vielleicht doch gar kein so unwahrscheinlicher Fundort dafür, wie ich zuerst dachte.«

»Wie meinst du das?«

Er stützte sich auf die Arme, entdeckte noch einen Stein neben sich und warf auch diesen mit leicht verlorener Miene ins Wasser. Als er sie ansah, war da jedoch wieder der alte, auf logische Lösungen konzentrierte Forscherblick, auf den sie gehofft hatte.

»Kennst du *Die vergessene Welt?«*

»Diesen Film mit den Dinosauriern?«, fragte sie erstaunt.

»Nein, ja – es gibt noch ein Buch, nach dem der Film benannt ist. Einen alten Abenteuerroman von Arthur Conan Doyle. Das ist der, der auch die ganzen Sherlock-Holmes-Romane geschrieben hat.«

»Sherlock Holmes sagt mir natürlich was«, sagte sie. »Schließlich bin ich Polizistin.«

»In dem Buch geht es darum, dass eine Expedition ins Hochland von Guayana reist – also genau dahin, wo wir gerade herkommen. Dort findet sie Dinosaurier und andere längst als ausgestorben geltende Tiere. Sie leben auf einem der großen Hochplateaus, die in dem Gebiet überall aus dem Urwald ragen.«

»Okay«, sagte sie und hob fragend die Brauen. Steven lächelte, und auch diesen für sein Gesicht so typischen Ausdruck wieder zu sehen, erleichterte sie.

»Auf den Tafelbergen leben tatsächlich außergewöhnliche Tiere«, erklärte er. »Kriechende schwarze Frösche und riesige rote Spinnen, die aufgrund ihrer Isolation von der Umwelt eine ganz eigene Entwicklung durchgemacht haben. Wie in dem Buch angenommen, haben einige wirklich noch viele urzeitliche Merkmale. Andere haben solche Merkmale aber auch auf ganz eigene Weise weiterentwickelt, so dass heute Geschöpfe auf den Plateaus leben, wie es sie sonst nirgends auf der Welt gibt.«

»Okay. Ich glaube, ich verstehe ungefähr, worauf du hinauswillst. Aber der Krake lebt doch in einem Fluss.«

»Ja, aber dort offenbar in einem genauso abgeschlossenen Biotop wie die Tiere auf den Tafelbergen. Um zu dem Fluss zu gelangen, mussten wir erhöhtes Gelände überqueren, um davon fortzukommen auch wieder. Er liegt wahrscheinlich in einer Art natürlichem Becken, und wenn er daraus abfließt, dann höchstens unterirdisch. Für den Kraken stellen er und seine Seitenarme jedoch ein geschlossenes System dar, aus dem er nicht herauskann.«

»Aber hast du nicht gesagt, Kraken leben nicht in Flüssen? Wieso tut es dann dieser? Ich dachte, nur Fische und Muscheln würden Flüsse hochwandern, Tintenfische aber nicht.«

»Das stimmt auch. Aber ich hatte mal wieder ein Brett vorm Kopf – ähnlich wie bei der Annahme, ein solcher Krake müsse in Florida längst aufgefallen sein. Delfine, Rochen, Sägefische: Die Flüsse Südamerikas wimmeln praktisch vor Tieren, die es eigentlich nur im Meer gibt. Doch keines davon ist die Flüsse hochgewandert, sondern sie sind eher in ihnen gestrandet.«

»Gestrandet?«

»Ja. Ich hätte mich nur an meine alten Uni-Kurse über die Entwicklung der Weltmeere erinnern müssen, dann wäre ich früher drauf gekommen. Das Bergland von Guayana ist eine sehr urtümliche geologische Formation, fast zwei Milliarden Jahre alt. Die Berge gab es schon, als das heutige Südamerika noch zum Urkontinent Gondwana gehörte, daher vermutlich auch die Idee mit den Dinosauriern. Vor nur zwanzig Millionen Jahren war das Bergland aber praktisch ringsum von Meer umgeben. Damals füllte nämlich noch ein kleiner Ozean das Amazonasbecken aus. Er bedeckte die gesamte Mitte des Kontinents und war sowohl mit dem Pazifik im Westen als auch mit dem Atlantik im Osten verbunden. Aus diesem Ozean stammen die ganzen südamerikanischen Flusstiere, die eigentlich ursprünglich mal Meerestiere waren. Als das Meer zurückging, haben sie sich nach und nach an das immer süßer werdende Wasser gewöhnt – und sich auch sonst an ihre neue Umwelt angepasst.«

»Und du meinst, dieser Krake ist so ein Tier? Sozusagen die Krakenversion eines Flussdelfins?«

»Nun, wenn wir beide nicht davon ausgehen wollen, dass es sich dabei um irgendeinen gruseligen Dschungelgott handelt, dann ja«, sagte Steven mit tapferer Ironie in der Stimme. »Normalerweise haben es Kraken nicht nötig, Flüsse zu besiedeln, deswegen gibt es hier auch sonst keine. Aber dieser Krake wurde bei irgendeinem Hochstand des Amazonasmeeres in das natürliche Becken am Rand des Berglands gespült und konnte sich dann nicht mehr mit dem allmählich abebbenden Meer aus dem Landesinneren zurückziehen. Das klare Wasser hat ihm vielleicht geholfen – ich weiß nicht, wie es sich chemisch zusammensetzt. Andererseits gewöhnen sich Schnecken und andere Weichtiere auch schnell an Süßwasser, und als der Tierstamm der Weichtiere vor einer halben Milliarde Jahren entstand, war alles Meerwasser der Welt noch wesentlich weniger salzhaltig.«

»Und wie ist so ein großer gerissener Bastard aus ihm geworden?«

Erneut lächelte Steven. Er schien von seinen wissenschaftlichen Spekulationen selbst nur halb überzeugt zu sein. Doch unverkennbar halfen sie ihm, sich gegenüber ihrem Gegner wieder in eine günstigere Position zu bringen.

»Ich nehme mal an, er musste sich in der relativen Enge des Flusssystems irgendwie gegen die anderen Tiere durchsetzen. Recht groß war er vermutlich von Anfang an, ein Riesenkrake aus dem Pazifik vielleicht oder eine besonders große Unterart eines Gemeinen Kraken aus dem Atlantik. Vielleicht gehörte er aber auch einer Spezies an, die es heute im Meer gar nicht mehr gibt. So oder so, am Anfang ihres Lebens sind alle Kraken klein und für Krokodile natürlich ein gefundenes Fressen. So viele Verstecke wie in einem Korallenriff gibt es in Klarwasserflüssen nicht, trotzdem ist die Sicht so gut wie in der Südsee. Deshalb hat der Krake wahrscheinlich angefangen, sich zu verstellen.«

»Hast du damals nicht erzählt, dieser indonesische Krake, der das kann, lebe auch in einer Umgebung ohne Verstecke?«

»Ja, genau – du passt besser auf als die meisten meiner Studenten. Erinnerst du dich noch, als Mahew von den Tieren sprach, die der Krake bei ihm zu Hause nachgeahmt habe?«

»Ja. Irgendeine Echse …«

»Eine Meerechse, wie es sie nur auf den Galapagosinseln gibt. Deshalb hab ich ja auch zuerst gedacht, der Krake käme von dort.«

»Hm. Du glaubst, er könnte in Wirklichkeit ein Krokodil nachgeahmt haben?«

»Ja, vermutlich eine Art angeborener Schutzreflex. Obwohl Krokodile auch manchmal kleinere Artgenossen angreifen.«

»Und das andere Tier, von dem Mahew geredet hat? Das Wildschwein?«

»Das gehört schon zu der Jagdmimikry, die sich meiner Meinung nach aus der Verteidigungsmimikry entwickelt hat. Mahew sagte, der Krake habe wie tot im Wasser gelegen, wenn er diese Imitation zeigte. Vermutlich versucht er, wie Aas auszusehen: ein totes Wasserschwein, ein toter Tapir – oder tatsächlich ein totes Wildschwein, die gibt es hier im Dschungel ebenfalls. Jedenfalls wie irgendein toter Pflanzenfresser, der den Fleischfressern des Urwalds normalerweise als Nahrung dient. So könnte er große Fische oder kleine Krokodile zu sich locken und überrumpeln. Vielleicht auch in der Nähe der Flüsse lebende Landtiere – wie den Jaguar, der sich nicht ins Wasser traute.«

»Oder die Indios, die ihn wegen seiner Schlauheit als Gott verehren.«

»Möglicherweise. Auch die Imitation dieses Lockköders ist vermutlich angeboren, deshalb hat der Krake sie selbst dann gezeigt, als er fern seiner Heimat in Mahews Strandvilla gefangen gehalten wurde. Die ›Spiegelungen‹, mit denen er wie der Mimikrykrake ebenfalls Beute zu sich lockt, kommen dann später. Sie sind flexibel, so dass er sie genau auf seine jeweilige Umgebung abstimmen kann. Als Mahew ihm die Pooltiere seiner Kinder vors Aquarium gehalten hat, versuchte er ja selbst denen vorzuspielen, er sei eins von ihnen.«

»Und so hat er möglicherweise den schnorchelnden Jungen bei uns zu Hause in Florida zu sich gelockt. Und jetzt vor deinen Augen Margery.«

»Ja«, sagte Steven, wieder mit etwas weniger Leben in der Stimme. »Genau so.«

»So wie Jeffrey Chilton sich als Freier ausgegeben hat, um seine Opfer in Sicherheit zu wiegen«, murmelte Jessica. »Oder ebenfalls einfach als Mensch, wenn man es anders betrachtet.«

»Wie bitte?«, fragte Steven und sah sie erneut mit einem Anflug des Ausdrucks in den Augen an, den sie eigentlich daraus hatte vertreiben wollen.

»Ach nichts«, erwiderte sie erschöpft. »Der Teufel, der große Täuscher – du hast mich mit deinem Gerede nur auch wieder auf dumme Gedanken gebracht, das ist alles. Jetzt, da wir beide wieder einigermaßen auf dem Damm sind, sollten wir schnellstens zusehen, dass wir zurück nach Florida kommen. Diese barbarischen Indios, die Finch getötet haben, sind mir egal. Die sollen selbst schauen, wie sie weiter mit ihrem Monsterkraken auskommen. Aber bei uns zu Hause möchte ich so ein Viech nicht im Wasser haben. Da sind es meine Leute, die auf den Wolf im Schafspelz reinfallen.«

Steven sah sie einen Moment lang an und ließ sich dann matt ins Gras sinken. »O Gott, die Pflicht ruft«, sagte er und sah unglücklich zum blauen Himmel auf. »Am liebsten würde ich einfach mit dir hierbleiben. Fische fangen, eine Pfahlhütte bauen, mit diesen freundlichen Menschen leben. Als hätten wir nicht schon genug durchgemacht.«

»Das geht nicht«, sagte sie sanft, legte sich auf seine Brust und sah ihm in sein gebräuntes Sonnyboygesicht, das ernster, aber damit zumindest in ihren Augen noch anziehender geworden war. »Den Menschen zu Hause ist ja nicht mal bewusst, was für ein Monster da auf sie lauert. Wer weiß, wie viele mysteriöse ›Unfälle‹ es in der Zwischenzeit noch gegeben hat. Wir müssen zurück. Und zwar besser heute als morgen.«

Er sah ihr in die Augen. Sein Blick war widerwillig, störrisch – aber schließlich einverstanden. »Ja, ich weiß«, sagte er und lächelte sie zärtlich an. »Im Paradies darf keiner lange bleiben.«

Sie küsste ihn sanft auf den Mund, dann auf den Hals, dann aufs Ohr. »Eine Stunde oder zwei aber vielleicht schon noch«, flüsterte sie. »Darauf kommt es jetzt wahrscheinlich auch nicht mehr an.«

TEIL V
Marineland

Kannst du den Leviathan fangen mit der Angel und seine
Zunge mit einer Fangschnur fassen?
Kannst du ihm ein Binsenseil an die Nase legen und mit
einem Haken ihm die Backen durchbohren?
Meinst du, er wird dich lange um Gnade bitten oder dir
süße Worte geben?
Meinst du, er wird einen Bund mit dir schließen,
dass du ihn für immer zum Knecht bekommst?
Buch Hiob (40,25–28)

1

Erst als er wieder bei sich zu Hause über die Schwelle trat, wurde Steven bewusst, wie tief er während der letzten Wochen in eine andere Welt eingetaucht war. Der nachmittägliche Glanz der Dielen, die alten Zeitungen auf dem Couchtisch, der verwaiste Anblick von Sofa und Fernseher – das Gefühl, die Uhr habe sich nicht weitergedreht, während zugleich alles irgendwie auf seine Rückkehr gewartet hatte, kannte er von anderen Reisen. Doch obwohl diese oft wesentlich länger gedauert hatten, war ihm sein eigenes Heim noch nie so fremd vorgekommen wie jetzt. Er schob die Tür zur Terrasse auf, um frische Luft reinzulassen, und sah erleichtert, dass wenigstens der Pool ein paar Zeichen der Zeit für ihn aufgehoben hatte: Froschlaich, tote Insekten und mehrere große Palmblätter, die von einem winterlichen Sturm ins Wasser geweht worden waren.

Jessica hatte ihn mit dem Mietwagen abgesetzt, den sie sich am Flughafen von Miami genommen hatten, damit er sich schnell duschen und umziehen konnte. Zum Glück war es nicht das erste Mal, dass er von einer Reise mit kaum mehr als seinen Kleidern am Leib zurückkehrte, so lag ein Ersatzschlüssel oben auf dem Rahmen seiner Haustür bereit.

In Boa Vista, wo sie mit Hilfe der Indios schließlich gelandet waren, hatten sie sich mit dem Nötigsten eingedeckt, bevor sie mit dem Bus nach Manaus und von dort mit dem Flugzeug zurück Richtung Heimat gereist waren. Steven warf die billige Umhängetasche, aus der er in den letzten Tagen gelebt hatte, in seinem Schlafzimmer achtlos in die Ecke. Vorher nahm er jedoch die sorgfältig zugeknotete Plastiktüte heraus, die zwischen der schmutzigen Wäsche lag, und plazierte sie gut sichtbar auf dem Bett, damit er sie gleich nicht vergaß.

Obwohl seit dem Tag an der Quelle eine weitere Woche vergangen war und ihre Rückkehr genau in die letzten Stunden des ablaufenden Jahres fiel, hatten Steven und Jessica mit Chief Fogelman ausgemacht, sich gleich nach ihrer Ankunft mit ihm in seinem Büro zu treffen. Der Chief hatte sich geweigert, irgendwelche Maßnahmen zu ergreifen, bevor er nicht sämtliche Details ihrer haarsträubenden Geschichte aus ihrem eigenen Mund gehört hatte, und vor allem Jessica brannte darauf, diese Forderung so schnell wie möglich zu erfüllen.

Als Steven in das Büro kam, saß Jessica schon auf einem der Stühle vor dem Schreibtisch, und Fogelman begrüßte ihn in einem schlecht sitzenden Smoking, in dem er sich sichtlich unwohl fühlte. Zu Stevens großer Überraschung hatte sich auch Dekan Duffy zu dem Treffen eingefunden. Offensichtlich war auch er zu einem gehobenen gesellschaftlichen Anlass eingeladen, zu dem er gleich nach dem Termin weiterwollte, trug allerdings im Gegensatz zu Fogelman eine tadellos sitzende Maßanfertigung.

Die zwei alten Männer hörten sich ihre Schilderungen mit ernsten Mienen an. Ab und zu stellten sie Zwischenfragen, enthielten sich ansonsten aber jeglichen Kommentars. Steven überließ das Reden gerne Jessica und übernahm nur bei jenen Ereignissen das Wort, bei denen er näher am Geschehen gewesen war. Auch legte er seine Vermutungen darüber dar, wie sich eine so außergewöhnliche Kreatur in den isolierten Flussläufen des südvenezolanischen Urwalds hatte entwickeln können. Dem Polizeichef bereiteten die wissenschaftliche Fachausdrücke, die Steven in Anwesenheit Duffys automatisch verwendete, offensichtlich genauso viel Unbehagen wie der ungewohnte Ausgehanzug, an dem er immer wieder unbewusst herumnestelte. Der Dekan jedoch hatte natürlich keine solchen Probleme und hakte wie bei einer akademischen Prüfung bei Punkten, die ihm fragwürdig erschienen, hartnäckig nach.

»Und wie soll es dieses erstaunliche Wesen geschafft haben, seinen Organismus so schnell wieder auf das Leben im Salzwasser umzustellen?«, fragte er, als Steven mehr oder weniger am Ende seiner Erklärungen angelangt war. »Ich meine, wenn es jetzt hier bei uns im Meer lebt, muss es das doch irgendwie gemacht haben?«

»Ich nehme an, dass diese Umstellung dem Kraken nicht so schwergefallen ist, weil er das Leben im Meer sozusagen noch genetisch in sich hat. Auch ist eine plötzliche Umstellung in diese Richtung meiner Meinung nach leichter als umgekehrt. Salzwasser hat eine höhere Dichte als Süßwasser, also kann es nicht passieren, dass die Zellen zu viel davon aufnehmen und platzen, wie es beim Wechsel vom Salzwasser ins Süßwasser der Fall wäre. Bleibt die Frage, warum auch die Versorgung des Körpers mit Sauerstoff weiterhin funktioniert. Doch in dieser Hinsicht habe ich eine erstaunliche Entdeckung gemacht.«

Er nahm die zerknitterte Plastiktüte vom Schoß, die Duffy

schon beim Reinkommen skeptisch beäugt hatte, und fing an, sie aufzuknoten. In dem Bedürfnis, den Inhalt möglichst luftdicht zu verschließen, hatte er die Knoten allerdings sehr fest gemacht.

»Natürlich hätte ich nur allzu gerne etwas von dem Heilwasser mit nach Hause genommen, das eine so wunderbare Wirkung auf unsere Verletzungen hatte. Aber die Indios ließen in dem Punkt nicht mit sich reden. Sie haben uns sogar die Augen verbunden, bevor sie uns zur nächsten größeren Siedlung ruderten. Vor der Abfahrt, als ich mein beiseitegelegtes T-Shirt aufhob, fiel mir jedoch etwas Bemerkenswertes auf. Ich habe das Hemd dann gleich in ein großes Blatt eingewickelt, um es vor Feuchtigkeit zu schützen, und in Boa Vista sofort in diese Plastiktüte verpackt.«

Schließlich hatte er genug von der Rumfummelei und riss die Tüte einfach auf. Dann hielt er das T-Shirt in die Höhe, das die Indios ihm für seine Opferung angezogen hatten, und zeigte auf die verschiedenen Flecken auf der Vorderseite.

»Sehen Sie, das hier außen sind Blutflecken von den Verletzungen, die mir der Krake mit den Zähnen an seinen Armen beigebracht hat. Der große Fleck in der Mitte ist entstanden, als Jessica – ähm – Officer Sanchez auf das Monstrum schoss und mir schwarze Flüssigkeit auf die Brust spritzte. Ich ging ganz selbstverständlich davon aus, dass die Kugel den Tintensack des Kraken getroffen habe und es sich bei der Flüssigkeit dementsprechend um Tinte handelte. Auch davor, als ich dem Ungeheuer – oder möglicherweise einem seiner Artgenossen – im Fluss einen Stich versetzte, waberte dieselbe schwarze Flüssigkeit im Wasser, und natürlich hielt ich sie in dem Moment ebenfalls für Tinte. *Aber es war gar keine Tinte, sondern Blut.* Der Krake, der dort im südamerikanischen Dschungel über Jahrmillionen hinweg eine ganz eigene Entwicklung durchgemacht hat, *besitzt schwarzes Blut.*«

»Schwarzes Blut?«, fragte Fogelman ungläubig, reckte den Kopf aus seinem zu weiten Kragen und starrte mit zusammengekniffenen Augen das T-Shirt an.
»Ja«, erwiderte Steven, vielleicht mit etwas zu viel Begeisterung in der Stimme. Erneut zeigte er auf die kleineren Flecken, die sich um den großen Fleck in der Mitte verteilten. »Solche Flecken kennen Sie als Polizist natürlich. Rostbraun wegen des Eisens, das in den roten Blutkörperchen enthalten ist und an der Luft oxidiert. Diesen schmutzigen Rotton erkennen sie auch an dem größeren Fleck. Getrocknete Krakentinte hat diesen Ton jedoch nicht und lässt sich auch leichter auswaschen. Bei all dem Fieberschweiß, mit dem ich das Hemd getränkt habe, wäre solche Tinte jetzt einfach blassgrau. Der große Fleck ist aber immer noch braunschwarz, sehr viel dunkler als die Blutflecken drum herum. Die Erklärung ist einfach: Kupfer, das im Blut von Kraken enthalten ist, wird bei der Oxidation blaugrün, und Blau und Rot ergeben zusammen Schwarz. *Dieser Krake benutzt den blauen Blutfarbstoff der Kraken und den roten Blutfarbstoff der Menschen gleichzeitig – sowohl Hämoglobin als auch Hämozyanin.* Deswegen ist sein Blut schwarz und sah im ersten Moment wie Tinte für mich aus.«
Fogelman zog mit überfordertem Blick den Kopf wieder ein. Steven wandte sich an Duffy. »Sie erinnern sich doch an die Untersuchung, mit der Sie mich beauftragt haben: blaues Blut der Kraken, das den Kreislauf blutkranker Menschen vielleicht ersatzweise mit Sauerstoff versorgen könnte. Wie ich noch vor der Reise herausgefunden habe, verträgt sich das Blut von Kraken umso besser mit menschlichem Blut, je näher sie am Land leben. Kein Krake, den die Wissenschaft kennt, ist jedoch so landverbunden wie dieser Flusskrake. Er scheint regelmäßig an Land auf Beutefang zu gehen, und wie ich während meiner Beinah-Opferung feststellte, hat er dafür sogar ein spezielles

Muskelkorsett entwickelt. Diese Muskeln brauchen natürlich mehr Sauerstoff als solche, die nur in der relativen Schwerelosigkeit des Wassers funktionieren, und vielleicht hat das Ungetüm deshalb zusätzlich unseren Blutfarbstoff in den Adern: weil dieser an der Luft einfach besser funktioniert.«

Duffys dunkle Augenbrauen, die sich so deutlich von seinem grauen Haarkranz absetzten, senkten sich immer tiefer. Steven wusste nicht, wie er seine Miene deuten sollte. Von Anfang an war er nicht sicher gewesen, ob er das T-Shirt überhaupt zu dem Treffen mitbringen sollte. Doch jetzt spürte er das seltsame Bedürfnis, um jeden Preis weiterzureden.

»Am Abend vor ihrem schrecklichen Tod scherzte Professor Durham noch, ich würde nur bei der Expedition mitmachen, um an das Blut dieses außergewöhnlichen Kraken heranzukommen. Mit ihrer unvergleichlichen wissenschaftlichen Kombinationsgabe erkannte sie sofort, dass er für meine Forschungen ein besonders wertvolles Studienobjekt abgeben würde. Ich habe am Flughafen von Manaus ein bisschen im Internet gesurft und herausgefunden, dass es auch andere Organismen gibt, die Hämoglobin und Hämozyanin gleichzeitig als Sauerstoffträger in ihrem Blutkreislauf verwenden. Dabei handelt es sich um sogenannte Walläuse, die auf dem Rücken ihrer Wirte leben und deshalb ebenfalls sowohl im Wasser als auch an der Luft zurechtkommen müssen. Für meine Untersuchungen sind sie aber natürlich viel zu klein, und so ein großes Tier wie dieser Flusskrake wäre viel besser geeignet. Am besten wäre es, wir würden versuchen, ihn zu fangen statt zu töten. Dann könnte aus dieser ganzen grausamen Tragödie vielleicht doch noch etwas Gutes hervorgehen. Zuerst müssen wir ihn aber natürlich irgendwie aufspüren.«

Auch Jessica, der er bisher noch nicht erzählt hatte, dass er das Monstrum gerne fangen wollte, sah ihn jetzt mit befremdeter

Miene an. Plötzlich wieder unsicher, ob es klug war, das Hemd mitzubringen, ließ Steven es zurück auf seinen Schoß sinken. Duffy lehnte sich in seinem Stuhl nach hinten und schüttelte bedächtig den Kopf.

»Schuster, Schuster, Schuster«, sagte er leise. »Wer hätte das von Ihnen gedacht.«

»Wie bitte?«

»Die verrückten Wilden, der Krakengott, die Wunderquelle. Ich wusste ja, dass Sie ein begnadeter Geschichtenerzähler sind. Aber das schlägt wirklich alles.«

Steven sah ihn verblüfft an. Der Dekan starrte mit grimmiger Miene zurück. Jessica war offenbar ebenfalls zu perplex, um etwas zu sagen, und Fogelman wand sich unbehaglich in seinem Anzug. Schließlich hielt Steven mit ungläubigem Blick erneut das T-Shirt hoch. »Wollen Sie etwa andeuten, ich hätte mir diesen ganzen Wahnsinn nur ausgedacht?«, fragte er. »Denken Sie etwa tatsächlich, ich würde versuchen, Ihnen hier irgendwie einen Bären aufzubinden?«

»Natürlich tun Sie das, Schuster«, erwiderte Duffy kühl. »Wenn ich auch nicht genau weiß, warum. Vielleicht, weil Sie lange keins Ihrer Wundertiere mehr entdeckt haben. Vielleicht, weil auch Sie endlich gemerkt haben, dass Sie fachlich eine Niete sind. Schlimm genug, dass Sie Professor Durham zu dieser absurden Expedition überreden konnten. Sie hat für Ihre Leichtgläubigkeit ja offensichtlich einen hohen Preis bezahlt.«

»Was reden Sie da, um Himmels willen, Mann?«, fragte Steven empört. Wäre der Dekan auch nur fünf Jahre jünger gewesen, er wäre aufgesprungen und hätte ihn am Kragen seines Smokings gepackt. »Margery … ich … *Ich habe alles versucht, um sie zu retten.*«

»Was Professor Durham dort draußen im Dschungel zugestoßen ist, müssen die Behörden klären. Aber eins kann ich Ihnen jetzt schon versichern: Die Wahrheit wird ans Licht kommen. Die Durhams verfügen zum Glück über ausreichende Mittel, um für eine gründliche Untersuchung der Angelegenheit zu sorgen. Schon bevor Sie sich gemeldet haben, waren sie dabei, ein Suchteam zusammenzustellen, um es ihrer Tochter hinterherzuschicken. Jetzt hat dieses Team eben die traurige Aufgabe, ihr rätselhaftes Verschwinden aufzuklären.«

»Sie haben doch nicht etwa mit ihnen geredet, Duffy? Ich wollte doch ... Sie konnten doch nicht einfach so ...«

»Natürlich habe ich mit den Durhams geredet. Gleich nachdem mich Chief Fogelman angerufen hatte, weil er nicht wusste, was er von dieser ganzen wirren Geschichte halten sollte.«

»Gus«, sagte Jessica erstaunt. »Was hat das alles zu bedeuten?«

»Ich weiß nicht, was der Professor dir erzählt hat, meine Gute«, antwortete Fogelman verlegen. »Lass uns gleich darüber reden. Deine Eltern machen sich solche Sorgen um dich. Ich wünschte, du wärst erst zu ihnen gefahren.«

Dieser versteckte Vorwurf brachte Jessica sichtlich aus dem Konzept. Duffy stand auf, schloss seine Smokingjacke und strich sie mit demonstrativer Sorgfalt glatt.

»Dass Sie nicht mehr Mitglied der biologischen Fakultät der Florida Atlantic University sind, muss ich Ihnen wohl kaum mitteilen«, sagte er zu Steven. »Als Senator Carter von den neuesten Entwicklungen dieser bizarren Affäre gehört hat, zog er die Verlängerung ihres Stipendiums sofort zurück. Ich habe natürlich ebenfalls nicht das geringste Interesse daran, dass Sie auf Kosten des Steuerzahlers weiter den guten Namen des Harbor Branch Instituts beschmutzen. Gouverneur Healy will zu meiner großen Befriedigung dafür sorgen, dass Sie auch sonst in den Vereinigten Staaten keine Anstellung mehr bekommen. Genauso wie Mr. Durham hätte es mich sehr gefreut, wenn Sie schon am Flughafen von Miami mit Handschellen in Empfang

genommen worden wären. Aber manchmal sind die Gesetze dieses Landes nun mal enttäuschend lasch.«
Er streckte stolz das Kinn vor und ging zur Tür. Steven stand auf und redete mit ohnmächtig ausgebreiteten Händen auf ihn ein. »Sie machen einen Riesenfehler, Mr. Duffy! Ich weiß, dass Sie Margery gemocht haben, und glauben Sie mir: Ich bin der Erste, der sich wünscht, sie wäre noch am Leben. Aber jetzt geht es darum, die Leute zu schützen, die noch am Leben *sind.* Deswegen müssen wir alle Hebel in Gang setzen, um diese gefährliche Fremdspezies endlich ausfindig zu machen.«
»Es gibt keine Fremdspezies«, sagte Duffy ruhig und legte die Hand auf die Klinke. »Es gibt keine Fremdspezies, es gibt keinen südamerikanischen Flusskraken, und es gibt auch keine Indios, die versucht haben, Sie zu opfern. Das ist alles Humbug, Schuster, und das wissen Sie genau.«
»Und ich?«, fragte Jessica und stand ebenfalls auf. »Was ist mit mir? Was für einen Grund sollte ich haben, bei so einer Lügengeschichte mitzumachen?«
»Oh, hübsche junge Damen wie Sie auf seine Seite zu ziehen, das ist unserem lieben Professor noch nie schwergefallen«, erwiderte Duffy. »Am Institut gab es viele traurige Gesichter, als ich bekanntgab, dass er nicht dorthin zurückkehren wird. Aber so ist das nun mal im Leben.«
Er drückte die Klinke und öffnete die Tür. Hastig machte Steven einen Schritt auf ihn zu. »Aber jetzt denken Sie doch mal nach«, sagte er. »Warum sollte ich mir denn so eine Geschichte ausdenken? Und woher sollen wir denn dann diese ganzen Narben haben, verdammt noch mal?«
Er zeigte auf seine Arme und Beine – für den Termin hatte er extra Shorts angezogen. Der Dekan hatte jedoch nur einen verächtlichen Blick für die hellen Flecken auf seiner Haut übrig.

»Das sind keine Narben, das ist eine Sonnenallergie«, sagte er. »Und noch nicht mal eine besonders schwere.«
Steven wollte protestieren, aber Duffy hob abwehrend die Hand. »Und jetzt kommen Sie mir bitte nicht wieder mit Ihrem magischen Heilwasser. Auf alle Lügenmärchen, die Sie mir auftischen, gebe ich Ihnen ab sofort nur noch eine Antwort: *Klößchentintenfisch.*«
»Was, um Himmels willen?«
»*Klößchentintenfisch.* Der winzige Tintenfisch, dem Sie angeblich drei Monate lang auf den Malediven nachgejagt sind, der aber in Wirklichkeit dort an jedem Marktstand zu kaufen ist.«
Jessica runzelte verwirrt die Stirn. Steven winkte entnervt ab. »Aber Mr. Duffy, mein Gott, diese alte Geschichte …«
»Auf Wiedersehen, Schuster«, sagte er und zog die Tür ganz auf. »Sie haben eine großartige Frau und hervorragende Wissenschaftlerin auf dem Gewissen. Ich hoffe, Sie werden dafür die gerechte Strafe finden. Officer Sanchez, Chief Fogelman, bitte entschuldigen Sie mich, aber die Mykologische Gesellschaft Floridas wartet.«
Er schloss die Tür hinter sich und war fort. Jessica wandte sich an Chief Fogelman. »Gus«, sagte sie in flehendem Ton. »Du musst uns glauben. Dieses Tier ist noch irgendwo da draußen und unglaublich gefährlich. Wir müssen es finden.«
»Ich würde dir ja gerne helfen«, sagte er sichtlich gequält. »Aber mir sind die Hände gebunden. Der Dekan, der Bürgermeister, die Küstenwache, der Gouverneur – keiner hier glaubt an euer Monster. Selbst wenn ich es tun würde, ich kann mich nicht einfach über offizielle Anordnungen hinwegsetzen.«
»Aber wieso ist denn auf einmal jeder so skeptisch?«, fragte Steven. »Bei der Anhörung im Rathaus damals hätte Margery doch nur die richtigen Worte sagen müssen, und die Suche wäre weitergegangen. Jetzt kommen wir zwar leider wieder nicht mit

konkreten Beweisen zurück, aber doch mit Berichten aus erster Hand. Und trotzdem will uns niemand glauben.«

»Die Antwort auf diese Frage ist nicht schwer, Professor Schuster«, sagte Fogelman. »Vor mehr als einem Monat ist Ihre Expedition aufgebrochen, und seither ist nichts Neues hier passiert. Niemand ist verschwunden, nichts Ungewöhnliches wurde gesichtet, es gab nicht einmal den kleinsten Badeunfall. Auch ich habe offen gesagt immer noch allergrößte Zweifel, ob es Ihr Ungeheuer wirklich gibt. Aber wenn doch, dann hat es uns vielleicht den Gefallen getan und ist in der Zwischenzeit einfach gestorben.«

Jessica redete noch etwas länger auf Fogelman ein, aber es hatte keinen Sinn. Schließlich gingen sie mit hängenden Köpfen zu ihren Autos zurück. Jessica war dafür, sofort zu einem Fernsehsender weiterzufahren, um zu sehen, was sie dort erreichen konnten. Doch Steven winkte ab.

»Ich muss erst mal ans Institut«, sagte er. »Da ist jedes Jahr eine Silvesterparty, und ich …«

»Du willst zu einer *Party?*«, fragte Jessica verblüfft. »Es schweben immer noch Leute in Lebensgefahr, und du willst das neue Jahr feiern gehen?«

»Nein, ich … Dort ist mein ganzes Team, und deshalb …«

»Und wovon hast du da drinnen eben überhaupt geredet?«, fragte Jessica gereizt. »Du willst den Kraken *fangen?* Ich dachte, hier geht es darum, ein gefährliches Raubtier auszuschalten. Ich dachte, wir wären uns einig, wie groß die Bedrohung ist, die von diesem … diesem Ding ausgeht. Jetzt erfahre ich, dass du in Wirklichkeit irgendein wissenschaftliches Projekt verfolgst.«

»Jetzt reg dich doch nicht gleich so auf. Ich hätte dir das schon noch gesagt. Es ist ja nicht so, dass ich …«

»Ich rege mich überhaupt nicht auf«, erwiderte Jessica aufgebracht. »Ich möchte nur so schnell wie möglich dieses Monstrum unschädlich machen. Aber du hast ja anscheinend deine eigenen Pläne. Und jetzt will der Herr auch noch auf die Rolle gehen. Na klar, es ist ja auch Neujahr!«

»So ein Unsinn«, antwortete Steven. »Ich will doch nur auf diese Party, um mit meinen Mitarbeitern zu sprechen. Ich bin gerade gefeuert worden, falls du es nicht gemerkt hast. Und wenn ich das Institut verlassen muss, heißt das wahrscheinlich, dass die meisten meiner Mitarbeiter ebenfalls ihre Stellung verlieren.«

»Und wieso kann das nicht bis morgen warten?«

»Weil ich sie bei der Feier jetzt alle auf einem Fleck habe und es ihnen schuldig bin. Erst bin ich das halbe Semester weg, und dann heißt es plötzlich aus die Maus. Am Ende weigern sie sich noch aus falsch verstandener Solidarität, irgendwelche anderen Stellen anzunehmen, und das sollte ich ihnen ausreden. Außerdem: Was willst du denn um acht Uhr am Silvesterabend bei irgendeinem Fernsehsender? Da ist doch jetzt sowieso kaum jemand. Und wenn, dann haben die genug damit zu tun, über den ganzen Neujahrstrubel zu berichten.«

»Versuchen können wir es auf jeden Fall. Besser als nichts zu tun.«

Er verdrehte die Augen. »Wer tut denn hier nichts?«, fragte er, inzwischen selbst ein wenig gereizt. »Wir waren jetzt einen Monat lang praktisch ununterbrochen unterwegs, um diesem Mistvieh auf die Schliche zu kommen. Wir wären beide fast draufgegangen, meine Güte. Selbst wenn ich einfach nur auf eine Party gehen wollte: Eine kleine Pause hätten wir uns doch nun wirklich mehr als verdient.«

Nein, hatten sie natürlich nicht. Daran ließ Jessicas wildentschlossener Blick keinen Zweifel.

»Mein Gott, vielleicht hat Fogelman ja recht, und es ist inzwischen eingegangen«, sagte Steven, wieder in gemäßigterem Ton. »Was Duffy einwendete, hatte ja durchaus etwas für sich. Es wäre merkwürdig, wenn es in dieser Umgebung genauso gut überleben könnte wie in seiner eigenen.«

»Dieses Monster überlebt überall«, antwortete Jessica. »Und es wird auch wieder töten. Das weißt du ganz genau.«

Weiter also mit diesem Wahnsinn. Hatte er nicht insgeheim gehofft, ihn mit seiner Ankunft hier endlich los zu sein?

»Also gut«, seufzte er. »Aber was wir auch machen, ich muss wenigstens kurz zu dieser Feier. Wenn du willst, komm einfach mit. Danach sehen wir dann weiter.« Er wollte sie zärtlich am Arm fassen, aber sie rückte einen Schritt von ihm weg.

»Damit du mich deinen ganzen alten Flammen vorstellen kannst? Nein danke. Ich gehe nicht auf irgendeine Party und trinke Sekt, während da draußen noch dieses Monstrum lauert.«

»Verdammt noch mal, warum musst du immer alles so verbissen sehen?«, erwiderte Steven, auch sein Temperament plötzlich entflammt. »Ich weiß ja, dass du bei dieser Sache mit dem Serienmörder einen Knacks abbekommen hast, aber ...«

»Ich habe einen Knacks?«, fragte Jessica, während ihre Augen grüne Blitze schleuderten. »So wie Ms. Otero damals, die kubanische Kinderfrau, der niemand glauben wollte? So wie meine Mutter, wenn sie sagte, sie hätte nichts geklaut? Ihr Weißen seid doch alle gleich. *Arrogante, eiskalte Arschlöcher* – das ganze verdammte Pack!«

»Jessica, hör auf«, sagte er. »Tut mir leid, dass ich das eben gesagt habe. Das war nicht so gemeint. Wir sind beide todmüde und gereizt. Lass uns jetzt nicht auch noch streiten.«

Wieder streckte er die Hand nach ihr aus. Aber erneut wich sie vor seiner Berührung zurück. »Ich will doch einfach nur mit meinen Mitarbeitern sprechen«, sagte er in flehendem Ton. »Ihnen gegenüber trage ich doch auch Verantwortung.«

»*Dann geh, geh an deine Uni!* Ich mache das, was wirklich wichtig ist.« Und damit stapfte sie zu ihrem Auto, knallte die Tür zu und fuhr mit quietschenden Reifen davon.

Die Harbor-Branch-Silvesterparty fand traditionell am Dock des Instituts statt und wurde auch von Studenten anderer Fachrichtungen gerne besucht. Als Steven auf die große, seitlich des Waterways gelegene Mole kam, hatten sich dort bereits mehrere hundert Leute versammelt, und auch in der mit Getränkeständen vollgestellten Bootshalle und auf der mit bunten Lichtern geschmückten *Seward Johnson* wimmelte es von Menschen. Am Ende der Mole war eine Bühne aufgebaut, auf der die institutseigene Band – *The Seven Starfish* – gerade ein Lied von Peter Tosh verstümmelte.

Der erste Mitarbeiter, den Steven fand, war Haresh, ein indischstämmiger Doktorand, der sich hauptsächlich damit beschäftigte, am Computer die komplexen Schwimmbewegungen von Hochseekalmaren zu simulieren. Kaum hatte Steven ihm auf die Schulter getippt, stürzte er davon, um nach den anderen zu suchen, tauchte dann jedoch nicht wieder auf. Die zierliche Halbkoreanerin Kyung, die während seiner häufigen Abwesenheiten die meisten seiner Vorlesungen hielt, zog eine ähnliche Nummer ab. Erst die hübsche Pat Soderblom, die erst seit letztem Semester Mitglied seines Teams war, nahm nicht sofort vor ihm Reißaus.

Pat war sozusagen die Kulmination der leicht zu durchschauenden Einstellungsphilosophie, die er im Laufe seines Professorendaseins immer unverfrorener verfolgt hatte. Sie war 1,80 Meter groß und kombinierte auf beinah schon unwahrscheinliche Weise die Figur einer professionellen Bartänzerin mit goldenen Locken, goldbrauner Haut und dem strahlenden Lächeln eines Zahnpastamodels. Für den Abend hatte sich die junge Kalifornierin ein kurzes rotes Seidenkleid über ihre appetitlichen

Rundungen geworfen und ihre ewigen Flipflops gegen ein paar zierliche weiße Pumps ausgetauscht. Die zwei Mitglieder des FAU-Footballteams, mit denen sie rumzog, hatten sich ebenfalls in Schale geschmissen, und als Steven Pat von hinten in die Taille zwickte, schienen sie kurz davor zu sein, sich auf ihn zu werfen wie ihre Bodyguards.

»Steven!«, rief Pat laut und fiel ihm quietschend um den Hals. »Da bist du ja doch! Die anderen haben gesagt, du würdest dich bestimmt nicht blicken lassen.«

»Aber warum sollte ich denn nicht?«, fragte Steven irritiert. »Na gut, ich bin meinen Posten los. Aber das heißt ja nicht, dass ich überhaupt nichts mehr für euch tun kann. Wieso rennen die anderen denn alle sofort weg, wenn sie mich sehen?«

Pat sah ihm mit leicht verschwommenem Blick in die Augen. Offenbar war es nicht die erste Neujahrsparty, die sie heute besuchte. »Es ist so gemein, Steven«, sagte sie. »Ich mache mir schon die ganze Zeit Vorwürfe, dass ich bei dieser Sache mitgemacht habe. Richtig schmutzig komme ich mir vor ... Oh, was hast du denn da? Ist das ansteckend?«

Ihr waren die Flecken an seinen Armen aufgefallen, und sie löste sich von ihm und wischte sich die Hände besorgt an ihrem Kleid ab. Steven beruhigte sie jedoch und erklärte ihr, dass seien nur Narben, die er beim Kampf mit einem Riesenkraken abbekommen habe. Die Footballspieler verdrehten entrüstet die Augen, und Pat sah ihn wieder verschwommen an. Er fasste sie an den Schultern und fragte sie, was sie mit ihren Worten eben gemeint habe. »Was ist gemein, Pat? Bei welcher Sache hast du mitgemacht?«

Sie sah ihn noch einen Moment länger an und schlug dann die Hände vorm Mund zusammen. »O Gott«, sagte sie. »Heißt das, du warst noch gar nicht wieder im Labor und weißt noch gar nichts davon? Himmel, Steven, das ist ja schrecklich.«

»Wovon weiß ich nichts, Pat?«, sagte Steven, der nun doch langsam etwas beunruhigt war. »Hör auf, in Rätseln zu sprechen. Hat sich schon jemand anderes an meinem Schreibtisch eingerichtet? Damit habe ich kein Problem, ich fand's da sowieso meistens ziemlich langweilig. Was habt ihr denn nur alle? Was ist denn nur plötzlich los mit euch?«

»Am besten, ich hole dir erst mal einen Drink, Steven«, sagte Pat und tätschelte beruhigend seinen Arm. »Einen schönen starken Drink, und dann gehst du rüber ins Institut und schaust dir alles an. Ich wollte von Anfang an nichts mit dieser Schweinerei zu tun haben.«

Auch sie machte Anstalten zu fliehen, doch Steven hielt sie am Arm fest. Die Footballspieler machten geschlossen einen Schritt nach vorne. »Komm, Pat, jetzt lauf du bitte nicht auch noch weg«, sagte er. »Ich kann nicht ins Institut, weil ich meinen Schlüsselbund auf meiner Reise verloren habe. Was ist denn da? Was kann es denn da schon so Schreckliches geben?«

Pat blickte ihm erneut kurz voller Mitgefühl ins Gesicht. Dann machte sie eine entschlossene Miene. »Also gut«, sagte sie. »Ich gehe mit dir rüber. Wenn die anderen alle solche Feiglinge sind. Du musst mir nur versprechen, dass du deine Wut nicht allein an mir auslässt.«

»Nein, natürlich nicht«, antwortete er und ging unter den erbosten Blicken der zwei Sportasse mit ihr davon. »Meine Güte, was kann denn schon groß sein?«

»Hallo?«

»Hallo Steven. Tut mir leid, dass ich so spät noch anrufe. Ich wollte nur …«

»Oh, hallo, Officer Sanchez. Ein schönes neues Jahr wünsche ich Ihnen. Wie war's beim Fernsehen? Ist der Monsterkrake immer noch eine Nachricht wert?«

»Ich … es war natürlich, wie du gesagt hast. Es war kaum irgendwo jemand aufzutreiben, und wenn doch, dann hatte niemand Zeit. Aber … Steven, hallo, bist du noch dran? Was ist das für ein komisches Geräusch?«

»Ich steig nur zurück in die Wanne, Baby. Zurück in meine schöne warme Badewanne. Nicht ganz so warm wie unsere im Dschungel damals. Aber auch ganz gemütlich.«

»Bist du … hast du getrunken?«

»O ja, das kann man wohl sagen. Ich bin voll. Genauso voll wie die Wanne, in der ich sitze. Oder halt, nein, ich glaube noch etwas voller. Warte … m-hm, jetzt hab ich ihr definitiv ein Schlückchen voraus.«

»Steven. Ich habe einen Redakteur gefunden, der sich die Geschichte anhören will. Aber nur, wenn du auch dabei bist. Da müssten wir morgen um zehn Uhr hin.«

»Morgen um zehn gehe ich nirgendwo hin, Schätzchen. Ich gehe überhaupt nirgendwo mehr hin. Weder um zehn noch sonst wann. Ich bin mit dem Thema nämlich durch.«

»Steven, was redest du denn da? Du bist mit dem Thema durch? Aber …«

»Durch, und zwar komplett. Soll keiner glauben, ich würde auch nur noch einen Finger rühren, um dieses Drecksvieh aufzuhalten. Von mir aus kann es hier jeden auffressen.«

»Du bist ja vollkommen neben der Spur. Du weißt ja nicht mehr, was du sagst.«

»Im Gegenteil: Ich hab noch nie so klar gesehen. Fahr nach Südamerika und lass mich von diesem verdammten Ding fast umbringen. Und so wird's mir gedankt. Nein, nein – aus und vorbei. Ab jetzt gibt es nur noch dich und mich, mein Hase, nicht wahr? Nur uns beide … He, lass das. Ich muss mich konzentrieren. Du siehst doch, dass ich am Telefon bin.«

»Steven, ist da … Ist da noch jemand mit dir in der Wanne?«

»Natürlich. Alleine baden macht keinen Spaß. Zu zweit ist das viel lustiger. Das solltest du doch eigentlich wissen.«
»Du elender Mistkerl. Ich wusste gleich, dass man sich nicht auf dich verlassen kann. Ein schönes neues Jahr euch ebenfalls. Ich hoffe, ihr ertrinkt in eurem Suff.«

2

Wie damals der Traum mit seiner Mutter, wirkte auch dieser zunächst wieder ganz harmlos. Steven befand sich immer noch in seiner Badewanne. Nur war sie plötzlich riesengroß – und mit ihm waren alle seine Tintenfische darin versammelt.
Dort auf dem Boden hockte Herb, sein Blick leicht glasig und verschwommen, wie es sich zu Silvester gehörte. Auch Trish, die schräg über dem kleinen Kraken schwebte, hatte ein festliches rotes Zebrakleid aufgelegt, und ihr Flossensaum wellte sich so seidig und leicht im Wasser wie der dünne Stoff von Pats Abendkleid. Nicht weit von ihr schwamm Mike, die schmalen gestreiften Arme abgespreizt, als wollte er eine gerade aufgegangene Feuerwerksblume für sie nachahmen. Auch Julie war da, die kleine Prachtsepie, die aussah wie eine Orchidee, Lloyd, der Pyjama-Tintenfisch, der Jessica so amüsiert hatte, und Flora, die daumengroße Zwergkrakendame, deren frisch geschlüpfte Junge um sie herum im Wasser funkelten wie winzige goldene Sternchen.
Seine ganze kleine Ersatzfamilie war wieder da! Seine Mitarbeiter hatten sich nicht auf Duffys Erpressung eingelassen, hatten seine Tintenfische nicht ihren Jobs zuliebe entsorgt wie Hausmüll, und Steven schwamm glücklich und mühelos zwischen all den Kopffüßern umher, als habe er sich endlich selbst in einen verwandelt.

Dort! Da war ja sogar der prächtige große Krake, den Elkert getötet hatte. Auch er war nicht mehr reglos und blass, wie Steven ihn zuletzt gesehen hatte, sondern plötzlich wieder quicklebendig. Wie damals in seiner Höhle streckte er neugierig die Arme nach Steven aus.

Steven schwamm lächelnd auf den totgeglaubten Prachtburschen zu, erkannte dann jedoch überrascht, dass es sich um einen noch viel älteren Bekannten handelte. *Ja, konnte es denn sein?* Der zutrauliche Krake, dem er als Kind begegnet war! Sein Blick ihm fröhlich entgegengerichtet, sein Farbenspiel ein lebendiges Abbild seiner freundlichen Gedanken.

Jetzt ganz von einer längst vergessenen, kindlichen Freude erfüllt, schwamm Steven weiter auf die zauberhafte Erscheinung zu und merkte, wie sein Körper immer schwere- und formloser wurde, wie der seiner von den Toten auferstandenen Freunde.

Dann jedoch hatte er plötzlich wieder ein Bein, einen Fuß, einen Knöchel – an dem ihn etwas mit roher Kraft zurückzog.

Er drehte sich um und erblickte auch hinter sich zwei große gelbe Krakenaugen, nur diese weder neugierig noch freundlich. Überall um ihn herum verwandelten sich seine Tintenfische jetzt in den grün-schwarz gemusterten Dämon, kamen vom Rand weg und glitten langsam auf ihn zu …

Steven erwachte mit einem heftigen Zucken, hörte neben sich lautes Platschen und sah sich verwirrt um. Wieder in menschlicher Gestalt, in Shorts und T-Shirt gekleidet wie gestern Abend, saß er in seiner Badewanne. Die Deckenlampe brannte, doch durch das geriffelte Badezimmerfenster drang bereits schwaches Tageslicht. Sein Körper fühlte sich kalt und steif an, und er stützte schon die Hände auf den Rand, um sich aus dem abgekühlten Wasser zu erheben. Da sah er unter der ruhiger werdenden Oberfläche Herb am anderen Ende der Wanne.

Der kleine Krake lag mit unordentlich ausgebreiteten Gliedmaßen auf dem weißen Porzellanboden und hatte einen Arm um Stevens Knöchel geschlungen. Seine Augen waren geschlossen, und seine Haut hatte einen ungesunden Grauton angenommen. Einen Moment fürchtete Steven, der ganze Whiskey, den er gestern zu dem kleinen Kopffüßer ins Wasser geschüttet hatte, könnte ihn getötet haben. Als er ihn sanft mit dem Fuß anstieß, öffnete Herb jedoch die Augen und blickte verkatert zu ihm auf.

»Guten Morgen, mein Freund«, sagte Steven. »Du siehst genauso beschissen aus, wie ich mich fühle.«

Er dachte daran, wie Pat ihm gestern die Tür zu seinem Labor aufgeschlossen hatte. Der Hindernisparcours, praktisch sämtliche Aquarien – alles war weg. Nur Herbs Aquarium stand noch einsam im Zimmer und auf dem leergeräumten Schreibtisch ein Karton mit Stevens persönlichen Dingen.

Zwei Tage zuvor, nicht lange nach Fogelmans Anruf, war Duffy zu seinen Mitarbeitern gegangen und hatte sie vor die Wahl gestellt. Entweder sie gaben endlich zu, was für ein schlechter Professor er war, und machten bei diesem Akt der Barbarei mit, oder sie konnten sich woanders eine Anstellung suchen. Alle seine Mitarbeiter hatten mitgemacht. Vermutlich hätten sie sogar Herb ihrer Laufbahn geopfert, wenn Duffy nicht geahnt hätte, dass Steven dann unberechenbar geworden wäre.

Steven griff nach der halbleeren Flasche Scotch, die neben der Wanne stand, beugte sich nach vorne und schüttete einen kräftigen Schuss über Herb ins Wasser. »Hair of the dog«, sagte er, während die goldbraunen Schwaden sich langsam über dem misstrauisch nach oben blickenden Kraken ausbreiteten. »Das Einzige, was in so einem Zustand hilft: ein kleines Kontraschlückchen.«

Steven setzte gerade die Flasche an, um sich selbst einen Schluck

zu genehmigen. Doch da musste er plötzlich daran denken, wie der Schamane in Venezuela ihm Blut abgezapft und in den Fluss geschüttet hatte. Gleichzeitig fiel ihm ein Experiment ein, das er vor längerer Zeit mal mit Herb durchgeführt hatte.
Er ließ die Flasche wieder sinken und sah erneut auf den kleinen Kraken hinab. Dieser hatte gerade einen Arm nach der über ihm schwebenden Whiskeywolke ausgestreckt und schien zu überlegen, ob er dazu aufsteigen sollte.
»Ja, das könnte gehen«, murmelte Steven leise, packte Herb und stieg mit ihm aus der Wanne.
Er stellte die Flasche auf dem Boden ab, griff nach der kleinen Plastikschüssel, in der er Herb nach Hause transportiert hatte, schöpfte sie am whiskeyfreien Ende der Wanne voll Wasser und setzte den müden Kraken hinein. Dann zog er sich schnell trockene Sachen an, befestigte den Anhänger mit seinem Boot hinten an seinem Auto und fuhr mit Herb neben sich auf dem Beifahrersitz nach Vero Beach hinauf.

Selbst das Meer schien einen Kater zu haben. Als Steven um kurz nach acht an Charlies Klippe ankam, lag es schlummernd und träge unter einem grauen Himmel, aus dem hier und da düstere Wolken herabhingen wie die schemenhaften Schreckgestalten rauschbeschwerter Träume. Die Küste war ein ferner blasser Balken, die Luft schwül und gewitterschwanger, die Stille nach dem Kappen des Motors komplett.
Steven ging nach vorne, um den Anker zu werfen, holte dann seinen Neoprenshorty aus den Staubänken im Heck und legte ihn an. Hier in der Nähe des Golfstroms war das Meer selbst im Winter noch einigermaßen warm, und Steven plante nicht, allzu lange im Wasser zu bleiben. Trotzdem zog er es vor, in seinem schwarzen Tauchanzug statt in seinen bunten Shorts in das zwielichtige Schattenreich hinabzusteigen, das ihn bei die-

sem Wetter dort unten erwartete. *So kann ich im Notfall besser selbst zu einem Schatten werden,* dachte er. Nicht, dass ihm das viel nützen würde, sollte er in dreißig Metern Tiefe tatsächlich auf den Gegner treffen, auf den er zuletzt in einem kaum drei Meter tiefen Fluss getroffen war. Aber etwas an dem beschleunigten Schlag seines Herzens und der lähmenden Übelkeit, die sich wie damals in seinem Magen breitzumachen drohte, sagte ihm, dass er jeden Vorteil ausnutzen sollte, der sich ihm bot.

Umso erschrockener war er, als er entdeckte, dass seinem Hauptvorteil – seinem mit MS-222 gefüllten Betäubungsspeer – etwas Entscheidendes fehlte. *Natürlich,* fiel es ihm plötzlich wieder ein, *ich hab das Zeug ja zum Verarzten des verletzten Kraken benutzt.* Er überlegte, ob er noch mal zur Küste zurückfahren sollte – eine richtige Harpune mitzunehmen wäre im Grunde ja ohnehin viel schlauer. Doch diese Genugtuung wollte er seinem finsteren Kontrahenten irgendwie nicht geben, und so entschied er schließlich, dass er auch ohne Harpune auskommen würde.

Herb hatte kurz nach dem Ablegen ein paar Armspitzen aus seiner Schüssel gestreckt und damit das geriffelte Bootsdeck abgetastet. Dann hatte er seine Arme jedoch wieder eingezogen und die Fahrt stoisch in seinem schwappenden Minibecken über sich ergehen lassen. Seine Haut hob sich immer noch blass und fahl gegen das dunkelgrüne Plastik ab, und er hatte mit Sicherheit noch weniger Lust als Steven, sich in seinem Zustand auf irgendwelche abenteuerlichen Unternehmungen einzulassen. Doch da musste er jetzt durch.

Steven zog auch seine restliche Tauchausrüstung an und stapfte in seinen Flossen zurück zur Steuerkonsole, auf der die Tüte mit seinem zerlöcherten, fleckigen T-Shirt lag. Er holte es heraus, nahm dann die Schüssel mit Herb auf den Arm und setzte sich auf die Reling.

Neben ihm lehnte der entleerte Betäubungsspeer, an dem vorne wenigstens noch die großkanülige Spritze befestigt war. Unter ihm wartete das dunkle, abweisend aussehende Wasser. Nur ganz undeutlich war in der Tiefe der helle Kalkzacken zu erkennen, der über die Angaben des Bootssonars hinaus als Erkennungspunkt für Charlies Klippe diente. Der Himmel war in der Zwischenzeit noch tiefer gesunken, in der Ferne berührten die dunklen Gewitterwolken bereits das Meer, und einmal mehr fragte sich Steven, warum ausgerechnet er das hier machen sollte.

Weil du der Richtige dafür bist, antwortete ihm das übernächtigte Gesicht, das aus dem dunklen Wasser zu ihm aufschaute. *Weil du der Richtige dafür bist und dich der Sache annehmen musst, sonst lässt sie dir keine Ruhe.* Und weil er noch eine Rechnung mit dem verdammten Ding offen hatte. Dort war dort, und vielleicht hatte Jessica ja recht und er hätte Margery letzten Endes wirklich nicht retten können. Doch hier war hier – und es galten andere Regeln.

»Hoffe ich zumindest«, murmelte er leise, während draußen auf dem Meer bereits das erste tiefe Grollen zu hören war. Dann blickte er von seinem Spiegelbild zu Herb hinüber, der auf seinem Oberschenkel in seiner Schüssel ruhte. So misstrauisch, wie der kleine Krake zu ihm aufblickte, schien er schon zu ahnen, dass er gleich etwas Unangenehmes mit ihm vorhatte.

»So, mein Guter, jetzt ist es an dir«, sagte Steven. »Mal sehen, ob du wirklich so schlau bist, wie ich immer dachte. Da unten versteckt sich irgendwo ein Verwandter von dir, und du musst mir helfen, ihn zu finden. Wegen ihm hast du deine ganzen Freunde aus dem Labor verloren, und in meiner Spezies hat er auch schon eine ganze Reihe Leute auf dem Gewissen. Wenn du mir jetzt beistehst, musst du nie wieder auch nur einen Shrimp selbst pulen. Tu dein Bestes, alter Kumpel, es ist wichtig.«

Zusammengeknüllt, wie es war, legte Steven das fleckige T-Shirt zu Herb in die Schüssel. Sicher, die meisten Blutflecke stammten von ihm selbst, und auch Schweiß und Schmutz würden den kleinen Kraken vielleicht ein wenig verwirren. Doch prägnanter als alles andere müsste eigentlich der Geruch des anderen Kraken für ihn sein, dessen Blut im Stoff eingetrocknet war.

Eigentlich stellte dieses Blut die einzige Möglichkeit für Steven dar, als Wissenschaftler irgendwann wieder einen Fuß auf den Boden zu bekommen. Schließlich enthielt es unbekannte Hämozyanin-Moleküle, die denen des Hämoglobins möglicherweise so stark glichen, dass es ihn bei seinem Blutprojekt den entscheidenden Schritt weiterbringen könnte. Doch jetzt musste er die auf so verlustreiche Weise gewonnene Blutprobe opfern, um einem anderen Ziel näherzukommen.

Kraken waren nicht nur ähnlich schlau wie Hunde, sondern hatten auch einen ähnlich guten Geruchssinn. Jeder ihrer Saugnäpfe war mit unzähligen kleinen Chemorezeptoren besetzt, die es ihnen erleichterten, beim Kriechen übers Riff Beute aufzuspüren. In gewisser Hinsicht war ihr ganzer Körper nichts anderes als eine einzige achtarmige Nase. Als er sich vor einiger Zeit neue Kunststücke ausdachte, um Senator Carter zu bespaßen, hatte Steven Herb unter anderem beigebracht, an einem bestimmten Stück Fisch- oder Krebsfleisch zu »riechen« und es unter einer ganzen Auswahl ähnlicher Happen wiederzufinden. Letztendlich hatte Steven die Nummer mit dem Hindernisparcours doch für attraktiver gehalten und Carter den Trick nie vorgeführt. Doch jetzt konnte er sich vielleicht als sehr nützlich erweisen.

Nachdem das T-Shirt eine Weile eingeweicht war und Herb genug Zeit hatte, es ausgiebig mit den Armen zu betasten, nahm Steven es wieder heraus und klopfte dreimal laut mit dem Fingerknöchel gegen die Schüssel. Anschließend nahm er auch Herb aus der Schüssel, kippte sie aus und warf sie mit dem

T-Shirt zusammen ins Heck. Dann zog er sich mit der freien Hand die Taucherbrille übers Gesicht, packte den leeren Betäubungsspeer, der neben ihm lehnte, und stemmte sich mit den Füßen voran von der Reling.

Nach den vielen Jahren Gefangenschaft versetzte das Meer Herb zunächst in Panik. Badewanne und Plastikschüssel waren schon ungewohnt gewesen, doch jetzt plötzlich diese unbegrenzte Weite!

Keine unsichtbaren Wände mehr, die sich erst bei genauem Hinsehen durch ihren schwachen Glanz verrieten und sich glatter anfühlten als jede Felswand. Keine anderen Tintenfische, die überall um ihn herum auf gleicher Höhe schwebten, aber von denen weder seine Saugnäpfe den geringsten Geruch noch das empfindliche Organ in seinem Innern die geringsten Schwingungen wahrnehmen konnten. Nicht mehr nur das Aroma von ein paar algengetüpfelten Steinen, ein, zwei Wasserpflanzen und den Resten seiner letzten Mahlzeit im Wasser. Sondern die tausend Gerüche des freien Ozeans, die er aus seiner Kindheit kannte.

Gleichzeitig auch die schattige Ferne, aus der schon damals jeden Moment die gefährlichsten Feinde auftauchen konnten! Und in unmittelbarer Umgebung kein Riff, in das er sich flüchten konnte, weder eine schützende Felsritze, um sich hineinzuquetschen, noch bunter Korallenstein, um damit zu verschmelzen. Sofort heftete er sich an das große vierarmige Wesen, das er in den letzten Jahren als seinen Versorger und Beschützer kennengelernt hatte.

Doch das Wesen, das nun selbst ein Wesen des Wassers geworden war, stieß ihn von sich weg, als würde der wunderbare Bund zwischen ihnen aus irgendeinem Grund nicht mehr bestehen. Es zog ihn von der seltsamen Haut, die es jetzt trug, und schubste ihn zurück ins freie Wasser, wo er ungeschützt jedem vorbeischwimmenden Räuber ausgesetzt war.

Herb suchte mit dem Blick nach den Augen seines Hüters, in denen er in der Vergangenheit nie Ablehnung oder Feindschaft hatte erkennen können. Und zu seiner Verwirrung war auch jetzt nichts davon zu sehen.

Nur eine stumme Aufforderung, die er jedoch erst verstand, als das Wesen seinen Kopf mit einem seiner Arme berührte. Mit der mehrfach geteilten Spitze, die innen so hart war wie bei Herb nur der Schnabel, schlug es gegen das Stück unsichtbare Wand, das es vor den Augen trug – und durch das schattige Wasser pflanzten sich drei deutlich voneinander getrennte Schwingungsbündel zu Herb fort.

Aber natürlich – das Spiel, bei dem man wie bei allen Spielen am Ende etwas zu fressen bekam, wenn man sich anstrengte! Herb hielt still und beruhigte sich. Wie immer schien sein Gegenüber an der Farbe seiner Haut ablesen zu können, dass er verstanden hatte, und streckte einen Arm steif und gerade wie eine Seepeitsche Richtung Meeresgrund.

Dort hinunter? Herb kannte das Zeichen von anderen Spielen, zweifelte aber, ob es seine übliche Bedeutung haben konnte. Eine Riffwand, sicher, aber nicht gerade eine besonders vertrauenerweckende – steil, tief und düster bei den schlechten Lichtverhältnissen, und unter jedem zweiten Felsabsatz bestimmt von einer hungrigen Muräne bewohnt. Herb erblickte den weißen Bootsrumpf nicht weit von sich und machte einen halbherzigen Schwimmstoß in seine Richtung. Dann sah er jedoch, dass sein Gefährte kopfüber in die Tiefe schwamm, und spürte plötzlich den unüberwindlichen Drang, ihm zu folgen.

Der Duft von Algen, Anemonen, Schwämmen, im Wasser fächelnde Korallen und Röhrenwürmer, der Schwanzschlag eines fliehenden Fisches und der knisternde Vibrationsteppich der Knallgarnelen – die Nähe zum Riff weckte Erinnerungen in Herbs auf Kopf und Arme verteiltem Hirn, die seit Jahren dort wie im Tiefschlaf gelegen hatten. Angst wich Anziehung, und er setzte sich auf einen Felsen und ließ Arme und Saugnäpfe über das mit hundert verschiedenen Reizen lockende Steinrelief wandern. Da! War da nicht etwas plötzlich in einem Loch verschwunden, das sich näher zu erforschen lohnte? Und dort! War das nicht der verführerische Geruch einer geöffneten Muschel, den die besonders feinen Sinneszellen an seinen Armspitzen wahrnahmen? Doch dann zerrte ihn das Wesen vom Riff weg, schlug sich wieder drei-

mal gegen seine Augenscheibe, und Herb war plötzlich wieder der, der er die letzten drei Jahre gewesen war. Selbstverständlich, das Spiel, der Geruch von eben, er musste ihn finden, dem großen Vierarmer weiter in die Tiefe folgen.

Sie kamen am Fuß der Riffwand an und schwammen daran entlang. Auch so viel Platz für die Stöße seines Siphos zu haben weckte bei Herb längst vergessene Gefühle. Allein Wasser in seinen Mantel zu ziehen und es durch den großen Muskeltrichter wieder auszustoßen bereitete ihm plötzlich allergrößte Freude. Aus purem Mutwillen überholte er seinen vierarmigen Gefährten, der ihm hier in seinem Element doch etwas ungeschickt vorkam, schoss mitten in eine riesige Geruchswolke hinein – und hielt erschrocken inne.

Sie waren jetzt nahe dem Teil der Riffwand, wo jede Menge abgerutschte Felsen den Fuß bedeckten. Der größte Teil des Geruchgemischs duftete köstlich, als läge dort tatsächlich irgendwo die Auswahl an leckeren Happen bereit, die zu dem Spiel gehörte, jedoch noch reichhaltiger und größer als sonst, wie alles um sie herum. Und dazwischen war auch wirklich der Geruch wahrzunehmen, den Herb für den Vierarmer aufspüren sollte. Doch jetzt, da er in Reinform an seine Saugnäpfe drang, ließ er ihn verwirrt zurückweichen.

Der Geruch war vertraut, so vertraut wie Herbs eigener, wenn zu lange kein Vierarmer gekommen war, um sein viereckiges kleines Meer von den Hautabscheidungen zu reinigen, die sich in einem fort von seinem Körper lösten. Doch zugleich war der Geruch ganz anders – schwer, scharf, übel, alarmierend! Nein, seiner Spur zu folgen widersprach allen von Herbs Instinkten.

Doch der Vierarmer schwamm unbekümmert an ihm vorbei und schlug sich wieder gegen den Kopf – eins, zwei, drei, dazu einmal mehr die stumme Aufforderung mit den Augen. Konnte es tatsächlich sein? Der Vierarmer hatte ihm im Laufe der Zeit Stücke von jedem Meereslebewesen zu fressen gegeben, das man sich nur vorstellen konnte. Aber war er tatsächlich auch mächtig genug, um den Besitzer dieses Geruches zu erbeuten und in mundgerechten kleinen Happen für ihn auszulegen? Herb konnte es sich nicht vorstellen, und sein nächster Stoß ging bereits seitlich Richtung Riffwand, zurück zu deren schützenden Ritzen und lockenden Reizen.

Doch dann sah er den Vierarmer mit seinen eckigen Bewegungen weiter in den Geruch hineinschwimmen, und ein neues Gefühl stieg in ihm auf. Da war die Angst vor dem, was diesen Geruch ausströmte. Da war die Anziehung, die sein altes, nur einen Schwimmstoß entferntes Leben auf ihn ausübte. Doch da war auch noch etwas anderes, seltsamer und schöner als alles, was er je gespürt hatte.

Aus tausend belohnenden Happen, ob zugestanden oder verweigert, hätte kein solches Gefühl je entstehen können. Doch etwas an der stummen Verständigung mit diesem fremdartigen Tier, dessen Haut nichts sagen konnte, aber dessen Augen doch manchmal sehr viel sagten, hatte über die Jahre eine unsichtbare Brücke wachsen lassen, die noch den tiefsten Abgrund überspannte.

Was es auch sein mochte, das sie dort erwartete, etwas in Herb machte ihm auf deutliche Weise eines bewusst: Er war nicht nur der bessere Schwimmer, sondern konnte sich notfalls auch besser verstecken, also sollte er es als Erster finden.

Er saugte so viel Wasser in seinen Mantel, wie er konnte, schoss an seinem Gefährten vorbei und schwamm direkt auf den kleinen Felsspalt zu, aus dem der Geruch kam.

Tatsächlich, es war dieselbe Felsritze. Steven erkannte es sofort an dem violetten Fuß des Seefächers, den er damals abgerissen hatte. In der Mitte war auch der Spalt, in den er seinerzeit mit der Taschenlampe geleuchtet hatte. Nur kam er ihm diesmal komischerweise etwas kleiner vor.

Groß genug, damit Herb sich darin verstecken konnte, war er aber auf jeden Fall. Steven zog seine Taschenlampe von der Tauchweste und hielt den Strahl in die Öffnung. Doch nicht

Herbs zusammengequetschter brauner Körper blickte ihm entgegen, sondern wieder leuchtete etwas Weißes hell und gleißend im Licht der Lampe auf. Steven musste an den Moment denken, als er in Südamerika den Bau des Kraken entdeckt hatte, gleichzeitig geriet etwas Plankton in den Lichtstrahl, das vermutlich von Herb aufgewirbelt worden war – und da fiel endlich der Groschen. Zum dritten Mal hatte Steven ein Brett vorm Kopf gehabt, und dieses war so dick wie die beiden anderen davor zusammen.

Kurz überlegte er, was er tun sollte, leuchtete aus verschiedenen Winkeln in das Loch, konnte Herb aber nirgendwo entdecken. Eigentlich hatte er nicht vorgehabt, sich seinem Gegner bereits jetzt zu stellen. Nicht ohne Verstärkung und nur mit einem Speer bewaffnet, dessen Spitze aus nicht mehr als einer fünf Zentimeter langen Injektionsnadel bestand.

Doch Herb einfach da drinnen zurücklassen wollte er auch nicht. Allein in der Höhle des Löwen, den er vermutlich für einen Happen Futter hielt – nein, das brachte er nicht übers Herz. Sein Plan, seinen Lieblingskraken als Spürhund zu benutzen, war etwas zu gut aufgegangen. Jetzt musste er sehen, wie er seinen kleinen achtarmigen Kumpel wieder dort rausbekam.

Er ging etwas höher, legte den Speer auf einem Felsvorsprung ab und hing sich die Taschenlampe ums Handgelenk. Dann packte er den Fels vor sich, stemmte eine Flosse gegen das Riff und zog mit aller Kraft.

Er hatte bei seinen Tauchgängen immer nur nach dem »Abfallhaufen« Ausschau gehalten, den die meisten Kraken wie sauberkeitsliebende Menschen vor ihrer Höhle aufschichteten. Doch auch in anderer Hinsicht verhielten sich die Tiere erstaunlich menschlich, was ihre Behausung anging. Um sie besser vor unerwünschten Eindringlingen und umherstreifenden Feinden zu schützen, häuften sie oft kleine Steinwälle davor auf. Diese hatten nicht nur den gleichen Sinn wie die Wand einer Wohnung, sondern waren sogar häufig mit einer Art Verschlussstein versehen, mit dem die Kraken ihren Bau von innen dichtmachen konnten wie mit einer Tür. Um so einen Stein handelte es sich bei dem großen, aufrecht in der Riffwand lehnenden Fels, an dem Steven jetzt zog.

Der Fels schnitt ihm in die Finger, seine Schultern schmerzten, und er spürte ein ungutes Knacken im Rücken. Doch endlich bewegte sich der Fels – und der schmale Spalt, in dem Herb verschwunden war, weitete sich plötzlich ein ganzes Stück.

Sofort stieß sich Steven von der Riffwand ab wie ein aufgeschreckter Rochen. Jeden Moment erwartete er, wütende Arme aus der dunklen Kluft hervorschießen zu sehen. Doch nachdem er ein paar Sekunden seinem rasenden Atem gelauscht hatte und nichts passiert war, wagte er sich wieder etwas näher.

Der Spalt zog sich jetzt gut einen Meter die Felswand hinab. Immer noch auf einen gewissen Abstand bedacht, schwamm Steven einmal daran vorbei und leuchtet mit seiner Taschenlampe hinein. Dann näherte er sich vorsichtig von der anderen Seite. Die Linke wie zur Abwehr gegen den Fels gestützt, die Lampe in der Rechten, ließ er seinen Strahl in dem erstaunlich groß wirkenden Hohlraum umherwandern, der sich hinter dem Spalt verbarg.

Der grausige Anblick, der sich ihm bot, bestätigte, dass er den Bau des Monsters tatsächlich gefunden hatte, und kurz hatte er das unwirkliche Gefühl, hier an der freundlichen Küste Floridas auf die Wohnstatt des sagenhaften Leviathans selbst gestoßen zu sein – des fürchterlichen Meerdrachen, den der Bibel zufolge nur der allmächtige Christengott persönlich bändigen konnte. Doch das Ungeheuer, von dem er immer noch erwartete, es werde sich jeden Moment auf ihn stürzen, war nirgendwo zu sehen. Ebenso wenig allerdings sein übereifrig in der Höhle verschwundener Gefährte.

Wenn die Höhle mit dem Fels verschlossen ist, dann muss der Krake auch drin sein, erklärte ihm eine ängstliche Stimme in seinem Kopf. *Du kannst ihn einfach nur nicht sehen. Gleich wird er dich packen und dir mit seinem Schnabel das Genick zermalmen, genau wie er es bei Margery und den anderen armen Schweinen getan hat, deren Knochen da drin über den Sand verteilt sind. Nimm also lieber Reißaus, solange du noch kannst. Wenn du klug bist, rückst du vorher sogar noch den Fels zurück an seinen Platz.*

Ja, Steven sah die Vernünftigkeit dieses Ratschlags ein und hätte ihn auch nur zu gern befolgt. Doch wieder regte sich in ihm eine Mischung aus Trotz und dem Bedürfnis, sich nicht in die Defensive drängen zu lassen. Also packte er erneut den Fels, stemmte seinen Fuß gegen das Riff – und zog, so fest er konnte. Der Fels löste sich knirschend aus der Wand und landete mit einem dumpfen Schlag im Sand. Steven schnellte nach oben, packte seinen Speer und machte ein paar hastige Flossenschläge rückwärts. Panisch leuchtete er mit seiner Taschenlampe in die Sandwolke hinein, die der Fels bei seinem Aufschlag aufgewirbelt hatte, und ließ sich langsam wieder tiefer sinken.

Sein Herz pochte, sein Atem hetzte zischend durch das Mundstück seines Lungenautomaten, sein Körper wollte dringend den überflüssigen Ballast in seinem Darm loswerden. Doch auch als der glitzernde Vorhang aus Sandkristallen sich wieder gelegt hatte, bewegte sich in der Höhle nichts, einzig der hektisch umherschweifende Strahl seiner Taschenlampe.

Herb, verdammt, wo bist du nur? Das ist jetzt nicht der richtige Zeitpunkt, um Verstecken zu spielen.

Und wo ist dieses Scheißmonster? Klebt es wie eine Spinne an der Decke? Da, dieser kleine Vorsprung hinten an der Wand, ist das wirklich Fels?

O Herrgott, es hilft alles nichts. Ich muss in diese beschissene Höhle rein.

War es tatsächlich eine Höhle? Oder war in Wirklichkeit das

ganze dunkle Riff über ihm das Ungeheuer, und er schwamm geradewegs in sein schwarzes, hungrig wartendes Maul?
Stevens Gedanken verwirrten sich. Doch gleichzeitig legte sich eine eigenartige Ruhe über ihn. Die Höhle war in der Tat erstaunlich groß. Der Hohlraum musste bereits vor Urzeiten entstanden sein, als ein Teil der Riffwand auf den Sporn am Fuß herabgerutscht war.
War die Höhle noch offen gewesen, als er vor Jahren hier getaucht war? Wie viele Felsen hatte das kluge Tier davor aufgeschichtet? War die Veränderung vielleicht sogar jemandem aufgefallen?
Wie in Trance senkte er den Strahl der Lampe auf das gespenstische Knochenfeld um ihn herum.
Gräten, Rippen, Wirbel. Ein Haigebiss. Der wie ein Korb mit Knochen gefüllte Panzer einer Meeresschildkröte, daneben der großäugige runde Schädel.
Noch mehr Gräten. Eine Taucherflosse. Der seltsam geformte Schädel einer Seekuh, dort noch einer. Muschelschalen. Krebsgehäuse. Krakenschnäbel.
Eine Koralle? Nein, der in die Höhe ragende Flügel eines Rochens, die langen Knorpelstrahlen blank und gekrümmt wie skelettierte Finger.
Ein Hundeschädel. Eine Taucherflasche. Nicht weit davon der leere, halb aufgetrennte Arm eines Neoprenanzugs.
Himmel hilf – was ist das nur für ein Biest? Und wieso stürzt es sich nicht endlich auf mich und macht diesem Alptraum ein Ende?
Da der erste Menschenschädel. Dort ein weiterer, oder wenigstens, was davon übrig war.
Eine Hand? Nein, ein Fuß. Ein winzig kleiner Brustkorb.
Mit grausiger Gewissenhaftigkeit abgeraspelt, alles. Geknackt, gespalten, das Mark herausgeleckt.
Ein artübergreifendes Massengrab. Die Trophäensammlung

eines ganz oben in der Nahrungskette stehenden Raubtiers. Ein makabrer Krakengarten.
I'd like to be.
Under the sea.
In an octopus's garden, in the shade.
Doch Herb versteckte sich nirgendwo zwischen den Gebeinen. Also ließ Steven den Lichtkegel noch einmal widerwillig die Höhlenwände entlangwandern und entdeckte einen weiteren Spalt. Eine tiefe, nach hinten breiter werdende Nische, in die er sich mit der hinderlichen Tauchflasche auf seinem Rücken gerade so halb hineinzwängen konnte.
Hier wartete der kleine Krake. Blass und ängstlich an die Felsdecke geschmiegt, doch erfolgreich in seiner Suche.
Denn unmittelbar neben ihm wartete eine große Überraschung. Die den Einsatz ihrer Mission sofort um ein Vielfaches erhöhte. Die Überraschung erklärte, warum in letzter Zeit niemand mehr verschwunden war. Und sie erklärte auch, warum der Bau mit einem Fels verschlossen war, obwohl sein Bewohner sich nicht darin aufhielt. Doch sie machte es auch äußerst wahrscheinlich, dass er jeden Moment nach Hause zurückkehren würde.
Der beunruhigende Gedanke war kaum gedacht, da wurde es hinter Steven dunkel und sofort wieder hell, als hätte die ganze Höhle einmal kurz geblinzelt. Er riss seinen Körper aus dem Spalt und richtete die Lampe mit rasendem Herzen auf den Eingang.
He'd let us in.
Knows where we've been.
In an octopus's garden, in the shade.
Nichts, auch der Fels drumherum sah aus wie vorher. Draußen war das Licht noch schlechter geworden, wirkte irgendwie bewegt – wahrscheinlich hatten sich oben überm Wasser die

dunklen Wolken endgültig in ein Gewitter verwandelt. Steven griff in die Nische, zog Herb von der Decke und schwamm eilig auf die kreisrunde Öffnung zu.

Er war kaum bis zur Mitte der Höhle gekommen, da befreite sich Herb aus seiner Hand und schoss wieder in die entgegengesetzte Richtung davon. Steven sah ihm kurz verwirrt nach, begriff dann jedoch und fingerte wild nach seiner Taschenlampe. Um den kleinen Kraken von der Decke ziehen zu können, hatte er sie um sein Handgelenk baumeln lassen müssen.

Rechts neben dem Ausgang hatte die Felswand jetzt zwei große gelbe Augen. Lauernd und aufmerksam starrten sie ihn aus den waagrechten schwarzen Rechtecken in ihrer Mitte an. Und sofort war Steven wieder wie gelähmt von der tödlichen, siegessicheren Intelligenz, die er dahinter spürte.

Vorsichtig gemacht durch den hellen Lichtstrahl vielleicht, stürzte sich das Monstrum nicht geradewegs auf ihn, sondern glitt seitlich an ihm vorbei. Dabei packte es mit einem Arm seinen Speer, mit einem anderen seinen Knöchel und schleuderte ihn mit der Geschicklichkeit eines Catchers gegen die Höhlenwand.

Der Ventilaufsatz oben an Stevens Tauchflasche brach ab, und plötzlich war alles voller Luftblasen. Vielleicht waren es diese Blasen, die Herb von seinem Platz an der Höhlenwand aufscheuchten. Vielleicht war es aber auch wie bei Mike und der Gespensterkrabbe damals, und der kleine Krake tat genau das, wonach es im ersten Moment aussah.

Jedenfalls schwamm er in allen Farben leuchtend quer durch die Höhle und lenkte so die Aufmerksamkeit des grünen Monsters auf sich. *Jetzt oder nie,* dachte Steven – und stürzte Richtung Ausgang.

3

Sie wurde davon wach, wie ein riesiger Mann über sie kletterte. Gleichzeitig klingelte irgendwo ein Handy.
O ja, natürlich – Jack war mal wieder da, ihr riesenhafter alter Seebär. Durch die krausen braunen Strähnen vor ihrem Gesicht blickte Amy auf den Wecker, sah, dass es erst halb zehn war, und runzelte die Stirn. Seit wann stand er so früh auf, wenn er abends gefeiert hatte? Und seit wann ließ er nachts das Handy an?
»Hallo? … Ach, du bist es nur … Nein, nein, wenn du schon dran bist, erzähl nur.«
Seine Stimme klang, als käme sie aus den Tiefen eines Hundert-Gallonen-Fasses, aber ungefähr so sah ja auch sein Oberkörper aus. Den Kopf zurück aufs Kissen gebettet, betrachtete Amy die fast das gesamte Licht ausblendende Silhouette, die zwischen den im Flur verstreuten Kleidern stand, und wunderte sich wie immer ein bisschen über den aus exotischer Ferne zu ihr zurückgekehrten Giganten, den sie jedes Mal wieder so bereitwillig in ihre Wohnung und ihr Bett ließ.
»Nein, natürlich hatte er nicht vor, die Sachen abzuliefern«, brummte er. »Sonst hätten sie sie wohl kaum in seiner Tasche gefunden. Ich will ganz ehrlich zu dir sein, Ray. Ich habe den Jungs selbst gesagt, sie sollen ruhig das eine oder andere Stück unauffällig beiseiteschaffen, wenn sich die Gelegenheit bietet. Bei der mageren Bezahlung müssen die verdammten Halsabschneider doch damit rechnen, dass wir sie beklauen.«
Die Kapverden. Portugal, oder nein, Afrika. Nicht sein eigenes Wrack, noch nicht mal sein eigener Auftrag, sondern Subunternehmer von irgendeiner größeren Firma, die sich den Gewinn mit der Regierung teilte. Er hatte ihr gestern Abend bei ihrem Silvesterdinner davon erzählt, das sie selbst hatte kochen müs-

sen, aber für das sie doch tatsächlich Dr. Whitfields Einladung in das teure neue Restaurant in der Cordova Street abgesagt hatte, in dem inzwischen alle Welt außer ihr schon gegessen hatte. Einer seiner Leute hatte sich beim Klauen erwischen lassen, deswegen war er auch schon wieder hier. Amy zog die Decke enger um ihren fülligen Körper, machte die Augen wieder zu und rieb behaglich die Füße aneinander.

Aber deswegen springt er doch nicht wie von der Tarantel gestochen aus dem Bett, dachte sie dann und blickte erneut mit gerunzelter Stirn in den Flur. *Warum aber sonst?*

»Sie können tatsächlich unser Honorar einbehalten?«, stöhnte Jack und beugte sich mit hängenden Schultern unter der Tür zur Küche durch. »Wegen ein paar bescheuerten Zinntellern? Au, Mann. Zwei Monate umsonst gearbeitet. Ich habe keine Ahnung, wie ich das den Jungs beibringen soll. Die Stimmung war sowieso schon nicht sehr weihnachtlich.«

Er schloss die Tür hinter sich, vermutlich um sie nicht zu stören. Amy blieb noch kurz weiter liegen, stand dann jedoch auf und zog sich ihren Kimono über.

Er saß mit einer Zigarette in der Hand nackt am Küchentisch. Aufgeschlagen vor ihm lag eine der alten Ausgaben des *People*-Magazins, die sie manchmal aus dem Laden mit nach Hause nahm, und daneben stand eine frisch geöffnete Dose Heineken. Doch er blätterte weder in dem Magazin, noch trank er von dem Bier, sondern tippte mit gerunzelten Brauen auf den Tasten des kleinen Aufklapphandys herum, das in seiner Hand wie ein für Zwerge gemachtes Spielzeug wirkte.

Amy ging zur Verandatür, ließ ein wenig von der nach Regen riechenden Morgenluft rein und setzte Kaffee auf. Hinter sich hörte sie ihn mürrisch brummen. »Diese verdammten Dinger. Ich werde nie kapieren … Weißt du … weißt du zufällig, wie man nachsehen kann, ob man einen Anruf verpasst hat?«

Plötzlich erinnerte sie sich mit einem Stich, dass er schon gestern ständig auf irgendein Telefon geguckt hatte. Natürlich hatte er jede Menge andere Frauen, wenn er unterwegs war. Aber während der unregelmäßigen kurzen Aufenthalte, die er hier in St. Augustine verbrachte, sollte er nur ihr gehören.

»Auf wessen Anruf wartest du denn so dringend?«, fragte sie.

»Das wird eigentlich automatisch angezeigt. Aber was weiß ich – schließlich bin ich auch nur zehn Jahre jünger als du.«

Trotzdem ging sie zu ihm und ließ sich das Handy geben.

»Es ist nur … Steven ruft doch eigentlich in den Feiertagen immer an. Auf dem Satellitentelefon weiß ich, wo ich nachschauen muss. Aber hier auf diesem blöden kleinen Ding …«

Steven, klar, er hatte ja gestern schon davon gesprochen. Beschämt ging sie die Anrufliste durch. »Nein, da ist er nirgendwo dabei«, sagte sie dann. »Aber hast du nicht gesagt, er ist wahrscheinlich selbst gerade wieder irgendwo in der Weltgeschichte unterwegs?«

»Ja, ja, ist er vermutlich auch«, antwortete er, klappte das Telefon zu und legte es beiseite. »Es ist nur … Ich hatte in letzter Zeit manchmal so ein komisches Gefühl, was ihn angeht. Und normalerweise … normalerweise ist das 'ne feste Sache, dass er sich um diese Zeit mal wieder bei mir meldet.«

Abergläubisch waren sie, die Seeleute. Er und alle seine Mitarbeiter auch. Frauen an Bord bringen Unglück, zu lautes Pfeifen lockt Sturm an, in jeder auf hoher See gesichteten Möwe steckt ein ertrunkener Matrose, hinter jedem unvertrauten Schiffsgeräusch der Klabautermann. Er trank einen Schluck Bier, zog an seiner Zigarette und begann, mit abwesendem Blick in der Illustrierten zu blättern. Amy ging zum Schrank und holte ihm einen Aschenbecher. »Wieso rufst du ihn nicht einfach selbst an?«, fragte sie. »Ruf ihn an. Dann wird er dir schon sagen, warum er nicht dazu gekommen ist.«

»Hab ich ja«, sagte er und sah mit seinen ausgeblichenen blauen Augen vorwurfsvoll zu ihr auf. »Dreimal sogar schon. War aber immer nur das Band dran. Ich will ihm ja auch nicht auf die Nerven gehen. Am Ende denkt er noch, ich werde langsam sentimental und möchte eine Gans mit ihm essen oder so.«

Sechzig war er im August geworden, und jetzt im grauen Morgenlicht sah Amy es ihm auch zum ersten Mal ein wenig an. Die Falten in seinem Gesicht wirkten erstmals wie Spuren der Zeit und nicht wie der gesunde Abdruck von Wind und Sonne. Die Schultern hingen tatsächlich deutlich mehr als noch vor ein paar Monaten, das war nicht nur das Gewicht der schlechten Neuigkeiten eben gewesen, genauso die massigen, mit kleinen blonden Löckchen bedeckten Brustmuskeln. Ein paar graue Haare hatten sich darin eingeschlichen, genau wie in den Schnäuzer und die lohfarbenen Strähnen.

Aber ihre neunzig Kilo hob er immer noch so leicht hoch wie eine Feder. Und in anderer Hinsicht merkte man ihm das Alter auch nicht an. Amy küsste ihn auf die Stirn, und er legte kurz den Arm um sie und nahm durch den dünnen Stoff des Kimonos eine ihrer Brustwarzen in seinen bierkalten Mund. Dann ging sie zur Spüle, um den Abwasch zu machen.

»Weißt du eigentlich …«, sagte er, als sie schließlich beim Abtrocknen war. »Weißt du eigentlich, dass ich damals genauso verliebt in Stevens Mutter war wie mein Bruder?« Sie blickte zu ihm hinüber und sah, dass er in dem Heft bei einer dunkelhaarigen jungen Schauspielerin gelandet war. »Ich war sogar derjenige, der sie angesprochen hat.«

»Und wieso hast du sie nicht gekriegt?«, fragte sie und ging mit der Tasse, die sie gerade abgetrocknet hatte, hinüber zur Kaffeemaschine. »Du lässt dir doch sonst nicht so leicht die Butter vom Brot nehmen.«

»Oh, normalerweise sind die Mädchen immer alle auf mich geflogen, das stimmt«, erwiderte er lächelnd. »Aber die nicht, die war schlau und hat gemerkt, dass bei ihm noch mehr dahintersteckt.« Er schaute mit nachdenklicher Miene auf das hübsche junge Starlet hinab. »In gewisser Weise war es ein Glück, weil mich dadurch nichts in Philadelphia gehalten hat und ich ungehindert zur See fahren konnte. So hat er sozusagen seine Liebe des Lebens gefunden, und ich meine.«

Er trank einen Schluck Bier, warf einen letzten Blick auf die Schauspielerin und blätterte dann weiter. Amy nippte an ihrem Kaffee und dachte an ihre eigene Zeit als junge Frau zurück, bis er erneut zu ihr rübersah. In seinen Augen lag ein schwärmerischer Glanz, den sie bisher nur dort gesehen hatte, wenn er von irgendeinem neuen Schatz erzählte, den er in den Tiefen des Meeres gefunden zu haben glaubte.

»Du kannst dir nicht vorstellen, wie glücklich sie waren«, sagte er. »Ich hab ein tolles Leben geführt, bin viel rumgekommen und so, während mein Bruder die meiste Zeit am Schreibtisch sitzen und an irgendwelchen komplizierten Berechnungen rumtüfteln musste. Aber wann immer ich die beiden zusammen gesehen habe, ist mir klargeworden, dass er damals den Hauptgewinn gezogen hatte, und ich nur einen Nebenpreis.« Er runzelte die Stirn, schüttelte den Kopf und blickte wieder auf das Heft hinunter. »Vielleicht konnte es deshalb nicht lange gutgehen. Als dann noch dieser wunderbare Junge kam, war das Glück einfach zu groß. Jemand, der so vom Schicksal gesegnet ist, muss irgendwann dafür bezahlen.«

»So ein Unsinn«, sagte sie leise. »Du immer mit deinen wilden Theorien. Es war ein Unfall. So was kann passieren. Auch wenn's schrecklich ist.«

»Steven ist ihm ganz ähnlich«, sagte er, ohne auf ihre Worte zu achten. Dann schaute er zur Verandatür hinüber, von der jetzt erste Regengeräusche und etwas kühlere Luft zu ihnen hereindrangen, und runzelte die Stirn. »Wie sagen die Jungs immer? Ein schlauer Kopf, aber trotzdem kein Idiot. Er hat nicht ganz diese Tiefe und Ernsthaftigkeit, diese Aura, als hätte ihn der Schöpfer persönlich in die Geheimnisse des Lebens eingeweiht. Aber ansonsten gleicht er ihm doch sehr.« Erneut blickte er sie mit dem unsicheren Lächeln von eben an. »Wahrscheinlich war er einfach nur zu lange mit mir zusammen. Und ist deswegen ein bisschen zu einem Hallodri geworden.«

»Es wird ihm schon nichts passiert sein«, beruhigte sie ihn, bekam jedoch jetzt, als das erste Donnern des heranziehenden Sturms zu hören war, plötzlich selbst ein flaues Gefühl im Magen.

Furchtbar oft hatte sie Steven nicht getroffen. Aber dass er ein Goldjunge und Glückskind war, merkte man sofort – und hatte Jack nicht doch recht, wenn er sagte, dass zu viel Glück auf die Dauer nicht gutgehen kann, dass man irgendwann dafür bezahlen muss? Angesteckt von seiner Seemannskrankheit, blickte nun auch sie besorgt zu dem zugeklappten Handy auf dem Tisch hinüber, und als es sich im gleichen Moment laut klingelnd zu drehen begann, zuckte sie vor Schreck so zusammen, dass Kaffee auf ihren Kimono schwappte.

Am erlösten Gesicht, das Jack beim Aufklappen des Geräts machte, erkannte sie jedoch, dass es das Sorgenkind selbst war.

»Hallo, Steven«, sagte Jack, sein Ton plötzlich wieder so aufgeräumt und unbekümmert wie eh und je. »Da bist du ja endlich. Ich dachte schon, du rufst deinen alten Onkel überhaupt nicht mehr zurück.« Er nickte Amy mit strahlender Miene zu, griff nach seinen Zigaretten und zündete sich noch eine an. »Nein, nein«, sagte er. »Da drüben gab's ein paar Probleme, deswegen bin ich auch schon wieder hier. Aber nichts, was die Jolle wirklich zum Schaukeln bringt, mach dir keine Sorgen.«

Er zog an seiner Zigarette, lauschte aufmerksam Stevens Wor-

ten, runzelte dann aber die Stirn. »Die Jungs?«, fragte er. »Na ja, die meisten sind jetzt hier bei ihren Familien, aber im Prinzip haben sie nichts zu tun. Wenn du Hilfe bei irgendeinem Forschungsprojekt brauchst, dann gerne, das habe ich dir ja schon oft gesagt. Ich meine, allgemein habe ich ja mit Sesselfurzern wie dir nicht gerne zu schaffen, aber …«
Jack zwinkerte ihr mit spitzbübischem Lächeln zu. Dann jedoch legte er die Stirn in noch tiefere Falten als vorher. Er hörte noch einen Moment zu und sagte ein paarmal »ja«, »ja sicher« und »ja meinetwegen«. Dann klappte er das Handy zu und starrte es verdutzt an.
»Was ist los?«, fragte Amy. »Was will er denn?«
»Dass wir ihm helfen, einen Kraken zu fangen«, erwiderte Jack und blickte ratlos zu ihr auf. »Ich glaube, er hat doch noch einen größeren Sprung in der Schüssel als ich.«

Jack starrte angestrengt in das ruhige blaue Wasser hinab und kaute mit finsterer Miene auf seinem Zahnstocher herum. Wieso hatte er sich nur auf Stevens bescheuerte Vorbedingung eingelassen? Jetzt stand er hier oben auf dem Boot und kam sich vor wie ein General, dessen Truppen in die Schlacht zogen, während er selbst irgendwo in sicherer Entfernung auf einem Hügel stand und ihnen dabei zuschaute.
Mit dem Unterschied, dass der General mit Sicherheit mehr sehen konnte. Die Sonne strahlte, auch das Meer lag nach der Schlechtwetterfront gestern beinah wieder so still und klar vor der Küste wie in der Karibik. Aber was sich dort unten in dreißig Metern Tiefe vor der dunklen Riffwand abspielte, konnte er natürlich trotzdem nicht erkennen.
War es ein Taucher, was sich da schattenhaft und undeutlich vom hellen Sand abzeichnete? Oder ein Fels? Oder nur ein verdammtes Büschel Seegras? Einzig die beim Aufsteigen immer

größer werdenden Luftblasen hoben sich glitzernd und gut sichtbar vom blauen Zwielicht ab und quollen zwei Bootslängen weiter mit lautem Blubbern an die Oberfläche. Jack hielt es nicht mehr aus und drückte auf den Sprechknopf des Mikrofons in seiner Hand.

»Hey, Dunce«, sagte er in das kleine schwarze Gerät, dessen ausgeleiertes Spiralkabel sich hinter ihm zum Cockpit spannte. »Alles in Ordnung bei euch da unten?«

»Ja, alles in Ordnung, Chef«, tönte es rauschend aus dem Lautsprecher in Jacks Rücken. »Wir sind jetzt gleich am Riff. Aber sollten wir nicht lieber Funkstille wahren? Am Ende kann dieses Wundertier noch Englisch.«

»Nehmt das ernst«, brummte Jack böse ins Mikrofon. »Wenn Steven sagt, das Vieh ist gefährlich, dann ist es das auch. Denkt dran, was er erzählt hat, und haltet verdammt noch mal die Augen offen.«

»Klar, Chef, machen wir«, gab Duncan zurück. »War nur ein Scherz. Hier alles unter Kontrolle. Over.«

Um den ollen Schotten machte Jack sich bei der ganzen Sache die wenigsten Sorgen. Einundfünfzig, sehnig, grau und trocken wie altes Shortbread, der würde selbst dann noch mit nüchterner Professionalität seine Aufgabe erfüllen, wenn es darum ging, der Queen ihren Hüfthalter aus der Themse zu fischen.

Aber was war mit dem jungen Amado, den er gezwungen hatte, in aller Frühe das Boot hier runter zu schippern, und dem wahrscheinlich kaum zu verdenken war, wenn er sich die lange Fahrt mit ein, zwei kleinen Joints verkürzt hatte? Und was war vor allem mit Cole Parham, dem ehemaligen Marinetechniker, der zwar regelmäßig mit ihnen auf Reisen ging, auf dessen Rückkehr aber jedes Mal vier zuckersüße Töchter warteten – mehr Kinder als bei allen anderen Angestellten von Sea Salvors Inc. zusammen? War es richtig, dass Cole dort unten rumschwamm, wenn Jack kein einziges Maul zu stopfen hatte und es sich bei der ganzen Aktion im Grunde um nichts anderes als einen Gefallen für seinen Neffen handelte?

Die Blasen stiegen jetzt unmittelbar vorm Riff auf, in etwas breiterer Front als eben. Jack kaute so angespannt auf dem Zahnstocher, dass er ihn zerbrach. Er spuckte die zwei Hälften ins Wasser und sah kurz zu, wie sie langsam mit der Strömung Richtung Norden trieben.

Die hübsche Margery tot, er konnte es immer noch nicht richtig glauben. Und Steven in einem Zustand, wie er ihn noch nie gesehen hatte. Eine verrückte Geschichte, mit der er da zu ihnen gekommen war. Aber warum sollte er lügen? Und irgendwas hatte ihm auf jeden Fall einen gehörigen Schrecken eingejagt, das war nicht zu übersehen. Seinem Steven, seinem Sonnenschein – in dessen Blick selbst vom Tod seiner Eltern irgendwann nicht mehr übrig geblieben war als ein flüchtiger, bei ihrer Erwähnung vorüberhuschender Schatten.

»Duncan? Alles klar?«

»Ja, Chef, alles okay. Aber vielleicht sollten wir jetzt wirklich lieber Funkstille halten. Wir gehen gerade in Position, und Steven öffnet dann die Höhle.«

»Habt ihr euch gut umgesehen? Schwimmt auch nichts um euch herum?«

»Nein, hier ist nichts, Jack. Nur Sand, Seegras und ein paar Felsen. Cole und der Kleine haben sogar überall mit ihren Harpunen reingestochen. Kein Krake, kein Monster, kein gar nichts. Noch nicht mal irgendwelche Fische, in die er sich verwandelt haben könnte.«

»Ist dir klar, was du machen musst, wenn das Ding auf dich zukommt?«

»Ich jag dem alten Schwabbelsack meine Spritze rein, und dann schläft er ein wie ein Baby. Wird leichter, als 'nen Mondfisch aufzuspießen. Wenn du mich noch länger vollquatschst, schraub ich mir den Empfänger aus der Maske.«

»Ist wirklich eine Scheißsituation, hier oben. Hätte ich mich nie drauf einlassen sollen.«

»Mach dir keine Sorgen. Es wird schon nichts passieren. Wir bringen dir deinen Goldjungen schon heil zurück. Over.«

Jack ließ das Mikrofon sinken und warf einen Blick auf seine Tauchausrüstung, die einsatzfertig im Heck bereitlag. *Soll ich nicht doch einfach runtergehen?* Aber nein, er hatte es Steven versprochen. Und was machten sie auch schon groß? Einen Kraken fangen. Steven hatte bestimmt nur so auf die Jungs eingeredet, damit sie die Sache nicht zu sehr auf die leichte Schulter nahmen.

Die Blasen stiegen jetzt in einem großen Kreis auf, wie bei einem Rudel Delfine, das einen Fischschwarm eingekesselt hat. Aber was genau da unten vor sich ging, war so dicht vorm Riff unmöglich zu erkennen. Jack blickte zu einem Wassermotorrad auf, das nahe der Küste kreuzte. *Gott, wie ich diese jaulenden Dinger hasse,* dachte er. Nicht zuletzt vermutlich, weil er sich mal mit Amy auf eins draufgesetzt hatte und der verdammte Bock unter ihrem gemeinsamen Gewicht doch tatsächlich gesunken war. Zum ersten Mal an diesem Morgen stahl sich ein Lächeln auf seine Lippen.

Ja, was war eigentlich mit Amy? Jetzt mit sechzig, sollte er da nicht überlegen, langsam etwas sesshafter zu werden? Mehr Zeit in St. Augustine verbringen, vielleicht sogar mit ihr in ein kleines Häuschen ziehen? Nicht die ganz große Liebe, wie bei Stanley damals. Aber auch nicht die allerkleinste.

Möglicherweise ließ Steven sich ja sogar bewegen, ebenfalls hoch nach St. Augustine zu kommen. Seinen Job an der Uni war er ja anscheinend sowieso los. Und wenn sie zusammen nur eine Tauchschule eröffneten oder so – auch auf diese Weise konnte man schließlich sein Geld verdienen. Als der Junge von der Polizistin erzählte, die bei der Expedition nach Südamerika dabei war, hatte er so einen eigenartigen Gesichtsausdruck. *Hatte es ihn am Ende auch endlich mal ernsthaft erwischt?*

Während das Blubbern der Luftblasen sich wieder über das ferne Heulen legte, bemerkte Jack im Augenwinkel einen schwarzen Punkt, der aus der blauen Tiefe unter ihm aufstieg. Noch mehr Blasen, wild strampelnde Arme und Beine – und schon brach Amado an die Oberfläche. Er riss sich die Taucherbrille vom Kopf und kam mit weit aufgerissenen Augen aufs Boot zugeschwommen.

»Es ist alles wahr«, stammelte er, während er mit angstgepeitschten Kraulzügen durchs Wasser pflügte. *»Der Leibhaftige.* Er ist aus dem Nichts gekommen und hat sich ihn geschnappt.«

Jack legte seine Tauchweste an, machte dann einen Schritt auf die Heckplattform hinaus und hob den kleinen Latino am Schultergurt aufs Boot. »Wer hat sich wen geschnappt?«, bellte er sein schreckensblasses Mannschaftsmitglied an. »Was geht da unten vor sich? Hör auf zu stammeln und sprich mit mir.«

»Der Krake«, erwiderte Amado und zeigte mit wildem Blick auf die Stelle, wo immer noch blubbernd die Blasen das ruhige blaue Wasser auseinandertrieben. »Er hat sich auf ihn gestürzt. Man hat ihn überhaupt nicht kommen sehen. Er war einfach plötzlich da.« Während er sprach, versuchte er ängstlich, weiter ins Boot zu rücken, und Jack ließ ihn schließlich los. Er setzte seine Taucherbrille auf, holte ein großes Bleigewicht hervor, das sie normalerweise zum Setzen von Bojen benutzten, und sprang damit ins Wasser.

Das Gewicht zog ihn rasch hinab, und wie ein Fallschirmspringer legte er den Körper schräg, um in Richtung der Taucher am Meeresgrund zu gleiten. Während er sich mit einer Hand an dem schweren Bleiblock festhielt, glich er mit der anderen den Druck aus und ließ die Luft aus seiner Weste.

Zunächst sah es so aus, als werde Duncan von einer großen Schlange gewürgt. Das dicke grüne Ding hatte sich fest um den Körper des kleinen Schotten gewickelt, und während er sich in einer Wolke aus roten und schwarzen Schwaden stumm um sich selbst drehte, versuchte Steven, es mit bloßen Händen von ihm abzukriegen.

Als Jack das Gewicht fallen ließ und hastig auf die beiden zustrampelte, sah er jedoch den blutenden Stumpf und begriff, dass es ein *abgetrennter Arm* war, der sich da wie ein Python um seinen Freund geschlungen hatte. Deswegen half Cole den beiden auch nicht, sondern blickte mit der Harpune im Anschlag unruhig umher: *Das Tier, zu dem der Arm gehörte, war immer noch in der Nähe.*

Jack riss sein Messer von der Weste, rammte die breite Klinge in den großen grünen Muskelstrang und zog einen langen Schnitt hinein. Sofort pulsierten wütende Rottöne über die Haut der auf unheimliche Weise selbständig wirkenden Gliedmaße, und mit der um Duncans Hals geschlungenen Spitze schlug sie wild um sich.

Der Schnitt brachte jedoch den gewünschten Effekt. Der Arm lockerte seinen tödlichen Würgegriff etwas, und mit vereinten Kräften schafften es Jack und Steven, dem erschöpften kleinen Schotten wenigstens die mit Zähnen besetzte Schlinge vom Hals zu zerren. Im selben Moment sah Jack jedoch, dass der Krake hinter Steven wieder aufgetaucht war. Groß und dunkel wie ein der Hölle entstiegenes Schattenwesen schwebte er nur ein paar Meter weiter im blauen Wasser.

Jack riss Duncan und Steven herum, um an Cole ranzukommen, der auch sofort auf das Monstrum anlegte. Steven schüttelte den Kopf und schwenkte aufgeregt die Hand hin und her – doch da ertönte schon ein gedämpftes »Plop« und der glänzende Stahlpfeil schoss durchs Wasser.

Er ging mitten durch den Kraken hindurch.

Wirklich nur ein Schatten, dachte Jack entsetzt und starrte einen Moment fassunglos auf die wie Rauch auseinandertreibenden Schwaden. Dann schien plötzlich das Wasser selbst lebendig zu werden: Wie mit einer riesigen, unsichtbaren Hand packte es Cole und riss ihn mit sich davon.

Im Kampf pulsierte die Haut des Kraken auch jetzt in tausend Rottönen, und Steven hob einen Betäubungsspeer vom Boden auf und schwamm dem Sand und Blut aufwirbelnden Paar hinterher. Jack wollte ihm sofort nach, doch erst musste er den armen Duncan vollständig von dem immer noch nicht ganz besiegten Arm befreien. Als er sich wieder umblicken konnte, war der Kampf schon vorbei.

Weiß und fahl wie ein riesiger Geist schwebte der Krake einen Moment noch in all dem Blut und sank dann zu Boden. Der wutentbrannte Blick in den großen gelben Augen erlosch, und Steven warf den Speer beiseite, um Cole besser unter dem massigen Ungetüm herausziehen zu können. Auch Jack ließ jetzt wieder Luft in seine Weste, um mit dem halb ohnmächtigen Duncan zur Oberfläche aufzusteigen.

Er hatte viel gesehen in seinem Leben. Doch das Bild, wie Steven unter ihm mit Cole aufstieg, würde ihm immer in Erinnerung bleiben.

Es war, als würde er mit einem offenen Eimer roter Farbe im Arm durch das immer heller werdende Blau hinaufschweben. Jack musste sofort an eine dieser Flugschauen zum 4. Juli denken, bei dem die Jets große farbige Rauchschweife hinter sich herzogen – und oben am Boot wurde ihm auch klar, warum.

Dem früheren Marinetechniker und vierfachen Vater fehlte der Kopf. Die kurze Zeit hatte dem mörderischen Biest genügt, um ihn abzubeißen, und Jack konnte nicht mehr von dem armen Kerl zurück an Bord ziehen als seinen toten, immer noch in schwachen Stößen aus dem Hals blutenden Leichnam. Doch auch Duncan hatte schwer was abbekommen, und wenn sie ihn retten wollten, brauchte er so schnell wie möglich Hilfe.

»Hast du die Küstenwache gerufen?«, fragte Jack Amado.

Als der junge Puertoricaner ihn eben mit Duncan am Heck gesehen hatte, war er ihm sofort zu Hilfe gekommen. Vor dem grausig zugerichteten Körper Coles wich er jedoch entsetzt zurück. »Nein«, sagte er und starrte ungläubig auf den wie mit einer großen Heckenschere bearbeiteten Stumpf. »Ich wusste nicht ... Ich wusste nicht, ob das hier legal ist ...«

Jack grunzte genervt und legte Coles Leiche neben dem tapfer das Gesicht verzerrenden Duncan ab. Dann ging er zum Einstieg, um Steven aus dem Wasser zu helfen.

Doch der schüttelte den Kopf.

»Ich muss noch mal runter«, sagte er, obwohl er noch blasser war als Amado und auch keinen viel besseren Ausdruck in den Augen hatte. »Sonst war wieder alles umsonst. Ich muss noch mal runter und das Biest erledigen.«

Jack sah ihn einen Moment an, packte ihn dann wie Amado vorhin am Schultergurt und zog ihn auf die Plattform. »Du kennst dich hier besser aus als ich«, sagte er. »Nimmt du mein Boot und bring mit Amado Duncan an Land. Ich behalte deins und kümmere mich um dieses Monstrum.«

Er holte seine Flossen, zog seinem toten Mitarbeiter das Messer aus der Scheide am Oberschenkel und setzte sich neben Steven auf die Plattform. Um ihm zu zeigen, dass aller Widerstand zwecklos war, blickte er ihm fest in die Augen und sagte dann mit einem leisen, wütenden Raunen: »Und Coles Kopf hole ich mir auch zurück. Den überlass ich da unten nicht den Fischen.«

»Also Sie sagen, Mr. Finch sollte ebenfalls diesem, ähm, Kraken geopfert werden, wurde durch ihre Mithilfe befreit, kam dann aber bei der Flucht vor den Eingeborenen ums Leben.«

»Ja, genau. Viel wichtiger ist aber, dass genauso ein Monster jetzt irgendwo hier an der Küste lebt. Das müssen Sie vor allem in den Artikel schreiben, und am besten auch in die Überschrift.«

Der Reporter blickte kurz irritiert zu Jessica auf, widmete sich dann jedoch wieder dem Block in seiner Hand. Mit dem Bleistift, den er seit ihrer Ankunft bereits dreimal neu angespitzt hatte, fügte er hier ein Wort ein und radierte dort eins aus. Er war genauso pedantisch wie er aussah, mit seiner Fliege, seiner auf die Nasenspitze hinabgeschobenen Brille und seiner auf Hochglanz polierten Platte. Jessica wollte ihn nicht verärgern; schließlich war er der Einzige, den sie dazu überreden konnte, sie zu einem Gespräch einzuladen. Doch wenn er jetzt die ganze Geschichte unten in Venezuela noch einmal mit ihr durchgehen wollte, wurde sie langsam ungeduldig.

»Er wurde von einem Giftpfeil getroffen? Das hat ihn getötet?«

»Von einem Geschoss aus einem Blasrohr. Entweder war das Gift tödlich, oder er hat die Belastung nicht überstanden.«

»Und jetzt liegt er da irgendwo im Dschungel in seinem einsamen Grab. Gestorben im Namen der Story.«

»Wenn Sie so wollen, ja. Aber so leid es mir auch um Mr. Finch tut: Die Bedrohung, die immer noch besteht, ist meiner Meinung nach wichtiger.«

Trotzdem bekam sie von ihrem Gewissen einen kleinen Stich versetzt. Sie hatte Chief Fogelman gar nicht gefragt, ob es irgendwelche Menschen gab, die dem kleinen Journalisten nahegestanden hatten und vielleicht gerne mehr über die Umstände seines Todes erfahren würden. Wieder fiel ihr Blick auf den Namen der Zeitung, von der mehrere Exemplare in einem ordentlichen Stapel auf der Ecke des Schreibtischs lagen, und erneut fragte sie sich, warum ihr dieser Name so bekannt vorkam.

»Und Professor, ähm, Schuster«, fragte der Reporter und senkte kurz die Augen zu der aufgeschlagenen Zeitung vor ihm. »Der würde diese ganzen Geschehnisse, die zu Mr. Finchs Tod geführt haben, genauso schildern wie Sie?«

»Ja, würde er«, antwortete Jessica, lehnte sich dann aber gereizt auf den Schreibtisch vor. »Hören Sie, wollen Sie jetzt eine Geschichte über Mr. Finch schreiben oder über das gefährliche Ungeheuer, das sich jeden Moment wieder ein neues Opfer holen kann? Ich habe langsam den Eindruck, Sie glauben überhaupt nichts von dem, was ich Ihnen erzähle.«

Der Reporter runzelte die Stirn und sah sie überrascht an. »Aber natürlich glaube ich Ihnen nicht«, sagte er. »Über diesen angeblichen Mörderkraken kann ich keine Geschichte bringen. Das ist Schnee von gestern, von offizieller Seite dementiert, damit mache ich mich nur lächerlich.« Er pochte mit dem Radiergummi des Bleistifts auf die vor ihm ausgebreitete Zeitung. »Aber Mr. Finch hat hier früher gearbeitet und wohl ernsthaft gedacht, er hätte da einen ganz großen Knüller am Haken. Es soll mehr eine Geschichte darüber werden, wie er sich von dieser verrückten Idee infizieren lässt und auf der Jagd nach der Story umkommt. Eine Art Nachruf, aber auch ein Lehrstück über die Gefahren des Journalismus, verstehen Sie?«

Jessica sah dem Mann über seine Brille hinweg in die Augen und funkelte ihn finster an. »Sie sagen mir also offen ins Gesicht, dass ich nicht mehr alle Tassen im Schrank habe.«

Er warf einen Blick auf ihre bloßen Unterarme und rückte etwas mit seinem Sessel nach hinten. »Nun, so krass würde ich das nicht ausdrücken«, sagte er. »Aber solange keine konkreten Beweise vorliegen, würde ich meinen guten Ruf riskieren, wenn ich die Leute vor irgendwelchen Seemonstern warne, die es überhaupt nicht gibt. Ganz davon abgesehen, dass …«

Rechts von Jessica ging plötzlich die Tür auf, und in das durch die üblichen Glaswände vom Rest der Redaktion abgetrennte Büro trat ein dicklicher Teenager mit eifrigem Gesicht. »Mr. Talbot«, sagte er aufgeregt. »Schalten Sie den Fernseher an. Da läuft was über diese verrückte Sache, hinter der Finch her war.«

Talbot runzelte die Stirn. Doch dann schaltete er den großen Apparat ein, der nicht weit vom Schreibtisch in der Ecke stand, setzte sich wieder in seinen Sessel und schob die Brille höher.

Das Gerät war auf Channel Five eingestellt, den beliebtesten lokalen Fernsehsender, auf dem gerade die Drei-Uhr-Nachrichten angefangen hatten. Kurz war noch das Studio mit den zwei Ansagern zu sehen, dann wurde zur Küstenwachstation in Fort Pierce umgeschaltet. Zu Jessicas großer Überraschung erschien Commander Elkert im Bild, der Chef der örtlichen Küstenwache, dem Steven damals den Kiefer gebrochen hatte. Er konnte wieder reden und stand vor mehreren zusammengerückten und mit blauer Folie bedeckten Tischen, auf denen ein langer grüner Arm lag.

»Taucher der Küstenwache haben diesen Tentakel vor zwei Stunden aus einem Riff vor Vero Beach geborgen«, sagte er und entblößte für die um den Tisch gedrängten Presseleute einen der großen Zähne, die sich in den Saugnäpfen verbargen. »Er gehört zu einer bisher nicht bekannten Oktopusart, die wohl über den Handel mit exotischen Tieren ins Land gelangt ist und auf den die Küstenwache bereits seit mehr als einem Monat Jagd macht. Der Krake hatte in der Nähe des Fundorts seinen Bau, und wie ich leider mitteilen muss, haben wir dort eine ganze Reihe von menschlichen Überresten gefunden. Sie stammen vermutlich von Tauchern und Schwimmern, die in den vergangenen Monaten vor der Küste verschwunden sind. Aber Genaueres wird sich zu diesem Punkt erst nach der Bergung und eingehender Untersuchung der Überreste sagen lassen.«

Die Reporter bestürmten ihn mit Fragen. Doch Elkert streckte ihnen mit selbstgefälliger Geste die Handflächen entgegen. »Die gute Nachricht, die ich Ihnen als Leiter der hiesigen Küstenwache übermitteln kann: Die Gefahr ist gebannt. Ein privates Team von Spezialisten, mit dem wir in der Sache zusammengearbeitet haben, konnte das Tier unschädlich machen. Ebenso wie dieser Arm wird es zum gegebenen Zeitpunkt der Öffentlichkeit präsentiert werden.«

Wieder wurde umgeschaltet, diesmal zu einer Reporterin, die vor einem weißen, mehrstöckigen Gebäude stand. Jessica erkannte das Indian River Medical Center in Vero Beach und spürte, wie sich ihre Kehle zusammenzog.

»Auch wenn die Gefahr gebannt ist«, sagte die Reporterin. »Die Konfrontation mit dem gefährlichen Kraken lief offenbar nicht ohne Verluste ab. Ein Mitglied des Spezialteams, das dem Vernehmen nach von einem örtlichen Meeresbiologen angeführt wurde, liegt Informationen von Channel Five zufolge hier im Krankenhaus und kämpft mit den schweren Verletzungen, die ihm das Tier zugefügt hat. Für einen anderen soll sämtliche Hilfe zu spät gekommen sein.«

Jessica packte ihre Handtasche, stand vom Stuhl auf und ging zur Tür.

»Aber, Ms. Sanchez, so warten Sie doch«, stammelte hinter ihr Talbot.

Doch sie schob einfach nur den mit offenem Mund auf den Fernsehschirm starrenden Teenager beiseite und marschierte ohne ein weiteres Wort aus der Redaktion.

Jessica ging durch die stillen, abgedunkelten Gänge der Intensivstation, bis sie zu einem etwas helleren Wartebereich kam. Hier saß Steven in Shorts und T-Shirt auf einem Stuhl und starrte mit versteinerter Miene auf einen Fernseher, der unter der Decke leise vor sich hinmurmelte. Als er sie sah, stand er auf, und sie eilte mit gedämpften Schritten auf ihn zu und schlang die Arme um ihn.

»Gott sei Dank, du lebst«, flüsterte sie, während er sie an sich drückte; heiße Tränen der Erleichterung rollten über ihre Wangen. »Ich dachte schon, dieses elende Biest hätte dich doch noch erwischt.«

»Nein, mich nicht«, flüsterte er. »Ich hatte wieder Glück.« Er löste sich von ihr und sah sie verzweifelt an. »Aber ein Mitarbeiter meines Onkels ist tot. Und einen anderen hätte es auch fast erwischt. Er liegt hier vorne, aber inzwischen ist seine Familie bei ihm, da habe ich mich lieber verzogen.« Er nahm die Hände von ihren Armen und blickte beschämt zu Boden. »Ich habe das verdammte Ding schon wieder unterschätzt. Ich dachte, zu viert und bewaffnet, da kann uns nicht viel passieren. Aber zack, da war es plötzlich da und hat sich schon den Ersten gepackt.«

»Aber ihr habt es getötet? Ihr habt es wirklich erlegt?«

Steven sah zu ihr auf und nickte. Trotzdem meinte sie, einen winzigen Rest Unsicherheit in seinen Augen zu erkennen.

»Ich habe es betäubt, und mein Onkel wollte ihm den Rest geben«, sagte er und hob kurz das fremde Handy, das er in der Hand hatte. »Er hat mich direkt danach auch angerufen, um mir zu sagen, dass alles glatt gelaufen ist, und um sich nach Duncans Zustand zu erkundigen – das ist der Verletzte. Aber seitdem hat er sich nicht wieder gemeldet, und als ich ihn eben angerufen habe, meinte er nur, ich soll Duncans Frau sagen, dass alles wieder gut wird und sie sich keine Sorgen machen soll.«

»Im Fernsehen haben sie einen Arm von dem Ding gezeigt, mehr aber nicht.«

»Ja, das habe ich auch gesehen. Gleich nachdem ich mich von meinem Onkel getrennt hatte, habe ich bei der Küstenwache angerufen, damit sie ihm zu Hilfe kommt. Wie das dann alles da draußen genau abgelaufen ist, weiß ich aber nicht. Ich würde auch gerne das ganze Ding sehen – um sicher zu sein, dass es wirklich tot ist ... Da, da läuft wieder was.«

Auch in den Vier-Uhr-Nachrichten war die Geschichte vom Mörderkraken die Topstory. Zunächst war der Beitrag derselbe wie vor einer Stunde. Nachdem die Reporterin vor dem Krankenhaus gezeigt worden war, berichtete die Sprecherin im Studio jedoch von einer neuen Entwicklung.

»Wie uns soeben mitgeteilt wurde«, sagte die adrette Blondine, »wurde der gefährliche Krake, der für den Tod von bis zu fünf Menschen verantwortlich sein könnte, lebendig gefangen. Das zuständige Tauchteam war im Auftrag von Marineland unterwegs, dem bekannten Themenpark in der Nähe von St. Augustine. Wie der Manager persönlich bekanntgab, soll der Krake in einem Aquarium des Parks ausgestellt werden. ›Es wäre ein Jammer‹, hieß es wörtlich in der Mitteilung, ›wenn dieses einzigartige Tier in irgendeinem wissenschaftlichen Labor verschwindet. Marineland will dafür sorgen, dass möglichst viele Menschen dieses Wunder der Natur lebendig und aus nächster Nähe besichtigen können.‹«

Jessica hörte der Sprecherin fassungslos zu und sah dann fragend Steven an. Aber der schüttelte nur ebenso baff den Kopf. Dann blickte er ihr über die Schulter, und als Jessica sich umdrehte, sah sie einen blonden Riesen in Badelatschen, Shorts und einem zu engen T-Shirt den Gang heraufkommen.

Der Riese war noch einmal ein gutes Stück größer als Steven und musste bestimmt drei Zentner wiegen. Doch er hatte die gleichen strahlend blauen Augen, und auch sonst war in seinem wettergegerbten, markanten Gesicht eine gewisse Ähnlichkeit zu erkennen. In der Hand trug er einen großen, mit Eis gefüllten Plastikbeutel, an dessen Boden sich mit Wasser verdünntes Blut gesammelt hatte.

»Jack«, sagte Steven und zeigte verwirrt auf den Fernseher. »Die sagen, das Vieh soll in Marineland ausgestellt werden. Was zum Teufel hast du gemacht?«

»Ich habe es verkauft«, antwortete der Riese ruhig. »Ich habe es hoch zu deinem Boot geschleppt, in den Fischtank gestopft und bin zur nächsten halbwegs versteckten Anlegestelle gefahren. Dann habe ich Owen Carmichael angerufen, der auf so eine Gelegenheit nur gewartet hat, und habe mir einen guten Preis machen lassen.«

»Aber warum?«, fragte Steven verblüfft. »Wir hatten doch ausgemacht, dass du dieses Monstrum tötest. Und ursprünglich, dass wir es für meine Studien fangen.«

»Wer weiß, wann Duncan wieder arbeiten kann«, erwiderte Stevens Onkel. »Die Rechnung hier im Krankenhaus muss auch jemand bezahlen.«

Dann hob er kurz den Beutel in seiner Hand und sprach mit noch ernsterem Ton in der Stimme.

»Und Coles Töchter sollen aufs College gehen. Alle vier, davon hat er immer geträumt. Das ist das Wenigste, was wir jetzt noch für ihn tun können.«

4

Steven bog von der A1A in die Einfahrt zum Parkplatz ab, in der bereits etliche Autos warteten. Viele waren schwarze Geländewagen wie seiner, allerdings in wesentlich exklusiverer

Ausführung. Auf dem Parkplatz waren mehrere Paare zu sehen, die in eleganter Abendgarderobe auf den Eingang des Parks zustrebten.

»Meine Güte«, sagte Jessica. »Das ist ja ein ganz schöner Auftrieb. Ich bin total underdressed.«

Steven musterte seine Partnerin kurz. Sie trug Jeans, ein schwarzes Top und denselben schlecht sitzenden blauen Blazer, den sie zu jedem halbwegs festlichen Anlass aus dem Schrank holte. Auch als Steven kürzlich auf die dumme Idee gekommen war, sie in ein feines Restaurant auszuführen, hatte sie den Blazer an, und wie bei jener Gelegenheit würde ihr der seltsame Kontrast, den er zu der großen Narbe auf ihrer Wange bildete, auch heute Abend wieder zahlreiche neugierige Blicke einbringen.

»Du siehst fantastisch aus, meine spanische Schönheit«, sagte Steven und legte ihr zärtlich die Hand auf den Oberschenkel. »Du könntest in Lumpen gehen und wärst trotzdem überall die schönste Frau, wo du hinkommst.«

Steven meinte jedes Wort, das er sagte. Doch anders als bei dem Essen neulich verfehlten seine Komplimente ihre Wirkung. Jessica legte seine Hand zurück auf die Mittelkonsole und warf ihm einen gereizten Blick zu.

»Spar dir deine hübschen Floskeln, Weißbrot«, sagte sie. »Du magst ja inzwischen selbst meine Mutter um den Finger gewickelt haben. Aber das heißt nicht, dass ich ebenfalls restlos deinem Charme verfallen bin. Ich sehe aus wie eine schlecht angezogene Bohnenfresserin – was ich ja auch bin. Und die ganzen weißen Perlenpaulas werden dir wieder mitleidige Blicke zuwerfen und sich fragen, warum du dich so weit unter Wert verkaufst.«

Steven hätte darauf hinweisen können, dass er selbst auch nicht gerade aussah wie ein Millionär, mit seinem zerknitterten Hemd, dem abgewetzten Sportsakko und den ausgelatschten

Segelschuhen. Doch er wusste, dass jedes Gegenargument Jessica nur weiter aufbrachte, wenn sie in dieser Stimmung war. Leider war sie das in den letzten Tagen öfter, wollte plötzlich auch nicht mehr bei ihm übernachten, und Steven hatte das ungute Gefühl, ihre gerade erst begonnene Beziehung bewege sich schon wieder auf ihr Ende zu. Jessica jedoch zu fragen, was los war, traute er sich nicht: Dafür waren die vergangenen Wochen mit ihr zu schön gewesen.

Also wartete er schweigend, bis sie zu dem Securitymann am Eingang vorgerückt waren, und stellte dann den Jeep ab. Die samtige Seeluft, die über den Parkplatz wehte, und das leise Zischen der Wellen schienen Jessicas Gemüt zu besänftigen. Als sie den großen Eingangsbogen des Parks erreichten, hatte sie bereits wieder den Arm um Stevens Hüfte geschlungen. Kaum sah sie jedoch die zähnefletschende Silhouette, die an dem Bogen prangte, blieb sie mit gerunzelter Stirn stehen.

»Ein Hai?«, fragte sie verwirrt. »Ich dachte immer, in Marineland gehe es hauptsächlich um Delfine.«

»Das war auch früher so«, antwortete Steven. »Aber dann hat irgendwann in Orlando SeaWorld aufgemacht, und jeder wollte lieber Orcas sehen. Zuletzt hat der Park es mit Delfinbegegnungen probiert. Doch das bieten die anderen Meeresparks in der Region auch an. Deswegen setzt dieser Owen Carmichael, dem Onkel Jack den Kraken verkauft hat, jetzt sozusagen auf die dunkle Seite des Ozeans: Haie, Barrakudas, Muränen, Rochen – alles, was gefährlich wirkt, selbst wenn es das überhaupt nicht ist. Unser menschenfressendes Monstrum passt ihm da natürlich genau ins Konzept.«

Erneut runzelte Jessica die Stirn, diesmal jedoch in ernsthafter Sorge. »Aber du hast doch erzählt, da arbeiten auch ernsthafte Wissenschaftler mit«, sagte sie und sah ihn mit eindringlichem Blick an. »Sonst hättest du dich da nicht so einfach rausdrängen lassen. Und die Regierung hätte bei der ganzen Sache auch nicht mitgemacht.«

»Nun, Carmichael hat mit Sicherheit ein paar Fäden gezogen«, erwiderte Steven. »Hinter ihm steht eine große, global agierende Investmentgruppe. Aber keine Angst: Siehst du die Gebäude da drüben, auf der anderen Seite der A1A, die sich gegen den Himmel über der Lagune abzeichnen. Das ist das Whitney Labor für Marine-Biowissenschaften, eine hochangesehene Forschungseinrichtung, die zur Universität von Florida gehört und von einem sehr kompetenten Mann geleitet wird: Professor Robert Fuller. Er hat schon viel mit Kopffüßern gearbeitet und den Bau des Aquariums für den Kraken persönlich überwacht, deshalb habe ich schließlich nicht mehr auf meine Beteiligung bestanden. Aber letztendlich zurückgezogen aus der Sache habe ich mich ehrlich gesagt aus einem ganz anderen Grund.«

»Aus welchem?«, fragte Jessica verwirrt – und obwohl Steven das nicht meinte, musste er kurz an die heimlichen Tauchgänge bei Charlies Klippe denken, die er jetzt seit einem Monat mindestens dreimal pro Woche unternahm.

»Um mehr Zeit mit dir verbringen zu können«, antwortete er und grinste Jessica verschmitzt an.

Im ersten Moment blühte auch ihr wunderschönes Lächeln auf, und er dachte, er bekäme endlich den Kuss, auf den er schon den ganzen Abend wie ein nervöser Schuljunge wartete. Doch dann verfinsterte sich ihre Miene plötzlich wieder, und statt ihn zu küssen, wies sie mit dem Kopf Richtung Eingang.

»Komm, wir gehen lieber rein«, sagte sie. »So wie sich die Tanten hier alle die Haare hochtoupiert haben, brauchen wir einen guten Platz, wenn wir was sehen wollen.«

Bereits der Weg zur neuen Attraktion des Parks sollte die Gäste der Feier darauf einstimmen. Der gewundene Spazierpfad war

mit fluoreszierender Farbe bemalt, ebenso die dichte tropische Vegetation, die ihn säumte. Die leuchtenden grünen Linien und Kreise erinnerten Steven an die stilisierten Krakenarme, mit denen sich die Indios in Venezuela geschmückt hatten, und beschworen in ihm zum ersten Mal wieder jenes ungute Gefühl herauf, das er seit einem Monat mehr oder weniger erfolgreich unterdrückt hatte.
Auch die dezent beleuchteten Schilder, die an den Abzweigungen des Pfads standen, riefen ihm auf unangenehme Weise die mit den verschiedensten Figuren verzierten Pflöcke ins Gedächtnis, welche die Eingeborenen bei seiner Opferung verwendet hatten. Auf einem war ein Teufelsrochen zu erkennen, der große friedliche Planktonfresser, der so gar nichts von einem Teufel hatte. Auf einem anderen riss eine beinah ebenso harmlose Riesenmuräne ihr leopardengeflecktes Maul auf. Auf einem weiteren wurde dieselbe bedrohlich wirkende Geste von einem Weißen Hai gezeigt – der größten Attraktion, die der Park bisher seinen Besuchern zu bieten hatte.
Jessica schien mit ähnlichen Assoziationen zu kämpfen zu haben, und gleichermaßen still und in sich gekehrt erreichten sie schließlich den großen neuen Rundbau, der extra für das Aquarium des Kraken gebaut worden war.
Hier wandelte sich die Atmosphäre jedoch schlagartig und ähnelte der bei einer hochkarätigen Vernissage oder einem Wohltätigkeitsball. Am Eingang standen sie noch mit mehreren halbwegs jungen Paaren in der Schlange. Aber die meisten Gäste, die sich schon in dem offenen Rundbau versammelt hatten, waren eher älteren Semesters: Investoren, Honoratioren und vermutlich der eine oder andere edle Spender, der sich dem Park noch aus Kindertagen verbunden fühlte.
Der Großteil der illustren Gesellschaft suchte bereits die Nähe der hohen Plexiglasscheiben auf der linken Raumseite, die noch

von einem roten Vorhang verdeckt waren, und plauderte mit routinierter Lebhaftigkeit. Auf der anderen Seite belagerte derweil die geladene Presse das üppige Meeresfrüchtebüfett, das dort aufgebaut worden war, wo später einmal Schaukästen und Exponate in die Biologie der Kopffüßer einführen sollten. Onkel Jack und die anderen standen in der Nähe der kleinen Bühne, die man rechts von den hohen Scheiben errichtet hatte, und warteten mit stoischen Mienen darauf, dass die Veranstaltung begann.

Steven hatte nach der Tragödie sowohl mit Duncan und seiner Frau Kathy als auch mit Coles Witwe Mia gesprochen und ihnen gesagt, wie leid ihm alles tat. Sie alle hatten ihm versichert, er könne nichts dafür, dass die Sache so aus dem Ruder gelaufen sei; trotzdem fühlte er sich ihnen gegenüber weiterhin schuldig. Besonders als er Mias Töchter begrüßen wollte, blieben ihm die Worte förmlich im Halse stecken. Mia hatte lange mit sich gerungen, ob sie die Mädchen zu der Veranstaltung mitnehmen sollte, sich letzten Endes aber doch dafür entschieden.

Kaum hatte Steven alle begrüßt und Jessica rundum vorgestellt, da hörte er über sich jemanden laut seinen Namen rufen. Robert Fuller, der Leiter des Whitney Labors, kam mit Owen Carmichael die Treppe neben der Bühne herunter und marschierte strahlend auf Steven zu. Er war mittelgroß, schlank, trug einen kurzen weißen Vollbart, der sich auf hübsche Weise von seiner schwarzen Haut abhob, und legte offenbar auch hohen Wert darauf, stets in einem blendend weißen Kittel herumzulaufen. Darunter hatte er allerdings ebenso teure Maßkleidung an wie Carmichael, der pausbackige Geschäftsführer von Marineland. Dieser wirkte trotz seiner vierzig Jahre immer noch ein wenig milchbubenhaft und kindlich, war jedoch für die extrem aggressive Marketingstrategie bekannt, mit der er sich gegen die übermächtige Konkurrenz im nahen Orlando durchzusetzen versuchte. Jack hatte ihn vor einiger Zeit kennengelernt, als der Park nach Tauchern suchte, die waghalsig genug waren, nur mit elektrischen Abwehrstöcken bewaffnet zu einem Weißen Hai ins Wasser zu steigen. Daher hatte er sofort an ihn gedacht, als er sich nach der Tragödie fragte, wie er an Geld für Duncan und Coles Frau kommen könnte.

Jack hatte sogar noch darauf geachtet, dem Parkmanager die mündliche Zusage abzuringen, dass Steven an dem Kraken forschen dürfe. Aber zu Stevens geringer Überraschung hatten Carmichael und Fuller schnell durchblicken lassen, dass sie den Sensationsfang ganz für sich alleine wollten. Trotzdem begrüßte er die beiden jetzt freundlich und ohne Groll. Schließlich hatte er ja sozusagen Ersatz gefunden und nahm an der Feier im Grunde sowieso nur den anderen zuliebe teil.

»Sie werden staunen, wie viel wir mit dem Tierchen in einem Monat erreicht haben«, prahlte Fuller vor ihm, der ein Headset trug und sich ehrlich zu freuen schien, einen Kollegen bei der Festlichkeit dabeizuhaben, der seine Leistung zu schätzen wusste. »Erst war es etwas störrisch. Aber jetzt scheint es verstanden zu haben, wer der Stärkere ist, und frisst uns praktisch aus der Hand. Wenn es sich weiter so gehorsam zeigt, können wir bald genauso Touristen zu ihm ins Becken lassen wie zu unseren Delfinen.«

Jessica starrte Fuller mit finsterem Blick an, und Steven lachte schnell, um ihr zu zeigen, dass der Laborleiter nur scherzte. Trotzdem gefiel auch ihm sein flapsiger Ton nicht. Er kannte seinen Kollegen als hochintelligenten, wenn auch etwas engstirnigen Wissenschaftler, und nachdem er zweimal hinauf zum Park gefahren war und sich in dem halbfertigen neuen Aquarium mit Fuller unterhalten hatte, war er beruhigt gewesen, dass dieser beim Umgang mit dem Ungeheuer schon die nötige Vor-

sicht walten lassen würde. Jetzt bekam er jedoch Angst, der Leiter des Whitney Labors könnte von jener gefährlichen Krankheit befallen sein, die sich viele Forscher zuzogen, wenn sie zu schnell zu große Fortschritte machten: dem Hochmut.
Er wollte Fuller gerade fragen, welche der von ihm empfohlenen Sicherheitsmaßnahmen letzten Endes tatsächlich umgesetzt worden waren. Doch da trat Carmichael ein Stück beiseite und wies auf einen schmalen rothaarigen Mann, der hinter ihm stand. »Unseren Sicherheitschef, Commander Elkert, kennen Sie ja schon«, sagte er. »Er war ja ebenfalls von Anfang an bei der Jagd nach unserem Schmuckstück dabei und achtet sozusagen von offizieller Seite darauf, dass heute alles glatt läuft.«
Carmichael schien erst in die Geschichte vom Monsterkraken eingestiegen zu sein, als Jack ihn vom Boot aus anrief, und sprach ohne jede Ironie in der Stimme. Steven jedoch, der bereits aus dem einen oder anderen Fernsehbericht wusste, dass sich der unsympathische Küstenwachkommandant in der Angelegenheit gerne als Mann der ersten Stunde aufspielte, konnte sich ein feines Lächeln nicht verkneifen. »Commander Elkert, natürlich«, sagte er und schüttelte ihm mit einem unauffälligen Augenzwinkern die Hand. »Wir sind alte Freunde.«
Dem Kommandanten war die Situation sichtlich unangenehm, aber auch er spielte brav seine Rolle, und im nächsten Moment wurde die allgemeine Aufmerksamkeit bereits wieder in eine andere Richtung gelenkt. Ein Raunen ging durch den Raum, und Carmichael löste sich von ihrer Gruppe und ging auf eine auffallend hübsche Frau in einem langen weißen Kleid zu, die von zwei Leibwächtern flankiert durch die Menge schritt. »Da ist ja auch der zweite Star des Abends«, sagte er. »Dann können wir ja jetzt anfangen.«
Steven kannte den zweiten Star des Abends nicht. Aber Jack sagte ihm, es handele sich um eine Schauspielerin, die in einer

TV-Serie eine Meeresgöttin spiele und deshalb extra aus L. A. eingeflogen worden sei, um bei der Veranstaltung die Glücksfee zu spielen. Carmichael ging mit ihr zur Bühne und stieg im nächsten Augenblick auch schon auf den etwa brusthohen Aufbau hinauf, um seine Eröffnungsrede zu halten.

»Guten Abend, meine sehr geehrten Damen und Herren«, sagte er. »Ich bin Owen Carmichael, der Manager von Marineland, und es ist mir eine Ehre, Sie heute zur Einweihung der neusten Attraktion unseres Parks begrüßen zu dürfen.« Er wies auf eine große grüne Figur, die schräg hinter ihm stand und jetzt in helles Scheinwerferlicht getaucht wurde. »Wie sich ein paar von Ihnen vielleicht noch erinnern, gehörten Monster von Anfang an zur Geschichte von Marineland dazu. Dieser hübsche Kiemenmann dort schrieb 1954 als *Schrecken vom Amazonas* Kinogeschichte. Ein Jahr später, in der Fortsetzung *Die Rache des Ungeheuers,* wurde er in diesen Park gebracht, verliebte sich in eine schöne Frau und brach schließlich aus seinem Becken aus. Doch zu etwas Derartigem wird es heute hoffentlich nicht kommen.«

Carmichael lächelte, und ein paar Leute lachten höflich. Dann jedoch machte der Manager sofort wieder ein ernstes Gesicht. »Das Monster, das wir Ihnen gleich vorstellen wollen, kommt auch vom Amazonas, oder zumindest ganz aus der Nähe. Doch es ist eine noch wesentlich größere Sensation als der Fischmensch dort, denn es ist echt und nicht nur aus Pappmaché! Was Sie in ein paar Minuten als Erste auf der Welt sehen werden, wird Sie so in Erstaunen versetzen, dass Sie vielleicht glauben, auch Sie befänden sich in einem Hollywoodfilm. Doch denken Sie immer daran: Unser Ungeheuer ist zu hundert Prozent Realität.«

Carmichael machte eine kurze Pause. Dann setzte er eine getragene Miene auf und redete weiter. »Leider ist auch der Schrecken, den dieses Monster vom Amazonas verbreitet hat,

Realität. Es ist über den Handel mit exotischen Tieren zu uns gelangt, dessen Auswüchsen der Park seit langem kritisch gegenübersteht. Exotische Tiere sollten nur von Profis gehalten werden, besonders jene, die potenziell gefährlich sind. Würden die Leute in Parks wie diesen gehen, um solche Tiere zu bewundern, statt sie selbst zu halten, dann wäre den Menschen, die hier an dieser schönen Küste leben, viel Leid erspart geblieben.«
Im etwas erhöht liegenden hinteren Teil des Halbrunds standen zwei Fernsehkameras und zeichneten die Ansprache auf. Auch die Fotografen der Presse hatten inzwischen ihre Objektive in Anschlag gebracht. Die meisten schienen ihre Speicherkarte für die Hauptattraktion des Abends aufzusparen. Doch als Carmichael jetzt belehrend den Zeigefinger hob, gab es ein kleines Blitzlichtgewitter.
Er ließ den Finger noch kurz oben. Dann senkte er ihn wieder und mit ihm auch die Stimme. »Doch es ist ihnen nicht erspart geblieben: Das gefährliche Raubtier, das ich deswegen ein Monster nenne, ist seinem Besitzer entwischt und hat in der Umgebung von Vero Beach insgesamt vier Menschen getötet, darunter ein zweijähriges Mädchen und einen dreizehnjährigen Jungen. Bei der Suche nach einem ähnlichen Tier in Südamerika sind zwei weitere Menschen gestorben, und bei dem Fang des hiesigen Exemplars starb ein vierfacher Familienvater, und ein weiterer Mann wurde schwer verletzt. Ihnen, den Opfern des Monsters, ist dieser Abend gewidmet. Ihnen soll heute gedacht werden, und die Helden, die uns von dem Ungeheuer befreit haben, sollen eine besondere Auszeichnung empfangen. Doch bevor wir zu diesem Teil der Feier übergehen, möchte ich noch eine Frage beantworten, die sich vermutlich besonders die Angehörigen der Opfer des Untiers stellen.«
Wieder machte Carmichael eine rhetorische Pause, die Steven nutzte, um sich kurz in der Menge umzusehen. Er erkannte

Mark Lucas, den Gebrauchtwagenhändler, mit dem sie sich damals unterhalten hatten, ebenso die hübsche Frau des Angestellten der Fischfarm, deren Bild er aus der Zeitung kannte, sonst aber niemanden. Die Durhams, zu denen er noch mal persönlich hoch nach Connecticut gefahren war, nahmen an der Feier nicht teil, und Finch hatte außer seiner Ex-Frau, die laut Jessica von seinem Tod nicht sonderlich getroffen wirkte, tatsächlich keinerlei Angehörige. Steven dachte traurig an den tapferen kleinen Reporter und fragte sich, was er mit seiner spitzen Feder wohl aus der heuchlerischen Ansprache des Parkmanagers gemacht hätte.

»Die Frage lautet«, fuhr Carmichael fort, »ob es richtig ist, ein Monster, das so viele Menschen getötet hat, hier in Marineland als Besucherattraktion auszustellen. Die Frage ist in den vergangenen Wochen bereits ausführlich in den Medien diskutiert worden und wird nach diesem Abend vermutlich auch noch viele weitere Wochen dort diskutiert werden. Ich möchte Sie jedoch hier und jetzt, sozusagen im kleinen Kreis, noch einmal ausdrücklich mit ja beantworten.«

Diesmal hatte Carmichael beschwörend die Hände gefaltet, um seine Worte zu unterstreichen. Wieder wartete er das Ende des Blitzlichtgewitters ab, bis er sie herunternahm.

»Denn das Tier, das ich die ganze Zeit ein Monster nenne, ist natürlich gar kein Monster – ebenso wenig wie der Weiße Hai, der nicht weit von hier in einem unserer Aquarien schwimmt. Es ist ein von der Natur erschaffenes Raubtier, das – auch wenn es Menschen tötet –, nur seinen Instinkten folgt, und das wir deswegen weder verurteilen noch verteufeln dürfen. Im Gegenteil: Wir sollten uns bemühen, es zu verstehen und zu begreifen, so wie wir versuchen, Weiße Haie zu verstehen, die für uns gleichzeitig so fremd und so faszinierend sind. Nur auf diese Weise können wir lernen, solche Tiere mit der richtigen Mischung aus Respekt und Verständnis zu behandeln: sie weder zu Streicheltieren zu verklären, die man sich einfach so als Hausgefährten halten kann, noch bösartige Ungeheuer aus ihnen zu machen, die man vom Antlitz der Erde tilgen sollte.«

Steven erinnerte sich, vor kaum drei Monaten noch ganz ähnliche Worte zu Jessica gesagt zu haben, als sie zum ersten Mal zur großangelegten Jagd auf den mysteriösen Monsterkraken blasen wollte. Doch als er die gleichen Argumente jetzt zur Verteidigung der Kreatur hörte, die ihnen allen so viel Leid und Kummer verursacht hatte, kamen sie ihm seltsam unpassend vor.

Im Grunde äußerte Carmichael nur politisch korrekte Allgemeinplätze, die ihm vermutlich irgendein cleverer Spindoktor in seine Rede geschrieben hatte, um der ganzen fragwürdigen Aktion einen halbwegs seriösen Anstrich zu verleihen. Aber ähnlich wie bei Fuller, hatte Steven auch bei dem abgebrühten Parkmanager auf einmal den Eindruck, er sei sich seiner Sache etwas zu sicher. Wieder stellte sich das ungute Gefühl ein, das er bereits gespürt hatte, als er von leuchtenden Krakenarmen umfangen auf den Eingang des neuen Parkgebäudes zugelaufen war. Er blickte kurz zu Jessica hinüber, und auch sie hörte Carmichaels hehren Worten mit sichtlichem Unwillen zu.

»Wir hier in Marineland«, sagte er, »setzen uns seit jeher dafür ein, das Verständnis für solche Tiere zu fördern, indem wir sie möglichst vielen Menschen aus nächster Nähe zeigen, getreu unserem Motto: *Wir bringen das Meer an Land.* Das Staunen über diese Wunder der Natur ist unserer Erfahrung nach der erste und wichtigste Schritt auf dem Weg, sie als gleichberechtigten und schützenswerten Teil unserer Welt zu begreifen – und ich glaube, ich verspreche nicht zu viel, wenn ich sage, dass es heute Abend wirklich etwas zum Staunen geben wird. Doch zuerst zu den Menschen, die unsere bisherige Unkenntnis zu unser aller Bedauern mit dem Leben bezahlen mussten. Und vor allem zu jenen, deren heldenhafter Einsatz uns jetzt die Möglichkeit gibt, diesen tragischen Zustand der Unkenntnis zu beenden. Wer könnte sie besser ehren als Thetis, eine wahrhaftige Meeresgöttin.«

Carmichael holte die hübsche brünette Schauspielerin zu sich auf die Bühne, deren langes weißes Kleid offenbar eine Art antikes Festgewand darstellen sollte. Sie sagte ebenfalls ein paar Worte, und dann winkte der Parkmanager Mia und die Mädchen zu sich hoch, damit sie von »Thetis« den goldenen Dreizack übergeben bekommen konnten, den die Veranstalter sich als Ehrenpreis für Cole und Duncan ausgedacht hatten. Hauptsächlich wegen dieses Preises – oder eher gesagt wegen des damit verbundenen Geldes – nahmen Steven, Jack und die anderen an der Veranstaltung teil.

Wie Carmichael auf der Bühne verkündete, sollten Mia und ihren Kindern die gesamten Eintrittsgelder zufließen, die der Park im ersten Monat durch die neue Attraktion einnehmen würde. Der Erlös des zweiten Monats fiel dann Duncan zu, den Carmichael nach den Parhams ebenfalls samt Frau und Sohn auf die Bühne bat. Doch auch daran, sich die Angehörigen der übrigen Opfer des Kraken gewogen zu machen, hatte der kluge Parkmanager gedacht. Unter ihnen sollten die Einnahmen der folgenden vier Monate aufgeteilt werden: Sah man vom Verkauf von Mahlzeiten und Merchandisingprodukten ab, würde der Park also das gesamte erste halbe Jahr nach Einführung des neuen Publikumsmagneten rein zum Wohle der Geschädigten betrieben werden.

Trotzdem war die Entscheidung, sich sozusagen im Handstreich die Eigentumsrechte an dem Mörderkraken zu sichern, unternehmerisch brillant gewesen. Dafür sorgte allein schon die mediale Vermarktung des »Monsters«, und auch das Renom-

mee des zum Park gehörenden Whitney Labors stieg durch die Transaktion enorm. Wie Margery seinerzeit vorausgesagt hatte, war Steven O'Sheas in Formalin eingelegter Kolosskalmar in Australien ein Alltagsfang gegen das, was Fuller hier lebendig im Aquarium herumschwimmen hatte. Und als der Forscher nach dem Ende der Ehrungen auf die Bühne trat, sah man ihm auch deutlich an, dass er sich dieser Tatsache bewusst war.
»Liebe Gäste«, sagte er. »Ich bin Professor Robert Fuller, der Leiter des Whitney Labors für Marine-Biowissenschaften, und es ist mir eine außerordentliche Ehre, Ihnen jetzt die neueste Sensation dieses Parks vorstellen zu dürfen. Seit es mir als erstem Wissenschaftler überhaupt gelungen ist, einen ausgewachsenen *Carcharodon carcharias,* besser bekannt als Weißer Hai, dauerhaft in einem unserer Becken zu halten, dachte ich, ich sei Sensationen gewöhnt. Doch diese hier stellt alles in den Schatten, was selbst ich bisher erlebt habe.«
Fullers unverhohlener Enthusiasmus biss sich Stevens Empfinden nach etwas mit dem Ernst der unmittelbar zuvor abgehaltenen Zeremonie. Doch soweit er das von den Gesichtern der Zuhörenden ablesen konnte, störte sich niemand groß daran. Der Forscher wies auf den breiten Vorhang, der nach wie vor die lange Plexiglaswand zu seiner Rechten verdeckte. »Bevor ich jedoch diesen Vorhang öffne«, sagte er, »erlauben Sie mir, Sie noch etwas mit meiner klassischen Bildung zu langweilen.«
Er zeigte auf die weißgewandete Schauspielerin, die immer noch für alle gut sichtbar links neben der Bühne stand. »Die wunderschöne Meeresnymphe Thetis, die hier eben mit so viel natürlicher Grazie den ernsten Teil des Abends beaufsichtigt hat, wurde der Sage nach von einem Sterblichen begehrt, wollte diesen jedoch nicht. Um sich gegen seine Zudringlichkeiten zu wehren, verwandelte sie sich in einen Löwen, einen Vogel, eine Schlange – und schließlich auch in einen Tintenfisch. Über-

haupt sind in der klassischen Antike Verwandlungen ein großes Thema, der berühmte Dichter Ovid hat mit seinen *Metamorphosen* ja ein ganzes Buch darüber geschrieben. Der göttliche Herrscher Zeus nahm bekanntermaßen die Gestalt der verschiedensten Tiere an, um genau solchen Widerstand, wie ihn die schöne Thetis mit ihren Verwandlungen bezweckte, auf listige Art zu überwinden. Der Gott der Verwandlung schlechthin ist jedoch Thetis' Vater Proteus, der sogenannte Meeresgreis, ein noch älterer ozeanischer Herrscher als Poseidon, der die Zukunft vorhersagen konnte, sich lästigen Fragen aber entzog, indem er seine Gestalt wechselte. Auch er vermochte sich in alle möglichen Tiere zu verwandeln – ja, sogar in das Wasser, in dem er lebte.«

Steven dachte daran, wie der Krake aus Mahews Pool geflohen war, indem er dessen Farbe angenommen hatte, und an die unsichtbare Hand, die direkt vor seinen Augen Cole fortgerissen hatte. Um besser sehen zu können, war ihre Gruppe in den leicht erhöhten hinteren Teil des Raumes gegangen, wo das Büfett stand, und er und Jack hatten Mias jüngste Töchter Penny und Steph auf die Schultern genommen. Die sechsjährige Penny, die bei ihm obenaufsaß, mochte gerade mal zwanzig Kilo wiegen. Trotzdem verbreiterte Steven instinktiv seinen Stand, weil er plötzlich fürchtete, er könnte auf dem abschüssigen Boden sonst nach vorne kippen.

Stärker noch als zuvor waren bei Fullers Worten die unangenehmen Empfindungen von eben in ihm hochgekommen, und kurz war ihm, als würde er von der unsichtbaren dunklen Macht, die ihn schon seinerzeit zu sich in den Dschungel gelockt hatte, auch jetzt wieder auf hinterlistige Art angezogen – erst von ihren körperlosen Armen umfangen und dann auf diese abschüssige Ebene gelockt, die geradewegs zu ihr führte. Selbst der Vorhang vor den Plexiglasscheiben erinnerte ihn plötzlich an den

Vorhang aus Morgennebel und dichter Vegetation, hinter dem er damals auf dem schmalen Flusslauf irgendein heimlich neben ihm herschleichendes Tier vermutet hatte. Sofort stieg ihm auch wieder derselbe scharfe Tiergeruch in die Nase, und als er daran dachte, was dort vorne schon die ganze Zeit hinter dem roten Samt herumstrich, wurden seine Hände feucht. Jessica warf ihm einen forschenden Blick zu, und er zwang sich zu einem Lächeln, um sie nicht zu beunruhigen.

»Auch für die moderne Wissenschaft«, fuhr derweil Fuller fort, »die den Glauben an solcherlei Götter weitgehend abgelöst hat, sind Verwandlung, Verstellung und Täuschung wichtige Themen. Manche Anthropologen sind sogar der Meinung, dass aus der bereits bei vielen Affen zu beobachtenden Fähigkeit, andere in die Irre zu führen, der enorme Intellekt erwachsen ist, der uns Menschen auszeichnet. Doch auch bei Tieren, die uns nicht so nahestehen wie die Affen, ist die Fähigkeit zur Täuschung weit verbreitet. Eichhörnchen etwa tun manchmal so, als würden sie Nüsse vergraben, um Futterneider zu verwirren. Meisen ahmen den Ruf von Raubvögeln nach, um andere Vögel von Nahrungsplätzen zu vertreiben. Und bestimmt hat es der eine oder andere Hundebesitzer unter Ihnen schon erlebt, dass ihr Bello mit der Leine ankommt, in Wirklichkeit aber gar nicht raus will, sondern mit dieser Täuschung ein ganz anderes Ziel verfolgt: dass Sie aufstehen und endlich seinen Lieblingsplatz auf der Couch freimachen.«

Wieder lachten ein paar Leute im Publikum – vermutlich Hundebesitzer. Steven hingegen schaffte es nicht, das eigenartige Gefühl drohenden Unheils abzuschütteln, das ihn plagte; seine innere Anspannung nahm immer mehr zu.

»Eine besondere Form der Täuschung«, erklärte Fuller, »ist die sogenannte Mimikry, die in der Regel die äußerliche Nachahmung anderer Organismen beinhaltet. Einige von Ihnen kennen vielleicht das Beispiel der Schwebfliege, die sich mit den gelb-schwarzen Streifen einer Wespe vor Räubern schützt, oder des Schmetterlings, der mit den großen Augenflecken auf seinen Flügeln selbst den abschreckenden Blick eines Räubers nachahmt. Den meisten Tieren, die auf diese Weise ihre Umwelt täuschen, ist ihr Aussehen angeboren. Unter den Kraken jedoch, die ja die ungewöhnliche Fähigkeit haben, ihr Aussehen zu verändern, gibt es einen, der die Mimikry auf noch spektakulärere Art einsetzt. Mein Kollege Steven Schuster, der heute hier anwesend ist, hat diesen Kraken vor ein paar Jahren in Indonesien entdeckt: Er verschmilzt nicht nur wie andere Kraken einfach mit seiner Umgebung, sondern ahmt das Aussehen von giftigen Fischen und anderen gefährlichen Tieren nach, um wie die eben genannte Schwebfliege Räuber von sich abzuschrecken. Professor Schuster hat diesen Kraken *Octopus mimicus,* also Mimikrykraken getauft. Doch wie ich ihm leider heute mitteilen muss, gebührt dieser Name wohl eher dem Kraken, den ich hier in Marineland studiere. Denn in der Kunst der Nachahmung und Verwandlung tut es ihm kein Geschöpf auf Erden gleich.«

»Der ist ja noch schlimmer als Elkert«, flüsterte Jessica. »Das hat er doch garantiert alles von dir, der aufgeblasene Blödmann.«

»Nein, da ist er schon selbst drauf gekommen«, gab Steven leise zurück, dankbar für die Ablenkung. »Er ist ein schlauer Kopf. Ich nehme mal an, Carmichael hat ihm gesagt, er soll so viel Kultur und Wissenschaft wie möglich in seinen Vortrag packen. Dann merken die Leute weniger, was für ein makabres Spektakel das Ganze im Grunde ist.«

»In seinem Essay *Das Aussterben der Menschheit*«, erklärte Fuller auch prompt, »fragt sich der britische Schriftsteller H. G. Wells, der unter anderem den berühmten Roman *Die Zeitmaschine* geschrieben hat, welche Tiergruppe einst dem Menschen die Herrschaft über die Welt streitig machen könnte. Die Kopffüßer zählen zu seinen Favoriten, und darunter insbesondere die Kraken. Diejenigen von Ihnen, die eben am Büfett vom köstlichen Pulpo alla griglia probiert haben, mögen skeptisch sein. Doch Wells lag möglicherweise gar nicht so falsch. Kopffüßer sind sehr alte Lebewesen, die in Form von Ammoniten schon einmal die Rolle der dominanten Spezies auf der Welt innehatten. Und gerade Kraken verfügen über eine enorme Intelligenz, die von vielen unterschätzt wird.«

»Das ist nun wirklich ein Witz«, flüsterte Steven Jessica zu, erpicht darauf, sich weiter von seinen immer feuchter werdenden Händen und seinem immer stärker pochenden Herzen abzulenken. »Ich habe dir doch mal erzählt, wie meine Kollegen immer über mich hergefallen sind, wenn ich etwas über meine Experimente mit Herb und seine rasche Auffassungsgabe veröffentlichen wollte. Fuller war da immer ganz vorne mit dabei.«

»Und du bist wirklich sicher, dass er hier für die nötige Sicherheit gesorgt hat«, fragte Jessica und verlieh damit seiner eigenen Sorge Ausdruck.

»Ja, ja«, antwortete er jedoch. »Er ist eitel und ein bisschen zu sehr von sich eingenommen, aber kein Dummkopf. Er wird schon alle Möglichkeiten bedacht haben. Und wenn er begriffen hat, wie schlau das Mistvieh ist, umso besser. Dann unterschätzt er es auch nicht.«

»Wenn ich Ihnen gleich mein neustes Studienobjekt zeige«, erklärte derweil der vom Saulus zum Paulus gewandelte Laborleiter, »wird auch Ihnen die hohe Intelligenz, von der ich spreche, klar vor Augen stehen. Man erkennt sie schon am Blick des außergewöhnlichen Tieres. Doch warten Sie, bis ich mit der kleinen Vorführung beginne, die ich für Sie vorbereitet habe, dann wird auch Ihre Meinung über Kraken sich für immer ändern. Es lag etwas faszinierend Menschliches darin, wie störrisch, aber schließlich doch gelehrsam dieses Tier auf unsere Dressurversuche reagierte. Die von ihm vorgeführten Kunststücke hingegen, das kann ich garantieren, werden Ihnen geradezu überirdisch vorkommen.«

Fuller nickte einem Mitarbeiter zu, der hinter der Bühne am Rand des Vorhangs stand. Steven wischte sich die Hände am Hemd ab, damit Penny ihre Feuchtigkeit nicht unangenehm wurde. Gegen das wilde Pochen seines Herzens jedoch, auf dem irgendein unsichtbarer Zeremonienmeister immer schneller werdende Paukenschläge zu trommeln schien, konnte er nichts machen. Und dieser verdammte Fuller schaffte es tatsächlich, den entscheidenden Moment noch weiter hinauszuzögern.

»Einer Theorie zufolge«, sagte er, »soll die Sagengestalt des Proteus, des antiken Gottes der Verwandlung, auf die Beobachtung von Kraken und ihren erstaunlichen Künsten der Tarnung und Täuschung zurückgehen. Ich habe ein wenig recherchiert und herausgefunden, dass es in Südamerika, wo unser Monster herkommt, eine ganz ähnliche Sagengestalt gibt. Die Eingeborenen dort haben keine besonders hohe Meinung von ihr, aber das muss aufgeklärte Menschen wie uns ja nicht stören. Wie Proteus ist sie fähig, jedwede Form anzunehmen, und obwohl man mit solchen kulturhistorischen Annahmen immer vorsichtig sein soll, bin ich mir in diesem Fall sicher, dass die Gestalt auf einen Kraken zurückgeht. Und zwar auf diesen hier!«

Statt sich zu teilen, fiel der Vorhang in ganzer Länge. Im gleichen Moment erreichte der dumpfe Trommelwirbel in Stevens Brust seinen Höhepunkt und setzte dann schlagartig aus. Ein kollektives »Oh« ging durch die Menge, auch ein paar hellere, erschrockene Laute waren zu hören, und die Leute in den vorderen Reihen machten instinktiv einen Schritt nach hinten.

Der Krake, groß, dunkel und grün wie ein Drache, wartete unmittelbar hinter der Scheibe, und seine grausamen gelben

Augen, so schien es Steven, waren direkt auf ihn gerichtet. Über die Köpfe des Publikums hinweg – und gleichzeitig wieder wie über einen gähnenden Abgrund – starrten sie ihn an. Und hatten ihn schon angestarrt, das glaubte Steven zumindest plötzlich, lange bevor der Vorhang überhaupt gefallen war.
»Darf ich vorstellen«, rief Fuller stolz. »Canaima, der südamerikanische Gott der Verwandlung, der Proteus des Dschungels. Aus den Tiefen des venezolanischen Urwalds zu uns gereist und heute Abend Ihr ergebenster Untertan.«

5

»Au, Steven, du tust mir weh.«
»Tut mir leid, Kleines. Ich hab mich nur erschreckt.«
»Ja, ich mich auch. Der ist ganz schön groß, der Tintenfisch.«
»Stimmt, Penny, das ist er. Aber mach dir keine Sorgen. Er kann ja nicht aus seinem Becken raus.«
Steven wischte sich erneut die Hände trocken, die er eben zu fest um Pennys Unterschenkel geschlossen hatte, und versuchte wie das kleine Mädchen auf seinen Schultern, über seinen Schrecken Herr zu werden. Fuller wollte offensichtlich die beeindruckende Gestalt des Kraken noch einen Moment auf das Publikum wirken lassen, und im einsetzenden Gemurmel beugte sich Jessica zu Steven herüber und sah ihn mit gerunzelten Brauen an.
»Hast du ihm das gesagt? Mit dieser Urwaldgottheit?«
»Nein, da muss er auch wieder selbst drauf gekommen sein. Obwohl ich es ehrlich gesagt ein bisschen unheimlich finde.«
»Ist alles okay? Du bis ganz blass. Und Schweiß hast du auch auf der Stirn. Soll ich dir die Kleine abnehmen?«
»Nein, nein, es geht schon«, erwiderte Steven und wischte sich mit dem Ärmel seines Jacketts über die Stirn. »Es war nur der

erste Moment. Dieser verdammte Blick, den das Vieh draufhat. Und dann spricht dieser Schlaumeier da vorne auch noch genau aus, was einem gerade durch den Kopf geht.«

Jessica blickte zu dem Ungetüm hinüber, das wie eine Erscheinung aus einer anderen Welt in dem hellblauen Becken schwebte. »Ja, es ist schon ein furchteinflößender Anblick«, sagte sie. »Im Wasser sieht es noch größer und gefährlicher aus. Ich habe es ja bisher eigentlich nur an Land gesehen.«

Sie wandte ihm das Gesicht zu. Die Menge war wieder etwas weiter vorgerückt und unterhielt sich fast so laut wie vor Beginn der Reden. »Warum bist du eigentlich damals noch mal da runtergegangen?«, fragte sie mit forschendem Blick. »Du hattest doch gesagt, du seist mit allem durch.«

Steven sah sie überrascht an. Sie hatten nie groß über jenen Morgen geredet. Jessica hatte ihn gefragt, wie er das Ungetüm gefunden habe, und er hatte ihr von seiner Idee mit Herb erzählt und wie der kleine Krake ihm dann das Leben gerettet hatte. Doch mehr hatte sie nie wissen wollen. Im Gegenteil: Steven glaubte sogar, einen gewissen Widerwillen bei ihr zu spüren, mit ihm über jenen Silvestermorgen zu sprechen.

Bisher hatte er immer angenommen, das habe mit ihrem vorangegangenen Streit zu tun. Doch jetzt bekam er langsam das Gefühl, es stecke noch mehr dahinter.

»Tja, vielleicht bin ich doch nicht so ein Egoist, wie ich immer dachte«, antwortete er lächelnd. Nach wie vor plagte ihn das Gefühl, der Krake hinter dem Glas würde ihn anstarren. Doch er hielt es für das Klügste, sich das nicht anmerken zu lassen. »Aber vielleicht wollte ich's auch einfach nur allen zeigen, dir eingeschlossen.« Er lächelte. »Du hattest mich am Abend davor ja ganz schön zur Sau gemacht, wenn ich mich recht entsinne.«

Steven konnte sich nicht mehr allzu genau an das Gespräch erinnern, das er mit Jessica von seiner Badewanne aus geführt hatte. Doch er wusste, dass sie ihn noch übler beschimpft hatte als zuvor. Deswegen erwartete er jetzt eigentlich, sie würde auf sein Lächeln mit einem ihrer hübschen Entschuldigungslächeln antworten. Schließlich hatte er den Vorwurf, er käme seiner Pflicht nicht nach, am nächsten Morgen ja mehr als entkräftet. Stattdessen jedoch versteinerte sich ihre Miene. Kühl und abweisend blickte sie ihn an. So ähnlich hatte sie ihn in den vergangenen Wochen öfter angesehen, und besonders häufig in den letzten Tagen. Steven war drauf und dran, endlich zu fragen, was mit ihr los war. Doch da machte Fuller mit seiner Ansprache weiter.

»Meine lieben Damen und Herren«, sagte er laut, worauf der allgemeine Gesprächspegel wieder etwas sank. »Ich weiß, dass der Anblick unseres Neuzugangs an sich schon äußerst beeindruckend ist. Aber vertrauen Sie mir: Das ist noch gar nichts.«

Kaum hatte der Laborleiter diese Worte ausgesprochen, stieß sich der Krake mit einer unauffälligen Bewegung schräg nach oben, legte die Arme aneinander und ließ seine Haut einen hellen Grauton annehmen. Schon als er auf seiner bogenförmigen Bahn wieder auf dem Weg nach unten war, hatte er sich in einen Delfin verwandelt und schwamm mit etwas langsameren, aber ansonsten täuschend ähnlichen Auf-und-ab-Bewegungen durch das etwa zehn mal zehn Meter große Becken.

Erstaunte »Ahs« und »Ohs« erfüllten das vom klaren Nachthimmel überspannte Rund, einige Leute lachten entzückt. Wie eben nach dem Fall des Vorhangs brauchten selbst die Pressefotografen einen Moment, um aus dem Staunen rauszukommen. Dann jedoch brach das Blitzlichtgewitter in noch nicht da gewesener Stärke los.

»Sieh nur, Mama«, rief Penny. »Der Tintenfisch hat sich in einen Delfo verwandelt.«

»Ja, ich habe es gesehen, Liebes«, antwortete mit leicht unsicherer Stimme Mia, die mit ihren zwei älteren Töchtern zwischen Jack und Amy stand. »Er ist aber kein Delfo, sondern tut nur so.«

Nachdem der Krake als Delfin eine gemächliche Runde gedreht hatte, nahm seine Haut vor den Augen des Publikums plötzlich einen bräunlicheren Ton an, seine Gestalt wurde runder und plumper – und plötzlich schwamm eine Seekuh in dem Becken herum, das heimliche Wappentier Floridas. Wieder ging ein verblüfftes Raunen durch die Menge, die Begeisterungsrufe wurden lauter. Nur Steven und die anderen verfolgten das Schauspiel in bedrücktem Schweigen.

»Der uns bisher bekannte Mimikrykrake verwendet seine Verwandlungskünste ausschließlich zur Verteidigung«, erklärte Fuller. »Unser Krake benutzt sie jedoch, wie wir leider annehmen müssen, hauptsächlich zur Jagd: Er lockt damit seine Beute an. Trotzdem wollten wir heute zeigen, dass dieses außergewöhnliche Raubtier, das sowohl in Süß- als auch in Salzwasser überleben kann – ja sogar für erstaunlich lange Zeit ganz ohne Wasser auskommt –, seine Fähigkeiten auch im Dienste der Unterhaltung und Erbauung einzusetzen vermag. Deswegen haben wir den finsteren Proteus aus dem Urwald sozusagen für unsere Zwecke ein wenig zivilisiert.«

Steven fragte sich schon die ganze Zeit, wie Fuller es hinbekam, dass ihm das teuflische Monstrum quasi aufs Wort gehorchte. Als er jetzt genauer hinsah, erkannte er zwischen den in die Beckenwand eingelassenen Lampen blanke Metallknöpfe, die wie die Lampen um den gesamten nichtverglasten Teil des Beckens herumliefen. Eine noch dichtere Reihe solcher Knöpfe lief oben am Rand des etwas fünf Meter hohen Beckens entlang, und auf dem Absatz darüber erkannte Steven im Mondlicht plötzlich zwei Gestalten mit weißen Kitteln. Eine hatte einen aufgeklappten Laptop vorm Bauch hängen, die andere einen langen

Stab neben sich auf den Boden gesetzt, an dem vorne ebenfalls ein dicker Metallknauf glänzte.

Natürlich: Anders als in Großbritannien galten in den USA für Weichtiere keine Tierschutzgesetze, und man konnte mit ihnen anstellen, was man wollte. Fuller setzte Elektroschocks ein, um sich zum Herrn über den gefährlichen Dschungelgott aufzuschwingen. Ein Teil von Steven empörte sich über diese tierquälerische Methode. Ein anderer Teil von ihm nahm jedoch fasziniert zur Kenntnis, dass sie offenbar tatsächlich funktionierte.

Ja, Fuller hat Canaima gezähmt, dachte Steven, hatte dem so übermächtig scheinenden Ungeheuer seinen Willen aufgezwungen, seinen Mythos gebrochen, es zu einem gehorsamen Dressurtier degradiert. Nach seiner Runde als Seekuh verwandelte sich der Krake in eine Meerjungfrau mit langen, sanft durchs Wasser wallenden roten Haaren – näher an die Gestalt eines Menschen hatten sich Fuller und Carmichael aufgrund der Taten des Tieres wohl nicht rangetraut. Für Steven jedoch verloren diese Taten beim Anblick der leicht kitschigen Märchenfigur, die da durchs Becken glitt, wenigstens einen Teil ihres Schreckens. *Und ich habe ihn für den Teufel persönlich gehalten,* dachte er plötzlich überrascht.

Sah man genau hin, waren die gelben Augen, die ihm eben so viel Angst eingejagt hatten, noch zu erkennen. Doch auf einmal schien nichts mehr Angsteinflößendes oder gar Dämonisches in ihrem Blick zu liegen, sondern nur das stumpfsinnige Ertragen des Zirkustigers, der die Peitsche des Dompteurs fürchtet. Unsichtbare elektrische Felder hielten den Kraken in seinem Gefängnis, und unsichtbare elektrische Impulse brachten ihn dazu, seinem Meister zu gehorchen. Ein Fingerdruck von dem Mann am Laptop oben, und das Monster veränderte so gehorsam seine Gestalt, als sei es nicht mehr als eine gut gemachte Computeranimation.

Steven merkte, wie die ganze heimliche Furcht, die ihn von Venezuela bis hierher verfolgt hatte, von ihm abfiel. Plötzlich pochte sein Herz viel freier in seiner Brust, und er sah lächelnd zu Jessica hinüber und hätte sie am liebsten auf der Stelle umarmt und von oben bis unten abgeküsst. Auch ihre Züge hatten sich merklich entspannt, trotzdem reagierte sie auf Stevens Lächeln erneut mit abweisendem, sogar verletzt wirkendem Blick. Auch sie sah in dem Kraken wohl nicht länger eine Art Wiedergänger des menschlichen Teufels, der ihr einst die schrecklichen Narben zugefügt hatte, die sie an Leib und Seele trug. Doch irgendwie schmerzlich schien der Anblick der rothaarigen Meerjungfrau in dem Becken trotzdem für sie zu sein.
»Ich kann das einfach nicht«, flüsterte sie leise. »So einfach über irgendwelche Geschichten mit anderen Frauen hinweggehen. Ich weiß, dass du so bist, aber ich kann solche Dinge nicht ertragen. Wahrscheinlich liegt es an meiner traditionellen Erziehung. Ein Mann, eine Frau, so war es bei mir zu Hause, und so will ich es auch haben. Ich kann da einfach nicht aus meiner Haut.«
Stevens Verblüffung konnte kaum größer sein als die der Leute vor ihm, die gerade einen Kraken vorgeführt bekamen, der schneller seine Gestalt wechseln konnte als sie ihre Kleider. Er sah Jessica mit großen Augen an, war jedoch gleichzeitig vom Geschehen im vorderen Teil des Raumes abgelenkt.
Auch die Gestalt des grünen Filmmonsters nachzuahmen, das neben Fuller auf der Bühne stand, hatten der Forscher und seine Mitarbeiter dem Kraken beigebracht. Steven konnte sich an den alten Schwarzweißstreifen kaum erinnern, meinte aber, dass der Krake auch die recht menschlich wirkenden Schwimmzüge des Kiemenmannes ziemlich gut hinbekam. Noch stärker allerdings erregte seine Aufmerksamkeit etwas, was sich rechts neben dem hell erleuchteten Becken abspielte.

»Da!«, zischte Jessica zornig. »Du schaust ja selbst hier fremden Weibern hinterher.«
»Nein, tue ich nicht«, antwortete Steven. »Ich halte das nur für keine besonders gute Idee, was die da machen.«
Mit gerunzelter Stirn sah er zu, wie Elkert die Schauspielerin in dem weißen Kleid die Treppe neben der Bühne hochführte, die wie auf der anderen Seite auf einen etwa zwei Meter über dem Wasser liegenden Absatz führte. Unten an der Treppe stand ein Parkangestellter mit einem Headset, der Elkert und den Serienstar jedoch anstandslos durchließ. Sofort folgten die zwei Leibwächter der Schauspielerin, und an deren Fersen hefteten sich wiederum andere Gäste, die sich eine bessere Sicht auf das Becken erhofften und von den Beanstandungen des Parkangestellten nicht aufhalten ließen.
Auch auf dieser Seite stand auf dem Absatz ein weißbekittelter Mann mit einem Elektrostab. Allerdings gelang es ihm ebenfalls nicht, den von Elkert angeführten Ansturm aufzuhalten. Der Absatz war zwar ziemlich breit, bot aber trotzdem nicht allzu vielen Leuten Platz. Steven schüttelte unzufrieden den Kopf, wandte sich dann jedoch wieder mit verwirrter Miene Jessica zu.
»Aber um offen zu sein, habe ich auch keine Ahnung, wovon du redest«, sagte er. »Geschichten mit anderen Frauen? Was für andere Frauen meinst du, um alles in aller Welt?«
»Na, die zum Beispiel, die in der Silvesternacht bei dir in der Badewanne gesessen hat«, erwiderte Jessica mit einem zornigen Funkeln in den Augen. »Ich habe dich nie darauf angesprochen, weil ich es irgendwie kleinlich fand, nach allem, was passiert war. Aber vergessen habe ich es nicht, und jetzt stört es mich offen gesagt gerade besonders.«
Steven sah sie an, als habe sie ihn gerade beschuldigt, er raube heimlich Banken aus. »Eine Frau in meiner Badewanne?«, fragte er. »Was für eine Frau in meiner Badewanne?«

»Die du Hase genannt hast«, zischte Jessica angewidert, blickte dann kurz zu dem kleinen Mädchen auf seinen Schultern hinauf und senkte die Stimme. »Sie hat an dir rumgefummelt, und du hast ihr gesagt, du musst telefonieren. ›Ab jetzt gibt es nur noch dich und mich. Allein macht baden keinen Spaß.‹«

Steven war es ja inzwischen einigermaßen gewohnt, dass sich in seinem Leben verrückte Dinge abspielten. Aber jetzt auch noch von Jessica irgendwelche Absurditäten serviert zu bekommen, brachte ihn doch etwas aus dem Konzept. Klar, sie hatte mehr Temperament und war damit auch eifersüchtiger als andere Frauen. *Aber sich einfach irgendwas ausdenken …*

Ein spitzer Schrei riss ihn aus seiner verdutzten Starre. Er fuhr herum und konnte gerade noch sehen, wie einer der Leibwächter die Schauspielerin vom Rand des Absatzes zurückzog, während der andere die Menge zurückdrängte, die allmählich zu groß für die schmale Plattform wurde. Auch andere Leute hatten das gefährliche Spektakel bemerkt und zeigten aufgeregt mit dem Finger darauf. Der Krake, der wieder seine ursprüngliche Form angenommen hatte und knapp unter der Wasseroberfläche in der Mitte des Beckens schwebte, blickte ebenfalls interessiert zu den Menschen auf dem Absatz hinauf.

»Mein Gott«, sagte Jessica missmutig. »Was machen die denn da oben? Sind die nicht ganz dicht?«

»Dieser bescheuerte Elkert wollte bei dem Filmsternchen Eindruck schinden und hat damit eine kleine Massenwanderung ausgelöst. Der Typ ist wirklich eine Plage.«

»Wieso ist denn da kein Geländer?«, fragte Jessica empört. »Und was, wenn der Krake einen seiner Arme aus dem Wasser streckt, so wie er's bei mir damals getan hat?«

»Siehst du dort die Metallknubbel«, erklärte Steven. »Von denen geht vermutlich ein starkes elektrisches Kraftfeld aus, das ihn vom Rand weghält. Einen lähmenden Stromschlag können sie ihm mit den Dingern bestimmt auch verpassen, wenn sie alle gleichzeitig auf volle Power schalten. Sollte durch dieses dämliche Gerangel aber jemand ins Becken fallen, bringt das alles nichts. Ich nehme mal an, dass Fuller und seine Leute normalerweise von hier unten aus arbeiten und da oben nichts drangebaut haben, um besser Sachen zu dem Kraken ins Wasser lassen zu können. Man hätte jemanden an die Treppe stellen sollen, der seiner Aufgabe auch wirklich gewachsen ist.«

»Und du meintest, die hätten die Sache hier schon im Griff«, sagte Jessica, was ihre rätselhafte Wut auf Steven noch zu steigern schien. »Von wegen. Jede Wette, da liegt gleich jemand drin. Mal sehen, wie ›zivilisiert‹ ihr Zirkusaffe dann noch ist.«

»Fällt da jemand ins Wasser, Steven?«, fragte Penny von oben und schloss instinktiv ihren Griff fester um Stevens Haare. »Fällt jemand ins Wasser und wird gefressen?«

In der Stimme des kleinen Mädchens schwang zum ersten Mal ein tiefes Unbehagen gegen das Tier mit, das für den Tod ihres Vaters verantwortlich war; Steven hatte die gleiche Empfindung auch schon auf dem Gesicht von Mia und ihren beiden Töchtern bemerkt. Beruhigend tätschelte er die auf seine Brust baumelnden Beinchen. »Nein, keine Angst, meine Kleine: Es wird schon nichts passieren. Niemand fällt ins Wasser, und niemand wird gefressen.«

Tatsächlich entspannte sich die Lage gerade wieder etwas. Auch Fuller hatte inzwischen die Leute über dem Becken bemerkt und bat sie von der vorderen Bühnenecke aus, wieder in den Zuschauerraum herunterzukommen. Elkert schien seinen Fehler eingesehen zu haben und schob zusammen mit dem Leibwächter und dem Mann im weißen Kittel die Menschen zur Treppe zurück. Der andere Leibwächter hatte die Schauspielerin in die hintere Ecke des Absatzes geführt, damit sie sich von ihrem Schreck erholen konnte.

»Na, vollständig gehirnamputiert scheint dieser Elkert doch nicht zu sein«, flüsterte Steven erleichtert Jessica zu. »Kurz dachte ich schon, der ganze Mist geht schon wieder los.«
Automatisch sah er zu dem Kraken hin – Canaima –, der jedoch offensichtlich gelangweilt von dem Durcheinander war und sich langsam zu Boden sinken ließ. Sofort musste Steven an einen anderen Kraken denken, der sich auch immer rasch gelangweilt hatte, wenn man ihn nicht beachtete – und plötzlich begriff er, um wen es sich bei der Frau handelte, auf die Jessica so eifersüchtig war.
»O meine Güte«, sagte er und schüttelte lachend den Kopf. »Weißt du, wer an dem Abend bei mir in der Wanne gesessen hat? *Herb.* Mein Lieblingskrake Herb, Gott hab ihn selig. Und du hältst ihn für eine Frau, das hätte ihm bestimmt nicht gefallen.«
»Herb?«, fragte Jessica verwirrt. »Aber was macht Herb denn bei dir in der Badewanne?«
»Wo sollte ich ihn denn sonst aufbewahren, im Eisfach? Er war ja schließlich der Einzige, den mir Duffy und dieses rückgratlose Pack gelassen hatten. Wir haben zusammen einen gehoben. Er hat all das Bier und den Whiskey, den ich zu ihm ins Wasser geschüttet habe, fabelhaft weggesteckt, das kann ich dir sagen. Und dafür, dass er am nächsten Tag bestimmt einen mächtigen Kater hatte, hat er ganz schön Eier bewiesen. Dass du ihm hier irgendwelche zweifelhaften Neigungen andichtest, hat er wirklich nicht verdient.«
Jessica sah ihn noch einen Moment verdutzt an. Doch dann schürzten sich ihre schön geschwungenen Lippen zu dem Lächeln, auf das er die ganze Zeit gewartet hatte. »Das heißt … das bedeutet, es gibt gar keine andere Frau? Ich hab das alles nur missverstanden?«
»Ja«, sagte Steven, froh, endlich den Grund für ihre seltsamen

Blicke und ihre abweisende Art erfahren zu haben. »Ich liebe dich. Mindestens so, wie ich Herb geliebt habe. Nein, noch viel mehr.«

Jessica fasste ihn am Arm und wandte sich ihm zu. Ihre Augen strahlten vor Glück, und Steven glaubte, auch sein Herz müsse vor Glück glatt zerbersten. »Mein Gott, Steven, ich dich auch«, sagte sie leise. »Und weißt du, was das Schönste ist? Weißt du, was ich dir unbedingt sagen muss?«

Ein erschrockenes Raunen ging durch die Menge. Wieder war auf dem Absatz oben jemand dem Rand zu nahe gekommen. Auf der Treppe gab es einen Stau, weil unten im Zuschauerraum die weiter hinten stehenden Gäste sofort auf die freigewordenen Plätze vorgerückt waren. Dass die meisten Besucher der Feier reich waren und sich nicht gerne von anderen Befehle erteilen ließen, machte es nicht gerade leichter, die Ordnung wiederherzustellen.

»Was musst du mir sagen?«, fragte Steven und wandte sich erneut Jessica zu. Offenbar war ihre Botschaft so wichtig, dass sie darüber alles um sich herum vergessen hatte. Sie hatte sich nicht einmal nach dem Grund für das Raunen umgesehen, sondern blickte ihm nach wie vor mit freudiger Miene ins Gesicht. Gerade als sie sprach, rief allerdings der jetzt anscheinend doch etwas beunruhigte Fuller laut ins Mikrofon.

»Meine Damen und Herren«, ermahnte er die Leute auf dem Absatz streng. »Ich muss Sie dringend auffordern, unverzüglich wieder hier herunter in den Zuschauerraum zu kommen. Der Bereich dort oben ist nur für Personal zugelassen.«

»Was?«, fragte Steven Jessica und tippte sich wie ein Schwerhöriger ans Ohr. »Ich habe dich nicht verstanden.«

Doch auch beim zweiten Versuch funkte Fuller wieder dazwischen. Diesmal forderte er mit erregter Stimme von den Leuten, die den Bereich am Fuß der Treppe blockierten, ein Stück nach hinten zu gehen. Auch war das beunruhigte Stimmengewirr in dem Raum inzwischen stark angeschwollen, so dass Steven erneut entging, was Jessica ihm so dringend mitteilen wollte. Die kleine Penny hatte anscheinend jedoch bessere Ohren und wandte sich mit einem plötzlichen Ruck auf seinen Schultern zu ihrer Mutter um.

»Mama, Mama, Jessica ist schwanger!«, rief sie begeistert. »Jessica kriegt ein Baby!«

Steven packte Jessica an den Schultern und stellte sie so, dass er besser in ihr Gesicht sehen konnte. »Ist das wahr?«, fragte er. »Du erwartest ein Kind?«

»Ja«, sagte sie strahlend. »Es muss gleich bei unserem ersten Mal an der Quelle damals passiert sein, hier haben wir ja aufgepasst. Aber ja: Ich bin schwanger. Ich war vor fünf Tagen beim Arzt. Ich dachte erst, du bist nicht der Richtige. Aber jetzt … aber jetzt …«

Trotz seines extrem freizügigen Lebenswandels waren Steven solche Offenbarungen bisher »erspart« geblieben, wie er es früher genannt hätte. Egal welche Frau diese drei Worte zu ihm sagen würde, er war sich stets sicher gewesen, sie unmöglich mit der von ihm erwarteten Begeisterung aufnehmen zu können, denn dafür liebte er seine Unabhängigkeit viel zu sehr. Doch jetzt war plötzlich alles ganz anders.

»Aber … aber das ist ja wunderbar«, sagte er und sah, wie die Freude, die wie ein heißes Feuer in seiner Brust aufflammte, auch in Jessicas Augen noch einmal doppelt so hell aufschien. »Das ist ja fantastisch … wir kriegen ein Kind … das ist …«

Steven hielt Jessica immer noch an beiden Schultern gepackt, und hätte er nicht Angst gehabt, in seiner Begeisterung Pennys Füßchen zu zerquetschen, er hätte sie sofort mit aller Kraft an sich gedrückt und geküsst. So begnügte er sich damit, sie glückstrunken anzustrahlen – und konnte über ihrer linken

Schulter deutlich sehen, wie der Krake plötzlich vom Boden hochschoss.
Der größte Teil des Publikums war immer noch von dem Durcheinander auf dem Absatz abgelenkt. Doch als der Krake sich jetzt mit einem kräftigen Stoß fast zwei Meter aus dem Wasser katapultierte und gleich darauf krachend wieder im Becken landete, wandten sich sofort wieder alle Blicke der wahren Attraktion des Abends zu. Das Wasser spritzte so hoch, dass nicht nur die Leute auf dem Absatz nass wurden, sondern auch die unten im Publikum. Überall schrien Menschen erschrocken auf, und eine Frau fing an, hysterisch zu kreischen.
»Peterson, was ist da los?«, schrie Fuller in sein Headset. Er war ein Stück auf die Leute am Fuß der Treppe zugegangen, um sie besser von dort wegscheuchen zu können. Doch jetzt lief er an dem grünen Filmmonster vorbei zurück nach vorne und rief zu dem Mann mit dem Laptop hinauf: »Was geht da vor sich?«
In der Mitte des Beckens hatte es eine Explosion aus Luftblasen gegeben, als sei ein Sumoringer von einem Zehnmeterbrett gesprungen. Das Wasser schwappte wild die Seitenwände hoch und lief in kleinen Wellen kreuz und quer durchs Becken. Doch der große Vorhang aus Blasen lichtete sich rasch wieder.
Als er ganz weg war, schwebte knapp unter der Oberfläche eine Frau mit einem weißen Kleid und braunen Haaren – und direkt darunter die dunkle Gestalt des Kraken.
»Er hat sie vom Absatz gerissen«, schrie vorne im Publikum eine zutiefst erschrockene Stimme. »Seht nur, er hat Thetis zu sich ins Becken gezogen!«

6

Schalten Sie den Strom aus, Peterson!«, schrie Elkert über das Becken hinweg dem Mann mit dem Laptop zu. »Machen Sie sofort den Strom aus, Sie Idiot! Sehen Sie nicht: Da ist jemand ins Wasser gefallen!«

»Nein, nicht ausmachen!«, schrie Steven. »Das ist ein Trick! Lassen Sie den Strom an!«

Ein paar Leute drehten sich verwirrt zu ihm um, und auch Fuller sah kurz mit vom Schreck gezeichnetem Gesicht zu ihm herüber.

»Das ist ein Pseudomorph!«, rief Steven ihm zu und zeigte auf die verschwommene dunkle Gestalt, die unter der Frau im Wasser schwebte. »Ein Pseudomorph, verstehen Sie. Er versucht, uns reinzulegen.«

Fuller blickte wieder zum Becken zurück und starrte kurz begriffsstutzig auf den vielarmigen dunklen Umriss. Dann ging ihm jedoch endlich auf, was Steven sofort verstanden hatte, weil das Monster sie beim Kampf vor seiner Höhle mit dem gleichen Trick reingelegt hatte: Bei dem Umriss handelte es sich gar nicht wirklich um den Kraken, sondern nur um eine Gemisch aus Schleim und Tinte, das so aussah wie er. Es war ein sogenannter Pseudomorph – eine mit dem Sipho ins Wasser gespuckte Körperattrappe, die Kraken manchmal benutzten, um ihre Feinde zu verwirren.

»Peterson, nicht!«, schrie Fuller in sein Headset und blickte entsetzt nach oben. »Lassen Sie bloß den Saft an, Mann – das ist eine Falle!«

Doch im gleichen Moment rief Peterson Elkert zu, der Strom sei aus, und der Mann von der Küstenwache, der wohl seinen Fehler mit dem Absatz wieder gutmachen wollte, sprang zu der Schauspielerin ins Wasser. Noch während die Druckwelle, die er beim

Eintauchen auslöste, den krakenförmigen Umriss unter der Frau zerstieben ließ wie eine Rauchwolke, verwandelte die Frau selbst sich zurück in das Monster. Elkert hatte kaum begriffen, was vor sich ging, da packte ihn der Krake auch schon und zog ihn unter Wasser.

Als plötzlich die Gestalt der Schauspielerin im Wasser aufgetaucht war, hatten viele Leute entsetzt aufgeschrien, und auch Elkerts Sprung hatte noch ein paar erschrockene Rufe ausgelöst. Doch was sich jetzt vor aller Augen auf dem Grund des Beckens abspielte, wurde von so vollkommener Stille begleitet, als sei mit einem Mal auch der vom Sternenhimmel überspannte Rundbau komplett unter Wasser getaucht.

Steven erwartete, der Krake würde mit Elkert ähnlich schnell verfahren wie mit Cole. Vorsorglich hob er Penny von seinen Schultern und drückte das vor Schreck verstummte Kind mit dem Gesicht an seine Brust. Doch das Ungetüm umfing sein Opfer gar nicht mit seinem mächtigen Leib und setzte ihm auch nicht sofort mit dem Schnabel zu. Vielmehr benutzte es allein seine Arme, um mit dem verzweifelt um sein Leben kämpfenden Mann zu ringen, und Steven bemerkte zum ersten Mal auch den bereits wieder halb nachgewachsenen Arm, den der Krake im Kampf mit ihnen abgeworfen hatte. Er schien schon wieder gut zu funktionieren, und mit seiner weit überlegenen Kraft hatte das Untier den armen Elkert praktisch sofort in seiner Gewalt.

Steven musste daran denken, wie Herb lebenden Krabben vor dem Zubeißen oft erst die Arme um die Scheren legte, damit sie ihn nicht kneifen konnten. Rasch sagte er auch Pennys Schwester Steph, die Jack sich gerade von den Schultern nahm, sie solle nicht hinsehen. Seltsamerweise zeigte jedoch das Monstrum immer noch kein Interesse daran, sein Opfer zu töten. Stattdessen zog es Elkert mit sich in den hinteren Teil des Beckens.

Der Krake hatte Elkert einen Arm ums Bein und einen um den

Hals gelegt. Wie Duncan damals, versuchte Elkert verzweifelt, sich die lebendige grüne Schlinge vom Hals zu zerren. Schnell wurde ihm jedoch die Luft knapp, so dass er nur noch versuchte, mit wild rudernden Armen zurück nach oben zu kommen.
Der Krake aber zog ihn unerbittlich zum hinteren Ende des Beckens, wo er sich vor einem großen dunklen Kreis niederließ, der knapp überm Boden in der Wand zu erkennen war. Steven konnte auf die Entfernung nicht ausmachen, um was es sich bei dem Kreis handelte. Aber er sah deutlich, wie der Krake seine großen gelben Augen auf den Mann mit dem Laptop vorm Bauch richtete, der viele Meter über ihm am Rand des Beckens stand.
Elkerts Bewegungen wurden jetzt immer panischer. Strampelnd und rudernd zappelte er über dem Kraken im Wasser, einem Falter gleich, der sich in einem Spinnennetz verfangen hatte. Die rettende Oberfläche konnte höchstens einen halben Meter entfernt sein, aber er schaffte es einfach nicht, sie zu erreichen. In der hypnotischen Stille, die über der bizarren Szene lag, glaubte Steven förmlich, schon den kurz bevorstehenden Punkt spüren zu können, an dem der arme Teufel mit einem gegen jede Vernunft ausgeführten Atemzug Wasser in seine Lunge saugen würde. Doch genau in dem Moment ließ der Krake den Hals seines Opfers los – und Elkert brach mit einem lauten Japser an die Oberfläche.
Überall stöhnten die Leute erleichtert auf, als seien sie selbst unter Wasser gehalten worden. Vor Steven schlug ein Mann seinem Nachbarn wie nach einem gelungenen Spielzug befreit auf die Schulter. Weiter vorne lachte eine junge Frau sogar begeistert auf, vermutlich in dem Glauben, das sei alles noch Teil der Show. Oben auf dem linken Absatz machte der Mann mit dem Elektrostab, der mit ausgestreckter Waffe an den Rand getreten war, erleichtert wieder einen Schritt nach hinten.

Da zog das Monster Elkert mit dem Arm, der immer noch um sein Bein geschlungen war, zurück unter Wasser, und der verzweifelte Überlebenskampf begann aufs Neue. Die Augen des Kraken waren dabei nach wie vor eindringlich auf den oben mit seinem Laptop stehenden Peterson gerichtet, der in ratlosem Entsetzen auf das schreckliche Schauspiel niederblickte.
Endlich begriff Steven, um was es sich bei dem dunklen Kreis in der Wand handelte. Er nahm sich Penny von der Brust, die sich ängstlich an sein Jackett klammerte, und reichte sie an Jessica weiter.
»Was hast du vor?«, fragte sie, während sie das Kind sanft an sich zog, und sah ihm besorgt ins Gesicht.
»Ich muss da hin«, erwiderte er. »Ich kann nicht einfach dabeistehen und nichts tun.«
Genau, was sie immer von ihm verlangt hatte. Doch als er es jetzt sagte, hatte es einen winzigen Augenblick den Anschein, als wolle sie ihm widersprechen.
»Sei vorsichtig«, sagte sie dann aber nur, löste Pennys Hand von seinem Revers und legte schützend die Arme um die Kleine.

Steven rief Jack zu, er solle dafür sorgen, dass endlich die Treppe frei werde. Dort drängten einige besonders Unvernünftige zurück nach oben und würden es am Ende schaffen, dass noch jemand im Wasser landete. Während Jack gehorsam die kleine Steph an Amy weiterreichte und dann anfing, sich einen Weg zur Treppe zu bahnen, arbeitete Steven selbst sich Richtung Bühne vor.
Plötzlich war das unheimliche Gefühl wieder da, von unsichtbaren Armen umfangen und nähergezogen zu werden, und mit ihm meldeten sich sofort auch die alte Angst und der alte Aberglaube in Stevens Innerem zurück. Doch umkehren konnte er jetzt nicht mehr. Und Hand in Hand mit der Vorstellung, sich

nicht nur auf ein Tier, sondern auf eine irgendwie damit verbundene finstere Macht zuzubewegen, ging komischerweise der Gedanke, er sei der Einzige, der dieser Macht Einhalt gebieten konnte. Also drängelte und schob er sich eilig durch die Menge.

»Ist das ein Ablauf?«, rief er zu Fuller hinüber, der wie gelähmt auf der Bühne stand und ihm erst nach einem Moment den Kopf zuwandte. »Ist das ein Ablauf, vor dem der Krake da hockt? Ist das der Ablauf von dem Becken?«

»Nein, der Zulauf«, antwortete Fuller verdattert. »Die Abläufe sind kleiner und im Boden.«

»Kann man ihn öffnen?«

»Wie bitte?«

Steven hatte es jetzt bis ganz nach vorne geschafft. Er legte die Hände auf den Bühnenrand und sah mit eindringlichem Blick zu Fuller auf. »Ob man den Zulauf öffnen kann – automatisch – und ob das der Krake schon mal gesehen hat?«

Fuller schaute zu Elkert zurück, dessen Zappeln wieder panischer wurde. Auch dem Laborleiter schien nun der merkwürdig demonstrative Blick aufzufallen, mit dem der Krake den am Beckenrand stehenden Peterson ansah. »Ja, man kann ihn öffnen«, sagte er abwesend. »Da sind ein Lochgitter und ein Filter, und beide können zur Reinigung weggezogen werden, wie alles von unserem Zentralsystem aus. Er hat auch schon mal versucht, den Filter rauszureißen. Aber das haben wir ihm schnell wieder ausgetrieben.« Auf einmal legte er die Stirn in Falten und wandte den Kopf ruckartig wieder Steven zu. »Sie glauben doch nicht etwa …?«

»Doch, genau das glaube ich«, erwiderte Steven bestimmt. »Das Rohr dahinter, wo führt das hin?«

»In unser Reservoir. Ein großes Rückhaltebecken auf der Lagunenseite, in dem wir unser Wasser aufbereiten.«

»Kann er von da aus in die freie Natur gelangen?«

»In die freie Natur?«, fragte Fuller entgeistert. Allein der Gedanke schien ihm den letzten Rest Denkfähigkeit zu rauben. »Rein kann er, glaube ich, aber raus? Na ja, wie gesagt, es grenzt an die Lagune, aber da ist eine Wand. Ich weiß nicht – für solche Details sind normalerweise meine Mitarbeiter zuständig.«
Steven zeigte auf Elkert, den der Krake kurz an die Luft gelassen hatte, aber quasi im selben Moment mit einem brutalen Ruck wieder unter Wasser zog. »Bevor er ihn tötet, öffnen Sie das Rohr, verstanden«, sagte er und sah Fuller nachdrücklich an. »Sagen Sie Peterson, er soll aufmachen, wenn Elkert nicht mehr kann. Er sieht nicht aus, als würde er dieses Spiel noch lange durchhalten. Und wir können ihn nicht einfach so da drin ersaufen lassen.«
»Ja, ja, ich verstehe«, sagte Fuller und sah erschrocken über seine neue Verantwortung zu dem strampelnden Mann von der Küstenwache hin. »Wenn er nicht mehr kann, lasse ich Peterson sofort aufmachen«, wiederholte er gehorsam.
»Und wieso haben Sie keine Taucher hier?«, rief Steven, während er sich schon an den Leuten in der ersten Reihe vorbei in Richtung der freien Treppe drängelte. »Ich habe Ihnen doch gesagt, es muss immer ein Taucher mit einer Harpune bereitstehen, wenn Sie mit dem verdammten Mistvieh arbeiten!«
Die Leute in der ersten Reihe waren so dicht an die Glaswand herangerückt, dass sie mit den Füßen auf dem zu Boden gefallenen Vorhang standen. Viele wichen von selbst zurück, als sie Steven kommen sahen. Doch manche waren so in die Betrachtung des makabren Schauspiels hinter der Scheibe versunken, dass er sie regelrecht beiseitestoßen musste.
Auch der Parkmitarbeiter, der auf dieser Seite die Treppe bewachte, nahm seine Aufgabe unglücklicherweise wesentlich ernster als sein Kollege auf der anderen Seite. Schon von weitem

streckte der stämmige Glatzkopf Steven die Hand entgegen, und Steven sah in seiner Eile keine andere Möglichkeit, als ihn mit einem überraschenden Schlag in den Bauch aus dem Weg zu räumen. Rasch sprang er zu dem Absatz hoch, stieß oben auch den immer noch unschlüssig an der Kante stehenden Stabträger grob beiseite und entriss ihm gleichzeitig seine Waffe.

»Funktioniert der auch unter Wasser?«, fuhr er den baff am Boden liegenden Mann an, musste den etwa eineinhalb Meter langen Stab aber erst demonstrativ in der Faust schütteln, bevor der Groschen fiel. »Funktioniert dieses Ding auch unter Wasser?«

»Ja … ja«, antwortete der picklige Bursche mit perplexer Miene. »Ich bin nur noch nicht reingesprungen, weil ich … weil ich …«

»Hey, Mister!«

Der Glatzkopf war ihm hinterhergekommen und packte ihn an der Schulter. Steven ließ den Arm mit dem Elektrostab zurückschnellen und zertrümmerte dem Störenfried mit dem Ellbogen die Nase. Dann packte er den Stab auch mit der anderen Hand und setzte einen Fuß auf die Kante.

Doch als er nach unten sah, brach Elkert bereits mit einem erlösten Atemzug an die Oberfläche. Unter ihm verschwand der letzte Arm des Kraken gerade in dem großen Zulaufrohr.

Steven befahl dem am Boden liegenden Knaben im weißen Kittel, Elkert aus dem Wasser zu helfen. Dann zerrte er den Glatzkopf auf die Füße, der nicht nur fitter aussah als der Weißkittel, sondern auch ein Headset trug.

»Sie müssen mich zu dem Reservoir führen«, befahl er ihm in scharfem Ton.

»Wie bitte?«, gab der Mann undeutlich zurück und sah ungläubig zu, wie das Blut von seinem Gesicht auf seine Uniform tropfte. »Ich mache überhaupt nichts mehr. Sie haben mir meine verdammte Nase gebrochen.«

»Vergessen Sie Ihre Nase«, sagte Steven und zerrte den Mann zum Becken vor, wo Elkert mit leichenblassem Gesicht auf eine Leiter zuschwamm, die der Weißkittel für ihn eingehakt hatte. »Die Hauptattraktion des Parks ist gerade stiften gegangen, und wenn sie in die freie Wildbahn gelangt, dann kommt das einem biologischen Super-GAU gleich, verstehen Sie. Deswegen müssen wir beide jetzt dafür sorgen, dass das nicht passiert.«

Der Mann, auf dessen Namensschild Marco Green stand, blickte verwirrt zwischen Steven und dem leeren Becken hin und her, aber dann begriff er endlich. Wie Steven gehofft hatte, war er nicht nur körperlich besser in Schuss, sondern auch entscheidungsfreudiger als der Bursche mit dem Elektrostab.

»Okay, kommen Sie«, sagte er und eilte Steven voraus zum hinteren Ende des Absatzes, wo eine breite Freitreppe hinab in den Wirtschaftsbereich des neu errichteten Gebäudes führte. »Es ist nicht weit, wenn man weiß, wo man lang muss.«

Sie hetzten durch den Park, überquerten die A1A und rannten über das offene Gelände des Labors. Green schloss hastig eine Tür auf, die durch einen hohen Maschendrahtzaun führte. Dann hasteten sie eine weitere Freitreppe hinauf zum Rand des Reservoirs.

Auf der riesigen runden Wasserfläche spiegelte sich kühl das Licht des Mondes. Das in alten Beton gefasste Becken roch nach Salz, aber auch leicht chemisch, während von der direkt dahinter liegenden Lagune der Geruch nach Schlick und faulendem Mangrovenlaub herüberwehte. Steven lief auf der Plattform, die nur einen kleinen Teil des Reservoirs umschloss, nach vorne und blickte zum Ufer hinab. Dann schaute er den schmalen, unmittelbar über der spiegelnden Fläche verlaufenden Mauerrand entlang, der das Wasser des Rückhaltebeckens von dem des etwa vier Meter tiefer liegenden Waterways trennte.

»Verdammt!«, sagte er laut und dachte an den hohen Strandwall, von dem sich der Krake hatte fallen lassen, als er Mahew entwischt war. »Sobald er den Rand dort erreicht, ist er so gut wie weg.« Er hetzte zu Green zurück, der in der Mitte der halbkreisförmigen Plattform stehen geblieben war. »Wo ist der Ablauf von dem verdammten Ding?«, fragte er schroff. »Wo kommt das Scheißvieh raus, wenn es das Rohr hinter sich hat?«

Der bullige Parkangestellte ging zwei Meter weiter und zeigte auf eine Stelle zwischen zwei rostigen Leitern, die in das tiefschwarze Wasser hinabführten. »Da unten«, sagte er. »Knapp über dem Boden.«

»Und da ist kein Gitter oder so was davor?«

»Nein, Filter und Gitter sind immer nur dort angebracht, wo die Rohre in die Becken münden«, erklärte Green. »Damit keine Verunreinigungen aus dem Hauptrohr das Wasser trüben. Hier ist einfach nur ein großes Loch in der Wand.«

»Na großartig«, sagte Steven und blickte zwischen den Laborgebäuden hindurch zur etwa siebzig Meter entfernten A1A. Sie verlief auf dem Buckel der schmalen Barriereinsel, nur etwa fünfzig Meter entfernt von dem Gebäude, wo der Krake eben seine Reise gestartet hatte. Wo er hinmusste, würde er schon gewittert haben, kaum dass er in das Rohr geschlüpft war. Steven konnte förmlich vor sich sehen, wie er irgendwo dort unten zielstrebig durch die Dunkelheit glitt. »Sind alle Rohre so breit wie das eben in dem Becken drüben?«, fragte er. »Oder gibt es irgendwo einen Engpass?«

»Nein, sie sind alle so breit. So lassen sich die Becken bei Bedarf schneller wieder füllen. Und wir können leichter jemanden zum Reinigen reinschicken.«

Klar, auch kein Glück. Obwohl eine Engstelle für einen Kraken

natürlich sowieso kein echtes Hindernis darstellte, das wusste er ja von Herb. Bei dem Wort »füllen« allerdings kam ihm eine Idee. Warum war er da nicht schon längst draufgekommen?
»Wie wird das Wasser in die Becken befördert?«, fragte er, ging schnell zum rückwärtigen Geländer der Plattform und blickte die Wand hinab. »Mit einer Pumpe?«
»Nein, wir pumpen es von der Lagune hier rein, und dann sorgt der atmosphärische Druck dafür, dass es von selbst nach drüben in die Becken strömt«, erklärte Green und zeigte Richtung Straße, wo gerade der gut an seinem weißen Bart zu erkennende Fuller und ein paar weitere Leute auftauchten. »Wir müssen nur die Abläufe in den Becken öffnen.«
»Sagen Sie Peterson, er soll sie öffnen.«
»Was?«
»Sorgen Sie dafür, dass sämtliche Abläufe geöffnet werden. Das verschafft uns vielleicht ein wenig mehr Zeit.«
Green drückte auf das zierliche Gerät an seinem Ohr und gab den Befehl an Peterson weiter. Steven ging zur anderen Seite der Plattform zurück und blickte in das schwarze Wasser zwischen den Leitern hinab. »Ja, alle«, hörte er Green sagen. »Ist doch gut so. Je höher der Druck in dem Rohr, umso mehr Widerstand muss das Vieh überwinden.«
Nur nicht genug Widerstand, dachte Steven unglücklich. Wieder sah er den Kraken vor sich, wie er sich mit seinen unzähligen Saugnäpfen an die Rohrwände heftete und sich mit seiner enormen Kraft trotz des Gegendrucks zügig vorwärtsarbeitete. Nicht weit hinter ihnen glitt er gerade in stetem Tempo auf das Reservoir zu. Hatte er erst mal das Loch dort unten im Wasser erreicht, wäre er praktisch nicht mehr aufzuhalten. Im Schutz der Dunkelheit hätte er sich schneller über den Mauerrand in die Lagune geschwungen, als sie schauen konnten.
Plötzlich ging ein deutlich spürbarer Ruck durch den Beton,

und zwischen den Leitern bildete sich an der Beckenwand ein kleiner, gurgelnder Strudel. Trotzdem würde es viel zu lange dauern, bis der verdammte Riesentank leer war. Dann ginge der ganze Irrsinn von vorne los. *Nein, tausendmal schlimmer.* Da musste man nur an die vielen Pythons in den Everglades denken. Steven lehnte den Stab an eine der Leitern und fing an, sich auszuziehen.

»Was machen Sie da, zum Teufel?«, fragt Green, der nach dem Gespräch mit Peterson ebenfalls wieder zum Wasser kam. »Was haben Sie vor?«

»Ich habe keine Lust, dieses Drecksvieh noch einmal zu jagen.«

»Aber … aber Sie werden ertrinken«, sagte Green mit ungläubigem Blick, während Steven sich nach Schuhen und Jackett auch seines Hemdes entledigte.

»Nein, ertrinken werde ich nicht«, sagte er und nahm den Elektrostab wieder in die Hand. »Zumindest nicht, wenn dieses Ding hier funktioniert. Sorgen Sie nur dafür, dass in allen Becken die Zuläufe geöffnet werden und mir auf der anderen Seite schnell jemand zu Hilfe kommt.«

»Schuster!«, rief Fuller, der mit seinen Mitarbeitern gerade den Zaun erreichte, der um das Reservoir lief.

»Steven!«, rief Jessica, die – wie Steven jetzt erkannte – ebenfalls bei der Gruppe war. Während die anderen sich an der schmalen Tür drängten, blieb sie daneben stehen, griff mit den Händen in den Maschendraht und sah ihn mit weit aufgerissenen Augen an.

»Mach dir keine Sorgen!«, rief Steven mit dem seltsamen Gefühl, an einem Tausende Meter in die Tiefe gehenden Abgrund zu stehen. Dann sprang er ins dunkle Wasser.

Sofort erfasste ihn der Sog. Steven drückte sich mit der Linken unter die Mündungskante und schoss kopfüber durch die Finsternis. Der Knauf des Elektrostabs schlug auf den Boden des engen Rohrs. Steven zog ihn nach oben – und spürte im selben Moment ein weiches Auftreffen und eine stumme Explosion, die die Muskeln in seinem Arm und seinem Gesicht für den Bruchteil einer Sekunde zu Beton werden ließ.

Gleichzeitig mit dem Schock schien ihm ein übermächtiger Atemreflex die Lunge zu zerreißen. Ebenso gleichzeitig gab es eine dritte Explosion in seinem Hirn, als die lebenswichtige Reaktion unbefriedigt blieb.

Einen Augenblick lang umspülten ihn die erschlafften Arme seines Gegners wie in der Strömung trudelnde Kelpbänder. Instinktiv drückte er Knie und Ellbogen nach außen, zuckte aber sofort wieder zurück, als sie schmerzhaft die scharfe Kante einer Rohrnaht streiften. Gleich darauf schlug er mit dem Oberschenkel gegen den runden Winkel einer Scheidewand und fürchtete schon, er hätte seinen Gegner verloren. Aber da spürte er wieder die Arme und den durch Kontakt ausgelösten Stromstoß – der ihm diesmal seine Waffe aus der Hand schlug.

Wie über ein Hobelbrett wurde Steven mit dem Rücken über die rasch aufeinanderfolgenden Rohrkanten einer Biegung geschleift, sofort danach wie in einer Wasserrutsche mit dem Bauch voran gegen die Außenwand der nächsten Kurve geschleudert. Noch einmal klatschte ihm eine Armspitze ins Gesicht, seine Lunge schien sich auf die Größe eines Staubkorns zusammenzuziehen, und dann war plötzlich wieder überall nur Wasser um ihn herum. Mit allerletzter Kraft schaufelte er sich zur rettenden Oberfläche hinauf.

Kaum hatte er mit dem tiefsten Atemzug seines Lebens seine Lunge gefüllt, spürte er einen mächtigen Flossenschlag neben sich und wie etwas Gewaltiges von ihm wegschoss. Keuchend und mit tauben Beinen Wasser tretend blickte er Richtung Beckenrand – und traute seinen Augen kaum, als zwanzig Meter weiter eine große dunkle Rückenflosse an die Oberfläche glitt. *Konnte das sein?* Er stürzte sich blind und mit nichts als einem Elektrostab mitten in die Arme eines menschenfressenden Monstrums – und wurde damit belohnt, dass er bei einem anderen im Becken landete?

Der gewaltige Weiße Hai machte einen Bogen am Rand des großen ovalen Beckens entlang. Doch sein Interesse war geweckt, und als er wieder in Stevens Nähe kam, glitt er kaum eine Körperlänge entfernt an ihm vorüber. Von Stevens Position im Wasser wirkte die dreieckige Rückenflosse wie ein riesiges schwarzes Segel. Im blauen Licht des Mondes war deutlich die ausgefranste Rückseite zu erkennen, und auch die Spitze der langen schmalen Schwanzflosse sah Steven jetzt weiter hinten durchs Wasser schwenken. Von ihr zur Rückenflosse waren es bestimmt fünf Meter.

Steven folgte mit den Augen aufmerksam der Flosse auf ihrer langsamen Kreisbahn und suchte gleichzeitig den Beckenrand verzweifelt nach einer Leiter ab. Doch überall war nur glattes Plexiglas, gut zwei Meter hoch und ohne fremde Hilfe unmöglich zu erklimmen. Hinter einer Seite des Rands hörte er aufgeregte Stimmen, und plötzlich erhellte der Schein einer großen Lichtquelle zusätzlich den Himmel. Doch zu rufen traute er sich nicht, aus Angst, damit nur den Hai noch stärker auf sich aufmerksam zu machen.

Ein Park voller Scheißmonster, dachte er entnervt, *wirklich eine großartige Idee.* Während er hier oben von der gefährlichsten Fressmaschine der Weltmeere umkreist wurde, erholte sich weiter unten vermutlich der verdammte Mörderkrake gerade von seiner Schocktherapie. *Skylla und Charybdis, da kann ich nur lachen, in so einer beschissenen Klemme hat selbst Odysseus nie gesteckt.*

Als die Flosse jetzt wieder an ihm vorbeiglitt, war sie so nah, dass er sie fast anfassen konnte, und statt weiter seiner Kreisbahn zu folgen, machte der Hai plötzlich eine spitze Wende und kam langsam auf ihn zu.

»Hilfe!«, schrie Steven aus vollem Hals und klatschte laut die Hände aufs Wasser. Doch der Hai schwamm unbeirrt weiter auf ihn zu, also rammte er ihm mit aller Kraft das Knie in seine empfindliche Schnauze.

Wie zuvor schoss der riesige Fisch erschrocken von ihm weg. Solche Gegenwehr war er offensichtlich von der Nahrung, die man sonst zu ihm ins Becken warf, nicht gewohnt. Er tauchte ab, und als Steven das große schwarze Dreieck gleich darauf am anderen Ende des Beckens auftauchen sah, glaubte er schon, er habe das Ungetüm ins Bockshorn gejagt.

»Ja, du Pisser!«, rief er triumphierend: »Ich bin hier der King!« Sein hysterisches Lachen hallte vom Beckenrand zurück.

Doch dann schwamm der Hai wieder eine spitze Wende, machte plötzlich kraftvolle, rasche Flossenschläge, als sei er jetzt erst aufgewacht, und hielt erneut auf ihn zu.

Steven paddelte hektisch rückwärts und schrie verzweifelt um Hilfe. Genau in dem Moment wurde das gesamte Becken auf einen Schlag in blendendes Blau getaucht, doch es war zu spät. *In dem Licht könnt ihr höchstens besser sehen, wie ich von dem verdammten Monsterfisch zerrissen werde,* dachte Steven verzweifelt. Instinktiv ging er unter Wasser. Vielleicht könnte er dem tödlichen Maul des Biests ja noch irgendwie ausweichen, wenn sich kurz vor dem Biss die schützende weiße Nickhaut über seine großen schwarzen Augen legte.

Doch plötzlich drehte der Hai wieder ab. Steven schien es, als würde er in Zeitlupe zurück zum anderen Ende des Beckens schwimmen – so rasch pochte sein Herz, so voll war sein Blut mit Adrenalin. *Hat das Licht ihn erschreckt oder findet er mich nicht lecker?,* fragte er sich seltsam losgelöst, als schaue er dem gewaltigen Tier schon nur noch aus der sicheren Entfernung des Jenseits zu. Dann vernahm er ein leises Klopfen und sah Jessica und seinen Onkel, die unten an einer der hohen Plexiglaswände standen.

Onkel Jack pochte mit seiner gewaltigen Faust gegen das dicke Glas, und Jessica rief Steven stumm etwas zu und zeigte mit entsetzter Miene ins Becken. Doch sie meinte nicht den Hai, der direkt neben der Scheibe schwamm, sondern etwas hinter Steven. Er drehte sich um und erblickte den Kraken, der nur ein paar Meter von ihm entfernt im Wasser schwebte.

Wieder einmal traf sich sein Blick kurz mit dem der finsteren Kreatur, und plötzlich war ihm, als habe der verzweifelte Zweikampf, den er seinerzeit am Ufer des dunklen Flusses mit ihr ausgetragen hatte, nie wirklich aufgehört. Dann glitten seine Augen jedoch hinüber zu dem glänzenden Elektrostab, der nicht weit von der großen Öffnung des Zuflusses auf dem Boden lag, und als das kluge Ungetüm das merkte, schoss es sofort auf ihn zu.

Weit öffneten sich die zahnbesetzten Arme, bei denen kein Ausweichen half, und während Steven einmal mehr verzweifelt rückwärtsstrampelte, merkte er, wie lebendig er doch noch war. *Jessica ist schwanger,* war der letzte flehende Gedanke, der ihm durch den Kopf ging – *ich werde bald Vater!* Da war es, als würde ein Güterzug unmittelbar neben ihm durchs Wasser rauschen. Er bekam einen brutalen Schlag in die Wade, und der Hai sauste wie ein riesiger grauer Torpedo mitten in die Arme des Kraken hinein.

Steven kam an die Oberfläche. Unter ihm breitete sich eine große schwarze Wolke aus, und plötzlich brach unmittelbar vor ihm der Hai mit dem Kraken im Maul aus dem Wasser. Wild schüttelte er die halb um seinen Kopf geschlungene Masse, blind für die tausend Farben, die in rasendem Wechsel darüberliefen. Ein durchs Wasser peitschender Arm verfehlte Steven nur knapp, und einen Moment hatte er Angst, in den erbitterten Kampf der beiden Ungeheuer hineingezogen zu werden wie in einen tosenden Strudel. Doch dann tauchten die Kontrahenten wieder in die große Wolke ab, die jetzt beinah ein ganzes Viertel des Beckens ausfüllte – und wohl zu ebenso vielen Teilen Tinte wie Blut bestehen musste.

»Steven!«, rief hinter ihm Jessica, und als er sich umdrehte, sah er seinen Onkel: Er lag neben ihr am Rand und strecke den Arm so weit wie möglich zu ihm ins Becken.

Steven schwamm langsam rückwärts, hielt den Blick jedoch gebannt auf die immer weiter auseinanderwirbelnde Wolke unter ihm gerichtet, aus der im nächsten Augenblick auch schon der Krake wie ein riesiger blauer Geist herausschoss. Er sauste geradewegs auf die Scheibe zu, an der Jessica und Jack eben gestanden hatten. Aber ähnlich wie Cole damals, zog er einen dicken Schweif Blut hinter sich her, dem der Hai leicht folgen konnte. Der Krake katapultierte sich aus dem Wasser direkt ans Plexiglas und hatte zwei der Arme, die ihm blieben, auch schon über die Kante geschwungen, als der große Raubfisch nach ihm schnappte. Er wuchtete seine spitze Schnauze den Rand hinauf und riss den Kraken wie eine dort für ihn aufgehängte Rinderhälfte von der Scheibe. Die am Glas heftenden Arme lösten sich und klatschten wie gekappte Spannseile ins Wasser, und schon schwamm der Hai mit seiner Trophäe im Maul durchs Becken und begann, auch die andere Seite des großen blauen Ovals schwarz einzufärben.

»Jetzt gib mir endlich deine Hand und komm da raus«, sagte Jack über ihm und zog Steven mit einem zornigen Ruck aus dem Becken. Sofort stürzte sich Jessica auf ihn, tastete seinen vor Erschöpfung zitternden Körper ab und fragte ihn aufgeregt, ob er in Ordnung sei.

Doch Steven blickte weiter stumm in den letzten blau gebliebenen Teil des Beckens, wo der Hai den Kraken hin- und herschüttelte wie ein Hund einen zu ihm in den Zwinger geworfenen Hasen. Immer noch blassgrau blutende Fleischfetzen und Armstücke verteilten sich über den Boden, zuckten, wanden sich und wechselten auch weiterhin die Farbe.
Steven wusste, dass es sich dabei um ein vollkommen normales körperliches Phänomen handelte. Solche Reflexe der Muskeln und der in der Haut liegenden Farbzellen konnte manchmal noch bis zu einer halben Stunde nach dem Tod eines Kraken weiter beobachtet werden.
Doch in diesem Fall kamen sie Steven trotzdem ganz anders vor – nämlich wie über die Haut herausgebrüllte Schreie und Flüche, von denen er sich sogar kurz einbildete, er könne sie leise aus dem jetzt beinah gänzlich schwarz gefärbten Becken zu ihnen heraufhallen hören.
Das wütende Toben eines Gottes, der darüber außer sich war, dass er sich einem Sterblichen geschlagen geben musste.

EPILOG

Die Sorgen eines Vaters

Jessica erwachte in Stevens Bett und merkte, dass er nicht neben ihr lag. Von den Rändern des großen Vorhangs drang helles Licht ins Zimmer, und als sie auf den gesprungenen Radiowecker auf dem Nachttisch blickte, sah sie, dass es bereits Viertel nach elf war. Amüsiert schüttelte sie den Kopf und schnaubte verächtlich.

Bisher war sie als waschechte Frühaufsteherin durchs Leben gegangen. Doch jetzt, in ihrem neuen »Zustand«, konnte sie schlafen wie ein Murmeltier. Andererseits war der vergangene Abend ja auch ziemlich aufregend gewesen – in mehr als einer Hinsicht.

Unwillkürlich stahl sich ein Lächeln auf ihre Lippen. Sie stützte sich auf die Ellbogen und blickte zur halb geöffneten Tür. »Steven?«, rief sie. »Steven, mein großer Held, komm wieder zu mir ins Bett.«

Doch sie erhielt keine Antwort, und als auch nach nochmaligem Rufen das Haus still blieb, runzelte sie verwundert die Stirn. Sie erinnerte sich, dass Steven sie irgendwann mitten in der Nacht auf die Stirn geküsst hatte und aus dem Bett gestiegen war. Doch sie hatte angenommen, er wolle nur ins Bad oder in die Küche, um etwas zu trinken, und war sofort wieder in ihren abgrundtiefen Schwangerenschlaf gefallen. Es war Sonntagmorgen, er hatte gestern sein Leben riskiert, um sie alle endlich von diesem Ungeheuer zu befreien, und ihr – was für sie noch wichtiger war – seine uneingeschränkte Liebe gestanden. Was konnte er da in aller Frühe vorhaben?

Jessicas Blick fiel auf die kahlen Wände und die überall auf dem

Boden verteilten Klamotten, die Steven stets einfach da liegen ließ, wo er sie gerade auszog. Gegen ihren Willen stiegen die alten Zweifel wieder in ihr auf. *Ein Junggesellenschlafzimmer,* dachte sie, *so unordentlich wie das eines Teenagers* – und mit diesem 32-jährigen Berufsjugendlichen wollte sie eine Familie gründen?

Dass er nach all dem, was er gestern zu ihr gesagt hatte, schon wieder bei einer anderen sein sollte, war natürlich unmöglich. Aber vielleicht wirkte ihr neuer »Zustand« auf ihn ja anders als auf sie und hatte ihn seines sonst so gesunden Schlafs beraubt. Und wenn die Vorstellung, nicht mehr nur für sich selbst verantwortlich zu sein, ihn jetzt schon mitten in der Nacht aus ihrem gemeinsamen Bett trieb, wie sollte das dann erst nach der Geburt des Kindes werden?

Oder hatte er plötzlich kalte Füße bekommen und vielleicht sogar überstürzt das Land verlassen? Schon gestern auf der Fahrt zurück hatte er ein paarmal so nachdenklich geguckt. Und vielleicht hatte er ja, nur um etwas Gesellschaft zu haben, eine seiner alten Flammen mitgenommen, und die beiden bestiegen gerade Hand in Hand irgendeine gen Süden gehende Maschine …

Hormone, sagte sich Jessica und verzog genervt das Gesicht. Doch auch in ihrem Bauch schien Stevens rätselhafte Abwesenheit für ungute Gefühle zu sorgen. Erst spürte sie ein Ziehen in der Leistengegend und dann die plötzliche Übelkeit, die sie neuerdings pünktlich jeden Morgen heimsuchte und vor einer Woche mit unheilvoller Vorahnung in die Praxis von Dr. Wong getrieben hatte, ihrem koreanischen Gynäkologen. Kurz versuchte sie noch, gegen ihren aufbegehrenden Magen anzukämpfen. Aber dann rannte sie schnell ins Bad.

Auch dieses Zimmer war nicht gerade geeignet, ihre Zweifel an Stevens Eignung als Familienvater zu zerstreuen – und noch

weniger der Kühlschrank. Kaum war sie mal eine Woche nicht jeden Abend bei ihm, ernährte er sich nur noch von Pizza, Fertiggerichten und anderem ungesundem Mist. Sie fand einen Karton Eier, der erst zwei Tage über dem Verfallsdatum war, und im Gemüsefach eine noch nicht ganz verschrumpelte Paprika und beschloss, ihren stets auf die Übelkeit folgenden Heißhunger mit einem leckeren Omelett zu bekämpfen.
Auf dem Küchentresen lag ihr Handy, und sie überlegte kurz, Steven einfach anzurufen. Einen winzigen Augenblick war sie sogar versucht, ihre Mutter zu fragen, was sie von seinem seltsamem Verschwinden hielt. Doch dann sagte sie sich, dass es für sein Verhalten bestimmt eine ganz harmlose Erklärung gab, und hoffte darauf, dass das Kochen sie beruhigen und die dummen Gedanken aus ihrem Kopf vertreiben würde.

Als Steven zwanzig Minuten später zur Tür reinkam, saß Jessica mit ihrem halbgegessenen Omelett und einer Tasse Kaffee am Küchentisch und blätterte in einem der unzähligen unberührten Wissenschaftsmagazine, die überall im Haus rumlagen. Steven trug T-Shirt, Shorts und Flipflops, seine welligen blonden Haare waren nass und dunkel, und in der Hand hatte er einen wasserdichten Seesack aus gelbem Kunststoff, den er beim Betreten der Küche rechts neben dem Eingang abstellte.
»Mmh, das sieht aber gut aus«, sagte er und beugte sich über den Tisch, um sich über ihr Frühstück herzumachen.
Doch sie zog den Teller weg und sah ihn mit gerunzelter Stirn an. »Wo warst du?«, fragte sie in halb vorwurfsvollem, halb spielerischem Ton. »Erst fragst du mich, ob ich deine Frau werden will, und dann verschwindest du einfach so im Morgengrauen. Was zum Teufel hast du getrieben?«
Steven machte ein so ertapptes Gesicht, dass Jessica einen Moment Angst hatte, ihre schlimmsten Befürchtungen könnten

wahr sein. Er rieb sich verlegen den Nacken, warf einen verstohlenen Blick auf den gelben Seesack neben der Tür und ging dann zum Küchentresen, um sich Kaffee einzuschenken.
»Ich war ... ich war tauchen«, sagte er. »Draußen vor Charlies Klippe. Wo das Monstrum seine Höhle hatte.«
Jessicas Ängste waren wie weggeblasen – wurden jedoch sofort von anderen, ähnlich beklemmenden Gefühlen ersetzt. »Na ja, tauchen gehst du ja oft«, sagte sie, immer noch um einen halbwegs leichten Ton bemüht. »Aber warum dort? Und warum heute so früh am Morgen?«
Steven sah sie schuldbewusst an. »Weil ich plötzlich Angst hatte, zu spät zu kommen.«
»Zu spät?«, fragte Jessica verwirrt. »Zu spät wofür? Wovon sprichst du, um alles in der Welt?«
Er trank einen Schluck Kaffee, starrte kurz gedankenvoll in die Tasse und hob dann mit einem bedrückten Seufzer wieder den Blick. »Wenn ich dir in den letzten Wochen erzählt habe, wo ich tauchen gegangen bin, habe ich dich jedes Mal angelogen«, sagte er. »Ich war immer nur an Charlies Klippe. Wegen der Brut, die der Krake dort hinterlassen hat. Wegen seiner Jungen.«
»Seiner ... seiner Jungen?«, fragte Jessica verblüfft. Sie hatte das Gefühl, in ihrem Bauch würde sich etwas Glitschiges, Giftiges von einer Seite auf die andere drehen, und erneut hob sich ihr Magen leicht. »Das Vieh hat Nachwuchs hinterlassen? Aber wie ... aber wie ist das möglich? Es konnte sich doch mit gar keinem anderen Kraken paaren.«
»Ich habe dir doch mal erzählt, dass weibliche Kraken das Sperma der Männchen speichern können. Es sozusagen aufbewahren können, bis sie den Zeitpunkt für günstig halten, ihre Eier damit zu befruchten.«
»Ja«, antwortete Jessica verdutzt. Immer noch hatte sie ein

wenig das Gefühl, der Boden wanke unter ihrem Stuhl. »Wie der süße kleine Krake in deinem Labor damals. Der diese winzigen goldenen Fäden in der Plastikmuschel aufgehängt hat.«

»Genau«, sagte Steven und lächelte gequält. »Bei diesem nicht ganz so süßen Exemplar war das genauso. Als es hier ankam, muss es bereits die Spermapakete eines Männchens in sich getragen haben. Vermutlich sind die Männchen wie bei vielen Kopffüßern viel kleiner und trauen sich überhaupt nur an die Weibchen ran, wenn sie noch nicht ausgewachsen sind. Als ich die Höhle des Kraken fand, hing dort in einer Nische jedenfalls ein frisch angebrachtes Gelege an der Decke. Keine Eierschnüre, sondern einzelne, große Eierbeutel. Gut drei Dutzend davon.«

»Mein Gott«, sagte Jessica. »Die Höhle war also nicht nur ein Bau, den sich das Ungeheuer eingerichtet hat, um dort in Ruhe seine Beute zu fressen. Es war auch seine ... seine ...«

»Seine Brutstätte, ja – seine Kinderstube.«

»Aber ... aber als die Leute von der Küstenwache die Gebeine da rausgeholt haben, müssen ihnen die Eier doch aufgefallen sein. Die müssten sie doch eigentlich weggemacht haben.«

»Ja, das habe ich auch gedacht«, sagte Steven, lehnte sich an den Tresen und nahm noch einen Schluck Kaffee. »Aber als ich zwei Tage nach der Bergung der Knochen dort runter bin, waren die Eier noch da. Die Nische ist ziemlich schmal und fällt einem nicht sofort auf, und vielleicht haben sie sie einfach übersehen. Doch vielleicht haben sie die Eier auch bemerkt, aber für Algen oder Schwämme oder sonst was gehalten und nicht mit dem Kraken in Zusammenhang gebracht. Da die Lage der Höhle aus Pietätsgründen geheim gehalten wurde, wusste ich, dass auch niemand anderes die Eier finden würde. Und da habe ich mich gefragt, was ich mit ihnen machen soll.«

Steven sah ihr fest und unverwandt in die Augen. Doch sein klarer blauer Blick, aus dem sie gestern noch glaubte, so viel

Wärme und Edelmut herauslesen zu können, kam ihr plötzlich wieder fremd, kühl und unberechenbar vor – wie der vieler Weißer.

Eine Art Ritter in glänzender Rüstung hatte sie letzten Abend in ihm gesehen, der erst den Drachen erlegt und dann um ihre Hand anhält. Einen noblen Helden, mit dem es an Stärke, Mut und Charakter kein anderer Mann auf der Welt aufnehmen konnte und der es sich aus unerfindlichen Gründen in den Kopf gesetzt hatte, ausgerechnet sie zu seiner Frau machen zu wollen. Jetzt jedoch schien ihr törichter Traum wie eine Seifenblase zu zerplatzen. Nach den rauschhaften Glücksgefühlen der Nacht hatte sie den Eindruck, wieder hart in der Realität aufzusetzen. Zwar war ihre Eifersucht von vorhin grundlos gewesen. Trotzdem kam sie sich bis ins Mark betrogen vor.

»Du hast sie nicht zerstört?«, fragte sie leise, obwohl sie die Antwort bereits kannte.

»Nein«, antwortete Steven. »Das habe ich nicht. Ich musste plötzlich an Margery, Reggie und Cole denken, und daran, dass sie nicht umsonst gestorben sein sollten. Auch an meine Mutter musste ich denken, an die schreckliche Krankheit, die ihr das Leben immer so schwergemacht hat, und dass dort vor mir vielleicht der Schlüssel dazu hing, diese Krankheit zu besiegen. Mir war bereits klar, dass man mich an den Kraken in Marineland nicht ranlassen würde. Außerdem sterben viele Kraken bald nach der Eiablage, und obwohl ich bezweifle, dass das auch bei diesem der Fall gewesen wäre, konnte ich mir doch nicht sicher sein.«

»Aber du hast doch alles getan, damit nicht wieder so ein Monstrum in die Welt hinausgelangt«, fiel ihm Jessica ins Wort, die mit einer Hälfte ihres Herzens immer noch nicht an das glauben wollte, was Steven ihr da offenbarte. »Du hast doch über Fermín extra wieder mit Pater Ignacio Kontakt aufgenommen, um ihm klarzumachen, dass er nie wieder jemandem den Weg zu dem unberührten Stamm zeigen darf. Du hast sogar Margerys Eltern überredet, ihre Gebeine dort im Dschungel zu lassen und nicht zu versuchen, jemand zu ihrer Bergung in das Gebiet zu schicken. Täglich rufen bei dir Leute an und machen dir die tollsten Angebote, wenn du ihnen verrätst, wo sie sich auch so ein Ungetüm besorgen können, und du sagst ihnen, sie sollen sich zum Teufel scheren.«

»Ich weiß«, sagte Steven betreten und schaute wieder in seine Kaffeetasse hinab. »Aber als die Dinger direkt vor mir hingen, konnte ich nicht widerstehen. Ich habe ein Netz darum gespannt und bin dann alle zwei Tage zu ihnen hinuntergetaucht, um sie zu säubern und ihnen frisches Wasser zuzufächeln.«

Wieder war es, als würde sich etwas Ungutes, Verdorbenes in Jessicas Magen regen, und sie musste bewusst schlucken, um ihr Frühstück bei sich zu behalten. Gleichzeitig war da wieder das Ziehen in der Leiste, heftiger als zuvor.

»Du hast Kindermädchen für diese verdammten Dinger gespielt?«, fragte sie fassungslos. Sie rückte etwas mit dem Stuhl nach hinten und fasste sich mit schmerzverzerrter Miene an den Bauch. Steven stellte seine Tasse so hastig auf dem Tresen ab, dass sie überschwappte, und wollte zu ihr kommen. Doch sie streckte ihm wütend die Handfläche entgegen. »Du hast die Rolle dieses Monsters übernommen?«, fragte sie entrüstet. »Du bist in seine Haut geschlüpft, hast dich in seiner Höhle breitgemacht und dich um seine Brut gekümmert? Hast Papi für die kleinen Monster gespielt?«

»Ja … in dem Moment … Sie kamen mir nicht wie Monster vor … so versteh doch … ich …« Wieder warf Steven einen flüchtigen Blick zu dem gelben Seesack hinüber, der neben der Tür stand. *Hätte er mir das alles auch gestanden, wenn es nicht so offensichtlich gewesen wäre, dass er vom Tauchen kommt?*, fragte sich

Jessica. *Womöglich nicht,* dachte sie, und dieser Gedanke machte sie noch wütender auf ihn.

»Nein, das kann ich nicht verstehen«, sagte sie enttäuscht, stand trotz eines weiteren schmerzenden Zuges von ihrem Stuhl auf und stellte ihre Tasse in die Spüle. Tief durchatmend stützte sie die Arme auf den Rand des Waschbeckens und versuchte, ihre Übelkeit in den Griff zu bekommen. Ihr Blick fiel genau in den von dreieckigen schwarzen Gummilaschen verdeckten Müllzerkleinerer, der in die Mitte des Beckens eingelassen war, und sie musste an die vielen spitzen Klingen denken, die sich in dem schwarzen Schlund verbargen.

»Nein, das kann ich nicht verstehen«, wiederholte sie leise. »Da draußen im Urwald erzählst du mir irgendwas von einem … *einem bösen Geist* und wie er sich in dich verwandelt hat, um Margery zu töten. Und hier … und hier verwandelst du dich praktisch selbst in ihn.«

Sie war ihm jetzt näher, so nah, dass sie den salzigen Geruch seiner Haut und seiner Haare wahrnehmen konnte, und als sie den Kopf wandte, konnte sie sehen, wie bei diesen Worten wieder kurz derselbe ängstliche Ausdruck wie damals über sein Gesicht huschte – der von seiner Krankheit und danach. Ein weiteres Mal warf er einen Blick zu dem Seesack hinüber, runzelte dann die Stirn und sah ihr forschend in die Augen.

»Aber … aber du hast mir doch selbst erklärt, dass man das nicht so sehen darf«, sagte er leise. »Dass man sich nicht zu sehr auf solche Gedanken einlassen darf, weil man … weil man …«

»Weil man sonst kein normales Leben mehr führen kann«, sagte sie, fasste sich automatisch an den Bauch und rieb sich sanft die Seite. »Ja, das stimmt. Aber trotzdem wissen wir beide doch, was wir wissen, und sollten nicht so tun, als könnten wir uns einfach so über dieses Wissen hinwegsetzen.« Irgendwie fand sie nicht die richtigen Worte, also versuchte sie, ihm den

Rest mit den Augen verständlich zu machen. »Ich möchte mit dir ein normales Leben führen«, flüsterte sie, »so normal wie nur möglich. Aber es ist trotzdem immer da, und das dürfen wir nicht vergessen. Auch wenn wir jetzt einmal Glück hatten.« Sie senkte ihre Stimme noch weiter, und als sie daran dachte, warum sie so leise sprach, stellten sich die feinen dunklen Härchen an ihren Unterarmen auf. »Es ist ... es ist stärker als wir, und wir dürfen nicht leichtfertig damit umgehen. Verstehst du? Verstehst du, was ich meine?«

Er sah ihr noch einen Moment lang in die Augen, und in seinem Gesicht war ein ähnlicher Widerwille zu erkennen wie damals an der Quelle, als sie ihm so behutsam wie möglich klarzumachen versuchte, dass ihre Pflicht noch nicht getan war. Doch dann senkte er den Blick und nickte nachdenklich.

Er war ein Mann, ein Wissenschaftler und ein unverbesserlicher Optimist. Aber irgendwie hatte sie gehofft, dass er das alles bereits begriffen hatte.

»Ich meine, selbst von all dem abgesehen«, sagte sie und sprach jetzt beinah so behutsam und zärtlich wie mit einem kleinen Jungen. »Was ist denn, wenn dir eins von den Dingern entwischt und alles von vorne losgeht? Oder nicht nur eins, sondern gleich ein paar wieder irgendwie ins freie Wasser gelangen? Wenn sie sich vermehren und die ganze Küste verseuchen? Das wäre schlimmer als jede Ölpest, schlimmer als alle Haie, Alligatoren und anderen gefährlichen Tiere zusammen. Niemand könnte mehr schwimmen gehen. *Unsere Kinder* könnten nicht mehr schwimmen gehen. Und dabei hast du doch gestern schon davon geträumt, wie du mit ihnen tauchen gehen wirst.«

Er nickte erneut, seine Miene jetzt bewegt und aufgewühlt. Sie rückte noch etwas näher zu ihm hin und legte ihre Hand auf seine. »Ich glaube dir, dass du es gut meinst, und du hast recht: Es wäre schön, wenn aus all diesem Leid und all diesem Kummer etwas Positives hervorgehen könnte. Aber das Risiko ist einfach zu hoch. Du weißt doch am besten von allen, wie gefährlich diese Viecher sind. Und wie ungeheuer klug. Ich meine, dieses Ding hat gestern jemanden zu sich ins Becken gelockt und *als Geisel genommen,* um aus seinem Gefängnis zu entkommen. Es hat all die klugen Leute ausgetrickst, sie vorgeführt wie Anfänger, und all ihre tollen technischen Erfindungen und Sicherheitsmaßnahmen waren plötzlich einen Dreck wert. Hättest du nicht so schnell reagiert und dich da reingestürzt wie ein ... wie ein Kamikazepilot, dann wäre das Vieh schon wieder irgendwo da draußen und würde sich neue Opfer suchen.«

Bei der Erinnerung daran, wie er mit seinem silbernen Speer und seinem entschlossenen Blick oben auf dem Becken stand, stahl sich unwillkürlich ein stolzes Lächeln auf ihre Lippen, und sie rückte noch etwas näher an ihn heran. Er hob den Kopf, blickte noch einmal kurz zu dem Seesack hinüber, und sah sie dann mit ähnlich entschlossener Miene wie gestern an.

»Ja, du hast recht«, sagte er. »Das Risiko ist einfach zu hoch. Deswegen ... deswegen bin ich auch heute Morgen so früh aus dem Haus und wieder dort rausgefahren.« Er senkte den Blick auf ihren Bauch, der unter einem seiner zu großen T-Shirts verborgen war. »Ich habe an das kleine Mädchen gedacht, das der Krake von dem Grundstück weggeschleppt hat. Und an den Jungen, den er sich unter dem Pier geholt hat. An Margery, die glaubte, sie hätte es nur mit einem weiteren primitiven Weichtier zu tun, das sie für ihre Forschungen zerlegen kann. Und an Fuller mit seinem Hightech-Becken, der auch fest davon überzeugt war, er hätte alles unter Kontrolle.« Er blickte wieder zu ihr auf. »Das Netz, das ich um die Eier herum befestigt hatte, war aus extrastarkem Polyethylen und so engmaschig, dass kaum die Larve eines Flohkrebses durchgepasst hätte. Aber heute Morgen bin ich plötzlich aufgewacht, dachte wieder an die wundervolle Neuigkeit, die du mir gestern erzählt hast, und plötzlich kam es mir so dünn und schwach vor wie Gaze, und die Maschen groß wie Scheunentore.«

Wie am Vorabend, als Steven ihre Sorgen hinsichtlich seiner Treue mit einem Schlag aus dem Weg geräumt hatte, breitete sich ein warmes, freudiges Gefühl in Jessicas Bauch aus. Die Übelkeit, die Leistenschmerzen, die beklemmende Enge in der Brust – plötzlich spürte sie nichts mehr davon, sondern nur noch ein jäh in ihr aufquellendes Glücksgefühl.

»Ich wollte die Eierbeutel so lange wie möglich in ihrer natürlichen Umgebung lassen«, erklärte Steven, »um sicherzugehen, lebensfähige Exemplare für meine Untersuchungen zu erhalten. Aber heute Morgen habe ich mich umentschieden. Das meinte ich vorhin, als ich sagte, ich hatte plötzlich Angst, zu spät zu kommen. Sie waren noch lange nicht so weit, aber auf einmal hatte ich eine Riesenpanik, sie könnten bereits schlüpfen. Da bin ich sofort aufgestanden, um dort rauszufahren und ... und Schluss mit dem Ganzen zu machen.«

Jessica fasste erleichtert seinen Arm und sah von Freude überwältigt zu ihm auf.

»Du hast ... du hast sie zerstört?«

Steven blickte erneut zu seinem verräterischen Seesack, dann jedoch darüber hinweg, zur am Ende des Flurs gelegenen Haustür.

»Ja, ja –, ich hab sie zerstört«, sagte er, und als er ihr wieder das Gesicht zuwandte, wirkte auch er, als sei eine schwere Last von ihm abgefallen. »Sie liegen draußen im Müll. Ich habe sie in drei Müllsäcke auf einmal verpackt und dann sogar noch in Benzin ertränkt, um auch wirklich auf Nummer sicher zu gehen. *Scheiß auf die Forschung.* Hauptsache, so ein verdammtes Monstrum macht uns nie wieder das Leben schwer.«

»Ich liebe dich«, sagte Jessica, sah ihn mit ihren wunderschönen grünen Augen an und strahlte, wie sie selbst am Abend zuvor nicht gestrahlt hatte. Dann küsste sie ihn auf den Hals, zog seinen Mund zu sich herab, und als er sie noch fester an sich presste und merkte, dass sie keinen Slip unter seinem T-Shirt trug, wurde er mit einem Mal so hart, dass seine Erektion beinah schmerzhaft gegen seine Shorts drängte.

Jessica zog den ausgefransten Klettverschluss mit einem lauten Ratschen auf, kniete sich eine Weile vor ihn hin, zog dann ihr T-Shirt über den Kopf und setzte sich breitbeinig auf den Küchentresen. Sie sagte etwas von einem Ritter und seiner Lanze, worüber sie beide lachen mussten, dann fragte er wie bereits am Vorabend besorgt, ob das auch wirklich dem Kind nicht schaden könne – doch danach vergaß er für eine Weile alles um sich herum.

Er vergaß, dass er zwar einen kleinen, bereits halb zum Labor ausgebauten Raum unten im neuen Hafengebiet von Port St. Lucie hatte, aber – nachdem er Duffys Rückkehrangebote allesamt stolz ausgeschlagen hatte – immer noch keine neue Arbeit und keine neue Aufgabe.

Er vergaß den blutrünstigen Dämon, dem er zeitweise in der vergessenen Welt des venezolanischen Dschungels begegnet zu sein glaubte und zu dessen Hüter er einen alten katholischen Pater gemacht hatte, der seine Aufgabe bestimmt nicht mehr lange mit der nötigen Sorgfalt wahrnehmen könnte.

Und er vergaß die drei knapp zitronengroßen, weißlich durchscheinenden Eisäcke, die sich in einem mit Salzwasser gefüllten Zip-Loc-Beutel in seinem Seesack verbargen.

Er glaubte nicht, Jessica angelogen zu haben. Als sie ihm wieder vor Augen geführt hatte, wie riskant sein Verhalten war, hatte er beschlossen, auch die restlichen drei Eisäcke zu zerstören, die er eigentlich behalten wollte, um sie in seinem Labor weiter reifen zu lassen.

Daher seine Erleichterung und Freude: Die Entscheidung, zu der er sich auch an diesem Morgen beim Anblick des Geleges nicht bis zur letzten Konsequenz hatte durchringen können, schien endgültig gefallen zu sein.
Nachdem sie sich jedoch erst in der Küche und dann im Schlafzimmer geliebt hatten und er schließlich glücklich und erschöpft neben Jessica auf dem Bett lag, hatte er wie immer danach das Gefühl, die Welt aus den Angeln heben zu können. Und plötzlich kam ihm der Gedanke, er könnte damit überfordert sein, auf drei kleine Krakenembryos aufzupassen, ziemlich lächerlich vor.
Sie waren bereits etwa fünf Zentimeter groß, durch die Hülle der Eisäcke konnte man deutlich ihre dünnen Ärmchen erkennen und ebenso ihre Augen, die – vermutlich ähnlich wie bei dem noch etwas kleineren Embryo in Jessicas Bauch – zunächst nicht mehr waren als undifferenzierte schwarze Kügelchen.
Ja, wenn man ganz nah heranging und ganz genau hinsah, konnte man sogar die drei winzigen Herzchen erkennen, die in dem immer noch mehr oder weniger komplett durchsichtigen Körpersack der kleinen Tiere schlugen. Wie vermutlich auch das wichtigste Organ im Körper von Stevens Kind hatten sich die Herzen gerade erst gebildet. Doch in stetem, unerschrockenem Rhythmus bewältigten sie bereits jetzt die lebensnotwendige Aufgabe, das einzigartige Blut der Kraken durch ihren Kreislauf zu pumpen.
Einmal mehr musste Steven an Margery denken. An die arrogante wissenschaftliche Ausschließlichkeit, mit der sie an die Welt heranging – aber auch an die Erfolge, die ihr diese Weltsicht eingebracht hatte: das aus Schwämmen extrahierte Krebsmittel und all die anderen die Menschheit weiterbringenden Präparate. Dann fiel ihm wieder seine Mutter ein, wie sie schwach und zu Tode erschöpft auf dem Sofa lag und ihm

lächelnd von dem wässrigen Blut erzählte, das ihr einmal mehr zu schaffen machte.

Er sah zu Jessica hinüber und schmunzelte zärtlich darüber, wie schnell sie nach dem Sex eingeschlafen war. Dann jedoch ließ er den Blick verstohlen zur Tür wandern, hinter der eine kleine gelbe Ecke seines Seesacks zu erkennen war.

Was kann schon groß passieren?, dachte er, legte den Kopf zurück und merkte, wie die Erschöpfung des vergangenen Abends und das frühe Aufstehen dafür sorgten, dass er nun ebenfalls wieder langsam in den Schlaf sank.

Nachher, wenn Jessica wie jeden Sonntag ihre Familie besuchte, würde er den Seesack nehmen, in sein Labor fahren und sehen, wie es um die Krakenembryos bestellt war.

Vermutlich wären sie bis dahin sowieso erstickt – so riesig war der Zip-Loc-Beutel nicht –, und dann wäre es genauso, wie er Jessica gesagt hatte, und die Sache wäre entschieden.

Aber vielleicht hätten die zähen kleinen Bastarde ja auch immer noch ein bisschen Leben in sich, wenn er sie nachher hervorholte, und dann würde er sie in dem Aquarium aufhängen, das er schon vorbereitet hatte, und – wer wusste es – vielleicht wirklich so weit bringen, dass sie irgendwann schlüpften.

Nur ein paar Tröpfchen Blut, war sein letzter Gedanke, bevor er mit der Hand auf Jessicas warmem, gleichmäßig auf und ab gehendem Bauch einschlief.

Nur ein paar Tröpfchen Blut, um sie mit dem wässrigen Blut meiner Mutter zu mischen …

DANKSAGUNG

Mein erster Dank gebührt dem australischen Meeresforscher Mark Norman: Den außergewöhnlichen Mimikrykraken, dessen Entdeckung ich meiner Hauptfigur Steven andichte, hat in Wirklichkeit er entdeckt – ebenso wie sage und schreibe 150 weitere Tintenfischarten, die bisher niemand kannte. Wer das Vorbild für das achtarmige Monster aus dem Buch näher kennenlernen möchte und das Englische nicht scheut, findet den Bericht über den bereits 2001 entdeckten Kraken – *Dynamic mimicry in an Indo-Malayan octopus* – leicht im Internet. Auch Fernsehberichte gibt es inzwischen eine ganze Reihe über das faszinierende Tier; an einigen hat Norman selbst mitgewirkt. Bei *YouTube* findet man ebenfalls viele Aufnahmen vom »mimic octopus«.

Der Kolosskalmar, dessen Auge Margery seziert, kann noch bis Ende 2011 im neuseeländischen Nationalmuseum in Wellington besichtigt werden. Wer es bis dahin nicht ans andere Ende der Welt schafft: Auf der Internetseite des Museums *(www.tepapa.govt.nz)* wird ausführlich dokumentiert, wie der neuseeländische Forscher Steve O'Shea und sein Team den Kalmar untersuchen und für die Ausstellung vorbereiten. O'Shea beantwortet auch gerne Fragen zu Tintenfischen auf *Tonmo.com*, das ist ebenso wie *The Cephalopod Page* eine Website, die sich ausschließlich mit Kopffüßern beschäftigt. Wer sich speziell für das Verhalten der Tiere interessiert, kommt an Roger Hanlon vom Woods Hole Institut in Massachusetts nicht vorbei. Zusammen mit dem britischen Forscher John Messenger hat er das Buch *Cephalopod Behaviour* geschrieben; es ist zwar schon 1996 erschienen, bietet aber immer noch einen sehr guten Überblick.

Hätte Dekan Duffy wirklich beim Woods Hole Institut angerufen, so hätte er sicherlich erfahren, dass es »dumpling squids«, also »Klößchentintenfische«, tatsächlich gibt; dass sie auf den Malediven als Delikatesse verkauft werden, ist jedoch Unsinn. Auch manches andere im Roman ist pure Fiktion – allerdings weniger, als man vermutlich denkt. Für alle Fakten, die stimmen, danke ich den vielen Fachleuten und Enthusiasten, auf deren Wissen ich zurückgreifen konnte, besonders meiner erfahrenen Tauchexpertin Sabine Schmidt, meinem Südamerikafachmann Thorsten Breidecker und meinem Genetikspezialisten Dr. »Dudel« Kopcic.

Großer Dank gebührt auch Timothy Sonderhüsken von Droemer Knaur, dem mein Monster auf Anhieb gefiel und der die Geschichte mit ein paar entscheidenden Verbesserungsvorschlägen aufgepeppt hat. Für bessere Lesbarkeit sorgte Franz Leipold, jedenfalls, wo ich ihn ließ, und auch inhaltlich hat er noch den einen oder anderen schweren Schnitzer verhindert.

Danken möchte ich auch dir, Katja, dass du alles so geduldig gelesen hast und ich dir dabei immer über die Schulter sehen durfte.

Gewidmet ist das Buch meinem Onkel, der irgendwann auf die gute Idee kam, ans Meer zu ziehen. Trotz der vielen Monster: Eine größere Freude hätte er uns Kindern damals gar nicht machen können.

Thomas Thiemeyer

REPTILIA

Roman

Mitten im afrikanischen Urwald, auf dem Grund eines Sees, verbirgt er sich: Mokélé M'Bembé, der sagenumwobene letzte Saurier. Emily Palmbridge war auf der Jagd nach ihm – und ist seither verschwunden. Aber wo verliert sich ihre Spur? Der junge Genetiker David Astbury fliegt mit einem Expeditionsteam in den undurchdringlichen Dschungel des Kongo und macht eine unglaubliche Entdeckung: Mokélé besitzt Fähigkeiten, die von unschätzbarem Wert für die Menschheit sind! David muss das Tier um jeden Preis schützen. Doch das wird er nicht schaffen, es sei denn, ein Wunder geschieht …

»Dieser Roman erfüllt internationale Standards.
Story, Schauplätze, Schnelligkeit – Klasse!«
Bild am Sonntag

Knaur Taschenbuch Verlag